Thomas Breuer
Leander und der Lummensprung

LEDA

Thomas Breuer
Leander und der Lummensprung
Henning Leanders vierter Fall
Inselkrimi
1. Auflage 2015

ISBN 978-3-86412-084-8

Leda-Verlag, Rathausstraße 23, D-26789 Leer
info@leda-verlag.de
www.leda-verlag.de

Lektorat: Maeve Carels
Titelillustration: Carsten Tiemeßen
Druck und Bindung: GGP Media GmbH, Pößneck

Thomas Breuer

Leander und der Lummensprung

Inselkrimi

LEDA

»Der Kapitalismus basiert auf der merkwürdigen Überzeugung, dass widerwärtige Menschen aus widerwärtigen Motiven irgendwie für das allgemeine Wohl sorgen werden.«

John Maynard Keynes (englischer Nationalökonom):
Allgemeine Theorie der Beschäftigung,
des Zinses und des Geldes

»Nach der Selbstzerstörung des kommunistischen Systems laufen wir nun Gefahr, dass der Kapitalismus zwar sich nicht selbst zerstört, dafür aber die moralischen Grundlagen unserer menschlichen Existenz.«

Klaus Schwab (Schweizer Wirtschaftswissenschaftler)

Für meinen Bruder Andreas.

Eine wichtige Erklärung vorab:

Die Handlung dieses Romans ist reine Fiktion.

Auch wenn die Hintergründe wie die verschiedenen Pläne zur Inselerweiterung und die auf Helgoland und in Hamburg ansässigen Institutionen der Realität entnommen sind, wurden sie frei nach der Fantasie des Autors neu verknüpft und ausgestaltet.

Die handelnden Figuren sind zum Teil real existierenden Personen auf Helgoland nachempfunden, da die Insel reich an originellen Persönlichkeiten ist, deren Schilderung die Atmosphäre und Authentizität des Romans bereichern soll. Romanfiguren und Inselpersönlichkeiten sind aber ausdrücklich nicht identisch. Gernot Reymers, Oma Klüsing und Tamme Boysen existieren ebenso wenig wie das Hotel *Laguna* und die fiktiv in Hamburg und auf Helgoland ansässigen Firmen *HES* und *OLS*.

Weitere Ähnlichkeiten zu lebenden oder verstorbenen Personen sind rein zufällig, so sehr dem Autor auch an Realitätsnähe gelegen ist.

Die Figuren dieses Romans

Henning Leander	ehemaliger KHK des LKA Kiel, Leiter Abteilung OK, jetzt im vorgezogenen Ruhestand
Pia Leander	Hennings Tochter, Meeresbiologin
Lena Gesthuysen	Kriminalhauptkommissarin beim LKA Kiel, Kollegin und langjährige Lebensgefährtin Leanders
Eiken Jörgensen	Leiterin der Helgoländer Lummentage, Freundin Leanders
Tom Brodersen	Skatbruder und Freund Leanders, Lehrer am Gymnasium in Wyk; Mitglied der Stadtvertretung für die Grünen
Mephisto	Skatbruder und Freund Leanders; eigentlich Dirk Wittkamp, ehemaliger katholischer Pastor, jetzt Gastwirt im *Kleinen Versteck* und Inhaber eines Bauerncafés in Oevenum
Götz Hindelang	Skatbruder und Freund Leanders, Kunstmaler auf Föhr
Tamme Boysen	ehemaliger Leiter der Wasserschutzpolizei auf Helgoland; jetzt ›Seehundjäger‹

Polizei:

Kriminaldirektor Tölle	Leiter der Polizeiinspektion Itzehoe
KHK Diederich Frantzen	Mordkommission der Kripo Itzehoe
Ferdinand Groote	Leiter der KTU
POK Niels Duve	Leiter der Wasserschutzpolizei Helgoland; gemütlich, großgewachsen, stämmig
POM Knut Kedelsen	Wasserschutzpolizei Helgoland
PM Tim Baring	
Klaus ›Lemmy‹ Lehmann	IT-Fachmann beim LKA Kiel, Freund Leanders
Kriminaldirektor Ahrenstorff	LKA-Chef in Kiel
KHK Hansen	Mordkommission Hamburg
KOK Brandt	Mordkommission Hamburg

Bürgerinitiative:

Malte Cohrs	Fischer auf Helgoland mit abenteuerlicher Biografie; Anführer der BI gegen die Inselerweiterung
Oma Klüsing (Gertrud)	Helgoländer Original, Witwe des ehemaligen Postinspektors Tede Klüsing
Jesko Keden	Gastwirt im Hapot Wai (*Zum Roten Kliff*)

Ursula ›Uschi‹ Keden	Jeskos Ehefrau
Heiko Tönnies	Inhaber diverser Zigaretten- und Fuselläden
Meret Tönnies	Heikos Ehefrau
Oluf Heikens	Fischer
Mechthild Lornsen	Pensionswirtin
Ove Lornsen	Mechthilds Ehemann

Gegenspieler der BI:

Gernot Reymers	Hamburger Reeder mit Hotel *Laguna* auf Helgoland
Marianne Reymers	Ehefrau Gernots, führt das Hotel
Herwig Olsen	technischer Leiter der Hamburger Firma *HES*
Holger Welling	rechte Hand von Olsen bei der *HES* und Geschäftsführer des Tochterunternehmens *OLS* auf Helgoland
Cornelius ›Conny‹ Lange	Finanzchef der *HES*
Solveig Lange	Cornelius Exfrau, stellv. Geschäftsführerin und Repräsentantin der *OLS* auf Helgoland
Jens Krause	Sicherheitschef der *HES*

Fotografen und Teilnehmer der Helgoländer Lummentage:

Heinrich Seyfried	Handelsvertreter aus Bremen
Kalle Bluhm	Speditionskaufmann aus Dortmund
Alfred ›Fredi‹ Wessel	Kraftfahrer aus Kamen
Konrad Knoblich	Bankkaufmann aus Stuttgart
Dieter Kessler	Rechtsanwalt aus Hamburg

Nebenfiguren:

Hans Werner Jacobsen	Fluglotse in Wyk, genannt Hansman
Dr. Ulf Wiklund	Chefarzt im Helgoländer Krankenhaus
Jarrelt Thoms	Bürgermeister, Gemeinde Helgoland
Olaf Henningsen	Pressereferent der Gemeinde Helgoland
Lasse Thorgren	Mitarbeiter in der Hummeraufzuchtstation des Alfred-Wegener-Instituts auf Helgoland
Dieter Herbst	Mitarbeiter im Katasteramt der Gemeinde Helgoland
Berit	Rezeptionistin im *Laguna*
Jasmin Ventura Tavares	Inhaberin der *Bunten Kuh*, sieht friesisch aus, blond
Antje	Mitinhaberin der *Mocca-Stuben*
Gitane	streunende Katze, die Leander zugelaufen ist

1

Die Fenster der *Paracelsus Nordseeklinik* warfen blasse Lichtstreifen in die heraufziehende Dunkelheit. Unterstadt und Südhafen im Rücken folgte Tamme Boysen im Bogen dem schmalen sandigen *Invasorenpfad.* Schnaufend erreichte er das Oberland und blieb einen Moment lang stehen. Während er sich zwang, tief und gleichmäßig einzuatmen, glitt sein Blick über das links unter ihm liegende Mittelland, das 67 000 Tonnen Sprengstoff nach dem Krieg aus dem Felsen gesprengt hatten. Die Engländer hatten damals ganz Helgoland im Meer versenken wollen.

Boysen war nicht mehr der Jüngste und so brauchte er einen Moment, bis sich sein Puls wieder beruhigt hatte. Dann setzte er seinen Weg über den *Klippenrandweg* fort, der gleich hinter dem gewaltigen rot-weißen Funkmast auf die steil abfallende Sandsteinkante stieß und von hier aus im großen Bogen um das Oberland herum führte. Blasses Mondlicht streifte den viereckigen Leuchtturm. Ein gleichmäßiger Seewind strich sanft über die hügelige, mit dünnem Gras bewachsene Fläche. Der Leuchtturm tastete mit seinen drei Lichtfingern die Felseninsel und weit darüber hinaus das Meer ab.

Hier an der Kliffkante begann Tamme Boysens selbstauferlegter Dienst: Er kontrollierte jeden Abend die Sicherungszäune, die dafür sorgen sollten, dass keiner der vielen tausend Touristen, die sich hier täglich tummelten, um Helgolands berühmte Vogelfelsen zu besuchen, die tödlichen sechzig Meter in die Tiefe stürzte. So hatte er es die letzten fünfzig Jahre gehalten, seit er seinen Dienst bei der Wasserschutzpolizei angetreten hatte, und so hielt er es auch weiterhin, obwohl er schon seit Jahren in Pension war. Er hatte sein Pflichtgefühl schließlich nicht mit der Dienstmütze abgegeben und seine Verantwortung schon gar nicht. Außerdem war das eine seiner wenigen Möglichkeiten, seine Kollegen im aktiven Dienst zu entlasten und sich im Ruhestand nützlich zu machen.

Die Zäune am *Klippenrandweg* bestanden aus fünf dünnen, waagerecht verlaufenden Drähten, die mit Kunststoffklammern an einbetonierten Eisenpfosten befestigt waren. Einzelne dieser Pfosten waren zusätzlich durch schräge Stützrohre im Felsboden verankert. Tamme Boysen rüttelte hier und da am Zaun und vergewisserte sich, dass der dem Ansturm des nächsten Tages gewachsen war. Rechterhand erstreckte sich die Siedlung, die sich in den letzten zwanzig Jahren immer mehr ausgedehnt hatte, weil auf dem Unterland seit Langem kein Platz mehr zur Verfügung stand.

Nun wurde die karge Grasfläche des Oberlandes breiter und die ersten Bombenkrater kamen in Sichtweite. Gleich dahinter lag die *Kartoffelallee*, die von der Kleingartenanlage hier herüber führte. Tamme Boyen folgte dem schmalen Weg aus rotem Backstein und genoss im Mondlicht die Aussicht über steil abfallende Buntsandsteinfelsen hinweg bis zur *Langen Anna*. Er passierte den Vogelfelsen, blieb einen Moment stehen, um dem Geschrei der Möwen, Lummen und Basstölpel zu lauschen, und steuerte dann das Plateau vor der *Langen Anna* an. Der Horizont zeigte noch einen dünnen, orangefarbenen Streifen, der vom Sonnenuntergang übrig geblieben war. Die Felsnadel im Vordergrund wirkte zerbrechlich und dürr. An dieser Stelle und am Lummenfelsen drängten sich tagsüber bis zum Sonnenuntergang die meisten Menschen auf engem Raum, und so wunderte es Tamme Boysen nicht, dass der Zaun zur Kliffkante hin leicht eingedrückt war. Naturfotografen versuchten halt immer wieder, noch einen Tick näher an die nistenden Vögel heranzukommen und möglichst weit über die Kante zu schauen.

Boysen zog einen kleinen Spiralblock aus der Hemdtasche und notierte sich den Schaden, um ihn gleich morgen früh der Stadtverwaltung zu melden. Dann wandte er sich mit hinter dem Rücken verschränkten Armen nach rechts und schlenderte auf den Nordstrand zu. Der Weg fiel nun etwas ab bis zu einem Aussichtspunkt, der einen Überblick über Strand, Jugendherberge und die Reede bis hinüber zur Düne bot. Drüben waren nur noch die Bungalows und das Flugplatzgebäude erleuchtet, der Strand war längst im Dunkel verschwunden. Tamme Boysen sog die frische Meeresluft, die würzig nach Tang und Salz roch, tief ein und drehte sich um. Der Mond warf ein fahles Licht auf das Hochplateau, die drei Lichtfinger des Leuchtturms strichen kreisend durch die Luft. Um diese Zeit wusste sich Tamme Boysen allein hier oben, und er genoss die Stille und den Frieden, den der rote Sandsteinfelsen mitten in der Hochsee ausstrahlte. Auch die Kleingartenanlage links von ihm ruhte im Dunkel ihrer Hecken. Die Besitzer der Parzellen waren längst zu Hause, nur an den Wochenenden wurde hier abends länger gegrillt. Dann hielt Tamme Boysen gerne Einkehr bei einem der Kliffgärtner, bekam eine Bratwurst oder ein Stück Fisch und eine Flasche Bier und erzählte aus seinem langen Polizistenleben, als sei Helgoland zu seiner Zeit eine Hochburg des Verbrechens gewesen.

Boysen passierte die ersten Parzellen, hielt sich am *Dickhorn* rechts, stieß auf die Straße *An der Sapskuhle* und hatte nun die Wahl, direkt weiter durch die Siedlung zum Unterland zu gehen oder noch eine kleine Runde zurück zu seinem Ausgangspunkt zu machen. Die Luft war angenehm frisch nach der Hitze des Tages, der Seewind ungewohnt sanft, und so bog Tamme Boysen nach rechts in die *Leuchtturmstraße* und umrundete die *James-Krüss-Schule*. Kurz bevor er den Leuchtturm erreicht hatte, glomm ein Lichtschein direkt an dem viereckigen Koloss aus Backstein auf, erleuchtete kurz ein Gesicht von unten und erlosch dann wieder. Da stand jemand in der Dunkelheit und hatte sich eine Zigarette angesteckt. Tamme Boysen verharrte einen Moment und lauschte in die Nacht. Als aber alles ruhig blieb, beschleunigte er seine Schritte, um nachzusehen, wer außer ihm so spät noch hier oben unterwegs war. Er folgte dem Holzzaun, der das Grundstück des Leuchtturmes umgab, nach rechts, weil er wusste, dass sich an dessen Ende vor dem kleinen Hügel mit dem Bunkerrest eine Lücke befand. Hier konnte er im Schutz der Dunkelheit das Gelände betreten und unbemerkt bis dicht an die Backsteinmauer gelangen. Er drückte sich an die warmen roten Ziegel und schob sich vorsichtig in Richtung Eingang. An der Turmecke blieb er stehen und lauschte in die Nacht. Zunächst hörte er nur das Kreischen einer Möwe irgendwo auf dem Oberland, doch dann vernahm er Stimmen, die erregt klangen.

»Verarsch mich nicht, Reymers!« Das war der Bass des Fischers Malte Cohrs. Tamme Boysen erkannte ihn sofort. »Ich weiß genau, dass du einen neuen Anlauf planst.«

»Das ist doch Unsinn«, entgegnete ein anderer Mann in einem Tonfall, als verzweifle er an der Starrköpfigkeit seines Gegenübers. Gernot Reymers, dachte Boysen und hatte sofort ein mulmiges Gefühl, weil er wusste, dass der Reeder Reymers und Malte Cohrs sich spinnefeind waren.

»Die Abstimmung ist gegen mich gelaufen, verdammt noch mal«, fuhr Reymers fort. »Das muss ich akzeptieren, auch wenn ich es sehr bedauere. Aber mit dir und den anderen Dumpfköppen war ja nicht zu reden. Dabei hättet ihr alle etwas von dem neuen Land gehabt. Und von dem Gezeitenkraftwerk sowieso. Das hätte Helgoland unabhängig gemacht. Aber du und deine Genossen, ihr habt die Inselerweiterung ohne Sinn und Verstand verhindert.«

»Genossen!«, erhitzte sich Cohrs. »Das ist doch …«

»Dagegen kann ich nichts mehr machen«, fiel Reymers ihm ins Wort, »auch wenn wir gerade jetzt den Platz für ein paar Hotels verdammt gut gebrauchen könnten. Der Felsen platzt aus allen Nähten, seit die Arbeiter der Offshore-Windparks hier leben. Und du weißt so gut wie ich, dass für Touristen kaum noch Zimmer zur Verfügung stehen.«

»Na bitte! Da ist die Katze aus dem Sack!« Malte Cohrs' Bass dröhnte immer lauter. »Du witterst das große Geld. Tu doch nicht so scheinheilig! Das hast du von Anfang an so geplant: Erst willst du die Insel erweitern, und als das nicht klappt, sorgst du mit der Vermietung deines Hotels an die Stromkonzerne für einen Engpass bei den Gästebetten. Klar, wenn dann der Tourismus leidet, kann man gar nicht mehr anders, als die Insel doch noch zu erweitern und neue Hotels zu bauen. Aber diese Rechnung hast du ohne mich gemacht, Reymers! Verlass dich drauf!«

»Ich habe dir einen Kompromiss vorgeschlagen, Cohrs: Bahnhofsmodell gegen Bürgerwindpark. Damit könnten wir alle gut leben.«

»Von wegen Bahnhofsmodell! Du willst uns über den Tisch ziehen. Wenn wir den Köder schlucken und unseren Widerstand aufgeben, dann kommst du durch die Hintertür mit der Landverbindung.«

»Du spinnst doch völlig, Cohrs! Weißt du, was dein Problem ist? Du leidest unter Verfolgungswahn.«

»Von wegen Verfolgungswahn! Ich passe nur auf, dass du uns nicht verarschst. Was sagt denn eigentlich der Bürgermeister dazu? Ist der auch schon wieder mit im Boot? Oder ziehst du das jetzt mit deinen Kumpels von der *HES* alleine durch?«

»Du bist doch bescheuert, Cohrs. Ich weiß gar nicht, wovon du da faselst. Noch einmal zum Mitschreiben: Die Landverbindung zwischen Felsen und Düne ist für mich kein Thema mehr. Und wenn du es ganz genau wissen willst, ich habe längst andere Pläne, und die haben mit der *HES* überhaupt nichts zu tun. Wie kommst du überhaupt auf so einen Blödsinn?«

»So! Andere Pläne hast du! Was sollen denn das für Pläne sein? Heraus damit, Reymers, was für eine Schweinerei planst du diesmal?«

»Schweinerei ...! Mensch, Cohrs! Du solltest mal deine verquere Weltsicht überprüfen. Ich habe noch nie etwas nur für mich geplant. Und auch diesmal sollt ihr alle profitieren. Aber ich mache nicht noch mal den Fehler, meine Ideen herauszuposaunen, bevor die Sache wirklich spruchreif ist. Ich habe die Schnauze voll von dem ständigen Störfeuer. Von euch Sturköppen habe ich mich einmal ausbremsen lassen, das passiert mir nicht noch mal.«

»Na bitte, Reymers. Ich sage doch, dass du wieder etwas gegen uns planst. Jetzt ist es raus!«

Gernot Reymers schwieg. Tamme Boysen konnte sich vorstellen, wie er resigniert den Kopf schüttelte und tief durchatmete.

»Nun lass uns doch endlich einmal vernünftig miteinander reden«, kam es dann in beschwichtigendem Tonfall von dem Reeder. »Das bringt doch nichts, wenn wir hier auf dem Felsen nicht zusammenhalten. Davon hat am Ende keiner was. Ich schwöre dir, dass ich nichts vorschlagen werde, das Helgolands Natur in irgendeiner Weise schadet. Im Gegenteil! Wir werden hier alle gemeinsam Geschichte schreiben. Und ihr von der Bürgerinitiative bekommt meine Pläne als Erste zu sehen, das verspreche ich dir. Aber zuerst muss ich noch ein paar Tests durchführen lassen. Wenn die erfolgreich verlaufen, werde ich euch alle an der Sache beteiligen.«

»Na klar, du informierst uns diesmal erst, wenn es zu spät ist. Wenn du alles in trockenen Tüchern hast und wir dir nicht mehr dazwischenfunken können.« Nun senkte auch Malte Cohrs seine Stimme, so dass Boysen Mühe hatte, das Folgende deutlich zu hören. »Aber ich verspreche dir auch etwas, Reymers: Mich führst du nicht hinters Licht. Ich passe auf dich auf. Und wenn du versuchen solltest, uns zu verarschen, dann gnade dir Gott. Dann drehe ich dir eigenhändig den Hals um und werfe dich den Möwen zum Fraß vor.«

»Sei doch vernünftig, Cohrs. – Cohrs, verdammt noch mal, jetzt warte doch und lass mit dir reden.«

»Mit mir nicht, Reymers«, ertönte Cohrs' Stimme jetzt von weiter weg. »Nicht mit mir! Du wirst mich noch kennenlernen!«

»Scheiße, so ein Sturkopp. Mann!«

Ein scharrendes Geräusch ertönte, als trete Reymers seine Zigarette auf dem sandigen Backsteinweg aus. Dann hörte Tamme Boysen das dumpfe Klopfen einer Faust auf Metall und gleich darauf, wie sich die schwere Tür des Leuchtturms quietschend öffnete.

»Du hast alles gehört?«, fragte Reymers.

»Ihr wart ja laut genug«, antwortete eine Stimme, die Tamme Boysen nicht zuordnen konnte. »Der Kerl ist verflucht hartnäckig, da steht uns eine Menge Arbeit bevor. Was wirst du jetzt machen?«

»Wenn ich das wüsste! Er glaubt mir einfach nicht, so

verbohrt, wie er ist. Der Idiot scheucht mir noch die Helgoländer auf, bevor ich eine Chance habe, sie vernünftig zu informieren. Ich sage dir, wenn der mir wieder einen Strich durch die Rechnung macht …«

»Hast du mal 'ne Kippe für mich?«

Das Klicken eines Feuerzeuges erklang zweimal hintereinander, dann wurde die Leuchtturmtür hart ins Schloss gezogen. Als sich Schritte über den Pflasterweg entfernten, lugte Tamme Boysen vorsichtig um die Ecke. Er erhaschte gerade noch den Schattenriss zweier Männer und zwei rot glimmende Punkte in Hüfthöhe, bevor sie hinter dem Leuchtturmwärterhaus verschwanden.

Tamme Boysen verharrte noch einen Moment in der Deckung des Turmes und fuhr sich mit den Händen langsam von einem Ohr zum anderen durch seinen imposanten Backen- und Kinnbart. Dann folgte er den beiden Männern, die weit vor ihm vom *Bop Stak* in die *Süderstraße* abbogen. In den schmalen Gassen der Siedlung warfen Straßenlaternen ein matt gelbliches Licht auf das Pflaster, aber die beiden waren schon zu weit entfernt – hätte er am Leuchtturm nicht Gernot Reymers' Stimme gehört, hätte er nicht erkennen können, wer da hinten ging. Am *Falm* trennten sie sich. Reymers bog nach links ab in Richtung Fahrstuhl, der andere Mann, der deutlich größer war, nach rechts in Richtung *Wobautreppe*. Tamme Boysen überlegte kurz, dann folgte er dem Fremden. Reymers Weg war vorgezeichnet: mit dem Fahrstuhl oder über die Treppe zum Unterland, dann durch den *Lung Wai* oder die *Treppenstraße* zu seinem Hotel, dem *Laguna* an der Mole. Sinnvoller war es, dem Unbekannten zu folgen und herauszufinden, wer das war.

Als der Schattenmann die *Wobautreppe* erreicht hatte, warf er seine Zigarette seitlich ins kurze Gras und huschte dann die Stufen hinab. Tamme Boysen trat im Vorbeigehen den glimmenden Rest sorgfältig aus, bevor er ebenfalls die Treppe hinabeilte. Am *Haus Patria* stieß er auf die Straße *Om Wass*. Hier blieb er stehen und schaute nach links und rechts. Mist, der Kerl hatte ihn abgehängt. Ob der bemerkt hatte, dass ihm jemand auf den Fersen war? Wütend stampfte der ehemalige Polizist auf und wandte sich dann in Richtung Hafen. Aber auch hier unten an der *Hafenstraße* konnte er den Fremden nicht wiederfinden.

Tamme Boysen schlug den Weg nach Hause ein. In dieser Nacht würde er nicht weiterkommen. Verflucht noch mal, was ging hier eigentlich vor sich? Er hatte geglaubt, der Streit über die Inselerweiterung, der seine Helgoländer in zwei unversöhnliche Seiten gespalten hatte, sei mit der Volksabstimmung erledigt. Aber offensichtlich war weder Gernot Reymers bereit, die Sache auf sich beruhen zu lassen, noch Malte Cohrs mit seiner Bürgerinitiative. Da brodelte etwas im Untergrund und er, Tamme Boysen, hatte bis heute Abend nichts davon bemerkt. Es machte ihn rasend, wenn er nicht genau über alles informiert war, was auf seiner Insel passierte. Tamme Boysen beschloss, nicht eher zu ruhen, als bis er es herausgefunden hatte.

2

Schmatzend kaute Gitane tief über die Schüssel gebeugt ihr Nassfutter und schielte dabei mit ihrem einzigen noch verbliebenen Auge immer wieder vorsichtig zu Leander hinüber, der mit dem aufgeschlagenen *Inselboten* in der Hand an seinem Gartentisch saß. Dabei hielt er, die Ellenbogen aufgestützt, die große Doppelseite leicht schräg vor sich und beobachtete das Tier unauffällig über das Flatterpapier hinweg. Die schwarze Katze mit der weißen Brust und den weißen Tatzen war zum ersten Mal im letzten Winter hier aufgetaucht und hatte einen Topf Pellkartoffeln, den Leander zum Abkühlen nach draußen gestellt hatte, halb leergefressen. Damit hatte sie klargestellt, dass ab sofort alles geteilt wurde. Entsprechend hatte sie von nun an regelmäßig in sicherem Abstand in der Nähe des Gartenschuppens gehockt, wenn Leander morgens am Frühstückstisch vor dem Küchenfenster seinen Kaffee geschlürft hatte, die Gartentür beobachtet und auf leichte Beute gelauert. Ihrem eingekerbten Gesicht nach zu urteilen, war sie nicht nur einmal in einen schweren Kampf verwickelt gewesen. Und wie eine Siegerin sah das verwilderte Tier mit den Narben und dem fehlenden rechten Auge auch nicht aus.

Seit dem Vorfall mit den Pellkartoffeln war Leander im Supermarkt regelmäßiger Käufer von Katzenfutter, da er gar nicht einsah, immer die Hälfte seines eigenen Essens abzutreten. Das fehlte gerade noch, dass er für Gitane mitkochte! Regelmäßig am späten Nachmittag stellte er stattdessen ein Schüsselchen Nassfutter aus der Dose neben die Tür des Gartenschuppens, eine Schüssel mit Trockenfutter bot dauerhaft Nahrung. Morgens und abends kam Gitane seitdem zum Fressen in den Garten. Dazwischen streunte sie vermutlich durch das ganze Stadtgebiet mitsamt seinen Grünstreifen und machte Jagd auf Mäuse und Vögel.

Diese ungebundene Lebensweise hatte Leander veranlasst, ihr den Namen *Gitane* zu geben – *Zigeunerin*, ungeachtet der

Tatsache, dass manch ein Zeitgenosse das politisch unkorrekt finden könnte. Aber wer seiner Nachbarn sprach schon Französisch? Das offensichtlich verwilderte und anfangs sehr scheue Tier und der Kriminalhauptkommissar im vorgezogenen Ruhestand waren im Laufe der Zeit eine regelrechte Symbiose eingegangen, eine Schicksalsgemeinschaft auf Distanz: Die Katze brauchte sich um ihr Futter keine Gedanken mehr zu machen, und Leander hatte Gesellschaft, was er vor allem seit der Abreise seiner Freundin Lena Gesthuisen nach Neujahr sehr zu schätzen wusste.

Gitane saß nun neben der Schüssel, schleckte sich ausgiebig das Maul und putzte dann gründlich mit Hilfe der linken Pfote nach. Dabei ließ sie Leander nicht aus dem Blick. Wäre er jetzt aufgestanden und hätte auch nur einen Schritt auf sie zu gemacht, wäre sie blitzschnell durch die Ligusterhecke hinüber in Johanna Husens Garten verschwunden. Es war Leander im letzten halben Jahr nicht ein einziges Mal gelungen, sich ihr auf weniger als zehn Meter anzunähern. Die Katze war eine Einzelgängerin und suchte nur ab und zu aus rein pragmatischen Gründen den Kontakt zu ihm. Er respektierte das, zumal es ihn über die Futterspende hinaus zu nichts verpflichtete.

Leander beobachtete seit einiger Zeit mit gemischten Gefühlen, dass er sich diesen Lebensstil immer mehr zum Vorbild nahm. Er hatte schon immer dazu geneigt, sich zurückzuziehen, aber sein Beruf hatte ihn unter Menschen gezwungen und verhindert, dass er ein Eigenbrötler wurde. Seit er sich auf Föhr zur Ruhe gesetzt hatte und erst recht seit Lenas Abreise im Januar drohte die alte Gefahr Herr über sein Leben zu werden. Dessen war er sich bewusst, und er hatte einen ersten Anlauf unternommen, um sich dem entgegenzustellen: Im Frühjahr hatte er sich eine digitale Fotokamera gekauft und unter Anleitung des Naturfotografen Peter Hering Streifzüge über die Insel unternommen. Für den Anfang hatte er sich für eine Bridgekamera mit Zeiss-Objektiv und einem gigantischen Zoombereich entschieden, weil er den Umstand mit Wechselobjektiven an einer Spiegelreflexkamera scheute. Wenn er jedoch Peter Herings Ergebnisse mit seinen eigenen Bildern verglich, war das alles andere als ermutigend. Und das lag nicht nur an der Profiausrüstung des Naturfotografen. Leander fühlte sich zu alt, um die Kunst der Fotografie noch von der Pike auf zu erlernen, und so schlummerte die neue Kamera seit einigen Wochen unbenutzt in ihrer Fototasche.

Gitane stolzierte nun gemütlich am Gartenschuppen vorbei auf die Hecke zu und verschwand so wendig zwischen den Pflanzen, als sei dort eigens für sie ein Durchgang freigelassen worden. Auch dass sie offensichtlich hochträchtig war, schien sie dabei nicht zu behindern. Leander faltete die Zeitung zusammen und legte sie vor sich auf den Tisch. Mit hinter dem Kopf verschränkten Händen lehnte er sich in seinem Gartenstuhl zurück und blinzelte durch die Äste des Apfelbaumes in den blauen Sommerhimmel, an dem weit und breit kein Wölkchen zu entdecken war. So lässt es sich leben, dachte er und schloss die Augen.

Dass er sich momentan so wohlfühlte, lag einzig und allein daran, dass seine Freundin Lena ihren Besuch angekündigt hatte. Sie hatten sich seit ihrer Abreise Anfang Januar nicht mehr gesehen und nur noch unregelmäßig miteinander telefoniert. Lena hatte eine längere Auszeit auf Föhr genommen, nachdem sie trotz ihres großen Erfolges im Fall einer internationalen Kunstschieberbande im letzten Sommer im Beförderungskarussel des LKA ausgebootet worden war. Danach war sie halbwegs rekonvalesziert in den Dienst zurückgekehrt und hatte sich Hals über Kopf in die Arbeit gestürzt.

Für Leander war das zunächst wie ein Befreiungsschlag gewesen, weil er endlich wieder Zeit für sich gehabt hatte. Wenn Lena da war, fühlte er sich eingeengt, sobald sie wieder weg war, sehnte er sich nach ihr. Und dann dauerte es nicht lange und schon begann die große Langeweile. Im Frühjahr hatte er sogar mit dem Gedanken gespielt, eine Detektei zu eröffnen. Aber dann war er davon wieder abgewichen, weil es ihn zu sehr in die Nähe seines alten Berufes gebracht hätte.

Und Lenas Gesicht durfte er sich gar nicht erst vorstellen, wenn er ihr mitteilte, dass er zwar nicht mehr im Polizeidienst arbeiten wollte, aber stattdessen nun als Detektiv untreuen Ehemännern und -frauen auf einer Nordfriesischen Insel nachspionierte. Leander als Philipp Marlowe von Föhr. Lena würde ihn auslachen.

Während er den Sonnenstrahlen auf seinem Gesicht nachspürte und über sein Dilemma im Zusammenleben mit Lena nachdachte, meldete sich *Element of Crime* in seinem Kopf und Sven Regener sang in einer Endlosschleife: »Ein geselliges Tier ist das Schwein, Und das Stachelschwein lieber allein. Ohne dich will ich nicht, mit dir kann ich nicht sein.«

Was sollte das denn jetzt? Wo kam Sven Regener auf einmal her? *Es gibt keine Zufälle*, hörte Leander seinen Freund Mephisto sagen und ein erhobener Zeigefinger schob sich vor seinem inneren Auge vor dessen dickes Grinsegesicht.

Es klopfte laut an der Haustür. Leander erwog kurz, gar nicht darauf zu reagieren, raffte sich dann aber seufzend auf und durchquerte das Haus. Die Postbotin lächelte ihn keck an, als sie einen Brief vor seinen Augen durch die Luft wedelte – dabei hätte sie ihn auch einfach durch den Briefschlitz werfen können. Leander hatte seit geraumer Zeit den Eindruck, dass sie jede Chance auf einen Kontakt mit ihm nutzte, aber keine Ahnung, wie er zu dieser zweifelhaften Ehre kam.

»Ein Brief aus Kiel«, teilte die Frau in der kurzärmeligen Postbluse mit, als warte er schon sehnsüchtig auf eine wichtige Nachricht, und zwinkerte ihm verschwörerisch zu. »Von Frau Gesthuisen.«

»Aha, und was steht drin?«

»Das weiß ich doch nicht! Also, lesen müssen Sie Ihre Briefe schon selber.« Die Postangestellte war ehrlich entrüstet.

»Da bin ich aber beruhigt.« Leander fing den hin und her wedelnden Brief auf. »Schönen Tag dann noch.« Er nahm gerade noch die Enttäuschung im Gesicht der Frau wahr, als er die Tür wieder schloss, ohne noch ein Pläuschchen mit ihr zu halten.

Schon auf dem Weg zurück in den Garten hatte er sie jedoch wieder vergessen, denn er wunderte sich, dass Lena ihm noch zwei Tage, bevor sie für drei Wochen zu ihm auf die Insel kommen wollte, einen Brief schickte. Hoffentlich war da nicht schon wieder ein aktueller Fall dazwischengekommen! Ungeduldig riss er den Umschlag auf und ließ sich wieder in seinen Gartenstuhl sinken, während er das Blatt entfaltete.

Lieber Henning,

ich weiß, du rechnest an diesem Wochenende mit meiner Ankunft und nicht mit einem Brief. Deshalb schreibe ich es gleich vorweg: Ich werde nicht kommen.

Du wirst mir vorhalten, dass es nicht fair ist, dir zu schreiben, anstatt mit dir direkt zu reden. Natürlich hast du recht. Aber ich habe Angst, dass ich gegen meine Überzeugung handele, wenn du vor mir stehst. Mir ist inzwischen klar geworden, dass mir deine Insel zu eng ist, und nicht nur deine Insel, auch dein Haus und unsere Beziehung.

Leander hatte das Gefühl, als ziehe ihm jemand den Stuhl unter dem Hintern weg. Er wischte sich mit zitternden Fingern über die Stirn, auf der sich schlagartig Schweiß gebildet hatte, und las dann mit klopfendem Herzen weiter.

Als ich im letzten Jahr fast vier Monate bei dir gewohnt habe, hast du doch selber auch gespürt, dass es zwischen uns nicht mehr so war wie früher. Ich habe immer häufiger an meinen Beruf gedacht, und mir ist klar geworden, dass die Karriere für mich an erster Stelle steht. Sonst hätte mich die Enttäuschung über Ahrenstorffs Personalentscheidungen nicht so getroffen.

Und du warst in Gedanken auch nicht wirklich bei mir. Sei ehrlich, wärst du heute nicht längst mit Eiken zusammen, wenn ich nicht so unvermittelt an deiner Tür gekratzt hätte? Im Nachhinein tut es mir für dich leid, dass ich euch dazwischengefunkt habe.

Und da ist noch etwas anderes: Ich selbst habe inzwischen auch jemanden kennengelernt (tut mir leid, eine bessere Formulierung fällt mir nicht ein). Er heißt Ralf Häger und ist Journalist beim Kieler Tageblatt. *Wir haben uns bei meinem letzten Fall kennengelernt und besser zusammengearbeitet, als das zwischen Polizei und Presse sonst möglich ist. Ralf hat noch so etwas wie Ethos. Lach nicht, ich meine das absolut ernst. Er ist keine von diesen Hyänen, die für eine gute Story jede Schweinerei machen und selbst alte Freunde über die Klinge springen lassen. Und er respektiert mich und meinen Beruf und fordert nichts von mir, das ich ihm nicht geben kann. Natürlich weiß ich nicht, ob es mit uns auf Dauer etwas wird, aber im Moment tut er mir gut. Und er ist da!*

Halte mich bitte nicht für undankbar. Ich weiß, dass ich heute nicht wieder auf dem Posten wäre, wenn du mir nicht zur Seite gestanden hättest. Aber Dankbarkeit ist nun einmal keine Basis für eine Beziehung.

Entschuldige, Henning, dass du es so erfährst. Ich kann nicht anders. Du wirst nun sicher verstehen, dass ich meinen Besuch unter diesen Umstränden absagen muss.

Grüß Mephisto, Diana, Tom, Elke und Götz von mir. Und natürlich Eiken! Ich hoffe, dass sie dir eine bessere Freundin ist, als ich es war.

Leb wohl!

Lena

Leander ließ den Brief auf den Tisch sinken und blickte in seinen Garten, ohne etwas von der Außenwelt wahrzunehmen. Nur den Knoten spürte er, der ihm die Kehle zuschnürte. Nicht, dass er sich diese Situation nicht schon mehrfach vorgestellt hatte. Nur war er jedes Mal derjenige gewesen, der die Beziehung beendete und Lena gestand, dass er sich für Eiken entschieden hatte. Das war eine deutlich leichtere Vorstellung gewesen als die Situation, in der er sich jetzt befand.

Er nahm den Brief mit zitternden Fingern wieder auf und las ihn erneut. Hatte Lena es also auch gespürt, dass Leander während ihrer Anwesenheit in seinem Haus immer häufiger an Eiken gedacht hatte. Sie hatten im letzten Sommer kurz vor einer ernsthaften Beziehung gestanden, und dann hatte er die Vogelwartin gründlich verprellt, als Lena tief gekränkt vor seiner Tür gestanden hatte. Eiken war direkt danach nach Helgoland übergesiedelt, um dort eine neue Stelle anzunehmen, und seitdem hatte Leander von ihr nichts mehr gehört.

Wie war es nur so weit gekommen, dass Lena und er sich derart voneinander entfernen konnten? Leander dachte an die Ermittlungen im letzten Sommer, als er sich gezwungen gesehen hatte, sich gegen seine Freundin zu stellen. Und Eiken hatte an seiner Seite gestanden und das getan, was er von Lena erwartet hatte: ihm vertraut, ihn unterstützt.

Lena hatte offenbar deutlicher als er gespürt, dass er sich in der Folge gegen sie und für die Vogelwartin entschieden hatte. »Die Energie folgt immer den Gedanken«, hörte er Dianas Stimme in seinem Kopf.

Diana war die Partnerin seines Freundes Mephisto. Sie hatte in dem Haus des ehemaligen Priesters in Oevenum eine Heilerinnen-Praxis eröffnet, was für eine Menge Hohn und Spott auf der Insel sorgte: *Der Teufel und die Hexe* wurden die beiden hinter vorgehaltener Hand genannt. Aber warum fiel ihm gerade Dianas Standardspruch in dieser Situation ein? Weil er passte! Wie soll man eine Beziehung mit Energie versorgen, wenn man ständig an jemand anderen denkt?

Unsinn, schalt sich Leander und schüttelte den Kopf. Andererseits: Wenn seine Gedanken bei Eiken auf Helgoland waren, hieß das dann nicht, dass er ihre Verbindung damit aufrecht erhielt? Der Hoffnungsfunke, der nun in ihm aufglomm, war stärker als die Enttäuschung beim Lesen des Briefes. Als ihm das bewusst wurde, bekam er gleich wieder ein schlechtes Gewissen Lena gegenüber. Aber das war ja nun eigentlich nicht mehr nötig. Lena hatte Schluss gemacht. Und Leander stellte erstaunt fest, dass es nicht wirklich schmerzte, sondern fast so etwas wie ein Gefühl der Erleichterung auslöste, eine Andeutung von Freiheit.

Er sprang auf und lief ins Haus, um das Telefon zu holen. Jetzt konnte sich erweisen, ob an Dianas *Geistigen Gesetzen*, wie sie sie nannte, wirklich etwas war.

Wieder im Garten, wählte er die Nummer der Auskunft und ließ sich direkt mit der Vogelwarte auf Helgoland verbinden. Dort arbeitete Eiken seit einem Jahr als Vogelwartin, nachdem sie wegen seiner Wankelmütigkeit ihre Position als Leiterin der *Schutzstation Wattenmeer* auf Föhr aufgegeben hatte.

»Jörgensen, Vogelwarte Helgoland, guten Tag.«

Leander war überrascht, sie direkt am Telefon zu haben, und zögerte.

»Hallo?« Ihre Stimme klang ungeduldig.

»Ich bin's. Henning.«

Nun schwieg Eiken.

»Wie geht es dir?«

»Gut, danke. Was willst du?«

»Nichts. Deine Stimme hören. Ich …«

»Tut mir leid, Henning, ich habe keine Zeit. Ich stecke mitten in den Vorbereitungen für die *Lummentage*. Morgen Mittag kommt eine neue Gruppe, für die ich zuständig bin.«

»Deshalb rufe ich eigentlich an«, log Leander, um zu verhindern, dass sie auflegte. »Ich möchte so ein Arrangement buchen.«

Eiken schwieg einen Moment, dann kam es ungehalten zurück: »Seit wann interessierst du dich denn für Lummen? Ehrlich, Henning, lass den Quatsch.«

»Nein, wirklich. Peter Hering hat mir die Vogelfotografie beigebracht und gesagt, ich müsse unbedingt mal zum Vogelfelsen auf Helgoland. Deshalb buche ich die *Lummentage*. Ihr bietet da doch Pauschal-Arrangements an. Mit Unterkunft und Vorträgen und so.«

»So ein Blödsinn! Aber selbst wenn du es ernst meintest: Wir sind ausgebucht. Du wirst auf ganz Helgoland kein Bett mehr finden, zumal hier alles von den Arbeitern der Offshore-Windanlagen belegt ist.«

Nun war vielleicht doch Ehrlichkeit angebracht, sonst würde das nichts mit dem Besuch auf dem Felsen. »Ich möchte dich sehen, Eiken.«

»Ich dich aber nicht. – Und jetzt lass mich bitte weiterarbeiten.«

»Nicht auflegen, Eiken! Ich weiß, dass ich Mist gebaut habe. Ich war unfair dir gegenüber, und das tut mir leid. Lass uns wenigstens in Ruhe reden. Du hast bestimmt noch irgendeine unbequeme Couch oder ein Feldbett aus der Vogelwarte für mich. Eine Abstellkammer in deiner Wohnung würde mir reichen. Ich verspreche dir auch, dass ich sofort wieder abreise, wenn du es verlangst.«

Diesmal dauerte das Schweigen länger. Leander hörte Eiken am anderen Ende atmen und spürte, wie sich der Knoten in dem Strick, den Lena ihm um den Hals geschlungen hatte, nun immer mehr zuzog.

»Ich rufe dich in den nächsten Tagen an«, sagte Eiken. »Du überfällst mich hier einfach … Da muss ich erst mal in Ruhe drüber nachdenken.«

»Versprochen? Du meldest dich?«

»Mach's gut, Henning.« Sie legte auf.

Verflucht! Was trieb er hier eigentlich? Hatte er es nötig, wie ein winselnder Köter an Eikens Tür zu kratzen?

Wütend über sich selbst warf Leander den Hörer auf den Gartentisch. Lenas Brief bewegte sich leicht im Wind, der sanft durch die Apfelbäume strich. Leander stopfte ihn in den Umschlag zurück. Dann ließ er sich in seinen Gartenstuhl fallen und verschränkte die Hände im Nacken. Jetzt nahm er auch wieder das Vogelgezwitscher in den Ästen über sich wahr, während er gegen die Sonnenstrahlen hinaufblinzelte. Und doch konnte es ihn nicht von dem Gefühl ablenken, das sich langsam in seiner Brut ausbreitete und am besten mit dem Begriff Einsamkeit erfasst werden konnte.

3

Tamme Boysens Faust schlug hart gegen Oma Klüsings Friesentür. Das kleine Häuschen mit der tiefblauen Holzverkleidung und den weiß abgesetzten Fensterleibungen lag in der Siedlung im Übergang zum unbebauten Oberland. Die Straße *Bi de Boak* brütete in der Mittagshitze und Tamme Boysen wischte sich mit einem großen Stofftaschentuch den Schweiß von der Stirn, als sich die obere Häfte der zweigeteilten Tür öffnete. Das resolute Gesicht einer über achtzigjährigen Frau, die das rücksichtslose Bollern als Überfall zu deuten schien, tauchte im Türausschnitt auf.

»Was soll das, Tamme?«, fragte sie mit ihrer tiefen, rauchigen Stimme. »Ist dir die Hitze zu Kopf gestiegen? Kannst du nicht klingeln oder klopfen wie ein normaler Mensch?«

»Mach auf, Gertrud. Ich weiß, dass ihr heute Mittag tagt, und ich muss mit dir und den anderen sprechen.«

»Du bist nicht Mitglied bei uns. Was solltest du mit uns zu besprechen haben?«

»Das sage ich dir, wenn du mich in deine Küche lässt. Also mach jetzt auf!«

Oma Klüsing sah ihn noch einen Moment grimmig an, dann öffnete sie auch die untere Hälfte der Tür und ließ den großen, breiten Mann an sich vorbeistapfen.

»Na bitte, da sind ja alle wieder auf einem Haufen«, grunzte er und blickte auf die versammelten Mitglieder der Bürgerinitiative hinab, die sich vor Jahren als Widerstandsgruppe gegen die von dem Reeder und Hotelier Gernot Reymers geplante Verbindung von Hauptfelsen und Düne gebildet hatte.

Reymers hatte vorgehabt, Spundwände in den Felssockel zu treiben, der die beiden Inselteile unter Wasser verband, und Sand aufzuschütten. Dadurch sollten nicht nur Hauptinsel und Düne miteinander verbunden werden, sondern Helgoland hätte so viel Land hinzugewonnen, dass mehrere Hotels darauf hätten gebaut werden können. In einer Volksabstimmung hatten sich die Gegner dieser Pläne 2011 knapp durchgesetzt. Dass dennoch alle Mitglieder der Bürgerinitiative heute in Oma Klüsings Küche versammelt waren, belegte für Tamme Boysen, was er nach dem mitgehörten Disput gestern Abend am Leuchtturm vermutet hatte: Das Thema war mit der Abstimmung nicht beendet.

Er warf seine Mütze auf den Tisch und ließ sich auf einen freien Stuhl fallen. Dabei fixierte er nacheinander den Fischer Malte Cohrs, den Kaufmann Heiko Tönnies, den Gastwirt Jesko Keden, die Vogelwartin Eiken Jörgensen und die Pensionswirtin Mechthild Lornsen.

Oma Klüsing stellte sich mit vor der Brust verschränkten Armen mitten in den Türrahmen und blickte auf den ehemaligen Inselpolizisten hinab. »Also, raus mit der Sprache, Tamme: Was willst du?«

Tamme Boysen zog sich ein Glas heran und schenkte sich aus einer Karaffe Wasser ein. Dann trank er es in einem Zug aus und setzte es hart auf den Tisch. »Ich war gestern Nacht auf dem Oberland«, begann er seinen Bericht, bohrte seine Augen in die des Fischers Malte Cohrs und versuchte, irgendeine Regung wahrzunehmen. Aber Cohrs ließ sich nichts anmerken. »Und du warst auch da, zusammen mit Gernot Reymers.«

Cohrs hielt dem Blick stand, während die übrigen Mitglieder der Bürgerinitiative nun ihre Augen auf ihren Anführer richteten.

»Ich habe gehört, was ihr geredet habt. Und ich bin hier, um euch zu sagen, dass ich nicht zusehen werde, wenn ihr den alten Streit wieder aufnehmt.«

»Was bildest du dir eigentlich ein, Boysen?«, kam es gefährlich leise von Malte Cohrs zurück. »Du bist kein Bulle mehr. Sei froh, dass du noch für die Robben auf der Düne zuständig sein darfst. Aber hier auf dem Felsen hast du nichts mehr zu melden.«

Tamme Boysen beugte sich weit vor. Auch seine Stimme unterstützte die Drohgebärde. »Das werden wir ja sehen, Cohrs. Reiß dein Maul besser nicht zu weit auf, sonst nehmen meine Kollegen deine Fangquote mal etwas genauer unter die Lupe.«

»Schluss jetzt!«, donnerte Oma Klüsings raue Stimme dazwischen. »In meiner Küche benehmt ihr euch gefälligst alle beide, sonst werfe ich euch achtkantig raus.« Sie trat aus dem Türrahmen und zog sich den letzten freien Stuhl heran. »Als du gekommen bist, Tamme, wollte Malte uns gerade von seinem Treffen mit Reymers berichten. Da du letzte Nacht ohnehin alles mitangehört hast, schlage ich vor, dass du dabeibleibst. Jemand dagegen?«

»Ich«, antwortete Malte Cohrs bestimmt.

»Sonst noch jemand?« Da niemand mehr etwas sagte, nickte Oma Klüsing dem Fischer zu. »Also, Malte, du bist überstimmt. Erzähl schon, was war da gestern Nacht los?«

Murrend blickte Cohrs in die Runde. »Wie ihr wollt. Ihr müsst ja wissen, wem ihr vertraut. Also, wie ich schon sagte, hat Reymers mich zum Leuchtturm bestellt – angeblich um mir einen Vorschlag zu machen. Ich habe ihm auf den Kopf zu gesagt, dass er immer noch eine Inselerweiterung plant. Das hat er zwar zuerst bestritten, aber dann hat er mir einen Kompromiss vorgeschlagen: Er verzichtet auf einen neuen Anlauf in Sachen Landverbindung, wenn wir der kleinen Lösung zustimmen, der am Hauptbahnhof. Dafür würde er statt des Strömungskraftwerks einen Bürgerwindpark bauen, an dem alle Helgoländer beteiligt würden.«

»Das hört sich doch vernünftig an«, warf Mechthild Lornsen ein. »Wir brauchen doch wirklich dringend neue Gäste-Kapazitäten.«

»So habe ich mir das vorgestellt!«, brauste Malte Cohrs auf. »Genau das habe ich befürchtet. Der Reymers hält euch einen Köder vor die Nase und ihr springt voll drauf an. Merkt ihr denn gar nicht, was der vorhat? Der bringt uns dazu, ihm bei der kleinen Lösung zuzustimmen, und ehe wir es uns versehen, rechnet der uns vor, dass das doch nicht reicht. Wenn wir da erst mal ja gesagt haben, ist es nur noch ein kleiner Schritt bis zur Landverbindung.«

»So'n Quatsch!« Mechthild Lornsen schüttelte den Kopf.

»Quatsch, ja? Reymers hat sich gestern Abend selbst verraten. Er hat zugegeben, dass er was ganz anderes geplant hat. Aber er will nicht raus mit der Sprache. Das wär noch nicht spruchreif, sagt er. Da müssten noch irgendwelche Tests gemacht werden. Und dann würde er uns alle beteiligen. Ich glaube dem kein Wort. Der verarscht uns, sage ich euch. In Wahrheit will der Hotels bauen. Und zwar auf eigene Rechnung!«

»Hast du Beweise für deine Behauptung?«, hakte Tamme Boysen nach.

Malte Cohrs lehnte sich in seinem Stuhl zurück, verschränkte die Arme vor der Brust und stierte auf die Tischplatte. In diesem Moment wirkte er wie ein großer trotziger Junge.

»Du musst zugeben, Tamme, dass wir in einer verzwickten Lage sind«, sagte Oma Klüsing. »Die Vermieter profitieren von den Windanlagen-Arbeitern, aber sie haben keine Kapazitäten mehr für Urlaubsgäste. Da kippt schnell die Stimmung, wenn Reymers einen neuen Anlauf in Sachen Inselerweiterung unternimmt. Das Abstimmungsergebnis war ohnehin schon knapp genug. Beim nächsten Mal könnte er eine Mehrheit bekommen. Ein Kompromiss wäre da vielleicht wirklich vernünftiger.«

»Nicht mit uns!«, ließ sich nun Jesko Keden vernehmen. »Der baut dann Hotels und Bars auf seinem neuen Land und zieht uns hier auf dem Felsen die Urlauber völlig ab. Und wir haben dann nur noch die Arbeiter an den Wochenenden, die ein paar Gläser bei uns trinken.«

»Und wenn die demnächst weg sind, weil die Offshore-Anlagen fertiggestellt sind, bleiben wir auf unseren Betten sitzen«, schwenkte Mechthild Lornsen nun um. »Das ist doch nur eine Frage der Zeit. Wenn die Urlauber erst mal die neuen Hotels mit ihrem Luxus gewohnt sind, will keiner mehr in unsere alten Pensionen.«

»So, Tamme, jetzt weißt du Bescheid.« Malte Cohrs richtete seine Augen angriffslustig auf den Kontrahenten. »Und jetzt sagst du uns, wo du in der Sache stehst. Bist du auf unserer Seite? Wenn nicht, dann mach, dass du rauskommst.«

Tamme Boysen kratzte sich geräuschvoll über die Glatze.

Dann hob er erneut den Wasserkrug und schenkte sich nach, bevor er antwortete: »Wenn du mir beweisen kannst, was du da behauptest, dann bin ich auf eurer Seite. Aber ich halte Reymers für keinen schlechten Kerl und schon gar nicht für einen, der für ein gutes Geschäft über Leichen geht. Beweis mir das Gegenteil, Cohrs, dann werde ich euch unterstützen. Andernfalls …« Boysen machte eine vage Geste mit der rechten Hand.

Der Fischer schnaufte unwillig auf, aber Oma Klüsing hob beruhigend ihre runzelige Pranke. »Abgemacht, Tamme«, sagte sie.

»Und noch eins.« Tamme Boysen fixierte Malte Cohrs mit finsterem Blick. »Ich dulde keinen Krieg auf Helgoland. Aktiver Dienst hin oder her, wenn hier irgendjemand Zwietracht sät und den Zusammenhalt zerstören will, kriegt er es mit mir zu tun. Du hast zwar recht, Malte: Ich bin kein Polizist mehr. Aber unterschätzen solltest du mich trotzdem nicht.«

Boysen erhob sich, trank im Stehen sein Wasserglas leer und stellte es wieder auf dem Tisch ab. Er fixierte noch einmal jeden der Anwesenden einzeln, dann wandte er sich der Tür zu, verharrte aber im Rahmen und drehte sich wieder um. »Übrigens, Cohrs, wenn du dich das nächste Mal nachts in dunklen Ecken rumdrückst, solltest du deine Augen überall haben. Ich war nämlich nicht der Einzige, der bei eurem Gespräch dabei war und den du nicht bemerkt hast. Reymers war nicht alleine da. Als du schon weg warst, kam so ein Kerl aus dem Leuchtturm und hat mit ihm geredet. Hast du eine Ahnung, wer das gewesen sein könnte?«

Malte Cohrs blickte ihn entgeistert an, zog dann die Schultern hoch und ließ sie wieder fallen. Tamme Boysen setzte seine Mütze auf, deutete mit Zeige- und Mittelfinger einen offiziellen Gruß am Mützenrand an und stapfte durch den Flur zur Haustür. Im Hinausgehen hörte er noch den Tumult, den seine letzten Worte ausgelöst hatten.

»Das ist doch der Beweis: Dem Reymers kann man nicht trauen. Da muss man doch was machen«, hörte er Jesko Keden dröhnen, bevor die Haustür hinter ihm ins Schloss fiel.

Als Malte Cohrs, Heiko Tönnies und Jesko Keden nach etwa

einer halben Stunde ebenfalls Oma Klüsings Haus verließen, stand Tamme Boysen gegenüber versteckt hinter dem Eckhaus zur *Karkhiar Spichal Goat*, in der sich die kleine katholische Kirche befand. Er ließ den Männern, die zügig die *Kieler Straße* hinabliefen, einen kleinen Vorsprung, wählte parallel zu ihnen die *R.-C.-Rickmers-Straße* und folgte ihnen dann in sicherem Abstand durch die kleinen Gassen und die *Treppenstraße* ins Unterland.

Im *Lung Wai* verschwanden die drei schließlich in Heiko Tönnies' Schnaps- und Zigarettenladen. Durch das Fenster konnte Tamme Boysen sehen, wie sie hinter der Theke an Tönnies' Frau vorbei in das Hinterzimmer gingen und die Tür hinter sich schlossen. Nachdenklich kratzte er sich seinen Backenbart. Gerne hätte er gehört, was die Männer da drin jetzt wieder ausheckten, aber sie würden sich bestimmt nicht noch einmal von ihm überrumpeln lassen. Hier war jetzt nichts mehr zu tun. Da konnte er genauso gut seinen übrigen Verpflichtungen nachgehen. Schließlich durfte er nicht wegen dieser paar Idioten seinen Dienst vernachlässigen. Mit einem letzten Blick in den Laden drehte er sich um und schob sich zwischen den mit Plastiktüten bepackten Tagestouristen hindurch in Richtung Mole.

Nachdem auch Mechthild Lornsen gegangen war, wandte sich Oma Klüsing Eiken Jörgensen zu. Die alte Dame hatte der Vogelwartin unbemerkt von den anderen ein Zeichen gegeben, dass sie noch bleiben sollte.

»Die Sache gefällt mir nicht.« Oma Klüsing setzte sich Eiken gegenüber an den Tisch. »Ich habe das Gefühl, dass sich hier etwas zusammenbraut. Tamme ist ein guter Kerl, aber für den geht der Inselfrieden über alles. Wenn offen über eine Sache diskutiert wird, hat er das Gefühl, dass etwas mit dem Zusammenhalt nicht stimmt. Und Malte ist ein Hitzkopf. Wer weiß, wozu der in der Lage ist. Am meisten Sorgen machen mir aber Heiko und Jesko. Die kennen keine Grenzen, denen traue ich alles zu. Und ich bin eine alte Frau. Auf mich hört doch keiner, wenn es ernst wird.« Als sie merkte, dass Eiken ihr kaum zugehört hatte, ergriff sie ihre Hände. »Kummer, Mädchen?«

»Hm? Oh, entschuldige. Was meinst du?«

»Was ist los mit dir, min Deern? Die ganze Zeit über bist du mit den Gedanken nicht so recht hier. Hast du Heimweh? Gefällt es dir etwa nicht bei uns?«

Eiken schüttelte den Kopf. »Das ist es nicht. Es geht um etwas Privates.«

»Dachte ich mir's doch«, sagte Oma Klüsing nickend, erhob sich und holte eine Kömflasche und zwei Pinnchen aus einem Schrank. Sie schenkte ein und schob Eiken eines hinüber. »Private Dinge muss man hochprozentig besprechen. Prost, Deern.«

Eiken schüttelte den Kopf und blickte auf die Tischplatte.

»Du trinkst das jetzt, und dann erzählst du mir, was los ist.« Oma Klüsings Ton machte deutlich, dass sie keinen Widerspruch duldete.

»Ja, Mama.« Eiken grinste, nippte an dem Köm und verzog das Gesicht.

»Ex, Mädchen, sonst wirkt der nich.« Oma Klüsing kippte ihren in einem Schluck und goss nach, als Eiken ihrem Beispiel gefolgt war. »Und jetzt raus mit der Sprache.«

Eiken erzählte von dem Telefonat mit Leander und ergänzte, als Oma Klüsing nicht locker ließ, die ganze Vorgeschichte, angefangen bei ihrer ersten Begegnung über die gemeinsamen Ermittlungen im letzten Sommer bis zu Lenas Rückkehr in das kleine Fischerhaus. Die alte Dame steckte sich eine Zigarette an, inhalierte tief und hörte aufmerksam zu. Zwischendurch nickte sie, als passe das alles genau zu ihrer Lebenserfahrung.

»Männer!«, kommentierte sie schließlich mit einer Betonung, als seien damit alle Abgründe dieser Welt erfasst. Dann drückte sie Eiken das volle Schnapspinnchen in die Hand und prostete ihr auffordernd zu. Diesmal leistete Eiken keinen Widerstand und beide kippten den Köm auf Ex. »Jetzt hör mir mal gut zu, min Deern. Ich bin eine alte Frau, aber das war ich nicht immer. Und wenn ich vor über fünfzig Jahren nicht auf Helgoland, sondern auf Neu-Guinea gestrandet wäre, würde ich allein meines Alters wegen als weise verehrt. Deshalb gebe ich dir jetzt einen guten Rat ...«

4

Das *Kleine Versteck* in der *Mühlenstraße* war eine Seefahrerkneipe, die skurrilerweise in einer ehemaligen Kirche untergebracht war. Ihr Inhaber, Leanders Freund und Skatbruder Dirk Wittkamp, war Priester gewesen und hatte vor Jahren höchstpersönlich durch seine ketzerischen Predigten dafür gesorgt, dass die katholische Kirche auf Föhr ihren Kampf gegen die Schwindsucht aufgegeben hatte und das Gebäude für eine neue Verwendung frei geworden war. Das hatte ihm auf der Insel den Spitznamen Mephisto eingetragen. Aber auch die Skandale innerhalb der katholischen Kirche in den letzten Jahren hatten ihren Beitrag zu einer dramatischen Verkleinerung der Gemeinde geleistet. Der Bischof hatte also die Chance ergriffen, nicht nur Pastor Wittkamp disziplinarisch zu maßregeln, sondern auch das unrentable Gebäude auszusegnen und zu veräußern. Mephisto hatte jedoch kurzerhand die Kündigung eingereicht, statt sich strafversetzen zu lassen, über einen Strohmann seine ehemalige Kirche erworben und darin besagte Kneipe eröffnet, was selbst dem Bischof sicherlich den einen oder anderen Fluch entlockt haben dürfte.

Vor ein paar Jahren hatte der kleine umtriebige Mephisto zusätzlich in dem Bauerndörfchen Oevenum einen ehemaligen Friesenhof erstanden und aus dem Bauerngarten und den dazu gehörenden Nebengelassen inzwischen einen ansehnlichen gastronomischen Betrieb aufgebaut. Der geradezu legendäre Ruf von *Mephisto's Biergarten* war dabei nicht nur seinem kauzigen Inhaber zu verdanken, sondern vor allem den dort gereichten Spezialitäten: Neben traditionellem Bauernkuchen vom Blech am Nachmittag gab es abends rustikales Holzofenbrot aus dem eigenen Backhaus, in dem ein großer Steinofen für täglichen Nachschub sorgte. Die Schinken-, Wurst- und Käseplatten und das frisch gezapfte Landbier sorgten jeden Abend für vollständig besetzte Tische, und da sich Mephisto im Sommer keinen Ruhetag leisten wollte, fand der Skatabend inzwischen wieder fernab des Trubels im *Kleinen Versteck* statt.

Als Leander die schwere Eichentür aufzog, wankten ihm zwei Männer entgegen, die merkwürdig bleich aussahen, wie Gespenster, und mehr aus der Kneipe stolperten, als dass sie gingen. Die konnten doch so früh am Abend noch nicht besoffen sein. Oder sollte die Vogelgrippe Föhr erreicht haben? H5N1, dachte Leander, mutiert und auf den Menschen übergesprungen. Er schob den schweren, dunkelgrünen Vorhang zur Seite, der gleich hinter der massiven Kirchentür als Windfang diente.

Der Schankraum war nur mäßig besucht, und auf allem lastete eine tiefe Schwermut. Die wenigen Gäste schienen gänzlich von einer ominösen Seuche befallen zu sein und blass ihrem unausweichlichen Ende entgegenzusiechen. Selbst Linda, die junge und eigentlich äußerst lebenslustige Bedienung, saß hinter dem Tresen und stützte schwer ihren Kopf in die Hände, anstatt sich um das Wohl der sonst so trinkfreudigen Insulaner zu kümmern. Anscheinend war heute niemandem nach Trinken zumute. Das war nur mit einem dramatischen Trauerfall zu erklären. Sollte etwa Mephisto etwas zugestoßen sein?

Leander sah sich um und erblickte rechts in einer Nische drei Gestalten, von denen zwei schweigend vor ihren Bierkrügen saßen: Der Maler Götz Hindelang und der Lehrer Tom Brodersen brüteten schwer an ihrer Depression, während Mephisto heftig gestikulierend auf sie einredete. Erleichtert stellte Leander fest, dass es seinem schwergewichtigen Freund offensichtlich gut ging. Allerdings wunderte er sich über die finstere Stimmung seiner übrigen Skatbrüder. Normalerweise reichten diese wenigen Männer aus, um für ordentlichen Schwung zu sorgen. Heute aber saßen sie da und starrten in ihr Bier, als stehe mindestens der Untergang der Insel bevor. Leander trat an den Tisch und klopfte zur Begrüßung auf die Holzplatte, erntete aber nur ein müdes Nicken von Tom Brodersen und ein mattes Winken Götz Hindelangs, während sich Mephistos Gesicht geradezu erleichtert aufhellte.

»Henning, Freund und Bruder, endlich ein Lichtblick in dieser trüben Runde. Setz dich in unseren erlauchten Kreis. Ich hole dir gleich etwas zu trinken.« Der kleine Mann eilte in Richtung Theke davon.

»Was ist los?«, erkundigte sich Leander bei seinen finster dreinblickenden Freunden.

Götz Hindelang öffnete den Mund und formte mit den Lippen ein paar Worte, aber es kam kein Ton heraus, so dass Leander auf eine schwere Stimmbandentzündung tippte.

»Ist jemand gestorben?«, hakte er nach.

»Noch nicht«, bekam er von Tom Brodersen krächzend zur Antwort, als habe auch der sich mit dem ominösen Stimmbandvirus angesteckt. »Aber es ist minütlich damit zu rechnen.«

»Was soll das heißen? Ist jemand krank?« Leander blickte von einem zum anderen. »Ist etwas mit Elke? Oder mit den Kindern?«

Elke war Tom Brodersens Ehefrau, und Toms Gesicht nach zu urteilen, musste Leander mit dem Schlimmsten rechnen.

»Elke und den Kindern geht es gut«, krächzte der Lehrer mit schwerem Kopfschütteln. »Wenn man mal davon absieht, dass sie vielleicht morgen schon Witwe und Waisen sein werden.«

»Verdammt noch mal«, wurde Leander jetzt grimmig, »kann mir mal jemand erklären, was hier eigentlich los ist?«

»Sag du es ihm«, forderte Tom Brodersen Götz Hindelang auf. »Mir fehlt noch die Kraft dazu. Außerdem finde ich für diesen Frevel keine Worte.«

Der Maler nahm erneut einen Anlauf und brachte diesmal tatsächlich mühsam ein paar keuchende Worte zustande: »Probier selbst.« Dabei schob er Leander seinen Bierkrug hinüber.

»Was ist da drin?«

»Bier.«

»Aha, und was ist mit diesem Bier?«

»Das kann man nicht erklären«, stöhnte Tom Brodersen. »Das muss man selbst erleben.«

Leander hob entnervt den Krug, nahm einen großen Schluck von dem etwas trüben Getränk und bevor er begriff, was da in seinem Mund passierte, setzte bereits sein Schluckreflex ein. Zu spät, dachte er, jetzt ist alles aus. Von einem heftigen Würgereiz geschüttelt, sprang er von der Bank auf und rannte in Richtung Theke, weil da die Rettung in Gestalt von frischem Wasser aus dem Kran zu finden war. Die Marter, der seine Geschmacksnerven auf den wenigen Metern inzwischen ausgesetzt waren, ließ sich nicht in eindeutige Worte fassen. Ein Gemisch aus Seife, Salzsäure und faulem Obst schien sich ihrer bemächtigt zu haben und unaufhaltsam weiter zu gären, obwohl sich das Gesöff längst in seinem Magen befand und dort sicherlich Furchtbarstes anrichtete. Und so machte Leander hinter der Theke gar nicht erst den Umweg über ein Glas, sondern schob gleich seinen Kopf unter den Wasserkran, drehte ihn voll auf und saugte das rettende Nass in sich hinein.

»Nanana, alter Freund«, tadelte Mephisto, der am Zapfhahn stand und einen Krug mit trübem Gerstensaft volllaufen ließ. »Kannst du es nicht abwarten? Ich bringe dir doch gleich was zu trinken.«

»Teufel auch, was ist das?«, krächzte Leander mit dünner Stimme und tauchte wieder unter dem Wasserkran hervor.

»Mein neuester Geniestreich«, erklärte Mephisto und warf sich stolz in die Brust. »Selbstgebrautes Bier: *Mephistos Gerstengenuss*!«

»Gottes Willi! Willst du uns vergiften?«

»Wieso? Ich selbst trinke seit Tagen davon und muss dir sagen: So schlimm, wie es zuerst scheint, ist das gar nicht. Man gewöhnt sich daran. Die Stimme ist spätestens am zweiten Tag wieder voll da und geht auch nicht wieder weg. Es fördert sogar die Verdauung. Und dass es absolut ungiftig ist, merkst du ja an mir.«

»Das Einzige, was ich merke, ist, dass dieses Gesöff dir offenbar deine letzten noch verbliebenen Geschmacksnerven weggeätzt hat. Bist du eigentlich bescheuert, uns so ein Zeug vorzusetzen?«

»Undank ist der Welt Lohn«, meckerte Mephisto und zog seine buschigen Brauen unwillig zusammen. »Da habe ich tage- und nächtelang aus selbst angesetzter Maische in einem alten kupfernen Kessel auf offener Flamme dieses edle Getränk gerührt und jetzt das. Wenn euch mein Gerstensaft nicht schmeckt, dann sauft doch weiter die Industrieplörre, von der eine wie die andere schmeckt.«

»Genau das werden wir auch tun.« Leander tauchte keuchend noch einmal unter den Wasserkran, weil der üble Geschmack sich unaufhaltsam zurückkämpfte und seine Kehle zu verätzen drohte.

Grummelnd stieß Mephisto seiner Angestellten in die Seite. »Schließ die Industrieplörre wieder an, Linda«, fauchte er. »Die Welt ist offenbar noch nicht reif für diese Revolution des guten Geschmacks.«

Das Gesicht der jungen Frau hellte sich auf, und auch die wenigen noch verbliebenen Gäste in der Kneipe erwachten zu neuem Leben angesichts der Rettung in Gestalt des alten dunklen Landbieres, das nun wieder aus dem Zapfhahn fließen würde. Mephisto selbst nahm demonstrativ den Krug, den er eben mit seinem Selbstgebrauten gefüllt hatte, und trug ihn vor sich her zum Tisch in der Nische.

Kurz nachdem Leander zu seinen Skatbrüdern zurückgekehrt war, wechselte Linda die Bierkrüge aus und erntete dafür ein dreistimmiges befreites »Aaaah!« Tom und Götz tranken in tiefen Zügen das dunkle Nass, und mit jedem Schluck sah man ihren Gesichtern die Erleichterung mehr an. Erst als die Krüge geleert waren, setzten sie sie auf dem Tisch ab und ließen sich mit seligem Grinsen in ihre Stuhllehnen zurückfallen. Mephisto hockte vor sich hin grummelnd daneben und trank kleine Schlucke von seinem Selbstgebrauten.

»Ich habe dich gewarnt«, erinnerte Linda ihn lachend. »Mit dem Zeug wirst du auch noch deine letzten Freunde verlieren.«

»Du hast doch wohl nicht ernsthaft vor, das deinen Gästen im Biergarten zu servieren«, sagte Leander.

»Natürlich nicht«, entgegnete Mephisto gereizt und starrte

in die trübe Brühe in seinem Krug. »Jedenfalls noch nicht in dieser Phase. Das ist ein erster Versuch, und ich habe mit Bedacht das *Kleine Versteck* dafür ausgesucht.«

»Und uns!«, schimpfte Götz Hindelang.

»Natürlich ist *Mephistos Gerstengenuss* noch nicht perfekt«, ignorierte Mephisto die Entrüstung des Malers.

»Nicht perfekt, sagt er«, kam es fassungslos von Tom Brodersen, dessen Stimme allmählich wieder Klang und Farbe annahm. »Für das Zeug brauchst du einen Waffenschein. Das gehört in einen Giftschrank weggeschlossen. Für den Export in den Iran fällt das bestimmt unter das Waffen-Embargo.«

»Wenn du das im Auto transportierst, wird deine Karre zum Gefahrguttransporter«, ergänzte Götz Hindelang mit ebenfalls erstarkender Stimme. »Ich bezweifele allerdings ernsthaft, dass man so etwas auf einer Fähre überhaupt befördern dürfte. Aber vielleicht ist es ja geeignet, um meine Pinsel darin auszuwaschen.«

»Sagtest du nicht, es fördere die Verdauung?«, erkundigte sich Leander. »Verkauf es doch an die Pharmaindustrie, als Grundsubstanz für ein neues Abführmittel. Oder vermarkte es selbst: *Mephistos Entschlackungskur – der Tod des Darmegels.*«

»Jetzt übertreibt mal nicht«, wurde Mephisto nun laut und ungehalten. »Ich muss eben noch etwas daran weiterfeilen.«

»Lieber Freund, tu dir und deinen Mitmenschen einen Gefallen und unterlass künftig deine alchemistischen Experimente«, riet Tom Brodersen mit Inbrunst. »Ich kann für dich und uns nur hoffen, dass wir keine Langzeitschäden davontragen. Guck dir Henning an, der ist ganz grün geworden. Und seine matten Augen bekommen auch schon dunkle Ränder.«

»Du musst jetzt gaaanz viel trinken, Henning«, riet Götz Hindelang mitfühlend und legte seinem Freund eine Hand auf den Arm. »Das Zeug muss sich in deinem Magen verdünnen, verstehst du? Mindestens eins zu tausend, schätze ich.«

»Genau«, unterstützte Tom Brodersen den Maler. »Die Nordsee hat seinerzeit die Dünnsäureverklappung durch

Kronos-Titan ja auch überstanden. Die Regeneration dauert halt ein paar Jahre, aber eine Chance hast du.«

»Ich hole Nachschub«, verkündete Linda lachend und sammelte die leeren Krüge ein, um mit ihnen in Richtung Theke zu verschwinden.

»Und denk an die Schinkenplatten«, brummte Mephisto ihr grimmig nach.

Dass Linda auch ungefragt seinen Krug *Gerstengenuss* mitgenommen hatte, akzeptierte er widerstandslos. Leander verzichtete auf eine diesbezügliche Bemerkung, weil er den kleinen Mann nicht über Gebühr verärgern wollte.

Götz Hindelang griff nach den Skatkarten auf dem Tisch und begann zu mischen. »Lasst uns anfangen zu spielen. Wer weiß, wie lange wir noch auf unseren Bänken sitzen können, nachdem wir alle einen Schluck von diesem Teufelszeug getrunken haben. Bestimmt ätzt das ganz allmählich nach unten durch. Ich fühle direkt, wie es diese Plörre dahin zurückzieht, wo sie hergekommen ist: in die Hölle.«

»So, Schluss jetzt«, brauste Mephisto auf. »Ich hab's kapiert. Und du, Götz, gehst am besten gleich aufs Klo und wäschst dir die Hände. Die Karten, die du mir gegeben hast, sind eine absolute Katastrophe.«

»Mein ist die Rache, spricht der Herr«, entgegnete der Maler mit einem zufriedenen Grinsen.

Leander sortierte seine Karten, die sich für ein Pik-Spiel geradezu aufdrängten: sechs Trümpfe mit Kreuz- und Herz-Buben, Karo-Ass und Zehn und Kreuz-Ass und König als Beiblatt.

»Achtzehn«, reizte er an Tom gewandt.

»Ja.«

»Zwanzig.«

»Weg.«

»Mephisto?«

»Weg«, brummte der mit grimmig zusammengekniffenen Augen, aber sein Gesicht hellte sich gleich wieder auf, als Linda die vollen Schinkenplatten vor den Männern verteilte.

Im Skat lagen ein weiterer Trumpf und die Herz-Sieben, die Leander gleich zusammen mit dem Kreuz-König wieder drückte. Da die übrigen vier Trümpfe verteilt waren, gewann er sein Spiel ohne Zwischenfälle. Tom und Mephisto kamen nicht einmal aus dem Schneider. Zufrieden kassierte Leander seinen stolzen Gewinn in Höhe von vier Cent pro Mitspieler und biss herzhaft in ein Schinkenbrot, während Mephisto die Karten mischte und austeilte. Nach der Niederlage mit dem selbstgebrauten Bier war er ungewohnt schweigsam und es dauerte einige Spiel- und Industrie-Bier-Runden, bis sich seine Stimmung etwas gebessert hatte. Leander hätte wetten können, dass das allein daran lag, dass auch Mephisto seinen Widerstand aufgegeben und zu dem bewährten Landbier gewechselt hatte.

Linda sorgte ununterbrochen für Nachschub und stellte auch noch ein paar Gläser mit Salzstangen in die Tischmitte, nachdem die Skatbrüder ihre Platten geputzt hatten. Insgesamt war das Glück im Spiel an diesem Abend eine wechselhafte Braut, so dass in der Summe kein großer Umsatz gemacht wurde.

Irgendwann wurde Tom darauf aufmerksam, dass Leander ungewöhnlich schweigsam war. »Sag mal, ist dir eine Laus über die Leber gelaufen? Oder hast du in der letzten Nacht nur schlecht geschlafen?«

Leander winkte ab und vertiefte sich demonstrativ in sein Blatt.

»Es schläft sich halt wirklich schlecht so ganz alleine«, zeigte Mephisto, der als Geber aussetzte, übertriebenes Mitgefühl und studierte aufmerksam die beiden Karten im Skat, während Tom und Götz ihre Blätter sortierten.

»Na, dann wird sich seine Laune ja bald wieder bessern«, vermutete Tom. »Lena will doch an diesem Wochenende kommen, nicht wahr?«

»Sie kommt nicht«, stellte Leander klar.

»Wie: Sie kommt nicht? Hat sie einen neuen Fall? Ist sie krank?«

»Nichts dergleichen. Sie kommt einfach nicht. Punkt.«

Nun ließen die drei Skatbrüder ihre Karten sinken und blickten sich verständnislos an.

»Henning, lieber Freund«, insistierte Mephisto. »Wir verfügen leider nicht über hellseherische Kräfte. Also erklärst du uns jetzt bitte mal ganz genau, was eigentlich los ist?«

Leander seufzte, legte seine Karten auf den Tisch und berichtete von Lenas Brief. Dabei wechselten seine Skatbrüder vielsagende Blicke und Tom nickte mitunter sogar.

»Das war ja zu erwarten«, stellte der Lehrer schließlich fest. »Irgendwann musste es ja so kommen.«

Götz und Mephisto nickten.

»Was war zu erwarten?«, fuhr Leander gereizt auf.

»Dass Lena deine Spielchen nicht ewig mitmachen wird. Ich habe mich schon lange gefragt, warum sie sich dein Techtelmechtel mit Eiken tatenlos ansieht.«

»So ein Unsinn!« Leander wusste, dass die Wut, die da in ihm hochkochte, ungerecht war, weil er sich selbst ja schon dieselben Vorwürfe gemacht hatte.

»Gar kein Unsinn«, beschied Tom. »Du bist selbst schuld, wenn beide Frauen nichts mehr von dir wissen wollen. Elke hat auch mehr als einmal gesagt ...«

»Entschuldige bitte, aber die psychologischen Weisheiten deiner Frau helfen mir jetzt herzlich wenig!«

»Streitet euch nicht, Kinder!«, erhob Mephisto die Stimme. »Es ist ja nun nichts daran zu ändern, und hinterher ist man immer schlauer. Denke lieber daran, Henning, dass in jedem Ende auch ein Anfang steckt.«

»Verschone mich bitte mit deinem leeren Geschwätz, Meister der Phrasen!«

»Nein, wirklich, genieße deine neu gewonnene Freiheit. Kommt Zeit, kommt Rat. Wenn du denkst, es geht nichts mehr ...«

Als nun auch Tom die Augen gen Himmel lenkte, winkte Mephisto beschwichtigend ab. Schweigend saßen die Männer vor ihren Bieren und ihren auf dem Tisch abgelegten Karten. Da ertönte plötzlich die gepfiffene Anfangsmelodie von *Wind Of Change*, und Leander brauchte einen Moment, bis er begriff, dass es sich um sein Smartphone handelte. Lena hatte es ihm zu Weihnachten geschenkt. Er trug es nur für Notfälle bei sich und benutzte es so gut wie nie.

Umständlich kramte er es aus der Hosentasche und drückte die grüne Hörertaste. Als sich Eiken meldete, war er zu überrascht, um sofort reagieren zu können.

»Henning? Bist du noch da?«

»Eiken. Ja. Na klar. Ich hatte nur nicht damit gerechnet, dass ...«

»Na bitte«, sagte Mephisto leise, als habe er den Anruf eben höchstpersönlich angekündigt, und hob gewichtig den rechten Zeigefinger. »Eiken.«

»Das hat der Blödmann gar nicht verdient«, stellte Tom an Götz gewandt fest, »dass dem die Frauen so nachlaufen.«

Der Maler nickte.

»Was sind denn das für Stimmen im Hintergrund?«, erkundigte sich Eiken. »Wo bist du?«

»Skatabend im *Kleinen Versteck*. Du solltest die feixenden Gesichter der Idioten sehen, die mir gegenübersitzen.«

»Dann will ich nicht stören. Ich wollte dir nur sagen, dass ich es mir überlegt habe. Wenn du willst, kannst du mein Gästezimmer haben.«

»Gästezimmer. Ja. Super. Klar. Aber wieso ...?«

Tom echote leise: »Gästezimmer. Ja. Super. Klar.« Götz konnte sich kaum halten vor Lachen, während Mephisto kommentierte: »Und ewig lockt das Weib. Das war schon seinerzeit im Paradies so. Ist aber übel ausgegangen für den armen Adam.«

Leander schüttelte missbilligend den Kopf, konnte aber nicht verhindern, dass er rot wurde.

»Frag mich nicht, warum ich es mir anders überlegt habe«, fuhr Eiken fort. »Ich weiß es, ehrlich gesagt, selbst nicht. Wann hast du vor, zu kommen?«

»Tja, keine Ahnung. Das kommt jetzt etwas plötzlich. – Was hältst du von morgen?«

»Ach, so schnell dann doch!« Jetzt war es Eiken, die lachte.

»Pass auf, es ist etwas umständlich geworden, nach Helgoland zu kommen, seit der Katamaran nicht mehr von Wyk aus fährt.«

»Ich weiß, du musst mit der Fähre nach Dagebüll, dann

mit dem Bus nach Husum und von da wieder mit der Fähre hier raus. Gib mir einfach rechtzeitig Bescheid, wenn du in Husum auf dem Schiff bist. Ich hole dich dann im Hafen ab. Und grüß die Idioten von mir. Mach's gut.«

Eiken hatte das Gespräch längst beendet, als Leander ein nervöses »Ja, du auch!« herausbrachte. Seine Skatbrüder lachten lauthals, während er sein Handy wieder wegsteckte.

»Guckt euch dieses blöde Gesicht an«, keuchte Tom kurzatmig. »Das kommt aber jetzt etwas plötzlich. Was hältst du von morgen?«

»Es ist etwas umständlich geworden, seit der Katamaran nicht mehr fährt«, fiel Götz wiehernd ein.

»Kinder, bitte!« Mephisto legte den beiden seine Hände auf die Arme. »Jetzt beruhigt euch mal. Henning wird ja ganz verlegen.«

»Ich soll euch grüßen«, brachte Leander mühsam beherrscht hervor und fügte wie zur Erklärung des Anrufes hinzu: »Morgen breche ich zu den *Helgoländer Lummentagen* auf.«

»Das kommt aber jetzt ganz schön plötzlich«, entgegnete Tom, woraufhin die drei erneut in albernes Gelächter ausbrachen.

Leander wartete, bis sie sich halbwegs wieder beruhigt hatten. »Weiß von euch jemand, mit welcher Fähre ich fahren muss, wenn ich morgen Mittag von Husum aus nach Helgoland übersetzen will?«

»Unsinn: Fähre!«, dröhnte Mephisto und wischte die Idee mit der Hand weg. »Das ist ja eine Tagesreise für die paar Seemeilen. Ich weiß, wie wir schneller nach Helgoland kommen.«

Leander brauchte einen Moment, um den Inhalt des letzten Satzes ganz zu erfassen. »Wir? Wieso wir?«

»Na, ich komme mit, das ist doch wohl klar. Wenn du keinen Anstandsonkel dabei hast, versaust du die Sache mit Eiken am Ende noch.«

»Von wegen, mein Lieber. Das fehlte mir gerade noch, dass ich dich tagelang an der Backe habe.«

»Du kennst mich, Henning. Ich bin ein sehr verständnisvoller Mensch und war noch nie ein Freund von Machtworten. Aber in dieser Sache dulde ich keinen Widerspruch. Ich fahre mit. Basta!«

»Vergiss es. Es kommt überhaupt nicht in Frage, dass ich ein kleines Gästezimmer ausgerechnet mit dir teile.«

»Musst du nicht, alter Freund, musst du nicht. Ich nutze die Gelegenheit und besuche meine alte Freundin Gertrud. Die hat immer ein Bett für mich frei.«

»Gertrud? Was für eine Gertrud?«, fragte Götz.

»Weiß Diana davon?«, ergänzte Tom.

»Natürlich weiß Diana davon. Gertrud Klüsing ist eine gute alte Freundin, nicht mehr. Und das Wörtchen *alt* dürft ihr wörtlich nehmen. Gertrud ist weit über achtzig. – Also, ich schlage vor, dass wir gleich morgen früh nach Helgoland aufbrechen.«

»Aha, und wie, wenn wir nicht die Fähre nehmen? Sollen wir rüberschwimmen, oder was?«

»Das wäre die eine Möglichkeit. Allerdings, wenn ich dich so ansehe, scheinst du dafür zu wenig trainiert zu sein. Deine Fitness, lieber Henning, lässt, wenn ich das kritisch anmerken darf, augenscheinlich sehr zu wünschen übrig in letzter Zeit. Es gibt zum Glück noch eine zweite Variante, die auch besser zu den *Helgoländer Lummentagen* passt: Wer nicht schwimmen oder über das Wasser wandeln kann, muss wohl oder übel fliegen. Und zwar mit Hansman!« Triumphierend blickte Mephisto in die Runde, als sei ihm wieder einmal ein Geniestreich gelungen. Die Pleite mit dem selbstgebrauten Bier hatte er längst vergessen. Stattdessen war er ganz in seinem Element, beugte sich nun verschwörerisch vor und fuhr, als er keinerlei Widerspruch zu seinen Transportplänen bekam, mit theatralisch gesenkter Stimme und erhobenem Zeigefinger fort: »Überlass das nur mir. Morgen früh um neun geht's los!«

»Kannst du jetzt auch schon einfach so über den Terminkalender von diesem – wie heißt der? Hansman? – verfügen?«, zweifelte Leander.

»Keine Sorge, das passt schon. Schließlich war ich viele Jahre lang Hansmans Beichtvater. Der schlägt mir garantiert nichts ab! – Linda, machst du uns mal noch vier Biere klar? Und vier Köm, morgen geht's hinaus in die Fremde!«

5

Um kurz nach neun war Leander am nächsten Morgen auf dem Wyker Flugplatz. Er steuerte mit einer großen Reisetasche in der Hand, seiner Fototasche über der Schulter und einem mulmigen Gefühl gleich hinter dem Solarplexus direkt den Tower an, vor dem Mephisto schon unruhig auf und ab tigerte. Gemeinsam betraten sie das Gebäude, in dem Hans Werner Jacobsen, der auf Föhr von allen nur Hansman genannt wurde, Dienst tat. Mephisto hatte den hiesigen Beauftragten für die Flugsicherheit gleich nach einem Anruf bei Gertrud Klüsing noch in der letzten Nacht kontaktiert und den Termin für heute ausgemacht. Der Wyker Lotse brauchte ohnehin noch ein paar Flugstunden, die er jährlich für seinen Pilotenschein nachweisen musste, und hatte sich sofort bereit erklärt, seinen alten Freund Mephisto persönlich nach Helgoland zu fliegen.

Hansman war mit dem Protokollbuch beschäftigt, als die Männer den Tower betraten. Er blickte kurz auf und grinste, als er Leanders skeptischen Blick aus dem Fenster und auf die kleinen einmotorigen Maschinen da draußen bemerkte. Leander hatte noch nie Flugangst gehabt, aber die winzigen Dinger auf dem Rasenrollfeld sahen eher wie Spielzeuge aus als wie ernstzunehmende Flugzeuge. Und mit einer von diesen fliegenden Seifenkisten sollte es gleich über die Weiten der Nordsee gehen?

»Moin, Moin«, grüßte Mephisto in seiner typischen überschwänglichen Art. »Wenn das mal kein traumhaftes Flugwetter ist!«

»Moin. Bin gleich so weit.« Hansman vervollständigte seine Einträge ins Protokollbuch. »So, kann losgehen. Bist du schon mal nach Helgoland geflogen?« Letzteres war an Leander gerichtet, der das etwas verzögert begriff, weil er nicht mit Hansmans direkter Art gerechnet hatte.

»Nein.«

»Na, dann verspreche ich dir ein Abenteuer. Das kann

man da drüben kaum als Flugplatz bezeichnen. Erinnert eher an eine Piste in der Sahara.« Hansman lachte und kniff Mephisto ein Auge zu.

»Ich hoffe, Sie sind schon öfter auf der Route unterwegs gewesen?«

Hansman lachte vielsagend, antwortete aber nicht auf die verräterische Frage. Stattdessen hob er den rechten Zeigefinger und drohte mit betont ernster Stimme: »Regel Nummer Eins: Bei mir an Bord wird geduzt, sonst gehst du auf halber Strecke über Bord – und zwar ohne Fallschirm!«

Er griff nach seiner Mappe, in der Leander Kartenmaterial vermutete und die Unterlagen, die ein Flugzeugführer so mit sich führen musste. Dann ging der Pilot mit langen Schritten voraus, die Treppe des Towers hinunter und draußen direkt hinüber zu der kleinsten Maschine, die auf dem Rasen stand.

»Das ist meine«, verkündete er stolz und öffnete die Tür, um umständlich hineinzuklettern. »Eine Piper 02.«

Die Maschine bot Platz für drei Fluggäste. Auf der hinteren Sitzbank stellten sie die Taschen ab. Mephisto quetschte sich mit den zweifelhaft großmütigen Worten »Setz du dich mal nach vorne, da hast du mehr davon.« dazu, so dass Leander nur der Platz direkt neben dem Piloten blieb. Dem Grinsen des ehemaligen Priesters auf der Rückbank war die Vorfreude auf den Flug deutlich anzusehen. Leander bewunderte seinen Freund für sein Gottvertrauen in jeder Lebenssituation. Oder sollte es einfach nur Naivität sein? Oder gar teuflisches Vergnügen an der Gefahr? Leander schluckte hart.

Hansman fummelte an einigen Schaltern und Knöpfen herum. Nach und nach schalteten sich in den vorsintflutlich anmutenden Armaturen zahlreiche Lämpchen an, von denen das eine oder andere sogar blinkte, was auf Leander wie eine Warnung wirkte. Sehr vertrauenerweckend sah das jedenfalls nicht aus, aber Hansman war offensichtlich nicht beunruhigt. Routiniert hantierte er an diversen Schaltern herum und pfiff dabei leise die Melodie von *Über den Wolken*. So sah Vorfreude aus.

Als der Pilot den Zündschlüssel betätigte, sprang der Motor

leicht stotternd an, lief aber bald gleichmäßig dröhnend. Der kleine Propeller vorne in der Nase des Flugzeugs drehte sich so schnell, dass er beinahe unsichtbar wurde.

»Alles klar?«, erkundigte sich Hansman grinsend. »Kann's losgehen?«

Leander nickte nur verhalten, was bei dem Piloten wiederum ein Lachen hervorrief. Mephisto dagegen rief »Jep!« und beugte sich zwischen den Männern auf den Vordersitzen leicht vor, als wolle er da draußen nichts verpassen, wenn sie nun abhoben. Hansman zog an einem Hebel. Der Motor kam laut auf Touren, das kleine Flugzeug setzte sich hoppelnd in Bewegung und sprang bald schon immer zügiger über den holperigen Rasen. Der Pilot steuerte direkt auf das Rollfeld zu, drosselte dann die Geschwindigkeit und drehte das Flugzeug am Anfang der Startbahn in Position.

»Dann werde ich mir jetzt mal selbst Starterlaubnis erteilen. Und los geht's«, verkündete er und zog den Geschwindigkeitshebel langsam und gleichmäßig ganz zu sich herüber.

Leander wurde in die Rückenlehne seines Sitzes gedrückt und bekam ein Gefühl in der Magengegend, wie er es vom Achterbahnfahren mit den Kindern in Erinnerung hatte, als die noch klein gewesen waren. Schon damals hatte er sich so oft wie möglich davor gedrückt und seiner Frau Ilka den Vorrang gelassen, der diese Teufelsdinger nichts ausmachten. Hansman zog kurz vor dem Ende der Startbahn die Maschine hoch, was in Leanders Magen für eine Rebellion und auf dem Rücksitz für ein Jubeln sorgte, und ließ sie dann zügig ansteigen. Der Motor dröhnte jetzt ohrenbetäubend, der kleine Propeller schien sich verkehrt herum zu drehen. Wenig später richtete der Pilot die Maschine wieder aus, drehte noch eine kleine Runde über die Insel, deutete einmal hinunter auf den Bereich um die Fußgängerzone, so dass Leander sein kleines Fischerhaus mit den Apfelbäumen im Garten von oben betrachten konnte, und zog dann in einem weiten Bogen über den Hafen hinaus aufs Meer.

Aus dieser Perspektive sahen die Fähren wie Spielzeugmodelle aus, obwohl die kleine Maschine relativ gesehen gar nicht so hoch flog. Während die Schiffe in einem weiten Bogen um die Hallig Langeneß herum fahren mussten, drehte Hansman nun direkt in Richtung Amrum ab und überquerte die Düneninsel schon nach wenigen Minuten. Der Leuchtturm von Nebel erhob sich vor dem breiten Streifen des Kniepsands. Leander dachte an den letzten Sommer, als er mit Eiken eine Wattwanderung zur Nachbarinsel unternommen hatte, um einer Spur im Fall der Einbrecherbande zu folgen, die seinerzeit Föhr und Amrum heimgesucht hatte. Die Bilder des Sonnentages am Nacktbadestrand zogen an seinem geistigen Auge vorbei, und er merkte erst, dass er grinste, als er Hansmans fragenden Blick auf sich ruhen fühlte.

»Na«, erkundigte sich der Pilot, »geht's wieder? Du warst ja ganz schön blass, als wir eben gestartet sind.«

»Alles in Ordnung«, beruhigte Leander ihn und schaute seitlich aus dem Fenster auf die Hochhäuser von Westerland auf Sylt, das sich direkt hinter Amrum anschloss.

»Das Starten und Landen ist für mich immer das Größte!«, brüllte Mephisto von hinten gegen den Fluglärm an. »Schade, dass es heute fast windstill ist.«

Nun passierten sie den gelben Streifen der Sandbank, auf der Leanders Großvater vor ein paar Jahren mit seinem Kutter ums Leben gekommen war, und befanden sich bald über der endlos erscheinenden offenen Nordsee. Das Meer sah von hier oben wie blauer Stahl mit einer gleichmäßig gewellten Struktur aus, wobei die Wellenkämme schaumig weiß in der Sonne glitzerten. Bei diesem Wetter war so ein Flug wirklich ein Traum, das musste Leander zugeben. Auch das mulmige Gefühl in seiner Magengegend war inzwischen unbemerkt verschwunden.

»Herrlich«, sagte er laut durch das Motorengeräusch und wandte sich Hansman zu. »Ich kann gut verstehen, dass man danach süchtig werden kann.«

»Und ob. Ich komme nur leider viel zu selten dazu. Bei gutem Wetter habe ich auf dem Flugplatz alle Hände voll zu tun. Du glaubst ja gar nicht, wie viele Leute für einen

Kurztrip von Hamburg oder Schleswig-Holstein aus zu uns auf die Insel hinüberhüpfen. Wenn die Arbeit dann im Herbst wieder weniger wird, hat meist die stürmische Jahreszeit angefangen. Deshalb war ich auch regelrecht dankbar, als Mephisto mich letzte Nacht angerufen hat.«

»Und heute konntest du dich so einfach loseisen?«

»Mein Vorgänger springt für ein paar Stunden ein. Das macht er schon mal, wenn Not am Mann ist. Ich habe ihm allerdings versprochen, mittags wieder da zu sein. Außerdem war ich Mephisto noch was schuldig.«

Nach ungefähr einer Viertelstunde kam Helgoland in Sicht. Das Rot des Sandsteins strahlte im Sonnenschein über der blauen See und wirkte von hier oben, als hätte jemand den Felsen mitten im Meer verloren. Die Vorstellung, auf so einem Steinklotz weit draußen in der Hochsee die schwersten Herbst- und Winterstürme überstehen zu müssen, war für Leander ein Horrorszenario. Die kleinen Häuser auf dem Oberland wirkten aus der Höhe, als ließen sie sich vom leisesten Lüftchen einfach vom Felsen hinunterpusten. Deutlich war aus der Luft der gemeinsame Sockel von Insel und Düne als dunkelrotes Felsenband dicht unter der Wasseroberfläche zu erkennen.

Über Funk meldete sich Hansman beim Tower an und bekam auch sofort die Landefreigabe. Die Maschine verlor nun deutlich an Höhe, und Leanders Magen brachte sich wieder in Erinnerung. Hansman setzte zum Landeanflug an. Erst jetzt registrierte Leander, wie schmal und kurz die Landebahn auf der Düne war. Das reichte doch mit Sicherheit niemals. Er deutete wild wedelnd mit dem Zeigefinger hinunter und war nicht in der Lage, ein Wort herauszubringen.

Hansmann lachte. »Keine Sorge, die ist lang genug. Auf Helgoland dürfen nur erfahrene Piloten, die das vor Ort gelernt haben, mit ihren Maschinen landen. Ich habe das oft genug gemacht, um Routine zu haben.«

In Sekundenschnelle sauste aus Leanders Perspektive die winzige Landebahn auf die Maschine zu. Da war der schmale Streifen Sandstrand mit seinen Strandkörben und einem kleinen rot-weißen Leuchtturm, dann ein gelbes Strandrestaurant, dahinter ein schmaler grüner Dünengürtel und schon kam die Betonbahn, die bereits nach wenigen Metern wieder vor einer Düne endete. Hansman steuerte den Betonstreifen so steil an, dass Leander schon den Aufprall vorhersah und sicher war, dass er das nicht überleben würde. Bilder von verstreut herumliegenden Wrackteilen rasten an seinem inneren Auge vorbei. Er krallte seine Finger seitlich in die Sitzfläche und hielt unbewusst den Atem an. Da zog Hansman die Nase des Flugzeugs wieder langsam hoch, bis es fast waagerecht zur Landebahn flog. Polternd setzte die Maschine auf den Betonplatten auf, die Bremsen quietschten, Leander ruckte nach vorne, und kurz vor der Düne kam die Piper zum Stehen. Zischend stieß Leander die angehaltene Luft aus und japste nach frischem Sauerstoff.

»Na bitte, du lebst ja noch«, spottete Hansman, drehte die Maschine und lenkte sie auf die Piste, die von der Landebahn im rechten Winkel zu dem Flugplatzgebäude führte.

»Scheiße, war das knapp«, keuchte Leander und schämte sich augenblicklich dafür, dass er so ein Weichei war.

»Sag ich ja: Ein Flug nach Helgoland ist ein Abenteuer.«

Direkt vor einem gelben Klinkergebäude mit Abfertigungshalle und Restaurant kam die Piper zum Stehen. Der Propeller stoppte schlagartig, als der Motor mit einem kurzen Stottern erstarb. Mephisto reichte seinem Freund, der mit wackeligen Beinen aus der Maschine kletterte, die Taschen hinaus und kletterte dann umständlich hinter dem vorgeklappten Vordersitz hinterher.

»Das Finanzielle regeln wir, wenn ihr zurück auf Föhr seid«, bestimmte Hansman. »Gebt mir rechtzeitig Bescheid, wenn ich euch wieder abholen soll.«

Im Moment konnte sich Leander nicht vorstellen, jemals wieder in so eine Maschine zu steigen. Das Glücksgefühl, das er während des Fluges empfunden hatte, war durch die Landung wie ausgelöscht. Mephisto hingegen sah aus, als habe er einen Verjüngungsflug hinter sich und sei nun zu allen Schandtaten bereit.

Während die Männer mit ihren Reisetaschen in Richtung Flugplatzgebäude liefen, warf Hansman seine Piper wieder an, drehte sie langsam um und zog eine Minute später an ihnen vorbei, um kurz vor dem Ende der Startbahn die Maschine abrupt in die Luft zu bringen. Sie gewann rasch an Höhe, drehte einen Bogen über dem Felsen und kam dann wieder zurück. Als das kleine Flugzeug fast über ihnen war, wackelte es zum Abschied mit den Flügeln und entfernte sich zügig in Richtung Föhr. Leander und Mephisto winkten hinterher, blickten ihm nach, bis es so klein war, dass sie es aus den Augen verloren, und wandten sich dann wieder dem Flugplatzgebäude zu.

Eine Maschine der *Ostfriesischen Lufttransport Gesellschaft OLT* wurde gerade mit Gepäck von einem Kofferwagen mit der Aufschrift *Heide-Büsum* beladen. Auf einer Bank vor der Halle warteten fünf Passagiere. Sie trugen Monteurskleidung mit *Siemens*-Schriftzug; offenbar Techniker von den Offshore-Plattformen, die im Rahmen der Energiewende gerade vor Helgoland ausgebaut wurden. Eine Frau trat aus dem Schatten des Vordaches, über dem in roten Großbuchstaben *WELKOAM IIP LUNN-HALLEM* geschrieben stand, und kam ihnen entgegen. Erst als sie nur noch wenige Meter trennten, erkannte Leander Eiken. Sie hatte sich die Haare kurz schneiden lassen und trug eine Baseballkappe mit der Aufschrift *Vogelwarte Helgoland.*

»Moin, ihr beiden.« Sie blieb direkt vor ihnen stehen.

»Moin, Mädchen!«, rief Mephisto vergnügt. »Schade, dass du nicht mitgeflogen bist. Du hättest sehen sollen, wie dem Knaben hier das Herz in die Hose gerutscht ist. Ist sowieso leicht angeschlagen im Moment, der Gute.« Er schlug Leander auf die Schulter und lachte.

»Moin, Eiken!« Leander wusste nicht, wo er vor Verlegenheit hinsehen sollte. »Gut siehst du aus.« Als seine Augen die ihren trafen, glaubte er, dieselbe Unsicherheit darin zu lesen.

Eiken senkte ihren Blick, wandte sich wortlos ab und ging voraus in Richtung Flughafengebäude. Die Männer folgten ihr. Leander ärgerte sich, dass er sie im letzten Jahr so verprellt und damit ihre Freundschaft aufs Spiel gesetzt hatte.

Jetzt stand etwas zwischen ihnen, von dem er in diesem Moment deutlich spürte, dass es sich nicht so leicht aus der Welt schaffen lassen würde.

Eikens roter Bungalow lag kurz vor dem kleinen Hafenbecken mitten in den Dünen in einer Gruppe aus fünfundzwanzig Holzferienhäusern, die sich äußerlich nur in der Farbe des Anstrichs unterschieden. Sie betraten das Gebäude über eine Veranda und standen direkt im großen, vom Sonnenlicht durchfluteten Wohn- und Essraum. Links befand sich ein Tisch mit sechs Stühlen im rechten Winkel zwischen zwei Fenstern, daneben eine Kochzeile, und rechts stand eine Sitzgruppe um einen kleinen Wohnzimmertisch. Eiken hatte offensichtlich penibel aufgeräumt und alles Persönliche beiseitegeschafft, so dass der Raum auf Leander befremdlich jungfräulich wie in einem Möbelhauskatalog wirkte.

»Ich zeige dir, wo du schlafen kannst.« Eiken ging auf die beiden Türen zu, die dem Eingang gegenüber lagen. »Links ist mein Zimmer, rechts kannst du dich einrichten. Das Bad ist gleich hier drüben.« Sie deutete auf eine Tür hinter der Küchenzeile.

Leander stellte in seinen Schlafraum, der mit einem Doppelbett und einem großen Kleiderschrank mit hellgrüner Plexiglasfront im IKEA-Stil eingerichtet war, seine Taschen auf dem Bett ab und warf auf dem Weg zurück einen Blick ins Bad. Der kleine Raum bot eine Toilette, ein Waschbecken und eine Dusche und war dank des Fensters zu den Dünen hinaus genauso hell wie die anderen Zimmer. Vor einem Spiegelschrank standen Eikens Toilettenartikel ordentlich aufgereiht. Leander fühlte sich schon jetzt wie ein Eindringling und beschloss, seine Zahnbürste gar nicht erst danebenzustellen. Insgesamt mochte die Hütte annähernd sechzig gut aufgeteilte Quadratmeter messen – nicht viel, wenn man bedachte, dass darin im Sommerurlaub vier Personen zwei oder drei Wochen kochen, essen, wohnen und schlafen sollten. Andererseits war im Urlaub immer auch ein bisschen Behelf angesagt.

»Nett«, meinte er. »Du hast es gemütlich hier.«

»Nett?«, fragte Mephisto. »Gemütlich? Das ist ein Palast, verglichen mit der Abstellkammer, die mich bei Gertrud erwartet. Ich würde dir ja vorschlagen, zu tauschen, aber ich will euch Turteltäubchen nicht dazwischenpfuschen.«

»Deine blöden Sprüche sind denkbar unpassend«, fauchte Leander seinen Freund an und unterbrach damit dessen albernes Gelächter.

Eiken ignorierte das Geplänkel. »Die meiste Zeit im Jahr ist es drumherum auch ziemlich ruhig. Nur jetzt im Sommer sind alle Bungalows dauerhaft belegt. Abends wird es hier manchmal etwas lauter, wenn die Familien nicht mehr am Strand sind und die Kinder in den Dünen spielen. Aber mir gefällt es. Man ist der Natur wohl nirgends so nah wie hier auf der Düne. – So, Leute, wir müssen los. Die Arbeit wartet.«

Mephisto nickte und ging voraus auf die Veranda.

Leander hielt Eiken zurück. »Ich verspreche dir, dass ich dir nicht auf die Nerven gehen werde. Wenn du aber nicht willst, dass ich hier wohne, suche ich mir etwas anderes. Irgendeine Besenkammer wird schon noch für mich zu finden sein.«

»Ist schon gut«, entgegnete Eiken mit leicht belegter Stimme. »Du findest nichts anderes während der Lummentage.« Sie richtete sich merklich auf und fuhr deutlich resoluter fort: »Es ist mir nicht leicht gefallen, dich gerade jetzt hierherzuholen, aber nun bist du einmal da. Wir werden schon klarkommen. Hier hast du einen Schlüssel, dann sind wir beide unabhängiger.« Auf Leanders unsicheren Blick hin wurde ihre Stimme wieder sanfter: »Also los! Wenn ich nicht bald in der Vogelwarte erscheine, geben die noch eine Vermisstenanzeige auf.«

Leander nickte. »Nur eine Sekunde.« Er holte die Kameratasche aus seinem Zimmer und hängte sie sich über die Schulter. »Ich bin so weit.«

Sie verließen den Bungalow und wandten sich in Richtung Nordosthafen, von dem aus, wie Eiken erklärte, im Sommer halbstündlich ein Fährdienst zwischen Hauptinsel und Düne verkehrte. Die *Witte Kliff*, ein fast geschlossenes Kunststoffboot mit nur sehr kleinem Außenbereich, lag schon an der schräg ins Wasser abfallenden Mole. Zwei Männer in blauen Overalls halfen ihnen beim Einsteigen. Auf dem erhöhten Fahrersitz wartete ein junges, auffallend schlankes Mädchen mit Zopf und Baseballkappe darauf, dass sie ablegen konnte.

Als die drei eingestiegen waren, rief einer der Männer »Eva, kann losgehen!« und verschloss den Eingang mit einer Kette.

Die junge Bootsführerin steuerte die *Witte Kliff* aus dem Hafenbecken in die sanften Wellen zwischen Insel und Düne und schien vollständig in ihrem Element, als sie nun Vollgas gab und schnittig auf den Hafen der Hauptinsel zusteuerte.

Um diese Tageszeit waren Eiken, Leander und Mephisto die einzigen Gäste, die auf den Felsen übersetzten. Mephisto räkelte sich auf einer der Bänke und hielt sein Gesicht der Sonne entgegen. Leander stand neben Eiken, die an der Reling lehnte und mit geschlossenen Augen den leichten Fahrtwind genoss.

»Geht es dir gut hier?«, fragte er unvermittelt und ärgerte sich sofort über den deutlich besorgten Tonfall, der ihm dabei entwischt war.

»Sehr gut«, antwortete Eiken, ohne ihn anzusehen. »Ich bin gefühlsmäßig weit weg von zu Hause und hätte früher nie geglaubt, dass das für mich mal so wichtig sein würde. Hier draußen lebt man wie in einer anderen Welt. Trotzdem kann ich in wenigen Stunden auf Föhr sein, falls mit meinem Großvater etwas passieren sollte. Außerdem macht mir die Arbeit sehr viel Spaß. Die Helgoländer Vogelwarte ist schon eine Steigerung, wenn ich das mit meinen Aufgaben auf Föhr vergleiche. Es ist ausgesprochen abwechslungsreich, weil wir in Forschungsprojekte eingebunden sind. Und dann sind da noch die Urlauber, die nur wegen der Vögel nach Helgoland kommen. Ich organisiere Vorträge und halte auch selber welche. Dazu mache ich Exkursionen mit Ornithologen und Fotografen und lerne eine Menge interessanter Leute kennen.«

»Hattest du nicht eigentlich ein Angebot vom Alfred-Wegener-Institut?«, erinnerte sich Leander.

»Hatte ich. Aber der Job war dann doch nichts für mich. Die brauchten da eher jemanden, der einen Schwerpunkt auf Meeresbiologie hat und darüber hinaus über ornithologische Kenntnisse verfügt. Bei mir war das umgekehrt. Den Job hat dann noch während meiner Probezeit eine junge Meeresbiologin bekommen. Zum Glück wurde zur gleichen Zeit die Stelle in der Vogelwarte frei, und da habe ich natürlich nicht lange überlegt. Nach Föhr wollte ich jedenfalls nicht zurück. Außerdem tauschen wir von der Vogelwarte uns eng mit dem Alfred-Wegener-Institut aus, weil beide Einrichtungen die Folgen des Klimawandels untersuchen.«

Leander wusste nicht, ob tatsächlich ein Vorwurf gegen ihn in diesen Ausführungen mitschwang, oder ob sein schlechtes Gewissen ihm das nur vorspiegelte. Er blickte auf den roten Felsen, der gewaltig vor ihnen aus dem Meer wuchs. Die Luft roch stark nach Salz und Tang, hier draußen war man mitten in der Nordsee. Ein Paradies für Naturfreunde, da war sich Leander sicher. Leider war es aber auch ein Ort, mit dem er persönlich nichts zu tun hatte, und so spürte er eine wachsende Distanz zwischen sich und Eiken, die hier, ihrem zufriedenen Blick nach zu urteilen, endgültig angekommen zu sein schien.

Die *Witte Kliff* fuhr in den Schutzhafen und legte an der Landungsbrücke an. Mit einem vertrauten Winken zu Eva hinauf sprang Eiken von Bord und lief so schnell an den niedrigen Abfertigungsgebäuden entlang in Richtung Dorf, dass Leander und Mephisto Mühe hatten, ihr zu folgen.

Sie überquerten einen offenen Platz mit Souvenirgeschäften links und dem blauen Glaspalast des Hotels *Atoll* rechterhand und tauchten dann in den Touristenstrom des *Lung Wai* ein. Erst im Gedränge der Geschäftsstraße gelang es ihnen, zu Eiken aufzuschließen. Von nun an blieben die Männer dicht an ihrer Seite. Die Geschäfte links und rechts lockten mit Spirituosen aller Art, die auf Tischen und Aufstellern vor den Schaufenstern aufgereiht waren. Dazwischen standen Regale mit Großpackungen Schweizer Schokolade und Kaffee. In den Schaufenstern waren Zigarettenstangen aufgestapelt und Schilder betonten den zoll- und mehrwertsteuerfreien

Einkauf. Aufgelockert wurde die Schnapsladenreihe durch kleine Geschäfte mit Zeitschriften, Fotoartikeln, Schmuck und durch eine Filiale des Inselbäckers.

»Ich habe dich doch richtig verstanden, dass du dich für die Lummentage interessierst?«, fragte Eiken. »Ich habe dich jedenfalls für meine Gruppe eingetragen. Die anderen Teilnehmer sind im Laufe des Vormittags angekommen. Wir haben jeweils vormittags und nachmittags einen Programmpunkt. Dazwischen hast du immer wieder Zeit und kannst dir die Insel ansehen.«

Leander nickte ergeben und sah vor seinem inneren Auge schon Tage voller langweiliger Fachvorträge inmitten schwärmender Fachidioten vorbeiziehen.

Sie hatten nun den Fahrstuhl erreicht. Mephisto verabschiedete sich und verschwand mit seiner Reisetasche in der Vorhalle, während sich Eiken und Leander nach rechts den Treppen zum Oberland zuwandten. Schon nach wenigen Schritten spürte Leander ein Ziehen in den Waden, das rapide zunahm, je weiter es bergauf ging. Die Stufen waren gerade einmal zehn Höhenzentimeter voneinander entfernt, was ihn unweigerlich zu Trippelschritten zwang, die an Step-Aerobic erinnerten. Entweder hatten die Planer vorher nur Trimm-Parcours gebaut, oder sie hatten die alternde Bevölkerung im Blick gehabt, die irgendwann keine normalen Treppen mehr würde steigen können.

»Daran gewöhnt man sich«, sagte Eiken lachend und lief wie zum Beweis scheinbar mühelos vorweg.

Oben angekommen nahm sie keine Rücksicht auf seine Kurzatmigkeit und bog zügig vor den auch hier ansässigen Fuselläden nach rechts in den *Norderfalm* ab. Nach einem leichten Aufstieg, vorbei an dem berühmten *Café Krebs*, ging es zunächst in die *Norderstraße*, dann in die *Sapskuhle*, durch die sie nach wenigen Metern die Helgoländer Vogelwarte erreichten. Dabei handelte es sich um ein unscheinbares Backsteinhaus, das zwischen Büsche geduckt in einer Senke lag und dessen Gelände vom öffentlichen Weg durch Holz- und Strohwände abgeschirmt war. Eiken lief den schrägen

Zugang hinab, betrat das Gebäude und steuerte auf eine Gruppe Männer zu, die wie orientierungslos herumstanden und auf sie zu warten schienen. Alle hatten Fotokameras umhängen, die meisten schwere Stative mit bereits aufgesetzten Teleobjektiven, umklebt mit Tarnfolie in Camouflage-Farben. Als Eiken hinzutrat, kam automatisch ein Halbkreis zustande.

»Entschuldigt bitte, dass ihr warten musstet. Übrigens, wir duzen uns hier alle. Ich heiße Eiken Jörgensen und bin die Leiterin der Helgoländer Vogelwarte.« Die Männer murmelten Grußworte zurück. »Wir sind hier zwei fest angestellte Mitarbeiter und eine ganze Reihe Helfer, die ihr Freiwilliges Ökologisches Jahr bei uns ableisten oder ihre Bachelor-Arbeiten bei uns schreiben. Das heißt, wir beiden Hauptamtlichen haben alle Hände voll zu tun. Die Organisation und Durchführung der *Helgoländer Lummentage* ist nur ein sehr kleiner Teil unserer Arbeit. Aber davon später mehr. Ich werde euch in den nächsten Tagen begleiten, dann lernen wir uns automatisch näher kennen. Für den Moment reicht es, wenn jeder kurz sagt, wie er heißt, woher er kommt, was er im richtigen Leben so macht und was er von den Tagen bei uns erwartet. Machst du den Anfang?« Sie deutete auf einen kleinen, übergewichtigen Mann ganz links in der Reihe.

»Ich heiße Karl Bluhm, aber ihr könnt mich Kalle nennen.« Er wirkte angesichts der Aufmerksamkeit der Gruppe leicht verlegen. »Ich komme aus Dortmund, bin Speditionskaufmann und hoffe auf ein paar gute Fotos.« Dabei tätschelte er spielerisch seine Kamera und grinste unsicher in die Runde.

»Ich bin der Fredi«, fuhr ein ebenfalls kleiner Kerl fort, mit Glatzkopf, blondem Schnäuzer, merkwürdig weiß-gelber Hautfarbe und einer Explosion dunkler Pigmentflecken auf dem ansonsten fast weißen Kopf und Gesicht. »Alfred Wessel, um genau zu sein. Ich bin Kalles bester Kumpel, woll, Kalle? Tja, was noch? Ach ja, ich komme aus Kamen und arbeite als Kraftfahrer bei *Schering*, dem Chemiekonzern – kennt ja jeder. Na ja, und was ich mir wünsche? Das verrate ich noch nicht.« Er lachte albern und zwinkerte Eiken zu.

Leander ahnte, was da in den nächsten Tagen auf ihn zukommen würde. Er warf Eiken einen leicht genervten Blick zu, aber die schien derartige Selbstdarsteller gewohnt zu sein und lächelte den gescheckten Glatzkopf freundlich an.

»Heinrich Seyfried«, fuhr ein kräftiger Mann von etwa fünfundvierzig Jahren fort, der im Gegensatz zu seinen Vorrednern ein Durchschnittstyp war und Leander im Straßenbild sicher gar nicht aufgefallen wäre. »Ich bin Handelsvertreter in Bremen. Meine Frau meinte, ich müsste mal raus aus der Tretmühle. Tja, da habe ich mir meine Kamera geschnappt und hier bin ich. Ich erhoffe mir einfach ein paar abwechslungsreiche Tage und den einen oder anderen Tipp von euch Profis. Im Fotografieren bin ich nämlich blutiger Anfänger.«

Seyfried war Leander auf Anhieb sympathisch. Er schien ein vergleichbar geringes Interesse an der Fotografie zu haben und war sicherlich der einzige Mensch in der Gruppe, der oben beim Vogelfelsen noch ansprechbar sein würde.

Der Handelsvertreter sah seinen Nebenmann, der mindestens einen Meter neunzig maß und dem bisherigen Geschehen mit regungsloser Miene gefolgt war, auffordernd an.

»Mein Name ist Konrad Knoblich. Ich wohne in Stuttgart, bin Bankkaufmann und Hobbyfotograf aus Leidenschaft – Landschafts- und Vogelfotografie in erster Linie, hin und wieder auch Makro.« Mehr schien er nicht von sich verraten zu wollen.

»Und ich bin der Dieter. Dieter Kessler aus Hamburg, Rechtsanwalt.« Die Vorstellung sollte offensichtlich locker klingen, aber der Mann wirkte extrem steif und trug trotz der großen Hitze ein hellblaues Langarmhemd und dicke Jeans. »Ich habe schon auf allen Kontinenten fotografiert und möchte in erster Linie etwas über die Vogelwelt hier auf Helgoland erfahren und mich mit den anderen Fotografen austauschen.«

Nun blickten alle auf Leander, der als Einziger noch übrig war. Eiken grinste, weil sie merkte, dass er zwar interessiert zugehört, sich aber über die Darstellung seiner Rolle hier noch keine Gedanken gemacht hatte. Er konnte ja schlecht sagen: »Die Vögel und eure Knipserei interessieren mich überhaupt nicht. Ich bin nur wegen der Vogelwartin hier.«, obwohl das am ehesten der Wahrheit entsprach, wie sie sehr wohl wusste.

»Henning Leander. Ich lebe auf Föhr und nehme mir auch ein paar Tage Auszeit.« Er nickte Heinrich Seyfried bei diesen Worten zu. »Ich habe schon viel über den Lummensprung gehört und wollte das einfach mal in natura sehen. Na ja, und vielleicht lerne ich von euch anderen ja auch etwas in Sachen Fotografieren.«

Eiken nickte ihm knapp zu. »Gut, das soll fürs Erste reichen. Ihr fiebert bestimmt schon den Vögeln entgegen. Deshalb schlage ich einen Stellungswechsel zum Lummenfelsen vor. Dort mache ich dann eine kleine Einführung.«

Zustimmendes Gemurmel machte sich breit, und die Gruppe schien angenehm überrascht. Dass sie so schnell zu ihren Fotomotiven kommen würden, hatten die Männer wohl kaum zu hoffen gewagt. Sie schulterten ihre Kameras und Stative. Im Sonnenschein vor der Tür setzten alle wie auf Kommando Baseballkappen mit Aufschriften ihrer Kameramarken auf. Überwiegend las Leander den gelben Schriftzug von *Nikon* und den roten von *Canon*. Eiken trat nun ebenfalls ins Freie. Sie hatte sich ein Klemmbrett mit Unterlagen aus ihrem Büro geholt. Im Vorbeigehen nickte sie Leander aufmunternd zu und schritt dann lang aus, so dass die Truppe Mühe hatte, ihr zu folgen.

Die Hobbyfotografen zogen an Leander vorbei, ohne ihn weiter zu beachten und waren, kaum dass sie vom Gelände der Vogelwarte auf den *Norderfalm* stießen, schon in Fachgespräche vertieft. Leander hörte Begriffe wie »schneller Autofokus«, »Vollformat-Sensor« und »chromatische Aberration«. Nur Heinrich Seyfried, der als Einziger eine *Olympus*-Kappe trug, gesellte sich zu ihm. Das Stativ hielt er in der rechten Hand, als sei es eine federleichte Attrappe. Auch sonst wirkte er durchtrainiert und an beschwerlichere Aufstiege gewöhnt.

»Henning ist der friesische Ableger von Heinrich, oder? Dann sind wir Namensvettern«, stellte er fest und blickte dabei leicht belustigt in Leanders Richtung. »Wo ist denn deine Ausrüstung?«

Leander hob die Fototasche leicht an und öffnete die Klappe, so dass die Bridge-Kamera sichtbar wurde, was offenbar so unbeholfen aussah, dass Seyfried leise lachte. »Oha, keine Spiegelreflex? Kein Stativ? So ein kleines Täschchen? Keine Objektivpalette zur Auswahl? Da kannst du mit dem Rest der Truppe aber nicht mithalten.« Er machte mit ironischem Grinsen eine Kopfbewegung in Richtung der vor ihnen gehenden Männer, die alle wie Profis mit Teleobjektiven von der Größe eines Ofenrohres ausgerüstet waren. »Du bist offensichtlich genauso ein Laie wie ich. Ich habe nämlich auch kaum Ahnung von diesen Digitaldingern.« Er hob seine Kamera, die er über die rechte Schulter gehängt hatte, leicht an. »Meine Frau hat mir das Teil zu Weihnachten geschenkt und gemeint, bei den Lummentagen könnte ich sie austesten und dabei viel lernen. Die anderen Typen hier scheinen geradezu mit ihren Geräten verheiratet zu sein. Das Fachchinesisch geht mir schon jetzt ganz schön auf den Zeiger. Ehrlich, da weiß man gar nicht, ob die Fotos machen oder eine Marssonde von Cap Canaveral starten wollen.« Er lachte laut auf und deutete dann auf Eiken. »Nettes Ding, was? Ganz schön knackig für ihr Alter.«

»Sie ist eine gute Freundin von mir«, stellte Leander unterkühlt klar. Er mochte es gar nicht, wenn sich Leute so machomäßig gaben, und überlegte, ob sein positives Urteil über Seyfried nicht etwas voreilig gewesen war.

»Oha, da habe ich ja mal wieder zielsicher das Fettnäpfchen getroffen. Nichts für ungut, alter Knabe. Aber, Respekt, wirklich! – Und du kommst von Föhr?«

Leander nickte.

»Auch so'n Inselei, was?« Seyfried lachte wieder laut auf. »Für mich wär das ja nichts, immer mit den Füßen halb im Wasser.«

Sie hatten inzwischen das Oberland erreicht. Eiken folgte

zielstrebig dem *Klippenrandweg*, während Seyfried Leander mit Blick auf das wellige Hochplateau von den Übungsflügen der englischen Bomber erzählte und von dem Versuch, nach Kriegsende den ganzen Felsen in die Luft zu sprengen. Zum Glück hatte sich der rote Sandstein als widerstandsfähiger erwiesen, als die Engländer geglaubt hatten.

Leander war erstaunt, wie viele Menschen sich hier in der Hitze tummelten und den Backsteinpfaden folgten. Vor dem Sicherungszaun an der *Langen Anna* standen ganze Trauben von Touristen und bestaunten die Vogelschwärme, die zwischen der offenen See und der roten Felsnadel, die mit ein paar Metern Abstand zur Insel in den Himmel ragte, hin und her wechselten.

Eiken steuerte daran vorbei und folgte dem Pfad, bis sie das Aussichts-Plateau am Vogelfelsen erreicht hatten. Fast sechzig Meter tief fielen die roten Sandsteinklippen zum Meer hin ab. Die Seevögel nutzten jede noch so schmale Nische, um darin zu nisten, saßen Körper an Körper, hieben mitunter mit ihren starken Schnäbeln nacheinander und schienen ständig kurz vor dem Absturz zu sein. Der rote Sandstein war hier überwiegend mit einer weißen Schicht aus Vogelkot überzogen.

Sofort versuchten die Fotografen, in die immer wieder frei werdenden Lücken am Zaun vorzustoßen und ihre Stative in Position zu bringen. Eikens Ankündigung, hier oben einen Einführungsvortrag zu halten, hatten sie angesichts der Vielzahl an Motiven offensichtlich vergessen. Einige wirkten so routiniert beim Aufbau ihrer Ausrüstung, als sei das ihre Profession. Nur Seyfried bestätigte seine Selbsteinschätzung als absoluter Amateur, so unsicher und ungeübt hantierte er mit seiner Kamera und dem Glasfasergestänge seines Stativs herum.

Schließlich griff Kalle Bluhm seufzend ein und baute Seyfrieds Ausrüstung auf. »Abdrücken kannst du aber alleine, oder?«, stichelte er und wandte sich dann wieder seinem Stativ und dem Geschehen vor der Felswand zu.

Seyfried lachte und war merkwürdigerweise überhaupt

nicht verlegen. Statt zu fotografieren, stieß er Leander an und deutete auf Fredi Wessel, den kleinen Glatzkopf mit blondem Schnäuzer, weiß-gelber Hautfarbe und der Explosion dunkler Pigmentflecken auf Glatze und Gesicht, der gerade unbemerkt ein brennendes Feuerzeug an die Jeans von Dieter Kessler hielt. Dann zog Wessel sich schnell ein paar Meter seitlich zurück und beobachtete angestrengt die Vogelschwärme, während der Rechtsanwalt plötzlich aufschrie, sich den Hintern rieb und irritiert um sich blickte.

»So'n Scheiß macht der ständig«, erklärte Seyfried kopfschüttelnd. »Als wir vorhin auf Eiken gewartet haben, hat er sich schon einen Anranzer von Kessler eingefangen, weil er ihm ständig auf die Schulter getippt hat und dann weggehuscht ist. Wenn du mich fragst, ist der nicht ganz dicht. Irgendwas muss in seiner frühkindlichen Phase falsch gelaufen sein. Pass auf, dass du den nie hinter dir hast.«

Eiken gesellte sich zu Leander, was Seyfried veranlasste, sich von ihnen zu entfernen und nun ebenfalls durch die Kamera die Nistplätze in der Steilwand gegenüber anzupeilen.

Die Vogelwartin grinste in Richtung der Fotografen. »Die sind jetzt erst mal beschäftigt. Ich glaube, die würden gar nicht merken, wenn wir einfach verschwinden würden.«

»Der da schon.« Leander deutete auf Heinrich Seyfried, der anzüglich in seine Richtung zwinkerte.

»Komischer Vogel«, sagte Eiken. »Hat keine Ahnung von Ornithologie oder vom Fotografieren. Warum der die Lummentage gebucht hat, ist mir unverständlich.«

»Du hast doch gehört, dass seine Frau das für ihn eingestielt hat. Die ist wahrscheinlich froh, wenn er sinnvoll beschäftigt ist.«

»Ich glaube, der genießt einfach die paar freien Tage alleine hier auf Helgoland. Um den mache ich mir keine Sorgen, der sucht sich schon seine Abwechslung, wenn du verstehst, was ich meine.«

»Von dir ist er ja ganz angetan.«

»So einer hat mir gerade noch gefehlt«, erwiderte Eiken lachend.

Auf ein Zeichen Dieter Kesslers hin nickte sie Leander zu und kehrte zu ihren Fotografen zurück. Der Rechtsanwalt deutete auf die Vögel in der Luft und dann zurück auf die Nistplätze, während er Eiken offenbar eine Frage stellte. Die Vogelwartin nickte und antwortete dann ihrerseits mit ausgestrecktem Arm. Um nicht weiter herumzustehen wie bestellt und nicht abgeholt, zog Leander seine Kamera aus der Fototasche, schaltete sie ein und machte ein paar Fotos von der Gruppe vor der Kulisse der roten Felsen vor dem blauen Himmel und dem endlos scheinenden Meer. Dann schlenderte er zu Seyfried hinüber und schoss auf gut Glück ein paar Fotos von den Nestern in der Steilwand und den Naturfotografen an der Kliffkante.

»Da kommt man extra zum Lummensprung hierher«, meinte der Handelsvertreter, »und dann hüpfen die blöden Viecher immer nur nachts aus ihren Nestern.«

Leander blickte ihn fragend an, woraufhin Seyfried ihn mit einer Handbewegung aufforderte, näher an den Sicherheitszaun zu treten. Dort deutete er auf unzählige schwarz-weiße Seevögel, die entfernt an Pinguine erinnerten und auf den ausgewaschenen Vorsprüngen der Steilwand auf ihren Nestern hockten. »Trottellummen brüten in Deutschland nur auf Helgoland. Im Alter von drei Wochen stürzen sich die Jungen nachts einfach aus ihren Nestern, obwohl sie noch gar nicht fliegen können. Dabei sind sie dann so fett, dass sie bei Ebbe sogar vierzig Meter tiefer auf den Steinen aufprallen können, ohne sich zu verletzen.«

»Aha, und warum machen die das?«, erkundigte sich Leander.

»Das sagt doch schon der Name«, erwiderte Seyfried lachend. »*Trottel*lummen. Nee, im Ernst. Ich habe keine Ahnung, warum die so blöd sind.«

»Tja, mein Lieber, dann solltest du morgen Vormittag bei meinem Vortrag ganz besonders gut aufpassen«, mischte sich Eiken ein, die sich inzwischen unbemerkt genähert hatte. Dann wandte sie sich Leander zu: »Lummen kommen immer da vor, wo kalte und warme Meeresströmungen aufeinandertreffen. Hier ist das der Fall. Deshalb ist Helgoland sowohl für Ornithologen als auch für Meeresforscher von Bedeutung. Siehst du die wunderschönen, majestätischen weiß-gelben Vögel?« Sie deutete auf ein paar kreisende Tiere in der Luft. »Das sind Basstölpel. Und die Möwen da hinten sind Dreizehenmöwen. Außerdem gibt es hier noch Tordalke, die genauso zu den Alken gehören wie die Lummen. Hier am Lummenfelsen brüten manchmal bis zu fünfzig Tiere auf einem Quadratmeter.«

»Und die Eier rollen nicht aus den Nestern?«, wunderte sich Leander über die extrem schmalen Vorsprünge, auf denen die Tiere hockten.

»Das kommt natürlich gelegentlich vor, vor allem in dem Gedränge, aber die Eier sind sehr rau und rollen nicht so leicht weg. Lummeneier sind kegelförmig, so dass sie nur im Kreis rollen. Manchmal bin selbst ich noch erstaunt über den Ideenreichtum und die praktische Intelligenz der Natur. Trottellummen sind übrigens monogam und sehr brutplatztreu.« Mit einem Augenzwinkern in Leanders Richtung wandte sie sich wieder den übrigen Fotografen zu.

»Monogam, wie?«, meldete sich Heinrich Seyfried lachend und boxte Leander leicht mit dem Ellenbogen in die Seite.

Der fixierte die Nervensäge und fragte wie nebenbei: »Und was machst du genau, wenn du nicht gerade Urlaub auf Kosten deiner Frau machst?«

Heinrich Seyfried lachte laut. »Eins zu null für dich. Ich bin Handelsvertreter für Dosensuppen. Das ist spannender, als es sich anhört. Gleich 1989, als die Mauer gefallen ist, habe ich mich selbstständig gemacht und mir eine goldene Nase verdient. Ich kann dir sagen, das war eine verrückte Zeit damals. Gulaschsuppe war der Renner in den Supermärkten. In Ungarn wurde die Plörre produziert und in Dosen verpackt. Ich habe sie dann nach Westdeutschland karren lassen und von da wieder zurück in die DDR. Die gab es ja anfangs noch. Und die Leute da waren total verrückt auf Westware. Wenn die gewusst hätten, dass das Zeug in Wahrheit aus einem Bruderstaat kam! Für den Umweg habe ich dann noch mal dreißig Prozent Aufschlag verlangt. Und ich kann dir sagen: Die haben das Zeug gekauft und gefressen wie die Bekloppten. In der BRD gab es zu der Zeit im Supermarkt übergangsweise keine Dosensuppen mehr. Die habe ich alle an unsere Brüder und Schwestern jenseits von Mauer und Stacheldraht verkloppt.«

»Und heute? Ich meine, einen Engpass an Dosensuppen kann ich im Supermarkt nicht mehr erkennen.«

»Heute ist die Gewinnmarge wieder normal. Reicht aber. Dosenfraß geht immer. Außerdem kaufe ich ganze Schiffsladungen Fisch auf, zum Beispiel in Norwegen, lasse sie nach Polen transportieren, zerlegen und eindosen ... Und dann wieder zurück, in unsere Supermarktregale.«

»Und das rechnet sich?«

»Klar. Transport kostet doch kaum was. Jedenfalls nicht bei der Menge, die ich umschlage. Und die EU ist blöd genug, Arbeitsplätze in strukturschwachen Regionen so zu subventionieren, dass ich damit Kasse machen kann. Sogar Krabbenpulen in Marokko rechnet sich. Sonst würden die Viecher ja nicht von der Nordsee tagelang dahin transportiert und nach dem Pulen wieder zurück. Wenn du im Supermarkt fangfrische Nordsee-Krabben kaufst, sind die schon dreimal gestorben und wären längst vergammelt, wenn sie nicht so voller Chemie steckten.«

»Daran bist du aber nicht beteiligt?«

»Nee, bei den Schwarzen da unten weiß man nie, was passiert. Wenn die streiken, geht die ganze Lieferung kaputt. Und damit muss man täglich rechnen, so wie die ausgebeutet werden.«

»Du müsstest sie ja nicht ausbeuten«, stellte Leander fest.

»Dann hätte ich aber auch nichts verdient. So läuft die Sache nun mal. Wenn ich etwas verdienen will, muss ich die Kosten gering halten. Da geht es um jeden Cent, den ich als Lohn mehr zahlen müsste.«

»Aber Urlaub auf Helgoland kannst du dir schon leisten, oder? – Offensichtlich läuft der Laden auch ohne dich.«

»Meine Frau ist mit im Geschäft. Sonst ginge das nicht. So

schnell kannst du gar nicht gucken, wie die Konkurrenz dir die Verträge abluchst, wenn du mal nicht auf dem Posten bist. Das ist ein Haifischbecken, ehrlich. – Sieh an, genug geknipst?« Letzteres war an Kalle Bluhm gerichtet, der mit seinem Stativ auf der Schulter aus der Gruppe am Sicherungszaun trat.

»Und du? Nur zum Quatschen hier? Und einen Gleichgesinnten hast du auch schon gefunden.«

Seyfried lachte sein lautes Lachen.

Leander bemerkte, dass seine Kopfhaut in der Gluthitze allmählich zu brennen begann. Durch den leichten Luftzug, der auf dem Oberland ständig ging, hatte er es bislang gar nicht bemerkt. Das fehlte noch, dass ihn ein Sonnenstich für Tage aus dem Verkehr ziehen würde. Er nahm sich vor, ab morgen auch eine Kappe aufzusetzen, egal wie blöd die Dinger aussahen.

Eiken führte die Gruppe zurück zur Vogelwarte, beantwortete noch ein paar Fragen und lud die Männer ein, sie am nächsten Morgen bei ihrem Kontrollgang am Lummenfelsen zu begleiten, um festzustellen, wie viele Jungtiere in der Nacht die Nester verlassen hatten.

Als sich die Gruppe zerstreute, fragte Heinrich Seyfried Leander: »Wo wohnst du denn hier?«

»Drüben auf der Düne, in einem der Holzbungalows.«

»Was für ein Zufall! Da wohne ich auch. Was ist, kommst du mit rüber? Das *Dünenrestaurant* hat eine tolle Terrasse. Mit Blick auf den Strand und das Meer schmeckt das Bier doppelt so gut.«

Leander lehnte ab. Er wollte Eiken zum Essen einladen, um sich für das Bett erkenntlich zu zeigen, das sie ihm bot. Also zuckte Seyfried bedauernd mit den Achseln und zog alleine los.

Eiken hatte noch einiges an Papierkram zu erledigen. Leander wartete auf einem Stuhl ihrem Schreibtisch gegenüber und beobachtete sie bei ihrer Arbeit. Ihm fiel auf, dass neben der äußeren Veränderung auch innerlich etwas mit ihr passiert sein musste. Als er Eiken vor Jahren kennengelernt hatte, war sie eine selbstbewusste Frau gewesen, die bewusst ihre

Unabhängigkeit lebte und etwas jugendlich Unbeschwertes an sich hatte. Tom hatte sie seinerzeit als »streunende Katze« bezeichnet, was Leander in diesem Moment an Gitane erinnerte. Im Laufe der Zeit hatten sie sich einander dann so angenähert, dass Eiken zuletzt sogar bereit gewesen war, ihre Unabhängigkeit aufzugeben. Im letzten Sommer hatte er sie fast anschmiegsam erlebt. Und jetzt war sie wieder genau das Gegenteil, distanziert und geradezu kühl. Das jugendlich Unbeschwerte war nicht mehr zu entdecken. Mit einem Druck im Hals meldete sich Leanders Schuldgefühl zurück. Als er merkte, dass Eikens Augen auf ihn gerichtet waren, senkte er verschämt den Blick.

»So, das muss für heute reichen.« Sie schob ihre Papiere zusammen und erhob sich. »Ich schlage vor, wir gehen in die *Mocca-Stuben*. Die sind gleich hier oben an der Kirche. Da haben wir es nicht weit und außerdem lernst du sofort eines der berühmtesten Restaurants auf Helgoland kennen. Im Krieg haben da die U-Boot-Kapitäne verkehrt.« Ohne Leanders Zustimmung abzuwarten, verließ sie das Büro und schloss hinter ihm ab.

Die *Mocca-Stuben* waren nur wenige hundert Meter von der Vogelwarte entfernt. Als Eiken und Leander den Gastraum betraten, herrschte reger Betrieb sowohl links im Bereich der Tische, die alle besetzt waren, als auch rechts im Thekenraum. Ein junges, etwa einen Meter siebzig großes, blondes Mädchen trug zwei Teller mit Fischgerichten an ihnen vorbei und lächelte Eiken zu. Sie stellte das Essen an einem Tisch in der Ecke ab, an dem zwei Männer saßen, und quittierte eine den Blicken nach anzügliche Bemerkung mit einem schrillen, albernen Lachen.

Als sie zurückkam, fragte Eiken: »Hast du noch einen Tisch für uns, Jenny?«

»Wartet, ich frage mal nach.« Das Mädchen ging zur Theke, wo eine etwa einen Meter sechzig kleine, brünette Frau, die Leander auf etwa vierzig Jahre schätzte und deren lange Haare am Hinterkopf zu einem kecken Zopf geflochten waren, Bier zapfte.

»Das ist Antje«, sagte Eiken. »Die wird dir gefallen. Sie ist Teilhaberin hier und die Seele des Ladens.«

Was sie damit meinte, erschloss sich Leander im nächsten Moment, als Antje, nachdem sie ihre Zapftätigkeit an Jenny übergeben hatte, mit wippendem Zopf auf sie zukam. Sie blickte ihn offen und herzlich an, als sie ihn begrüßte, und zwinkerte Eiken zu, als wollte sie fragen: Ist er das? Dann deutete sie auf den hinteren Bereich der Theke. »Setzt euch erst mal da hinten auf die Bank. Sobald etwas frei wird, sage ich Bescheid. – Zwei Bier?«

»Gerne«, antwortete Eiken und gab Leander ein Zeichen, ihr zu folgen.

Antje übernahm wieder die Zapfanlage und grinste zwischendurch zu ihnen herüber. Leander hatte das unangenehme Gefühl, dass sie von Eiken mehr über ihn erfahren hatte, als ihm lieb war. »Ihr kennt euch wohl gut, was?«, erkundigte er sich.

»Ziemlich. Wir haben uns im Winter bei einer Feier hier im Lokal kennengelernt und uns auf Anhieb verstanden. Sie ist ein wunderbarer Mensch, immer gut gelaunt, schlagfertig, wenn ihr einer dumm kommt, und sie kann Geheimnisse für sich behalten, was auf so engem Raum hier auf der Insel eine Menge wert ist.«

Leander ahnte, von welchen Geheimnissen sie sprach. Als Antje zwei Gläser *Jever* vor ihnen auf die Theke stellte, nahm Leander das zum Anlass, seine anfängliche Distanz zu überwinden und Eikens Menschenkenntnis zu vertrauen. »Oh, das sieht aber gut aus«, sagte er.

»Ja«, stimmte Antje zu. »Und Bier habe ich auch mitgebracht.«

Als sie sich wieder entfernen wollte, hielt ein Mann an einem der Tische sie auf und beschwerte sich: »Mein Bier habe ich auch schon schneller bekommen.«

»Aber nicht von mir«, antwortete Antje und ging unbeeindruckt weiter.

Eiken lachte und prostete Leander zu. »Auf ein paar schöne

Tage.«

»Auf dich.« Er stieß mit seinem Glas an ihres.

Während er trank, fiel sein Blick auf einen großgewachsenen Mann in seinem Alter, der ihm gegenüber mehr auf seinem Barhocker hing als saß, während hinter ihm ein Schäferhund geduldig auf dem Boden lag. Der Mann trug einen Overall mit der Aufschrift *OLS* auf dem Rücken und schien vor sich hinzudämmern. Nur in den Momenten erwachte er zum Leben, in denen er nach seinem Bier oder einem Schnapspinnchen griff, das Antje ungefragt immer wieder auffüllte.

»Das ist Ove«, sagte Eiken, die Leanders Blick gefolgt war. »Der ist jeden Abend hier. War lange arbeitslos, da hat er angefangen zu saufen. Zum Glück gibt es durch die Windkraftanlagen und den Service-Hafen momentan Jobs ohne Ende auf Helgoland, auch für so Typen wie Ove.«

»Wer weiß, was der sonst noch hinter sich hat«, versuchte Leander eine Erklärung, aber Eiken verzog nur verständnislos den Mund. »Sind die Plattformen denn inzwischen angeschlossen? Man liest da doch ständig etwas über Schwierigkeiten mit der Landanbindung.«

»Fertiggestellt sind einige Großanlagen inzwischen«, antwortete Eiken. »Das sind ja richtige Parks da draußen, gigantisch. Nur mit den Seekabeln hat es immer wieder Schwierigkeiten gegeben. Zuerst hieß es, da liege zu viel Munition und Sprengstoff aus dem Zweiten Weltkrieg auf dem Meeresboden und das sei zu gefährlich. Dann soll der Netzbetreiber *Tennet* nicht genug Geld gehabt haben, um Seekabel und Trassen gleichzeitig zu bauen. Hier auf Helgoland glauben schon viele, dass die Produktion der Windenergie absichtlich verzögert wird, damit die Energiewende scheitert. Das ist ja auch nicht mehr logisch zu erklären, dass da draußen Windräder mit Diesel-Generatoren in Bewegung gehalten werden müssen, damit sie nicht vergammeln, anstatt dass sie selbst Energie erzeugen und die Abschaltung der Atommeiler ermöglichen.«

»Irrsinn«, stimmte Leander zu. »Dabei glaube ich niemals

daran, dass die Stromautobahnen nach Süddeutschland in der Bevölkerung durchsetzbar sind.«

»Ich verstehe das alles nicht. Was wollen die Leute denn? Saubere Energie, aber keine Windräder in der Landschaft und schon gar keine Stromtrassen? Atomkraftwerke, aber kein Endlager vor der Haustür? Kohlekraftwerke, aber bloß keine schmutzige Luft und kein CO_2?«

Leander zuckte mit den Schultern. »Ganz einfach: Die wollen Luxus um jeden Preis, sofern sie den Preis nicht selber zahlen müssen.«

Antje winkte ihnen zu, ihr zu folgen. Sie ließen ihre leeren Gläser stehen und gingen hinüber in den Gastraum, in dem ein Tisch hinten am Fenster frei geworden war.

»Karte kommt sofort«, sagte Antje. »Noch zwei?«

»Gerne.« Leander erwiderte ihr offenes Lächeln.

»Na bitte«, meinte Eiken. »Ich habe doch gesagt, dass du sie mögen wirst.«

Kurz darauf blätterten sie durch die Speisekarten. Eiken lobte die Küche, vor allem die Fischgerichte. Leander tat sich schwer mit der Wahl, weil sich alle Beschreibungen so gut lasen. Die hiesige Spezialität, den Knieper, verkniff er sich, nachdem Eiken ihm erzählt hatte, dass es sich dabei um Krebsscheren handele, die den Tieren bei lebendigem Leibe ausgerissen würden. Die Körper der Taschenkrebse gingen dann wieder über Bord, als willkommene und wehrlose Nahrung für andere Meerestiere.

»Ich tue mich mit der Vorstellung auch schwer«, bekannte sie, »aber eine Kollegin von der Biologischen Anstalt hat mir erklärt, dass die Taschenkrebse die Hauptkonkurrenten der Hummer sind, wenn es um Wohnnischen im Felssockel geht. Außerdem haben Taschenkrebse keine natürlichen Feinde mehr. Deshalb, so meint sie jedenfalls, sei es fast schon eine gute Tat und regelrechter Artenschutz für die gefährdete Hummerpopulation, Knieper zu essen.«

Leander entschied sich gegen den Artenschutz und für ein Dorschfilet mit Dijon-Senfkern-Soße und Bratkartoffeln. Eiken wählte ein Zanderfilet unter Kartoffelkruste mit Tomatenragout und Wildreis. Im Austausch gegen zwei neue Jever gaben sie ihre Bestellung auf. Dann erzählte Eiken von ihrer Arbeit, den Vogelzählungen im Frühjahr und im Herbst und der Zusammenarbeit mit dem Alfred-Wegener-Institut bei der Erforschung des Klimawandels. Leander hörte ihr interessiert zu und fragte nur hin und wieder mal nach. Er freute sich über die entspannte Atmosphäre, die heute Abend zwischen ihnen herrschte. Das Essen kam bald und erfüllte Eikens Versprechungen vollständig.

Leander beobachtete, wie Antje die übrigen Tische bediente, sich jedem Gast mühelos anpasste und alle Bemerkungen und Frotzeleien schlagfertig konterte. Sie war ohne Zweifel die Seele dieses Restaurants.

Nach dem Essen schlenderten Eiken und Leander durch die wenigen Gassen, die Helgoland zu bieten hatte, in Richtung Unterland. Hatten auf dem Oberland noch recht individuell gebaute bunte Häuser mit kleinen, schnuckeligen Gärten gestanden, war die Bebauung im Unterland sehr eintönig in einer Art Sechziger-Jahre-Schuhkarton-Stil. Leander fand das überhaupt nicht schön, aber Eiken erklärte ihm, dass nach den Bombardements und dem Sprengungsversuch auf dem Felsen kein Stein mehr auf dem anderen gestanden hatte und alles schnell und gleichzeitig wieder hatte aufgebaut werden müssen. Zudem sahen die Häuser alle gleich aus, weil sie das Ergebnis eines Architektenwettbewerbs waren. Sie waren damit einmalig in Deutschland und standen deshalb sogar unter Denkmalschutz.

»So, mein Lieber«, sagte Eiken schließlich, als sie an der Promenade angekommen waren, »ich lasse dich jetzt alleine, weil ich noch ein Date habe.«

»Ein Date? Was für ein Date? Sollte ich da etwas wissen?« Leander wurde von einer heißen Eifersuchtswelle überspült und befürchtete, verräterisch rot zu werden.

»Lieber Henning, nur weil wir im letzten Sommer fast etwas miteinander gehabt hätten, bin ich dir jetzt keine Rechenschaft schuldig.« Das war eindeutig, auch vom resoluten Tonfall her.

»Und was soll ich dann jetzt machen?«

»Das überlasse ich dir. Geh in eine der kleinen Kneipen im Dorf oder fahr zurück auf die Düne. Ich bin sicher, dass du dich schon zu beschäftigen weißt. Wir sehen uns dann morgen zum Frühstück.«

»Ach so, zum Frühstück bist du also wieder da!«

»Wir werden sehen.«

Sie ließ ihn stehen und eilte durch den *Lung Wai* davon. Leander blickte ihr gekränkt nach und brauchte einen Moment, bis er sich wieder gefangen hatte. Dann überlegte er resigniert, was er mit dem angebrochenen Abend anfangen sollte. Zu einem einsamen Kneipenbesuch hatte er jedenfalls keine Lust. Also beschloss er notgedrungen, die Fähre zurück zur Düne zu nehmen.

Als er die Hütte betrat, kam sie ihm merkwürdig verwaist vor. Das lag wahrscheinlich daran, dass er sich hier logischerweise noch nicht heimisch fühlte und sie einfach nur mit Eiken verband. Leander beschloss, zunächst seine Reisetasche auszupacken. Dann entdeckte er einen kleinen Biervorrat im Kühlschrank, bediente sich daran und setzte sich auf die Veranda. Die Luft war drückend schwül, weil den ganzen Tag über die Sonne auf dem Dünental gestanden hatte und hier auch jetzt noch kein Lüftchen hereinwehte. Am Himmel zogen kreischende Möwen ihre Runden. Sonst war es still. Sicherlich saßen die anderen Urlauber aus den Nachbar-Bungalows noch in irgendeinem Restaurant oder schon in einer Kneipe. So wie Eiken möglicherweise auch. Ein *Date*, hatte sie gesagt. Das war ja wohl nicht misszuverstehen.

Dafür war er also nach Helgoland gekommen: um gleich am ersten Abend von Eiken abserviert zu werden. Hatte er das nötig? War er tatsächlich so unselbstständig, dass er sich derart erniedrigen musste? Und überhaupt: War seine Liebe zu Eiken wirklich so groß, dass sie all das wert war? Würde er für diese Frau notfalls sein neues Leben auf Föhr aufgeben und auf diesen kargen Felsen übersiedeln? Fast schon erleichtert stellte Leander fest, dass sich diese Frage momentan gar nicht stellte. Und gleich im nächsten Augenblick war die Eifersucht wieder da. Verdammt, er musste sehen, dass er sein Gefühlschaos in den Griff bekam!

Leanders Gedanken drifteten zu seinem kleinen Fischerhäuschen in Wyk und zu der schwarzen Katze, die ihm zu seinem eigenen Erstaunen fehlte. Föhr war inzwischen so sehr seine Heimat geworden, dass er sich in diesem Moment keinen Ort der Welt vorstellen konnte, an dem er sich wohler fühlen würde. Von Kiel hatte er sich dagegen vor ein paar Jahren sehr leicht getrennt, obwohl er dort all seine Verbindungen zu seinem früheren Leben zurückgelassen hatte – oder vielleicht gerade deswegen.

Nachdem er noch zwei weitere Flaschen geleert hatte, rang Leander mit sich, hinunter an den Strand zu gehen. Letztlich fehlte ihm zu einem einsamen Spaziergang der Antrieb. Er beschloss, ins Bett zu gehen, anstatt weiter hier zu sitzen und auf Eikens Rückkehr zu warten. Mit ihrem Date an ihrem ersten gemeinsamen Abend zeigte sie ihm deutlich, dass er nichts mehr mit ihrem neuen Leben zu tun hatte. Leander war erstaunt, wie sehr das schmerzte.

6

Tamme Boysen zog sich in die Deckung eines Elektrokarrens des *Helgoländer Transport-Services* zurück, als Gernot Reymers aus dem Haupteingang des Hotels *Laguna* an der Kurpromenade trat. Der Hotelier sah sich nach links und rechts um, während er mit seinem Feuerzeug beiläufig eine Zigarette anzündete. Dann wählte er den Weg entlang der Mole bis zum *Lung Wai*, der um diese nächtliche Uhrzeit verwaist dalag und gar nicht wie die Haupteinkaufsstraße Helgolands wirkte. Reymers machte den Eindruck, als hätte er alle Zeit der Welt. Auch seine Kleidung wies eher auf Entspannung und Freizeit hin. Tamme Boysen erkannte im Schein der Laternen Jeans und Joggingschuhe, wenngleich der Hotelier sicher nicht mehr joggen wollte, schon gar nicht mit einer Zigarette im Mund. Sein Schlendern wirkte eher, als wolle er sich nur kurz an der frischen Luft die Beine vertreten, bevor er zu Bett ging. Tamme Boysen schaute auf die Uhr: sieben Minuten vor eins.

Die beiden Männer in den schwarzen Trikot-Overalls drüben hinter den Müllcontainern des Hotels, die Boysen seit geraumer Zeit im Blick hatte, hatten sich sofort weggeduckt, als der Hotelier auf die Promenade hinausgetreten war. Kaum war Gernot Reymers rechts in der Einkaufstraße verschwunden, huschten sie mit über das Gesicht gezogenen Mützen zum Personaleingang des *Laguna*. Also war es richtig gewesen, die Kerle nicht aus den Augen zu lassen, als sie die Gaststube des *Roten Kliffs* verließen. Der Polizeioberkommissar a. D. und ehemalige Leiter der hiesigen Dienststelle der Wasserschutzpolizei hatte gespürt, dass sie etwas im Schilde führten. Er machte einen Satz nach vorne, aber noch ehe er aus der Deckung des Elektrokarrens heraus war, verschwanden die beiden Gestalten auch schon im Hotel. Scheiße, dachte Tamme Boysen und zog sich wieder in sein Versteck zurück.

Selbst wenn er nicht gewusst hätte, wer sich unter den

Masken verbarg, hätte er die Männer erkannt. Der eine humpelte und zog das rechte Bein etwas nach. Das war Heiko Tönnies, der Inhaber des Zigaretten- und Fuselladens drüben im *Lung Wai*. Der andere Mann war Jesko Keden, Tönnies' bester Freund und Besitzer der kleinen Gastwirtschaft *Zum Roten Kliff* im *Hapot Wai*, einer kleinen Gasse, die von der Einkaufsstraße abging. Beide waren besonders aktiv, wenn es ums Saufen ging und darum, auf der Insel Unruhe zu stiften. Und Heiko Tönnies ließ sich auch keine Gelegenheit entgehen, anderer Leute Ehefrauen abzuschleppen. Aber sie waren keine Verbrecher. Was also sollte das Ganze?

Tamme Boysen kratzte sich nachdenklich den Backenbart. Was sollte er jetzt machen? Den Typen ins Hotel folgen und die Sache offiziell machen, wenn er dort auf Reymers' Frau oder einen Hotelangestellten traf? Seine aktiven Kollegen von der Wasserschutzpolizei alarmieren und noch mehr Staub aufwirbeln? Das brächte Tönnies und Keden in ziemliche Schwierigkeiten. Einbruch war kein Kavaliersdelikt. Auch nicht, wenn irgendeine gute Sache es erforderte. Andererseits hatte Tamme Boysen in seinen aktiven Zeiten immer Gnade vor Recht ergehen lassen, wenn ihn das Motiv überzeugt hatte. Also abwarten.

»Scheiße!« Boysen wechselte unruhig von einem Bein auf das andere.

Warum gönnten seine verdammten Insulaner ihm nicht einfach seinen Ruhestand? Musste er in seinem Alter noch die halbe Nacht mit Observationen verschwenden? Statt sich hier die Beine in den Bauch zu stehen und sinnlos zu warten, konnte er genauso gut Gernot Reymers folgen und sehen, wohin der so spät noch unterwegs war. Tönnies und Keden würden ihm schließlich nicht weglaufen. Er konnte sie sich morgen vorknöpfen, und das würde er auch tun. Die konnten sich warm anziehen!

Also trat er aus dem Schutz des Elektrokarrens und schritt entschlossen weit aus, die Kurpromenade entlang zum *Lung Wai*. Kurz vor der Einmündung verlangsamte er seinen Schritt und schwenkte mit hinter dem Rücken verschränkten

Armen in die Geschäftsstraße ein, als sei er wie früher auf seinem nächtlichen Routine-Rundgang durch den Ort. Dieser Eindruck war seinerzeit durch die Uniform der Wasserschutzpolizei untermauert worden, die er auch außer Dienst getragen hatte. Die Uniform war seine sprichwörtliche zweite Haut gewesen, so sehr hatte er sich mit seinem Beruf identifiziert und die Sicherheit und Ordnung auf dem Hochseefelsen zu seiner Berufung gemacht. Denn auf Helgoland nahm die Wasserschutzpolizei alle polizeilichen Aufgaben wahr.

Der *Lung Wai*, dessen Häuser bei der nächtlichen Sparbeleuchtung noch mehr aussahen wie bunt bemalte Schuhkartons mit überdimensionalen weißen Balkonen im ersten Stock, lag wie ausgestorben da. Alle Läden im Erdgeschoss der Häuser hatten seit Stunden geschlossen. Sicherungsgitter schützten die Schaufenster nicht nur der Gold- und Schmuckgeschäfte, sondern auch die mit den Schnaps- und Zigarettenauslagen, als müsste man hier ernsthaft mit Raubüberfällen und Einbrüchen rechnen. In den Stockwerken darüber flackerte bläuliches Fernsehlicht durch weiße Sechziger-Jahre-Vorhänge der ersten Generation nach dem Wiederaufbau des Inselstädtchens. Als Boysen die Einmündung zur *Friesenstraße* passierte, scholl laute Musik aus der *Fischerstube* herüber. Da war um diese Zeit noch High Life.

Und jetzt sah er Gernot Reymers wieder; da vorne stand er, am Ende der Einkaufstraße direkt vor den Aufzugtüren in dem düsteren Vorhallenschlauch. Von seinem vorherigen Gleichmut war nichts übrig geblieben. Nervös schaute er immer wieder auf die Uhr, als warte er auf jemanden, der längst überfällig war. Tamme Boysen hatte offensichtlich den richtigen Riecher gehabt, als er dem Hotelier gefolgt war. Nun ließ Reymers seine Zigarettenkippe fallen, trat sie gründlich aus und drückte den Anforderungsknopf des Fahrstuhls zum Oberland. Boysen kratzte sich verwundert den kurzgeschorenen Schädel. Was wollte der Hotelier in dieser Nacht schon wieder da oben? Noch ein Treffen mit Malte Cohrs? Wozu? Gestern Abend war alles gesagt worden.

Das gefiel Tamme Boysen ganz und gar nicht. Nicht nur dass die Idioten von der Bürgerinitiative einfach keine Ruhe geben wollten, auch im Umfeld des Hoteliers passierte etwas, von dessen Hintergrund er nichts wusste. Und so etwas konnte er nicht ab! Ohne die Vorkommnisse der letzten Nacht hätte er auf eine Affäre mit irgendeiner Inselschönheit getippt. Das wäre nichts Ungewöhnliches, denn auf Helgoland kam es statistisch häufiger als auf dem Festland vor, dass Ehen nicht für die Ewigkeit geschlossen wurden. Das lag an der Enge, die auf dem kleinen Felsen herrschte. Hier konnte man sich bei Bedarf ja nicht einmal für ein paar Stunden aus dem Weg gehen, schon gar nicht in den langen, öden Wintern, in denen man sich kaum vor die Tür trauen konnte. Kein Grund zur Aufregung also, wenn Reymers ein Date für einen Seitensprung hatte. Allerdings wusste Tamme Boysen immer gerne vorher Bescheid, denn dann kamen die Streitigkeiten und gelegentlichen Schlägereien mit den gehörnten Ehemännern nicht ganz so unvorbereitet.

Angesichts seiner Beobachtungen der letzten Nacht vermutete der Ordnungshüter h.c. aber doch eher, dass sich Reymers heute noch einmal mit Cohrs oder dem Schattenmann treffen würde. Vielleicht war ja doch etwas an der Vermutung, dass Reymers die Inselerweiterung noch nicht ad acta gelegt hatte. Wenn die Bürgerinitiative dafür Belege fände, ginge das ganze Theater wieder von vorne los. Und vor diesem Hintergrund bekam auch der Einbruch einen Sinn, der gerade im Hotel *Laguna* stattfand. »Scheiße!«, fluchte Tamme Boysen noch einmal mit Nachdruck.

Jetzt öffnete sich die rechte Aufzugtür. Reymers trat in die Kabine und drückte den Knopf zu seiner Linken. Langsam glitt die Stahltür wieder zu. Tamme Boysen atmete tief durch. Das konnte ja wohl alles nicht angehen. Da drückte er sich hier nachts auf seiner Insel herum wie jemand, der das Tageslicht scheute, und verfolgte einen an sich unbescholtenen Geschäftsmann zu Verabredungen im Schutz der Dunkelheit, während gleichzeitig zwei andere Geschäftsleute in dessen Hotel einbrachen, was er als ehemaliger Polizist eigentlich hätte unterbinden oder zumindest anzeigen müssen. Mit den Dienstvorschriften der Wasserschutzpolizei war das so wenig in Einklang zu bringen wie mit Boysens moralischen Grundsätzen überhaupt. Aber was sollte er machen? Die unangenehme Situation erforderte nun einmal ungewöhnliche Maßnahmen, wenn er vermeiden wollte, dass der erbitterte Kampf um Helgolands Zukunft erneut ausbrach. Und raushalten konnte er sich da nicht. Dafür war seine Stellung zu exponiert, sein Leben zu sehr mit der Ordnung Helgolands verbunden.

Boysen kämpfte einen Moment lang mit sich, ob er Reymers folgen sollte. Wenn er ebenfalls den Aufzug benutzte, riskierte er, oben auf den Hotelier zu treffen, der ja möglicherweise noch eine Weile vor den Stahltüren stand und wartete. Also musste er den Aufstieg über die Treppen zu Fuß meistern, was um diese Uhrzeit so gar nicht nach seinem Geschmack war. Er hetzte keuchend die viel zu kurzen Stufen hinauf und hoffte, dass er nicht zu spät kam und die Plackerei völlig vergebens auf sich genommen hatte.

Kurz bevor er die Straße *Am Falm* erreichte, duckte er sich kurzatmig hinter die Mauer und lugte vorsichtig hinüber. Der Raum vor den Fahrstühlen lag verlassen unter der flackernden Neonbeleuchtung, von Gernot Reymers war weder links und rechts noch geradeaus im *Steanaker* etwas zu sehen. Tamme Boysen war zu spät gekommen. Wohin der Reeder verschwunden war, ließ sich nicht mehr feststellen. Bestimmt war er längst oben am Leuchtturm oder irgendwo im Gewirr der kleinen Gassen, wo Boysen ihm im schlimmsten Fall direkt in die Arme laufen würde. Also Abzug. Heute Nacht kam er nicht weiter.

Der ehemalige Inselpolizist seufzte schwer und wählte diesmal den Aufzug für seinen Rückweg. Unten angekommen, wandte er sich nach rechts in Richtung *Bremer Straße*. Einen Moment lang dachte er darüber nach, stattdessen in einem Schlenker durch die *Treppenstraße* und die *Aquariumstraße* zurück zur Kurpromenade und zum *Laguna* zu gehen, um nachzusehen, ob er die beiden Einbrecher nicht doch noch erwischte, wenn sie das Hotel verließen. Aber bestimmt waren Tönnies und Keden schon längst wieder da raus und bei ihren Frauen zu Hause. Da konnte er sich womöglich auch noch den Rest der Nacht die Beine in den Bauch stehen, ohne dass etwas passierte. Mist. Aber immerhin hatte er jetzt ein bisschen mehr Klarheit und wusste, wem er als Nächstes in den Hintern zu treten hatte. Tamme Boysen beschloss, gleich morgen mit Tönnies und Keden Tacheles zu reden.

Ein Blick auf die Uhr verriet dem Polizeioberkommissar a. D., dass es hart auf zwei zuging. Er gähnte schwer und folgte der *Bremer Straße*. Morgen war auch noch ein Tag, und um sechs war die Nacht um. Da begann sein Dienst am Fuße der Vogelfelsen. Höchste Zeit also, dass er ins Bett kam.

7

Funkelnde Feuerfinger krochen über den stählernen Glanz der Nordsee, zerflossen zu einem goldenen Schimmer, der sich wie eine Folie über die leicht wellige Meeresoberfläche legte und sich unaufhaltsam ausbreitete, als die Sonnenkugel sich nun langsam vom Horizont abhob. Gestochen scharf zeichnete sich der rote Ball vor dem jetzt schon sanft blauen Himmel ab – von Dunst keine Spur. Am Horizont waren die Windräder und die Trafostation des nächstgelegenen Offshore-Windparks deutlich zu erkennen, obwohl der immerhin fünfunddreißig Kilometer entfernt lag.

Das Thermometer zeigte an diesem Morgen bereits zweiundzwanzig Grad an, das Barometer stand erbarmungslos auf sonnig. Auch heute würde es wieder heiß werden, so wie seit drei Wochen jeden Tag.

Selbst Leander hatte Mühe, sich von dem Anblick des glühenden Sonnenballs über Hafen und Düne loszureißen. Dabei war es ihm deutlich zu früh gewesen, als Eiken ihn gegen fünf Uhr geweckt und zu einem schnellen Frühstück gerufen hatte. Im Gegensatz zu ihm war sie hellwach, obwohl sie sehr spät in der Nacht nach Hause gekommen sein musste. Leander hatte sie jedenfalls nicht mehr gehört.

Und nun standen sie hier auf halbem Weg zum Oberland im Übergang zum *Norderfalm* und bewunderten den farbenprächtigen Sonnenaufgang. Auf Helgoland spielte die Natur ihre Urgewalt in allen Nuancen aus und nahm Menschen, die dafür empfänglich waren, mit all ihren Sinnen als Geiseln. Und die Fotografen, die Eiken Jörgensen heute Morgen zum Vogelfelsen führte, waren genau solche Menschen. Sie wollten einen Blick in die Nester werfen, bevor die Menschenmassen in zwei, höchstens drei Stunden den Frieden auf dem Oberland zerstören würden, und bei der Gelegenheit schon einmal eine Reihe Fotos schießen. Ein paar Stunden später würde man drüben an der Kliffkante keinen freien Zentimeter mehr ergattern können. Jedenfalls nicht an einer der Stellen, die einen freien Blick auf die Lummennester im steil abfallenden roten Sandstein boten.

Aber zunächst unterbrach der Ausblick über die Düne den Weg zu den Vogelfelsen. Die Fotoapparate klackerten wie MGs im Schützengraben und bannten jede Phase des Sonnenaufgangs über die CCDs auf die Chipkarten. Kalle Bluhm sah und hörte offenbar nichts mehr um sich herum, wie immer, sobald er seine Kamera auf derart faszinierende Motive gerichtet hatte. Fredi Wessel machte ausnahmsweise mal keine Faxen, sondern fotografierte genauso begeistert. Dabei wechselte er mehrfach seine Objektive, um jeden möglichen Winkel zu erfassen. Leander konnte die Begeisterung seiner Kollegen nachvollziehen, denn auch in seinem Sucher erstrahlte der Sonnenball formatfüllend. Nur Heinrich Seyfried wirkte, wie Leander bei einem Seitenblick feststellen konnte, als mache er einzig und allein aus Pflichtgefühl ein paar Aufnahmen.

Eiken klatschte in die Hände, um sich Aufmerksamkeit zu verschaffen, und forderte die Gruppe auf, ihr zu folgen. Nur ungern rissen sich die Hobbyfotografen von dem Anblick los und trotteten ihr weiter hinauf zum Plateau nach. Dabei hörten die Begeisterungsrufe Wessels, das kurzatmige Japsen des kleinen, dicken Kalle Bluhm und das Klicken der Auslöser nicht auf.

Konrad Knoblich und Dieter Kessler gerieten in einen Disput darüber, ob es wirklich notwendig sei, elftausend Euro für ein 500-Millimeter-Profi-Objektiv von Canon auszugeben, oder ob die günstigere Variante von Sigma für eintausenddreihundert Euro es nicht auch tun würde. Der Bankkaufmann Knoblich vertrat eher die sparsamere Position, zumal, wie er argumentierte, der APS-C-Sensor von Kesslers Kamera die Qualität des Objektivs eh nicht umsetzen konnte. Aber der Rechtsanwalt beharrte auf seiner Meinung und wertete seinen Gegenüber zum »Knipser« ab, woraufhin Knoblich abfällig grunzend aufgab. Leander ging schweigend neben Heinrich Seyfried, der den Disput mit einem einzigen Ausdruck bewertete – »Phallus-Symbole« –

und darüber hinaus glücklicherweise so früh auch noch nicht zum Quatschen aufgelegt war.

Endlich erreichten sie den *Klippenrandweg*. Das wellige grüne Plateau der einzigen deutschen Hochseeinsel siebzig Kilometer weit draußen in der Deutschen Bucht lag in seiner ganzen kargen Schönheit im sanftroten Morgenlicht raumgreifend vor ihnen. Allein eine Herde Schafe strich gemächlich fressend durch die Mulden. Bei diesem Anblick fiel es schwer, sich die Übungsflüge der englischen Bomber nach dem Zweiten Weltkrieg vorzustellen. ›Hell-go-land‹ hatten sie es genannt – Land, das zur Hölle gehen sollte. Und genauso hatten sie es in Grund und Boden bombardiert. Rechterhand lag der tiefste Trichter: das Ergebnis der Detonation einer Fünf-Tonnen-Bombe.

Von dem Rundweg eingeschlossen, zog sich über die Mitte des Hochlandes ein weiterer schmaler Weg aus Backsteinen: die *Kartoffelallee*. Albernes Gelächter und fragwürdige Erklärungsversuche ertönten, als Eiken den Namen erwähnte. Links sah man den klotzartigen quadratischen Leuchtturm. Die Vogelwartin wählte diesen Weg, der nahezu direkt zum Lummenfelsen führte. Dort würde sich zeigen, wie viele junge Lummen in der letzten Nacht ihren bis zu sechzig Meter tiefen Sprung ins offene Meer gewagt hatten.

Ein warmer Luftzug streichelte die Stirnen der frühen Wanderer, die sich nun, da sie die Sonne im Rücken hatten, zügig und nicht länger abgelenkt ihrem Ziel näherten. Nach wenigen Minuten erreichten sie eine Stelle, an der die Kliffkante weit vorsprang und so einen freien Blick auf die von Vögeln dicht belagerten Felsnischen im zerklüfteten Buntsandstein zuließ. Hier hob Eiken ihr Fernglas und suchte die Nester nach Veränderungen zum vergangenen Tag ab. Um sie herum klackerten die Auslöser der Kamers, als seien es unschätzbar kostbare Momente, die es um jeden Preis zu verewigen galt.

Leander blickte ebenfalls durch seinen Sucher, fand die Nester aber wenig spannend, zumal sie nicht wie bei anderen Vögeln aus Reisig oder Grashalmen geflochten waren. Die

Lummen legten ihre Eier einfach auf dem rauen Sandstein ab und selbst die Nester der Basstölpel waren nur spärlich aus Tang und bunten Kunststoffresten zusammengesteckt. So schwenkte er die Kamera nach rechts in Richtung offene See. Plötzlich blickte er direkt in die gestochen scharfen Augen eines Basstölpels, der in der Vergrößerung direkt auf ihn zu zu segeln schien. Deutlich stachen die blauen Kreise um die Augen hervor, darunter zeigte der lange, graue Schnabel geradeaus auf den Fotografen, der gebannt dem mühelosen Gleitflug des majestätischen Vogels folgte. Erst als der plötzlich nach links abdrehte, nahm Leander seine Kamera von den Augen und bemerkte belustigt, dass er die ganze Zeit über den Atem angehalten und dabei vergessen hatte, den Auslöser zu betätigen. Auch die anderen Fotografen hatten ihre Teleobjektive auf das stattliche Tier gerichtet, aber jede Regung im Dauerfeuer gesichert. Sogar Heinrich Seyfried schien nun gebannt von dem fantastischen Anblick. Zum ersten Mal hatte Leander eine Ahnung davon, was die Männer an ihrem Hobby so faszinierte.

Eiken legte den Riemen des Fernglases über die Schulter und forderte sie auf, ihr zu der nächsten Stelle zu folgen, an der man direkt von schräg oben in die Nester der Lummen sehen konnte. Mit ihren Stativen auf den Schultern stapften die Männer hinter ihr her.

Tamme Boysen stellte sein Fahrrad vor dem schwarzen Eisentor ab, das Unbefugten den Zugang zum Inspektionsweg hinter der Flutschutzmauer unterhalb der Vogelfelsen verwehrte. Eigentlich war Fahrradfahren auf Helgoland verboten. Nur die Polizei verfügte über dieses Recht. Aber Tamme Boysen hatte eine Sondergenehmigung ausgehandelt, als er den Posten des Seehundjägers übernommen hatte. Einerseits war er aus jahrzehntelanger Polizistentätigkeit einfach daran gewöhnt, mit dem Dienstfahrrad schnell zum Einsatzort zu kommen, wenn Not am Mann war; andererseits hatte er in seiner neuen Funktion auf seinen Inspektionstouren tatsächlich Distanzen zu überwinden, die man der kleinen

Insel so gar nicht zugetraut hätte. Zu Tamme Boysens Einsatzbereich gehörte nämlich nicht nur die Düne mit den Seehunden und Kegelrobben, sondern auch der Sockel der Vogelfelsen auf der Hauptinsel, sowie die *Lange Anna* und die Zugänge zu dem Höhlen- und Tunnelsystem, das den gesamten Felsen durchzog. Und Tamme Boysen wurde nicht jünger. Da hieß es: die Kräfte bündeln, die Reserven schonen und alle Wege abradeln.

Der Robbenjäger schloss das Gittertor auf und trat hindurch, um es gleich hinter sich wieder zu verschließen. Hier unten, am Fuße des Felsens, hatten nur wenige neben ihm etwas zu suchen. Man konnte sich das zwar bei diesem Wetter nicht vorstellen, aber auf dem unebenen Geröllweg hinter der Flutschutzmauer wurde es mitunter ganz schön gefährlich, wenn im Herbst bei Windstärke zwölf die zwanzig Meter hohen Brecher ihre Finger nach dem Sandstein ausstreckten. Gewaltige, fünf Tonnen schwere Tetrapoden auf der Seeseite der Mauer, die hier als Wellenbrecher aufgestapelt worden waren, zeugten davon. Und auf der Düne hatte der Orkan Xaver im Winter 2013 selbst einen solchen Fünf-Tonnen-Koloss über die Mauer auf den Strand gehoben.

Vor Tamme Boysen lag nun der Weg entlang der gesamten Steilküste bis zur *Langen Anna*, jener Felsnadel, die seit Jahren eine eigene Schutzmauer aus Beton hatte, weil sie schon längst derart vom Wasser angenagt worden war, dass sie sonst in einem der Herbst- oder Winterstürme einfach in sich zusammengebrochen wäre. Dabei war die *Lange Anna* das Wahrzeichen Helgolands und damit unersetzlich. Und auch die Steilküste aus weichem Buntsandstein musste vor dem nagenden Zahn der Wellen bewahrt werden, weil sie sonst bei jedem Sturm drastisch reduziert worden wäre. Tamme Boysen war sich also der Wichtigkeit seiner Aufgabe bewusst, allmorgendlich die Sturmsicherungsanlagen zu kontrollieren und festzustellen, ob ein Einsatz des Inselbautrupps nötig war.

Der Seehundjäger passierte die ersten roten Klippen und Felsnischen, die um diese Zeit noch im Schatten lagen, und steuerte auf den Fuß der Vogelfelsen zu, um von unten die

Nistplätze der Möwen, Basstölpel und Trottellummen zu begutachten.

Auf dem Oberland folgten Eiken Jörgensen und ihre kleine Gruppe dem Weg entlang dem Drahtzaun, der die Urlauber von der bröckeligen Felskante fernhalten sollte. Fredi Wessel versuchte mehrfach, den rechten Fuß des vor ihm gehenden Kalle Bluhm genau in dem Moment nach innen wegzutreten, in dem er sich vom Boden abhob, um wieder nach vorne zu gleiten. Dadurch wollte er seinen Kumpel zum Stolpern bringen.

Als der das merkte, wandte er sich wütend um. »Du kriegst gleich was aufs Maul. Weißt du eigentlich, wie teuer die Kamera war?«

Fredi Wessel lachte albern und hielt sein pubertäres Gekasper offensichtlich für witzig, was Kalle Bluhm noch wütender machte und Heinrich Seyfried zu einem genervten Kopfschütteln in Leanders Richtung veranlasste.

»Außerdem ist das gefährlich«, ergänzte Eiken streng. »Das ist gerade einmal ein guter Meter bis zur Kante und dann sechzig Meter in die Tiefe.« Ihr grimmiger Blick ließ keinen Zweifel daran zu, dass sie notfalls auch disziplinarisch gegen Teilnehmer ihrer Gruppe vorgehen würde.

»Ist ja schon gut.« Fredi Wessel wedelte beruhigend mit der rechten Hand und folgte der Gruppe von nun an ohne derartige Störmanöver.

Schließlich knickte der Weg an einer Stelle scharf nach links ab und führte über Treppenstufen zu einer runden Aussichtsplattform hinab. Das Vogelgeschrei war hier besonders schrill, und es roch scharf nach dem Dung der nistenden Tiere.

Der nackte Fels rund um das Pflaster zeugte von den Tausenden von Urlauberfüßen, die dem Zaun so nah wie möglich kommen wollten und die dünne Grasnarbe vollständig kaputtgetrampelt hatten. Auch Eiken wagte den Schritt vom Wege und postierte sich direkt an einem Pfosten. Dann drehte sie sich zu ihren Begleitern um und deutete auf den ausgebeulten Draht.

»Diesen Zaun dürft ihr niemals übertreten«, erklärte sie. »Egal, was für ein Motiv euch auch durch die Lappen gehen mag. Die Abbruchkante ist bröckelig, und ihr könnt nicht wissen, ob sie nicht direkt vor euch unterhöhlt ist.« Sie deutete auf die weiter rechts über ihnen sichtbare Klippe, aus deren Steilwand Backsteine ragten. »Da ist einmal der Weg hergegangen. Wie ihr seht, ist er fast vollständig weggebrochen und in die Tiefe gerauscht. Wenn ihr hier irgendwo abstürzt, kann euch niemand mehr helfen. Das sind sechzig Meter freier Fall. Todsicher, wenn ihr versteht, was ich meine.«

Das zustimmende Gemurmel bestärkte sie durch ein Nicken, dann drehte sie sich wieder in Richtung Meer und richtete ihr Fernglas schräg nach unten auf die aufgerissenen Schnäbel der Jungvögel, die ein Mordsgeschrei veranstalteten, wenn ihre Eltern mit Fischen im Schnabel herangesegelt kamen. Die Fotografen postierten sich neben ihr, richteten ihre Teleobjektive auf die zahllosen Nester und lösten in Serie aus.

»Was machen die denn da?«, fragte Heinrich Seyfried plötzlich und deutete auf eine Wolke aufgeregt schreiender und wild durcheinanderflatternder Basstölpel und Möwen etwa hundert Meter entfernt.

Als ständen sie flügelschlagend in der Luft, starrten die Vögel mit weit aufgerissenen Schnäbeln auf eine Stelle in einer Nische der Felswand. Dann schossen sie plötzlich vor, drehten direkt vor dem roten Sandstein ab und reihten sich gleich wieder in den kreischenden Schwarm ein, als attackierten sie gemeinsam einen gefährlichen Feind. Was war da nur los?

Langsam schwenkte Eiken mit dem Fernglas den Felsen ab, diesen roten, bröckeligen Sandstein, der von schmalen hellen Adern schräg durchzogen und von unzähligen weißen Kotsprenkeln getupft war. Da war nichts Außergewöhnliches zu entdecken. Doch warum waren die Seevögel dann so außer Rand und Band?

Unten am Sockel umrundete Tamme Boysen die ersten Vogelfelsen und beobachtete die Elterntiere, die hoch über ihm im Wechsel aufs offene Meer hinausflogen und mit Fischen im Schnabel zurückkehrten, um ihre kreischenden Jungen zu füttern. Die Kleinen reckten sich weit aus den Nestern, die mitunter auf wenige Zentimeter messenden Absätzen gebaut waren, ihren Eltern entgegen, so dass man den Eindruck haben konnte, dass sie jeden Moment herausfallen und in die Tiefe stürzen würden. Aber die Tiere waren die schwindelerregenden Höhen gewohnt und wussten genau, wie weit sie sich vorwagen konnten.

Plötzlich bemerkte der Seehundjäger bei einer Felsnische heftige Aufregung unter den Seevögeln. Sie schossen wie bei einer Attacke in Wellen auf etwas zu, das sich seinem Blick entzog, stießen wieder zurück, nur um gleich wieder zum Angriff überzugehen. Da stimmte etwas nicht, das war Tamme Boysen sofort klar. Er hielt sein Fernglas, das um seinen Hals baumelte, fest und setzte sich im Laufschritt auf dem rutschenden Geröll in Bewegung.

Eiken sprang die Stufen hinauf auf den Backsteinweg zurück und lief bis zu dem tiefen Einschnitt in der Kliffkante. Irgendjemand hatte hier den Zaun eingerissen, so dass er flach auf dem Boden lag. Auf einer Länge von mindestens zwanzig Metern waren die Metallpfähle abgeknickt, zum Teil samt Betonsockel aus dem Boden gezogen. Draht und einige Pfosten hingen über die Kliffkante hinweg. Verdammt, das musste in der Nacht passiert sein, sonst hätte Tamme doch längst den Bautrupp alarmiert! Jetzt war auch klar, warum die Vögel sich so aufregten, denn schließlich hing das freie Ende des kaputten Zaunes direkt vor ihren Nestern. Gar nicht auszudenken, wie viele Jungtiere die Pfähle vielleicht im Hinabstürzen mitgerissen hatten!

Eiken griff nach dem Pfosten, der ihr am nächsten lag, und zog vorsichtig daran, um das freie Zaunende zurück auf das Oberland zu holen. Aber da bewegte sich nichts. Irgendwo musste der Draht festhängen. Mit Grauen dachte sie daran, dass sie möglicherweise Nester mit Jungvögeln zerstörte, wenn sie jetzt nicht mit Bedacht vorging. Hilfesuchend blickte sie sich um und sah ihre gesamte Gruppe direkt hinter sich stehen.

»Henning, du musst mir helfen. Das muss ich mir aus der Nähe ansehen.« Sie machte bedächtig ein paar kurze Schritte über den am Boden liegenden Draht hinweg auf den Abgrund zu und ließ sich dann langsam auf die Knie hinab.

Sofort war Leander an ihrer Seite. »Ich hoffe, du weißt, was du tust. Sei bloß vorsichtig.«

Sie bewegten sich zentimeterweise vorwärts, näherten sich dem Ende des Grüns und waren jederzeit darauf gefasst, dass der Grund, auf dem sie hockten, direkt vor ihnen abbrechen und in die Tiefe stürzen konnte. Kurz vor der Kante legte Eiken sich auf den Bauch. Leander hielt sie an den Beinen fest und wurde wiederum von Kalle Bluhm und Heinrich Seyfried gesichert. Eiken schob ihren Kopf leicht vor, bis ihr Blick hinunterkippte und dem freien Fall ausgesetzt war. Sie zuckte leicht zurück, wagte einen erneuten Anlauf und scannte nach ein paar Sekunden Gewöhnungszeit den schroffen Felsen entlang des hinabhängenden Zauns mit den Augen ab.

»Siehst du etwas?«, fragte Leander.

»Nein. Der Draht hängt vor der Felswand frei in der Luft. Warum, verdammt noch mal, lässt er sich dann nicht nach oben ziehen?« Als ihr Blick das Ende des Zaunstückes erreicht hatte, erkannte sie den Grund. »Mist. Da unten hängt irgendetwas dran; etwa fünfzehn Meter unter uns, direkt an der Felsnase.«

»Kannst du erkennen, was es ist?«

»Irgendein schwerer Gegenstand, ein Felsvorsprung ist davor.« Zentimeterweise wagte sie sich weiter vor und hielt erst inne, als kleine Stücke aus dem Sandstein brachen und direkt vor ihr in die Tiefe rauschten, immer wieder aufprallten und sechzig Meter weiter unten vor der Schutzmauer auf den Boden schlugen.

»Schluss jetzt!« Leander zog sie an den Füßen zurück. »Das ist doch viel zu gefährlich.«

Tamme Boysen hatte die Nische erreicht, als plötzlich kleine Steinbrocken vor ihm auf den Boden prasselten. Er sprang zurück, blickte vorsichtig nach oben und schirmte seine Augen mit der rechten Hand gegen den Himmel ab. Eine Felsnase gut vierzig Meter über ihm versperrte ihm den Blick, aber direkt dahinter schaukelte etwas schwerfällig hin und her. Das sah aus, als hinge der Gegenstand am abgerissenen Ende des Drahtzauns über den Klippenrand und baumelte direkt über ihm. Das war doch ...! Das konnte doch nicht ...! Tamme Boysen wich noch ein Stück weiter zurück.

»Ein Versuch noch.« Mit der rechten Hand ergriff Eiken den Draht und hielt sich daran fest, während sie wieder ein paar Zentimeter vorrobbte. Hoffentlich riss jetzt nicht der nächste Pfosten aus dem felsigen Untergrund, das wäre ihr sicheres Ende.

»So geht das nicht!«, ertönte plötzlich Heinrich Seyfrieds Stimme hinter ihnen. »So wirst du den Zaun nie hochziehen können.«

»Der Draht hängt irgendwo da unten fest.«

»Warte«, rief Seyfried, »ich helfe euch!« Er zog vom Weg aus an dem Zaun.

»Lass das!«, ordnete Eiken an. »Wir dürfen keine Nester aus den Nischen reißen.«

»Quatsch«, beschied Seyfried, »lass mich mal machen.« Er riss so plötzlich mit aller Kraft an dem Draht, dass das Zaunende nachgab und Seyfried auf den Backsteinweg zurück stürzte. »Na bitte«, sagte er zufrieden nickend. »Das war's!«

Eiken spürte, wie ihr das Blut in den Kopf schoss. »Verdammt noch mal!«, brüllte sie den Mann an. »Was habe ich denn eben gesagt? Du hast wahrscheinlich gerade mehrere Nester aus der Wand gerissen und die Küken umgebracht.«

»Quatsch«, entgegnete Seyfried ungerührt. »Ich habe dir den Arsch gerettet.« Dann griff er erneut nach dem Zaun und zog ihn ungeachtet der wütenden Vogelwartin langsam hoch.

Tamme Boysen beobachtete, wie der Gegenstand ruckartig nach oben gerissen wurde und sich dann ohne Vorwarnung selbstständig machte. Er sah ihn in freiem Fall auf sich zu rasen und konnte gerade noch zur Seite springen, bevor das Ding direkt vor ihm auf dem Geröllbrocken aufschlug und sich ein nasser Schwall frontal auf ihn ergoss. Dabei gab es ein Geräusch wie eine Mischung aus dumpfem Aufprall und einem eigenartigen Klatschen, als würde ein Metzger ein rohes Steak auf die Theke schlagen. Noch ehe er begriffen hatte, was da gerade passiert war, wunderte Tamme Boysen sich, dass er von Kopf bis Fuß rot besprenkelt war. Farbe, schoss es ihm durch den Kopf, doch dann wusste er mit einem Schlag, was ihn da so eingesaut hatte. Fassungslos ließ er seinen Blick entlang der Felswand nach oben wandern.

Eiken robbte erneut vor bis an die Felskante, von Leander an den Füßen festgehalten. Vorsichtig lugte sie über den Klippenrand in die Tiefe. Da unten stand Tamme Boysen und blickte fassungslos zu ihr herauf. Aber das war nicht das Schlimmste. Der Seehundjäger war von Kopf bis Fuß voll Blut, und vor seinen Füßen lag ein völlig zerschmetterter Körper auf dem Geröllboden, um den herum sich langsam ein roter See ausbreitete.

Eiken signalisierte Leander, dass sie wieder aus dem Gefahrenbereich gezogen werden wollte. Er half ihr schließlich auf und blickte besorgt in das kalkweiße Antlitz, während seine Fragen an der Vogelwartin ungehört abzuprallen schienen. Mit wackeligen Beinen machte sie zwei wankende Schritte und ließ sich auf den festen Backsteinweg sinken. Ihre verkrampften Finger krallten sich in Leanders Unterarm.

Wie in einer Trance zogen die Bilder an ihrem inneren Auge vorbei, die sie an der Kliffkante gesehen hatte. Und nun vervollständigte sich die Situation in ihrem Bewusstsein: Da hatte ein Mensch am Ende des herabhängenden Zaunes über dem Abgrund gependelt. Wie verkehrt herum gekreuzig hatte er vor dem Vogelfelsen in der Luft gehangen, malträtiert und zerhackt von tausend Schnäbeln. Und dann war er durch

Seyfrieds grobe Aktion abgestürzt und am Sockel des Felsens zerschellt – direkt vor Tamme Boysens Füßen.

»Da unten liegt ein Toter«, sagte sie fassungslos und schüttelte dabei den Kopf, als könne das gar nicht möglich sein.

»Gernot Reymers«, keuchte Tamme Boysen und zog ein Taschentuch hervor, um sich notdürftig das Gesicht abzuwischen.

Der Tote musste Reymers sein, auch wenn man den Fleischklops in dem See aus seinem eigenen Blut, das langsam im Geröll zu versickern begann, nicht mehr identifizieren konnte. Die rot vollgesaugten Fetzen an seinem Körper sahen wie eine Jeans aus. Zudem trug der Tote Joggingschuhe. Die Beobachtungen der letzten Nacht zogen noch einmal an Tamme Boysens innerem Auge vorbei, und je länger er darüber nachdachte, desto sicherer war er sich, dass der Hotelier mit dem Fahrstuhl zum Oberland seine letzte Reise angetreten hatte. Langsam löste sich die Schockstarre und wich dem Automatismus, den mehr als vierzig Jahre Polizeidienst in Tamme Boysen verankert hatten.

Er steckte sein Taschentuch wieder ein, während seine Lippen das Wort formten, das er in dieser Situation auch von jedem anderen erwartet hätte: »Polizei!«

»Polizei«, drang Leanders Stimme leise zu Eiken durch, während ihr Blick wie abwesend zwischen den Fotografen hin und her irrte. »Wir müssen die Polizei rufen!« Dabei zog er sein Handy aus der Tasche und wählte die Notrufnummer. Er machte die vorschriftsmäßige Meldung, dann beendete er das Gespräch und wandte sich an die Fotografen: »Am besten geht ihr zurück in die Seevogelstation und wartet dort. Die Polizei wird mit euch allen sprechen wollen.«

»Und was ist mit unserer Führung?«, protestierte Fredi Wessel und suchte mit den Augen Unterstützung bei seinen Kollegen. »Um elf haben wir eine Führung auf der Düne. Wir sind schließlich nur drei Tage hier.«

»Daraus wird vorerst nichts«, beschied Eiken, deren

Adrenalinpegel angesichts der Unverfrorenheit des Mannes wieder stieg. »Aber macht euch keine Sorgen. Ihr werdet sicher entschädigt. Geht jetzt!«

»Entschädigt!«, schimpfte Wessel, als er sich mit Seyfried, Bluhm, Knoblich und Kessler auf den Rückweg zur Siedlung machte. »Habt ihr das gehört? Entschädigt! Ich brauche keine Entschädigung. Ich verlange die Leistung, die ich gebucht habe.«

Kalle Bluhm nickte, Heinrich Seyfried zuckte entschuldigend die Schultern in Eikens Richtung, und Dieter Kessler entgegnete: »Jetzt mach mal halblang, Fredi. Das ist doch klar, dass die Leiche jetzt vorgeht.«

Leander setzte sich neben Eiken ins Gras, um auf die Polizei zu warten.

8

Kurz darauf lag Polizeioberkommissar Niels Duve dort auf dem Bauch, wo Eiken vor zwanzig Minuten gelegen hatte, und riskierte einen Blick über die Kliffkante. Er trug das kurzärmelige weiße Uniformhemd der Wasserschutzpolizei und hielt seine schwarz-weiße Mütze mit den goldenen Kordeln über dem Schirm in der Hand, damit sie nicht in die Tiefe segelte. Duve war ein gemütlicher, großgewachsener Mann von stämmiger Statur. Sein junger Kollege, der Polizeimeister Tim Baring, wirkte gegen ihn schneidig und geradezu spargeldürr. Allerdings fehlte ihm die Ausgeglichenheit seines erfahrenen Vorgesetzten, und so wechselte er nervös von einem Bein aufs andere. Duve erkannte da unten seinen Kollegen Knut Kedelsen, der neben Tamme Boysen auf der Flutmauer saß. Vorsichtig robbte der Polizeioberkommissar wieder zurück und baute sich vor Eiken auf.

»Sie sind Frau Jörgensen, richtig? Die neue Vogelwartin.« Eiken nickte. »Und Sie leiten die *Helgoländer Lummentage*.« Als Eiken wieder nur nickte, wischte er sich den Schweiß von der Stirn, setzte die Mütze auf und wandte sich an Leander: »Und Sie sind …?«

»Henning Leander. Teilnehmer an den *Lummentagen*.«

»Na gut, dann schildern Sie beide mal, wie Sie den Toten gefunden haben.«

Leander übernahm den Bericht in geübt knapper Form, was bei dem Polizeioberkommissar ein Stirnrunzeln hervorrief. Dennoch beließ der Beamte es dabei, zuzuhören und zwischendurch immer wieder zu nicken.

Dann wandte er sich an Eiken: »Könnte das einer von Ihren Knipsern sein? Haben Sie heute Morgen jemanden vermisst?«

Die Vogelwartin schüttelte den Kopf.

»Dann ist es vielleicht wirklich der Reymers«, warf Tim Baring ein. »Tamme hat das am Telefon vermutet.«

»Kann sein«, meinte Niels Duve. »Muss aber nicht. Von hier oben aus sieht man nur Matsche.« Der Polizeioberkommissar hob seine Dienstmütze an und kratzte sich mit Zeige- und Mittelfinger die Stirn. Dann verhakte er beide Daumen hinter dem Hosengürtel und ergänzte an Tim Baring gewandt: »Das gibt Ärger. Sag in Itzehoe Bescheid.«

Tamme Boysen hatte geduldig vor dem Haufen Mensch gewartet, der da vorhin vom Himmel gefallen war. Zwar versuchte er, nicht genau hinzusehen, aber dass der Tote inzwischen ausgeblutet war, blieb ihm nicht verborgen. Die rote Flüssigkeit war rund um die Leiche im Boden versickert und wirkte wie ein vertrockneter See, dessen Ränder allmählich im roten Geröll dunkelbraun geronnen.

Nun saß Boysen neben Polizeiobermeister Knut Kedelsen auf der Mauer und wartete, weil Niels Duve auf dem Oberland war. Eiken Jörgensen hatte vorhin über die Klippenkante gelugt und garantiert ebenfalls sofort die Polizei verständigt. Wenn die da oben jetzt ›den ersten Angriff‹ auf den Tatort durchführten, also den Absturzort sicherten, bevor Schaulustige und Touristen die Spuren zertrampelten, konnte er hier unten lange warten, bis die anderen Kollegen zu ihm stießen. Es machte ihn rammdösig, dass er nicht mehr im Dienst war und den Gang der Dinge selbst in der Hand hatte. Andererseits war er auch für nichts verantwortlich. Und das war nun wieder gut, vor allem in einem ungeklärten Todesfall. Wenn Tamme Boysen es recht bedachte, war das sogar prima, denn er war an nichts mehr gebunden: an keinen Dienstweg und keine Dienstvorschriften. Und der junge Beamte an seiner Seite war so unsicher, dass der ihn jetzt sicher nicht daran hindern würde, selbstständig zu handeln.

Also wandte sich Tamme Boysen doch der Leiche zu, und siehe da, mit dem Wechsel in die professionelle Perspektive war der Anblick gar nicht mehr so abstoßend. Das war kein zerschmetterter Mensch, der da vor ihm lag, sondern ein Untersuchungsobjekt. Also umrundete er nun die Leiche und sah sich vor, dass er nicht in den Blutfleck trat. Von dem Gesicht war so gut wie nichts mehr übrig; die Vögel hatten ganze Arbeit geleistet, woraus Boysen schloss, dass der Tote einige Stunden da oben gehangen haben musste. Er betrachtete erneut die legere Freizeitkleidung: Jeans, hellblaues Hemd, Joggingschuhe – genau die Kombination, die er gestern Abend schon gesehen hatte. Kein Zweifel, das musste Gernot Reymers sein. Und wenn er das war, dann war er irgendwann nach zwei Uhr da oben über die Kante gegangen, spätestens um vier Uhr, vermutete Boysen in Anbetracht des Zustandes des Gesichtes. Das bedeutete dann aber auch, dass Tamme Boysen diesen Todesfall wahrscheinlich hätte verhindern können, wenn er dem Hotelier letzte Nacht weiter gefolgt wäre, statt um zwei Uhr nach Hause zu gehen. Dieser Gedanke machte ihn nun wieder nervös.

Der Polizeichef a. D. rieb sich nachdenklich den Backenbart. Sollte Reymers nächtens einfach abgestürzt sein? Vielleicht bei dem Versuch, die jungen Lummen bei ihrem Sprung ins Leben zu beobachten? Klar war das möglich, aber wahrscheinlich war es nicht. Zumindest hätte er dabei nicht den halben Zaun mit in die Tiefe gerissen. Tamme Boysen durchwühlte seine Erinnerung und sah den Hotelier vor den Fahrstühlen stehen, warten, auf die Uhr sehen. Letzte Nacht hatte Boysen nicht daran gezweifelt, dass Gernot Reymers eine Verabredung gehabt hatte. Angenommen, er hatte den Menschen, mit dem er diese Verabredung hatte, auf dem Oberland angetroffen: Dann war der vermutlich in den Todessturz verstrickt. Und dann war das Treffen kein friedliches gewesen, kein Tête a tête mit irgendeiner Inselschönheit. Vielmehr lag der Verdacht nahe, dass Reymers eine Verabredung gehabt hatte, die aus anderen Gründen geheim bleiben sollte; aus Gründen, die mit seinen Geschäften zu tun hatten; mit Geschäften, die man nicht am Tag im Büro machte; mit Geschäften, die das Licht der Inselöffentlichkeit scheuen mussten; die vielleicht mit den Gerüchten zu tun hatten, die sich um die Inselerweiterung rankten. Und wenn das alles jetzt einen logischen Schluss ergab, dann den, dass Gernot Reymers sich erneut mit Malte Cohrs getroffen hatte und bei diesem Meeting über die Kante gegangen war. Allenfalls der Unbekannte aus dem Leuchtturm kam noch in Frage, aber der hatte ja mit Reymers zusammengearbeitet.

»Malte Cohrs«, brummte Tamme Boysen, kniff die Augen zu schmalen Schlitzen zusammen und ließ den Blick über die Flutmauer hinweg auf das glatt daliegende Meer gleiten, während Knut Kedelsen ihn nur verständnislos ansah. »Was ist da oben letzte Nacht zwischen euch passiert, verdammt noch mal?«

Drei Stunden später war auf dem Vogelfelsen der Teufel los. Niels Duve hatte den Bereich um den Absturzort gleich mit Trassierband weiträumig absperren lassen und seinen jungen Kollegen als Wache aufgestellt, damit die Fotografen, die sich inzwischen in Scharen hier eingefunden hatten, nicht sämtliche Spuren vertrampelten, bevor die Kriminaltechniker vom Festland alles gesichert hatten. Das hatte bei den Gruppen, die eigens zur Beobachtung des Lummensprungs auf die Insel gereist und zumeist nur für drei Tage gebucht hatten, nicht gerade für Begeisterung gesorgt. Aber Eiken Jörgensen, die sich dank ihrer Zuständigkeit für die *Helgoländer Lummentage* in die sichere Routine flüchten konnte, hatte sich schnell wieder gefangen, ihre Kollegen zusammengetrommelt und die Lage ein wenig entspannt.

Sie konnte zum Glück auf hoch engagierte Freiwilligendienstler zurückgreifen und so die Vorträge und die Besuche im Aquarium, die eigentlich für den nächsten Tag geplant waren, flexibel vorziehen. Ihre eigene Gruppe war ja ohnehin aus dem Verkehr gezogen und wartete in der Vogelwarte auf die Befragung durch die Polizei.

Schließlich hatte Niels Duve aufgrund der Tatsache, dass Eikens Gesichtsfarbe sich dennoch nicht auffrischte, angeordnet, dass sie sich direkt ins Krankenhaus zu begeben und gegen ihren Schock zu behandeln lassen habe. Leander hatte sie nach der notwendigen Umorganisation in der Vogelwarte dorthin begleitet und war dann wieder auf das Oberland zurückgekehrt.

Dort drängten sich nun Menschenmassen gegen die Zäune im nicht abgesperrten Bereich, um nur nichts zu verpassen. Die meisten waren Tagestouristen, die offenbar die Attraktion einer Tatortsicherung dem zollfreien Einkauf von Fusel und Glimmstängeln vorzogen und jede Aktion fotografisch sicherten.

Männer in weißen Overalls krochen auf dem Bauch an der Kliffkante herum und suchten den Boden millimetergenau nach Spuren ab – eine Szene, die man sonst nur im Fernsehen geboten bekam. Sie sammelten winzige Gegenstände auf und steckten sie in Plastiktüten. Ein Beamter machte Tatort- und Detailfotos, zwei weitere untersuchten den eingerissenen Zaun und nahmen unzählige Spuren ab. Die Ruhe und Routine, mit der die Techniker vorgingen, stand in krassem Gegensatz zu dem aufregenden Geschehen, das ein Mord in der Wahrnehmung der Betrachter darstellte.

Leander beobachtete Kriminalhauptkommissar Diederich Frantzen, der wiederum dem Einsatz seiner Leute aufmerksam folgte. Hier auf Helgoland hatte die Wasserschutzpolizei zwar alle Polizeirechte, aber für Kapitalverbrechen war die Itzehoer Bezirkskriminalinspektion zuständig. Duve hatte sichtbar aufgeatmet, als er Frantzen den Tatort hatte übergeben können. Von nun an war die Kripo für alles Weitere verantwortlich.

Leander hatte sich so unauffällig wie möglich in der Nähe des Absturzortes platziert. So hatte er auch mitangehört, wie Frantzen gleich bei seiner Ankunft dem Polizeioberkommissar erklärt hatte, dass der Anruf der Inselpolizei den Leiter der Kriminalinspektion Itzehoe in für ihn untypische Unruhe versetzt habe. Das musste an der in Tamme Boysens Meldung geäußerten Vermutung gelegen haben, dass es sich bei dem Toten um Gernot Reymers handelte. Kriminaldirektor Tölle habe sogar angedeutet, dass er notfalls das LKA hinzuziehen werde, schließlich sei der mutmaßliche Tote zu Lebzeiten von überregionaler Bedeutung gewesen.

Ferdinand Groote, der Leiter der Kriminaltechnik, beugte sich vorsichtig mit hinter dem Rücken verschränkten Armen über den eingerissenen Zaun und erkundigte sich wie beiläufig: »Habt ihr schon was?«

»Nö, nichts Verwertbares. Diese Vogeltante, die die Leiche

entdeckt hat, ist da rumgerutscht. Falls es vorher auf dem Felsen oder im Gras Spuren gegeben haben sollte, hat sie die vernichtet.«

»Der ziehe ich das Fell über die Ohren«, schimpfte Frantzen.

»Sei nachsichtig«, forderte Groote ihn auf. »Ich glaube nicht, dass es viel zu vernichten gegeben hat. Das ist doch nur dürres Gras und Geröll hier.«

»Wo ist die Dame überhaupt?«

»Beim Doc im Krankenhaus«, beeilte sich Niels Duve, der sich direkt angesprochen fühlte. »Zumindest habe ich ihr gesagt, dass sie sich da melden soll, wenn sie ihre Ornithologenkurse geregelt hat. Hat doch bestimmt einen Schock, die Gute.«

»Na ja, sie wird uns nicht weglaufen.« Diederich Frantzen drehte sich wieder zu Groote um. »Dann lass uns jetzt mal nach unten wechseln und sehen, was deine Jungs bei der Leiche haben.«

Ferdinand Groote gab seinen Männern letzte Anweisungen, dann setzte er sich zusammen mit Niels Duve und Hauptkommissar Frantzen Richtung Fahrstuhl in Bewegung. Für Leander gab es hier oben nun nichts mehr zu sehen, und an den Fuß des Felsens konnte er den Beamten nicht folgen. Also beschloss er, zu Eiken ins Krankenhaus zurückzugehen.

Tamme Boysen beobachtete das Geschehen rund um die Leiche aus einigen Metern Abstand. Ein Kriminaltechniker hatte ein Portemonnaie aus der Gesäßtasche des Toten gezogen und pulte ein paar Plastikkarten aus dem blutdurchtränkten Leder. Dann wischte er sie mit einem Tuch halbwegs ab und reichte sie Hauptkommissar Frantzen.

»Gernot Reymers«, bestätigte der die Vermutung, nachdem er Personalausweis, Führerschein und Kreditkarten gesichtet hatte. Er reichte die Fundstücke an Niels Duve weiter und wandte sich dem Leiter der Kriminaltechnik zu: »Und, Ferdy, was ist des Fachmanns erster Eindruck?«

»Der Fachmann hustet dir was. Du weißt genau, dass ich mich nicht auf erste Eindrücke verlasse.«

»Eine qualifizierte Ersteinschätzung würde mir ja schon reichen.«

»Qualifizierte Ersteinschätzung! Worte kennst du ...!«, lobte Groote mit vor übertriebener Bewunderung aufgerissenen Augen, bevor er sich wieder der Leiche zuwandte. »Der Kopf ist vom Sturz derart zerschmettert, dass ich so nicht unterscheiden kann, ob das alles postmortal verursacht wurde. Auch die Abschürfungen an den Armen und die zerfetzte Hose können von dem Sturz herrühren. Genauso gut kann ihn aber jemand mit brachialer Gewalt erschlagen und dann über die Klippe gestoßen haben. Dann müssten wir allerdings deutliche Spuren oben an der Kliffkante finden, und die gibt es nicht.«

»Also Absturz.«

»Die ersten Anzeichen deuten darauf hin«, stimmte Ferdinand Groote unwillig zu, ignorierte Frantzens Siegeslächeln und bog vorsichtig an Armen und Beinen herum. »Der Brustkorb ist ebenfalls das reinste Trümmerfeld. Da ist keine Rippe mehr heile.«

»Nicht der klitzekleinste Hinweis auf einen Kampf?«

Groote zog die Augenbrauen hoch und blickte Diederich Frantzen über seine Brille hinweg genervt an.

Der wehrte den tadelnden Blick mit beiden Händen ab. »Ist ja schon gut. Muss ich mich halt in Geduld üben.« Er wandte sich dem Inselpolizisten zu: »Gut, Kollege, dann berichten Sie mal: Wer ist dieser Reymers eigentlich genau?«

»Na, Gernot Reymers.« Niels Duve nickte mit hochgezogenen Augenbrauen, als sei die Frage damit hinreichend beantwortet.

»Das haben wir ja nun geklärt. Ich will wissen, warum der bei euch so eine große Nummer ist!«

»Sag mal, liest du eigentlich keine Zeitung?«, mischte sich Ferdinand Groote von oben herab ein und fuhr auf Frantzens fragenden Blick hin fort: »Gernot Reymers hat vor ein paar Jahren die Gazetten gefüllt und keine Kamera ausgelassen, um da reinzugrinsen. Er ist ein schwerreicher Hamburger Reeder, der hier auf Helgoland ein Luxushotel betreibt und die Verbindung von Felsen und Düne geplant hat. Totales Hirngespinst, aber es hat sogar eine Volksabstimmung auf der Insel dazu gegeben. Wenn du mich fragst, hat der Typ jede Menge unnötigen Sand aufgewirbelt. Eine knappe Mehrheit hat sich am Ende gegen seine Pläne ausgesprochen.«

»Seitdem ist wieder Ruhe hier«, ergänzte Niels Duve. »Aber der Reymers hat auf alle Zeiten bei vielen Helgoländern verschissen. Und für die anderen ist er ein verhinderter Held.«

»Ach, der ist das? Jetzt verstehe ich, dass der Alte bei uns in Itzehoe so panisch reagiert hat und dass Sie, Kollege Duve, gleich ein Kapitalverbrechen vermutet und um Hilfe gerufen haben.«

»Natürlich«, entgegnete der Mann von der Wasserschutzpolizei und bemühte sich, sein zwiespältiges Gefühl nicht durchblicken zu lassen. »Ihr hättet mir doch den Ar... äh, den Hintern aufgerissen, wenn ich die Leiche hätte bergen lassen und sich schließlich herausgestellt hätte, dass es kein Unfall war. Nee, nee, da gehe ich kein Risiko ein. Das ist eine Nummer zu groß für uns hier.«

»Verständlich«, murmelte Ferdinand Groote und betrachtete eingehend die Finger des Toten, die von den Vögeln noch nicht angefressen worden waren. »Sieht zwar nicht so aus, als wären da Hautreste unter den Nägeln, aber Vorsicht ist die Mutter der Porzellankiste. Wenn es einen Kampf gegeben hat und wir Glück haben, finden wir vielleicht die DNA des Täters.«

Er zog zwei transparente Plastikbeutel aus der Tasche und tütete beide Hände sorgfältig ein. Dann deutete er auf die Fersen des Toten, so dass Diederich Frantzen interessiert näher trat. »Siehst du das hier? Da ist Gras an den Hacken der Schuhe und auch etwas roter Lehm. Und der Hosenbund ist leicht grün. Sieht so aus, als wäre der Körper ein Stück über das Gras da oben gezogen worden, bevor er abgestürzt ist. Das erklärt dann auch die Prellungen an den Handgelenken. Wenn das nicht eine besonders pfiffige Tarnung für einen Selbstmord ist, dann hast du hier deinen ersten Hinweis auf Fremdeinwirkung.«

Frantzen pfiff leise durch die Zähne, klopfte dem Leiter der Kriminaltechnik auf die Schulter und erklärte in Niels Duves Richtung: »Guter Mann! Sieht zwar ein bisschen dämlich aus, der Ferdy, aber wenn man ihm die nötige Zeit lässt, hat er echt was drauf.«

»Sie können die Leiche jetzt abtransportieren lassen«, ignorierte Ferdinand Grote das Gefrotzel mit Blick auf Niels Duve. »Lassen Sie sie ins Inselkrankenhaus bringen. Da kann der Pathologe die Leichenschau vornehmen.«

Diederich Frantzen winkte Tamme Boysen heran und fragte zwinkernd: »Na, Tamme? Das hättest du dir auch nicht träumen lassen, dass du selbst im Ruhestand noch mit so etwas zu tun hast, oder?«

Boysen zuckte mit den Schultern. Er hatte den Kriminalhauptkommissar noch nie leiden können und zum Glück nicht allzu oft mit ihm zu tun gehabt. Aber jetzt konnte er ihm natürlich nicht entgehen, wenngleich für Tamme Boysen intuitiv feststand, dass er dem Nichtinsulaner auf keinen Fall alleine das Feld überlassen würde.

»Dann lass uns mal auf die Wache gehen«, forderte Frantzen ihn auf. »Da ist es gemütlicher als hier. Hat eigentlich schon jemand Reymers' Familie verständigt? Nicht, dass die gleich von irgendwelchen anderen Leuten erfahren, was passiert ist.«

»Dazu bin ich noch nicht gekommen. Frau Reymers weiß noch von nichts«, erklärte Niels Duve.

»Tja, Kollege, dann müssen wir da zuerst vorbei. Ich komme mit. Die Reaktion der Ehefrau will ich nicht verpassen, die sagt manchmal genug aus, um einen Fall schnell abzuschließen.« Er ignorierte Niels Duves missbilligend hochgezogene Augenbrauen und fuhr fort: »Du, Tamme, gehst direkt zur Wache und wartest da auf uns. Und die Fotoheinis sollen auch dahin kommen. Sag das den Kollegen in der Wache.« Dann wandte er sich endgültig Niels Duve zu: »Also los, Kollege. Bringen Sie mich mal zu der frischen Witwe.«

Der Polizeioberkommissar nickte, warf Tamme Boysen unauffällig einen vielsagenden Blick zu und marschierte dann mit langen Schritten voran, immer an der Sicherungsmauer entlang, während der Seehundjäger sich absichtlich Zeit ließ und ihnen in immer größer werdendem Abstand folgte. Dabei war er in Gedanken schon viel weiter als bei der Befragung, der er sich nachher aussetzen würde.

Boysen beschloss, gleich anschließend direkt zu Malte Cohrs zu gehen und ihm auf den Zahn zu fühlen. Und natürlich würde er sich auch Tönnies und Keden noch heute wegen des Einbruchs zur Brust nehmen. Wenn die etwas mit der Sache zu tun hatten, würde er sie an die Kripo ausliefern müssen. Aber für den Fall, dass sie unschuldig waren – und davon ging er erst mal aus –, musste er sich jetzt genügend Zeit verschaffen, um Anhaltspunkte zu finden, die die Ermittlungen in eine noch unbekannte Richtung lenken konnten. Wenn Frantzen die drei erst einmal im Visier hatte, konnte es passieren, dass er sie aufs Festland schaffen ließ. Und dann wäre es Tamme Boysen unmöglich, die Kontrolle zu behalten.

9

Marianne Reymers war eine sportliche Frau unbestimmbaren Alters. Sie stand im Foyer direkt vor der Rezeption und besprach gerade mit dem Koch die Speisekarte für den Abend, als Boysen und Frantzen das Hotel *Laguna* direkt an der Promenade betraten. Die Lobby entsprach der Fassade: Alles strahlte Noblesse und einen mutigen Mix aus Tropenhotel und futuristischem Ambiente aus, in fröhlich hellen Farben mit ganz viel Glas. Dazu passte auch die vitale dunkelhaarige Managerin, deren Outfit bei aller Farbenfreude nichts an Eleganz vermissen ließ.

»Das ging aber schnell«, wunderte sie sich, als die Polizisten auf sie zukamen, überließ dem Koch das Klemmbrett mit seinen Menüvorschlägen und gab ihm mit einem kurzen Kopfnicken das Okay.

»Wie bitte?«, wunderte sich Diederich Frantzen. »Was ging schnell?«

»Na, dass ihr kommt. Ich habe doch erst vor nicht mal fünfzehn Minuten angerufen. Knut sagte mir, ihr wärt zu einem Einsatz auf dem Oberland. Wie könnt ihr dann so schnell hier sein?«

Frantzen war sichtlich gefangen von Marianne Reymers' dunklen Augen, die vor Energie geradezu strahlten. Niels Duve musste grinsen. Er hatte schon oft beobachten können, wie Männer in dem Blick dieser beeindruckenden Frau, die ewige Jugend ausstrahlte, versanken.

»Wer ist Knut?«, erkundigte sich Frantzen bei seinem Kollegen.

»POM Knut Kedelsen. Der hat jetzt Stallwache in der Station am Telefon«, erklärte Duve.

Diederich Frantzen nickte und wandte sich dann wieder der Hotelmanagerin zu: »Und wieso haben Sie die Polizei angerufen?«

»Weil bei uns eingebrochen wurde. In das Büro meines Mannes, das habe ich Knut doch alles schon erzählt.«

»Frau Reymers, wir sind nicht wegen eines Einbruchs hier«, sagte Frantzen sanft.

»Nicht? Warum denn dann? – Ist etwas passiert?« Plötzlich verunsichert blickte sie zwischen den Polizeibeamten hin und her.

»Ich bin Kriminalhauptkommissar Frantzen von der Mordkommission Itzehoe. Es geht um Ihren Mann. Können wir uns hier irgendwo in Ruhe unterhalten?«

»Mordkommission? – Natürlich, kommen Sie.«

Offensichtlich beunruhigt ging sie voran, verließ das Foyer und öffnete eine Tür mit der Aufschrift *Büro*. Dann trat sie zur Seite und ließ die Polizeibeamten eintreten, um gleich hinter ihnen zu folgen und die Tür zu schließen.

»Was ist denn nun los? Wo ist Gernot?«, erkundigte sich Marianne Reymers mit krauser Stirn bei Niels Duve, wobei ihre dunklen Augen noch eine Spur finsterer wurden und den Nachdruck in der Stimme unterstützten.

Diederich Frantzen setzte zu einer Erklärung an, aber Duve legte ihm seine Hand auf den Arm und schob sich selbst nach vorne. Das hier war seine Sache, er war der Polizeichef auf Helgoland.

»Marianne«, sagte er mit tiefer, ruhiger Stimme, wobei er seine Dienstmütze langsam in den Händen drehte. »Wir müssen dir leider mitteilen, dass dein Mann tödlich verunglückt ist.«

»Gernot? Tot? Unsinn! – Verunglückt? Wie denn? Wann?« Ihr Gesichtsausdruck verriet, dass sie keine Sekunde daran glaubte, dass ihrem Mann tatsächlich etwas zugestoßen sein könnte.

»Er wurde heute Morgen auf dem Inspektionsweg hinter der Flutmauer gefunden. Offensichtlich ist er vom Vogelfelsen gestürzt … oder jemand hat ihn hinuntergeworfen. Das wissen wir noch nicht.«

Marianne Reymers wurde in dem Tempo bleich, in dem sie begriff, was ihr da gerade mitgeteilt worden war. Leicht schwankend griff sie nach dem Rand der Schreibtischplatte und ließ sich auf den Stuhl sinken. Dabei schüttelte sie unaufhörlich leicht den Kopf. »Abgestürzt? Sagtest du *abgestürzt*? Das kann doch gar nicht sein.«

Sie blickte nun Diederich Frantzen an, als erwarte sie, von ihm zu erfahren, dass alles nur ein Irrtum sei. Der räusperte sich und setzte ihr knapp auseinander, wie die Leiche ihres Mannes aufgefunden worden war. Die Details über den Zustand ersparte er ihr. Dabei hatte er einen Blick auszuhalten, der ihm unmissverständlich klarmachte, dass die Frau des Opfers ihn für einen Lügner hielt. Offenbar war es für sie unvorstellbar, dass ihr Mann in irgendeiner Weise verwundbar sein könnte. Der Hauptkommissar ließ ihr einen Moment Zeit, das Gehörte bis in ihr Gehirn vordringen zu lassen. Niels Duve konnte ein Gefühl der Genugtuung nicht unterdrücken, als er beobachtete, dass von Frantzens Vorurteilen über mörderische Witwen nichts mehr übrig war.

»Seid ihr sicher, dass es Gernot ist?«

Duve nickte. »Der Tote hatte seine Papiere bei sich. Allerdings wirst du ihn auch noch identifizieren müssen.«

Marianne Reymers zuckte zusammen und senkte den Blick.

»Wann haben Sie Ihren Mann zuletzt gesehen, Frau Reymers?«, fragte Diederich Frantzen.

»Gestern. Wir haben gemeinsam zu Abend gegessen. Dann musste er noch einmal fort zu einem Termin.«

Zum ersten Mal tauchte so etwas wie Verunsicherung in ihrer Miene auf, als sie nun wieder Niels Duve fixierte, der ihrem Blick beharrlich standhielt. Und dann schien sie mit einem Mal zu begreifen. Ihre Schultern sackten nach vorne, ihr Oberkörper verlor die kraftvolle Spannung, und auch ihr Gesicht wurde plötzlich weich, als hätte sie eine Maske abgelegt.

»Danach haben Sie ihn nicht mehr gesehen?«, fuhr Frantzen fort.

»Nein.« Nun liefen Marianne Reymers Tränen über das Gesicht, offensichtlich ganz automatisch, denn ihre Stimme klang nicht weinerlich. »Ich dachte, er hätte in seinem Büro übernachtet. Das macht er manchmal, wenn er spät noch arbeiten muss.«

»Was war das denn für ein Termin?«

»Wieder mal irgendwas mit Cohrs, nehme ich an«, antwortete Marianne Reymers und blickte ihm direkt in die Augen. »Jedenfalls gab es wieder Ärger in letzter Zeit. Ich glaube, Gernot wollte sich mit ihm einigen.«

Diederich Frantzen sah Niels Duve fragend an, doch der dachte gar nicht daran, ihm die Zusammenhänge jetzt und hier auseinanderzusetzen. Stattdessen nutzte er die Chance, das Geprächt an sich zu ziehen. »Wieso Cohrs? Ich dachte, das Thema sei seit der Abstimmung erledigt.«

»Gernot hat in letzter Zeit wieder Hoffnung geschöpft, dass es doch noch etwas würde mit der Inselerweiterung. Seit der neue Service-Hafen so problemlos genehmigt worden ist und durch die Arbeiter der Energiekonzerne die Betten auf Helgoland knapp werden, sah er eine neue Chance. Er hat mal etwas von aktualisierten Plänen gesagt, von einer neuen Variante, der die Insulaner nur zustimmen könnten, wenn ihnen etwas an ihrem Felsen liegt. Sogar Jarrelt hat Gernot seine Unterstützung zugesagt. Aber er hat sonst noch mit niemandem darüber gesprochen. Vielleicht wollte er sich diesmal mit Cohrs abstimmen, bevor es wieder Ärger gibt.«

»Jarrelt Thoms ist unser Bürgermeister«, erklärte Niels Duve auf Frantzens fragenden Blick hin. Dabei fixierte er Marianne Reymers' Augen, als wollte er sie hynotisieren, aber die Hotelmanagerin schüttelte nur den Kopf und verzog nun doch das Gesicht, als hätte der Schmerz plötzlich ihr Herz erreicht. Sie hob beide Hände, sank nach vorn und begann, hemmungslos zu schluchzen.

Der Polizeioberkommissar fasste Diederich Frantzen an den Arm und deutete auf die Tür, aber der Hauptkommissar schüttelte den Kopf und wies auf das schwarze Ledersofa, das an der Seitenwand des Büros stand. Resigniert zuckte der Oberkommissar die Schultern und folgte dem Kriminalbeamten, der sich bereits auf dem Möbelstück niederließ.

Während sie der Witwe Zeit ließen, blickte sich Niels Duve schweigend um. Er hatte eine Vorliebe für Holz, möglichst in dunklen Tönen. Deshalb war er sich nicht ganz sicher, ob ihm das Büro gefiel. Der Raum war zweckmäßig eingerichtet, in einem geradlinigen Kontrast aus schwarzem Leder und silbern glänzendem Edelstahl gehalten, machte aber dennoch einen wohnlichen Eindruck, was sicherlich an den abstrakten Bildern in fröhlichen Gelb- und Orangetönen lag, die zwischen den mit Ordnern gefüllten Regalen hingen. Hinter dem Schreibtisch öffnete sich der Blick aus dem Fenster direkt auf den Hafen, der heute Vormittag im strahlenden Sonnenschein lag. Auf dem Tisch lagen nur wenige Papiere geordnet vor einem handelsüblichen schwarzen Schreibtischset. Nichts sah hier nach Nobelhotel aus. Damit stand das schlichte Büro in krassem Gegensatz zur Außenfassade des Gebäudes und zum Foyer und betonte geschäftsmäßige Bescheidenheit.

»Frau Reymers«, setzte Diederich Frantzen erneut an, als sich die Frau etwas beruhigt zu haben schien und die Hände wieder von ihrem Gesicht genommen hatte, »wann genau ist Ihr Mann zu dem Termin aufgebrochen?«

»Spät. So gegen dreiundwanzig Uhr dreißig, schätze ich. Kann auch schon fast zwölf gewesen sein.«

»Und er hat Ihnen wirklich nichts Genaueres darüber gesagt, worum es bei dem Treffen ging?«

»Nein. Er hat nur angedeutet, dass er vielleicht einen Weg gefunden hätte, mit dem sich alle Beteiligten anfreunden könnten. Genaueres wollte er mir erst sagen, wenn es in trockenen Tüchern sei. Das hat er immer so gehalten. Mit Sachen, die nicht spruchreif sind, belastet er mich nicht. Ich habe schließlich mit dem Hotel selbst genug um die Ohren.«

»Und ob er zurückgekommen ist von seinem Treffen, wissen Sie nicht?«

Marianne Reymers schüttelte den Kopf. »Ich bin gleich, nachdem er weg war, ins Bett gegangen. Schließlich muss ich morgens sehr früh raus. Das Hotel ist meine Aufgabe. Mein Mann hat sich um die Reederei in Hamburg gekümmert und um die Pläne mit der Inselerweiterung. Wir hatten da eine klare Aufgabenteilung.«

»Sie sagten, in das Büro Ihres Mannes sei eingebrochen worden«, erinnerte Diederich Frantzen sie.

»Ja. Natürlich.« Augenblicklich kehrte Leben in die Managerin zurück. »Ich wollte heute Morgen gleich nach ihm sehen und bin zu seinem Büro hinaufgefahren. Aber da war er nicht, und die Tür war aufgebrochen. Zuerst habe ich noch auf meinen Mann gewartet, aber als er nicht kam, habe ich auf der Polizeiwache angerufen und den Einbruch gemeldet.«

»Können Sie uns das Büro zeigen?«

»Natürlich. Kommen Sie.« Marianne Reymers erhob sich schwer von ihrem Stuhl und ging voraus, durch die Lobby und auf die Fahrstühle zu. Die rechte Tür stand offen, und so konnten sie gleich eintreten. Die Managerin steckte einen kleinen Schlüssel in ein Schloss oberhalb der Etagenknöpfe. »Das Büro meines Mannes ist in der Mansarde untergebracht. Da kommt man im Fahrstuhl nur mit diesem Schlüssel hin«, erklärte sie. »Und auch nur mit diesem einen Fahrstuhl. Die anderen enden im fünften Stock.«

»Gibt es auch eine Treppe dort hinauf?«

»Natürlich. Das ist ja schon aus feuerpolizeilichen Gründen Vorschrift.«

Der Fahrstuhl schwebte an den fünf Gäste-Etagen vorbei, bevor sich die Tür mit dem üblichen leisen Klingelton öffnete. Marianne Reymers schritt nach rechts zu einer Tür am Ende des Ganges, die nur angelehnt war.

Von nahem waren die Hebelspuren am Schloss der Bürotür, auf der ein Schild mit der Aufschrift *Privat! Kein Zutritt für Hotelgäste und Personal!* prangte, deutlich zu erkennen. Der Beschlag war zudem aus dem Futter gebrochen. Frau Reymers zog die Tür auf und ließ die Polizeibeamten eintreten. Der Raum ähnelte dem Büro unten im Haus, allerdings war der Ausblick hier atemberaubend, denn er ging durch eine großflächig verglaste Gaube über den Hafen und das glatt daliegende Meer hinweg bis hinüber auf die Düne, die unter dem strahlend blauen Himmel mit ihren beiden Sandstränden geradezu karibisch wirkte.

Im Gegensatz zu den Regalen und dem Schreibtisch der Hotelmanagerin war hier alles sehr unordentlich und offensichtlich durchwühlt worden.

»Können Sie feststellen, ob irgendetwas fehlt?«, erkundigte sich Diederich Frantzen.

»Da habe ich natürlich sofort nachgeschaut«, antwortete die Frau. »Soweit ich auf Anhieb sehen konnte, fehlen nur die Pläne.«

»Welche Pläne?«

»Na, die von der Inselerweiterung. Schauen Sie.« Sie ging zum Fenster und deutete hinaus. »Mein Mann wollte die Hauptinsel direkt mit der Düne verbinden. Man erkennt von hier oben deutlich den Sockel unter Wasser und dass es da mal eine Verbindung gegeben hat. Sehen Sie die fast parallel verlaufenden geraden Kanten von Insel und Düne? Aus dieser Perspektive können Sie sich besonders gut vorstellen, was für ein gewaltiges Projekt mein Mann da geplant hat. Deshalb hat er sich auch diesen Raum hier als Büro gewählt. Er wollte immer den Überblick haben, wenn die Aufspülung erst begonnen hätte. Für ihn war das so etwas wie ein grandioses Finale seiner unternehmerischen Tätigkeit. Landgewinn mitten in der Hochsee – das ist eine Pionieraufgabe. So etwas haben bislang nicht mal die Holländer versucht.« Marianne Reymers lächelte, als würde sie sich plötzlich der Theatralik ihrer Darstellung bewusst. Aber genauso schnell, wie das Lächeln entstanden war, wich es auch wieder dem Schmerz. »Da hinten rechts erstreckt sich der Service-Hafen für die Offshore-Windparks. Gernot hat sich ziemlich darüber geärgert, dass er weder in die Planung noch in die Finanzierung eingebunden worden ist, nachdem er sich so für die Zukunft der Insel engagiert hat. ›Jarrelt zieht den Schwanz ein‹, hat er gesagt. ›Der hat doch nur Angst, dass auch der Service-Hafen keine Mehrheit bekommt, wenn mein Name in dem Zusammenhang auftaucht.‹«

»Könnte da ein Mordmotiv liegen?«, fragte Diederich Frantzen. »Hat Ihr Mann jemandem so auf die Füße getreten, dass dessen politische Zukunft gefährdet war?«

»Sie meinen Jarrelt Thoms? Unsinn! Gernot hat sich bislang noch mit jedem geeinigt. Der ist nie über Leichen gegangen. Außerdem wollte Jarrelt seinen Antrag auf eine neue Volksabstimmung im Rat unterstützen.«

Diederich Frantzen nickte. »Und die Pläne sind jetzt nicht mehr da«, dachte er laut nach und rieb sich das Kinn.

»Nein, sie lagen auf dem Schreibtisch. In letzter Zeit sogar mehrere Rollen.«

»Kann es sein, dass er sie gestern Abend mitgenommen hat?«

»Nein, er ist direkt nach dem Essen losgegangen. Wir essen immer erst sehr spät, wenn die Gäste versorgt sind und es wieder ruhiger wird. Das ist die einzige Zeit, die wir für uns haben. Sein Büro hat er gar nicht mehr betreten. Und die Pläne hatte er nicht dabei.«

»Und sonst könnte er sie auch nirgendwo anders aufbewahrt haben? In einem Tresor vielleicht? Oder in einem Aktenschrank?«

Die Hotelmanagerin schüttelte resigniert den Kopf, zog die Schultern hoch und öffnete beide Hände nach oben gerichtet, als wollte sie fragen: Wozu auch?

»Fehlt sonst noch etwas?«

»Soweit ich bisher feststellen konnte, nicht.«

»Gut, Frau Reymers. Lassen Sie bitte niemanden mehr in dieses Büro, bevor die Spurensicherung hier war. Und Sie selbst betreten es auch nicht mehr. Ich werde den Raum jetzt versiegeln.«

Auf dem Gang holte er ein polizeiliches Siegel aus der Tasche, zog die Schutzfolie ab und klebte es im Winkel über Türrahmen und Türblatt. Dann nickte er Marianne Reymers zu, um zu signalisieren, dass sie hier oben erst mal fertig waren.

»War mein Mann schon tot, als er abgestürzt ist?«, erkundigte sich die Frau, als sie wieder im Aufzug standen. Ihr war anzuhören, dass sie sich vor der Antwort fürchtete.

»Das wissen wir noch nicht«, gab der Hauptkommissar zu. »Näheres kann ich erst sagen, wenn die Gerichtsmedizin fertig ist.«

Die Hotelmanagerin nickte leicht und drehte sich weg, weil sie ihre Tränen nicht länger zurückhalten konnte.

Als die Polizeibeamten das Hotel verließen, sah Niels

Duve, dass Marianne Reymers die besorgte Frage der jungen Angestellten hinter der Rezeption mit einer Handbewegung zurückwies, auf ihr Büro zusteuerte und die Tür hinter sich zuzog.

»Scheiße!«, murmelte er, und auch Diederich Frantzen machte einen sehr mitfühlenden Eindruck.

Draußen auf der Promenade holte der Polizeioberkommissar tief Luft und ließ sie langsam und geräuschvoll wieder ab. »Wie lernt man das?«, fragte er den Hauptkommissar.

»Was meinen Sie?«

»Na, Todesnachrichten zu überbringen. Ich meine, Sie machen das doch öfter.«

»Das gehört zu unserem Beruf«, sagte Frantzen schulterzuckend. »Aber auch wenn das bei der Kriminalpolizei sicherlich häufiger vorkommt als hier bei der Wasserschutzpolizei, gewöhnt man sich in Wahrheit nie daran. Für mich ist es immer wieder eine Überwindung, aber es gehört auch zur Professionalität, dass ich das nicht allzu deutlich zeige. Einer muss es ja machen, und wir werden unter anderem dafür bezahlt.«

Niels Duve nickte, als leuchte ihm das bei genauer Überlegung ein. Dann schüttelte er aber den Kopf und ließ seinen Blick über den Hafen streifen. »Zum Glück säuft hier draußen selten mal ein Insulaner ab. Wenn bei Sturm ein Segelboot kentert, sind da meist nur Touristen drauf gewesen und die Angehörigen sind weit weg auf dem Festland. Dann müssen Ihre Kollegen denen mitteilen, dass ihr Ehemann oder Vater ertrunken ist.«

Er hing seinen Gedanken nach. Sollte tatsächlich Malte Cohrs den Hotelier getötet haben? Unsinn! Cohrs war ein Hitzkopf, wenn es um den Schutz der Insel und der Fischereigründe ging, aber er war kein Mörder. Und Gernot Reymers war besonnen genug, um nicht im Handgemenge gleich über die Klippe zu gehen. Da steckte mit ziemlicher Sicherheit etwas ganz anderes dahinter.

Diederich Frantzen zog sein Handy aus der Tasche und wies Ferdinand Groote an, mit seinen Leuten nachher direkt ins Hotel *Laguna* zu gehen und das Büro zu untersuchen. Dann blickte er Niels Duve an und nickte ihm zu, um ihm zu signalisieren, dass sie nun den nächsten Schritt machen konnten.

Der Polizeioberkommissar dachte aber gar nicht daran, den dienstlichen Aktionismus des Kriminalbeamten zu unterstützen. Was sie bisher wussten, würde sie ohnehin nicht zur Lösung des Falles führen, da war er sich sicher. Also schlug er seine Hände fest zusammen und wandte sich in Richtung Polizeistation. »So, jetzt wird erst mal gefrühstückt. Außerdem wartet Tamme Boysen auf uns. Und dann sind da ja auch noch die Fotofritzen.«

»Die laufen uns nicht weg«, widersprach der Kriminalhauptkommissar. »Ich würde lieber gleich diesen Cohrs vernehmen, mit dem Reymers gestern Abend verabredet war. Und den Bürgermeister möchte ich auch so schnell wie möglich sprechen.«

»Das hat Zeit. Cohrs ist Fischer und um diese Zeit noch mit seinem Kutter draußen. Wir treffen ihn erst an, wenn er seinen Fang anlandet. Und der Bürgermeister ist den ganzen Tag in seinem Büro. Was soll der uns auch sagen? Sie haben doch gehört, dass Reymers und Thoms sich geeinigt haben.«

Frantzen wiegte seinen Kopf, als wollte er sagen: Abwarten, ich bilde mir meine Meinung immer noch selber. Dann blickte er Niels Duve direkt in die Augen. »Befürchten Sie nicht, dass Cohrs abhauen könnte? Vielleicht ist er mit seinem Kutter sowieso schon getürmt.«

»Unsinn. Wenn Sie mich fragen, hat Cohrs nichts mit der Sache zu tun. Der schlägt nur Fische, Hummer und Taschenkrebse tot, aber keine Menschen. Kommen Sie, Kollege, wir holen uns etwas vom Inselbäcker und stärken uns. Danach vernehmen wir Tamme, und dann knöpfen wir uns den Cohrs vor.«

Verdammte Scheiße!, dachte er, während er forsch voranschritt. Was ist da gestern Abend bloß passiert?

10

Leander hörte im Krankenhausflur zu, wie Chefarzt Dr. Wiklund Eiken Ratschläge mit auf den Weg gab, die alle darauf hinausliefen, dass sie sich schonen müsse, wenn sie schon nicht bereit sei, zur Beobachtung im Krankenhaus zu bleiben. An der Stationsinformation klingelte das Telefon. Kurz darauf wurde Eiken von der Krankenschwester, die das Gespräch angenommen hatte, zu sich gerufen.

Die Vogelwartin lauschte kurz in den Hörer, dann sagte sie: »Also gut, wir kommen«, und gab ihn zurück. »Das war die Polizei. Wir sollen in die Wache kommen und die anderen Gruppenteilnehmer mitbringen, wenn wir hier fertig sind.«

Dr. Wiklund schüttelte missbilligend den Kopf, wobei sich sein langer Vollbart leicht hin und her bewegte, sagte aber nichts dazu. Dann gab er Leander und Eiken die Hand und rauschte in seinem weißen, wehenden Kittel davon.

»Komischer Vogel«, kommentierte Leander den Anblick.

»Bemerkenswert«, korrigierte Eiken. »Und sehr eindrucksvoll. Bevor Ulf Wiklund auf Helgoland aufgetaucht ist, war er viele Jahre in Afrika. Sein Ruf in der Fachwelt soll legendär sein. Er kennt sich mit Tropenkrankheiten besser aus als jeder andere Klinikchef in Deutschland.«

»Da ist er ja auf diesem Felsen besonders passend eingesetzt«, bezweifelte Leander den Nutzen dieses Spezialwissens. »Oder ist das hier Malariasperrgebiet?«

»Unterschätze den Doktor nicht. Der steht über das Internet in ständigem Kontakt zu seinen Kollegen am Robert-Koch-Institut. – Und dann schnitzt er noch Fratzen.«

»Was macht er?«

»Sag ich doch: Fratzen schnitzen. Na ja, so afrikanische Masken. Wenn du mal Langeweile hast, musst du seine Hummerbude am Hafen besuchen. Da verkauft er eine ganze Menge Figuren und Masken, die er aus Treibholz geschnitzt und selbst angemalt hat.«

Leander schüttelte den Kopf.

Eiken blickte ihn direkt an und sagte ernst: »Viele Menschen halten Helgoland für den Arsch der Welt. Das ging mir vor einem Jahr auch noch so. Aber ich habe inzwischen viel gelernt über den Menschenschlag, der hier draußen lebt. Diese Leute sind nicht mit denen vom Festland zu vergleichen. Und mit anderen Insulanern auch nicht. Die und ihre Vorfahren haben wilde Zeiten erlebt und überlebt. Und ich rede nicht nur von den Sturmfluten, bei denen Felsen und Düne getrennt wurden. Einem ewigen Gerücht zufolge hat im vierzehnten Jahrhundert Klaus Störtebeker von Helgoland aus seine Kaperfahrten unternommen. Zu Napoleons Zeiten haben dann hier die englischen Schmuggler gehaust. Gegen die englische Herrschaft haben die Helgoländer ihren Nationalstolz gesetzt. Bereits 1841 hat Hoffmann von Fallersleben hier die Nationalhymne geschrieben – *Das Lied der Deutschen*. 1890 hat Kaiser Wilhelm den Felsen bei den Engländern gegen Sansibar getauscht und die *Königlich-Preußische Biologische Anstalt* gegründet. Das war der Beginn von Forschung und Wissenschaft hier, und damit ging es mit Helgoland bergauf, bis dann im Zweiten Weltkrieg die Nazis den Felsen zur Festung ausgebaut haben. Nach den Bombardements der Engländer und nach dem Sprengungsversuch mussten alle Einwohner die Insel verlassen und durften auch nicht mehr zurückkehren. Aber die Helgoländer haben sich nicht gebeugt. Sie sind heimlich zurückgekommen, haben ihren Felsen besetzt und aus den Trümmern den neuen Ort gebaut. Heute ist das hier nicht nur der ›Fuselfelsen‹, wir haben wissenschaftliche Einrichtungen, die ihresgleichen suchen. Das alles hat die Helgoländer geprägt. Jeder Einzelne hier ist ein Original, wenn du so willst. Und deshalb sind Leute wie Dr. Ulf Wiklund, Gernot Reymers und auch Tamme Boysen an keinem Ort der Welt so zu Hause wie hier. Und du kennst Oma Klüsing noch nicht!«

Leander war beeindruckt. Offensichtlich hatte Eiken sich in dem einen Jahr, das sie jetzt hier verbracht hatte, mehr mit Helgoland identifiziert, als er sich das vorgestellt hatte.

Es würde schwer werden, sie zu einer Rückkehr nach Föhr zu überreden.

Tamme Boysen war ziemlich ungehalten gewesen, als Niels Duve und Diederich Frantzen endlich in der Dienststelle eingetroffen waren. Schließlich hatte er seine Aufgabe als Seehundjäger zu erfüllen und war um diese Zeit regulär auf der Düne im Einsatz. Er hatte schon genug Zeit verloren durch den Leichenfund und weil er erst einmal seine blutbespritzte Kleidung hatte wechseln müssen. Jetzt hatte er auch noch gefühlte Stunden lang völlig unsinnig auf der Wache herumgesessen und gewartet. Also hatten die Polizeibeamten dem wutschnaubenden Mann zunächst die nötigen Fragen gestellt, die sie aber auch nicht weiterbrachten, und sich dann erst ihrem Frühstück zugewandt.

Beim Essen konnte Niels Duve völlig abschalten. Diese Eigenschaft besaß er, solange er denken konnte. Wahrscheinlich war das angeboren oder sogar vererbt. Während seine Wangenmuskeln heftigster Arbeit nachgingen und hin und wieder ein zufriedenes Grunzen von dem Polizeioberkommissar ausging, als er, den Blick fest auf sein dick mit Matjes belegtes Brötchen gerichtet, sein Frühstück genoss, versuchte Diederich Frantzen, Ordnung in die Informationen zu bringen, die er heute Morgen bekommen hatte.

»Was wissen wir bisher? Gernot Reymers hat geplant, die Helgoländer Hauptinsel durch Aufspülungen mit der Düne zu verbinden. Dieser Plan ist jedoch am Widerstand einiger Insulaner und zuletzt an der Volksabstimmung gescheitert.«

Niels Duve nickte mit geschlossenen Augen und spürte dem Matjes nach.

»Berichtigen Sie mich, Kollege, wenn ich etwas Falsches sage. Dann müssen doch die Interessenlagen der beiden Gruppen, die hier einander gegenüberstehen, beide etwas für sich haben.«

Wieder nur ein Nicken von dem Polizeioberkommissar, diesmal aber mit aufmerksam geöffneten Augen.

»Sagen Sie mal, Herr Duve, wie muss ich mir so eine Aufspülung eigentlich vorstellen?« Der Kriminalbeamte beugte sich vor und schob demonstrativ seinen Frühstücksteller beiseite. »Das ist doch ein ganz schöner Abstand zwischen Felsen und Düne. Da wird doch alles beim nächsten Sturm wieder weggespült.«

»Nö«, presste der kauende Oberkommissar dumpf heraus. »Der Reymers wollte Spundwände in den Meeresboden rammen und dazwischen Sand aufspülen. Ist ja nicht so tief, das Meer zwischen Insel und Düne, gerade mal sechs bis sieben Meter. Felsen und Düne haben einen gemeinsamen Felssockel. Außerdem waren Fachleute aus dem Bereich Hafenbau an den Planungen beteiligt. Das wäre bombenfest geworden.«

Duve schob sich den nicht unbeträchtlichen Rest seines Brötchens so in den Mund, dass Frantzen ihn ansah, als sei er gespannt darauf, wie der Wasserschutzpolizist die Menge kauen wollte. Doch darin war Duve geübt. Seine Wangenmuskeln walkten unaufhörlich, während er schon das nächste Brötchen aufschnitt, dick mit Butter bestrich und einen Berg Matjes mit Zwiebeln darauf häufte. Dann klappte er das Brötchen zusammen und legte es vor sich auf seinen Teller, um erst einmal geräuschvoll einen großen Schluck aus seinem Kaffeepott zu schlürfen.

»Was hätte Reymers denn von dieser Verbindung gehabt?«, startete der Kriminalhauptkommissar einen weiteren Anlauf. »Das kostet doch bestimmt etliche Millionen, und der Mann war Unternehmer und kein selbstloser Pionier, oder?«

»Das kann ich Ihnen sagen. Da wäre eine neue Fläche von 295 000 Quadratmetern entstanden – viel Platz für Hotels, Strände, einen Anleger für die großen Ausflugsschiffe, eine Marina und sogar ein Naturschutzgebiet. Dreimal dürfen Sie raten, wer die Marina und die Hotels gebaut und dabei den größten Reibach gemacht hätte. Unter der Aufspülung sollte ein Tunnel für ein Gezeitenkraftwerk entstehen, das den nötigen Strom für die kompletten Bettenburgen und den Rest der Insel geliefert hätte. Damit wäre Gernot Reymers der wichtigste Energielieferant für die Insel geworden. Aber er hätte nicht alleine von den Plänen profitiert: Für Helgoland hat er ein ganz neues Tourismuskonzept entwickelt, das den Abwärtstrend bei den Übernachtungszahlen stoppen sollte. In erster Linie war Reymers hier auf der Insel schließlich Hotelier. Aber er hat noch weiter gedacht und wollte eine eigene Helgoländer Reederei gründen, damit wir nicht mehr von den Festlandsreedern abhängig wären und das Geld mit den Überfahrten selber verdienen könnten.«

»Und warum waren so viele Insulaner dagegen? Das hört sich doch alles ganz überzeugend und vernünftig an.«

»Zum einen waren da die Wissenschaftler und die Naturschützer, die Angst haben, dass sich die Strömungsverhältnisse ändern und damit auch Flora und Fauna der Unterwasserwelt. Wir haben schließlich eine Meeresforschungsstation vom Alfred-Wegener-Institut hier, und natürlich hätte sich die Situation unten am Felssockel grundlegend verändert. Außerdem bedeuten Hotels eine Menge Müll, der noch dazu wieder abtransportiert werden muss. Und die Jobs der Börteboot-Besitzer und des Dünentaxis wären weg gewesen, wenn die Tagestouristen nicht mehr ausgebootet werden müssen und sich niemand mehr auf die Düne übersetzen lässt. Tja, und die alteingesessenen Hotel- und Pensionsbesitzer auf dem Felsen haben natürlich auch kein Interesse daran, dass neue und moderne Luxushotels ihren alten Kästen Konkurrenz machen. Denen stinken ja schon das *Atoll* und das *Laguna* ganz gewaltig, weil sie jahrelang die zahlungskräftigen Urlauber angezogen haben.«

»Die Festlandsreeder werden auch nicht begeistert gewesen sein«, dachte Diederich Frantzen das Konfliktpotential weiter. »Und die derzeitigen Energieversorger wohl ebenfalls nicht. Schließlich wäre Helgoland unabhängig von deren Energielieferungen geworden.«

Niels Duve nickte, als wollte er sagen: Jetzt hast du das verstanden. Dann biss er herzhaft in sein nächstes Brötchen und versenkte dabei ein Drittel des Matjesberges auf einmal in seinen dicken Wangen.

»Dann war Reymers' Stand auf der Insel wohl in letzter Zeit sehr schlecht?«

»Daf kann man fo auch fieder nich fagen«, brachte der Oberkommissar mühsam mampfend hervor und schluckte dann hart, wobei man ihm ansehen konnte, dass er diese dauernden Störungen seiner Frühstücksruhe als sehr ungemütlich empfand. »Die Abstimmung war knapp, weil ja auch viele Leute hier von zusätzlichen Touristen profitiert hätten. Die Kaufleute zum Beispiel und die Gastwirte. Der Tourismus ist seit Jahren stark rückläufig. Seit einiger Zeit stehen sogar einzelne Läden leer, weil immer weniger Tagesgäste zum zollfreien Einkauf kommen. Der Bürgermeister und der Tourismusverband haben Reymers grundsätzlich unterstützt, trotz des Widerstands der Hoteliers und Pensionsbesitzer. Die Helgoländer Kaufmannschaft war sowieso auf Reymers' Seite. Auch unser Inselbäcker hätte eine Menge mehr Brötchen und Kuchen verkaufen können, wenn die neuen Hotels gebaut worden wären und zahlungskräftige Kundschaft angelockt hätten. Zuletzt hat sich das Geschäft für ihn betriebswirtschaftlich kaum noch gelohnt. Sogar das Krankenhaus sollte geschlossen werden. Klar, dass die alle auf Reymers' Seite standen. Außerdem hätte es auf dem neuen Land viele Arbeitsplätze für unsere jungen Leute gegeben.«

»Dann war der Kampf vor der Abstimmung bestimmt sehr erbittert?«

»Daf kann man fohl fagen«, quetschte Duve zwischen Brötchen und Matjes hervor, und er fürchtete sogar, das Quietschen in seiner Speiseröhre, das er erzeugte, als er nun alles hinunterschluckte, sei von außen zu hören. »Vor allem Reymers und die Bürgerinitiative waren sich spinnefeind.«

»Malte Cohrs«, setzte der Kriminalhauptkommissar den Gedanken fort.

Der Oberkommissar nickte, leerte den noch halbvollen Kaffeebecher auf einen Zug und deutete mit dem Kopf auf Frantzens Pott. »Auch noch einen?«

»Danke, ich frühstücke für gewöhnlich nicht so ausgiebig.«

»Das ist ein Fehler«, überhörte Niels Duve den indirekten Vorwurf und verlieh seiner Aussage durch heftiges Kopfnicken Nachdruck, während er sich schwerfällig erhob, zur Kaffeemaschine ging und seinen Becher wieder füllte. »Meine Mutter hat immer gesagt: Das Frühstück ist die wichtigste Mahlzeit am Tag. Da hat sie sich allerdings geirrt. Ich finde nämlich, dass Mittagessen, Nachmittagskaffee und Abendessen genauso wichtig sind.« Als er wieder am Tisch saß, griff er in den Brötchenkorb und bereitete sein drittes Matjesbrötchen vor.

»Erzählen Sie mir etwas über diesen Cohrs«, forderte Frantzen seinen Kollegen auf, und selbst der merkte an dem Tonfall, dass der Hauptkommissar immer stärker das Gefühl hatte, kostbare Zeit zu vertrödeln.

»Den kann man nicht beschreiben«, wehrte Niels Duve ab. »Den Malte muss man kennenlernen. Der ist anders als wir Helgoländer.«

»Was heißt das?«, wunderte sich der Hauptkommissar. »Kommt er nicht von der Insel?«

»Nee, der nich.« Mit zunehmendem Fischverzehr rutschten dem Oberkommissar langsam ein paar etwas nachlässige Formulierungen in friesischem Sprachfluss heraus. »Woher der Malte genau kommt, weiß keiner so richtig. Irgendwo aus Westfalen, vermuten manche. Es heißt, er wär als Junge im Alter von fünfzehn Jahren von zu Hause abgehaun und hätte sich bis nach Portugal durchgeschlagen. Da soll er jahrelang bei den Fischern gearbeitet haben. Dann war er wohl einige Zeit auf Hooge, bis er irgendwann hier aufgetaucht is und beim ollen Jacobsen angefangen hat. Als der dann nich mehr konnte, hat er dem Malte den Kutter gegen eine kleine Rente verkauft. Seitdem fischt Cohrs auf eigene Rechnung. Aber warum der damals von zu Hause wech is … keine Ahnung. Nichts Genaues weiß man nich. Nur dass er'n Sturkopp is, das steht mal fest. Mit dem is nich gut Kirschenessen. Wenn der sich mal in'ne Sache verrannt hat …«

»Und in den Widerstand gegen die Inselerweiterung hat er sich verrannt?«

»Und das nich zu knapp. Zusammen mit Oma Klüsing hat er die Bürgerinitiative gegründet. Die kommt übrigens auch nich von hier. Vor fünfzig oder sechzig Jahren war sie als

Touristin bei uns und hat sich in den Postinspektor verliebt. Die beiden haben geheiratet, und seitdem lebt sie hier. Tede Klüsing ist schon lange tot, und seine Frau ist auch schon weit über achtzig. Aber verdammt rüstig, das kann ich Ihnen sagen. Mit der sollte man sich besser nicht anlegen. So, jetzt muss gut sein.« Niels Duve schob sein Brettchen zurück und rieb sich genüsslich die Hände. »Gibt ja gleich schon wieder Mittag.«

Dann trank er seinen Kaffeebecher leer, raffte alles zusammen und brachte das Geschirr in eine kleine Spüle. Anschließend fragte er in Richtung Tresen: »Was ist mit den Fotoheinis, Knut?«

»Kommen gleich«, kam es beiläufig zurück. »Ich hab die Jörgensen im Krankenhaus erwischt. Wenn die da fertig ist, bringt sie ihre Knipser mit.«

Als hätte Niels Duve mit nichts anderem gerechnet, griff er nach seiner Mütze und wandte sich an Diederich Frantzen: »Woll'n wir?«

Der Kriminalhauptkommissar schien einigermaßen überrascht von dem plötzlichen Aktionismus seines Inselkollegen, sprang aber sofort auf.

»Wir sind dann mal bei Cohrs, Knut«, rief Duve seinem Kollegen hinter dem Tresen über die Schulter zu und setzte die Dienstmütze auf, als er durch die Tür in den grellen Sonnenschein auf der *Ringstraße* trat.

Die Polizeibeamten trafen den Fischer bei seiner Hummerbude am äußersten Ende des Hafenbeckens an. Hier waren die bunten Hütten nicht so frisch lackiert und herausgeputzt wie im vorderen Hafenbereich. Man sah ihnen an, dass sie in ihrer ursprünglichen Funktion verwendet wurden, statt als Cafés oder Galerien zu dienen.

Cohrs war ein muskulöser Mann, der wettergegerbt und von der Arbeit gestählt wirkte. Die Haut des Fischers war braungebrannt, die Muskelstränge walkten wie Taue bei jeder Bewegung darunter, über dem wilden Vollbart zogen sich tiefe Furchen durch das Gesicht. Er entsprach ganz dem

Bild, das man sich gemeinhin von Seeleuten macht, die früher auf den großen Segelschiffen in die Wanten klettern und auf Fischerbooten die Netze mit bloßer Muskelkraft aus dem Wasser ziehen mussten. Mit so einem Seebären wollte man keinen Strauß ausfechten müssen. Niels Duve sah Diederich Frantzen an, dass auch er beeindruckt war.

Aus zu Schlitzen verengten Augen beobachtete Malte Cohrs die Beamten, während er den heutigen Fang in weiße Kunststoffkisten füllte und diese auf dem Kai stapelte. Er hatte offensichtlich ein Gespür dafür, wenn er auf der Hut sein musste.

»Malte«, begrüßte Niels Duve ihn mit einer knappen Aufwärtsbewegung des Kopfes und nahm seine Dienstmütze ab, um sich mit dem Handrücken den Schweiß von der Stirn wischen zu können. Letzteres wirkte etwas verlegen, worüber sich der Polizeioberkommissar sofort ärgerte. »Das hier ist Hauptkommissar Frantzen von der Kripo Itzehoe. Er will mit dir sprechen.«

Der Fischer stützte sich leicht auf einer Kiste ab, die bis zum Rand mit abgerissenen Scheren großer Taschenkrebse gefüllt war, und fixierte den Kriminalbeamten ohne jede Regung im Gesicht.

»Herr Cohrs«, übernahm nun Diederich Frantzen, »wir kommen wegen Gernot Reymers zu Ihnen.«

Der Fischer blickte ihn weiterhin regungslos an.

»Wann haben Sie Herrn Reymers zuletzt gesehen?«

»Das wissen Sie doch. Letzte Nacht.«

Niels Duve konnte in Frantzens Augen lesen, dass der das Frühstück jetzt erst recht für einen Fehler hielt. Inzwischen wusste sicher schon die ganze Insel Bescheid über den Tod des Geschäftsmannes. Da war an einen Überraschungseffekt nicht mehr zu denken. Der Polizeioberkommissar fing einen vernichtenden Blick seines Festlandskollegen auf.

»Wann genau haben Sie Herrn Reymers getroffen?«, fuhr Frantzen fort.

»Das muss so gegen halb zwei gewesen sein.«

Malte Cohrs schien entschlossen, nicht mehr als unbedingt

nötig zu sagen. Diederich Frantzen sah man die ersten Anzeichen eines Adrenalinanstiegs an. »Und wo fand dieses Treffen statt?«

»Auf dem Oberland, beim Leuchtturm.« Wieder blickte der Fischer stur auf den Kriminalbeamten und wartete geduldig auf die nächste Frage. Diese Festung ließ sich nicht so leicht einnehmen, das musste Frantzen inzwischen klar sein.

»Also, Herr Cohrs, Sie sind offenbar schon darüber informiert, dass Herr Reymers heute Morgen tot aufgefunden worden ist?«

Keine Reaktion.

»So, wie es aussieht, waren Sie der Letzte, der ihn gesehen hat. Außerdem hat es zwischen Ihnen und Herrn Reymers Streit gegeben. Da wird es Sie nicht wundern, dass Sie als Erster unter Verdacht stehen, Herrn Reymers umgebracht zu haben.«

»Ich war das nicht.« Wieder diese ruhige, durch nichts zu bewegende Stimme.

»Dann wäre es klug von Ihnen, wenn Sie uns genau erzählen würden, worum es bei dem Treffen ging und wie es abgelaufen ist.«

»Na, worum soll das schon gegangen sein? Um die Inselerweiterung natürlich. Der Reymers hat schon wieder neue Pläne gemacht. Deshalb wollte er mit mir sprechen. Um mir einen Kompromiss vorzuschlagen.«

»Das heißt also, Gernot Reymers hat Sie um das Treffen gebeten?«

»Genau. Nachdem unser Gespräch in der vorletzten Nacht zu nichts geführt hat.«

»Sie haben sich also nicht zum ersten Mal nachts beim Leuchtturm getroffen«, fasste Frantzen zusammen.

Kurzes, ungerührtes Nicken.

Als die nun folgende Pause nervtötend wurde, platzte Diederich Frantzen der Kragen: »Verdammt noch mal, Herr Cohrs, wenn Sie jetzt nicht endlich ausführlich erzählen, was gestern Nacht vorgefallen ist, nehmen wir Sie vorläufig fest und lassen Sie in der Zelle schmoren, bis Ihr Fang zum Himmel stinkt.«

Niels Duve verzog sein Gesicht zu einem breiten Grinsen, weil ihm klar war, dass auch das zu nichts führen würde. Hier war Geduld angesagt.

»Was wollen Sie denn noch wissen?«, erkundigte sich Malte Cohrs. »Wir haben uns getroffen und geredet. Reymers hat mir einen faulen Kompromiss vorgeschlagen, ich habe abgelehnt. Und dann bin ich wieder gegangen. Da hat der Reymers noch gelebt.«

»So wird das nichts«, stellte Frantzen fest. »Los! Sie kommen jetzt mit!«

Nun kam doch etwas Leben in den Fischer. »Verdammt noch mal, Niels, ich muss meinen Fang ausliefern. Meine Kunden warten darauf. Und der Knieper wird nicht besser, wenn er hier in der Hitze steht.«

»Pass mal auf, Malte.« Der Polizeioberkommissar setzte seine Mütze wieder auf. »Du lieferst jetzt erst mal deinen Fisch und deinen Knieper aus. Dann kommst du zu uns auf die Wache und erzählst uns ganz genau, was jeder von euch gestern bei dem Treffen gesagt hat. Ich bin sicher, dass die Sache dann für dich erledigt sein wird.«

Diederich Frantzen glaubte offenbar, nicht richtig gehört zu haben. Wütend blitzte er seinen Kollegen von der Wasserschutzpolizei an, doch der nickte ihm nur beschwichtigend zu und gab ihm mit dem Kopf ein Zeichen, ihm zu folgen. Malte Cohrs machte sich wieder an die Arbeit mit seinen Kisten und beachtete die beiden Polizeibeamten nicht mehr.

Der Inselpolizist ging gemächlich voran am Hafenbecken entlang in Richtung Anleger. Frantzen warf Malte Cohrs noch einen grimmigen Blick zu, den der aber gar nicht bemerkte, dann folgte er widerwillig seinem Kollegen. »Sind Sie eigentlich von allen guten Geistern verlassen?«, erhitzte er sich, als sie außer Hörweite des Fischers waren.

»An dem beißen Sie sich die Zähne aus, wenn Sie es nicht richtig anfangen«, belehrte Duve ihn unbeeindruckt. »Ein Fischer ist kein Beamter. Wenn sein Fang vergammelt, hatte er Kosten, aber keine Einnahmen. Was glauben Sie eigentlich, was der heute allein für den Diesel schon bezahlt hat? Wenn

Cohrs nachher seine Ware an die Restaurants ausgeliefert hat, wird er Ihnen alles sagen, was Sie wissen wollen. Sie werden sehen.«

»Verdammt noch mal, Duve, so geht das nicht«, donnerte Frantzen los. »Ich leite hier eine Ermittlung in einem Todesfall. Möglicherweise war das Totschlag, vielleicht sogar Mord. Da können Sie mir nicht in den Rücken fallen. Ich erwarte von Ihnen, dass Sie mich unterstützen.«

Niels Duve blieb stehen und blickte dem Kriminalbeamten tief in die Augen. »Hier auf dem Felsen gelten andere Regeln als auf dem Festland. Wenn Sie sich darauf nicht einstellen, werden Sie nichts erreichen. Vertrauen Sie mir, ich weiß, wie man mit den Leuten hier umgehen muss.« Er warf einen Blick auf seine Uhr. »So, jetzt wird Eiken Jörgensen ja wohl auf der Wache sein. Und dann sind da ja auch noch ein paar Fotofritzen zu befragen.«

Ohne auf eine Reaktion zu warten, drehte er sich wieder um und schlenderte voran in Richtung Polizeistation. Die Entscheidung lag jetzt bei Frantzen: Entweder ließ er sich auf Duves Tempo ein, oder er konnte alleine ermitteln. Dann würde Duve halt nur noch seine eigentlichen Aufgaben erledigen, kein Problem.

11

Tamme Boysen inspizierte am Nordstrand die Ruhezone der Kegelrobben, die sich in der Sonne aalten. In relativer Nähe bevölkerten zahlreiche Urlauber den Sandstrand der Düne. Wie immer gingen sie viel zu nah an die Tiere heran, die immerhin die größten Raubtiere Europas waren. Aber momentan war keine Paarungszeit, und so waren die Bullen nicht gefährlich. Lediglich ein paar Halbstarke übten sich in Revierkämpfen, rollten sich balgend über den Sand und schlugen gelegentlich einen Zahn in das Halsfett des Gegners, so dass etwas Blut heraussickerte. Im Herbst, wenn die eigentlichen Kämpfe um die schönsten Kühe stattfanden, hielt man besser mindestens dreißig Meter Abstand. Die Bullen stürzten sich dann brüllend aufeinander und rissen so tiefe Wunden, dass ein angeschlagenes Tier schon mal sechs bis sieben Liter Blut auf dem Strand lassen konnte, bevor es kapitulierte und sich zurückzog.

Tamme Boysen legte sich den dünnen Stab mit einer Schlinge, den er immer bei sich hatte, falls er mal ein verletztes Tier von den anderen trennen musste, über die Schulter und schlenderte weiter. Einige Touristen fotografierten wie wild Kegelrobben. Die meisten von ihnen hielten sich überhaupt nur deshalb auf der Helgoländer Düne auf. In den letzten Jahren waren hier draußen einige Bungalows aus Holz gebaut worden, die wegen der Naturnähe auf der Düne bei Feriengästen sehr beliebt und während der Saison immer ausgebucht waren. Dabei waren sie nicht gerade günstig, aber wenigstens blieb man hier von den Tagestouristen auf dem Hauptfelsen verschont.

Die Kegelrobben ließen sich weder von den merkwürdigen Gestalten am Badestrand stören noch von dem grobschlächtigen Mann, der tagtäglich durch ihr Revier latschte. Der Bestand nahm seit Jahren zu. Lediglich die Orkane *Christian* und vor allem *Xaver* hatten 2013 einige Jungtiere in den Tod gerissen und zu einer sicher nur vorübergehenden

Stagnation im Bestand geführt. Die Tiere, die hier im Sand und in der Sonne lagen, sahen gesund und gut genährt aus. Tamme Boysen war zufrieden, denn heute musste er keines einfangen und von Plastikmüll oder einem Stück Fischernetz befreien. Das war seine eigentliche Aufgabe, der Schutz der Kegelrobben, auch wenn der Titel Seehundjäger eigentlich das Gegenteil vermuten ließ. Boysen schoss nur im Notfall einmal auf ein Tier, wenn es zu krank oder verletzt war und er es erlösen musste. Das fand auch er immer wieder hart, aber es hatte nichts mehr mit der Robbenjagd früherer Zeiten zu tun, bei der es allein um die Felle der Tiere gegangen war.

Er liebte diesen Job, denn der führte ihn täglich hinaus in die Natur mit ihrer ganzen Faszination und Wildheit. Am besten gefielen ihm die rauen Monate im Herbst und Winter, wenn auf der Düne keine Touristen badeten. Dann war er ganz allein mit den sich paarenden oder kalbenden Tieren, dem Wind und dem Meer, und es konnte schon einmal vorkommen, dass er viele Stunden hier blieb, die Zeit vergaß und am Abend völlig durchgefroren nach Hause kam.

Auf der Düne war er auch Eiken Jörgensen zum ersten Mal begegnet, genau hier bei den Kegelrobben. Die Vogelwartin hatte auf ihn am Anfang einen sehr melancholischen Eindruck gemacht. Sie war, nachdem sie ein paar Wochen im Gästehaus des Alfred-Wegener-Instituts auf dem Oberland gewohnt hatte, zunächst provisorisch in eines der neuen Holzhäuser gezogen, hatte sich dann aber dort eingerichtet und lebte noch heute hier auf der Düne. Auch sie war fasziniert von der Nähe zu den Naturgewalten und den großen Säugetieren. Inzwischen schien sie auch nicht mehr so traurig zu sein. Seit sie sich in der Bürgerinitiative engagierte, kam sie sogar regelrecht aus sich heraus. Auch von ihren Kollegen in der Vogelwarte hörte man nur Gutes über sie. Mit Antje, einer der netten Bedienungen oben in den *Mocca-Stuben*, hatte sie sich sogar sehr schnell angefreundet und erfüllte damit einen der zentralen Maßstäbe Tamme Boysens: Wenn Helgoländer eine fremde Person so schnell akzeptierten, konnte sie nur ein guter Mensch sein. Und Antje war Helgoländerin!

Jetzt hatten ausgerechnet Eiken Jörgensen und er die Leiche gefunden. Tamme Boysen kämpfte mit seinem schlechten Gewissen, das immer wieder den Film der letzten Nacht vor ihm ablaufen ließ. Verdammt noch mal, warum war er dem Reeder nicht einfach gefolgt? Statt auf seinen guten Ruf zu achten, hätte er seinen Job machen und für Sicherheit und Ordnung sorgen sollen. Er war nach Hause ins Bett gegangen, während Gernot Reymers oben am *Klippenrandweg* seinem Mörder begegnet war. Das war unverzeihlich für einen Mann wie Boysen, der sein Pflichtbewusstsein über alles stellte.

Deshalb war es überhaupt nicht korrekt, dass er Hauptkommissar Frantzen nicht längst über die Ereignisse der letzten Nacht berichtet hatte. Und das hatte auch nichts damit zu tun, dass er Frantzen nicht abkonnte. Er war sich einfach im Klaren darüber, dass seine Beobachtungen für jemanden, der die Leute hier auf dem Felsen nicht kannte, nur einen Schluss zuließen: Während Heiko Tönnies und Jesko Keden in Reymers' Büro eingebrochen waren, hatte sich Malte Cohrs auf dem Oberland mit dem Hotelier getroffen, um ihn vom Einbruchsort fernzuhalten, und ihn schließlich im Streit vom Felsen gestoßen. Für Tamme Boysen aber war das undenkbar. Keiner der drei war nach seiner Ansicht dazu in der Lage, einen so perfiden Plan auszuhecken, geschweige denn durchzuführen. Auch Totschlag im Affekt kam für Cohrs sicher nicht in Frage; dafür war er viel zu kontrolliert und das hätte die gesamte Arbeit der Bürgerinitiative gefährdet. Der Fischer war ein Sturkopf und ein Raubein, aber ein Mörder war er nicht.

Was, verdammt noch mal, war da oben passiert, das zu einer solchen Tragödie geführt hatte? Und was hatten Jesko und Heiko damit zu tun? Je mehr er darüber nachdachte, desto sicherer war sich Boysen, dass der Tod des Reeders nicht mit den Mitgliedern der Bürgerinitiative in Zusammenhang stand. Da musste etwas ganz anderes hinterstecken. Und er musste herausfinden, was es war, bevor Frantzen Cohrs und dessen Leute verhaftete und auf das Festland schaffte. Aber wie sollte er das anstellen? Sollte er Niels Duve einweihen und ihn damit ebenfalls in Gewissensnöte stürzen? Außerdem hatte der Frantzen ständig an den Hacken und konnte gar nicht frei agieren. Besser, wenn er nicht wusste, dass Boysen die Sache in die Hand nahm. Er würde einfach die Kontakte zu seinen früheren Untergebenen nutzen: Knut Kedelsen und Tim Baring würden ihn schon auf dem Laufenden halten. Schließlich hatte er sie in seinen letzten Jahren in den Dienst eingeführt, und sie wussten, was sie ihrem alten Chef schuldig waren. Nur bei den weiterführenden Ermittlungen würde er schnell an seine Grenzen stoßen, dafür fehlten ihm die Möglichkeiten des Dienstweges. Er schnaufte verärgert, beschloss aber, sich von dieser Tatsache nicht ausbremsen zu lassen. Kommt Zeit, kommt Rat!

Boysen zog eine gebogene Pfeife aus seiner Hosentasche, klopfte sie am Hosenbein aus, angelte eine Dose mit Tabak aus der anderen Tasche und stopfte den Pfeifenkopf. Dann zog er heftig am Mundstück und sog so die Flamme seines Feuerzeugs immer wieder in den Pfeifenkopf. Dabei stieß er dicke Rauchschwaden aus. Schließlich begutachtete er die Glut mit skeptischem Blick und steckte sein Feuerzeug wieder ein. Als er nun den Nordstrand hinter sich ließ und seine Schritte in Richtung Dünen und *Friedhof der Namenlosen* lenkte, zog er eine Wolke wie eine Dampflok hinter sich her. Die s-förmig gebogene Pfeife hing knapp unter seinem bärtigen Kinn und schien den Rundungen des derben Gesichts genau angepasst zu sein.

Zunächst einmal musste er Keden und Tönnies zur Rede stellen, so viel war mal klar. Die konnten sich warm anziehen! Wütend stieß Tamme Boysen mit dem Fuß hinter einem Kieselstein her und zog so heftig an der Pfeife, dass sein Kopf beim nächsten Ausatmen in einer Rauchwolke verschwand.

»Sagen Sie mal«, begann Niels Duve auf dem Weg zur Wache versöhnlich. »Zwischen dem Einbruch bei Reymers und seinem Todessturz gibt es doch bestimmt einen Zusammenhang.«

»Anzunehmen, ja.«

»Und Sie verdächtigen Malte Cohrs.«

»Sofern Sie mir keinen anderen Verdächtigen liefern, liegt das auf der Hand.«

»Dann ist ja wohl auch anzunehmen, dass die gestohlenen Zeichnungen sich in Cohrs' Besitz befinden, wenn er etwas damit zu tun hat.«

»Fragt sich nur, wo er sie versteckt hat, denn so blöd, sie zu Hause aufzubewahren, wird er nicht sein.«

»Sie wollen seine Wohnung also nicht durchsuchen?«

»Selbstverständlich werden wir seine Wohnung durchsuchen. Sobald die Spurensicherung am Tatort und im Hotel fertig ist.«

»Haben Sie keine Angst, dass Cohrs in der Zwischenzeit alle Beweise vernichtet?«

»Worauf wollen Sie eigentlich hinaus, Duve?«

»Ich könnte Ihnen zwei meiner Leute geben, damit Sie Cohrs' Wohnung jetzt schon durchsuchen. Am Ende werfen Sie mir noch vor, die Ermittlungen verschleppt zu haben.«

»Und was machen Sie in der Zwischenzeit?« Das klang jetzt geradezu lauernd.

»Nun, ich vernehme die Vogelwartin und die Fotografen. Sie können dann hinterher die Protokolle lesen. Außerdem habe ich immer noch meinen üblichen Bürokram zu erledigen und was gerade so anfällt. Schließlich bin ich bei der Wasserschutzpolizei, und meine Arbeit im Hafen kann ich auch nicht einfach so liegen lassen, nur weil jemand vom Felsen gestürzt ist.«

Der Kriminalbeamte schien zu begreifen, dass er aus Duves Perspektive die Wasserschutzpolizei von ihren eigentlichen Aufgaben abhielt, denn nach einer kurzen Bedenkzeit lenkte er ein: »Gut. Die Befragungen können ja wirklich Sie übernehmen. Und sonst gibt es momentan sowieso nicht viel zu tun, solange die Ergebnisse der Kriminaltechniker nicht vorliegen. – Zumal Sie Cohrs ohnehin erst mal aus der Schusslinie genommen haben.«

Der Oberkommissar nickte zufrieden, ohne deutlich zu machen, welcher der Aussagen er genau zustimmte.

Nachdem Niels Duve dem Hauptkommissar zwei Leute an die Seite gestellt hatte, bat er die sechs Fotografen, die bereits auf die Beamten gewartet hatten, in sein Dienstzimmer. Erwartungsgemäß brachte die Befragung nichts Neues. Außer einer dramatischen Darstellung der Auffindesituation konnte keiner der sechs irgendeinen sachdienlichen Hinweis liefern. Kalle Bluhm und Alfred Wessel schilderten vor allem die halsbrecherischen Bemühungen Eiken Jörgensens in schillernden Farben. Konrad Knoblich, Dieter Kessler und Henning Leander hielten sich angenehm zurück und antworteten nur knapp und direkt auf die Fragen. Heinrich Seyfried bestätigte die Auskünfte Leanders, nach denen er maßgeblich für den Absturz des Toten gesorgt hatte, und machte einen angemessen peinlich berührten Eindruck. Er habe nur helfen wollen und sich dabei etwas ungeschickt angestellt. Keiner der Fotografen kannte Gernot Reymers, und alle kamen vom Festland beziehungsweise von Föhr und waren zum ersten Mal auf Helgoland. Entsprechend schnell waren die Protokolle getippt und unterschrieben.

Zuletzt befragte Niels Duve Eiken Jörgensen, die immer noch etwas blass um die Nase war. Er kannte sie zwar kaum, aber er hatte den Eindruck, dass es sich bei ihr um eine verdammt toughe Frau handelte. »Frau Jörgensen, ist Ihnen noch irgendetwas eingefallen, das uns weiterhelfen könnte?«

Die Vogelwartin schüttelte bedauernd den Kopf. »Ich habe schon heute Morgen alles so erzählt, wie ich es erlebt habe.«

»Ist Ihnen am Tatort etwas aufgefallen? War irgendetwas anders als sonst?«

»Nur der eingerissene Zaun.«

»Keine Spuren im Gras? Nichts, das da nicht hingehörte?«

»Nein.«

»Haben Sie den Toten selbst entdeckt oder einer Ihrer Fotografen?«

»Herr Seyfried hat mich darauf aufmerksam gemacht. Er hat den aufgeregten Vogelschwarm zuerst gesehen.«

Niels Duve dachte einen Moment nach. »Wie hat Herr Seyfried Sie darauf aufmerksam gemacht? Ich meine: War er selbst erstaunt oder erschrocken? Oder hatten Sie den Eindruck, dass er bereits gewusst haben könnte, was da los war?«

Eiken Jörgensen blickte ihn fragend an. Dann verstand sie, worauf er hinauswollte. »Er war genauso überrascht wie wir anderen auch. Ich hatte nicht den Eindruck, dass er mich gezielt zu dem Toten geführt hat.«

»Sind morgens eigentlich immer alle Fotografen mit Ihnen unterwegs?«

»Ich habe die Gruppe erst gestern übernommen. Heute Morgen waren wir vollständig unterwegs.«

»Wie schätzen Sie persönlich Herrn Seyfried ein?«

»Tut mir leid, aber ich kenne ihn noch nicht gut genug, um mich über ihn äußern zu können.«

»Sie werden doch so etwas wie einen ersten Eindruck von den Herren haben.«

Eiken überlegte einen Moment, ob sie sich auf das Glatteis wagen sollte, dann berichtete sie, was sie über den Handelsvertreter wusste.

»Hatten Sie den Eindruck, dass er einfach nur ungeschickt war, als er an dem Zaun gezogen hat?«

»Ja, klar. Wir dachten ja, dass das Zaunende irgendwo in der Felswand verhakt war. Es konnte doch keiner ahnen, dass da ein Toter dran hing.«

»Und dieser Leander? Der hat doch auch mitgeholfen, als Sie am Zaun gezogen haben.«

»Für den lege ich meine Hand ins Feuer«, antwortete Eiken viel zu schnell und lockte damit ein Funkeln der Aufmerksamkeit in Duves Augen. Verlegen blickte sie auf die Tischplatte. »Ich kenne Herrn Leander seit Jahren von Föhr. Er hatte mit dem Absturz des Toten nichts zu tun.«

Niels Duve beobachtete sie noch einen Moment aufmerksam, dann nickte er und erhob sich von seinem Stuhl. »Danke, Frau Jörgensen. Das war's dann erst mal. Wenn Hauptkommissar Frantzen noch Fragen haben sollte, wissen wir ja, wo wir Sie finden.«

Eiken folgte ihm hinaus in die Wache, wo Leander auf sie wartete. Niels Duve schaute ihnen nach, als sie zusammen die Polizeistation verließen. Dann wanderte sein Blick auf die Wanduhr. Höchste Zeit für sein Mittagessen. Er beschloss, es unten am Hafen einzunehmen, in einer der Hummerbuden, die zu kleinen Restaurants umgebaut worden waren. »Ich bin dann mal weg!«, rief er dem Kollegen hinter dem Tresen zu, nahm seine Dienstmütze vom Haken und verließ die Polizeistation.

Heiko Tönnies stand hinter dem Tresen seines Fluppen- und Fuselladens im *Lung Wai* und bediente zusammen mit seiner Frau und einer weiteren Angestellten die Tagestouristen mit Zigarettenstangen und Schnapsflaschen, die in deckenhohen Regalen aufgebaut waren. Zwei Aushilfen füllten die ununterbrochen auf. Als Boysen den Laden betrat, glaubte er in den Augen des Kaufmanns ein unsicheres Flackern wahrzunehmen, aber das war schnell wieder verflogen.

Tönnies winkte ihm zu. »Na, Tamme, willst du Nachschub für deine Pfeife holen?«

»Ich will mit dir sprechen«, ignorierte Boysen den kumpelhaften Ton und deutete mit dem Kopf auf die Tür zum Hinterzimmer.

»Muss das jetzt sein? Du siehst doch, was hier los ist. Die *Lady von Büsum* ist vor einer Stunde draußen auf der Reede angekommen und der *Halunderjet* liegt auch im Hafen.«

»Ja, muss jetzt sein.« Tamme Boysen schob sich an den Tagestouristen vorbei und steuerte die Tür zum Hinterzimmer an.

Heiko Tönnies kassierte noch seinen aktuellen Kunden ab, dann folgte er dem ehemaligen Polizeibeamten unter dem tadelnden Blick seiner Frau. In dem kleinen Zimmer befand sich nur ein Tisch mit vier Stühlen, an dem die Kaufleute Pause machen konnten, wenn sie einen Touristenschwung abgearbeitet hatten und auf den nächsten warteten. Boysen ließ sich schwer auf einen der Stühle fallen und zeigte diktatorisch auf den, der ihm gegenüber stand. Widerwillig verließ Tönnies den Halt des Türrahmens und folgte der Aufforderung. Dabei fiel Tamme Boysen auf, dass der Kaufmann das rechte Bein stärker nachzog als gewöhnlich.

»Schlimm heute?«, erkundigte er sich und deutete auf Heiko Tönnies' Knie.

Der Kaufmann winkte aber nur ab. »Was gibt es denn so Dringendes, dass wir das nicht heute Abend beim Bier besprechen können?«

»Pass auf, Heiko. Ich habe keine Zeit.« Boysen beugte sich vor. »Deshalb habe ich auch keinen Bock auf Gekasper. Ich habe euch gestern Nacht gesehen, dich und Jesko. Ihr seid maskiert bei Reymers eingebrochen.«

»Wie willst du uns denn erkannt haben, wenn wir maskiert gewesen sein sollen?«, erkundigte sich Tönnies mit einem gekünstelten Lachen, wurde aber sofort wieder ernst, als er Boysens drohendem Blick begegnete. »Also gut, wir waren in Reymers' Büro. Aber mit seinem Tod haben wir nichts zu tun.«

»Und was wolltet ihr da?«

»Pläne suchen, die beweisen, dass Reymers eine Sauerei plant. Du selbst hast doch zu Malte gesagt, dass du Beweise willst. Und die wollten wir dir liefern. Wir sind da rein, haben die Pläne geholt und waren kurz danach wieder draußen.«

Tamme Boysen reagierte nicht auf den unverschämten Vorwurf, er selbst habe die Einbrecher angestiftet. »Und wohin seid ihr dann gegangen?«

»Zu Jesko, auf ein kleines Aktionsbier. Können aber auch zwei oder drei gewesen sein.« Tönnies lachte gezwungen.

»Jetzt hör mir mal gut zu, Heiko. Das ist alles kein Scherz. Ich habe euch gesehen und müsste das eigentlich melden. Dass ich trotzdem jetzt hier bei dir bin und du nicht auf der Wache bei Hauptkommissar Frantzen sitzt, verdankst du einzig und allein dem Umstand, dass wir uns schon so lange kennen und ich dir einen Mord nicht zutraue. Ich werde dich und Jesko aber nur so lange schützen, wie ich euch eure Geschichten glauben kann. Wenn du mich verarschen willst, übergebe ich euch der Kripo. Dann kannst du deinen Laden hier dichtmachen und Jesko seine Spelunke auch. Hast du das jetzt kapiert?«

»Ist ja schon gut. Es war so, wie ich es dir gesagt habe. Wir waren nicht einmal eine halbe Stunde im *Laguna*. Mussten ja nicht lange suchen, die Pläne lagen direkt auf Reymers' Schreibtisch.«

»Woher wusstet ihr denn, wo sein Büro ist? Schließlich führen da keine Wegweiser hin.«

»Jeskos Nichte arbeitet als Zimmermädchen im Hotel.« Tönnies grinste selbstgefällig und zog mit dem Zeigefinger das rechte untere Augenlid hinunter. »Die hat ihm vorher genau beschrieben, wie wir ins Büro kommen.«

»Und ihr seid da wieder raus, ohne dass euch jemand gesehen hat?«

»Logisch. Wir sind ja nicht blöd. Nachts ist nur eine Notbesetzung am Empfang. Im Treppenhaus begegnest du da keinem mehr.«

»Ihr habt also nicht den Aufzug genommen«, stellte Boysen fest.

»Nee, da braucht man einen Schlüssel für das oberste Stockwerk, und den hat auch Jeskos Nichte nicht. Außerdem weiß man nie, wer da unterwegs zusteigt.«

»Und anschließend seid ihr gleich rüber zu Jesko und nicht etwa aufs Oberland?«

»Sag ich doch. Wir wollten nur die Pläne holen, und die hatten wir ja dann.«

»Was wollt ihr denn damit? Die Pläne haben doch öffentlich ausgehangen, die sind doch kein Geheimnis.«

»Die offiziellen nicht, da hast du recht.«

»Was soll das heißen?«

Heiko Tönnies kratzte sich verlegen am Hinterkopf.

»Jetzt spuck's aus, Mensch«, fuhr Tamme Boysen ihn an und schlug donnernd mit der Faust auf den Tisch.

»Malte hat einen Tipp gekriegt. Der Reymers hat was Neues geplant, mit ganz neuen Plänen. So genau habe ich das nicht kapiert. Malte selbst, glaube ich, auch nicht. Und weil wir uns nicht über den Tisch ziehen lassen wollen, haben wir beschlossen, uns selbst ein Bild davon zu machen.«

»Also war Malte Cohrs eingeweiht. Und während ihr bei Reymers eingebrochen seid, haben sich Cohrs und er auf dem Oberland getroffen.«

»Klar. Das hatte den Vorteil, dass Reymers uns nicht erwischen konnte. Und außerdem hat Malte gehofft, von ihm direkt etwas zu erfahren, wenn der merkt, dass wir Lunte gerochen haben.«

»Was ist da oben passiert?«

»Keine Ahnung. Wir haben Malte gestern Nacht nicht mehr gesehen. Er wollte uns heute Abend alles erzählen, wenn wir mit den Plänen zu Oma Klüsing kommen.«

Boysen blickte Heiko Tönnies tief in die Augen.

»Ehrlich, Tamme. Das ist alles, was ich weiß. Aber der Malte war das nicht mit dem Reymers. So was tut der nicht, da bin ich mir ganz sicher.«

»Und Jesko? Kann der später noch aufs Oberland gegangen sein?«

»Nee!« Jetzt lachte Heiko Tönnies laut auf. »Der war so zu, dass seine Uschi ihn nur mit meiner Hilfe ins Bett gekriegt hat.« Dabei zog er erneut das untere Lid seines rechten Auges mit dem Zeigefinger herunter und grinste so dreckig, dass Tamme Boysen keinen Zweifel an den weiteren Diensten hatte, die Heiko Tönnies Ursula Keden anschließend geleistet hatte.

»Und die Pläne? Sind das tatsächlich neue?«

»Keine Ahnung. Ich kenne mich damit nicht aus. Für mich sehen die aus wie die alten. Willst du sie sehen?«

Boysen wehrte das Angebot mit beiden Händen ab. »Lass man, ich komme heute Abend auch zu Oma Klüsing. Da werde ich dann schon erfahren, was ich wissen muss. Bis dahin will ich die Dinger lieber nicht gesehen haben. Und noch was, Heiko: Dieses Gespräch hat nie stattgefunden. Wenn du Duve oder Frantzen davon erzählst, streite ich alles ab. Dann war ich nur hier, um mir Pfeifentabak zu holen und ein bisschen zu plauschen, ist das klar?«

»Logisch, Tamme, alles klar. – Und danke!«

Als der Seehundjäger wieder zwischen den hin und her strömenden Tagestouristen im *Lung Wai* stand, überlegte er einen Moment, ob es Sinn hatte, Jesko Keden ebenfalls aufzusuchen. Aber er entschied, sich das zu sparen, weil er dort sicher nur dasselbe wie eben von Tönnies hören würde – von dem letzten Teil der Nacht einmal abgesehen. Er blickte auf die Uhr: Um diese Zeit müsste Malte Cohrs eigentlich seinen Fang ausgeliefert haben und wieder bei seiner Hummerbude sein.

Tamme Boysen machte sich also auf den Weg hinunter zur Kurpromenade, kreuzte die in Richtung Reede zurückströmenden Tagestouristen und wandte sich dann am Hafenbecken vorbei hinüber zu den Hummerbuden. Cohrs lud gerade leere Plastikkisten, die er aus den Restaurants zurückgebracht hatte, von seinem Handkarren und verstaute sie in seiner Bude. Er blickte den Seehundjäger mürrisch an, als wollte er sagen: Du hast mir jetzt auch noch gefehlt!

»Ich weiß Bescheid, Malte«, sagte Boysen.

»Klar weißt du Bescheid. Du weißt ja immer über alles Bescheid. Schließlich warst du lange genug der Oberbulle hier«, kam es spöttisch zurück. »Und ganz so viel passiert auf dem kleinen Felsen nicht, dass dir etwas entgehen könnte.«

»Jetzt lass den Scheiß, Malte. Du solltest mich als Freund betrachten, wenn ich dir helfen soll. Wenn du mich verarschst, überlasse ich dich den Kollegen von der Kripo.«

Malte Cohrs blickte den Seehundjäger abschätzig an, dann deutete er mit dem Kopf auf den Eingang der Hummerbude. Boysen folgte dem Fischer und zog vorsichthalber die Tür hinter sich zu. In der Hütte sah es aus wie in einer Rumpelkammer. Überall lagen Netze, Reusen und Kisten durcheinander. Cohrs wischte einen Stapel Zeitungen, die zum Einwickeln von Fischen gedacht waren, von einem Hocker, zeigte darauf und setzte sich selbst auf die Kante eines klapprig aussehenden Tisches. »Also gut, Tamme, was weißt du?«

Offensichtlich wollte Cohrs zunächst einmal herausfinden, ob der Seehundjäger bluffte. Boysen überlegte, ob er sich darauf einlassen sollte, dass die Sache so herum lief. Aber was hatte er schon zu verlieren? Also hielt er dem Fischer vor, was er in der vergangenen Nacht beobachtet und was er inzwischen in Erfahrung gebracht hatte.

»So, Malte, und jetzt bist du dran. Was hat es mit diesen angeblich neuen Plänen auf sich?«

Der Fischer fixierte ihn mit unbeweglichem Blick. Dann nahm er seine Mütze vom Kopf, kratzte sich ausgiebig und nickte schließlich, als sei er mit sich selbst übereingekommen, dass es besser sei, Tamme Boysen alles zu sagen. »Ich habe einen Tipp bekommen. Der Reymers hat geplant, einen neuen Anlauf für eine Volksabstimmung zu machen. Sein Kompromissvorschlag soll nur ein Trick gewesen sein, um uns auseinanderzubringen. Und dass Reymers das vorgestern bestritten hat, weißt du ja.«

»Von wem stammt der Tipp?«

Malte Cohrs ließ seinen schweren Kopf hin und her pendeln und verkniff den Mund.

»Na los, Malte! Wer hat dir den Tipp gegeben?«

»Der kam anonym«, presste der Fischer schließlich hervor. »Per E-Mail.«

»Anonym, ja klar!«

Cohrs nickte mit Nachdruck. »Und Pläne waren auch dabei, als Anhang.«

»Aha, und was genau sieht man darauf?«

»Dass Reymers immer noch dieselben Absichten hat. Mein Informant hat geschrieben, dass der mit dem Gezeitenkraftwerk fett absahnen will und weitere Offshore-Anlagen plant, weil er den Hals nicht voll kriegt. Diese Hamburger Energiefirma ist daran beteiligt, die *HES*. Auf den Plänen sind die Flächen, die Reymers mit seinen Windrädern verspargeln will, rot eingezeichnet – ganz nah bei uns. Ich sage dir, da wird einem schlecht, wenn man all das Rot auf der Karte sieht. Die werden uns umzingeln mit ihren Scheißmühlen.«

»Das macht das Umweltministerium niemals mit«, zweifelte Tamme Boysen. »Für so einen Eingriff in den Nationalpark brauchten die eine Genehmigung. Solche Windkraftanlagen stellen eine ernsthafte Bedrohung für die Seevögel dar.«

»Eben, und davon lebt Helgoland schließlich«, stimmte Cohrs zu. »Die Touristen kommen doch nicht nur wegen der Düne zu uns. Die kommen vor allem, weil sie die Vogelfelsen sehen wollen.«

Boysen dachte einen Moment nach und schüttelte dann entschieden den Kopf. »Das ist doch alles Humbug.«

»Mein Informant weiß, wovon er spricht«, zeigte sich Cohrs unbeeindruckt. »Ich vermute, dass der bei der *HES* arbeitet.«

»Wie kommst du darauf?«

»Na, weil der Name an einer Stelle auf der Karte stand. Die Pläne stammen wahrscheinlich aus der Firma. Ich habe Reymers gestern Abend darauf angesprochen, aber der hat vehement abgestritten, dass es solche Pläne gibt.«

»Kann ich diese ominösen Pläne mal sehen?«

»Die habe ich nicht hier. Die sind in so einem Portal im Internet. Mein Informant ist nicht dumm. Der kennt sich mit so etwas aus. Wir haben nur über abhörsichere Seiten Kontakt miteinander. Und seine E-Mail-Adressen wechseln jedes Mal und sind kurz danach wieder weg.«

»Abhörsichere Seiten, soso«, kommentierte Tamme Boysen mit höhnischem Unterton. »E-Mail-Adressen, die sich selbst löschen. *Kobra übernehmen Sie*, was?«

Malte Cohrs blickte ihn verständnislos an.

»Das war mal eine Fernsehserie. Da hat so eine Spezialeinheit ihre Aufträge immer per Tonband bekommen. Und die Bänder haben sich selbst entzündet, nachdem sie abgehört worden waren. Genauso bescheuert kommt mir deine Geschichte vor. Entweder du willst mich verarschen oder dieser Informant verarscht dich.«

»Warum sollte er das tun? Was sollte er davon haben?«

»Anders herum: Was hat er davon, wenn er dir die Sache steckt?«

»Vielleicht hat er mit seiner Firma eine Rechnung offen. Oder er ist einfach ein Helgoland-Fan. Was weiß denn ich?«

»Nee, nee, Malte. Da hat dir einer was vom Pferd erzählt. Und du bist blöd genug und machst wegen dem Schwachsinn so ein Fass auf. Wahrscheinlich streut irgendein Idiot hier auf Helgoland auf die Art Gerüchte und benutzt dich nur.«

»Und wenn das so ist? Du kennst den Felsen, Tamme. Meistens ist da was dran, wenn ein Gerücht im Umlauf ist.

Außerdem wollten wir ja auf Nummer Sicher gehen. Heiko, Jesko und ich haben uns gedacht, dass Reymers bestimmt zu neuen Planungen auch selbst neue Zeichnungen hat. Wir haben also beschlossen, das zu überprüfen. Ich wollte Reymers noch einmal aufs Oberland bestellen, damit die beiden freie Bahn hatten. Aber er ist mir zuvorgekommen. Er hat mich angerufen und gesagt, dass er einen Vorschlag hätte, wie wir uns einigen können.«

»Reymers hat dich dorthin bestellt?«

Malte Cohrs nickte.

»Und was ist auf dem Oberland passiert?«

»Wir haben uns wieder am Leuchtturm getroffen. Reymers hat bestritten, dass er weiterhin eine Aufschüttung zwischen dem Felsen und der Düne plant. Es gehe nur um die Bahnhofslösung.« Cohrs berichtete von dem Kompromissvorschlag. »Und er hat wieder behauptet, dass er die Helgoländer beteiligen will. Alle, verstehst du? Er wollte jetzt in erster Linie von der Energiewende profitieren. ›Warum sollen nur die großen Energiekonzerne ihre Windparks bauen?‹, hat er gesagt. ›Schließlich haben wir den ganzen industriellen Kram mit dem Nordhafen hier am Hals und verschandeln uns mit dem neuen Gewerbegebiet die ganze Insel.‹ Wenn schon Offshore, dann sollten die Helgoländer die Finanzierung selbst übernehmen, indem sie Beteiligungen kaufen, und dadurch sollten sie auch am Gewinn beteiligt sein.«

»Das wird den Energiekonzernen aber nicht gefallen«, stellte Tamme Boysen fest.

»Da kannst du einen drauf lassen!« Cohrs lachte rau. »Das war aber noch nicht alles. Da war noch sowas mit einer Betonkugel, die Reymers jenseits des Sockels versenken wollte. Die sollte als Speicher dienen. Wenn zu viel Windenergie da ist, soll sie damit leergepumpt werden und durch die einströmende Luft auftauchen. Wenn zu wenig da ist, soll sie einfach wieder vollaufen und absinken. Die Wasserströmung in die Kugel sollte dann durch eine Turbine laufen und den Strom produzieren, der zusätzlich gebraucht wird.

So habe ich das jedenfalls verstanden.«

»Das klingt doch ganz vernünftig. Als Stromproduzenten hätten die Helgoländer eine zusätzliche Einnahmequelle. Weshalb musstet ihr denn dann die Pläne klauen?«

»Ich sage doch, mein Informant hat mich gewarnt. Irgendetwas soll da faul sein. Der Reymers soll ein ganz anderes Ding planen. Und das soll mit dieser Firma *HES* zu tun haben. Die Bahnhofsvariante ist nur ein Köder.«

»Hast du Reymers mit deinem Verdacht konfrontiert?«

Cohrs nickte.

»Und? Was hat er dazu gesagt? Jetzt lass dir doch nicht alles aus der Nase ziehen, verdammt noch mal!«

»Dass das alles Blödsinn wär. Nur der Windpark und die Kugel nicht. Die wollte er wirklich bauen und uns alle beteiligen. Und wenn neues Land nötig wäre, dann sollte es höchstens hinten am Bahnhof entstehen und vielleicht noch im Hafen, wo es niemanden stört. Und auch nur für gewerbliche Nutzung. Und alles andere, was er in Zukunft vorhabe, hätte nichts mit Landgewinnung zu tun; eher im Gegenteil: mit irgend so einem Öko-Kram. Aber das sei noch nicht spruchreif. Ich habe ihm aber nicht geglaubt. Wenn Reymers schon eine große Nummer bei der Energieerzeugung werden will, verzichtet der doch nicht auf sein Strömungskraftwerk. Garantiert hätte der am Ende unsere Beteiligung davon abhängig gemacht, dass wir auch den Felsen mit der Düne verbinden und dem damals geplanten Strömungskraftwerk zustimmen.«

»Falls du recht hast, ist das ganz schön geschickt«, urteilte Boysen. »Mit Speck fängt man Mäuse. Damit hätte er wahrscheinlich bei einer erneuten Volksabstimmung eine Mehrheit für sein Projekt bekommen. – Dir ist doch wohl klar, dass du damit ein Motiv hattest, Reymers zu erschlagen?«

Bevor Malte Cohrs antworten konnte, wurde die Tür der Hummerbude lautstark aufgerissen. Tamme Boysen hielt sich die Hand vor die Augen, um den grellen Sonnenschein abzuwehren, der hereinbrach, und hatte im ersten Moment keine Chance, den Schatten zu erkennen, der sich nun in die

Öffnung schob. Aber das musste er auch gar nicht, denn da erscholl schon die wütende Stimme Kriminalhauptkommissar Frantzens.

»Dachte ich mir's doch. Ihr steckt hier alle unter einer Decke. Polizeimeister, nehmen Sie Cohrs fest und bringen Sie ihn sofort in die Polizeistation. Und du, Boysen, packst jetzt aus!«

Polizeimeister Baring quetschte sich an Diederich Frantzen vorbei und griff nach Malte Cohrs' Arm. Der Fischer ließ sich wortlos abführen, wobei er einen nicht zu deutenden Blick auf Boysen warf. Der erhob sich schwer von seinem Hocker.

»Hast du mir nichts zu sagen, Tamme?«, fuhr Frantzen den früheren Kollegen an.

»Ich wüsste nicht, was.«

Der Kriminalhauptkommissar fixierte den Seehundjäger düster. »Du kennst mich, Tamme. Wenn du irgendetwas weißt und mir verheimlichst, kann ich verdammt unangenehm werden.«

Boysen hielt dem Blick unbewegt stand. Schließlich wandte sich Frantzen ab und verließ grußlos die Hummerbude.

Niels Duve hatte Frantzen auf dem Weg zu Cohrs an der *Bunten Kuh* vorbeikommen sehen, wo er gerade Labskaus aß. Er war vorsichtshalber gleich in die Station geeilt und konnte die Ankömmlinge nun empfangen, als habe er die ganze Zeit über hier Dienst geschoben. Malte Cohrs wurde direkt ins Verhörzimmer geführt. Frantzen folgte ihm und schloss vor Niels Duves Nase die Tür.

Na, der hat ja eine Stinklaune, dachte der Polizeioberkommissar und zog sich in sein Dienstzimmer zurück.

Etwa eine Stunde später stieß Diederich Frantzen die Tür auf und sackte auf den Besucherstuhl vor Duves Schreibtisch.

»Vernagelt wie eine Heringskiste«, stöhnte er. »So einen Dickkopf habe ich noch nicht erlebt.«

»Was sagt er denn?«

»Dasselbe wie vorhin: Reymers habe ihn gestern Nacht aufs Oberland bestellt. Sie hätten sich da getroffen und ausgesprochen. Danach sei er nach Hause gegangen. Reymers sei alleine am Leuchtturm geblieben. Was er dann noch auf dem Oberland gemacht hat, wisse Cohrs nicht.«

»Und das sollen wir ihm glauben?«

Frantzen zog die Schultern hoch und ließ sie wieder sinken. »Und dann hat er noch so einen Quatsch erzählt: Ein anonymer Informant habe ihm per E-Mail mitgeteilt, dass Reymers mit einer Firma *HES* zusammen irgendeine Sauerei plane. Die Mails seien auf seinem Laptop.« Frantzen schüttelte den Kopf.

»Und wenn da etwas dran ist? Das lässt sich doch überprüfen«, überlegte Duve und erntete dafür fassungslos hochgezogene Augenbrauen. »Doch, ernsthaft. Cohrs ist ein Hitzkopf, aber der ist nicht intelligent genug, um sich so etwas einfach auszudenken. Warum sollte er das auch tun? Ohne Beweise nützt ihm das doch gar nicht. Haben wir den Laptop bei der Durchsuchung sichergestellt?«

»Nein, aber mehrere Ordner mit Material über den Inselausbau und Aktionen, die dagegen geplant waren.«

»Das ist doch nichts Neues«, zeigte sich Duve enttäuscht. »Haben Sie die Pläne gefunden, die bei Reymers gestohlen wurden?«

»Nein, nur Kopien und Info-Material, das Reymers zusammengestellt hat, um die Insulaner zu überzeugen. Und die Flugblätter der Gegenseite.«

»Dann haben wir also nichts«, stellte der Polizeioberkommissar vorsichtig fest.

»Woran das wohl liegt?«, donnerte Diederich Frantzen und richtete sich zu voller Größe auf, was im Normalfall wenig Eindruck auf den stämmigen Mann von der Wasserschutzpolizei gemacht hätte. Jetzt aber hatte er doch so etwas wie ein schlechtes Gewissen. »Wenn es irgendetwas Belastendes gab, hatte Cohrs Zeit genug, es wegzuschaffen.«

»Eins verstehe ich immer noch nicht: Warum hat er sich darauf eingelassen, sich noch einmal mit Reymers zu treffen?«, überging Niels Duve den Vorwurf.

»Na, angeblich wegen dieses Kompromissvorschlags. Das klingt mir, ehrlich gesagt, zu sehr nach aufgesetzter Harmonie.«

»Und wenn er die Wahrheit sagt? Nach der Abstimmung über die Landaufschüttung hat es immer wieder Gerüchte gegeben, dass die Sache noch nicht vom Tisch sei. Außerdem gab es seinerzeit Ausweichplanungen, für die man den Felsen und die Düne nicht verbinden müsste. Vielleicht hat Reymers die nun wirklich weiterverfolgt.«

»Vielleicht, vielleicht!« Diederich Frantzen drehte sich wütend um und betrat wieder das Verhörzimmer. Niels Duve folgte ihm und nahm auf einem Hocker Platz.

»Jetzt mal Tacheles, Herr Cohrs«, ging der Kriminalhauptkommissar ihn direkt wieder an. »Wir haben keinen Laptop in Ihrer Wohnung gefunden.«

Der Fischer blickte ihn ungläubig an und einen Sekundenbruchteil glaubte Niels Duve, so etwas wie ein Flackern in seinen Augen zu erkennen. Das war aber genauso schnell wieder vorbei. »Ove hat die Pläne auch gesehen«, sagte er hoffnungsvoll. »Frag Ove, Niels.«

»Ove Lornsen«, erklärte der Polizeioberkommissar auf Frantzens fragenden Blick hin. »Arbeitet unten im Hafen bei einer dieser Offshore-Firmen.«

Der nickte und legte dann unnachgiebig nach: »Ich glaube Ihnen nicht, dass zwischen Reymers und Ihnen Friede-Freude-Eierkuchen geherrscht hat, als Sie sich da oben getroffen haben. Ihr habt euch doch gegenseitig nicht über den Weg getraut.«

Der Fischer ließ seinen Blick nervtötend langsam von dem Kriminalhauptkommissar zu Niels Duve und zurück wandern. »Das ist Ihr Problem«, meinte er dann. Dabei umspielte ein arrogantes Lächeln seinen Mund.

Der hat immer noch nicht kapiert, dass es hier um seinen Arsch geht, dachte Duve wütend. Aber irgendetwas sagte ihm, dass Cohrs nicht log. »Reymers ist also alleine auf dem Oberland geblieben, als du gegangen bist?«, versuchte er es noch einmal.

Malte Cohrs nickte stöhnend.

»Hat er etwas gesagt? Dass er auf jemanden warten müsste,

oder so?«

Der Fischer schüttelte zunächst nur den Kopf, schickte dann aber ein knappes »Nee, nichts.« nach.

»Dann werden wir jetzt auf die Auswertung der Kriminaltechnik warten«, setzte Diederich Frantzen einen Schlusspunkt. »So lange nehme ich Sie in Gewahrsam.«

»Das geht nicht«, widersprach der Fischer. »Ich muss wieder rausfahren. Schließlich brauchen die Restaurants hier meinen Fisch. Und ich verdiene nichts, wenn ich in eurer Zelle sitze.«

»Herr Cohrs, Sie verkennen Ihre Lage. Sie stehen unter Mordverdacht. Da kann ich Sie nicht einfach gehen lassen.«

»Ich haue nicht ab.«

Diederich Frantzen lachte laut auf, als könne er diese Naivität nicht fassen. Niels Duve überlegte einen Moment, ob er dem Kollegen die Gepflogenheiten auf dem Felsen erklären sollte, aber dann beschloss er, das doch lieber zu lassen. Der Kriminalbeamte würde nicht verstehen, dass hier grundsätzlich niemand eingesperrt wurde. Allenfalls die Ausnüchterungszelle wurde hin und wieder benutzt, und das auch nur, wenn der Doc im Krankenhaus kein Bett frei hatte. Im Gegenzug türmte niemand und alle meldeten sich zur verabredeten Zeit in der Polizeistation, wenn doch einmal etwas Ernsthafteres vorgefallen war. Aber wie sollte er das jemandem vom Festland begreiflich machen?

Hilflos sah Duve mit an, wie Frantzen den Fischer in die Zelle führen ließ. Ihm war klar, dass jetzt bald etwas passieren musste, sonst war Cohrs geliefert.

Frantzen, der Duves Blick offenbar richtig deutete, fuhr ihn aufgebracht an: »Was passt Ihnen jetzt schon wieder nicht? Hätte ich den dringend Tatverdächtigen in einem Mordfall laufen lassen sollen?«

»Nein, natürlich nicht. Ich denke nur, dass es nicht schaden kann, wenn wir seine Einlassungen überprüfen. Was kostet uns schon eine Anfrage über die Beteiligung der *HES* an Reymers' Plänen?«

Diederich Frantzen schaute den Polizeioberkommissar

skeptisch an, gab sich dann aber sichtlich einen Ruck. »Ich halte das zwar für Zeitverschwendung, aber ich will mir auch nicht nachsagen lassen, dass wir Entlastungsspuren nicht nachgegangen sind. Also gut, haken Sie da nach. Stellen Sie eine offizielle schriftliche Anfrage bei der Firmenzentrale in Hamburg. Zeigen Sie mir den Schrieb, bevor Sie ihn rüberfaxen. Und treiben Sie diesen Ove Lornsen auf.«

Zufrieden nickte Duve und gab Tim Baring, der jetzt hinter dem Tresen saß, genaue Anweisungen, den Entwurf für die Anfrage aufzusetzen. »Und nun?«, fragte er schließlich und blickte den Kriminalhauptkommissar erwartungsvoll an.

»Jetzt kommt der unangenehmste Teil unserer Arbeit«, antwortete der mit Falten auf der Stirn. »Die Identifizierung der Leiche.«

Niels Duve schluckte schwer. »Marianne Reymers.«

Diederich Frantzen nickte. »Also los. Bringen wir es hinter uns.«

Der Leichnam lag in einem kühlen Raum im Keller des Krankenhauses auf einem Stahltisch und war komplett mit einem weißen Laken abgedeckt. Dr. Ulf Wiklund, der Chefarzt höchstpersönlich, stand am Kopfende und wartete auf ein Zeichen der Polizeibeamten, während sich Marianne Reymers langsam näherte und immer wieder zögerte, als sei sie auf dem Weg zu ihrer eigenen Hinrichtung.

Diederich Frantzen nickte dem Arzt leicht zu. Der schlug das Laken zurück und trat dann gerade so weit zur Seite, dass er rechtzeitig zur Stelle sein konnte, falls die Witwe zusammenbrach. Obwohl Niels Duve die Frau auf das vorbereitet hatte, was sie nun zu sehen bekam, schwankte sie einen Moment und drohte, zur Seite zu fallen, als sie vor dem völlig zerstörten Gesicht stand. Sie griff nach der Stahlliege und hielt sich krampfhaft daran fest, während ihr Körper bebte und ächzende Laute aus ihrem offenen Mund drangen. Dann blickte sie Dr. Wiklund hilfesuchend an. Der trat schnell hinzu und legte ihr beruhigend eine Hand auf den Arm.

»Kann ich …«, begann Marianne Reymers mit halb erstickter Stimme, »ich meine, darf ich …«

»Du möchtest ihn ganz sehen?«, half der Arzt ihr weiter, woraufhin sie zaghaft nickte.

Er schlug das Laken bis zu den Knien zurück und blieb diesmal vorsichtshalber gleich an Marianne Reymers' Seite stehen. Die zwang sich sichtlich dazu, den Körper nun genau zu betrachten. Als ihre Augen die Tätowierung einer kleinen, roten Rose am rechten Beckenbogen erfassten, wirkten ihre Gesichtszüge plötzlich wie versteinert, als übe sie eine unerbittliche innere Kontrolle darüber aus. Schließlich griff sie nach der rechten Hand und betrachtete den Ringfinger. Dr. Wiklund wollte einschreiten, aber Diederich Frantzen gab ihm durch ein Handzeichen zu verstehen, dass er die Witwe gewähren lassen sollte. Niels Duve beobachtete das Geschehen irritiert. Irgendetwas störte ihn daran, aber er hätte in diesem Moment nicht sagen können, was. Wahrscheinlich einfach nur der Gedanke, einen toten Menschen so zu berühren.

»Wo ist der Ring?«, fragte Marianne Reymers tonlos.

»Hier.« Dr. Wiklund hob einen Plastikbeutel hoch und blickte Diederich Frantzen fragend an. Als der ihm zunickte, entnahm er den Ehering und reichte ihn der Witwe.

Die drehte ihn vor ihren Augen und studierte die Gravur auf der Innenseite. Dann schloss sie ihre rechte Hand darum und hielt sie verkrampft vor ihre Brust. Schließlich nickte sie Dr. Wiklund zu und wandte sich ab. Mit steifen Schritten verließ sie zügig den Kellerraum. Niels Duve und Diederich Frantzen folgten ihr hinaus. Auf dem Flur standen ein paar Stühle. Auf einen davon setzte sich Marianne Reymers. Tränen liefen ihr die Wange hinunter, aber sie weinte völlig lautlos. Nur ihr Oberkörper bebte leicht dabei. Ihre Hand mit dem Ehering des Toten hielt sie unverändert vor der Brust. Duve setzte sich neben sie und blickte sie hilflos an. Wie tröstet man eine Frau in einer solchen Situation? Gar nicht, wurde ihm in diesem Moment klar. Weil man es nicht kann.

Hauptkommissar Frantzen stand abwartend vor der Witwe. Auch Dr. Wiklund war hinzugetreten und ließ immer wieder seinen dichten, grauen Bart durch die rechte Hand gleiten.

»Soll ich dir ein Beruhigungsmittel geben, Marianne?«, fragte er schließlich.

Die schüttelte jedoch den Kopf. »Es geht schon. Nur der Anblick ...«

»Frau Reymers«, begann Diederich Frantzen nun. »Können Sie zweifelsfrei bestätigen, dass es sich bei dem Toten um ihren Mann handelt?«

Die Witwe blickte von unten zu ihm auf und nickte.

»Woran haben Sie ihn erkannt?«, hakte der Hauptkommissar nach.

Marianne Reymers öffnete ihre Hand und zeigte den Ehering. »Der gehört Gernot«, sagte sie tonlos.

Niels Duve nahm ihr das Schmuckstück aus der Hand und drehte es vor seinen Augen. Auf der Innenseite entzifferte er mühsam *28.11.1986*. »Ist das euer Hochzeitsdatum?«, erkundigte er sich vorsichtshalber, woraufhin Marianne Reymers wieder nickte. Er blickte Diederich Frantzen fragend an und hielt ihm den Ehering hin. Der deutete mit dem Kopf auf die zusammengesunkene Frau. Also gab Duve ihr den Ring zurück.

»Gibt es sonst noch einen Hinweis auf die Identität des Toten?«, erkundigte sich Frantzen.

»Die Tätowierung«, antwortete Marianne Reymers. »Die Rose. Das ist Gernot, ganz bestimmt.«

»War's das jetzt?«, erkundigte sich Dr. Wiklund mit einem besorgten Seitenblick auf die Frau.

Hauptkommissar Frantzen nickte. »Vielen Dank. Der Leichnam wird noch heute aufs Festland verbracht.«

Der Chefarzt nickte und wandte sich Marianne Reymers zu. »Wenn du mich brauchst, musst du nur anrufen. Ich komme dann sofort.«

Die Witwe lächelte ihn dankbar an, woraufhin er den Polizeibeamten zunickte, den Kellerflur verließ und wieder zu seiner eigentlichen Arbeit zurückkehrte. Niels Duve erhob sich, bot der Witwe die Hand und führte sie dann am Arm durch den Gang und hinauf in die Halle des Krankenhauses.

»Ich bringe sie noch nach Hause«, erklärte er dem Hauptkommissar, aber die Witwe winkte ab.

»Nicht nötig. Ich wäre jetzt lieber alleine.«

Die Polizeibeamten beobachteten, wie sie das Krankenhaus verließ und langsam zurück in Richtung Hotel ging.

»Scheiße!«, fluchte Niels Duve leise, und Diederich Frantzen nickte.

12

Tamme Boysen machte sich gegen neunzehn Uhr dreißig auf den Weg zum Treffen der Bürgerinitiative, nachdem er sich telefonisch von Tim Baring auf den neuesten Ermittlungsstand hatte bringen lassen. Oma Klüsing war mäßig begeistert, als sie ihn schon wieder vor der Tür stehen sah.

»Was willst du denn noch, Tamme?«, kratzte sie mit ihrer tiefen, rauchigen Stimme.

»Lass mich rein. Sind Jesko und Heiko schon da?«

Erstaunt gab Oma Klüsing den Eingang frei und blickte dem Seehundjäger nach, der bestimmt, aber ohne große Eile in Richtung Küche steuerte. Da saß der harte Kern der Bürgerinitiative um den Tisch, Bierflaschen vor sich. Neben Heiko Tönnies und Jesko Keden waren noch der Fischer Oluf Heikens, Eiken Jörgensen und die Pensionswirtin Mechthild Lornsen anwesend. Heiko Tönnies senkte verlegen seinen Blick. Die anderen Männer glotzten den Seehundjäger blöde an. Mechthild Lornsen richtete ihre Augen fragend auf Oma Klüsing, bekam aber nur ein Schulterzucken zur Antwort. Da auch Jesko Keden höchst erstaunt schien, ging Tamme Boysen davon aus, dass sein Kumpan ihn nicht über den Besuch am Nachmittag informiert hatte. Er konnte also voraussetzen, dass es keinerlei Absprachen gegeben hatte. Normalerweise wäre das unwahrscheinlich gewesen, aber Boysen hatte schon häufiger den Eindruck gehabt, dass Heiko Tönnies den versoffenen Kneipier insgeheim verachtete.

Der Seehundjäger griff in die Bierkiste neben dem Tisch und ließ sich auf den nächsten freien Stuhl sinken. Mit einem lauten Plopp schnippte sein Daumen den Bügel von der Flasche und er nahm erst einmal geräuschvoll einen großen Schluck, bevor er sie abstellte, sich mit dem Handrücken über den Mund wischte und erwartungsvoll in die Runde schaute. Als niemand etwas sagte, zog er seine Mütze vom Kopf, ließ seine Augen langsam in der Runde kreisen, kratzte sich lautstark über die Glatze und fixierte dann Heiko Tönnies, der sofort noch ein Stück tiefer in sich zusammensackte. Oma Klüsing lehnte am Futter der Küchentür und erfasste die Sachlage mit einem Blick.

»Heiko«, fauchte sie den Kaufmann an. »Hast du uns etwas zu sagen?«

»Nein, äh, ja, äh …«, stammelte der.

»Machen wir es kurz.« Tamme Boysen beugte sich vor und stützte seine dicken Unterarme auf dem Tisch ab. »Ich habe Heiko und Jesko letzte Nacht ins *Laguna* gehen sehen. Maskiert, wohlgemerkt. Heiko hat mir den Einbruch auch schon gestanden. Und Malte hat mir von geheimen Plänen erzählt, mit denen Reymers uns über den Tisch ziehen wollte. Ich bin jetzt hier, weil ich wissen will, ob an der Geschichte etwas dran ist.«

»Wir sind dir gegenüber zu nichts verpflichtet«, stellte Oluf Heikens klar. »Du bist kein Bulle mehr, also spiel dich hier nicht so auf.«

»Kein Thema, Oluf. Wenn ihr darauf besteht, verschwinde ich sofort. Du musst dir aber im Klaren darüber sein, dass ich direkt zu Niels Duve und Hauptkommissar Frantzen gehe, wenn ihr mir nicht alles sagt. Und die kannst du nicht so blöde abkanzeln.«

Entschlossen schickte er seine Augen wieder auf Wanderschaft, aber offensichtlich fühlte sich niemand direkt angesprochen. Jesko Keden fixierte stattdessen wütend seinen Kumpan Heiko Tönnies, der dem Blick verlegen auswich.

»Also, wo sind die Pläne, die ihr aus Reymers Büro geklaut habt? – Jesko!«

Der Gastwirt zuckte wie unter einem Hieb mit der neunschwänzigen Katze zusammen und suchte Blickkontakt zu Oma Klüsing. Als die ihm aus dem Türrahmen zunickte, langte er nach einer abgewetzten braunen Aktentasche, die am Tischbein lehnte, und zog zwei mehrfach zusammengefaltete Blätter daraus hervor. Unsicher blickte er auf Tamme Boysen und warf sie dann vor ihm auf den Tisch. Der faltete eins der Blätter auseinander und breitete es für alle sichtbar aus. Sofort beugten sich mehrere Köpfe darüber und suchten die Karte, die den Helgoländer Felsen und die Düne nebst den Tiefenangaben der sie umgebenden See abbildete, millimeterweise ab.

Für Boysen war die auffälligste Veränderung zu den Seekarten, die er als ehemaliger Oberkommissar der Wasserschutzpolizei aus dem Eff-Eff kannte, die hineingezeichnete Skizze der Erweiterungspläne Gernot Reymers' und die handschriftliche Notiz *Strömungskraftwerk HES*.

»Das ist doch alles nichts Neues«, schimpfte Mechthild Lornsen. »Die Pläne haben monatelang im Rathaus ausgehangen und sind auf mehreren Bürgerversammlungen vorgestellt worden.«

»Natürlich ist das ein Beweis!«, fuhr Heiko Tönnies auf. »Das zeigt doch, dass Reymers immer noch an der Landverbindung festgehalten hat. Sonst hätte die Karte doch nicht auf seinem Schreibtisch gelegen.«

»Und warum steht dann das Datum von 2011 da oben?«, warf Mechthild Lornsen ein. »Das beweist gar nichts.«

Auch die anderen waren offensichtlich enttäuscht. Also faltete Boysen die zweite Karte auseinander. Sie zeigte die Deutsche Bucht mit der Insel Helgoland. An mehreren Stellen hatte jemand handschriftliche Notizen eingefügt: Etwa 25 Kilometer nördlich der Insel stand *Helgoland-Cluster*, darunter *Amrumbank West, 400 MW, E.ON Energy Projects*, *Nordsee Ost, 295 MW, RWE Innogy GmbH*, *Meerwind Süd, 144 MW, WindMW GmbH* und *Meerwind Ost, 144 MW, WindMW GmbH*.

»Ist das Reymers' Schrift?«, erkundigte sich Tamme Boysen bei Heiko Tönnies.

»Keine Ahnung, kann sein.«

»Wer soll das denn sonst da reingeschrieben haben?«, erhitzte sich Jesko Keden. »Klar ist das Reymers' Schrift.«

»Aber was sagt uns das?« Oma Klüsing blickte ratlos in die Runde.

»Gar nichts«, antwortete Boysen. »Das ist nichts weiter als eine Karte der geplanten und im Bau befindlichen Windparks inklusive Leistung und Investoren. Nichts Neues also.«

Betretenes Schweigen breitete sich aus. Dafür hatten Heiko Tönnies und Jesko Keden sich also strafbar gemacht.

»Tja«, räusperte sich Oluf Heikens schließlich und sank in die Lehne seines Stuhles zurück. »Das war ja denn woll 'n Schuss in'n Ofen.«

Tönnies und Keden wechselten zweifelnde Blicke. Oma Klüsing, die sich aus dem Türrahmen gelöst und ebenfalls über die Karten gebeugt hatte, drückte sich mit beiden Händen von der Tischplatte hoch und fragte Jesko: »Sach mal, wat soll der Schiet?«

Der Gastwirt hob abwehrend beide Hände und blickte wie gehetzt von einem zum anderen. »Was weiß denn ich? Das sind die Karten, die wir gestern aus Reymers' Büro geholt haben.«

»Die kennen wir doch«, wiederholte Mechthild Lornsen. »Was ist denn daran jetzt neu?«

Tönnies und Keden zuckten unisono die Schultern.

»Und was ist mit diesem Pfeifheini?« Oma Klüsing blickte ratlos in die Runde. »Der hat doch gesagt, dass es neue Pläne gibt.«

»Was denn für ein Pfeifheini?« Tamme Boysen hatte den Eindruck, es hier nur noch mit Verrückten zu tun zu haben.

»Ein Whistleblower«, grunzte Heiko Tönnies widerwillig. »Ein Informant, der weiß, was gespielt wird, der seinen Arbeitgeber verpfeift und anonym bleiben will. Der hat Malte Pläne per E-Mail geschickt. Malte hat vermutet, dass der bei dieser Firma *HES* arbeitet.«

Boysen gab einen unwilligen Laut von sich. »Den Blödsinn hat er mir auch erzählt. Hat einer von euch diese ominösen Pläne gesehen?«

»Nee, die waren ja weg. Malte wollte sie uns zeigen, aber dieser Ordner da im Internet war leer. Gelöscht oder so. Keine Ahnung. Deshalb waren wir ja im *Laguna*.«

»Ove hat sie aber gesehen«, warf Jesko Keden ein. »Der war einmal dabei, als Malte so eine Mail bekommen hat. Und da war auch eine Karte dabei. Das hat er zumindest erzählt.«

»Weißt du Näheres darüber, Mechthild?«, hakte Tamme Boysen nach.

Die Pensionswirtin sah erstaunt auf und schüttelte den Kopf.

»Hat Ove dir nichts davon erzählt? Wenn einer etwas weiß, dann doch wohl du; schließlich ist er dein Mann.«

Mechthild Lornsen schnaufte verächtlich. »Nein, davon weiß ich nichts.«

»Dann muss ich Ove selber fragen. Hängt der immer noch jeden Abend in den *Mocca-Stuben* rum?«

Mechthild Lornsen nickte widerwillig. »Die Theke da scheint magnetisch zu sein. Ich hab den schon seit gestern nicht mehr gesehen.« Dabei machte sie nicht den Eindruck, als sei sie darüber traurig.

Nachdenklich strich Boysen durch seinen Backenbart und wandte sich dann Heikens und Keden zu. »Entweder ist das alles Quatsch mit dem Gerücht und es gibt gar keine neuen Pläne, oder ihr zwei Idioten habt nicht genau genug nachgesehen.«

»Was soll das denn heißen?«, fuhr Jesko Keden hoch. »Sind wir jetzt die Blöden, oder was? Da waren keine anderen Pläne, nur diese hier. Und wir hatten auch keine Zeit, sie uns erst mal genau anzusehen.«

»Schon gut, Jesko«, versuchte Oma Klüsing, den gerechten Zorn des Gastwirts zu beschwichtigen. »Keiner macht euch einen Vorwurf. Kann ja sein, dass Reymers die verräterischen Pläne ganz woanders aufbewahrt. In einem Schließfach bei der Bank oder in einem Tresor irgendwo im Hotel.«

»Wenn es die Pläne überhaupt gibt«, zweifelte Oluf Heikens.

»Natürlich gibt es die!«, fuhr nun auch Heiko Tönnies hoch. »Der Reymers ist doch nicht blöd. Der holt sich doch nicht zweimal eine blutige Nase. Außerdem ist es ja gar kein Geheimnis, dass er einen Windpark in seine neue Planung aufgenommen hat. Und wenigstens der müsste eingezeichnet sein, wenn das hier die aktuellen Pläne wären.«

»Heiko hat recht«, ergriff Boysen für den Geschäftsmann Partei. »Nach Maltes Angaben hat Gernot Reymers ihm noch einmal den Kompromissvorschlag gemacht.« Er berichtete von den Darstellungen des Fischers über das Gespräch mit Reymers. »Das Problem ist nur, dass Malte nicht beweisen kann, dass seine Darstellung von dem Treffen auf dem Oberland stimmt.«

»Natürlich stimmt sie«, stellte Oma Klüsing klar. »Malte denkt sich so was doch nicht aus.«

»Selbst wenn du recht hast«, wandte Tamme Boysen ein, »die Polizei hat nur die Aussage von Malte, und der steht unter Mordverdacht und kann alles behaupten, um seinen Hintern zu retten.«

»Scheiße!«, fluchte Jesko Keden und erntete allgemeines Kopfnicken.

»Sag mal, Tamme«, überlegte Oma Klüsing nun, »wenn Reymers Behauptung stimmt und er nichts geplant hat, das uns schadet, dann hätte doch weder Malte noch irgendein anderer Helgoländer einen Grund, ihn umzubringen.«

Boysen nickte und fragte sich, worauf die alte Dame hinauswollte.

»Trotzdem ist Gernot Reymers umgebracht worden. Es muss also jemanden geben, für den seine Pläne einen großen Nachteil bedeutet haben.«

»Da fallen mir nur die Energieunternehmen ein, denen Reymers in die Quere gekommen wäre. Mit Offshore-Windparks lassen sich auf lange Sicht Milliarden verdienen. Und jeder Euro, der bei uns Insulanern hängen bleibt, fließt nicht in die Kassen der Konzerne.«

»Das ist doch ein Motiv«, stellte Mechthild Lornsen fest. »Die hatten doch viel mehr zu verlieren als wir.«

»Genau!« Jesko Keden schlug mit der Faust auf den Tisch. »Die haben einen Killer geschickt und Reymers um die Ecke gebracht.«

»Du siehst zu viele Krimis, Jesko«, warf Tamme Boysen abschätzig ein. »Profi-Killer auf Helgoland! Bezahlt von *EON* oder *RWE*, was? Du spinnst doch.«

»Aber Malte war es nun einmal nicht«, beharrte Oma Klüsing. »Und von uns war es auch keiner. Das ist doch zumindest eine Spur. Der muss die Polizei doch nachgehen.«

»Du kannst ja mal zu Kriminalhauptkommissar Frantzen gehen und ihm diese Story erzählen«, höhnte Boysen. »Der lacht dich aus und schmeißt dich achtkantig raus.«

»Dann musst *du* was machen, Tamme!«, forderte Oluf Heikens entschieden. »Du musst beweisen, dass Reymers was geplant hat, dass er deshalb von einem Profikiller der Strom-Mafia umgebracht wurde und dass Malte unschuldig ist.«

»Mal abgesehen davon, dass ich das für Schwachsinn halte: Wie stellst du dir das vor?«, winkte Boysen ab. »Ich bin Seehundjäger und kein BKA-Ermittler. Ich habe ja nicht einmal mehr Zugang zum Ermittlungsapparat auf Helgoland. Selbst Niels Duve kann momentan für Malte nicht viel tun.«

»Dann ist Malte am Arsch!«, stellte Jesko Keden lapidar fest, woraufhin die übrigen Anwesenden betreten schwiegen.

Oma Klüsing blickte nachdenklich von einem zum anderen. »Vielleicht hat Tamme recht«, gab sie unvermittelt nach. »Das war dann wohl eine Schnapsidee von mir.« Sie rieb sich über die Augen und mühte sich, ein Gähnen zu unterdrücken, wodurch sich ihr faltiger Mund schräg verzog. »Seid mir nicht böse, Kinder, aber ich bin jetzt müde. Manchmal merke ich doch, dass ich inzwischen über achtzig bin. Lasst uns morgen weiterreden. Vielleicht fällt ja bis dahin einem von uns etwas ein, das uns weiterbringt.« Tatsächlich sah die alte Dame mit einem Mal sehr erschöpft aus. Sie erhob sich schwerfällig von ihrem Stuhl und begann damit, den Tisch abzuräumen. Das war dann wohl das Signal für die anderen zum Aufbruch.

Jesko Keden und Heiko Tönnies standen auch sofort auf und strebten mit einem Abschiedsgruß in Richtung Haustür. Tamme Boysen ahnte, dass sie froh waren, ungeschoren mit ihrem Einbruch davongekommen zu sein. Oluf Heikens und Mechthild Lornsen sahen Oma Klüsing betreten zu. Das sah der Frau trotz ihres hohen Alters gar nicht ähnlich, dass sie regelrecht schlappmachte. Mussten sie sich da Sorgen machen? Beunruhigt sahen sie einander an, erhoben sich aber ebenfalls und folgten den beiden Männern hinaus.

Als auch Eiken und Tamme aufstanden, drückte Oma

Klüsing sie wieder auf ihre Stühle zurück. »So«, verkündete sie, plötzlich zu neuem Leben erwacht, und rieb sich abenteuerlustig die Hände. »Jetzt können wir reden.«

Erstaunt blickte Tamme Boysen Eiken an, aber die zuckte nur die Schultern.

»Die anderen brauchen nicht alles zu wissen. Jesko, der Suffkopp, quatscht mir zu viel. Und Mechthild kann auch die Klappe nicht halten. Außerdem ist die komisch in letzter Zeit – irgendwie nicht mehr so ganz auf unserer Seite. Also, Tamme, wenn ich das richtig sehe, hängt jetzt alles an dir. Natürlich brauchst du Unterstützung, so viel ist mal klar. Und das muss ein Mann vom Fach sein, darin sind wir uns doch einig, oder?«

Boysen nickte unsicher.

»Diese ganzen Mehls«, fuhr Oma Klüsing fort, »die kommen doch alle aus diesem Internet, oder?«

Wieder nickte Boysen, dem immer noch nicht klar war, worauf die alte Dame hinauswollte.

»Eben, und irgendeiner muss da mal nachgucken, ob die nicht noch da drin sind, die Mehls?«

»Gar nicht so dumm, was du da sagst«, mischte sich nun Eiken ein. »Wenn Malte sie nicht aus seinem Postfach gelöscht hat, können die wirklich noch da drin sein. Wir müssten nur wissen, über welchen Anbieter er E-Mails verschickt. Und seine Zugangsdaten brauchen wir natürlich: den Nutzernamen und das Passwort. Dann kann man da nachgucken.«

»Sollte da nicht besser ein Fachmann ran?«, zweifelte Oma Klüsing.

»Ein Fachmann wär nicht schlecht«, stimmte Tamme Boysen ihr zu. »Wenn ich noch im Dienst wäre, könnte ich eine Anfrage über meine vorgesetzte Dienststelle in Husum laufen lassen, aber jetzt ist damit natürlich Essig. Der Niels könnte da schon eher was machen. Aber dem brauche ich mit so was gar nicht zu kommen. Der hat sowieso schon Schiss, dass jemand sich in seine Kompetenzen mischt.«

Oma Klüsings Grinsen verriet ihm, dass er ihr offenbar in ein geschickt geknüpftes Netz geschwommen war.

»Vielleicht wissen wir da jemanden, der dir helfen könnte, nicht wahr, Eiken?« Die alte Dame zwinkerte der Vogelwartin zu und verließ die Küche. Noch bevor Eiken Tamme Boysen von Leander erzählen konnte, kam Oma Klüsing mit Mephisto wieder zurück. »Das hier ist ein alter Freund von Föhr. Der war mal Pastor.« Letzteres betonte sie, als sei es Ausweis genug für seine Kompetenz.

»Dirk Wittkamp«, stellte Mephisto sich dem Seehundjäger vor und nickte Eiken zu. »Meine Freunde nennen mich Mephisto.«

»Ich will ja kein Spielverderber sein«, wandte Boysen ein, »aber ich wüsste nicht, wie ein Pfaffe uns jetzt weiterhelfen könnte. Besser wär ein Detektiv oder ein IT-Spezialist.«

»Nun warte doch erst mal ab.« Oma Klüsing hatte sichtlich Spaß an der Verwirrung, die sie auslöste. »Mephisto ist nicht alleine hier. Er hat einen Freund mitgebracht, der mal beim Landeskriminalamt gearbeitet hat.«

»Das hört sich schon besser an«, beschied Tamme Boysen und machte dann ein entschuldigendes Handzeichen in Mephistos Richtung. »Nichts für ungut.«

»Eben, der Mann ist genau der Richtige für unsere Nachforschungen«, stellte Oma Klüsing selbstzufrieden fest. »Deshalb haben Eiken und ich ihn ja auch hierhergeholt. Wichtig ist jetzt nur eins: Von seinem Einsatz darf niemand außerhalb dieser Küche etwas erfahren. Wenn unser LKA-Mann auffliegt, erfährt er auf dem Felsen nichts mehr. Vor allem kein Wort zu Jesko! Der plappert alles bei seiner Uschi aus. Und wenn die etwas weiß, kann man es auch gleich im Rathaus aushängen.«

Tamme Boysen sah der alten Dame an, dass sie sich aufrichtig über ihren Plan freute, während Eiken einen etwas verlegenen Eindruck machte. »Was hast du denn mit der Sache zu tun, Eiken?«

Wieder war Oma Klüsing schneller und erklärte ihm die Zusammenhänge, während sie verschwörerische Blicke mit Mephisto wechselte.

»Also gut«, sagte Boysen. »Wir können es zumindest versuchen. Vielleicht findet euer Mann ja wirklich Beweise für Maltes Geschichte von diesem Whistleblower. Ich muss natürlich zuerst mit eurem LKA-Mann reden.«

»Das organisiere ich«, sagte Eiken und ergänzte auf den fragenden Blick des Seehundjägers: »Henning wohnt bei mir draußen auf der Düne.«

»Nichts da, Mädchen«, widersprach Mephisto. »Das überlässt du mal besser mir. Henning ist sensibler, als du denkst. Wenn der das Gefühl hat, du hättest ihn nicht deinetwegen hierherkommen lassen, reist der gleich wieder ab. Und ich weiß, wie man den nehmen muss.«

Eiken nickte ihm halb zustimmend, halb zweifelnd zu. Aber dann dachte sie daran, wie viel schlimmer es wäre, wenn Leander Mephisto und sie durchschauen würde. »Nee, Mephisto«, sagte sie schließlich. »Das ist meine Sache. Ich werde noch heute Abend mit Henning reden.«

»Gut«, sagte Tamme Boysen. »Dann schlage ich vor, dass wir folgendermaßen vorgehen …«

Leander hatte eingekauft und für Eiken und sich gekocht. Nach ihrer Rückkehr aßen sie in ihrem Bungalow zusammen zu Abend und ließen die Vorfälle des Tages noch einmal Revue passieren. Dabei zeigte Leander Verständnis für den Verdacht, den Niels Duve offensichtlich Heinrich Seyfried gegenüber hegte.

»Ich glaube, das war einfach nur dämlich«, urteilte Eiken.

»Da wirst du recht haben, nur würde ich an Duves Stelle genauso hellhörig, wenn derselbe Mann, der dich auf den Toten aufmerksam macht, ihn anschließend auch noch zum Absturz bringt. Das sind sowieso merkwürdige Typen, diese Naturfotografen. Vor allem Fredi Wessel ist ein Idiot. Wenn der nicht aufpasst, ist er der Nächste, der über die Klippe geht.«

Eiken lachte und begann den Tisch abzuräumen. »Es gibt da übrigens noch etwas, von dem ich dir erzählen muss.«

»Setzen wir uns mit einem Glas Wein auf die Veranda«, schlug Leander vor, in der Hoffnung, dass sie über die Vorfälle im letzten Sommer reden wollte.

Als sie aber nebeneinander in ihren Stühlen saßen und mit Weingläsern in den Händen auf die Dünen blickten, erzählte Eiken stattdessen von dem Treffen der Bürgerinitiative und der Sackgasse, in der Malte Cohrs steckte. »Tamme glaubt fest an seine Unschuld, aber er kann sie nicht beweisen. Und Frantzen unterstützt ihn garantiert nicht. Deshalb dachten wir, dass du ihm vielleicht helfen könntest.«

Leander blickte sie forschend an. »Bin ich deshalb hier?«

Eiken zögerte einen Moment. »Auch«, gestand sie dann widerwillig und dachte an Mephistos Worte, als sie Leanders enttäuschtes Gesicht sah. Wahrscheinlich war es wirklich ein Fehler, dass sie ihn über den wahren Zweck seines Hierseins informierte. Andererseits lief sie Gefahr, dass er sich völlig hinters Licht geführt fühlte, wenn er allein hinter die volle Wahrheit kam. »Glaub mir bitte, Henning, das war wirklich Zufall, dass du ausgerechnet in dem Moment kommen wolltest, als Tamme darauf aufmerksam geworden ist, dass hier irgendetwas aus dem Ruder zu laufen droht. Ich habe Oma Klüsing von dir, Lena und mir erzählt, und sie meinte, dass wir das unbedingt klären müssten. Außerdem könnten wir mit deinem Besuch zwei Fliegen mit einer Klappe schlagen. Natürlich konnte keiner ahnen, dass Gernot Reymers ermordet würde, aber du musst zugeben, dass es ein Glücksfall ist, dass du jetzt gerade hier bist.«

»Glücksfall!« Leander schnaufte unwillig. »Fragt sich nur, für wen.«

»Bitte, Henning, jetzt sei nicht so. Ich freue mich wirklich über deinen Besuch.« Sie blickte unruhig auf die Uhr. »Sei mir nicht böse. Ich weiß, dass das jetzt unglücklich ist, aber ich habe nicht viel Zeit. Ich muss gleich wieder los.«

»Hast du etwa schon wieder ein Date?«

Eiken nickte und grinste dabei halb verlegen, halb belustigt.

»Verdammt«, brach es aus Leander heraus. »Haben wir denn gar keinen Abend für uns? Ich bin nicht gekommen, um einen Mordfall aufzuklären oder abends alleine auf dieser verdammten Düne herumzusitzen. Ich will mit dir reden,

Eiken. Wie soll ich dir denn sonst erklären, warum ich mich letzten Sommer so verhalten habe?«

»Du musst mir gar nichts erklären. Keiner von uns ist dem anderen Rechenschaft schuldig.« Eikens Worte klangen nun deutlich distanzierter. »Räumst du bitte nachher die Gläser weg? Ich bin schon spät dran.«

»Dann kann ich ja morgen wieder abreisen«, brummte Leander und erntete dafür einen Blick, wie eine Mutter ihn ihrem trotzigen Kind zuwirft.

Hilflos sah er mit an, wie Eiken eine Tasche aus ihrem Schlafzimmer holte und mit einem kurzen Winken den Bungalow verließ. »Warte nicht auf mich. Es kann spät werden, und vielleicht komme ich heute Nacht auch gar nicht zurück.« Bevor sie auf dem Holzbohlenweg zwischen den Hütten verschwand, drehte sie sich noch einmal kurz um. »Überleg es dir, Henning. Tamme braucht wirklich deine Hilfe. – Und ich würde mich auch freuen, wenn du bleiben würdest.«

Resigniert und wütend ließ er sich auf seinen Stuhl zurückfallen und dachte ernsthaft darüber nach, am nächsten Tag nach Föhr zu fliegen. Das war doch alles absurd: Eiken behauptete, sich über seine Anwesenheit zu freuen, und dann verbrachte sie jede Nacht mit irgendeinem anderen Kerl. Sie gab ihm ja nicht einmal Gelegenheit, ihr seine Sicht der Dinge zu schildern.

Schließlich stand er wieder auf, brachte die Weingläser in die Küche und wollte gerade ebenfalls die Hütte verlassen, um eine einsame Runde am Strand zu drehen, als es an der Tür klopfte. Leander öffnete und sah sich Mephisto und einer alten Dame mit wilden grauen Haaren gegenüber.

»Na bitte«, tönte sein alter Freund. »Er ist zu Hause und bläst Trübsal. Habe ich das nicht gesagt, als uns Eiken eben an der Fähre begegnet ist? – Das ist übrigens meine alte Freundin Gertrud. Und dieser Knabe mit dem trotteligen Gesichtsausdruck ist Henning Leander. Lass dich von seiner äußeren Erscheinung nicht täuschen, Gertrud. Als Kriminaler ist er einsame Spitze. Nur als Mensch – na ja.« Mephisto drängte sich an Leander vorbei in die Hütte und steuerte gleich den Kühlschrank an.

Leander begrüßte die alte Dame mit Handschlag und trat zur Seite, um sie ebenfalls eintreten zu lassen.

»Kannst Oma Klüsing zu mir sagen, Junge«, bot sie im Vorbeigehen an. »So nennen mich auf Helgoland alle. Nur Mephisto nennt mich Gertrud. Wahrscheinlich findet er die Bezeichnung Oma unpassend, weil er älter aussieht als ich.«

»Altes Schandmaul!«, schimpfte Mephisto.

»Ich sehe schon: Ihr zwei versteht euch prima«, sagte Leander lachend.

»Sag mal, ist das hier alles, was du uns anzubieten hast?« Mephisto hielt vorwurfsvoll die einzige Flasche Bier hoch, die er im Kühlschrank gefunden hatte.

»Da siehst du mal, was ich hier zu erleiden habe. Nicht genug, dass Eiken mich jeden Abend alleine lässt. Sie sorgt nicht einmal für meine Verpflegung.«

»Armes Kind«, kommentierte Oma Klüsing. »Wenigstens dein Fläschchen könnte sie dir ja machen, bevor sie geht.«

»Also, was soll der Quatsch?«, ließ sich Mephisto vernehmen. »Wir gehen jetzt irgendwohin, wo es größere Vorräte gibt als hier. Und dann haben wir mit dir zu reden, Henning. Und zwar ganz grundsätzlich!« Bei den letzten Worten hatte er oberlehrerhaft den rechten Zeigefinger gehoben, während Oma Klüsing kopfschüttelnd kicherte.

Sie verließen gemeinsam die Hütte und wandten sich zunächst in Richtung Nordstrand. Dort liefen sie nach links am Spülsaum entlang, bis Oma Klüsing auf die einladend beleuchteten Fenster des *Dünenrestaurants* deutete und forsch durch den Sand vorneweg marschierte. Das gelbe Holzgebäude lag mit großer Terrasse der See zugewandt. Sie fanden einen freien Tisch direkt an der niedrigen Brüstung, und Oma Klüsing bestellte bei der Bedienung mit ihrer tiefen Raucherstimme drei Biere. Als die Getränke kamen, staunte Leander, da sie ihr Glas gleich mit dem ersten Zug leerte, der Bedienung wieder auf das Tablett stellte und Nachschub orderte.

»Die Luft ist aber auch verdammt trocken zur Zeit«, stellte sie fest. »Und in meinem Alter muss man aufpassen, dass man genug Flüssigkeit zu sich nimmt. Man dehydriert in der rauen Luft hier draußen schneller, als man denkt. Guck dir Mephisto an, Henning. Wenn du nicht aufpasst und nicht genügend trinkst, siehst du bald genauso faltig und runzelig aus wie er.«

Mephisto lachte meckernd und wandte sich dann Leander zu: »So, mein Freund, und jetzt zu dir. Wir sind nicht nur gekommen, um dich aufzumuntern. Es hat sich etwas ereignet, für das wir einen Fachmann brauchen, einen Kriminalisten reinsten Wassers, um genau zu sein. Und in Ermangelung eines solchen haben wir notgedrungen an dich gedacht.«

»Eiken hat mir schon davon erzählt«, gab Leander brummig zurück.

»Hab ich's nicht gesagt?«, wandte sich Mephisto an Oma Klüsing. »Jetzt ist er eingeschnappt. – Nun pass mal auf, mein Freund: Hier ist ein Mensch in Not, hier ist ein Mensch am Ende, wenn du ihm nicht hilfst! Da geht es nicht um deine kleinen Liebschaften und gekränkten Eitelkeiten.«

Noch bevor Leander sich erregen konnte, wischte Mephisto jeden Einwand mit der rechten Hand rigoros vom Tisch und beugte sich vor. Dann setzte er Leander wortreich auseinander, was sich bei den beiden letzten Treffen der Bürgerinitiative ereignet hatte und in welchen Schwierigkeiten Malte Cohrs nun steckte. Tamme Boysen hatte zudem über seinen Kontakt zu Tim Baring erfahren, wie der Stand der Ermittlungen war und dass nun nach Ove Lornsen als Entlastungszeugen für den Fischer gesucht wurde. »Eiken hat erzählt, dass ihr ihn noch am Abend in den *Mocca-Stuben* an der Theke hängen gesehen habt. Tamme ist jetzt dahin unterwegs, um mit ihm zu reden.«

»Der Typ mit dem Hund?«

»Genau der.«

»Ob der sich aber als Zeuge eignet …«, zweifelte Leander. »Ich kann Frantzen gut verstehen. Wenn ihr euch nicht so für Cohrs stark machen würdet, würde ich ihn eindeutig für den Täter halten.«

»Eben. Und deshalb musst du etwas tun, Henning, sonst ist Cohrs erledigt. Versuch, herauszubekommen, was Gernot Reymers wirklich geplant hatte und wem er dabei auf die Füße getreten hat.«

»Dazu müsste ich zunächst einmal wissen, wie die Diskussion um die Inselerweiterung gelaufen ist. Wer war dafür, wer dagegen? Wer hat durch die Abstimmung am meisten verloren?«

»Also die Befürworter der Aufschüttung waren Reymers, unser Bürgermeister Jarrelt Thoms und unser Inselbäcker«, zählte Oma Klüsing auf. »Natürlich gab es noch eine ganze Reihe weiterer Anhänger, aber am meisten von der Erweiterung profitiert hätten die. Gegner waren die Mitglieder unserer Bürgerinitiative. Die meisten von uns haben allerdings nichts gegen eine Aufschüttung an sich. Dass Helgoland sich vergrößert, ist ja durchaus sinnvoll. Aber wenn die Düne mit dem Felsen verbunden worden wäre, wäre das hier die längste Zeit so ein Paradies gewesen.« Sie deutete mit ihrer runzeligen Hand in großem Bogen über den Strand. »Es gab ja auch noch weitere Modelle, denen wir ohne weiteres zugestimmt hätten.«

»Welche waren das?«

»Ein Vorschlag war, den Nordhafen und das Mittelland auszubauen. Und dann gab es ein Modell, nach dem rund um den Anleger Land aufgeschüttet werden sollte. Am besten gehst du mal ins Rathaus zu Dieter Herbst beim Katasteramt. Der kann dir alle Modelle zeigen.« Oma Klüsing gab der Bedienung ein Zeichen, die leeren Biergläser erneut gegen volle auszutauschen.

»Gut, dann brauche ich noch alle Informationen, die ich über die Mitglieder der Bürgerinitiative bekommen kann«, sagte Leander, während Mephisto zufrieden grinsend zur Kenntnis nahm, dass sein Freund Feuer gefangen hatte. »So, wie ihr das schildert, scheinen vor allem Jesko Keden und Heiko Tönnies ihr eigenes Spiel zu spielen. Und ich muss alles wissen, was ihr über Ove Lornsen herausbekommen könnt. Außerdem brauche ich eine vollständige Liste der Beteiligten auf beiden Seiten.«

»Geht klar«, sagte Oma Klüsing. »Ich setze Tamme darauf an. Der kennt sich als Ex-Polizist mit solchen Dossiers aus und weiß, welche Informationen du brauchst. – So, während ihr hier auf Nachschub wartet, gehe ich mal schnell Platz schaffen.« Sie stand auf und wandte sich in Richtung des Toilettenhäuschens hinter der Terrasse.

»Eine bemerkenswerte Frau«, sagte Leander zu Mephisto, während sie ihr nachsahen.

»Gertrud ist ein Unikat. Ich kann dir sagen, ihr Mann, der Tede, hatte es verdammt nicht leicht mit ihr. Ich habe die beiden kennengelernt, als ich vor vielen Jahren bei meinem Amtsbruder hier auf Helgoland Urlaub gemacht habe. Seitdem stehen Gertrud und ich in lockerem Kontakt.«

»Lass uns überlegen, wie wir unsere Informationen austauschen, ohne dass gleich jeder mitbekommt, dass ich in der Sache ermittle«, wechselte Leander das Thema. »Außerdem muss ich mit Tamme Boysen reden, und das muss ja nicht vor aller Augen geschehen.«

»Ganz einfach. Wir treffen uns morgen Abend nach Sonnenuntergang am Leuchtturm auf dem Oberland. Da sehen wir dann weiter und machen den nächsten Termin nach Bedarf aus.«

»Gute Idee, auf die Art komme ich abends wenigstens von der Düne runter.«

»Was verhackstückt ihr da gerade?« Oma Klüsing setzte sich wieder zu ihnen. Sie zog eine halb zerknüllte Schachtel Zigaretten hervor und fummelte eine Camel ohne Filter aus der Verpackung. »Ich hoffe, das stört euch nicht, aber in meinem Alter kann ich mir keinen Nikotinentzug mehr leisten.«

Mephisto erklärte ihr, was sie gerade besprochen hatten. Daraufhin klopfte Oma Klüsing ihm anerkennend auf die Schulter und wandte sich dann der Bedienung zu, die an ihrem Tisch vorbeirauschte und in der Zwischenzeit noch kein Bier gebracht hatte. »Bekommt man hier eigentlich nichts mehr zu trinken? Was ist das denn für ein Saftladen?«

Leander wandte sich der alten Dame zu. »Kannst du mir

alles zusammenfassen, was ihr bisher über das Treffen zwischen Malte Cohrs und Gernot Reymers wisst?«

Oma Klüsing beugte sich verschwörerisch vor und berichtete, was Tamme bei seiner Befragung des Fischers herausbekommen hatte. Sie erzählte von der Inselerweiterung, dem Strömungskraftwerk und der Betonkugel.

»Da war noch so ein seltsamer Eintrag auf einer der Karten«, fuhr sie fort. »*HES* stand da. Das ist so eine Firma aus Hamburg, mit der Reymers irgendetwas geplant haben soll.«

»In welchem Zusammenhang stand das da?«

»Direkt unter dem Wort *Strömungskraftwerk*.«

»*HES*«, wiederholte Leander und schüttelte den Kopf, weil er damit nichts anfangen konnte. Als nun Schweigen eintrat, beschlich ihn das Gefühl, dass ihm seine beiden Freunde nicht alles gesagt hatten. Sie wechselten immer wieder verlegene Blicke. »Raus mit der Sprache«, forderte er Mephisto auf. »Was ist da noch?«

»Das ist etwas heikel«, antwortete der. »Du wirst uns für Spinner halten.«

»Das tue ich in deinem Fall sowieso. Du hast also nichts zu verlieren.«

Oma Klüsing lachte und Mephisto räusperte sich kurz, bevor er Leander die Sache mit dem Whistleblower auseinander legte. »Ich sagte ja, du wirst uns für Spinner halten«, beschwerte sich Mephisto über Leanders skeptischen Blick. »Aber Tamme ist auch der Ansicht, dass man das zumindest überprüfen müsste.«

»Okay. Ich halte das zwar für ausgemachten Blödsinn, aber natürlich gehe ich der Sache nach«, versprach Leander und beobachtete, wie sich Oma Klüsings Miene aufhellte. »Dazu brauche ich aber Informationen. Wie ist der Informant genau mit Cohrs in Kontakt getreten? Gibt es Code-Wörter oder besondere E-Mail-Accounts, die sie nutzen? Jemand muss mit Cohrs sprechen und all das in Erfahrung bringen, sonst haben wir keine Anhaltspunkte. Und ich kann unmöglich zu ihm ins Gefängnis gehen.«

»Dann mache ich das«, bot Oma Klüsing an. »Wenn ich

Malte besuche, ist das unauffällig, schließlich sind wir lange befreundet.«

»Frantzen wird dich nicht zu ihm lassen«, zweifelte Leander. »Du gehörst zur Bürgerinitiative, und da könntet ihr euch austauschen und Spuren verwischen.«

»Das lass mal meine Sorge sein«, beschied Oma Klüsing selbstgefällig und hob ihr Bierglas.

Die beiden Männer waren reichlich angetrunken, als sie weit nach Mitternacht die Terrasse des *Dünenrestaurants* verließen. Oma Klüsing dagegen merkte man absolut nichts an. Sie marschierte forsch durch den Sand vorweg, als hätte sie den ganzen Abend über nur Wasser getrunken. Vor dem Bungalow verabschiedeten sie sich voneinander. Als Leander in die Holzhütte trat, war Eiken noch nicht wieder da. Enttäuscht holte er seinen Laptop aus dem Schlafzimmer und wählte sich ins Internet ein. In die Maske der Suchmaschine schrieb er den Begriff *HES*.

Die Trefferliste war lang. Neben Schulnamen-Kürzeln fanden sich auch einzelne Buchstabendreher und -veränderungen wie *HRS* darin. Eine Eintragung auf der dritten Seite allerdings war interessant. Leander klickte darauf und landete auf der Homepage der *Harbour- & Energy-Services Hamburg*, einer aufstrebenden Firma, die sich offenbar mit Hafenbau und allen darum angesiedelten Service-Leistungen befasste und in einem weiteren Unternehmenszweig Energieerzeugungslösungen wie Blockheizkraftwerke, Solarkollektoren und Windräder für kleine und mittlere Unternehmen anbot. Auch in der unkonventionellen Schiefergasgewinnung war das Unternehmen engagiert.

Hafenbau, dachte Leander, das ergibt einen Sinn. Für die Aufschüttung wären Spundwände verwendet worden. Und im Energiebereich betätigte sich die Firma ebenfalls, also war sie der ideale Partner für den Bau des Strömungskraftwerks.

Leander schaute auf die Uhr: zwei Uhr fünfunddreißig. Und Eiken war immer noch nicht da. Verflucht, wo trieb sie sich nur herum? Er sah sie in Gedanken den Bohlenweg entlanggehen, sich umdrehen und hörte sie sagen: »Warte nicht auf mich. Es kann spät werden, und vielleicht komme ich heute Nacht auch gar nicht zurück.«

Resigniert lehnte er sich in seinem Stuhl zurück und stierte in die Luft. Da wurde er von einem unnachgiebigen Gähnen erfasst, und so beschloss er, es für heute gut sein zu lassen. Er fuhr den Laptop herunter, ging mit einem kurzen Umweg über das Bad in sein Schlafzimmer, ließ sich ins Bett fallen und sank innerhalb weniger Minuten in einen komatösen Schlaf.

Diederich Frantzen tippte die letzten Zeilen seines Berichtes in den Computer und gähnte ausgiebig, als er die Datei endlich abspeicherte. Auch Niels Duve war so müde, dass er befürchtete, gleich an seinem Schreibtisch einzuschlafen. Die Kriminaltechniker waren am Abend zurück aufs Festland gefahren und hatten alle sichergestellten Spurenträger und Gernot Reymers' Leiche mitgenommen. Jetzt mussten Frantzen und Duve auf die Ergebnisse warten und hoffen, dass sich vielleicht doch noch irgendein Hinweis auf den Täter und den Tathergang finden ließ.

»So, spät genug«, sagte der Kriminalhauptkommissar und wollte sich gerade von seinem Stuhl erheben, als Tim Baring ins Büro gestürmt kam. »Der Lornsen ist verschwunden!«

»Wie, verschwunden?«

»Weg. Und zwar seit dem Abend, an dem Reymers ermordet wurde. Seine Frau sagt, er sei von Malte Cohrs per SMS zu einem Treffen auf die Düne bestellt worden und seitdem nicht wieder aufgetaucht.«

»Und warum stellt die Frau dann keine Vermisstenanzeige?«, wunderte sich Frantzen.

»Sie sagt, das komme öfter vor, dass ihr Mann früh morgens zusammen mit Cohrs mit dem Kutter rausführe und zwei, drei Tage weg bliebe. Mitunter fährt der bis in die Irische See, wenn sein Fang hier zu schlecht ist. Außerdem hat sie sich nichts dabei gedacht, als er von dem nächtlichen Treffen nicht zurückgekommen ist. Schließlich war er mit seinem Freund Cohrs verabredet. Nur dass der Hund, den Lornsen immer in die Kneipe mitnimmt, am Morgen plötzlich alleine vor der Tür gestanden hat, fand sie komisch. Am Ende hat sie es auf den Suff geschoben. ›Jetzt kann der Kerl nicht mal mehr auf seine Töle aufpassen‹, hat sie gedacht. Also, wenn Sie mich fragen, Chef, dann führen die beiden keine richtige Ehe mehr. Die Frau war nicht einmal jetzt beunruhigt, als ich aufgetaucht bin. Ich sollte mal in den *Mocca-Stuben* gucken, hat sie gesagt. Aber da ist er auch seit dem Mordabend nicht mehr gewesen.«

»Der Hund ist also zurückgekommen, sein Herrchen verschwunden. Das ist kein gutes Zeichen. Schreiben Sie Ove Lornsen zur Fahndung aus«, ordnete Diederich Frantzen an. »Gehen Sie davon aus, dass er ein weiteres Opfer oder ein Mittäter ist. Also höchste Priorität!«

Scheiße!, dachte Duve. Hört das denn nie auf?

»Und wir machen jetzt erst mal Dienstschluss, Kollege«, riss der Kriminalhauptkommissar ihn aus seinen Gedanken. »Schließlich müssen wir in ein paar Stunden wieder an Bord sein.«

Als sie gegen drei Uhr die Dienststelle verließen, hatte der Polizeioberkommissar ein mulmiges Gefühl, denn Malte Cohrs war seit vielen Jahren der erste Häftling bei der Wasserschutzpolizei. Und der Gedanke, ihn nachts allein in seiner Zelle zurückzulassen, löste so etwas wie Mitleid bei dem Polizeibeamten aus.

13

Auch Malte Cohrs war inzwischen klar, dass er ernsthaft in der Klemme steckte. Nachdem die Durchsuchung seiner Wohnung am Tag zwar nichts Belastendes, aber eben auch nicht den entlastenden Laptop zutage gefördert hatte, hatte Diederich Frantzen am Morgen mit zwei Wasserschutzpolizisten die Hummerbude des Fischers auf den Kopf gestellt. Aber auch hier waren sie nicht fündig geworden. Nun saßen Frantzen und Duve dem Fischer im Verhörraum gegenüber und nahmen ihn in die Zange.

»Wo sind die Karten, die Sie aus Gernot Reymers' Büro gestohlen haben?«, fragte der Kriminalhauptkommissar.

»Was denn für Karten? Ich weiß nichts von Karten.« Malte Cohrs machte ein störrisches Gesicht.

»Malte, wenn wir dir helfen sollen, musst du uns sagen, warum Ove und du bei Reymers eingebrochen seid«, insistierte Niels Duve.

»Ove und ich? Sag mal, spinnst du? Wir sind nirgendwo eingebrochen. Frag Ove, der wird dir das bestätigen.«

»Das würden wir ja gerne«, entgegnete Frantzen. »Aber Herr Lornsen ist seit der Mordnacht verschwunden.«

»Verschwunden? Wieso denn verschwunden?« Malte Cohrs blickte irritiert zwischen den beiden Polizeibeamten hin und her und wusste offenbar nicht, ob er ihnen glauben konnte. »Der hängt doch bestimmt in den *Mocca-Stuben* rum.«

»Das macht mir ja Sorgen«, versuchte Duve es weiter auf die freundschaftliche Tour. »Wenn Ove abends nicht in den *Mocca-Stuben* auftaucht, muss etwas passiert sein. Und gestern hat er sich da nicht sehen gelassen. Antje sagt, er habe vorgestern Abend zum letzten Mal an der Theke gesessen. Und Mechthild hat ihn seitdem auch nicht mehr gesehen. Du musst uns helfen, Malte. Wo könnte Ove sonst noch sein?«

Malte Cohrs zuckte nur die Schultern.

»Geben Sie's zu, Cohrs«, ging Frantzen wieder zur Attacke über. »Es gibt doch nur zwei Möglichkeiten: Entweder hat Lornsen mit Ihnen gemeinsam Gernot Reymers getötet und ist dann abgehauen, oder Sie haben nicht nur Reymers, sondern auch Lornsen umgebracht. Was ist da oben auf dem Felsen passiert, Cohrs? Wollte Ove Lornsen Ihren Mord nicht decken? Haben Sie ihn deshalb über die Klippe geworfen?«

»Unsinn!«, brüllte Malte Cohrs den Kriminalbeamten nun an. »Dann hättet ihr da unten ja wohl zwei Leichen finden müssen. Ich weiß nicht, wo Ove ist. Seit vorgestern habe ich ihn nicht mehr gesehen. Und ich habe auch Reymers nicht umgebracht. Als ich das Oberland verlassen habe, war er quicklebendig.«

»Was habt ihr denn bei Reymers im Hotel gesucht?«, übernahm nun Niels Duve wieder.

»Nichts haben wir gesucht«, antwortete Cohrs mit dem verzweifelten Blick eines Mannes, der seinem Gegenüber die einfachsten Zusammenhänge nicht begreifbar machen konnte. »Weil wir gar nicht da waren. Ich war bei Reymers auf dem Oberland. Den Ove habe ich an dem Abend gar nicht getroffen. Ihr müsst euch schon entscheiden: Ich kann ja wohl nicht gleichzeitig Reymers von der Vogelklippe geworfen und in sein Hotel eingebrochen haben!«

»Also hat Lornsen alleine eingebrochen, während Sie Reymers getötet haben«, stellte Frantzen nickend fest, als sei das nun zweifelsfrei bewiesen. Er flüsterte Niels Duve etwas ins Ohr, woraufhin der den Raum verließ. Dann wandte er sich wieder dem Fischer zu: »Was ist passiert, Herr Cohrs? Hat Reymers Sie beleidigt? Ist er handgreiflich geworden? Haben Sie sich verteidigen müssen? Dann wäre es Notwehr und kein Mord. Sie müssen mir schon sagen, was passiert ist, sonst kann Ihnen niemand helfen.«

Malte Cohrs stöhnte auf, stützte sein Gesicht in die Hände und blieb so schweigend sitzen, bis Niels Duve zurück kam.

»Tja, Kollege«, sagte Diederich Frantzen. »Er will sich nicht helfen lassen. Da werden wir ihn wohl aufs Festland verbringen müssen.«

»Malte, zum letzten Mal«, versuchte der Polizeioberkommissar es erneut. »Wenn du es nicht warst, dann sag uns, wer es gewesen sein könnte. Ist Ove der Täter? Willst du ihn nur schützen? Malte, du steckst in der Scheiße, begreif das doch endlich! Und dein Freund Ove lässt dich eiskalt hängen.«

Der Fischer blickte auf die Tischplatte und wiegte seinen schweren Kopf hin und her. Dann sah er auf und forderte mit fester Stimme: »Ich will einen Anwalt. Ihr könnt mich hier nicht festhalten. Ich habe nichts getan, gar nichts. Oder habt ihr irgendeinen Beweis gegen mich?«

Frantzen und Duve waren von dem plötzlichen Stimmungsumschwung des Fischers derart überrascht, dass sie sich verdutzt ansahen und einen Moment nicht antworteten.

»Ich habe doch wohl ein Recht auf einen Anwalt, oder?« Malte Cohrs stemmte sich mit den Fäusten wütend vom Tisch hoch. »Lasst mich gehen oder ruft mir einen Anwalt, auf der Stelle!«

»Beruhigen Sie sich, Herr Cohrs«, insistierte Diederich Frantzen und machte pumpende Bewegungen mit beiden Händen. Dann gab er Niels Duve ein Zeichen und verließ mit ihm zusammen den Raum. »Wir können ihn tatsächlich nicht mehr lange hier behalten«, bekannte er leise, nachdem er die Tür geschlossen hatte. »Dabei stinkt die Sache doch zum Himmel. Oder glauben Sie den Schwachsinn mit dem Kompromissangebot von Reymers und diese ganze Geschichte von den Mails?«

Duve zog langsam die Schultern hoch und ließ sie resigniert wieder fallen.

»Wenn wir nicht bald etwas finden, müssen wir ihn gehen lassen.« Frantzens Tonfall hatte etwas Drängendes.

»Wir tun, was wir können. Meine Leute sind noch einmal bei Lornsen und suchen da nach den gestohlenen Karten«, berichtete Duve. »Und Tim Baring hatte die Idee, dass sich Ove oben in den Kliffgärten versteckt halten könnte. Er ist jetzt da rauf und sucht ihn. Nur, was machen wir, wenn das alles nichts bringt?«

»Dann lassen wir Cohrs gehen und müssen einen anderen Anhaltspunkt suchen«, antwortete Frantzen. »Hoffen wir, dass Ihre Leute erfolgreich sind.«

Niels Duve verriet dem Kriminalbeamten nicht, dass er insgeheim genau das Gegenteil hoffte.

Eiken hatte am Morgen am Frühstückstisch gesessen, als sei sie in der Nacht gar nicht weg gewesen. Das fuchste Leander, weil er das Gefühl hatte, dass sie ihn gezielt provozierte. Allerdings wollte er ihr auch nicht den Gefallen tun, sich eine Blöße zu geben, und so hatte auch er bei dem kurzen Frühstück so getan, als sei überhaupt nichts vorgefallen. Dennoch spürte Heinrich Seyfried offensichtlich bei ihrer Überfahrt zur Hauptinsel die atmosphärischen Spannungen zwischen ihnen. Er sagte zwar nichts dazu, aber das Grinsen, mit dem er abwechselnd Leander und Eiken betrachtete, sprach Bände.

Als sie die Fähre an der Helgoländer Reede verließen, standen überall Journalisten mit digitalen Aufnahmegeräten vor Touristen und Einheimischen und interviewten sie. Sogar eine Kamera des NDR sah Leander am Beginn des *Lung Wai* stehen und davor eine junge Redakteurin mit Mikrofon in der Hand im Gespräch mit einem wichtig auftretenden Mann im dunkelblauen Anzug.

»Das ist Jarrelt Thoms, unser Bürgermeister«, erklärte Eiken. »Der bläst sich vielleicht wieder auf …!«

Auch in der Vogelwarte herrschte helle Aufregung. Die ersten Fotografen waren bereits in den frühen Morgenstunden auf dem Oberland gewesen und berichteten nun von ganzen Reporterschwärmen, die die Vogelfelsen belagerten.

»Da ist überhaupt kein Rankommen«, beschwerte sich Kalle Bluhm.

Konrad Knoblich machte einen geradezu störrischen Eindruck. »Ehrlich, das ist mir zu blöd. Ich setze mich doch nicht mit diesen Paparazzi und Sensationsgeiern auseinander. Wenn das morgen so weitergeht, reise ich ab. Dafür habe ich keinen Urlaub genommen.«

»Nun mal langsam«, versuchte Eiken sie zu besänftigen. »Bestimmt sind die morgen wieder weg. Heute haben wir ohnehin volles Programm. Ihr werdet sehen, wenn wir morgen da raufkommen, haben wir das Oberland wieder für uns.«

»Und wenn nicht?« Das kam von Dieter Kessler, dem Hamburger Rechtsanwalt. »Ich sage dir, Eiken: Wenn unser ganzes Programm storniert wird, verlange ich mein Geld zurück. Und komm mir nicht mit höherer Gewalt.«

»Getz hört euch den Herrn Rechtsanwalt an«, erhitzte sich Kalle Bluhm. »Tut so, als wär er der Ärmste von uns allen. Mann, für die paar Kröten packste dir ja woll nich am Hintern!«

Leander zog die Augenbrauen hoch, hielt sich aus dem Disput aber heraus. »Weißt du, was heute auf dem Programm steht?«, fragte er stattdessen Heinrich Seyfried.

»Zuerst ein Vortrag über das Paarungs- und Brutverhalten der Trottellummen. – Eigentlich ganz passend, was? Da kannst du sicher noch etwas lernen.« Heinrich Seyfried lachte laut, fuhr aber ernsthafter fort, als Leander nicht reagierte: »Anschließend haben wir eine Führung durch den Fanggarten. Gehört alles zum Serviceprogramm im Paket der Lummentage.«

»Super«, ätzte Leander. »Den ganzen Tag Vögel.«

»Nicht nur: Heute Nachmittag sehen wir uns die Hummeraufzucht in der Biologischen Anstalt an.«

Leander stöhnte auf.

»Du hast dir deinen Aufenthalt hier auch anders vorgestellt, was?«, heuchelte Seyfried Verständnis. »Weißt du was? In der Mittagspause seilen wir beide uns ab und gehen alleine irgendwo etwas essen. Diese Fotoheinis gehen mir allmählich auf den Sack mit ihrem Technikgeschwafel. Und der Rechtsanwalt wird ab jetzt sowieso nur noch an sein Geld denken und uns mit seinen Entschädigungsforderungen nerven. Sollte mich nicht wundern, wenn der gezielt auf die Suche nach Unterstützern geht.«

Leander überlegte kurz, ob er sich ein Essen allein mit Seyfried antun wollte. Aber dann stellte er sich die Alternative vor: Essen mit Eiken, die nicht mit sich reden ließ, und mit Männern, die sich von ihren Fototreffern irgendwo am Amazonas oder auf Guadeloupe erzählten wie Angler von ihren angeblichen Zentnerfängen. Oder noch schlimmer:

Essen ganz alleine. »Also gut. Wenn du deine Sticheleien über Eiken und mich sein lässt.«

»Abgemacht, Kumpel.« Heinrich Seyfried schlug ihm lachend auf die Schulter.

Als der Vortrag begann, zeigte sich, dass Handelsvertreter Seyfried auch bei seiner Themenformulierung wieder nur gestichelt hatte. Statt über das Paarungsverhalten der Trottellummen berichtete Eiken über das Verhältnis der Fischer zu den zahllosen brütenden Seevögeln: Hier standen Mensch und Tier in einer direkten Nahrungs- und Fangkonkurrenz zueinander. Ganz ohne Zwischenfälle ging es da wohl nicht immer ab. Eiken berichtete von gesetzlichen Einschränkungen wie Fangquoten und vorgeschriebenen Netzmaschenweiten, von denen sich die Fischer ohnehin schon gegängelt fühlten. Hinzu kam der Einsatz der Vogelwarte, den sie nicht immer so ganz erbaulich fanden, weil der Vogelbestand auf dem Felsen sich dadurch jährlich vergrößerte und sie ihre Netze in immer weiterem Umkreis von Helgoland auswerfen mussten.

»Basstölpel gab es hier früher gar nicht. Die ersten wurden 1991 am Vogelfelsen gesichtet, und weil Basstölpel Koloniebrüter sind, kamen dann rasch viele weitere dazu. Inzwischen zählen wir jedes Jahr vierhundert Brutpaare. Außerdem hat der Bestand der Lummen kontinuierlich zugenommen. Heute haben wir etwa zweitausendfünfhundert Lummenpaare auf Helgoland. Dazu kommen noch die Dreizehenmöwen und viele andere Vogelarten. Ihr könnt euch vorstellen, wie viel Fisch die für ihre Jungen täglich fangen. Daran kann man sehr gut sehen, dass der Erfolg unserer Arbeit gleichzeitig das Problem der Fischer vergrößert. Am Ende geht es immer um die Frage, wer die älteren Nutzungsrechte am Meer hat. Auch wir von der Vogelwarte sind mit den Fischern nicht immer einverstanden. Wir verdächtigen sie zum Beispiel, ihren Müll einfach in der Nordsee zu entsorgen. Wenn ihr beim nächsten Mal wieder am Vogelfelsen seid, dann achtet doch einmal auf die Nester der Basstölpel. Ihr werdet feststellen, dass sie zu großen Teilen aus Plastikmüll und Resten von Fischernetzen gebaut worden sind. Die Tiere sammeln alles, was sie als Nistmaterial gebrauchen können, und es kommt nicht selten vor, dass sie sich in den Maschen und Plastikteilen verfangen und ersticken oder verhungern. Wenn jedes Tölpelpaar nur zwanzig Gramm Plastik für den Nestbau verwendet, macht das bei vierhundert Paaren acht Kilogramm Müll.«

Die Hobbyornithologen quittierten diese Zahl mit erstauntem Raunen.

»Helgoland besitzt den einzigen Vogelfelsen Deutschlands«, fuhr Eiken stolz fort. »Wir vermuten einen engen Zusammenhang zwischen dem Vorkommen der Trottellummen und dem Klimawandel. Eigentlich leben diese Vögel nämlich im Bereich Norwegens, weil es dort große Sprottenvorkommen gibt. Das Schauspiel des Lummensprungs verdanken wir übrigens der Tatsache, dass die Tiere nur sehr schlecht fliegen können. Es bedeutet eine große Anstrengung für sie, ihre Jungen in der steilen Felswand mit Nahrung zu versorgen. Deshalb springen die jungen Lummen schon im zarten Alter von drei Wochen aus ihren Nestern ins Meer, obwohl sie noch gar nicht flügge sind. Sie können aber hervorragend schwimmen. Draußen auf der offenen See ist es dann für die Eltern viel leichter, sie zu ernähren. Außerdem trägt die Ringströmung, die entgegen dem Uhrzeigersinn an Helgoland vorbeiläuft, die Tiere quasi automatisch in ihre eigentlichen Seegebiete vor Norwegen.«

»Gar nicht blöd«, kommentierte Fredi Wessel. »Im nächsten Leben komme ich als Trottellumme zur Welt.« Sein gackerndes Lachen machte deutlich, wie überaus witzig er das fand.

Leander folgte dem ganzen mit mäßiger Aufmerksamkeit. Immer wieder glitten seine Gedanken ab. Dabei gelang es ihm nicht einmal, eine Trennung zwischen seinem privaten und, wenn man es so nennen konnte, beruflichen Interesse auf der Insel zu vollziehen. Während er darüber nachgrübelte, wie er im Fall Reymers weiter vorgehen sollte, holte Eikens Stimme ihn immer wieder zu der Frage zurück, wie sich ihr Verhältnis wieder intensivieren ließe.

So geht das nicht, dachte er. Ich muss hier so schnell wie möglich raus.

Er raunte Seyfried zu, dass er mal eben zur Toilette gehe, und verließ den Vortragsraum. Draußen stand er dann ratlos im Vorraum und überlegte, wo sich auf diesem Felsen wohl ein ruhiges Plätzchen finden ließe. Aber das war bestimmt aussichtslos angesichts der Horden an Tagestouristen und Journalisten. Unten im Dorf und auf dem Oberland bei den Vogelfelsen brauchte er es gar nicht zu probieren. Unentschlossen verließ er die Vogelwarte, ging den schräg ansteigenden Weg hinauf und wandte sich auf gut Glück nach rechts. Mal sehen, ob sich nicht die eine oder andere ruhige Nebengasse finden ließe.

Nach einigen Metern stieß die Straße *An der Sapskuhle* auf die Schrebergartenanlage. Angezogen von dem Schild *Kartoffelallee* betrat Leander das Gelände durch ein eisernes Tor und schlenderte an den kleinen Parzellen entlang. Ein Polizeibeamter in der Uniform der Wasserschutzpolizei kam ihm entgegen und grüßte wortlos mit dem Zeigefinger am Mützenschirm, als er sich an Leander vorbeischob. Gleich darauf verließ er die Kleingartenanlage und eilte in Richtung *Sapskuhle* davon. Was der hier wohl gesucht hatte?

Leander sah sich neugierig um. Neben winzigen Grundstücken, auf denen sich erstaunlich viel Gerümpel befand und so manche Hütte wirkte, als würde sie gleich auch ohne Sturm einfach so in sich zusammenfallen, gab es extrem ordentliche Gärten. Auf engstem Raum standen hier tatsächlich Kartoffelpflanzen neben Tomaten, Bohnen und Zucchini in geradezu militärischer Ordnung beisammen. Selbst kleine Häuschen mit Holzterrassen und Teiche hatten die Gartenfreunde auf die Miniparzellen gequetscht, was zusätzlich wegen der Tatsache bemerkenswert war, dass jedes Brett und jeder Ziegelstein extra vom Festland aus hierhergebracht werden musste.

Auf einem schmalen Holzdeck hockten hinter einem niedrigen Windschutz ein vollbärtiger Hüne in gestreiftem Fischerhemd und ein kleiner, rundlicher Mann mit Gärtnerschürze und grüner Kappe auf dem Kopf. Direkt hinter ihrem Garten befand sich die steile Kliffkante, über die hinweg man einen freien Blick auf die Düne hatte. Die beiden Helgoländer Kliffgärtner hielten Bierflaschen in den Händen und fixierten den Eindringling mit zusammengekniffenen Augen.

»Verdammt viel Betrieb hier heute«, beschwerte sich der Gärtner bei seinem Kumpel.

»Für Tagestouristen ist hier kein Zutritt«, knurrte der vollbärtige Hüne Leander an. »Das steht aber auch draußen am Tor, wenn man lesen kann.«

Auch wenn man nicht lesen kann, steht das da, dachte Leander, entschloss sich aber, den Insulanern freundlich zu begegnen. Immerhin ergab sich hier die erste Chance auf ein Gespräch mit Einheimischen. »Prost, die Herren. Tut mir leid, wenn ich Sie störe. Ich bin kein Tagestourist. Meine Freundin lebt hier auf Helgoland, und ich besuche sie für ein paar Tage.«

»Soso, die Freundin«, kam es knurrend zurück. »Dann ist er ja fast einer von hier, was?«

Der dicke Gärtner lachte wiehernd.

»Sie sind also nicht einer von diesen Pressefuzzis?«, erkundigte sich der Hüne vorsichtig.

»Versprochen«, entgegnete Leander. »Ich kam zufällig vorbei und habe mich gewundert, dass es auf dem kargen Felsen so eine grüne Oase gibt. Tja, und da wollte ich mir das einfach mal aus der Nähe ansehen.«

»Dann kommse mal vor.« Der Hüne schien durch das Lob besänftigt und deutete auf einen freien Stuhl. »Wie heißt denn Ihre Freundin?«

»Eiken Jörgensen. Sie leitet seit einem Jahr die Vogelwarte hier oben.«

»Stimmt«, bestätigte der Gärtner nickend. »Da stand mal was in der *Inselpost*. Die kommt aber nicht von hier. Von Sylt oder so, glaube ich.«

»Föhr«, berichtigte Leander.

»Und Sie sind dann auch von da?«, setzte der Hüne das Verhör fort.

»Genau. Wieso dachten Sie denn, ich sei von der Presse?«

»Na, wegen dem Reymers doch«, antwortete der Gärtner. »Wie die Heuschrecken sind die heute Morgen über uns hergefallen. Sogar vom NDR waren Kameraleute da. Aber denen haben wir nichts gesagt, was, Gustav? Die haben wir schön abblitzen lassen. Jetzt sind die alle drüben am Vogelfelsen.«

Hüne Gustav lachte und trank einen Schluck aus der Bierflasche.

»Deshalb war bestimmt auch die Polizei eben hier in der Anlage«, vermutete Leander und deutete mit dem Kopf in die Richtung, in der der Beamte verschwunden war.

»Nee, der hat nur wen gesucht«, antwortete der Hüne.

Leander überlegte, ob er nachhaken sollte, aber das wäre zu auffällig gewesen. Also schwieg er eine Weile und tat so, als genieße er die Sonne und die spießige Kleingartenatmosphäre. Auch Gustav und der Gärtner schwiegen und sahen sich nur hin und wieder an, als wären sie über den ungebetenen Gast nicht sonderlich erfreut und hofften, dass er bald wieder ginge.

»Der war hier nicht so beliebt, der Reymers, was?«, versuchte Leander es nun mit kumpelhaftem Tonfall.

»Wie man's nimmt«, kam es von Gustav. Der Hüne fixierte Leander erneut aus zusammengekniffenen Augen.

»Was heißt das?«, gab Leander trotzdem nicht auf.

»Die einen sagen so, die anderen so.« Der Hüne fixierte nun seine Flasche und nahm dann einen tiefen Zug daraus.

Wenn die mir ein Bier anbieten, habe ich gewonnen, dachte Leander. Wenn nicht, vergeude ich hier nur meine Zeit. Der Gärtner hob ebenfalls seine Flasche und nahm einen Schluck, machte aber keine Anstalten, eine Einladung auszusprechen. Also musste Leander seine Taktik wechseln. »Das war aber verdammt viel Arbeit hier.« Er sah sich bewundernd in dem kleinen Schrebergarten um.

»Da kannste einen drauf lassen«, bestätigte der Gärtner.

»Haben Sie das alles alleine gepflanzt?«

»Mit meiner Frau.«

»Das wächst ja wirklich erstaunlich gut. Sollte man gar

nicht meinen, wo doch alles nur Felsen ist hier oben.« Langsam wurde die Sache mühsam.

Aber der Gärtner taute allmählich auf, während der Blick des Hünen Gustav scheinbar unbeteiligt über die Kliffkante hinweg in die Ferne schweifte. »So schlimm ist das nicht. Da kann man schon was rausholen, aus dem Boden. – Wenn man weiß, wie's geht!«

»Und Sie wissen das ganz genau«, bestätigte Leander nickend. »Das sieht man. Ich hab ja so gar keinen grünen Daumen.«

»'n Bier?«

»Da sag ich nicht nein.«

Der Gärtner zog eine Flasche aus dem Kasten, der gleich neben dem Windschutz stand, öffnete sie mit einem Handkantenschlag an der Tischkante und reichte sie Leander hinüber. Der prostete den Männern zu und trank einen Schluck.

»Und Sie sind Fischer?«, wandte er sich dann an Gustav.

»Nee, das sieht nur so aus«, entgegnete der. »Ich bin Klempner, jetzt hab ich Urlaub. Mein Garten ist gleich da drüben.« Er deutete mit dem Kopf in Richtung eines Grundstücks, auf dem eine windschiefe Baracke förmlich in sich zusammenzufallen schien.

»Gibt es denn für einen Handwerker auf so einer kleinen Insel genug zu tun?«, tat Leander verwundert.

»Es reicht. Die Hotels und Pensionen haben immer irgendwas zu reparieren. Und Konkurrenz gibt es hier nicht viel.«

»Da wäre die Inselerweiterung aber ein Riesengeschäft für Sie geworden, oder?« Leander wusste, dass er sich jetzt auf wackeliges Gelände wagte. »Die ganzen Neubauten und so.«

»Das weiß man nicht. Ich kann mir nicht vorstellen, dass der Reymers die Aufträge an uns vergeben hätte. Für so ein riesiges Projekt sind die Handwerksbuden hier auf dem Felsen viel zu klein. Den Großteil hätten bestimmt Unternehmen vom Festland übernommen. Für uns wäre da nur Kleinkram abgefallen.«

»Na ja, immerhin.«

»Ist besser so, wie es ist«, winkte der Gärtner ab. »Das hätte nur Unfrieden gebracht.«

»Und profitiert hätten nur die, die immer mitkassieren«, stimmte Gustav nickend zu.

»Der Reymers halt«, wagte Leander eine Vermutung.

»Der am meisten«, bestätigte der Gärtner. »Aber auch seine Spezis. Die sind immer zur Stelle, wenn es was zu holen gibt.«

»Wen meinen Sie?«

»Na, den Bürgermeister«, antwortete der Gärtner mit abschätzigem Gesichtsausdruck. »Und unseren Inselbäcker. Was glauben Sie, was all die neuen Hotels dem an Kunden gebracht hätten.«

»Warum wollen Sie das eigentlich alles wissen?«, wurde Hüne Gustav jetzt langsam misstrauisch.

»Nur so. Meine Freundin hat die Leiche gefunden und ist ganz schön fertig deswegen. Da interessiert man sich doch für die Hintergründe, oder nicht?«

»Kann ich verstehen«, stimmte der Gärtner zu. »Soll ja nicht gerade lecker ausgesehen haben, der Reymers. Wenn da erst mal die Möwen dran waren ...«

»Oder sind Sie doch von der Presse?«, gab Gustav nicht nach.

»Ehrenwort«, zeigte sich Leander bestürzt und hob drei Finger zum Schwur. »Prost!«

Alle drei tranken nun einen Schluck und hingen dann jeder schweigend ihren Gedanken nach.

»Aber der Malte war das nicht«, meldete sich schließlich der Gärtner wieder zu Wort. »Der tötet Fische, aber keine Menschen.«

»Sie kennen ihn näher?«, zeigte Leander Interesse.

»Wie man sich so kennt. Vom Gesangsverein. Hat einen schönen Bass, der Malte. – Der ein Mörder? Nee. Nie und nimmer. Wer so singen kann, der bringt keinen um.«

»Dem Ove, diesem Suffkopp, traue ich das schon eher zu«, meinte Gustav. »Und wenn der jetzt abgetaucht ist ...«

»Ove?«, hakte Leander nach. »Ist das der, der jeden Abend in den *Mocca-Stuben* sitzt?«

»Genau der«, bestätigte Gustav.

»Und der arme Köter muss immer mit«, ergänzte der Gärtner kopfschüttelnd.

»Und der Typ ist verschwunden?«, tat Leander verwundert. »Den habe ich doch vorgestern noch da gesehen. Dann war die Polizei wohl seinetwegen hier?«

Gustav und der Gärtner nickten schweigend. Leander bekam langsam lange Zähne mit den Fischköppen. Über Ove Lornsen würde er wohl kaum noch etwas erfahren. »Aber in der Bürgerinitiative sind Sie beide nicht, oder?«, versuchte er es in einer anderen Richtung.

»Nee, da halte ich nichts von.« Der Gärtner lachte hämisch. »Ich habe gegen die Erweiterung gestimmt. Das reicht. Dazu brauche ich keinen Diskutierclub.«

Hüne Gustav schwieg beharrlich und fixierte den Fremden wieder aufmerksam.

»Wer könnte denn Ihrer Ansicht nach zu so etwas fähig sein?«, hakte Leander bei dem Gärtner nach, dessen Namen er immer noch nicht herausbekommen hatte.

»Keiner von uns, so viel ist mal klar. Ein Helgoländer war das nicht.«

Der Hüne erhob sich plötzlich. »So, Kurt, jetzt muss ich mal wieder. Elli wird sauer, wenn ich ihr zum Mittagessen keine Tomaten mitbringe. Und du solltest deine Zeit auch nicht mit Quatschen vertrödeln.« Er tippte sich an die Mütze und verließ den kleinen Garten in Richtung seiner eigenen Parzelle, allerdings nicht, ohne Leander noch einen skeptischen Blick zugeworfen zu haben.

»Nicht sehr gesellig, Ihr Kollege«, kommentierte Leander.

»Das darf man nicht persönlich nehmen«, entgegnete Gärtner Kurt und nahm gemütlich einen Schluck aus der Flasche. »Der mag grundsätzlich keine Fremden.«

»Verstehe. Und durch die Inselerweiterung wären zu viele Fremde nach Helgoland gekommen.«

»Genau so ist das. Man sieht ja schon im Südhafen, wie viele Arbeiter vom Festland hier plötzlich hausen. Die belegen die ganzen Gästebetten und machen jeden Abend Remmidemmi bei *Krebs*.«

»Krebs?«

»*Café Krebs* drüben am *Norderfalm*. Unten ist das Café, darüber unsere Discothek. Da saufen die und baggern unsere Mädels an.«

Leander nickte verständnisvoll. Er konnte sich vorstellen, dass die Dorfjugendlichen nicht begeistert waren, wenn junge Männer vom Festland ihre ohnehin schon knappe Auswahl an Mädchen noch weiter einschränkten.

»Aber die werden das mit dem Reymers ja nicht gewesen sein«, versuchte er einen erneuten Anlauf. »Die Arbeiter im Südhafen, meine ich.«

»Jedenfalls eher als Malte.«

»Weshalb sollte ein Arbeiter vom Festland denn einen Hamburger Reeder umbringen?«, zweifelte Leander.

»Kein Arbeiter. Aber einer von den Bonzen, die am großen Rad drehen. Da soll es ja um einen ganzen Batzen Geld gehen mit dem Service-Hafen und den Windparks und so. – Aber ich will da nichts gesagt haben.« Gärtner Kurt erhob sich ebenso plötzlich wie zuvor der Hüne Gustav, räumte die Flaschen zusammen und stellte sie in den Bierkasten. Dann hob er die Kiste an und wuchtete sie mit einem leichten Schwung in seine Hütte.

Leander verstand das Zeichen und erhob sich ebenfalls. »Schönen Tag noch«, verabschiedete er sich und wandte sich dem Gartentor zu. »Und schönen Dank für das Bier. Wenn wir uns mal in einer Kneipe treffen, werde ich mich revanchieren.«

»Dann müssen Sie in die *Mocca-Stuben* kommen. Da bin ich hin und wieder, und der Gustav auch.«

»Also dann, bis zum nächsten Mal in den *Mocca-Stuben*.« Leander machte ein paar Schritte auf die *Kartoffelallee* zu.

»Versuchen Sie es beim Bürgermeister«, riet Gärtner Kurt unvermittelt. »Wenn einer was weiß, dann der.«

Erstaunt drehte Leander sich noch einmal um, aber Kurt war schon in seiner kleinen Hütte verschwunden. Also wandte er sich dem Ausgang zu und schlenderte dann in Richtung Vogelwarte zurück. Dabei dachte er über die Hinweise auf den Service-Hafen, den Inselbäcker und den Bürgermeister nach. Möglicherweise war das nur Inseltratsch, aber vielleicht waren es auch lohnende Ermittlungsansätze.

Im Foyer traf er auf seine Gruppe, die gerade den Vortragsraum verließ. Heinrich Seyfried kam direkt auf ihn zu. »Da bist du ja. Mann, ich dachte schon, du würdest mich mit den Typen hier alleine lassen.«

»Niemals!«, gab sich Leander erschrocken über diese Unterstellung. »Ich habe mir nur etwas die Beine vertreten. – Was steht jetzt an?«

»Fanggarten.« Seyfried hob gelangweilt die Augenbrauen.

Sie folgten Eiken und der Gruppe durch eine Tür nach hinten hinaus und fanden sich in einem kleinen Unterstand wieder. Vor ihnen lag ein langgezogener, leicht verwilderter Garten mit einer Art lichtem Wäldchen an den Seiten und am Ende. Ein paar kleine Teiche wirkten wie wahllos auf das Grundstück geworfen. Überrascht blickte Leander sich um. Mehrere schmale Backsteinwege führten zwischen Büschen und niedrigen Bäumchen hindurch. Das letzte Gartenstück war von einem Netz überspannt und verjüngte sich wie zu einer Reuse. Von der Straße aus war nicht zu erkennen, dass sich hier so etwas wie eine Parkanlage befand.

»Helgoland ist während des Vogelzugs die einzige Rastmöglichkeit für die Vögel hier draußen in der Deutschen Bucht«, erzählte Eiken. »Auf dem Oberland finden sie keine Möglichkeit, sich sicher niederzulassen, weil es da keine Pflanzen gibt. Für die Katzen der Insel wären sie vor allem nachts leichte Beute und kämen überhaupt nicht zur Ruhe. Deshalb haben wir dieses Schutzwäldchen angelegt. Die Tiere nutzen das Angebot gerne. Immerhin haben sie ein paar tausend Kilometer zu überwinden, bis sie ihr Winterquartier erreichen. Der Neuntöter zum Beispiel brütet in Spitzbergen und überwintert in Namibia. Auf seinem Weg hin und zurück kommt er jedes Jahr hier durch. Für uns Vogelforscher ist Helgoland ein absoluter Glücksfall und für die Klimaforschung auch. Weil wir hier seit fünfzig Jahren konstante

Bedingungen haben, können wir durch die Veränderungen im Bestand der Vögel, die hier durchziehen, Rückschlüsse auf die Auswirkungen des Klimawandels ziehen.«

»Ist doch alles Blödsinn, das mit dem Klimawandel«, warf Fredi Wessel ein. »Kalt- und Warmzeiten hat es immer schon gegeben. Reine Panikmache, das alles.«

»Da belegen unsere Beobachtungen etwas anderes«, ließ Eiken sich nicht beirren. »Die Vögel brechen immer früher in ihre Brutgebiete auf. Die Mönchsgrasmücke kommt zum Beispiel inzwischen im Schnitt siebzehn Tage eher nach Helgoland als vor fünfzig Jahren.«

Fredi Wessel winkte ab, als wollte er sagen: Lass mich doch mit deiner Mönchsgrasmücke in Ruhe. Das heißt doch alles gar nichts.

Eiken wandte sich den anderen Gruppenmitgliedern zu, die ihr interessiert folgten. »Wir haben jedes Jahr um die zweihundertfünfzig Vogelarten hier. Insgesamt haben wir schon vierhundertneunundzwanzig verschiedene nachgewiesen. Die wichtigsten sind die *Big Five*: der Eissturmvogel, die Dreizehen-Möwe, die Trottellumme, der Basstölpel und der Tordalk. Die nisten in Deutschland nur auf Helgoland. Die meiste Arbeit haben wir natürlich beim Vogelzug im Frühjahr und im Herbst. Aber auch in der Zwischensaison fangen wir täglich alle Vögel, die in unserem Garten landen, und registrieren sie. Seht ihr die schmalen Wege?« Sie deutete auf die Platten, die sich lang durch den Garten zogen, und blickte auf ihre Uhr. »In etwa drei Minuten ist es wieder so weit, dann könnt ihr live miterleben, wie wir hier Vögel fangen und registrieren.«

Die Männer traten von einem Bein aufs andere und warteten. Plötzlich strömten fünf junge Leute aus der Station, verteilten sich auf die Wege und liefen auf ein Zeichen gleichzeitig los. Mit wedelnden Armen rannten sie zwischen den Büschen hindurch und zischten dabei laut. Das sah so aberwitzig aus, dass die Teilnehmer der *Lummentage* lachen mussten. Derart aufgescheucht, flüchteten aus den niedrigen Sträuchern zahllose kleine Vögel und flogen vor den Störenfrieden her bis in den von einem Netz überspannten Teil und schließlich in die Reuse. Die jungen Leute warfen eine Maschendrahttür hinter sich zu, und so blieb den Tieren nur der Fluchtweg nach vorn und damit in den Käfig am Ende der Reuse. Als alle Vögel darin verschwunden waren, ließ einer der jungen Leute mit Hilfe eines Seiles die Klappe zufallen. Nun zogen alle kleine Stoffbeutel aus den Taschen, gingen um den Käfig herum, fischten mit den Händen Vögel heraus, steckten sie in die Beutel und brachten sie schließlich in den Unterstand.

»Hier wird jetzt jeder einzelne Vogel beringt, vermessen und gewogen«, erklärte Eiken, während die jungen Leute behende die einzelnen Arbeitsschritte ausführten. »Die Ringe sind aus Aluminium, nur für die Basstölpel nehmen wir Edelstahlringe, weil die Tiere über dreißig Jahre alt werden können. Auf den Ringen steht *Vogelwarte Helgoland*, *Germany* und die fortlaufende Nummer. Schließlich überprüfen wir an der Brust mit Hilfe des Fettansatzes den Nahrungszustand der Tiere. Alle Daten werden ordentlich notiert und später in ein internationales Erfassungssystem im Internet eingegeben. So verfahren alle Vogelstationen auf der Welt. Das könnten wir natürlich niemals alles ohne unsere Helfer leisten. Schließlich sind wir nur zwei festangestellte Ornithologen in der Vogelwarte. Die jungen Leute leisten ein Freiwilliges Ökologisches Jahr ab, machen ein Praktikum oder schreiben ihre Bachelor- oder Magister-Arbeiten bei uns.«

Selbst Fredi Wessel, der sich anfangs noch gelangweilt gezeigt hatte, verfolgte das Geschehen nun interessiert.

Eiken hob ein kleines Gerät hoch. »Das hier ist ein Geo-Locator. Den schnallen wir den Vögeln wie einen kleinen Rucksack mit zwei Gummibändern über die Flügel und befestigen ihn an den Beinen. Er zeichnet Datum, Uhrzeit und Lichtverhältnisse auf und kann nach dem nächsten Fang irgendwo auf der Welt mit Hilfe eines PCs ausgelesen werden. Mit den Daten lässt sich dann die genaue Flugroute berechnen, und so vervollständigen wir unser Wissen über den Vogelzug und können Veränderungen sehr schnell feststellen. – So, jetzt zeige ich euch den Rest des Gartens.«

Die Männer folgten Eiken über die schmalen Wege und betrachteten interessiert die Fangvorrichtung.

»Siebenmal am Tag scheuchen wir die Vögel aus den vorderen Büschen in diese Trichterreuse«, fuhr Eiken fort. »Wir haben insgesamt drei Abschnitte hier im Garten, die je nach ursprünglichem Lebensraum der Vögel unterschiedlich bepflanzt sind. So fühlen sich bei uns von den kleinsten Vogelarten wie dem Wintergoldhähnchen bis zu Enten alle Tiere sicher.«

Leander sah das Funkeln in ihren Augen und hörte den Stolz heraus, mit dem sie von ihrer Arbeit berichtete. Widerwillig musste er zugeben, dass die Aufgaben auf Helgoland in der Tat sehr viel umfassender waren als die Vogelzählungen auf Föhr, mit denen Eiken früher befasst gewesen war. Kein Wunder, dass sie nicht mehr zurück wollte.

»Beim Vogelzug sind hier doch bestimmt so viele, dass man sie nicht alle fangen kann«, wandte Konrad Knoblich ein.

»Das stimmt. Wir versuchen aber trotzdem, so viele wie möglich zu registrieren. Mit den kleinen Stoffbeuteln kommen wir dann natürlich nicht mehr klar. Wenn die Amseln hier durchziehen, stopfen wir sie in Kartoffelsäcke.«

Die Männer lachten bei der Vorstellung. Als niemand mehr Fragen stellte, führte Eiken sie zurück ins Foyer, wo sie die Mittagspause ausrief und sich unvermittelt alleine in ein Büro zurückzog. Es traf Leander, dass sie ihn derart ignorierte.

»Komm, alter Knabe! Lass uns abhauen, bevor die anderen sich an unsere Fersen heften«, raunte Heinrich Seyfried ihm zu.

Der Handelsvertreter verließ schnell die Vogelwarte und wandte sich ohne Zögern in Richtung Leuchtturm. In Höhe eines Bauzaunes gegenüber der *James-Krüss-Grundschule*, auf dem ein Schild auf bevorstehende Kampfmittel-Räumungsarbeiten hinwies, bog er zum Unterland ab. Während Leander ihm folgte, dachte er über Eikens abweisendes Verhalten nach, kam aber zu keinem zufriedenstellenden Ergebnis.

Also lenkte er seine Gedanken auf sein Gespräch mit den Kliffgärtnern. Wie konnte er Gärtner Kurts Rat folgen und an den Bürgermeister herankommen? Am besten ging er einfach ins Rathaus und gab sich als Journalist aus. Von denen waren ja momentan reichlich auf der Insel. Bei der Gelegenheit konnte er auch Oma Klüsings Vorschlag folgen und das Katasteramt aufsuchen. Er musste nur eine Möglichkeit finden, Seyfried loszuwerden. Der schob sich durch den *Lung Wai* und bog dann rechts zu den Hummerbuden ab. Die bunten Holzhütten strahlten in der Mittagssonne in Blau, Rot, Gelb und Grün, jeweils durch weiße Kanten abgesetzt.

Seyfried strebte offenbar gezielt eine ganz bestimmte Bude an und deutete schließlich mit der rechten Hand voraus. »Wir haben Glück. Da ist noch ein Tisch frei.«

Vor einer blauen Bude mit drei großen Fenstern im Obergeschoss standen ein paar Tische und Stühle. *Bunte Kuh – Essen & Trinken* stand in großen blauen Lettern auf weißem Grund über der Tür.

»Hier gibt es sehr guten Fisch«, schwärmte Heinrich Seyfried und ließ sich auf einen freien Stuhl fallen. »Und die Fotoheinis laufen nicht bis hier raus.«

Leander setzte sich ebenfalls und griff nach der Speisekarte mit der Aufschrift *Maritime Gastronomie*. Erstaunt stellte er fest, dass es zunächst einmal eine große Auswahl an Fleischgerichten gab, bevor er auf die Fischkarte stieß. Die *Schollenfilets Bunte Kuh* fielen ihm ins Auge, *mit Ragout von Eismeerkrabben, Champignons, Krebssauce, Sauce Hollandaise und Salzkartoffeln*, las er.

Als die Bedienung kam, eine kleine, südamerikanisch aussehende Frau, bestellte Heinrich Seyfried ohne vorherigen Blick in die Karte *Helgoländer Pannfisch*. Leander orderte die *Schollenfilets Bunte Kuh*, allerdings mit Bratkartoffeln, da er kein Freund von Sauce Hollandaise war.

»Und dazu einen trockenen Weißwein«, bestellte Seyfried. »Eine Flasche, oder? Und eine große Flasche Wasser.«

Leander nickte. Bier wäre ihm zwar lieber gewesen, aber in dieser Mittagsglut waren Wein und Wasser sicher besser. Die

Sonne brannte auf der Haut. Er stand noch einmal auf und rückte einen Sonnenschirm so zurecht, dass sie einigermaßen im Schatten saßen.

»Ist das nicht herrlich?«, schwärmte Seyfried und deutete auf das gegenüberliegende Hafenbecken. »Wenn die Tagestouristen weg sind und die Arbeiter da drüben im Südhafen Feierabend haben, hast du hier draußen Ruhe, soviel du willst. Wir müssen unbedingt abends noch einmal herkommen.«

»Wie lange bleibst du denn auf der Insel?«, wunderte sich Leander. »Die *Lummentage* sind doch eigentlich immer nur Arrangements für ein paar Tage.«

»Ich habe für zwei Wochen gebucht. Die *Lummentage* sind ein Extrapaket. Meine Frau meinte, ich sollte mal so richtig ausspannen.«

»Du scheinst dich ja ziemlich gut auszukennen. Seit wann bist du schon hier?« Leander hoffte, dass Seyfried den Hintergrund seiner Frage nicht herausgehört hatte.

»Ich bin einen Tag vor dir angekommen. Du wirst mich also noch eine Weile ertragen müssen, alter Knabe«, antwortete Heinrich Seyfried lachend.

Peinlich berührt sah Leander an dem Handelsvertreter vorbei auf den Holzsteg vor dem Hafenbecken, auf dem Urlauber an Tischen saßen und Pommes frites aßen, und ließ seinen Blick dann nach rechts an *Jörn Rickmers Outdoor- und Wassermode* vorbei auf die dahinterliegenden Containerbüros im Service-Hafen schweifen.

Doch Seyfried schien offenbar gar nichts krummzunehmen. Er fragte im Gegenzug: »Und wie lange bleibst du hier?«

Leander zuckte die Achseln. »Schwer zu sagen. Hängt davon ab.«

»Verstehe. Kann sein, dass du schneller wieder abreist, als du vorgehabt hast, was?« Er lachte unangenehm laut und goss ihnen Wein und Wasser ein, als die Bedienung die Flaschen und Gläser auf den Tisch gestellt hatte. Dann prostete er Leander zu. »Auf ein paar schöne Tage. Und scheiß auf die Frauen! Wir zwei werden es uns hier schon gemütlich machen.«

Das Essen hielt, was Seyfried versprochen hatte: Der Fisch war ausgezeichnet. Beim Wein hielt sich Leander wegen der Hitze zurück. Seyfried hingegen ließ nichts verkommen und schlug sogar vor, noch eine Flasche zu bestellen. Als Leander aber ablehnte, verzichtete auch er darauf. Dann saßen sie eine Weile schweigend nebeneinander und beobachteten die Touristen, die an den Hummerbuden vorbeischlenderten.

»Eminem! Komm wech von da!«, hörte Leander plötzlich.

Er wandte sich in die Richtung, aus der der Ruf gekommen war, und erblickte ein Paar mit zwei Kindern auf dem Holzsteg. Die Eltern trugen Plastiktüten, aus denen Zigarettenstangen hervorlugten und deren deutlicher Schwerpunkt auf Literflaschen irgendeines Fusels hindeuteten. Offenbar waren sie auf dem Rückweg zur Fähre.

Ein ungefähr sechsjähriger Junge mit maisgelb gefärbten Stoppelhaaren und drei silbernen Ringen im rechten Ohr turnte ungeachtet der Aufforderung seiner Mutter an der Kante des Hafenbeckens herum, bis die aus einem roten Muskelshirt ragenden, martialisch tätowierten Arme seines Vaters ihn hart zurückrissen. Dabei traf den kleinen Kerl ein Blitz aus cholerisch glitzernden Augen unter einer stilechten Atze-Schröder-Frisur. Dieser grobe Umgang schien für den Jungen nicht ungewohnt zu sein. Er wirkte geradezu unbeteiligt und lief übergangslos zu seiner etwa vier Jahre alten Schwester, die einen kleinen Hund an der Leine führte, und versuchte, den am Schwanz zu ziehen. Die Kleine quiekte unwillig und zerrte das jaulende Tier von ihrem Bruder weg.

»Eminem!«, brüllte die junge Mutter, deren auffälligste Merkmale lange, schwarz getönte Haare mit knallroten Strähnen und eine von zahlreichen Piercings getackerte Unterlippe waren. »Wie oft soll ich dir das noch sagen? Du solls nich immer an Bushido sein Schwanz packen!«

Der Bengel ließ sich aber nicht beirren und erwischte schließlich mit triumphierendem Gejohle das Schwanzende, was dem Hund ein schmerzverzerrtes Jaulen entlockte und dazu führte, dass das Mädchen schrill zu kreischen anfing.

»Siehste?«, brüllte Eminems Vater wütend. »Getz fängt die Schackeline am Weinen.«

»Verdammtet Blach!« Die Mutter gab Eminem eine schallende Ohrfeige und zerrte ihn am Handgelenk zu sich. »Du komms getz sofort bei mich bei! Und da bleibße getz, haste dat verstanden?«

Nun war es an Eminem, lauthals loszubrüllen, während seine Schwester triumphierend lächelnd den armen Bushido in Richtung Südhafen zerrte.

»Eminem, Bushido und Schackeline«, wiederholte Heinrich Seyfried lachend. »Du fasst es nicht. Bestimmt zerfetzt gerade bei denen zu Hause ein paranoider Kater namens Sido Bushidos feindliches Schmusekissen.«

»Nachdem er sich Eminems Crystal in die Nase gezogen hat«, ergänzte Leander.

»Wie ich Frauchen einschätze, schmeißt die ihn dafür aus dem Fenster im zehnten Stock«, lästerte Seyfried weiter.

»Arme Schackeline!«, zeigte Leander Mitgefühl. »Die fängt dann bestimmt wieder am Weinen.« Er blickte den keifenden und schreienden Touristen nach, bis sie seinen Augen entschwunden waren.

»Jetzt verstehst du vielleicht, warum die Tagestouristen alleine keine reizvolle Zukunftsaussicht für die Tourismusmanager von Helgoland sind«, stellte Seyfried fest. »Mit dem Service-Hafen und dem Ausbau des Natur-Tourismus wollen die das Image vom Fuselfelsen endlich loswerden.«

»Sind ja zum Glück nicht alle so wie die eben«, wandte Leander ein. »Wann geht es weiter mit dem Programm?«

»Um drei direkt an der *Biologischen Anstalt*. Wir haben also noch etwas Zeit. Hast du Lust, in Richtung Südhafen zu gehen?«

»Warum nicht?«

Also bezahlten sie und schlenderten am Hafenbecken entlang und vorbei an Rickmers Klamottenladen, vor dem mehrere Kleiderständer mit Sonderangeboten lockten. Schon von Weitem sahen sie, dass gerade ein neues Schiff angekommen sein musste, denn sie konnten vor lauter Menschen den Beton der Mole schon nicht mehr sehen. Als sie sich schließlich durch den Trubel gewühlt hatten, lag der Südhafen direkt vor ihnen.

An der Kaimauer lagen in Doppelreihe die Katamarane der Energiekonzerne vertäut, die morgens die Arbeiter zu den Offshore-Anlagen hinausfuhren und sie abends wieder abholten. Ein Stück weiter hatte der *Halunderjet* festgemacht, am Ende des Hafenbeckens die Fähre von Cuxhaven und ein Seenot-Rettungskreuzer. Das Gelände rechterhand wurde gerade als Gewerbegebiet neu erschlossen. Dahinter entdeckte Leander vor einem Hangar zwei große, schwarze Hubschrauber der Bundesmarine oder des Zolls. Er konnte aus der Entfernung die Aufschrift nicht erkennen.

»Das ist mir zu viel Volk hier!« Seyfried zog Leander zurück in Richtung Binnenreede. »Lass uns zum Strand gehen. Wir haben ja noch reichlich Zeit. Warst du eigentlich auf der Düne schon schwimmen?« Als Leander den Kopf schüttelte, zeigte er mit Daumen und Zeigefinger ein Stück von etwa zwei Zentimetern Länge an. »So kalt! Gerade mal fünfzehn Grad hat das Wasser im Sommer. Das ist nur was für ganz Hartgesottene, so viel steht mal fest.«

Leander ging nicht darauf ein. Er grübelte darüber nach, wie er sich abseilen und dem Rat von Gärtner Kurt folgen sollte. Schließlich erreichten sie den Vorplatz des Hotels *Atoll*. Seyfried ging geradeaus weiter, aber Leanders Blick fiel nach links auf das Rathaus, das hinter dem Hotel am Beginn des *Lung Wai* lag. »Sei mir nicht böse«, rief er Seyfried nach. »Ich habe noch etwas zu erledigen. Wir sehen uns nachher in der *Biologischen Anstalt*.«

Verdutzt blieb der Handelsvertreter stehen und sah zu, wie Leander nach links abbog und eilig davonging.

14

Die Gemeinde Helgoland hatte ihren Sitz im *Lung Wai* 28. Das Gebäude war ein moderner Klinkerbau. An dem Sichtmauerwerk im Foyer hingen auf schwarzen Tafeln großformatige Fotos aus der Geschichte der Insel. Vor allem das Bombardement und der *Big Bang* vom 18. April 1947 nahmen sehr viel Raum ein. Die Detonation hatte die Insel in eine dicke Rauchwolke gehüllt, die gewaltig aufstieg und aus der Felsbrocken in alle Richtungen geschleudert wurden. Nicht zu glauben, dass der Felsen danach nicht völlig zertrümmert gewesen war.

Das Dienstzimmer des Bürgermeisters befand sich im ersten Stock in Zimmer 101, die Anmeldung daneben in Zimmer 102. Allerdings war die Sekretärin nicht in ihrem Büro, so dass Leander es direkt an der Tür versuchte, neben der ein Schildchen mit der Aufschrift *Jarrelt Thoms, Bürgermeister* angebracht war.

Er hatte Glück und vernahm eine auffordernde Stimme aus dem Büro. Also trat er ein. Bürgermeister Thoms saß im weißen Oberhemd hinter seinem Schreibtisch und notierte mit Kugelschreiber etwas auf einem DIN-A4-Block. Als er aber bemerkte, dass da kein Behördenmitarbeiter durch die Tür kam, stand er auf, nahm sein Jacket von der Stuhllehne und streifte es über. Fragend blickte er dem Eindringling entgegen.

Leander stellte sich als Journalist vor, der freiberuflich für diverse Magazine über die Arbeit der Vogelwarte und die *Lummentage* berichten sollte.

Nach kurzem Zögern rang sich der Bürgermeister dazu durch, ihn in eine Sitzecke zu bitten. »Ich kann Ihnen leider nichts anbieten, meine Sekretärin hat Mittagspause, und sie mag es gar nicht, wenn ich in ihr Reich eindringe und mich selbst bediene.«

»Das ist auch nicht nötig«, winkte Leander ab. »Ich möchte Sie ohnehin nicht lange von der Arbeit abhalten.«

»Wie kann ich Ihnen denn helfen?«

»Nun, ich bin bei meinen Gesprächen mit einigen Insulanern auf Fragen gestoßen, von denen ich glaube, dass nur Sie mir Antworten darauf geben können.«

Der Bürgermeister machte mit beiden Händen eine einladende Geste.

»Frau Jörgensen hat mir das umfangreiche Engagement der Vogelwarte in den Bereichen Vogelschutz und Klimaforschung geschildert. Das hörte sich für mich so an, als sei Helgoland in erster Linie ein Naturparadies. Und auch der Tourismus war ja wohl in den letzten Jahrzehnten überwiegend darauf ausgerichtet, wenn man mal von den Tagestouristen und dem zollfreien Einkauf absieht. Als ich nun im Südhafen gesehen habe, wie aufwendig Sie einen Service-Hafen für die Energiekonzerne bauen, habe ich mich gefragt, ob das nicht ein Interessenkonflikt ist.«

Jarrelt Thoms war der Darstellung mit vor den Lippen zusammengelegten Fingerspitzen gefolgt. Nun legte er sich in seinem Sessel zurück und schlug die Beine übereinander. »Sehen Sie, Herr Leander, der Tourismus auf Helgoland ist seit Jahren rückläufig. Auch der zollfreie Einkauf lockt schon lange nicht mehr genügend Tagesgäste an. Die goldenen Zeiten mit Spitzenwerten von zehntausend Touristen pro Tag sind lange vorbei. Heute sind es an guten Tagen gerade einmal zweitausendfünfhundert. Arrangements wie die *Lummentage* stellen da, so löblich sie auch sind, keine Problemlösung dar. Zuletzt war unsere Bettenkapazität dermaßen unterausgelastet, dass der Tourismusverband und die Gemeinde notgedrungen nach einer Alternative suchen mussten.«

»Und da boten sich die Windparkbetreiber an?«

»Natürlich. Sehen Sie, wir haben hier draußen in der Deutschen Bucht ja nicht nur eine hervorragende Lage für Seevögel. Wir sind geradezu prädestiniert dazu, die Versorgung der Windparks logistisch zu organisieren. Der Park *Amrumbank West* befindet sich fünfunddreißig Kilometer westlich von Helgoland. Da liegt es doch nah, dass der

Betreiber *EON* seinen Service-Stützpunkt hier bei uns errichtet. Wir sprechen übrigens von einer Gesamtleistung des Windparks von zweihundertachtundachtzig Megawatt und einem Investitionsvolumen von etwa einer Milliarde Euro. Drei solche Parks ersetzen ein Kernkraftwerk. Das ist nicht zu unterschätzen, wenn man ein Jahrhundertprojekt wie die Energiewende meistern will. Und wir hier auf Helgoland sind an vorderster Front dabei. Wir leisten einen erheblichen Beitrag. Da ist es ja nur recht und billig, wenn wir auch ein bisschen davon profitieren.«

»Wie darf ich mir Ihren Profit denn vorstellen?«

»Ganz einfach: Statt der Touristen belegen jetzt die Angestellten der Energieunternehmen *WindMW*, *Eon* und *RWE* die Hotelbetten auf der Insel. Und natürlich siedeln sich um diese Windparkbetreiber noch weitere Service-Unternehmen hier an. Zum Beispiel *Siemens* und *Repower*, deren Techniker und Monteure jeden Tag mit Crewtendern der Firma *OLS* von der Insel zu den Baufeldern in der Nordsee und abends wieder zurück gebracht werden.«

»Crewtender? Sind das die Katamarane drüben im Hafen?«

»Genau. Sie müssen sich das vorstellen wie schwimmende Busse. Die müssen natürlich immer gewartet werden. Wenn sie kaputt sind, kostet jeder Ausfalltag für die Unternehmen verdammt viel Geld. Dann steht die Arbeit an den Windanlagen nämlich still. Also werden weitere Monteure benötigt, die nur dafür sorgen, dass die Crewtender immer einsatzbereit sind. Und dann sind da noch die Notstromaggregate in den Windanlagen und in den Messmasten. Die müssen auch ständig gewartet werden, weil sie wichtige Daten über Wellenhöhe oder Windstärke liefern.« Jarrelt Thoms unterstrich seine Begeisterung, indem er heftig gestikulierte und sich weit zu Leander vorbeugte. »Das ist Hightech, eine ganz neue Zeit bricht für uns mit der Energiewende an.«

»Das hört sich für mich allerdings so an, als würden überwiegend Firmen vom Festland profitieren und weniger die Insulaner, wenn man von den Hotels einmal absieht«, wandte Leander ein.

»Was heißt denn hier: ›Wenn man von den Hotels einmal absieht‹? Der Tourismus war bisher unsere Haupteinnahmequelle. Und eine verdammt unsichere noch dazu. Jetzt sind die Hotelbetten mit den Servicetechnikern ausgebucht. Das bedeutet Sicherheit für mindestens zehn Jahre. Ist das etwa nichts? Außerdem können unsere Insulaner Dienstleistungen anbieten, die bisher nicht gefragt waren: Wäschereien für die Arbeitskleidung, Putzkolonnen für die Wohnungen der Arbeiter. Sogar die Reederei, die täglich von Hamburg aus Tagesgäste mit dem Katamaran *Halunderjet* hierher bringt, wird bald die Wartezeit nutzen und Sightseeing-Touren zu den Windkraftanlagen anbieten. Verstehen Sie? Die Energiewende garantiert uns unseren Bestand. Ohne diesen Strukturwandel wäre unsere wirtschaftliche Zukunft ernsthaft in Gefahr.« Jarrelt Thoms' Gesichtsfarbe und seine energiesprühenden Augen zeugten von der Begeisterung, die er mit diesen Aussichten verband.

»Ich sehe natürlich ein, dass Sie sich eine solche Chance nicht entgehen lassen und dass man immer Kompromisse schließen muss. Aber hat das Projekt nicht bei den Insulanern ähnlich viel Widerstand erzeugt wie das der Inselerweiterung?«, versuchte Leander einen weiteren Vorstoß.

»Im Gegenteil. Die Helgoländer sind kluge Menschen. Die wissen, dass wir auf dem Weg in die Zukunft moderne Schritte einleiten müssen. Es gibt nur sehr wenige Insulaner, die das nicht einsehen wollen.«

»Ich habe gehört, dass im Umfeld der *Lummentage* sogar schon die Unterkünfte knapp werden, weil so viele Arbeiter die Betten belegen. Ich selbst bin nur untergekommen, weil meine Freundin hier lebt«, wandte Leander ein.

»Das stimmt, und das wird in den nächsten Jahren sogar zu noch größeren Engpässen führen, auch in der Hauptsaison. Deshalb haben wir ja bereits damit begonnen, die Kapazität an Ferienhäusern auf der Düne zu vergrößern. Und dann planen wir in den nächsten Jahren einhundert weitere Wohnungen oben rund um den Leuchtturm. Das ist alles schon projektiert, und der Kampfmittelräumdienst hat begonnen, die Altlasten aus dem letzten Krieg abzuräumen. Bestimmt haben Sie die Bauzäune oben zwischen Leuchtturm und Vogelwarte gesehen.«

»Würde sich da das Konzept der Inselerweiterung nicht doch inzwischen anbieten?«, lenkte Leander erneut in die Richtung, in die er eigentlich zielte.

Jarrelt Thoms' Augen verengten sich leicht. Er lehnte sich wieder zurück und legte die Fingerspitzen vor seinen Lippen zusammen, während er Leander fixierte. Dann senkte er die Hände auf die Armlehnen seines Sessels und erklärte deutlich nüchterner: »Das ist Geschichte. Die Helgoländer haben sich in einer Abstimmung dagegen entschieden.«

»Mit knapper Mehrheit, ich weiß«, ließ Leander nicht nach. »Natürlich habe ich die Diskussion um die Inselerweiterung verfolgt. Nun ist mir aber zu Ohren gekommen, dass es trotz der Niederlage bei der Abstimmung erneut Erweiterungspläne geben soll. Seinerzeit hat es ja mehrere Modelle gegeben, nicht nur die Aufschüttung zwischen Insel und Düne. Und da stellt sich mir die Frage, ob das nicht angesichts des drohenden Kapazitätsengpasses sogar sehr sinnvoll ist.«

»Wer behauptet so etwas?«, wurde Thoms leicht ungehalten. »Wer sagt, dass wir die Erweiterung immer noch planen?«

Leander, der die steigende Spannung spürte, beschloss, einen Schuss ins Blaue abzufeuern. »Sie werden verstehen, dass ich Ihnen keine Namen nennen kann. Gernot Reymers soll direkt vor seinem Tod Kontakt zur Bürgerinitiative aufgenommen und deren Vorsitzenden Malte Cohrs den Vorschlag unterbreitet haben, den Umfang der Hotelausbauten auf das notwendige Maß zurückzuführen und stattdessen die Energieproduktion auszuweiten. Diesmal sollten vor allem die Helgoländer selbst das Projekt finanzieren und dann auch am Profit beteiligt werden. Es dürfte doch auch in Ihrem Sinne sein, wenn Ihre Insel und Ihre Wähler sich ein möglichst großes Stück vom Kuchen der Energiewende sichern.«

»Das halte ich aber für ein Gerücht.« Der Bürgermeister war inzwischen rot im Gesicht vor Empörung. »Ich frage Sie noch einmal: Wer erzählt so einen Blödsinn? Seit der

Abstimmung ist die Inselerweiterung ein für alle Mal vom Tisch. Das mag einigen nicht gefallen – mir übrigens auch nicht, das gebe ich gerne zu –, aber das ändert nichts an der Tatsache selbst. Man kann Bürgerbefragungen nicht so lange wiederholen, bis man endlich das gewünschte Ergebnis erhält. Das würde die Demokratie ad absurdum führen.«

»Worin bestand denn Ihrer Ansicht nach genau der Gewinn für Ihre Insel in den Plänen von Gernot Reymers?«

»Das will ich Ihnen sagen«, bemühte sich Thoms um dienstlich distanzierte Fassung. Er stand auf, ging zu einem Aktenschrank und zog einen Ordner daraus hervor. Im Setzen öffnete er ihn und entnahm eine eingeheftete Karte, die er vor Leander auf dem Tisch entfaltete. »So war das Ganze geplant. Sie sehen hier die Hauptinsel und die Düne. Das ungefähr einen Kilometer lange Stück dazwischen – hier – sollte durch Spundwände, die im Felssockel befestigt werden sollten, eingefriedet und dann mit Sand aufgespült werden. Wir hätten ungefähr 295 000 Quadratmeter Land hinzu gewonnen; viel Platz für jede nur erdenkliche Art der Verwendung. Vor allem hätte uns dieses Projekt in die Neuzeit katapultiert. Fast alles hier auf Helgoland ist älter als ein halbes Jahrhundert. In dieser Zeit haben sich die Ansprüche der Urlauber geändert, und dem müssen wir Rechnung tragen, wenn die Besucherzahlen nicht weiter zurückgehen sollen.«

»Meine Quellen sprechen von einem Strömungskraftwerk und eigenen Offshore-Windparks. Außerdem sei eine ganz neue Technik geplant: eine versenkbare Betonkugel, mit deren Hilfe Energie speicherbar würde.«

»Sicher, solche Dinge hat Reymers mal angedacht, aber sie sind nicht projektiert worden. Mit Ausnahme des Strömungskraftwerks natürlich.« Thoms deutete auf eine Stelle der Karte. »Hier drunter sollte die Meeresströmung durch Turbinen fließen. Einen eigenen Offshore-Windpark hätten die Helgoländer und auch Reymers niemals finanzieren können. Schon allein deshalb kann es sich nur um die Fantasie irgendwelcher Spinner handeln, die solche Gerüchte in die Welt setzen.«

»Hat Gernot Reymers deshalb Geschäftsbeziehungen zu der Firma *HES* in Hamburg gepflegt?«

»Davon weiß ich nichts.«

»Sie haben also nichts davon gehört, dass Reymers im Umfeld der Planungen Rat bei der *HES* gesucht hat?«, zeigte sich Leander hartnäckig und beobachtete das Mienenspiel des Bürgermeisters. »Das Unternehmen ist doch genau auf die Geschäftsfelder spezialisiert, die Sie und Reymers hier ins Auge gefasst hatten.«

Jarrelt Thoms stutzte einen Moment, dann machte er Anstalten, sich zu erheben. »Herr Reymers hatte wohl einen Studienfreund bei der *HES* – Herwig Olsen heißt der, glaube ich –, bei dem er anfangs Rat eingeholt hat. Das ist der technische Leiter der Firma, soweit ich weiß. Sonst gibt es aber überhaupt keine Verbindung zwischen Reymers oder uns mit der Firma *HES*. Schon gar keine vertraglich bindende! Mehr kann ich Ihnen leider nicht sagen. Herr Leander, ich muss jetzt auch wieder an die Arbeit. Wir haben eine Ausschusssitzung heute Nachmittag, und da habe ich noch einiges vorzubereiten. Falls Sie sich aber in Wahrheit weniger für die Arbeit der Vogelwarte interessieren und tatsächlich wegen Gernot Reymers' Tod hier sein sollten, verweise ich Sie auf die Pressekonferenz, die ich zusammen mit der Kriminalpolizei morgen Mittag um zwölf Uhr geben werde.« Der Bürgermeister wandte sich seinem Schreibtisch zu und wollte seinen Gast offensichtlich nicht zur Tür begleiten.

Leander erhob sich aus seinem Sessel. Plötzlich kam ihm ein weiterer Gedanke. Die *HES* war auch im nichtkonventionellen Abbau von Gas und Öl engagiert. Vielleicht lag da ja der Schlüssel zu den Geschäftsbeziehungen. »Eine letzte Frage, Herr Thoms: Man liest in letzter Zeit sehr viel über CO_2-Verpressung im Meer und über Schiefergas-Förderung durch Fracking. Letzteres ist übrigens auch ein Geschäftsfeld der *HES*. Ist das vielleicht auch eine Option für Helgoland? Könnten das die neuen Energiepläne von Gernot Reymers gewesen sein? In den USA hat das immerhin genau die

Goldgräberstimmung ausgelöst, die Sie sich für Ihre Insel wünschen.«

Erstaunt nahm er die Veränderung zur Kenntnis, die in Thoms vor sich ging. Der Bürgermeister fuhr sich mit der Hand über die Stirn und wich Leanders Blick verlegen aus.

»Bei mir hat es keine Anfragen in der Richtung gegeben«, sagte er leicht verunsichert. Dann wurde seine Stimme plötzlich gefährlich leise und drohend: »Setzen Sie bitte keine derartigen Gerüchte in die Welt. Wir haben schon genug Theater gehabt wegen der Erweiterungspläne, da können wir nicht auch noch Proteste gegen Fracking und CO_2-Verpressung gebrauchen. Und jetzt gehen Sie bitte!«

Bürgermeister Thoms leitete seinen Gast mit einer Armbewegung zum Ausgang, als wolle er eine Herde Schafe dirigieren. Auch beim Handschlag zum Abschied blickte er Leander nicht in die Augen und verschloss die Tür gleich hinter ihm. Verdutzt stand Leander im Gang des Rathauses und blickte auf das nun geschlossene Büro. Da hatte er aber einen wunden Punkt getroffen.

»Kann ich Ihnen helfen?«, fragte jemand hinter ihm.

Als er sich umdrehte, stand eine ältere Frau keinen Meter entfernt, die ganz seiner Vorstellung von einer Verwaltungsangestellten aus der Mitte des vorigen Jahrhunderts entsprach: dicke Hornbrille, streng nach hinten gebundene graublonde Haare, verkniffene Züge um den Mund. Sie sah ihn so durchdringend und vorwurfsvoll an, dass er augenblicklich ein schlechtes Gewissen bekam wie ein Fünftklässler, der den Tafellappen aus dem Fenster geworfen hat.

»Äh. Nein, danke. Bürgermeister Thoms war schon so freundlich, mit mir zu sprechen.«

Die Frau nickte ohne eine Regung im Gesicht und verschwand dann im Zimmer 102. Bevor sie die Tür hinter sich schloss, hörte Leander Thoms aus seinem Büro hinüberrufen: »Janne? Gut, dass du wieder da bist. Mach mir doch mal sofort eine Verbindung mit Herwig Olsen in Hamburg.«

Na also, dachte Leander, da habe ich aber jemanden aufgescheucht. Ein Kribbeln in der Magengegend verriet ihm, dass nach mehreren Jahren der beruflichen Abstinenz sein alter Jagdinstinkt wieder erwachte. Er war selbst erstaunt darüber, wie angenehm dieses Gefühl war.

Dann wandte er sich in Richtung Treppenhaus, um dort auf der Übersichtstafel das Büro von Dieter Herbst zu suchen. Na bitte, da stand es ja: Katasteramt. Leander folgte dem Hinweis bis zum Ende eines Flures, der durch einen großen Kopierer künstlich verengt wurde.

Dieter Herbst rief nach Leanders Klopfen ein freundliches »Herein!« und machte bei seinem Einritt einen gänzlich anderen Eindruck als Bürgermeister Thoms. Der junge Mann trug eine dünne Leinenhose und ein buntes kurzärmeliges Hemd. Freundlich lächelte er Leander entgegen.

»Hallo, Herr Herbst, man hat mich auf der Suche nach den verschiedenen Modellen für die vor ein paar Jahren geplante Inselerweiterung zu Ihnen geschickt. Jarrelt Thoms meinte, wenn mir in seinem Haus überhaupt einer weiterhelfen könnte, dann Sie.«

Die durch diese Formulierung unterstellte freundschaftliche Beziehung Leanders zu dem Bürgermeister verfehlte bei Dieter Herbst nicht ihre Wirkung. Eifrig nickte er und deutete auf den Besucherstuhl vor seinem Schreibtisch. »Was wollen Sie denn da genau wissen?«

»Ich würde gerne die Pläne einsehen und, wenn es geht, von Ihnen etwas über die Vor- und Nachteile der einzelnen Varianten erfahren.«

»Natürlich. Nichts leichter als das.« Dieter Herbst zog einen Aktenordner aus einem Schrank, legte ihn vor Leander auf den Schreibtisch und stellte sich neben seinen Besucher. Dann schlug er den Ordner gezielt auf und erklärte, als hätte er sich zeitlebens mit nichts anderem befasst: »Es gab insgesamt vier Szenarien, von denen aber nur zwei in der engeren Wahl waren. Da ist zunächst einmal das Szenario I *Lun bleft Lun*: eine Aufspülung vom Nordost-Hafen bis zur Landungsbrücke, die verlängert werden sollte. Dadurch hätten wir etwa 94 000 Quadratmeter Land gewonnen, das entspricht ungefähr dreizehn Fußballfeldern. Der Zwei-Insel-

Charakter Helgolands wäre dadurch erhalten geblieben, aber die Anlandung großer Schiffe wäre erleichtert worden. Außerdem wäre das ein sehr geringer Eingriff in die Natur gewesen und der alte Ortskern hätte wunderbar eingebunden werden können.« Er ließ Leander einen Moment Zeit, sich die Planskizze genau anzusehen. »Szenario II trägt den Namen *Lun bleft Lun – een betjen deärtu*«, fuhr er dann fort und blätterte auf die nächste Seite. »Das ist eine Erweiterung des ersten Szenarios um eine zusätzliche Aufschüttung im Südhafenbecken. Szenario III, *De uur's Lun*, ist das durch die Medien am weitesten verbreitete, nämlich die breite Verbindung von Insel und Düne. Dadurch wären 295 000 Quadratmeter Neuland gewonnen worden, also etwa zweiundvierzig Fußballfelder.«

Dieter Herbsts Handrücken strich langsam über das bunt in die Helgolandkarte eingezeichnete Neuland. »Das Modell hat Gernot Reymers vertreten. Er wollte eine Hochseewelt mit großem Wassersportangebot aufbauen, noch dazu völlig unabhängig von Jahreszeiten und Wetter. Außerdem waren Wohn- und Tourismusflächen geplant und großzügige Natur- und Erlebnisräume. Tja, darüber wurde abgestimmt, und das wurde ja dann verworfen, weil es gravierende Nachteile gab. Die Düne hätte sich gewaltig verändert, nicht zuletzt weil über den neuen Verbindungsweg zum Felsen auch Katzen herübergekommen wären und die Brutkolonien gefährdet hätten, so lapidar das klingt. Szenaria IV, *De uur's Lun – ip weeter*, ist wiederum eine abgeänderte Variante von Szenario III. Darin wurde eine schmalere Verbindung von Insel und Düne projektiert. Dafür sollte es um die Aufspülungen aus Szenario II ergänzt werden.«

Dieter Herbst hatte bei seinem Referat unablässig Seiten umgeblättert und Leander die grafische Umsetzung der einzelnen Szenarien gezeigt. Nun blickte er ihn auffordernd an, als wollte er sagen: Jetzt sind Sie dran!

»Warum sind denn die Szenarien, die auf eine Verbindung von Insel und Düne verzichten, nicht zur Abstimmung gekommen? Ich habe eben über der ersten Zeichnung gelesen, dass Szenario I das eigentliche Präferenz-Szenario der Gemeinde war.«

Dieter Herbst rang sichtbar mit der Antwort. »Das ist nicht so leicht zu sagen. Der Gernot, also Herr Reymers, wollte mit dem Kopf durch die Wand. Seine Verbindung versprach den größten Landgewinn und natürlich auch Profit. Außerdem ist das, glaube ich, auch eine Frage der Familienehre, wissen Sie?«

Leander wusste nicht und sah den jungen Beamten entsprechend fragend an.

»Na ja, der Gernot hatte die Idee ja nicht als Erster. Es gibt da Pläne von vor über fünfzig Jahren. Da hat sein Vater schon dran gearbeitet, der war Ingenieur, und sowas verpflichtet ja auch irgendwie.«

»Ist denn aus Sicht der Gemeinde denkbar, dass es demnächst doch noch zu einer Erweiterung kommt? Wenn Szenario I ohnehin bevorzugt wurde, könnte man das doch jetzt umsetzen. Dafür bekäme man doch bestimmt eine Mehrheit.«

»Ja, schon, aber nun hat sich die Gemeinde im neuen Service-Hafen stark engagiert.« Dieter Herbst senkte die Stimme und schaute vorsichtig zur Tür, als rechnete er jeden Moment damit, dass jemand hereinkam, der das nicht hören durfte. »Zwanzig Millionen soll der Zauber gekostet haben. Die Hälfte hat das Land getragen. Die restlichen zehn Millionen sind für unsere Insel kein Pappenstiel. Und das sind nur die offiziellen Zahlen. Ich möchte nicht wissen, wie tief wir wirklich da drinstecken. Außerdem muss das Geld ja auch erst mal wieder reinkommen durch die Gewerbesteuern und so. Im Moment wird im Nordhafen noch die Munition aus dem Zweiten Weltkrieg abgeräumt. Sie ahnen ja gar nicht, was das kostet, wenn der Kampfmittelräumdienst mehrere Meter tief die Erde umgraben und sieben muss. Unter Wasser ist das noch viel aufwändiger. Da sind Spezialtaucher nötig. Meistens muss die gefundene Munition kontrolliert gesprengt werden, weil man das verrostete Zeug ja nicht mehr bewegen kann, ohne dass einem alles um die Ohren fliegt.

Und wenn die da fertig sind, machen die auf dem Oberland am Leuchtturm weiter. Also, wenn Sie mich fragen, ist die Inselerweiterung passé. Das können wir uns gar nicht mehr leisten. Vielleicht irgendwann einmal, wenn der Service-Hafen brummt und Gewinn abwirft.«

Diese Einschätzung nahm Dieter Herbst mit dem Unterton tiefster Befriedigung vor, was Leander schmunzeln ließ. Offensichtlich stand hier ein Gegenspieler des Bürgermeisters neben ihm.

»Angenommen, es fände sich nun jemand, der das Geld für das Präferenz-Szenario auftreibt, vielleicht sogar die Helgoländer daran und am Gewinn beteiligt, hätte eine neue Abstimmung darüber dann Aussicht auf Erfolg?«

Nun flackerten die Augen des Angestellten leicht. »Tja, könnte sein. Höchstwahrscheinlich sogar. Aber wer sollte so viel Geld auftreiben können?«

»Gernot Reymers? Der Mann hatte Kontakte und eine Vision, wie Sie mir ja eben selbst dargelegt haben. Und die Bürgerinitiative hätte nur schwache Argumente dagegen gehabt.«

Einen Moment dachte Dieter Herbst über diese Möglichkeit nach. Dann sagte er: »Sie haben recht. Diesmal wäre er sicher damit durchgekommen.«

»Ich danke Ihnen für Ihre Offenheit, Herr Herbst. Jarrelt hat nicht übertrieben, Sie haben mir wirklich sehr geholfen.«

»Das freut mich«, kam es zurück, aber das klang weniger überzeugend, denn nachdem sich Dieter Herbst soeben geoutet hatte, stand Leanders angebliche Nähe zu Bürgermeister Thoms nun unter einem ganz anderen Stern.

»Keine Angst, ich erzähle ihm nicht, was Sie mir im Einzelnen gesagt haben.« Er stand auf, zwinkerte dem jungen Mann zu und reichte ihm zum Abschied die Hand.

Die *Biologische Anstalt Helgoland* war im sogenannten *Haus C* im Hafen an der *Ostkaje* in einem Bau untergebracht, der durch einen silbern glänzenden, ufoförmigen Wasserturm zumindest von außen einen futuristischen Charme besaß.

Innen wirkte es eher wie eine Fabrikhalle aus der Blütezeit der Industrialisierung, was Leander ernüchternd fand. Unter einem schrägen Dach aus Betonstreben und Glasflächen erstreckten sich lange Regalreihen wie in einer Lagerhalle. In den Fächern standen Hälterungsbecken aus Kunststoff, in denen Wasser sprudelte und gluckerte. Auch Heinrich Seyfried blickte sich wenig begeistert um, während die anderen Gruppenmitglieder unvoreingenommen interessiert einem Vortrag über Hummeraufzucht lauschten.

»Hummer sind wichtige Regulatoren für das ökologische Gleichgewicht«, erklärte der Meeresbiologe Lasse Thorgren und deutete auf ein winziges Schalentier, das Eiken aus einem blauen Becken angelte und neben ihm in die Höhe hielt, was von Seiten der Fotografen sofort ein Blitzlichtgewitter zur Folge hatte. »Junge Hummer sind blau. Sie bekommen erst später ihre typische rotbraune Farbgebung. Wir ziehen die Tiere hier in der Biologischen Anstalt in großem Stil auf und wildern sie dann ins Freiwasser aus, wenn sie etwa zwei Jahre alt und vier Zentimeter groß sind, also doppelt so groß wie der Bursche hier. Von da an leben sie genauso wie ihre frei aufgezogenen Artgenossen.«

»Bis sie gefangen werden und im Kochtopf landen«, warf Fredi Wessel grinsend ein. »Dann sind sie übrigens außen wunderschön rot und innen herrlich weiß.« Er lachte meckernd.

Eiken schüttelte missbilligend den Kopf.

»Wir unternehmen hier alles, um den Tieren die Wasserqualität zu bieten, die sie draußen im Meer auch hätten«, fuhr Lasse Thorgren unbeeindruckt fort. »Das heißt, wir pumpen dauernd frisches Seewasser an und speichern es in dem Wasserturm, den ihr ja sicher schon gesehen habt. Er ist inzwischen so etwas wie unser Wahrzeichen. Von da aus werden die Hälterungsbecken laufend mit Frischwasser versorgt, so dass wir keine Aquaristik betreiben müssen. Das frische Wasser gewährleistet den notwendigen Eintrag von Plankton von ganz alleine.«

Leander deutete auf die wenig ansprechende Dachkonstruktion aus Betonträgern und Glas. »Ist das Gebäude für die Hummeraufzucht gebaut worden, oder war das hier mal eine Lagerhalle?«

Lasse Thorgren lachte. »Sieht befremdlich aus, was? Die meisten Menschen haben sehr romantische Vorstellungen von der Arbeit einer Biologischen Anstalt. In Wahrheit sind wir inzwischen so etwas wie ein Industriezweig geworden und orientieren uns an handfesten wirtschaftlichen Interessen. Wenn unsere Forschung keinen finanziellen Nutzen hat, wird es auch für uns schwer, die notwendigen Mittel aufzutreiben. Dieses Gebäude hier ist zum Beispiel früher für die Algenzucht gebaut worden. Man hat sich davon einen großen Nutzen für die Sicherung der Welternährung versprochen. Deshalb ist die Dachkonstruktion, so hässlich sie ist, auch sehr intelligent angelegt worden. Die Glaskuppeln und der schräge Lichteinfall sorgen dafür, dass wir in diesem Gebäude eine fünfundsiebzigprozentige Lichtausbeute haben. Das war nicht nur für die Algenzucht ideal, auch in der Hummeraufzucht spart das bei den Energiekosten.«

»Und warum werden jetzt hier keine Algen gezüchtet?«, hakte Leander nach.

»Weil sich das nicht lohnt. Die Algenzucht ist denselben ökonomischen Zwängen geopfert worden wie die Krill-Zucht, an die ihr euch vielleicht noch erinnert. Damit sollte auch der Welthunger beseitigt werden. Es gibt zwar noch eine kleine Algen-AG im Alfred-Wegener-Institut, aber die ist schon vor vielen Jahren nach Wilhelmshaven umgezogen. Das ist reines Geldrausschmeißen.«

»Das sagst du«, widersprach Eiken. »Andere Wissenschaftler sind da ganz anderer Meinung.«

»Fantasten«, winkte Lasse Thorgren ab. »Alle Algenprojekte außerhalb des AWI sind in den letzten Jahren pleite gegangen. Nur die Japaner züchten erfolgreich Algen, weil sie in Japan so etwas wie ein Grundnahrungsmittel sind. Wir haben uns hier auf die Hummeraufzucht spezialisiert und sind darin erfolgreich.« Damit war das Thema Algen für den Biologen beendet und er wandte sich wieder dem Hälterungsbecken zu, vor dem die Gruppe stand. »Hummer sind sehr aggressiv. Wir haben in jedem Becken vierundzwanzig Tiere, die aber alle voneinander getrennt gehalten werden müssen. Ohne die Trennwände würde am Ende nur ein einziges Tier übrig bleiben. Die anderen hätte es verspeist. Dieser Kannibalismus beginnt bereits im ersten Larvenstadium.«

Eiken ließ jeden den jungen Hummer, den sie während der Diskussion in der Hand behalten hatte, ausgiebig betrachten und dabei auch gleich fotografierten. Das gab Leander Gelegenheit, sich Lasse Thorgren einmal genauer anzusehen, der die Aktion mit einem Lächeln begleitete. Eiken hatte ihn als Leiter der Hummer-Aufzuchtstation des Alfred-Wegener-Instituts vorgestellt. Der Mann wirkte durchtrainiert, ja geradezu ausgearbeitet mit seinem dreieckig geformten Oberkörper. Leander schätzte ihn auf Mitte dreißig. Die langen, dunkelbraunen Haare waren zu einem Pferdeschwanz zusammengebunden, wodurch an den Seiten breite und lange Koteletten sichtbar wurden. Dazu trug er einen sauber gestutzten Dreitagebart, verwegen genug für einen Öko-Freak und gepflegt genug für einen Wissenschaftler. Auch die kurzen, braunen Pluderhosen mit ihren bauschigen Taschen an den Beinen und das beige Greenpeace-T-Shirt mit dem klassischen Regenbogen passten zur Darstellung des Naturburschen. Leander beobachtete, dass Eiken und Lasse Thorgren sehr vertraut miteinander umgingen, was ihm sogleich einen Stich versetzte.

»Gib's auf«, flüsterte Heinrich Seyfried ihm ins Ohr und stieß ihm leicht den Ellenbogen in die Seite. »Gegen den kommst du nicht an. Das war schon bei den Neandertalern so, dass nur die starken Kerle bei den Weibern eine Chance hatten.« Dabei grinste er wieder auf seine hämische Art, so dass Leander dem Handelsvertreter gerne den Hals umgedreht und den ganzen Kerl den jungen Hummern zum Fraß vorgeworfen hätte.

Während die Vogelwartin das Tier zurück in sein Abteil setzte, wechselte der Biologe zu einem weiteren Behälter und zog einen stattlichen ausgewachsenen Hummer daraus hervor. Auf der Unterseite, die er den Besuchern zeigte, erkannte Leander große, schwarze Eierpakete zwischen den Beinen und Panzerplatten.

»Dieses Tier ist gestern erst reingekommen. So ein Weibchen trägt bis zu fünfzigtausend Eier am Körper. Daraus schlüpfen kleine Larven, die sofort frei im Wasser schwimmen. Das Weibchen verpaart sich dann wieder und setzt neuen Laich an. Wir sind übrigens keine Zuchtstation. Die tragenden Weibchen bekommen wir von den Fischern gegen eine Entschädigungszahlung. Die Fischer sind nämlich auch daran interessiert, dass es in Zukunft weiterhin genügend Hummer gibt. Zwischen dem ersten Larvenstadium und dieser ausgewachsenen Größe liegen zahlreiche Häutungen. Eiken, zeigst du bitte mal die Häutungsstadien?«

Die Vogelwartin griff nach einem Tablett, auf dem leere Kalkpanzer in allen Größen lagen. »Wir haben inzwischen weit über zehntausend Hummer aufgezogen und zu Forschungszwecken ausgesetzt, inzwischen wildern wir jedes Jahr etwa eintausend Tiere aus. Seit ein paar Jahren siedeln wir sie übrigens in den Steinfeldern an, die draußen in der offenen See um die Offshore-Windkraftanlagen aufgeschüttet werden. Hummer leben nämlich überall dort, wo sie Felsbrocken vorfinden. Sie brauchen zum Überleben einen festen Untergrund und Höhlen, und die gibt es bekanntlich im Wattenmeer sonst nirgendwo. Große Hoffnung setzen wir auf den neuen Windpark *Amrum Nord*. Ein Areal der Größenordnung haben wir noch nie besiedelt. Für die Arbeiten unter Wasser bildet das Alfred-Wegener-Institut sogar eigene Forschungstaucher aus.«

»Was erforschen Sie denn mit Hilfe der Hummer?«, erkundigte sich der Hamburger Rechtsanwalt Dieter Kessler.

»Wir statten jedes einzelne Tier mit einem Sender aus, so dass wir es über Jahre hinweg beobachten können. Zusätzlich markieren wir die Tiere.« Er deutete auf einen grünen Punkt am Hinterleib des Hummers. »Diese Farbe injizieren wir einfach direkt in den Muskel, damit sie nicht bei der nächsten Häutung abgestoßen wird. Durch die Markierungen lassen sich die Tiere später leicht wiedererkennen, und wir bekommen Daten über das Wanderverhalten und die Überlebensrate.«

»Zusammen mit Messergebnissen des Alfred-Wegener-Instituts«, ergänzte Eiken, »lassen sich Korrelationen zwischen dem Klimawandel, der Meereserwärmung und dem Artenreichtum ableiten. Auch die Vogelwarte stellt ihre Daten im Rahmen dieses Forschungsprojekts laufend zur Verfügung. Auf die Art bekommen wir ein umfassendes Bild dieses einzigartigen Ökosystems.«

»Sie können übrigens für fünfundzwanzig Euro eine Patenschaft für so einen kleinen Kerl erwerben«, lockte Lasse Thorgren. »Damit unterstützen Sie unsere Arbeit und können dann auch bei der Auswilderung Ihres Patentieres dabei sein, wenn Sie wollen. In ein paar Tagen werden wir die nächsten aussetzen, übrigens diesmal am Rande des Windparks *Amrumbank West*. Das wäre doch eine prima Gelegenheit für Sie, dabei zu sein. Eiken wird Ihnen den genauen Termin noch nennen.«

»Werden die Tiere nicht sofort wieder gefressen, wenn sie ausgewildert werden?«, bezweifelte Konrad Knoblich, der Bankkaufmann aus Stuttgart, den sinnvollen Einsatz seiner fünfundzwanzig Euro.

»Natürlich gibt es hier rund um die Insel eine Menge Fressfeinde«, gestand Lasse Thorgren. »Deshalb wildern wir sie auch nur nachts aus. Dann werden sie nicht sofort gesehen, wenn sie sich im Freiwasser auf den Grund sinken lassen. Das sind nur sechs Meter bis da unten. Und da gibt es dann jede Menge Spalten und Klüfte im Sandsteinsockel, in denen sie Zuflucht finden.«

»Die Überlebensrate beträgt in den ersten Jahren etwa sechzig Prozent«, ergänzte Eiken. »Das ist ein sehr großer Erfolg für die Kollegen hier. Entsprechend stabilisiert sich die Zahl der Tiere inzwischen wieder.«

»Vor einigen Jahren ist der Hummerbestand vor Helgoland dramatisch eingebrochen«, beschrieb Lasse Thorgren die Notwendigkeit seiner Arbeit. »Die Fischer haben noch etwa fünfhundert bis achthundert Tiere pro Jahr in ihren Fangkörben gehabt. Davor hatten sie jährlich etwa zehntausend erwachsene Tiere gefangen, in den dreißiger Jahren des zwanzigsten Jahrhunderts waren es sogar achtzigtausend Tiere jährlich. Nach dem Zweiten Weltkrieg haben die im Meer versenkten Giftstoffe und Bomben dazu geführt, dass die Tiere in großer Zahl gestorben sind. Die Fangquoten wurden nicht in einem entsprechenden Maße angepasst, und so kam es zur Überfischung. Wir versuchen nun, die Lücke wieder zu füllen und den Bestand so weit aufzubauen, dass er sich irgendwann von selbst stabil halten kann.«

Aus den Augenwinkeln nahm Leander wahr, dass eine weitere Person den Raum betrat, sich umsah und in ihrer Vorwärtsbewegung plötzlich innehielt. Dann drehte sie sich um und ging wieder hinaus, bevor Leander sich ihr zuwenden konnte. Er hätte nicht sagen können, was ihm daran aufgefallen war, aber irgendetwas war ihm bekannt vorgekommen. Leider hatte er zu spät reagiert.

»Wenn Sie die Tiere auf so eng begrenztem Gebiet auswildern und sie so aggressiv sind, wie Sie sagen, fallen die sich dann nicht an und fressen sich gegenseitig?«, zweifelte Dieter Kessler.

»Die Verhältnisse im Meer sind anders als in unseren Zuchtboxen«, versuchte Lasse Thorgren die Befürchtungen zu zerstreuen. »Da draußen werden natürlich Revierkämpfe ausgetragen, aber die Verlierer haben Flucht- und Rückzugsmöglichkeiten. Außerdem respektieren Hummer die Reviere stärkerer Tiere von da an.«

»Wer eine Hummerpatenschaft übernehmen möchte, kann das jetzt bei Lasse machen«, beendete Eiken die Vorstellung der Hummeraufzucht. »Und wenn ihr euch noch ein wenig umsehen wollt, dann bitte ohne in die Bassins zu fassen. Wir treffen uns in zwanzig Minuten am Ausgang. Wer heute noch einmal mit zum Lummenfelsen möchte, kann sich mir dann anschließen. Von allen anderen verabschiede ich mich bis morgen: Treffpunkt um zehn Uhr direkt am Tor beim Wellensturzbecken. Ich habe mit Seehundjäger Boysen eine

Exkursion zum Fuß des Lummenfelsens verabredet, den wir zur Abwechslung mal von unten betrachten werden. Vergesst also eure Fotoapparate nicht!«

Die Fotografen lachten, als hätte Eiken den Witz des Jahres gemacht. Dann verteilten sie sich in den Gängen zwischen großen Regalen, um die Lebewesen in den Kunststoffbecken zu betrachten. Heinrich Seyfried zog auch Leander am Arm, aber der winkte ab und ging zu Lasse Thorgren hinüber, um eine Hummerpatenschaft einzugehen. Das war die Gelegenheit, sich die Windkraftanlagen da draußen einmal aus nächster Nähe anzusehen.

Lächelnd nahm der Naturbursche die fünfundzwanzig Euro entgegen und nickte Leander zu. Auf einer Liste, die Eiken bereithielt, gab Leander seine persönlichen Daten zu der Patenschaft an. »Sag mal, wer ist denn da eben hereingekommen und gleich wieder gegangen?«, erkundigte er sich bei der Gelegenheit.

»Ach, das war nur die junge Meeresbiologin, von der ich dir erzählt habe«, antwortete Eiken knapp. Bevor Leander nachhaken konnte, wandte sie sich Kalle Bluhm zu, der nun seinerseits seine Daten eintragen wollte.

Als sich niemand mehr für eine Patenschaft meldete, verschwand Lasse Thorgren in einem angrenzenden Raum. Eiken folgte ihm, ohne sich noch einmal um ihre Gruppe zu kümmern, so dass Leander sich schon wieder stehengelassen fühlte. Also wandte er sich Heinrich Seyfried zu, der die Szene von einem großen Bassin mit Seeanemonen aus grinsend beobachtet hatte. Leander hatte Mühe, sich auf die Farbenpracht und Artenvielfalt der dargebotenen Unterwasserwelt zu konzentrieren. Immer wieder ertappte er sich dabei, dass er sich die Vertrautheit zwischen Eiken und Thorgren vor sein geistiges Auge rief. Für ihn stand außer Frage, dass der Naturbursche ihr allnächtliches Date war. Diese Erkenntnis versetzte ihm einen Stich in die Herzgegend. Wenigstens hielt sich Heinrich Seyfried momentan mit blöden Bemerkungen zurück.

Um siebzehn Uhr wartete Eiken am Ausgang. Die meisten

Fotofreunde blieben bei ihr stehen, um mit auf das Oberland zu wandern. Heinrich Seyfried stupste Leander in die Seite. »Also, wenn du mich fragst, alter Knabe, dann habe ich für heute die Faxen dick vom Pflichtprogramm. In der Hitze schon wieder auf den Felsen? Nicht mit mir. Ich fahre rüber zur Düne, haue mich an den Strand und plansche ein bisschen in der kühlen Nordsee. Was ist, kommst du mit?«

Leander überlegte kurz, lehnte aber dann ab.

»Verstehe«, meinte Seyfried süffisant und deutete mit dem Kopf in Eikens Richtung. »Du lässt nicht locker, was? Na dann, Petri Heil.« Er lachte und wandte sich dem Hafen zu.

Leander trottete hinter den Fotografen her, die Eiken auf das Oberland folgten. Die Hitze brannte in den Straßen und schien keinen Ausweg zu finden. Erst auf dem Plateau wurde es etwas luftiger und erträglicher. Von Journalisten war nun weit und breit nichts mehr zu sehen. Eiken wanderte die verschiedenen Nistplätze ab und wies ihre Gruppe immer wieder auf lohnende Motive hin. Kalle Bluhm, Konrad Knoblich und Dieter Kessler wichen nicht von ihrer Seite und belagerten sie mit fachlichen Fragen. Nur Fredi Wessel schien es heute zu heiß zu sein. Er trottete sogar noch hinter Leander über das Plateau und unterließ ausnahmsweise einmal seine kindischen Späße. Möglicherweise hatte er aber auch von den anderen eindeutige Maßregelungen bekommen.

Leander ärgerte sich, dass er keine Chance auf ein Gespräch mit Eiken bekam. Er hatte den Eindruck, dass sie das gezielt vermied. Erst als sie sich von den Fotografen verabschiedete und sich wieder dem Unterland zuwandte, gelang es ihm, an ihre Seite zu kommen. »Gehen wir zusammen irgendwo etwas essen?«

»Tut mir leid«, lehnte sie ab. »Ich bin schon mit Lasse verabredet.«

»Ach so, der Hummerknabe.«

»Genau der.« Weitere Erklärungen hielt sie offensichtlich nicht für nötig. Stattdessen winkte sie Leander kurz zu, als sie in Richtung Biologische Anstalt abbog und ihn einfach zurückließ.

Scheiße, dachte Leander. Jetzt stehe ich hier wie blöd in der Landschaft rum und kann zusehen, wie ich die Zeit bis heute Abend rumkriege. Er blickte auf die Uhr. Es war gerade einmal halb sieben, das Treffen mit Mephisto am Leuchtturm war für zehn verabredet. Dreieinhalb Stunden Langeweile. Nicht mit mir, dachte er und strebte dem Hafen zu, um doch zurück auf die Düne zu fahren.

15

Es war schon ein befremdliches Gefühl und zugleich faszinierend, als Leander in der leichten Dünung mit einigen Metern Abstand vom Strand schwamm und plötzlich der Kopf eines Seehundes direkt vor ihm die Wasserfläche durchbrach. Das Tier verharrte kurz und blickte ihm neugierig in die Augen, um dann genauso plötzlich wieder abzutauchen. Wahrscheinlich war es nicht das einzige, das da unter ihm und um ihn herum tauchte und ihn im Blick behielt.

Nachdem Leander sich im kalten Nordseewasser abgekühlt und sich in der Sonne hatte trocknen lassen, beschloss er, in Eikens Hütte zu Abend zu essen. Als er am *Dünenrestaurant* vorbeikam, hielt ihn eine bekannte Stimme zurück. Heinrich Seyfried saß auf der Terrasse des Restaurants vor einem Weizenbier und winkte ihm zu. Der hatte offenbar keine Probleme damit, sich alleine irgendwo hinzusetzen und die Zeit totzuschlagen. Nach kurzer Überlegung beschloss Leander, die nächsten Stunden mit dem Handelsvertreter zu verbringen und mit ihm gemeinsam zu Abend zu essen. Alles schien ihm in diesem Moment reizvoller als die verlassene Hütte in den Dünen.

Die Stimmung war gelöst, zumal Seyfried jede Anspielung auf Eiken vermied, obwohl alles darauf hindeutete, dass er schon mehrere Gläser Bier geleert hatte. Leander stellte fest, dass er sogar ein sehr ernsthafter Gesprächspartner sein konnte.

»Die Sache mit den Algen geht mir nicht aus dem Kopf«, gestand Seyfried und blickte über die Brüstung und den schmalen Strand aufs Meer hinaus. »Damit lässt sich bestimmt 'ne Menge Geld machen, wenn man der Erste ist.«

»Du hast doch gehört, was dieser Lasse gesagt hat: Daran hat sich schon so mancher Pionier eine blutige Nase geholt«, wandte Leander zweifelnd ein. »Und wenn so ein Ökofreak das schon sagt …«

»Nee, nee, so einfach ist das nicht.« Heinrich Seyfried

schüttelte nachdenklich den Kopf. »Oder glaubst du, das AWI würde immer noch zwei Leute daran weiterforschen lassen, wenn die nicht glaubten, dass sich damit irgendwann einmal etwas verdienen lässt? Algen sind ja auch nicht nur für die Ernährung geeignet. Die Pharmaindustrie braucht sie und die Energieerzeuger demnächst wahrscheinlich auch. Schließlich ist das Biomasse ohne Ende, die sich da billig produzieren lässt.«

»Du witterst ein Geschäft mit dem Handel?«

Heinrich Seyfried wiegte vielsagend den Kopf. »Auf jeden Fall werde ich das nicht aus den Augen verlieren. Die Weltbevölkerung wächst; Nahrungsmittel, die an Land erzeugt werden, werden knapp, zumal die Nahrungsmittelindustrie zunehmend in Konkurrenz zur Energieerzeugung tritt; die Meere sind längst überfischt; das schreit doch geradezu nach neuen Produkten und einer neuen Technologie. Und wer da die Nase vorn hat – mein lieber Scholli!« Er rieb Daumen und Zeigefinger aneinander. »Das ist ein Milliardengeschäft.«

»Da sind doch längst die Japaner dran«, zweifelte Leander. »Und wir Europäer essen nun mal keine Algen. Seelachs, Rotbarsch und Scholle sind den meisten von uns lieber.«

»Noch. Lass nur mal einen Modeguru Reklame für die gesunde Ernährung mit Algen machen, dann öffnet sich hier ein gigantischer Markt.«

»So blöd sind die Leute nicht.«

»Hast du eine Ahnung!« Heinrich Seyfried lachte auf, als sei Leander die Naivität in Person. »Guck dir mal die blonde Badenixe da vorne an.« Er deutete unauffällig auf eine Frau von Anfang dreißig in luftiger Strandkleidung, die in ein angeregtes Gespräch mit einer etwa gleichaltrigen Brünetten vertieft war. Sie lachte immer wieder ausgelassen und wedelte ihre langen, welligen Haare durch die leichte Meeresbrise. »Was meinst du wohl, wie die so eine Frisur hingekriegt hat?«

»Ganz einfach: Die war heute Nachmittag im Wasser und hat ihre Haare im Wind trocknen gelassen.«

»Genau, so sieht das aus. Stimmt aber nicht. Wenn sie das nämlich gemacht hätte, wäre sie anschließend garantiert erst einmal unter die Dusche gehüpft und hätte ihre Haare gewaschen und geföhnt. Niemals wäre sie mit der Frisur in ein Restaurant gegangen.«

Leander dachte daran, wie sich seine frühere Frau Ilka immer angestellt hatte, wenn er vorgeschlagen hatte, im Urlaub vom Strand direkt zum Essen zu gehen. Lena war da schon weniger empfindlich gewesen, aber auch sie hatte häufig gesagt: »So kann ich doch nirgendwo hingehen.«

»Tja, mein Lieber«, fuhr Seyfried fort. »Ich sehe dir an, dass du weißt, wovon ich spreche. Diese blonde Schönheit nun war heute Nachmittag gar nicht im Wasser. Sie kam aus dem Friseursalon im *Lung Wai*, als ich zum Hafen gelaufen bin, und ist dann mit demselben Dünentaxi hier herübergefahren wie ich. Und sie hatte bereits da exakt diese Frisur – als wäre sie gerade den Wellen entstiegen und noch ungeduscht. Ergo hat ein Hairstylist sie so zugerichtet. Das ist nämlich der neue Trend in diesem Sommer: die *Beachwave*. Und wenn man für das Gewusel eine Menge Geld hingelegt hat, dann ist es nicht nur salonfähig, sondern es zieht sogar die bewundernden Blicke der anderen Frauen auf sich. Ich will damit sagen, dass man den Menschen alles verkaufen kann, wenn man es nur strategisch geschickt anfängt. Marketing, verstehst du?«

Leander blickte skeptisch auf die blonde Schönheit.

»Du denkst jetzt: Die ist vielleicht nur besonders dämlich, was? Dann erinner dich mal an die kaputten Jeans, die seit Jahren in keiner Kollektion fehlen dürfen. Menschen, die früher bei jedem winzigen Fadenzug an der Hose dieselbe sofort reklamiert hätten, kaufen inzwischen Jeans, die von Billigarbeitern irgendwo in Asien mit der Flex und Sandpapier malträtiert werden, bis zentimeterlange Risse in den Beinen klaffen. Und für diese kaputten Hosen, die eigentlich auf den Müll gehören, zahlen sie dann auch noch über hundert Euro, weil irgendein Pierre Cardin, Hugo Boss oder Tommy Hilfiger ihnen weismacht, dass das jetzt Mode ist. So blöd sind die Menschen. Wenn Algen die Haut straffen, kaufen sie schweineteure Algencremes, nur um sich selber vorzumachen, dass sie jetzt jünger aussehen. Wenn Algen Krebs vorbeugen, fressen sie tonnenweise Algentabletten. Das muss nicht mal nachgewiesen sein. Es reicht schon, wenn irgendein Werbefuzzi in weißem Arztkittel das im Fernsehen behauptet. Und so ein Geschäft sollte man nicht den Japsen überlassen, finde ich.«

»Tja, mein Lieber, dann brauchst du jetzt nur noch einen Algenfarmer und das Geschäft kann beginnen«, frotzelte Leander.

»Jetzt hast du es begriffen.« Seyfried nickte ihm ernst zu.

Als die Bedienung kam, bestellte er noch ein Weizenbier und Kniepersuppe. Leander dachte an Eikens Worte, dass er geradezu Hummerschutz betreibe, wenn er Knieper esse, und schloss sich der Bestellung an. Schweigend löffelten sie die Suppe und hingen jeder seinen Gedanken nach. Schließlich stellte Leander fest, dass es für ihn allmählich Zeit wurde. Mit einem leicht übertriebenen Bedauern erklärte er, er sei noch mit Eiken auf dem Felsen verabredet. Der Handelsvertreter schien das zu verstehen und ließ ihn mit einem Winken ziehen. Als Leander die Terrasse verließ, hörte er Seyfried ein weiteres Weizenbier bestellen.

Nachdem er sich im Bungalow frisch gemacht hatte, ohne seine natürliche *Beachwave* zu gefährden, fuhr Leander mit der *Witte Kliff* hinüber zur Hauptinsel und lief durch den *Lung Wai* und die *Treppenstraße* zum Treffpunkt auf dem Oberland. Der Sonnenuntergang war heute besonders spektakulär, deshalb hielten sich immer noch eine Menge Touristen auf dem Plateau auf. Leander stellte sich zwischen sie und blickte über die *Lange Anna* hinweg auf das Naturschauspiel. Dabei ärgerte er sich, dass er seine Kamera in der Hütte gelassen hatte. Erst als der Feuerball im Meer versunken war, strebten die Menschen wieder hinunter ins Dorf und in die Kneipen.

Leander wanderte in die entgegengesetzte Richtung, bog am Vogelfelsen nach links in einen Trampelpfad ab und erreichte schließlich den Leuchtturm. Da noch niemand zu sehen war, setzte er sich auf die Treppen und wartete auf Mephisto. Der kam zusammen mit Tamme Boysen etwa eine halbe Stunde zu spät, hielt es aber nicht für nötig, eine Erklärung dafür zu liefern. Leander betrachtete den Seehundjäger unauffällig und war sofort von seiner Erscheinung eingenommen. Das kräftige, derbe Gesicht mit dem ungewöhnlichen Kinn- und Wangenbart strahlte eine Ruhe und Vertrauenswürdigkeit aus, die tief in dem Mann zu wurzeln schien.

Mephisto stellte sie einander kurz vor. Dann blickte er an dem Leuchtturm hoch und hob seine Hände gen Himmel. »Weißt du eigentlich, lieber Henning, dass dies hier das leuchtfeuerstärkste Licht Deutschlands ist? Der Turm ist fünfunddreißig Meter hoch, was unter Addition der Höhe dieses Plateaus ganze einhundert Meter ergibt. – Nicht schlecht, was ich alles so weiß, nicht wahr?«

»Ich bin tief beeindruckt, alter Mann, was für einen reichen Wissensschatz du in deinem langen Leben so angesammelt hast«, antwortete Leander und deutete eine Verbeugung an. »Allerdings bin ich nicht hier, um Nachhilfe in Landeskunde zu bekommen. Wenn du nun die Güte besäßest, mir die Dinge mitzuteilen, die mich zu meinem beschwerlichen Aufstieg bei Nacht bewogen haben, dann …«

Mephisto unterbrach ihn mit einer herrischen Geste. »Undank ist der Welt Lohn. Aber gut, wie du willst. – Tamme, bring unseren ungeduldigen Freund hier mal auf den neuesten Stand.«

Der Seehundjäger berichtete kurz, was er über die Vernehmung Malte Cohrs' von Tim Baring erfahren hatte. Dabei betonte er, dass er die Aussagen des Fischers bezüglich des nächtlichen Treffens mit Gernot Reymers für die Wahrheit hielt, die sich aber nun einmal nicht beweisen ließ, weil der einzige Entlastungszeuge Ove Lornsen verschwunden war.

»Tja, das sieht nicht gut aus«, stimmte Leander zu. »Aber vielleicht führen meine Informationen uns ja etwas weiter.«

Er berichtete von seinem Besuch bei Bürgermeister Thoms und von dessen heftiger Reaktion auf Leanders Schuss ins Blaue bezüglich Fracking und CO_2-Verpressung.

»Klar geht der auf die Palme, wenn du solche Geschütze auffährst«, zeigte sich Mephisto verständnisvoll.

»Ich habe ihn dann auf die Karteneintragung angesprochen, auf dieses Stichwort *HES*«, fuhr Leander fort. »Fehlanzeige. Angeblich gibt es keine aktuellen gemeinsamen Pläne von Reymers und den Hamburgern. Der technische Leiter Herwig Olsen soll nur ein Studienkollege von Reymers sein und sollte wohl anfangs Hilfestellung bei der Planung leisten, weil Reymers keine Ahnung von Strömungskraftwerken hatte. Über diese Planspiele sei das aber nie hinausgegangen. Seit der Abstimmung sei die Sache gegenstandslos. Es habe keine weiteren Geschäftsbeziehungen mehr zwischen Reymers und Olsen gegeben. Aber als ich nach unserem Gespräch noch kurz auf dem Flur stand, habe ich gehört, dass Thoms sich von seiner Sekretärin eine Verbindung zu Olsen in Hamburg machen ließ.«

»Na bitte, dann haben wir doch einen Anhaltspunkt«, freute sich Mephisto, während sich Tamme Boysen nachdenklich seinen Kinnbart kratzte.

»Das wissen wir nicht«, bremste Leander den Überschwang seines Freundes. »Er kann da auch nur angerufen haben, um selbst Erkundigungen einzuziehen über eine mögliche Zusammenarbeit mit Reymers. Schließlich hat keiner von uns das Telefonat mitgehört. Vielleicht habe ich ihn einfach nur aufgeschreckt mit der Frage nach dem Fracking.«

»So langsam denke ich jedenfalls, dass Malte keinem Phantom nachgejagt ist«, sagte Tamme Boysen. »Dumm ist nur, dass Frantzen ihm kein Wort glaubt. Im Gegenteil, er will ihm auch noch einen Mord an Lornsen anhängen. Jedenfalls hat Malte jetzt einen Rechtsanwalt. Der setzt Frantzen unter Druck und fordert stichhaltige Gründe für eine Untersuchungshaft oder Maltes Freilassung.«

»Wenigstens etwas«, bestätigte Leander.

»Ist das alles, was du dazu zu sagen hast?«, beschwerte sich Mephisto, der sich für seine Verhältnisse erstaunlich lange defensiv verhalten hatte. »Malte Cohrs, Tamme und Oma Klüsing bauen auf dich. Da muss dir mehr einfallen als ›wenigstens etwas‹.«

Leander schaute ihn irritiert an. So hatte er seinen Freund noch nie erlebt. »Ich muss darüber nachdenken. Die Sache ist zu kompliziert für schnelle Reaktionen.«

»Aber nicht zu lange«, forderte Mephisto. »Cohrs' Unterstützung schwindet bereits merklich. In der Bürgerinitiative fragt man sich inzwischen, ob Malte nicht doch zu weit gegangen ist in seinem Streit mit Reymers. Vor allem Heiko Tönnies ist sich da nicht mehr so sicher. Er scheint inzwischen zu begreifen, was er mit seinem Einbruch tatsächlich angestellt hat. Jetzt hat er Schiss, dass Cohrs ihn und Jesko Keden vielleicht als Mittäter in einen Mord gezogen hat.«

»Feige Bande!«, kommentierte Tamme Boysen. »Wenn es um nichts geht, haben Keden und Tönnies die größte Schnauze von allen. Und wenn es dann eng wird, kneifen sie den Schwanz ein.«

»Du siehst, uns wird die Hose langsam eng«, fuhr Mephisto fort. »Es wird Zeit, dass du dich an die Arbeit machst. Was treibst du eigentlich den ganzen Tag? Scharwenzelst du nur um Eiken herum?«

»Nicht in dem Ton, Mephisto. Denk immer daran, dass ich nur deshalb noch hier bin, weil du mich darum gebeten hast.« Leander unterband mit einer schneidenden Handbewegung einen zornigen Einwurf Mephistos. »Außerdem habe ich heute nicht nur den Bürgermeister aufgesucht.« Er berichtete ausführlich von seinem Besuch beim Katasteramt und von seinem Gespräch mit den Kleingärtnern. »So, wie ich das sehe, gibt es nur zwei Möglichkeiten: Entweder sind die Pläne für die Inselerweiterung das Motiv für den Mord. Dann kommt Cohrs als Täter in Frage. Oder er hat Reymers nicht ermordet. Dann führt die Spur der Inselerweiterung uns nicht weiter. Ihr beide haltet Cohrs für unschuldig. Ich vertraue euch da mal. Ergo liegt das Motiv auch ganz woanders. Wo, müssen wir noch herausfinden. Tja, das ist der aktuelle Stand: mehr Fragen als Antworten. Aber vielleicht bekomme ich morgen auf der Pressekonferenz mehr heraus. – Wenn ich nur wüsste, wie ich da reinkommen soll. Thoms hat mich zwar ausdrücklich eingeladen, aber der hält mich ja auch für einen Journalisten. Bestimmt werden da die Presseausweise kontrolliert.«

»Was denn für eine Pressekonferenz?«, wunderte sich Tamme Boysen.

»Thoms will zusammen mit Hauptkommissar Frantzen den Stand der Ermittlungen mitteilen. Morgen Mittag um zwölf Uhr.«

Mephisto brütete offenbar über einer kniffligen Frage. Er schaute zu Boden und war gar nicht mehr so angriffslustig wie vor ein paar Minuten noch. Plötzlich schnippte er mit Daumen und Zeigefinger der rechten Hand und strahlte Leander an. »Ich hab's. Ich weiß jetzt, wie du morgen da reinkommst.«

»Aha, und wie?«

»Überlass das nur mir.« Er klopfte Leander schelmisch grinsend auf die Schulter. »Wo ein Mephisto ist, ist auch ein Weg. Sag mal, hast du nicht erzählt, das der Typ, mit dem Lena rummacht, Ralf Häger heißt und für die *Kieler Nachrichten* arbeitet?«

Leander ärgerte sich über Mephistos Wortwahl, nickte aber nur, woraufhin Mephisto meckernd lachte und meinte: »So ein Zufall. Weißt du, Henning, es gibt Momente im Leben, in denen ich doch wieder für möglich halte, dass es einen gerechten Gott geben könnte.«

Da Leander ahnte, dass sein Freund mal wieder etwas im Schilde führte, von dem er besser keine genaue Kenntnis hatte, hakte er lieber nicht weiter nach. Stattdessen schüttelte er nur den Kopf und sagte: »Die Frau von Ove Lornsen, diese Mechthild, ist doch Mitglied der Bürgerinitiative. Sag deiner Oma Klüsing, sie soll ihr mal auf den Zahn fühlen und herauszubekommen versuchen, was Ove Lornsen tatsächlich für eine Rolle in der Sache spielt. Mein Eindruck vorgestern Abend war nämlich, dass der Kerl einfach nur ein Alkoholiker ist, dem ich keinen Millimeter über den Weg trauen würde. So ein Gespräch von Frau zu Frau bringt mehr, als wenn einer von uns da offiziell auftaucht.«

»Geht klar. Und was machst du jetzt?«

»Als Erstes muss ich die Geschichte mit den E-Mails von diesem Informanten überprüfen«, meinte Leander nachdenklich. »Falls die wirklich existieren, versuche ich, der Spur weiter nachzugehen. Ist Oma Klüsing mit den Zugangsdaten zu Malte Cohrs' E-Mail-Account weitergekommen?«

Mephisto reichte Leander einen Zettel, auf dem er im schwachen Mondlicht nur mühsam eine Mail-Adresse und eine Kolonne aus Buchstaben und Zahlen erkannte, vermutlich das Zugangspasswort. »Gertrud war heute bei Malte. Wie sie das gemacht hat, wollte sie mir nicht sagen. ›Es gibt auch in meinem Vorleben Geheimnisse, die ich selbst mit dir nicht teile‹, hat sie gesagt. Aber irgendwie komme ich schon noch dahinter. Das wäre doch gelacht!«

»Ihr zwei habt euch auch gesucht und gefunden«, kommentierte Leander lachend.

Bevor sie sich trennten, überreichte Tamme Boysen ihm noch ein paar zusammengefaltete Zettel. »Das ist alles, was ich auf die Schnelle über die Mitglieder der Bürgerinitiative und über die Gegner der Inselerweiterung zusammenfassen konnte.«

Leander steckte die Zettel in die Hosentasche. Sie verabredeten, wieder Kontakt zueinander aufzunehmen, sobald jemand etwas in Erfahrung gebracht hatte. Dann machten sich Mephisto und Tamme Boysen zuerst auf den Weg in Richtung Unterland, weil Mephisto meinte, er müsse wegen der Pressekonferenz schnell noch einmal in das *Rote Kliff*. Leander wartete noch zehn Minuten und folgte ihnen schließlich.

16

Als er etwa eine Stunde später den Bungalow betrat, war darin alles dunkel. Eiken war noch nicht zu Hause. Enttäuscht, wieder keine Gelegenheit für eine Aussprache zu bekommen, setzte er sich an den Esstisch. In seiner Hosentasche knisterte Papier. Leander zog die zusammengefalteten Zettel heraus, die Mephisto und Tamme Boysen ihm gegeben hatten, und warf sie auf die Tischplatte. Wie eine Mahnung an Mephistos Aufforderung, endlich den Hintern hochzukriegen, lagen sie vor ihm.

Also stand er seufzend wieder auf, holte seinen Laptop aus seinem Zimmer und startete ihn. Zwar wusste er nicht, ob er hier draußen auf der Düne WLAN-Empfang hatte, aber für solche Fälle hatte er einen Datenstick dabei, um eine Verbindung über seinen Handy-Account herzustellen.

Die E-Mail-Adresse auf dem Zettel war eine Freemail-Adresse des Anbieters *Web.de*. Leander gab auf der Zugangsseite die Daten ein und befand sich Sekunden später im Postfach von Malte Cohrs. Dort fand sich nur eine Handvoll Mails, fast ausschließlich Werbe-Spam. Offensichtlich nutzte der Fischer die elektronische Post so gut wie gar nicht. Das erleichterte natürlich die Durchsicht, so dass Leander schnell auf den Betreff *Achtung: Inselerweiterung* aufmerksam wurde. Der Absender hatte die Adresse *Helgolandspy11+120m@byom.de*. Von diesem Account hatte Leander noch nie etwas gehört, also rief er parallel dazu seine Suchmaschine auf und fand so auf die Homepage des Anbieters *Byom*. Es handelte sich um einen Trashmail-Adressen-Service. Die E-Mail-Adresse war eine Wegwerfvariante, die nach einer bestimmten Zeit automatisch gelöscht wurde.

Kobra, übernehmen Sie auf modern, dachte Leander. Dabei hatte er die Anfangsszene aus der Fernsehserie der späten sechziger Jahre vor Augen, in der der Leiter des Kobra-Teams Jim Phelps eine Nachricht per Tonband erhielt, das nach dem Abhören von selbst in Flammen aufging. Derart brachiale Methoden waren im digitalen Zeitalter nicht mehr nötig.

Die Zahl am Ende der Adresse gab an, wie lange sie gültig sein sollte, in diesem Fall also nur 120 Minuten. Dann wurde der Zugang automatisch gelöscht. Malte Cohrs musste also gewusst haben, dass die Mail kam, sonst hätte der Absender nicht sicher sein können, dass sie innerhalb der festgelegten Zeit auch gelesen würde. Entweder war die Mail angekündigt worden, oder sie kam zu einer festen, zuvor verabredeten Zeit. Darauf deutete die Elf hin, die möglicherweise anzeigte, dass es sich um die elfte Mail von *Helgolandspy* handelte. Dann war wenigstens diese Komponente der Adresse ein gleichbleibender Bestandteil.

Tatsächlich fanden sich in Malte Cohrs Unbekannt-Ordner die anderen zehn elektronischen Briefe. Leander klickte sie von Nummer Eins aufsteigend an. Jedesmal enthielten sie nur einen Link, der zu einer *Dropbox* führte. Leander kannte diesen Support aus den letzten Jahren seines aktiven Dienstes. Lud man das Programm auf den eigenen Rechner und installierte die sogenannte *Dropbox*, konnte man Daten darin ablegen, zum Beispiel Fotos oder Texte, und sie dann per Freigabe mit anderen *Dropbox*-Nutzern gezielt teilen. Der Vorteil war, dass man sofort eine Nachricht bekam, wenn ein anderer freigegebener Nutzer neue Daten in seine Box gelegt hatte. Genauso konnte man gezielt Links zu einer Box versenden, in der Unterlagen zu finden waren, die man austauschen wollte. Seinerzeit hatte der Datenschutzbeauftragte des LKA Schleswig-Holstein vor den Sicherheitsrisiken gewarnt und die Ablage und den Austausch dienstlicher Unterlagen via *Dropbox* untersagt.

Leander klickte den Link in der ersten Mail an, bekam aber wie erwartet nur die Meldung, die Adresse existiere nicht mehr. Auch die Links in den zehn weiteren Mails waren inzwischen Sackgassen und führten ins Nirwana des WorldWideWeb. Der Whistleblower *Helgolandspy* hatte natürlich seine Spuren so gut wie möglich verwischt, nachdem er Malte Cohrs die nötigen Informationen zukommen lassen hatte. Die Mail-Adressen waren zerstört und nicht mehr zurückverfolgbar, die *Dropbox*-Links tote Pfade. Leander überlegte, wie er vielleicht doch noch die Spuren verfolgen konnte, die man bekanntlich immer hinterließ, wenn man im Internet surfte. Vielleicht konnte ein Fachmann ja noch etwas wiederherstellen. Lemmy, dachte Leander und griff zu seinem Handy.

Klaus Lehmann war ein ehemaliger Kollege beim LKA, mit dem Leander eine Zeitlang enger befreundet gewesen war. Nach dreimaligem Klingeln war er am Telefon. »Henning, du treulose Tomate, lebst du auch noch?«, rief er erfreut, nachdem Leander sich gemeldet hatte.

»Sieht so aus«, antwortete der mit sehr schlechtem Gewissen, weil er die Verbindung vor Jahren hatte einschlafen lassen. Dabei war zwischen ihnen nichts vorgefallen, sie hatten sich einfach aus den Augen verloren, als Leander erkrankt war und schließlich das LKA verlassen hatte. »Lemmy, ich brauche deine Hilfe.«

»Klar, warum rufst du auch sonst an?«, kam es zurück, aber Lemmy schien nicht wirklich beleidigt zu sein. Er war ohnehin eher der Typ, der die Dinge nahm, wie sie sich entwickelten. Mit verletzter Eitelkeit hielt er sich nicht unnötig auf.

»Ich versuche gerade, eine Wegwerf-E-Mail-Adresse und einen gelöschten *Dropbox*-Account nachzuverfolgen.«

»Oha, musst du digitale Lusche gleich in der Königsklasse anfangen?«

»Eben, deshalb rufe ich ja dich an. Siehst du da irgendeinen Weg?«

»Ich gehe mal davon aus, dass du nichts Illegales vorhast?«

»Der Inhaber des Accounts, an den die Mails gegangen sind, hat mich um Hilfe gebeten. Wer der Absender ist, wissen wir nicht. Es ist aber enorm wichtig für den Empfänger, weil er sonst möglicherweise für die nächsten fünfundzwanzig Jahre im Gefängnis verschwinden wird.«

»Na gut, dann schick mir mal alles zu, was du hast. Meine E-Mail-Adresse hast du ja. Oder nein, warte. Ich gebe dir lieber eine private Adresse, von der in der Dienststelle niemand etwas weiß. Leite mir die Mails dahin weiter, dann sehe ich, was ich machen kann.« Er nannte Leander eine *GMX*-Adresse.

»Danke, Lemmy. Wenn der Fall abgeschlossen ist und ich das nächste Mal in Kiel bin, melde ich mich. Oder du besuchst mich mal für ein paar Tage auf Föhr. Was hältst du davon? Über alte Zeiten quatschen und so.«

»Sei vorsichtig mit solchen Angeboten«, warnte Lemmy lachend. »Du kennst mich. Ich mache das wahr.«

»Sollst du, Lemmy. Ich würde dich gerne mal wiedersehen. Das meine ich ernst.«

»Ich melde mich, sobald ich etwas herausgefunden habe«, versprach Lemmy und legte auf.

Leander leitete die elf Mails aus Malte Cohrs' Postfach zunächst weiter an seine eigene E-Mail-Adresse, um für den Zweifelsfall Kopien zu haben, und anschließend zu Lemmys *GMX*-Postfach. In den Betreff schrieb er: *Danke, mein Freund!*

Dann klappte er seinen Laptop zu und lehnte sich zurück. Während er seinen Nacken massierte, fiel sein Blick auf Tamme Boysens Zettel. Seufzend schloss er die Augen. Sollte er tatsächlich heute Nacht noch die Informationen über die Mitglieder der Bürgerinitiative studieren? Sein Schädel brummte und er war müde. Wenn er sich ohne Pause mit trockenen Personenbeschreibungen befassen würde, wäre er in spätestens einer halben Stunde todsicher auf seinem Stuhl eingeschlafen. Er brauchte frische Luft.

Also stemmte er sich von seinem Stuhl hoch, ging in die Nacht hinaus und schlug den Weg zum Strand ein. Dabei wich er dem *Dünenrestaurant* aus, in dem er von weitem Heinrich Seyfried an der Theke sitzen und mit der blonden Badenixe und ihrer brünetten Freundin reden sah. Alle Achtung, der Kerl hatte Durchhaltevermögen. Immerhin saß er jetzt schon seit mindestens fünf Stunden in dem Lokal und hatte es trotz seines immensen Bierkonsums geschafft, die beiden Schönheiten an Land zu ziehen.

Leander ließ das Restaurant hinter sich und schlenderte am Spülsaum entlang. Ein Kutter fuhr tuckernd an der Düne vorbei und versetzte das heute spiegelglatte Wasser in Bewegung. Die Wellenkämme glitzerten im Mondlicht. In regelmäßigen Abständen strichen die Lichtstrahlen des Leuchtturms drüben auf dem Felsen über Leanders Kopf hinweg durch die Nacht.

Er konzentrierte sich auf den Fall Reymers und versuchte noch einmal, in Gedanken alles zu sortieren, was er bisher wusste. Dabei blieb er immer wieder an einem Zweifel hängen, der sich einfach nicht vertreiben ließ: Vielleicht war alles ganz einfach und jede Komplikation nur ein Irrspiel derer, die die Wahrheit nicht akzeptieren wollten und sich an eine Verschwörungstheorie klammerten. Vielleicht war eben doch Malte Cohrs der Mörder von Gernot Reymers und Ove Lornsen, weil er mit seiner Bürgerinitiative auf verlorenem Posten stand. Die Offshore-Windparks und der Service-Hafen hatten die Bedingungen verändert. Möglicherweise wurde jetzt eine Erweiterung der Bettenkapazitäten unausweichlich. Und damit rückte auch die Inselerweiterung wieder in den Bereich des Möglichen. Mit dem Kompromissvorschlag war Reymers schlagartig wieder im Spiel gewesen. Auf die Dementis des Bürgermeisters gab Leander nicht viel, schließlich war der Mann Politiker. Für Cohrs musste das eine herbe Niederlage gewesen sein, nachdem er sich schon als Sieger gefühlt hatte. Er war eben einfach durchgedreht an dem Abend, weil er kapiert hatte, dass er Reymers nicht mehr stoppen konnte.

Waren Malte Cohrs und seine Kumpane solch fanatische Spinner? War ihnen wirklich jedes Mittel recht, wenn es um ihre Insel ging? Leander kannte sie nicht, konnte sie also auch nicht einschätzen. Der Einbruch, den Tönnies und Keden begangen hatten, sprach jedenfalls für ihre kriminelle Energie. Aber sie hatten nichts gefunden, was ihre Fantastereien und Verschwörungstheorien hätte beweisen können. Reymers' Pläne waren unverdächtig gewesen. Leander konnte nachvollziehen, dass Kriminalhauptkommissar

Frantzen Malte Cohrs sofort aufs Festland verfrachtet und den Fall abgeschlossen hätte, wenn er von diesen Umtrieben gewusst hätte.

Wie man es auch drehte, alles sprach gegen Cohrs. Aber wen sollte er fragen, um Klarheit zu bekommen? Eiken, Mephisto, Oma Klüsing, die anderen Mitglieder der Bürgerinitiative – sie alle standen auf der Seite des Fischers und erwarteten von Leander, dass er Position bezog, und zwar die ihre. Was passierte, wenn er das nicht tat, hatte er heute Abend durch Mephistos Wutausbruch erfahren. Dann stand er alleine da!

Als Leander mit den Füßen im Wasser am Spülsaum entlangplatschte und auf den Glanz des Mondlichts in den leicht schwappenden Wellen schaute, fühlte er sich einsam wie schon lange nicht mehr. Seine Gedanken entfernten sich von dem Fall, verloren sich im Allgemeinen seines Lebens auf Föhr. Wenn er so weitermachte, würde er genau wie sein Großvater in dem Fischerhaus alleine alt werden und bestenfalls noch Kontakt zu irgendeinem alten Drachen haben, der ihm gelegentlich im Haushalt half. Frau Husens Konterfei tauchte bei dem Gedanken vor Leanders geistigem Auge auf, so dass er sich schütteln musste. Dabei wusste er, dass er der alten Frau nicht gerecht wurde. Immerhin war sie seinem Großvater eine gute Freundin gewesen und hatte sich um ihn gekümmert, während Leanders Vater ihn für tot erklärt hatte. Und dass sie sich schwer damit tat, wenn der Enkel nun alles auf den Kopf stellte, war nüchtern betrachtet auch verständlich.

Wer würde seine Frau Husen sein, wenn er alt wäre? Eiken kam ihm in den Sinn. Vielleicht zog sie eines Tages, wenn sie im Ruhestand war, wieder in die kleine Galerie in der Westerstraße, nur ein paar Schritte von Leanders Haus in der Wilhelmstraße entfernt. An langen Sommerabenden würden sie dann in seinem Garten bei einem Glas Wein sitzen und an die verpassten Chancen in ihrer beider Leben denken. Scheußlich! Außerdem: Wie sollte er die zwanzig Jahre bis dahin überbrücken? Und womöglich verbrachte sie ohnehin ihre alten Tage lieber an der Seite des dann grauhaarigen, aber bestimmt immer noch kernigen Naturburschen Lasse Thorgren. Scheiße, Henning, jetzt pass aber auf, dass du in deinem Selbstmitleid nicht ersäufst. Wütend über sich selbst trat Leander hinter einem Stein her.

Überhaupt hatte der Untergrund inzwischen mit einem Sandstrand nichts mehr gemein. Kies und Geröll knirschten unter Leanders Füßen, als er nun die steinige Aue umrundete und dem Spülsaum auf der anderen Dünenseite in entgegengesetzter Richtung folgte, bis er fast vor einen grauen Felsen gelaufen wäre, der plötzlich laut grunzte und sich bei näherem Hinsehen als ausgewachsene Kegelrobbe erwies. Erschrocken sprang Leander zurück und sah zu, dass er in sicheren Abstand zu dem gewaltigen Raubtier kam. Jetzt erst erkannte er im Mondlicht die lange Reihe von Kegelrobben, die da am Spülsaum lag.

Kurzentschlossen drehte er um und nahm denselben Weg zurück, den er gekommen war. Dabei schweifte sein Blick schon bald wieder über die Weite der Hochsee und verlor sich in der Dunkelheit, die in regelmäßigen Abständen von den Lichtstreifen des Leuchtturms zerschnitten wurde. Seine Gedanken wechselten wieder zu Eiken und ihm war klar, dass er sie endgültig verlieren würde, wenn es ihm nicht gelang, sich nachhaltig bei ihr zu entschuldigen und sie von seinen ernsten Absichten zu überzeugen. Das ging aber nicht im Moment und schon gar nicht in der Enge des kleinen Bungalows hier auf der Düne. Dazu musste er die passende Gelegenheit und den geeigneten Ort finden.

Leander seufzte. Er hatte sein Leben aber auch so richtig in den Sand gesetzt. Dabei war er gerade Anfang fünfzig. Für den Ruhestand war das eindeutig zu früh. So langsam deutete sich an, dass ihn die Langeweile zu zerfressen drohte. Sein Leben glitt in die Bedeutungslosigkeit ab. Er musste sich wieder etwas Geregeltes aufbauen. Was er brauchte, war eine Aufgabe. Aber was konnte das sein? Was konnte er denn überhaupt – außer ermitteln? Schreiben? Sollte er es mal mit Schreiben versuchen? Kriminalromane vielleicht?

»Blödsinn!«, schalt er sich selbst. »Solche Abende wie heute tun dir nicht gut, Henning Leander. Leg dich schlafen, damit du morgen ausgeruht ermitteln kannst. Und sieh zu, dass du deine Freunde in diesem Fall nicht enttäuschst. Das sind nämlich die letzten, die du noch hast.«

»Jetzt führt der Kerl schon Selbstgespräche«, kommentierte jemand lachend.

Nur ein paar Meter entfernt im Sand saß Heinrich Seyfried, an jeder Seite eine der Schönheiten, die Leander vorhin neben ihm an der Theke im *Dünenrestaurant* gesehen hatte.

»Komm, alter Knabe, setz dich zu uns. Das hier sind Sandra und Marie, zwei einsame Herzen auf dem verlassensten Sandhaufen, den du in der Nordsee finden kannst.«

Sandra und Marie lachten albern, wobei die *Beachwave*-Blondine ihre langen Haare wild nach hinten schleuderte und die Augen dabei geschlossen hielt. Sie war sich ihrer Schönheit offensichtlich sehr bewusst. Die andere klopfte mit einer Hand auffordernd neben sich in den Sand und leckte sich lasziv über die Lippen. Das hatte Leander gerade noch gefehlt! Zwei angetrunkene Dummchen auf der Suche nach einem One-Night-Stand.

»Gute Nacht«, entgegnete er und stapfte ohne eine weitere Erklärung durch den Sand hinauf zu den Dünen.

Enttäuschtes Raunen hinter ihm wurde von Heinrich Seyfried betont beleidigt niedergerungen: »Was ist denn los? Bin ich euch nicht genug, meine kleinen Nixen?«

Das Letzte, was Leander hörte, bevor er in Richtung Bungalow die Dünen hinabstapfte, war wieder dieses alberne alkoholisierte Lachen.

Als er schließlich die Hütte betrat, war alles still. Eiken war immer noch nicht zu Hause. Also ging Leander frustriert ins Bett. In dieser Nacht hörte er Eiken nicht nach Hause kommen.

17

Am Morgen wachte Leander viel zu früh auf und stellte mit einem vorsichtigen Blick in das Nebenzimmer fest, dass Eikens Bett unberührt war. Missmutig verzichtete er auf sein Frühstück und schlürfte lediglich eine Tasse Kaffee im Stehen an der Küchenzeile. Die Uhr an der Wand über dem Esstisch tickte in der Stille des Bungalows viel zu laut und zeigte sechs Uhr siebenundvierzig an. Leander seufzte und lehnte sich mit dem Rücken gegen die Arbeitsplatte. Verdammt noch mal, was machte er eigentlich hier? Wieso hatte er sich auf diesen Fall eingelassen, mit dem er überhaupt nichts zu tun hatte? Weshalb rannte er Eiken nach, obwohl offensichtlich war, dass sie nichts mehr von ihm wissen wollte? Warum war er jetzt nicht zu Hause, in seinem Friesenhaus auf Föhr, und genoss dort den Tagesbeginn am Küchentisch vor dem Gartenfenster oder unter den Obstbäumen im Garten, den *Inselboten* vor sich ausgebreitet?

Leander schüttelte resigniert den Kopf. So weit war es schon gekommen, dass er sich nach einer Zeitung zurücksehnte, die inhaltlich häufig gerade einmal für eine halbe Tasse Kaffee reichte. Aber das Wenige, das darin stand, hatte immerhin mit seiner Wahlheimat zu tun und damit auch mit ihm. Hier, in Eikens Bungalow, war er fremd und völlig fehl am Platz. Und noch dazu alleine! Wenn man schon zusammen wohnte, sollte man doch zumindest gelegentlich aufeinandertreffen, verdammt noch mal! Es schüttelte ihn, wenn er daran dachte, dass Eiken vermutlich gerade jetzt in den Armen dieses stoppeligen Naturburschen aufwachte.

Leander stellte die Tasse klappernd in die Spüle und überlegte, wie er die Zeit bis zur Abfahrt der Fähre überbrücken könnte, als sein Blick auf den Esstisch fiel. Da lagen immer noch die Zettel von Tamme Boysen. Einen Moment lang kämpfte er gegen den inneren Widerstand, sich in seiner derzeitigen Stimmung mit dem Fall zu befassen. Dann griff er seufzend nach dem Bericht, schenkte sich doch noch eine Tasse Kaffee ein und setzte sich auf die Veranda.

Die Zettel waren eng bedruckt. Tamme Boysen hatte in der Kürze der Zeit durchaus gründlich gearbeitet. Dabei hatte er allerdings lediglich den harten Kern der Bürgerinitiative unter die Lupe genommen. Dazu gehörten Malte Cohrs, Gertrud Klüsing, Jesko Keden, Heiko Tönnies, Oluf Heikens, Mechthild und, allerdings in Klammern aufgeführt, ihr Mann Ove Lornsen und zuletzt Eiken Jörgensen. Weitere engagierte Helgoländer, hatte Tamme Boysen vermerkt, seien nur in der heißen Kampfphase dabei gewesen und hätten sich seit der erfolgreichen Abstimmung komplett zurückgezogen. Ohne konkreten Verdacht sei es sinnlos und viel zu aufwändig, sich mit ihnen näher zu befassen. Leander beschloss, Boysens Urteilsvermögen zu vertrauen. Wenn der diese Leute für nicht weiter überprüfenswert hielt, dann wollte auch er sich auf den harten Kern konzentrieren. Seufzend lehnte er sich zurück und vertiefte sich in die Personenbeschreibungen.

Malte Cohrs zeichnete der ehemalige Wasserschutzpolizist als ein Original mit teils abenteuerlicher, teils unbekannter Vergangenheit: Als Jugendlicher von zu Hause weggelaufen, sei er nach Stationen in Portugal und auf der Hallig Hooge schließlich auf Helgoland heimisch geworden und verdinge sich seitdem als Fischer – zunächst angestellt, später dann selbstständig. Was in seinem Elternhaus vorgefallen war, sei Boysen nicht bekannt. Cohrs sei geradlinig und direkt, mache aus seiner Meinung keinen Hehl und kämpfe energisch für Sachen, die er für gerecht halte. Dabei sei er überhaupt nicht kompromissbereit, was ihn zu einem unerbittlichen und gefürchteten Gegner mache. Für gefährlich oder gar gewalttätig halte Boysen ihn jedoch nicht. Wie seine Befürchtungen hinsichtlich neuer Pläne von Gernot Reymers zu deuten seien, wisse Boysen nicht abschließend einzuschätzen. Allerdings sei Cohrs eigentlich zu realistisch und bodenständig, um sich so etwas einfach auszudenken. Auch eigene Interessen verfolge er sicher nicht. Ein doppeltes Spiel sei bei Malte Cohrs undenkbar.

Die Postmeisterswitwe Gertrud Klüsing wisse ihre letzten Jahre auf dem Felsen zu genießen, sei aber immer auch zu gemeinschaftlichen Aktivitäten bereit. Sie sei zeitlebens offen, ehrlich und engagiert in der überschaubaren Inselgemeinschaft aufgetreten. Keine große Traditionsfeier, kein Gemeindeevent sei während der letzten dreißig Jahre ohne ihre Mitwirkung und ihre Kuchen denkbar gewesen. Wo sie gebraucht werde, sei sie zur Stelle. Dabei könne sie anpacken und achte nicht auf persönliche Nachteile, wenn sie sich für oder gegen eine Sache engagiere. In der Bürgerinitiative, die sie mit Malte Cohrs zusammen gegründet habe, habe sie den organisatorischen Part übernommen, zu dem dem Fischer die Selbstdisziplin und Ausdauer gefehlt habe. Streitigkeiten trage sie stets offen aus, für Intrigen sei sie zu direkt. Das habe ihr zu großem Ansehen und Respekt auf der Insel verholfen, auch wenn sie dazu neige, eher Regeln zu folgen, die ihrem Gefühl für das Richtige entsprungen seien. An öffentliche Verordnungen, deren Sinn sie nicht so ganz einsehen könne, halte sie sich grundsätzlich nicht. Insgesamt sei Oma Klüsing eine Überzeugungstäterin in Sachen ziviler Widerstand. Als Informantin der Gegenseite oder auch nur als undichte Stelle komme sie damit für Tamme Boysen nicht in Frage.

Jesko Keden bewertete der Seehundjäger schon deutlich kritischer und distanzierter. Der Inhaber der Gastwirtschaft *Zum Roten Kliff* im *Hapot Wai* sei trunksüchtig und werde im Laufe des Abends nicht selten sogar ausfallend seinen Gästen gegenüber. Die verziehen das nicht ihm, sondern eher seiner Frau Ursula, die um einen engen Kontakt zu den Stammgästen bemüht sei. Gelegentlich nutze sie Jeskos alkoholisierte Bewusstlosigkeit des Nachts für Seitensprünge, in letzter Zeit regelmäßig mit Heiko Tönnies, Jeskos bestem Freund. Wenn jemand in der Bürgerinitiative unzuverlässig sei, dann der Gastwirt, der sich zudem nicht unterordnen könne und hitzköpfig immer wieder seine eigenen Interessen verfolge. Mehrfach habe er mit seinem draufgängerischen Auftreten das Werben der Bürgerinitiative für eine Mehrheit in der Bevölkerung Helgolands gefährdet. Die Helgoländer seien nämlich in ihrer großen Überzahl friedfertige Menschen, die eigentlich nur ihre Ruhe haben wollten. Wäre ihr Interesse an der Verhinderung der Inselerweiterung nicht selbst groß genug gewesen, hätte sich sicher so mancher durch Jeskos Verhalten abschrecken lassen. Ob der Gastwirt bewusst versucht habe, die gemeinsame Sache zu sabotieren, wisse Tamme Boysen jedoch nicht einzuschätzen. Allerdings fasste er seinen Bericht so zusammen, dass Jesko unberechenbar und ihm letztlich sogar ein doppeltes Spiel zuzutrauen sei.

Ursula Keden sei nicht Mitglied der Bürgerinitiative, aber dennoch interessant bei der Suche nach undichten Stellen. Die Gastwirtin sei bei ihren Seitensprüngen nicht auf Heiko Tönnies festgelegt. Sie sei sehr amüsierfreudig, tanze auf jeder Hochzeit und dort mit jedem, der sich ihr anbiete, sobald Jesko außer Gefecht sei. Außerdem sei sie überaus geschwätzig. Damit sei sie Jeskos größter Schwachpunkt, denn niemand könne dafür garantieren, dass sie die Interna der Bürgerinitiative, die ihr Mann ihr im Suff ausgeplaudert habe, nicht auch in die Betten der Gegenseite trug. Das sei jedoch so gut wie nicht zu überprüfen.

Leander war sich nicht ganz klar darüber, ob er Tamme Boysens Urteil angesichts seiner offensichtlichen Abneigung gegen die Kedens in diesem Fall vertrauen konnte. Allerdings konnte es ja nicht schaden, die Wirtsleute besonders im Auge zu behalten.

Heiko Tönnies wurde in der Zusammenfassung als hundertprozentiger Geschäftsmann geschildert. Er gehöre zu denen, die auch im rückläufigen Tagestourismus noch ihr Auskommen hatten, wenngleich auch er Federn gelassen habe. In den letzten Jahren habe er alle notleidenden Geschäfte der Insel aufgekauft, lasse sie aber der Scheinkonkurrenz wegen weiterhin unter ihren alten Namen firmieren. Seine kaufmännische Wendigkeit sei inselweit bekannt. Deshalb habe sich Tamme Boysen anfangs auch gewundert, dass er unter den Gegnern der Inselerweiterung zu finden war. Eigentlich hätte er jedem Konzept, das eine Zunahme des Tourismus versprach, zustimmen müssen.

Stattdessen habe er überraschend deutlich Position gegen die Pläne bezogen.

Seine Frau Meret sei dagegen sehr pragmatisch und eine absolute Gegnerin seines Engagements in der Bürgerinitiative, was mitunter zu Ehestreit in der Öffentlichkeit geführt habe. Trotz dieser deutlichen Positionierung traute der Robbenjäger Heiko Tönnies nicht über den Weg. Seiner Ansicht nach war es denkbar, dass der Kaufmann in Wahrheit gemeinsame Sache mit Gernot Reymers gemacht oder sich zumindest die Möglichkeit eines Seitenwechsels offen gelassen habe. Entweder habe er seine Frau dabei nicht eingeweiht oder die Streitigkeiten in der Öffentlichkeit dienten der Tarnung. Merkwürdig sei dabei allein die Aktion mit dem nächtlichen Einbruch in das Hotel. Die passte gar nicht in das Bild, das Boysen sich von dem Geschäftsmann gemacht hatte. Entsprechend sei Tönnies ganz besonders im Auge zu behalten.

Meret Tönnies war gemäß ihrer Meinung zu der Inselerweiterung kein Mitglied der Bürgerinitiative. Inwieweit man ihr zutrauen konnte, vielleicht sogar deren Arbeit zu torpedieren und die Informationen, die sie von ihrem Mann bekam, an Gernot Reymers weiterzutragen, wusste Tamme Boysen nicht einzuschätzen. Hier sei aber durchaus eine undichte Stelle denkbar. Damit standen schon vier Wackelkandidaten auf der Liste des Seehundjägers.

Den Fischer Oluf Heikens handelte er sehr knapp ab. Er war ein eingeborener Helgoländer, mit jeder Faser seines Körpers und Geistes ein Arbeiter des Meeres und aus voller Überzeugung ökologisch ausgerichtet. Leander bekam den Eindruck eines schlichten Gemüts, dem Tamme Boysen weder geistig noch moralisch zutraute, Intrigen zu spinnen und quasi in Spionage-Absichten Mitglied der Bürgerinitiative zu sein. Das machte ihn in Leanders Augen besonders sympathisch.

Die Pensionswirtin Mechthild Lornsen beurteilte der ehemalige Polizist ebenfalls als ehrliche und einfache Frau. Problematisch sah er hingegen ihren Mann Ove, der anfangs zusammen mit ihr in die Bürgerinitiative eingetreten war, dann aber kritisch geworden und schließlich in den Planungen und Diskussionen sogar als Bremser aufgetreten sei. Nach der für die Bürgerinitiative erfolgreich verlaufenen Abstimmung habe er gar die Haltung eingenommen, die Verhinderung der Inselerweiterung sei ein Fehler gewesen, denn die Insel habe damit die historische Chance verspielt, den Zustand vor der großen Sturmflut wiederherzustellen, in der Felsen und Düne entzweit worden waren. Zwar legte Tamme Boysen auch für Mechthild Lornsen keine Hand ins Feuer, aber Ove sah er deutlich kritischer. Für diese Sichtweise sprach das Verschwinden des Mannes, dagegen jedoch das Vertrauen, das Malte Cohrs ihm trotz allem entgegengebracht hatte. Aber vielleicht hatte der ja auch nur versucht, Ove Lornsen mit Beweisen wieder auf die richtige Seite zu ziehen. Oder er hatte ihn als Vermittler eingeschaltet. Das zu klären, war eindeutig Tamme Boysens Aufgabe, entschied Leander.

Eiken Jörgensen stellte der Robbenjäger in zwei Zeilen dar: Sie sei erst vor einem halben Jahr der Bürgerinitiative beigetreten und habe sich dort engagiert und überzeugt gezeigt. Ihren Charakter kenne Leander selbst viel besser. Es folgte ein Smiley. Scherzkeks!

Leander legte die Zettel beiseite, lehnte sich zurück und faltete die Hände hinter dem Kopf. An Tamme Boysens Stelle würde er die Ehepaare Tönnies und Keden nicht aus den Augen lassen. Er beschloss, sich an diesem Abend selbst ein Bild von ihnen zu machen und Jesko Kedens Kneipe aufzusuchen. Vielleicht konnte er ja Eiken überreden, ihn zu begleiten, das war unauffälliger. Leander bemerkte, dass er bei dem letzten Gedanken zu grinsen angefangen hatte, als sei ihm da ein besonders geschickter Trick eingefallen. Dann blickte er auf die Uhr, räumte schnell die Zettel und die Kaffeetasse ins Haus, schnappte sich seine Fotoausrüstung und machte sich auf den Weg zur Fähre.

Heinrich Seyfried stand schon mit Kameratasche und Stativ am Anleger und beobachtete die *Witte Kliff*, die sich über die kleinen Wellen hüpfend der Düne näherte. Der

Handelsvertreter sah verkatert aus und war ungewohnt schweigsam. Offensichtlich hatten Marie und Sandra ihn doch überfordert. Heute war es an Leander, hämisch zu grinsen. Das geschah dem Schürzenjäger recht.

Seyfried, der das Grinsen bemerkt hatte, war allerdings ein schlechter Verlierer. »Eiken ist wohl heute Nacht nicht nach Hause gekommen, was?«, fragte er gehässig mit aufgesetztem Lächeln und rechnete ganz offensichtlich gar nicht mit einer Antwort.

Als die Fähre angelegt und die Badegäste vom Felsen ausgespuckt hatte, ließen sie sich nebeneinander auf einer der Bänke nieder. Seyfried setzte eine verspiegelte Sonnenbrille auf und schloss die Augen, während Leander den Blick über die spiegelglatte See schweifen ließ. Er war froh, heute Morgen einmal nicht dem Gelaber des Handelsvertreters ausgesetzt zu sein.

Dann kam die Mole in Sicht und Leander stutzte. Da standen Oma Klüsing und Mephisto und warteten offenbar auf die Fähre. Trotz des großen Altersunterschiedes sahen die zwei wie ein altes Ehepaar aus, das einen Tagesausflug an den Strand machte. Verdammt, was hatten die beiden denn jetzt schon wieder vor?

Als die Fähre anlegte, gesellte sich Heinrich Seyfried an seine Seite. Mephisto und Oma Klüsing steuerten genau auf sie zu, wobei der kleine Mann geradezu am Arm der alten Frau zu hängen schien. Dann trennten sie sich aber im letzten Moment, um links und rechts an den beiden Männern vorbeizuziehen. Während Mephisto plötzlich direkt neben Heinrich Seyfried stolperte, sich gerade noch an dessen Fototasche festhalten konnte und »Hoppala!« rief, nutzte Oma Klüsing den Moment, um Leander unauffällig im Vorbeigehen etwas in die Hand zu drücken. Das fühlte sich nach einer Plastikkarte an. Leander ließ sie blitzschnell in seiner Hosentasche verschwinden.

»Was machst du denn wieder?«, schimpfte Oma Klüsing übergangslos mit ihrem alten Freund.

»Ist ja nichts passiert«, warf Heinrich Seyfried lachend ein und stellte den kleinen, dicken Mann, der immer noch an seinem Arm hing, wieder auf die Beine.

»Ich bin gestolpert«, erklärte der zerknirscht. »Danke, junger Mann.«

»Nirgendwo kann man dich mit hinnehmen«, schimpfte Oma Klüsing weiter. »Immer machst du solche Sachen!« Dabei zog sie ihn resolut in Richtung Dünenfähre weiter.

»Ein Pärchen wie Max und Klärchen.« Heinrich Seyfried schaute ihnen belustigt nach. Offensichtlich hatte der Zwischenfall seine schlechte Laune vertrieben.

»Das kann man wohl sagen«, stimmte Leander kopfschüttelnd zu. »Sag mal, weißt du eigentlich, wo wir jetzt hin müssen?«

Der Handelsvertreter nickte herablassend und deutete mit der Hand an, dass Leander ihm folgen solle. Sie gingen am Hafenbecken vorbei in Richtung Südhafen und bogen an der Hafenstraße nach rechts in ein kleines Gewerbegebiet ab, das nach dem Anblick des malerischen Bereiches mit seinen bunten Hummerbuden auf Leander geradezu ernüchternd wirkte. Hier fand das wahre Geschäftsleben hinter den Kulissen statt, das wie überall auf dem Festland auch durch harte Arbeit, Schmutz und jede Menge lagerndes Baumaterial gekennzeichnet war. Sie stießen auf eine Wellenschutzmauer aus Beton mit vorgelagerten Tetrapoden und hielten sich von nun an rechts, unterhalb des Mittellandes entlang der Mauer. Der rote, schroffe Felsen kam vor ihnen in Sicht und dann ein großes. schwarzes Eisentor, das den Touristen vor der steil aufragenden Klippe den Weg versperrte.

Eiken und Seehundjäger Tamme Boysen warteten bereits vor dem Gitter. Auch Kalle Bluhm, Fredi Wessel, Konrad Knoblich und Dieter Kessler waren schon da. Letzterer schien Eiken mit Fragen geradezu zu löchern. Die machte einen völlig übernächtigten Eindruck und hatte offensichtlich Mühe, sich nicht anmerken zu lassen, dass sie die ständige Fragerei nervte. Das geschieht dir recht, dachte Leander gehässig.

»Wir werden uns heute wie besprochen die Vogelfelsen

von unten ansehen«, kündigte sie an. »Haben alle eine alte Kappe dabei?«

Leander schaute erstaunt in die Runde, aber die anderen nickten gleichmütig. Schöner Mist, an eine Kappe hatte er wieder nicht gedacht.

»Gut«, fuhr Eiken fort. »Auf dem Weg dorthin erklärt Tamme euch, wie sich Helgoland gegen die gewaltigen zerstörerischen Kräfte schützt, die hier bei Sturm auftreten. Er hat sich dankenswerterweise bereit erklärt, die Führung zu übernehmen. Außerdem hat er hier unten die Schlüsselgewalt für die Tore.« Dabei lächelte sie den Seehundjäger von der Seite an, was der mit einem gleichmütigen Nicken bedachte.

»Na, dann folgen Sie mir mal ganz unauffällig.« Boysen öffnete das schwere Vorhängeschloss, ließ die Gruppe durch das Tor und versperrte es anschließend wieder sorgfältig. Dann führte er die Vogelfreunde über rotes Geröll hinter der hohen Betonmauer am Felsen entlang. Auf dem Weg erläuterte er die aufwändigen Betonierungsmaßnahmen und die Funktion der Tetrapoden, die in großen stacheligen Haufen vor der Sturmflutmauer emporstarrten, als Wellenbrecher. Die Millionenbeträge, die jährlich nötig waren, um die Insel vor den Gewalten des Meeres zu schützen, machten auf die Hobbyfotografen sichtbar Eindruck.

Während die Mauern und Wellenbrecher unüberwindbar schienen, wirkte der steil aufragende Felsen rechts von ihnen brüchig und wenig vertrauenerweckend. Die Geröllmassen am Fuße der Klippe zeugten von der Kraft des Windes und des Wassers, die den Sandstein langsam aber sicher abtrugen. Besonders beeindruckend fand Leander die torartigen Felsdurchbrüche, die gelegentlich weit vorspringende Felskanten untertunnelten. Über der Gruppe erhob sich mächtiges Geschrei von Hunderttausenden von Vögeln und immer wieder klatschte Kot vor und neben den Fotografen auf die Erde, fette weiße Flecken, die in der Sonne glänzten. Sie passierten die Stelle, an der die Leiche von Gernot Reymers abgestürzt war. Auch hier verzierten weiße Kotspritzer den dunkelbraunen Blutfleck, der aber immer noch sehr gut zu erkennen war, da es bislang noch nicht wieder geregnet hatte.

»Wir gehen zuerst durch bis zur *Langen Anna*«, kündigte Tamme Boysen an, als er die verstohlenen Blicke der Männer bemerkte. »Später kommen wir zu den Vogelfelsen zurück. Da haben Sie dann reichlich Zeit für Fotos.«

Als sie kurz darauf ihr Ziel erreichten, wirkte das Betonbecken, in dem die *Lange Anna* stand, auf Leander wie der verzweifelte Versuch, die magersüchtige, deutlich erodierte rote Felsnadel so lange wie möglich vor dem Einsturz zu bewahren. Es schien nur noch eine Frage der Zeit zu sein, bis sich diese Bemühungen endgültig als vergeblich erweisen würden.

Überall an den Seiten des Helgoländer Wahrzeichens brüteten Seevögel in Nischen und auf schmalen Vorsprüngen. Das Geschrei über den Köpfen der Gruppenmitglieder war so durchdringend, dass Leander schon jetzt auf ein baldiges Ende der Tour hoffte, zumal es nun unaufhörlich um ihn herum leise klatschte, wenn der Kot der Tiere breiig aufschlug. Die anderen jedoch ignorierten den Lärm und das Bombardement, vertrauten auf ihre Kappen und schossen eifrig Fotos.

Sogar Heinrich Seyfried beschäftigte sich unablässig mit seiner Digitalkamera. »Ich muss schließlich zu Hause Bericht erstatten«, erklärte er auf Leanders zweifelnden Blick hin.

»Dann hast du Sandra und Marie sicher auch fotografiert«, konterte der und erntete dafür ein schelmisches Augenzwinkern.

Während die Männer mit den Seevögeln beschäftigt waren und Tamme Boysen das Geschehen aus einigem Abstand mit seiner qualmenden Pfeife im Mund gleichmütig beobachtete, näherte Leander sich Eiken, die etwas abseits stand und den Moment, in dem sie einmal nicht gefordert war, zu genießen schien.

»K. o.?«

Eiken nickte ohne jede Regung im Gesicht.

»War wohl ’ne lange Nacht, was?«

Eiken nickte.
»Du warst mit diesem Naturburschen unterwegs?«
Eiken nickte. Aber diesmal glaubte Leander, ein leichtes Zucken um die Mundwinkel ausmachen zu können. Er konnte sich nur noch keinen Reim darauf machen.
»Ihr steht euch wohl sehr nahe, was?«
Kein Nicken diesmal, aber das Zucken wurde deutlicher. Konnte es sein, dass sie sich ein Grinsen verkniff? Machte sie sich etwa über ihn lustig? »Wir haben sehr viele gemeinsame Interessen«, setzte sie hinzu.
»So. Na, das ist ja schön.«
Nun gewann das Grinsen. Und auch so etwas wie Schadenfreude schwang darin mit.
»Hast du heute Abend schon etwas vor?«, war dann eindeutig die Frage, die Leander jetzt nicht hätte stellen dürfen, denn sofort verfinsterte sich Eikens Blick wieder bedrohlich. Schnell erklärte er ihr, dass er aus ermittlungstaktischen Gründen um ihre Begleitung in Jesko Kedens Kneipe bitte. Das besänftigte die Vogelwartin wieder etwas, wenngleich ihr Blick skeptisch blieb.
»Aber nur bis zweiundzwanzig Uhr«, stellte sie klar. »Dann habe ich ein Date.«
Leander kämpfte die aufwallende Wut nieder, weil er sonst auch den kurzen Abend mit Eiken hätte vergessen können.
»Wir werden gerade beobachtet«, wechselte die das Thema und deutete unauffällig mit dem Kopf in Richtung der *Langen Anna*. Dort richtete Heinrich Seyfried seine Kamera auf sie.
Das brachte Leander auf eine Idee. »Dem Beispiel werden wir jetzt folgen«, verkündete er. »Stell dich mal möglichst natürlich in die Nähe der anderen und deute mit der Hand auf die *Lange Anna*, als würdest du gerade etwas erklären. Ich fotografiere euch zwei Inselschönheiten dann.« Als Eiken zögerte, fügte er hinzu: »Nun mach schon, dem Bürgermeister habe ich erzählt, ich machte eine Reportage über die Lummentage. Das ist doch eine ganz gute Tarnung, während ich im Fall Reymers ermittle. Die anderen glauben mir eh schon nicht mehr, dass ich wegen der Vögel hier bin. Die meinen,

das sei nur deinetwegen. Außerdem kann ich mit Hilfe der Fotos leichter die Teilnehmer der Gruppe überprüfen.«

Letzteres schien Eiken zu überzeugen. Jedenfalls folgte sie Leanders Vorschlag und machte auch die anderen darauf aufmerksam, dass nun Fotos für eine Reportage geschossen würden. Das veranlasste Fredi Wessel dazu, sich immer wieder in den Vordergrund zu stellen und irgendeine alberne Grimasse zu ziehen. Konrad Knoblich, Dieter Kessler und Kalle Bluhm drapierten sich betont unauffällig in das Bild und gefielen sich offenbar in der Pose der ernsthaften Naturfotografen. Heinrich Seyfried stand jedesmal etwas ungünstig, so dass er nur von hinten, allenfalls leicht im Profil, oder sogar von den anderen halb verdeckt auf die Fotos kam.

Als sie sich schließlich in Richtung Vogelfelsen auf den Weg machten, beobachtete Leander, wie sich Tamme Boysen neben Heinrich Seyfried schob und ihn in ein Gespräch verwickelte. Das gab ihm Gelegenheit, ein besseres Foto von dem Handelsvertreter zu schießen. Und dann fand er sich unvermittelt mitten in der Gruppe und im Interesse der Naturfotografen wieder, was ihn von den beiden ablenkte.

»Eiken hat gesagt, dass du eine Reportage schreibst. Wo erscheint die denn?«, wollte Dieter Kessler wissen und hielt sich direkt an seiner rechten Seite. »In *Geo* oder *Nature*?«

»Ich werde sie mehreren Zeitschriften anbieten«, antwortete Leander, den das ungute Gefühl beschlich, dass er nun möglicherweise Kenntnisse für ein Fachgespräch parat haben müsste. »*Geo* natürlich auch.«

»Schreibst du auch die Texte selber?«, schloss sich Konrad Knoblich dem Gespräch an.

»Klar. Allerdings habe ich mir bis jetzt nur Notizen gemacht. Zum Schreiben komme ich immer erst, wenn ich genug Material habe. Außerdem geht das nicht so zwischen den einzelnen Programmpunkten. Dafür brauche ich Ruhe und Zeit.«

»Verstehe«, meinte Dieter Kessler fachmännisch. »Dafür ziehst du dich ein paar Tage auf die Düne zurück, wenn wir schon wieder abgereist sind.«

»Genau.«
»Wenn es dann so weit ist«, ließ Konrad Knoblich nicht locker, »ich meine, wenn die Reportage veröffentlicht worden ist, schickst du mir dann eine Mail, damit ich mir das Magazin kaufen kann?« Er drückte Leander eine Visitenkarte in die Hand.
»Mir auch?« Dieter Kessler ließ seine Visitenkarte folgen, und auch Kalle Bluhm und Fredi Wessel drängten sich heran und schoben ihm jeder ein Stückchen Pappe in die Hand.
Leander dachte an die Zeit, als er als Kriminalhauptkommissar seine Visitenkarten an mögliche Zeugen verteilt hatte. Darüber hinaus hatten früher nur Geschäftsleute derartige Kontaktkärtchen drucken lassen. Geschäftsleute wie … »Was ist mit dir?«, fragte er Heinrich Seyfried. »Soll ich dich auch informieren?«
»Gerne«, kam es wenig überzeugend zurück. »Ich habe nur keine Visitenkarten mit in den Urlaub genommen. Aber ich kann dir meine E-Mail-Adresse später aufschreiben.«
Ein Handelsvertreter, der nicht ständig darauf vorbereitet war, seine Kontaktdaten potentiellen zukünftigen Geschäftspartnern aufzudrängen? Doch Leander kam nicht dazu, sich lange zu wundern, denn schon wollte Dieter Kessler wissen: »Kannst du mir deine Karte auch geben?«
Mist. Daran hatte Leander nicht gedacht. »Mir geht es wie Heinrich«, wich er kleinlaut aus. »Ich meine, ich habe meine Karten im Bungalow gelassen. Aber ich schreibe euch gleich meine Mail-Adresse auf.«
Das Möwengeschrei über ihnen wurde immer lauter, obwohl Leander das bei dem ohrenbetäubenden Lärm zuvor für unmöglich gehalten hätte. Auch das Klatschen um sie herum hörte nicht mehr auf. Leander wurde gelegentlich gestreift und mehr als einmal getroffen, was in der Gruppe für albernes Gelächter sorgte, denn die anderen waren ja durch ihre alten Kappen geschützt. Auch Eiken grinste schadenfroh, während er an seinem T-Shirt herumwischte und sich immer wieder sorgfältig mit gespreizten Fingern durch die Haare strich.

Als sie schließlich wieder die Stelle erreicht hatten, an der Tamme Boysen der Tote vor die Füße gefallen war, nahm Eiken den Rest der Gruppe beiseite und machte die Hobbyfotografen auf interessante Ansichten in der Felswand aufmerksam. Das schien zwischen ihr und Tamme Boysen so abgesprochen zu sein, denn der Seehundjäger gab Leander mit einer leichten Kopfbewegung zu verstehen, dass er ihm ein paar Meter weiter folgen sollte. Unauffällig wechselte der mehrfach seine Position und fotografierte die Gruppe und Eiken. Schließlich stand er etwa zwanzig Meter weiter neben Tamme Boysen und ließ sich von ihm noch einmal die genaue Auffindesituation schildern. Bei dem Aufprall des Körpers auf das Geröll war so viel Blut ausgelaufen, dass die Spuren der Lache wohl erst nach der nächsten Sturmflut endgültig fortgewaschen sein würden.

Dann stellte Leander dem erfahrenen ehemaligen Kollegen die Frage, ob Reymers' Position in der Steilwand arrangiert gewesen sein könnte. Tamme Boysen blickte ihn verwundert an, dachte aber ernsthaft über den Verdacht nach. Schließlich schüttelte er entschieden den Kopf. »Das kann ich mir beim besten Willen nicht vorstellen. Welchen Sinn sollte so etwas auch haben?«

»Abschreckung?«, vermutete Leander ganz allgemein. »So nach dem Motto: Lasst die Finger von unserer Insel, sonst ergeht es euch wie Reymers.«

»Das würde nur Sinn ergeben, wenn ein Helgoländer der Täter wäre. Noch dazu einer, der jeden Fortschritt verhindern will.«

»Eben«, bestätigte Leander. »Zum Beispiel Malte Cohrs.«

»Unsinn. So abgebrüht ist der nicht. Hast du meine Zusammenfassung nicht gelesen?«

Leander nickte mehrdeutig, was Tamme Boysen offenbar richtig verstand. Leicht verstimmt zog er seine Pfeife wieder aus der Hosentasche, klopfte sie auf dem Handballen aus und stopfte sie erneut mit Tabak. Leander wartete, bis der Seehundjäger den Pfeifenstiel zwischen die Lippen gesteckt hatte, die Flamme seines Feuerzeugs an den Pfeifenkopf hielt und sie schmatzend hineinzog. »Wir müssten mehr über Jesko Keden und Heiko Tönnies wissen«, stellte er dann fest. »Und über die beiden Frauen natürlich. Ich kann sie unmöglich im Blick behalten.«

Boysen blickte ihn an, als wollte er sagen: ›Dafür bin ich dann doch gut, was?‹ Er zog intensiv an seiner Pfeife. »Ich kümmere mich darum.«

Leander sah vorsichtig nach oben. Es fehlte gerade noch, dass ihm die zahllosen Viecher direkt in die Augen schissen. Von hier unten wirkte der Vogelfelsen gewaltig. Wer die sechzig Meter hinabstürzte, konnte nur völlig zerschlagen werden. Außerdem war es schon ein Zufall, dass der Leichnam nicht ins Meer gestürzt war. Der Sturz war durch den Draht gebremst worden, und das hatte die tatsächliche Fallhöhe halbiert. Sonst wäre der Körper sicher mehrfach auf Vorsprünge aufgeschlagen und dadurch über die Schutzmauer hinweggeschleudert worden.

Wenn Boysens Einschätzung stimmte und dieser Umstand ein Missgeschick war, dann hatte der Täter die Leiche im Meer verschwinden lassen wollen. Das wäre aber das Gegenteil einer Abschreckungsabsicht. Also war Gernot Reymers entweder im Streit und ungeplant getötet worden, oder mit dem Mord hatte sich jemand endgültig des unbequemen Gegners entledigen wollen, in der Hoffnung, dass kein anderer seinen Platz einnahm und die Inselerweiterung durchzog. Sofern diese Pläne überhaupt das Mordmotiv waren.

»Und denk bitte auch noch einmal darüber nach, ob es nicht noch ein anderes Motiv geben könnte«, forderte Leander den Seehundjäger auf.

Tamme Boysen nickte. Dann tippte er ihm auf den Arm und deutete mit dem Pfeifenstiel zu der Gruppe hinüber. »Dieser Knabe, der sich immer etwas abseits hält.«

»Heinrich Seyfried.«

»Der ist nicht koscher. Ich habe den schon eine ganze Weile im Blick. Das ist kein typischer Hobbyfotograf.«

Leander klärte Boysen über Heinrich Seyfrieds Hintergrund auf, aber der Seehundjäger schüttelte den Kopf. »Ich kann mir nicht helfen, aber ich werde das Gefühl nicht los, dass ich ihn schon einmal gesehen habe.«

»Und du weißt nicht, wo?«

»Ich bin mir nicht sicher. Wenn er es ist, habe ich ihn auf dem Oberland gesehen, zusammen mit Gernot Reymers. Allerdings war es dunkel. Ich bin ihm ein Stück gefolgt, habe ihn aber in den Dorfstraßen verloren.« Boysen fasste seine Beobachtungen kurz zusammen. »Wie gesagt, ich habe nur seine Konturen gesehen, aber der Schattenmann hat sich genauso bewegt wie Seyfried. Und seine Statur hatte er auch. Deshalb habe ich eben mit ihm gesprochen, um seine Stimme zu hören. Er könnte es sein.«

Leander blickte so unauffällig wie möglich zu Heinrich Seyfried hinüber. »Wenn er der Täter ist, warum hat er sich dann nicht längst abgesetzt?«

»Ich habe nicht gesagt, dass ich ihn für den Täter halte. Aber er hatte offenbar mit Reymers zu tun. Und das waren keine üblichen Geschäfte eines Handelsvertreters, denn die hätte er nicht nachts auf dem Oberland abgewickelt. Schon gar nicht aus einem Versteck heraus.«

Eiken gab ihnen ein Zeichen, dann machte sie sich mit den Hobbyfotografen an den Rückweg.

»Kümmerst du dich um Seyfried?«, fragte Tamme Boysen.

Leander nickte und schloss dann zu der Gruppe auf. Auch der Seehundjäger folgte ihnen und zog bald an den Fotografen vorbei, so dass er die Tore wieder öffnen und hinter ihnen schließen konnte.

»Na?« Heinrich Seyfried stieß Leander kumpelhaft in die Seite. »Hast du erfahren, was du wissen wolltest?«

»Bitte?«

Der Handelsvertreter zog die rechte Augenbraue hoch und deutete mit dem Kopf zu Tamme Boysen hinüber. Leander befürchtete, dass Seyfried genau wusste, in welcher Funktion er hier auf der Insel war.

»Der alte Fuchs weiß doch sicher, in welchem Nest dein Täubchen nachts das hübsche Köpfchen zur Ruhe bettet«, wurde Seyfried konkreter.

Leander atmete innerlich auf und zuckte mehrdeutig mit den Schultern. Dabei sah er den Handelsvertreter unauffällig von der Seite an. Nach Tamme Boysens Verdacht fiel ihm auf, dass auch er aus Heinrich Seyfried nicht schlau wurde. Er hatte den Eindruck, dass der Mann genauestens informiert war und regelrecht Katz und Maus mit ihm spielte. Allerdings hatte auch er nicht die geringste Vorstellung, welche Rolle Seyfried in dem Fall spielen könnte. Leander nahm sich vor, ihn zu überprüfen. Leider hatte Kriminaldirektor Ahrenstorff ihm den Zugang zum LKA-Computer direkt nach seinem Abschied in die Beurlaubung vor drei Jahren sperren lassen, so dass Leander auch in dieser Sache auf seinen Freund Lemmy angewiesen war.

Am Südstrand verabschiedete Eiken die Gruppe in die Mittagspause. Der Nachmittag war allgemein zur freien Verfügung. Allerdings verabredeten sich die anderen Fotografen mit Eiken erneut zur Fotoexkursion auf dem Oberland.

Während Leander noch darüber nachgrübelte, wie er Heinrich Seyfried abhängen und zur Pressekonferenz gehen konnte, kam ihm der Handelsvertreter zuvor: »Sei mir nicht böse, alter Knabe, aber ich muss dich jetzt alleine lassen. Ich habe einen Geschäftstermin im Ort. Und heute Nachmittag werde ich auf der Düne den Schlaf nachholen, der mir letzte Nacht gestohlen wurde. Ich habe schon den ganzen Morgen Kopfschmerzen.« Ohne auf eine Reaktion zu warten, tippte er sich mit zwei Fingern an die Stirn, drehte sich um und folgte ein Stück der Promenade. Dann verschwand er zwischen den Tagestouristen.

Eiken begleitete Leander bis zur Stadtverwaltung im *Lung Wai 28*. Schweigend bahnten sie sich nebeneinander den Weg durch die Plastiktüten schleppenden Touristen. Vor dem Haupteingang blieben sie stehen und Leander spürte die peinliche Stille zwischen ihnen geradezu körperlich.

»Wie willst du da jetzt reinkommen?«, erkundigte Eiken sich schließlich. Leander zog die Plastikkarte aus der Hosentasche und hielt sie ihr hin. »Ralf Häger, *Kieler Nach-*

richten?«, wunderte sie sich. »Wie kommst du denn an den Presseausweis?«

Leander blickte ungläubig auf die Plastikkarte. Unfassbar, da hatte der kleine Teufelskerl doch tatsächlich das Kunststück vollbracht, ausgerechnet Lenas neuem Freund den Ausweis zu stehlen. Wenn der nicht mit finsteren Mächten im Bunde war!

Leander erzählte Eiken von dem Zusammentreffen mit Mephisto und Oma Klüsing und konnte sich ein schadenfrohes Grinsen nicht verkneifen. »Du hättest die beiden sehen sollen – das war reinster Slapstick.« Auch Eiken lachte bei der Vorstellung. »Wir sehen uns also heute Abend?«, erinnerte Leander sie an ihre Verabredung.

Eiken nickte. »Du kannst heute Nachmittag natürlich mit aufs Oberland kommen, aber ich fürchte, das würde dich langweilen, oder? Was hältst du davon, wenn wir vor dem Kneipenbesuch zusammen essen gehen? Um neunzehn Uhr in der *Bunten Kuh* an der Hafenstraße? Anschließend gehen wir dann in das *Rote Kliff*. Einverstanden?«

Leander war so überrascht, dass er nur nicken konnte, was die Vogelwartin lachend zur Kenntnis nahm. Dann winkte sie ihm zu und tauchte in den Trubel der Verkaufsstraße ein. Er schaute ihr nach und schüttelte den Kopf. Versteh einer die Frauen, dachte er. Dann wandte er sich dem Eingang der Inselverwaltung zu.

18

Im Foyer herrschte schon ein reger Auflauf. Journalisten mit und ohne Kameras drängelten sich vor dem Eingang zum Rathaussaal, in dem die Pressekonferenz stattfinden sollte. Zwei junge Verwaltungsfachangestellte hatten sich links und rechts des Durchgangs postiert und kontrollierten die Presseausweise. Dabei hakten sie jedes Mal Namen in einer Liste ab. Offensichtlich hatten sich die Journalisten anmelden müssen. Da konnte er nur hoffen, dass Ralf Häger ebenfalls akkreditiert war. Das Prozedere ging recht zügig vonstatten, weil sich die jungen Frauen für die Details auf den Ausweisen nicht weiter interessierten, nur für die Namen.

Auch Leander wurde nach einem kurzen Blick auf den Ausweis durchgewinkt und Ralf Hägers Name wurde abgehakt. Glück gehabt. Er entzog sich dem Gedränge nach rechts und stellte sich zunächst an die Seite, um sich erst einmal einen Überblick zu verschaffen. In den Seitengängen wurden Film-Kameras vom NDR und einigen Privatsendern aufgebaut. Sogar im Mittelgang hatten Pressefotografen Stative aufgestellt und waren dabei, die Kameras und ihre Blitzanlagen zusammenzustecken. Einzelne Fotografen schickten Probeblitze in den Raum und kontrollierten die Ausleuchtung mit kleinen digitalen Handgeräten.

Am Eingang wurden Stimmen laut. »Verdammt noch mal, ich weiß nicht, wo mein Presseausweis ist«, tobte eine männliche, als habe sie das bereits mehrfach dargelegt. »Wahrscheinlich habe ich ihn im Hotelzimmer vergessen. Mein Name ist Ralf Häger. Ich arbeite für die *Kieler Nachrichten*. Und ich bin akkreditiert!«

»Tut mir leid, aber ohne Ausweis darf ich Sie nicht hineinlassen«, antwortete eine weibliche Stimme in gleicher Lautstärke. Auch sie wirkte genervt, als hätte sie das bereits mehrfach klargestellt.

»Dann schauen Sie bitte in Ihre Liste. Da stehe ich drauf.

Und ich bin noch nicht im Saal, wie selbst Sie unschwer sehen können.« Hägers Stimme überschlug sich fast vor Wut.

»Marit«, rief die junge Frau genervt ihrer Kollegin zu. »Hast du einen Ralf Häger schon abgehakt? *Kieler Nachrichten*.«

Nach einer kurzen Pause kam die Antwort: »Jo, ist drin.«

»Na also! Und jetzt machen Sie den Eingang frei, sonst muss ich die Polizei rufen!«

»Das gibt es doch alles gar nicht! Was ist denn das für eine Scheißorganisation hier? Mein Chefredakteur wird sich bei Ihrem Bürgermeister beschweren, da können Sie Gift drauf nehmen!«

»Geht das langsam mal weiter da vorne?«, erregte sich nun ein anderer wartender Journalist. »Das kann doch nicht so schwer sein, Personalien zu überprüfen!«

»Haben Sie vielleicht Ihren Personalausweis dabei?«, hörte Leander nun Marits Stimme wieder. »Vielleicht ist mir ja in der Liste ein Fehler unterlaufen.«

Nach einer kurzen Pause, in der Häger sicherlich seinen Pass vorzeigte, gab die erste junge Frau schließlich nach: »Okay, ausnahmsweise.«

Leander beobachtete, wie ein Mann von Mitte vierzig in den Raum trat, sich suchend umblickte und dann auf einen freien Platz zusteuerte. Dabei fluchte er offenbar leise vor sich hin. Abgesehen von dem wütenden Gesichtsausdruck fand Leander ihn auf Anhieb sympathisch. Er trug Jeans und ein verwaschenes hellblaues Jeanshemd, dessen lange Ärmel er lässig hochgekrempelt hatte. Die Haare waren dunkelbraun und auf wenige Millimeter Restlänge geschoren. Ausgeprägte Geheimratsecken schoben sich wie Hasenohren weit auf den Kopf. Seine Brille trug Häger ein wenig auf die Nase vorgeschoben, so dass er schräg darüber hinweg in den großen Saal blicken konnte. Vermutlich handelte es sich lediglich um eine Lesebrille, die er aus reiner Bequemlichkeit oder aus Angst, sie sonst zu vergessen oder irgendwo liegen zu lassen, bereits jetzt trug.

Auch Leander bahnte sich nun einen Weg durch die Menge der ›Kollegen‹ und setzte sich auf einen freien Stuhl direkt hinter Ralf Häger. Hatte er vorhin noch so etwas wie Genugtuung empfunden, dass er Lenas aktuellem Freund eins auswischen konnte, beschlich ihn nun ein ungutes Gefühl, denn fast hätte der Journalist seinetwegen die Pressekonferenz verpasst. Er nahm sich vor, ihn später in irgendeiner Weise zu entschädigen.

Auf einem bühnenähnlichen Podest an der Kopfseite des Saales standen bereits zwei Tische nebeneinander und dahinter drei Stühle. Auf den Tischen waren Mikrofone in Reihe postiert, die überwiegend die Logos von Fernsehsendern auf ihren Schaumstoffkappen trugen. Als sich drei Männer einen Weg durch den Mittelgang bahnten und die Bühne betraten, wurde es schlagartig ruhig im Saal. Die drei nahmen auf ihren Stühlen Platz und ordneten umständlich ihre Zettelstapel, was, wie Leander aus eigenen früheren Pressekonferenzen wusste, ein Zeichen für Nervosität war und dazu diente, sich zu sammeln, bevor es losging.

Schließlich tippte der Mann rechts außen auf eines der Mikrofone ohne Senderlogo, womit er ein dumpfes Klopfen in den Lautsprechern an den Seitenwänden hervorrief. Dann räusperte er sich vernehmlich und beugte sich so weit vor, als wolle er das Mikrofon in den Mund nehmen.

»Guten Tag, meine sehr verehrten Damen und Herren von den Printmedien und Rundfunkanstalten. Ich begrüße Sie zu unserer Pressekonferenz anlässlich des tragischen Todes unseres Mitbürgers Gernot Reymers. Mein Name ist Olaf Henningsen. Ich bin der Pressereferent der Gemeinde Helgoland. Neben mir sitzt unser Bürgermeister Jarrelt Thoms, daneben der Leiter der Ermittlungen in dem Fall, Kriminalhauptkommissar Diederich Frantzen von der Polizeidirektion Itzehoe.« Er machte eine kleine Pause in seinem vorformulierten Vortrag, in der er den obersten Zettel seines Stapels zur Seite legte. Dann fuhr er fort: »Zum Verfahren: Herr Frantzen wird Ihnen gleich den Stand der Ermittlungen mitteilen. Zuvor aber möchte Herr Thoms für die Gemeinde Stellung beziehen und etwas über die Konsequenzen des Todesfalls für Helgoland sagen. Danach können Sie Fragen stellen. Ich werde das Ganze von hier vorne aus moderieren.« Er blickte in die Runde, als erwarte er Zustimmung. Leander sah ihm an, dass er unter großer Anspannung stand. Immerhin war eine solche Konferenz auch nicht gerade etwas, das man auf dem Felsen tagtäglich durchzustehen hatte. »Gut, Bürgermeister Thoms hat nun das Wort.« Der Pressesprecher lehnte sich zurück und blickte zu Jarrelt Thoms hinüber.

Der richtete sich auf und ließ zunächst seinen Blick spannungssteigernd durch den Saal wandern. Dann zog er das Mikrofon zu sich und räusperte sich leicht. Die ersten Worte schienen ihn große Überwindung zu kosten. Leander bewunderte ihn für sein theatralisches Talent und stellte sich vor, wie der Bürgermeister den ganzen Vormittag lang jede Pose vor einem Spiegel einstudiert hatte. Blitzlichter zuckten auf, was das Inseloberhaupt sichtlich anspornte, sich so weit wie im Sitzen möglich in die Brust zu werfen.

»Der Tod unseres Mitbürgers Gernot Reymers ist ein großer Verlust für die Gemeinde Helgoland. Er war nicht nur ein Hamburger Reeder, der hier zusätzlich ein Hotel betrieb. Er war ein engagierter Bürger, dem die Zukunft unserer Insel am Herzen lag. Gernot Reymers hatte eine Vision – eine Vision von einer modernen, dem Fortschritt zugewandten Insel, die die Erfordernisse des Tourismus und die gerade für uns überlebenswichtigen Belange des Naturschutzes in Einklang bringen sollte. Und dabei war Gernot Reymers auch ein Pionier in Fragen der Energiewende und des notwendigen Strukturwandels. Mit seinen Plänen wäre Helgoland beispielhaft geworden für den Rest der Republik, wenn nicht für den Rest Europas.«

Jarrelt Thoms ließ seine Worte eine Weile im Saal schweben und seinen Blick über die Gesichter der Journalisten schweifen, bevor er fortfuhr: »Dabei haben einige von uns es ihm nicht gerade leicht gemacht mit ihrem zum Teil verständlichen, zum Teil aber auch völlig maßlosen Widerstand.« Hierbei verfinsterte sich sein Blick, und seine Augenbrauen wanderten zueinander. »Letzteren sei gesagt:

Ich werde Gernot Reymers' Visionen in Ehren halten und dafür sorgen, dass sie nicht in Vergessenheit geraten.« Das klang wie eine Drohung, und auch der düstere Blick, der den Raum durchmaß, als sei nicht die Presse, sondern die Bürgerinitiative anwesend, unterstrich die emotionale Ladung des Inseloberhauptes.

Leander schaute sich um und blickte in teils erstaunte, teils belustigte Journalistengesichter, aber niemand versuchte, das Wort zu ergreifen, niemand wagte einen Zwischenruf. Ohne die Augen von seinem Publikum zu lassen, lehnte sich Jarrelt Thoms langsam wieder zurück.

Der Pressesprecher war über das plötzliche Ende des Statements so überrascht, dass er erschrocken nach vorne schnellte und fast das Mikrofon umwarf, als er danach griff. »Äh, ja, danke, Herr Bürgermeister Thoms. Ich gebe das Wort weiter an Herrn Hauptkommissar Frantzen. Bitte, Herr Frantzen.«

Der Kriminalist wirkte weit gelassener, fast schon gelangweilt, wie er nun nach seinem Mikrofon griff und sich nur so weit vorbeugte, wie es notwendig war, um gut verstanden zu werden. Der emotionale Overkill des Bürgermeisters schien ihn überhaupt nicht erreicht zu haben. Mit knappen Worten berichtete er von der Auffindesituation am Fuß des Vogelfelsens und von den ersten Ergebnissen der kriminaltechnischen Untersuchung.

»Trotz der zahlreichen Brüche und Prellungen, die von dem Sturz herrühren, ist es unserem Pathologen gelungen, eine Wunde am Kopf zu identifizieren, die von stumpfer Gewalteinwirkung herrührt und dem Opfer vor dem Absturz am Vogelfelsen zugefügt wurde, vermutlich mit einem schlanken Eisenrohr oder einem sogenannten Totschläger. Wir gehen folglich inzwischen eindeutig von einem Tötungsdelikt aus. Einen Unfall oder Selbstmord können wir ausschließen«, fasste er zusammen. »In dem Zusammenhang haben wir bereits einen Tatverdächtigen ermittelt und vorläufig festgenommen. Es handelt sich dabei um den Vorsitzenden der hiesigen Bürgerinitiative gegen die Inselerweiterung, die Gernot Reymers geplant hat. Die Einlassungen, die der

Tatverdächtige zu seiner Entlastung gemacht hat, konnten bislang nicht bestätigt werden, so dass wir von seiner Schuld überzeugt sind. Leider ist inzwischen ein möglicher Zeuge in dem Fall verschwunden, der Helgoländer Ove Lornsen. Wir haben ihn bundesweit zur Fahndung ausgeschrieben.«

Diederich Frantzen lehnte sich wieder zurück und blickte Olaf Henningsen herausfordernd an. Der war diesmal besser vorbereitet und lächelte gekünstelt in den Saal. »Danke, Herr Hauptkommissar Frantzen. – Gibt es Fragen Ihrerseits, meine Damen und Herren? Ja, bitte, Sie da drüben in dem gelben T-Shirt.«

»Rolf Bremer, *Hamburger Morgenpost*. Herr Hauptkommissar Frantzen, können Sie ausschließen, dass Ove Lornsen ebenfalls ermordet wurde?«

»Nein, das können wir nicht.«

»Und wieso ermittelt in diesem Fall immer noch die Kripo Itzehoe? Gernot Reymers war als Hamburger Reeder von überregionaler Bedeutung. Das wäre doch eigentlich ein Fall für das Landeskriminalamt in Hamburg.«

»Tut mir leid, aber das sehe ich nicht«, erwiderte der Kriminalist ruhig. »Nach derzeitigem Ermittlungsstand stammt der mutmaßliche Täter hier von der Insel. Es gibt überhaupt keinen Hinweis auf ein überregionales Motiv oder einen entsprechenden Täterkreis. Damit fällt der Fall Reymers in den Zuständigkeitsbereich der Kriminaldirektion Itzehoe. Das sieht offenbar auch das LKA so, denn bislang hat es keine Anfragen aus Hamburg gegeben.«

»Was ist mit Reymers' Plänen für eine eigene Fährverbindung und eine Helgoländer Reederei?« Leander horchte auf, als Bremer diese neue Thematik ins Feld führte. »Das wird den Festlandsreedereien doch ein Dorn im Auge gewesen sein. Oder diese ganze Geschichte mit dem Strömungskraftwerk. Außerdem soll da noch eine Idee für eine neue Speichertechnologie im Gespräch gewesen sein. Damit wäre Reymers den hier aktiven Energiekonzernen ins Gehege gekommen. Für mich sind das gravierende überregionale Interessen und, wenn Sie mir eine eigene Schlussfolgerung erlauben, mächtige Gegner, die ebenfalls ein Mordmotiv gehabt hätten.«

»Verschwörungstheorien«, winkte Diederich Frantzen ab, »für die es keinerlei Anhaltspunkte gibt.« Er warf dem Pressesprecher einen Blick zu, der klar als Aufforderung zu verstehen war, die Sache nun voranzubringen.

»Die Dame in der dritten Reihe«, reagierte der prompt und deutete mit dem Finger auf eine Journalistin.

»Kathrin Cornelsen, *Flensburger Nachrichten*. Schließen Sie aus, dass der verschwundene Ove Lornsen der Täter ist?«

»Wir schließen beim derzeitigen Stand der Ermittlungen gar nichts aus. Ove Lornsen könnte sowohl Täter als auch Helfer bei der Tatausführung gewesen sein, ebenso aber auch einfacher Zeuge oder, wie eben bereits erwähnt, sogar ein weiteres Opfer. Das alles ist momentan reine Spekulation und nicht hinreichend geeignet, den Tatverdächtigen zu entlasten oder gar zusätzlich zu belasten.«

»Wurde denn die Tatwaffe sichergestellt?«, hakte Kathrin Cornelsen nach.

»Nein, von der Tatwaffe fehlt bislang jede Spur. Wir haben sie weder bei dem Verdächtigen noch in dessen Wohnung oder in seiner Hummerbude gefunden. Wir gehen davon aus, dass er sie nach der Tatausführung über die Klippen ins Meer geworfen hat. Eine Suche unserer Techniker und auch eines Polizeitauchers sind aber bislang ebenfalls ergebnislos verlaufen.«

»Also ist es auch denkbar, dass Ove Lornsen die Tat begangen und die Tatwaffe mitgenommen hat«, ließ die Journalistin nicht locker.

»Denkbar ist beim derzeitigen Stand der Ermittlungen vieles, Frau Cornelsen. Im Gegensatz zu den Vertretern der Presse hüte ich mich allerdings prinzipiell davor, meiner Fantasie einen zu freien Lauf zu lassen.« Dabei warf er auch einen schnellen Blick auf Bremer.

»Vielleicht ist ja gerade das der Fehler«, kommentierte die derart Getadelte die Worte des Kriminalhauptkommissars, machte aber keine Anstalten, den Disput fortzusetzen. Leander hatte den Eindruck, dass die beiden Kontrahenten in diesem Fall nicht zum ersten Mal aufeinandertrafen.

Er meldete sich zu Wort und wurde von Olaf Henningsen aufgerufen. »Henning Leander, freier Journalist.« Er musste leicht grinsen, als sich Ralf Häger zu ihm umwandte und ihn ein erstaunter Blick traf. »Herr Frantzen, es gibt Hinweise, dass der Fall Reymers doch in einem größeren Kontext zu betrachten ist.«

Der Kriminalhauptkommissar zog erstaunt die Augenbrauen hoch, während der Pressesprecher irritiert in seinen Zetteln blätterte und dem Bürgermeister etwas zuraunte. Offensichtlich hatte er die Akkreditierungsliste vor sich und konnte Leanders Namen nicht darin finden. Jarrelt Thoms blickte gespannt auf Leander und winkte seinem Mann für die Medien nebenbei ab.

»Mir liegen Informationen vor, nach denen der Hafenbau- und Energie-Konzern *HES* aus Hamburg in Gernot Reymers' Pläne einsteigen wollte und sogar von Anfang an in die Planungen involviert war«, fuhr Leander fort und beobachtete dabei auch die Reaktion des Bürgermeisters, der geradezu versteinerte. »Demnach könnte es doch, wie der Kollege Bremer vermutet, einen Täterkreis geben, der nicht auf der Insel, sondern im Umfeld der *HES* beziehungsweise anderer Konkurrenzunternehmen zu suchen ist. Haben Sie ebenfalls diesbezügliche Kenntnisse?«

»Herr Leander, ich weiß nicht, woher Sie diese Informationen haben«, entgegnete Diederich Frantzen. »Ich kann allerdings bestätigen, dass der Tatverdächtige ebenfalls Einlassungen in dieser Richtung gemacht hat. Angeblich hat er dieselben Informationen erhalten, allerdings ist er uns bislang Beweise dafür schuldig geblieben.«

»Hört, hört!«, rief Rolf Bremer, richtete sich auf und grinste hämisch in Richtung des Kriminalhauptkommissars, weil der nun indirekt seine Schlussfolgerungen doch noch bestätigte.

»Auch für seine Behauptung, der Ermordete habe neue Erweiterungspläne verfolgt, hat er keinerlei Belege vorbringen können«, fuhr Frantzen unbeeindruckt fort. »Im Klartext: Es gibt überhaupt keine Hinweise auf einen realistischen Hintergrund der Behauptungen, die Sie hier vortragen. Natürlich haben wir die Angaben des Tatverdächtigen überprüft. Die Firma *HES* bestreitet jedes Interesse an oder gar Engagement auf Helgoland. Unserer Einschätzung nach handelt es sich also um ein reines Ausweichmanöver des Tatverdächtigen.«

»Das habe ich Ihnen gestern auch schon gesagt«, erregte sich der Bürgermeister, bevor sein Pressesprecher ihn daran hindern konnte. »Es gibt überhaupt keine Verbindung, schon gar keine geschäftliche, zwischen der *HES*, Herrn Reymers und der Gemeinde Helgoland.«

Olaf Henningsen ließ seine rechte Hand suchend durch den Saal kreisen, um schnell jemand anderem das Wort zu erteilen, aber alle Augen waren auf Leander gerichtet, so dass sich niemand meldete.

»Dann frage ich mich, wieso Sie direkt nach meinem Besuch gestern telefonisch Kontakt zu dem technischen Leiter der Firma aufgenommen haben«, ließ der nicht locker.

»Das bestreite ich entschieden!«, rief Jarrelt Thoms mit hochrotem Kopf und schlug mit der Faust auf den Tisch. »Das sind geradezu ungeheuerliche Behauptungen.«

Sein Pressesprecher legte ihm beruhigend eine Hand auf den Arm, aber auch an seinem Hals machten sich rote hektische Flecken breit. Er hielt schnell das Mikrofon mit der anderen Hand zu und flüsterte dem Bürgermeister etwas ins Ohr. Der reagierte zunächst etwas unwirsch, ließ sich aber dann offenbar überzeugen, denn nach ein paar weiteren Worten Henningsens nickte er unwillig und schlug die Augen nieder.

Inzwischen tippten die Journalisten in Höchstgeschwindigkeit auf ihren Tablets herum. Die Stille im Raum war einen Moment lang angespannt. Leander überlegte, ob er mit seiner Provokation fortfahren sollte, aber dann entschied er sich dagegen. Auch so hatte er schon viel zu viel Aufmerksamkeit auf sich gezogen. Ralf Häger hatte seinen Blick während des Wortwechsels immer wieder zwischen dem Podium und ihm wechseln lassen. Natürlich wusste der längst, wer da hinter ihm saß. Nun kritzelte Leander etwas auf einen Zettel und schob ihn Häger zu. Der blicke ihn noch einen Moment forschend an, nahm das Papier aber dann und entfaltete es. Nach einem kurzen Blick darauf sah er Leander noch einmal tief in die Augen. Der nickte ihm aufmunternd zu, so dass Häger sich wieder umwandte und zu Wort meldete.

»Ja, bitte!«, forderte der Pressesprecher ihn erleichtert auf.

»Ralf Häger, *Kieler Nachrichten*. Herr Thoms, die Firma *HES* ist in den letzten Jahren wegen ihres Engagements für Fracking in mehreren Bundesländern und CO_2-Verpressung im Meer heftig in die Kritik geraten. Kann es sein, dass es diesbezügliche Pläne auch für Helgoland gibt? Wollten Sie das vorhin andeuten, als Sie ankündigten, Gernot Reymers' ›Visionen‹ weiterverfolgen zu wollen?«

Nun drohte Jarrelt Thoms zu explodieren. Das tiefe Rot seines Gesichtes wechselte zu Blau. Dabei atmete er so heftig ein und aus, dass sein Pressesprecher erschrocken nach seinem Arm griff. Diesmal schüttelte der Bürgermeister ihn ab.

»Das ist völliger Unsinn!«, presste der erste Mann der Insel kurzatmig hervor. »Wenn Sie so etwas schreiben, werde ich juristisch dagegen vorgehen. Sie wissen ganz genau, dass das Killervokabeln für eine Insel sind, die vom Tourismus lebt. Solche Gerüchte können all unsere Bemühungen der letzten Jahre schlagartig zunichtemachen.«

Olaf Henningsen federte nach vorne und griff nach dem Mikrofon. »Was Herr Thoms meint, ist, dass es niemals Überlegungen in diese Richtung gegeben hat. Wir positionieren uns auch auf landespolitischer Ebene eindeutig gegen Fracking und engagieren uns im Gegenteil seit einiger Zeit stark im Ausbau der regenerativen Energien, vor allem der Offshore-Windenergie. Sollten Sie Interesse an genauen Daten haben, stelle ich Ihnen bis morgen gerne Informationsmaterial zusammen. Und um Ihre Befürchtungen ein für alle Mal zu zerstreuen: Helgoland kommt schon wegen der geologischen Gegebenheiten am Felssockel weder für die Gewinnung von Schiefergas noch für die maritime Lösung der Entsorgung von klimaschädlichen Gasen in Frage.

Diesbezügliche Gutachten werde ich Ihnen selbstverständlich ebenfalls zur Verfügung stellen.«

Leander bemerkte, dass der Pressesprecher geschickt die Worte vermied, die sein Chef eben noch als Killervokabeln bezeichnet hatte.

Der aber schien nun angesichts der drohenden Gefahr eines Image-Verlustes weit weniger kontrolliert zu sein. »Ich habe mich als Chef der Helgoländer Verwaltung immer schon klar gegen Fracking und CCS positioniert«, presste er mühsam beherrscht hervor und rang hörbar nach Luft. »Als Mitglied der *Insel- und Hallig-Konferenz* habe ich bereits im Dezember 2012 ein Positionspapier gegen CCS und Fracking unterschrieben.«

»Dieses Papier werde ich Ihnen ebenfalls morgen zur Verfügung stellen«, griff Henningsen ein und wechselte nun schnell das Thema, bevor Jarrelt Thoms ihm die Kontrolle wieder entreißen konnte: »Damit dürften alle Fragen bezüglich des Strukturwandels auf Helgoland beantwortet sein. Gibt es nun noch Fragen hinsichtlich der Mordermittlung?« Als sich niemand sofort meldete, weil alle hektisch tippten, ergänzte er: »Dann ist die Pressekonferenz hiermit beendet. Ich danke Ihnen für Ihr Interesse. Sollte es neue Erkenntnisse seitens der Polizei geben, werden wir Sie über unsere Pressestelle informieren. Das versprochene Infomaterial liegt ab morgen Vormittag für Sie in der Pressestelle der Gemeinde bereit.«

Er erhob sich und wartete ungeduldig auf Jarrelt Thoms, in dem es immer noch sichtlich brodelte. Der Bürgermeister stemmte sich schwer mit beiden Händen auf der Tischplatte hoch und eilte dann seinem Medienreferenten nach. Diederich Frantzen raffte gleichmütig seine Papiere zusammen und folgte den beiden Männern. Dabei warf er jedoch im Hinausgehen einen langen Blick auf Leander, ohne dass seine Mimik verriet, was er gerade dachte.

Unter den Journalisten brach nun ein reger Austausch los. Leander und Ralf Häger hatten mit ihren Fragen in ein Wespennest gestochen. Der eine oder andere schien Blut geleckt zu haben. Leander bemerkte, dass Hägers Augen skeptisch auf ihn gerichtet waren. Es wurde Zeit, dass er sich aus dem Staub machte, bevor er hier endgültig aufflog. Häger, der offenbar bei seinen Kollegen bekannt war, wurde von einigen Journalisten aufgehalten und mit Fragen bombardiert. Das gab Leander die Gelegenheit, sich im Gewimmel durch das Foyer auf den Vorplatz abzusetzen. Draußen wandte er sich in Richtung Dünenfähre, um im Bungalow oder am Strand über sein weiteres Vorgehen nachzudenken.

19

Warum hatte Jarrelt Thoms das Telefongespräch mit Herwig Olsen bestritten? Er musste doch davon ausgehen, dass Leander genaue Kenntnisse besaß, wenn er diese Behauptung aufstellte. Und warum war er derart in Panik geraten, als Ralf Häger Fracking und CO_2-Verpressung erwähnt hatte? Schon gestern in seinem Büro hatte er darauf geradezu allergisch reagiert. Für Leander gab es da nur zwei denkbare Alternativen: Entweder hatte Thoms tatsächlich nur Angst davor, zu Unrecht mit dieser inzwischen nachweislich gefährlichen Gasförder-Technologie in Verbindung gebracht zu werden, oder er befürchtete, dass sein Engagement bekannt wurde, bevor es in trockenen Tüchern war.

Die Erwähnung der *Insel- und Hallig-Konferenz* fiel Leander wieder ein und damit sein Freund Tom Brodersen, der als Lokalpolitiker auf Föhr schon häufiger von dieser Mitbestimmungs-Institution erzählt hatte. Vielleicht konnte der ja Leanders Fragen beantworten, immerhin war er als Stadtrat der Grünen für Öko-Themen geradezu prädestiniert.

Als Leander wieder in Eikens Hütte ankam, griff er gleich zu seinem Handy, ließ sich in einen Stuhl auf der Veranda fallen und wählte Toms Nummer. Nach wenigen Sekunden war der Lehrer am Telefon, als hätte er direkt auf den Anruf gewartet.

»Henning, alter Freund, wie geht es dir? Was macht Eiken? Warte, ich gehe mal eben in mein Büro, da ist es ruhiger.«

Verblüfft über den Redeschwall nahm Leander nun im Hintergrund lautes Stimmengewirr und Kindergeschrei wahr, das sich schnell entfernte.

»So, mein Lieber«, meldete sich Tom dann wieder. »Jetzt habe ich Ruhe.«

»Ich wollte dich nicht stören«, entschuldigte sich Leander. »Habt ihr eine Familienfeier oder so was?«

»Stören?«, kam es verzweifelt zurück. »Mannmannmann, du bist meine Rettung in letzter Sekunde. Meine Schwiegereltern sind für ein paar Tage da und Elke und die Kinder sind voll und ganz in ihrem Element. Ich darf den ganzen Tag den Laufburschen für alle spielen. Darüber hinaus bin ich absolut abgemeldet und mein Schwiegervater führt das große Wort. Ich schwöre dir, wenn du jetzt nicht angerufen hättest, hätte es in Kürze einen Mord gegeben, wahrscheinlich sogar mehrere. Ich habe auch schon an Suizid gedacht.«

Leander lachte. Elkes Mutter reichte aus, um die Atmosphäre einer italienischen Großfamilie unter ihre Tochter und Enkelkinder zu tragen. Und Elkes Vater war es als hohes Tier in der Oberfinanzdirektion gewohnt, niedere Dienstgrade für sich springen zu lassen. Da kam ihm der Studienrat eines Insel-Gymnasiums gerade recht.

»Was kann ich für dich tun, mein Freund?«, fragte Tom. »Sprich dich in aller Ruhe aus. Ich habe seeehr viel Zeit. Wie läuft es denn mit Eiken?«

»Gar nicht«, antwortete Leander knapp. »Aber deshalb rufe ich nicht an. Ich brauche ein paar Informationen und da habe ich sofort an dich gedacht.«

Er legte Tom dar, was sich während des Gesprächs in Thoms' Büro und bei der Pressekonferenz zugetragen hatte. »Nun weiß ich über Fracking nur das, was man so landläufig in den Medien mitbekommt. Außerdem hat der Bürgermeister noch einen anderen Ausdruck verwendet, CCS oder so. Kannst du mir das näher erklären?«

»Und ob ich das kann. Kein Wunder, dass Jarrelt Thoms sich so aufgeregt hat. Dabei ist er sonst die Ruhe selbst.«

»Du kennst ihn?«

»Na klar, die *Insel- und Hallig-Konferenz*, von der du gesprochen hast, hat im Dezember 2012 hier auf Föhr getagt, in Midlum. Ich war dabei. Die Wellen sind ganz schön hochgegangen damals. Am Ende haben wir dann ein gemeinsames Positionspapier unterzeichnet, in der Hoffnung, dass CCS und Fracking damit ein für alle Mal beerdigt sind.«

»Was ist denn das nun ganz genau?«

»Also, Fracking ist die sogenannte unkonventionelle Förderung von Schiefergas und Schieferöl. Dabei werden

Bohrungen in tiefe Gesteinsschichten vorgenommen und anschließend wird ein Gemisch aus Sand, Wasser und extrem giftigen Chemikalien, das sogenannte *Frack-Fluid*, unter hohem Druck in die Bohrlöcher gepresst. Die Schieferschichten brechen dadurch auf und geben das eingelagerte Gas frei, das dann wiederum über die Bohrlöcher zutage gefördert wird. In den USA ist durch diese Technologie eine Goldgräberstimmung ausgebrochen. Man hofft, dadurch von den internationalen Gas- und Ölmärkten unabhängig zu werden, was ja angesichts der Krisengebiete überall auch angesagt ist. Allerdings gehen die Konzerne dabei so rücksichtslos vor, dass ganze Landstriche inzwischen vergiftet sind. Aus Wasserkränen strömen Gas und Giftcocktails. Die Menschen müssen sich ihr Trinkwasser in Kanistern teuer kaufen, weil sie ihre Brunnen nicht mehr gebrauchen können. Daran verdient sich dann wieder ein anderer Industriezweig dumm und dusselig.«

»Was hat das mit uns in Deutschland zu tun?«

»Wir haben auch große Lagerstätten von Schiefergas, vor allem in Niedersachsen und Schleswig-Holstein. Wer da den Zuschlag für die Ausbeutung bekommt, verdient Milliarden. Und die Wasserdealer stehen auch schon Gewehr bei Fuß. Erinnerst du dich an den Versuch der Wasserprivatisierung vor ein paar Jahren? Wenn *Campact* da nicht über das Internet eine Million Unterschriften gesammelt hätte, wären unsere Wasserrechte von der EU an Nestlé und Konsorten verramscht worden. Dann wäre es uns bald wie den Portugiesen gegangen und wir hätten Trinkwasser nur noch für viel Geld im Supermarkt kaufen können. Tja, und durch das Fracking wittern die nun wieder Morgenluft. Wenn unser Grundwasser verseucht ist, kommen Nestlé und Co doch noch zum Zuge.«

»Ist das denn realistisch? Ich denke, ihr habt eine Einigung dagegen unterschrieben.«

»Das haben wir auch. Und wir haben die Zuständigkeit an Kiel übertragen. Man hat uns von der Landesregierung auch volle Unterstützung zugesagt, aber ich lege meine Hand nicht dafür ins Feuer, dass das reicht. Es liegen aktuell mehrere Anträge von Firmen zur Aufsuchung von Kohlenwasserstoffen in den Erlaubnisfeldern *Ostrohe* im nördlichen Nordfriesland und *Rosenkranz Nord* im westlichen Nordfriesland vor. Außerdem haben die Bundesländer nur in ihren Hoheitsgebieten die Möglichkeit, ein Verbot auszusprechen. Über die Seerechte bestimmt die Bundesregierung. Die Firmen stehen jedenfalls bereit und werden sofort anfangen, wenn sie grünes Licht bekommen.«

»Sagt dir in dem Zusammenhang die Firma *HES* etwas?«

»Und ob! Das sind die Schlimmsten. Die stecken hinter den meisten Anträgen und tauchen auch immer im Zusammenhang mit CCS auf. So nennt man das Verfahren, mit dem aus dem Rauchgas zum Beispiel von Kohlekraftwerken das CO_2 abgeschieden werden kann. *Carbon Dioxide Capture and Storage* heißt das in Langform. Das Gas soll dann irgendwo im Untergrund verpresst werden.«

»Und wozu das Ganze? Es wäre doch besser, von vornherein gar kein CO_2 zu produzieren«, wandte Leander ein.

»Tja, wir vernünftigen Menschen denken so. Wir sind ja auch nicht so skrupellos wie die Konzerne. Die achten auf die Kosten und die Richtwerte. CO_2-Vermeidung kostet Geld für Filteranlagen und die Erforschung neuer Produktionsmethoden. Das CO_2, das dem Rauchgas entzogen wird, wird dagegen einfach aus dem Gesamtausstoß herausgerechnet – so, als wäre es nie produziert worden. Dadurch lassen sich die Reduktionswerte, die uns wegen des Klimaschutzes international vorgeschrieben werden, kostengünstig erreichen. Außerdem könnte heute kein Kohlekraftwerk mehr zugelassen werden, wenn es diese Technologie nicht gäbe. Und du kennst ja den Irrsinn, der da gerade abläuft: Anstatt endlich Stromtrassen zu bauen und den Strom aus den Offshore-Windparks zu nutzen, werden Gas- und Kohlekraftwerke gebaut. Die Folgen von CCS werden wir dann später irgendwann erleben, wenn aus den unterirdischen oder unterseeischen Lagerstätten CO_2-Blasen austreten, die sogenannten *Blow-Outs*, und Menschen und Tiere in riesigen Gebieten ersticken.«

Leander schwieg einen Moment und versuchte, die ganze Tragweite des Gehörten zu verarbeiten. »Wenn du von Seegebieten sprichst, meinst du damit auch die Deutsche Bucht, oder?«

»Gerade die. Angeblich ist die Verpressung unter Salz- und Tonschichten die sicherste Lagerform. Und die gibt es vor allem in Brandenburg, in Schleswig-Holstein und im nördlichen Niedersachsen. In Brandenburg steht schon eine Versuchsanlage, die *Schwarze Pumpe*. Hier bei uns ist der Widerstand der Länder nicht zuletzt dank der *Insel- und Hallig-Konferenz* noch zu groß. Allerdings bestimmt der Bund über die Seerechte, das heißt das *Bundesamt für Schifffahrt und Hydrographie* als Behörde des Bundesverkehrsministeriums. Na, klingelt da was bei dir? Das Bundesverkehrsministerium ist meistens in Händen der CSU. Und die boykottiert gerade die Stromtrassen in Richtung Süden. Dreimal darfst du raten, wie egal den Bayern die Nordsee ist, wenn es um den Bestandsschutz für ihre unverschandelte Heimat geht. Die Suche nach geeigneten Lagerstätten in der Nordsee hat schon begonnen. Ab 2030 will die Bundesregierung CO_2 in der Deutschen Bucht verpressen. Für Helgoland bedeutet das zum Beispiel, dass durch das CO_2 das Formationswasser aus dem Gestein verdrängt wird. Darin sind aber hochkonzentrierte organische Stoffe wie Salze und Schwermetalle enthalten, die dann ins Meer entweichen. Sogar Radionuklide lassen sich darin nachweisen. Gar nicht auszudenken, was das für Auswirkungen auf die Fauna und Flora der Nordsee haben wird. Auch das küstennahe Trinkwasser wird dadurch versalzen. Und damit sind wir dann wieder bei den Konzernen, die zuerst unsere Versorgungsgrundlagen mit Trinkwasser verseuchen und damit Kosten in ihren Fabrikanlagen sparen und dann auch noch Milliardengewinne damit machen können, dass wir auf ihr teures Trinkwasser in Kanistern angewiesen sind.«

»Und all das ist rund um Helgoland geplant?«, fragte Leander vorsichtshalber noch einmal nach.

»Genau. Die Regierung muss nur die Zwölf-Meilen-Zone

einhalten. Helgoland liegt dann mitten im Erforschungs- und Verpressungsgebiet. Aber, um zu deiner Ausgangsfrage zurückzukommen: Jarrelt Thoms hat damit nichts zu tun, im Gegenteil, er tut alles, um das zu verhindern. Er weiß genau, dass Helgoland zum Todesfelsen für alle Lebewesen würde, wenn es dort zu einem *Blow-Out* käme. – Die *HES* allerdings ...«

»Ich verstehe. Die sehen nur die Milliardengewinne.«

»Korrekt. – Deshalb brauchen wir Aktions-Plattformen im Internet wie *Campact*, die in der Lage sind, innerhalb weniger Wochen eine Million Unterschriften gegen diese Verbrecher zu sammeln. Die ziehen nämlich längst die entscheidenden Strippen in Brüssel. Und Menschenleben zählen für die nicht, wenn der zeitliche Abstand zwischen ihren Geschäften und den GAUs groß genug ist, um keine Verbindung nachweisen zu können. Wenn die am Ende über TTIP sogar noch ein Klagerecht vor privaten Schiedsgerichten gegen die Gesetzgebung von Staaten eingeräumt bekommen, dann brechen alle Dämme.«

»Danke, Tom. Du hast mir sehr geholfen.«

»Da nicht für«, gab sich Tom Brodersen bescheiden.

»Tja, dann muss ich mal wieder. Ich bin gleich noch mit Eiken verabredet.«

»Nein, bitte, Henning, nicht auflegen. Schick mich nicht zu denen da draußen zurück! Wie sieht's aus: Brauchst du mich nicht dringend auf Helgoland? Ich schlafe auch draußen am Strand.«

Leander lachte. »Mach's gut, Tom. Du wirst deine Schwiegereltern schon überleben.«

»Leb wohl, Henning«, resignierte Tom. »Besuch mich mal auf dem Friedhof von St. Nikolai, wenn du wieder auf Föhr bist. War schön, dich in diesem Leben kennengelernt zu haben.«

»Idiot«, antwortete Leander lachend und drückte auf die rote Hörertaste.

Dann lehnte er sich in seinen Stuhl zurück und dachte über das nach, was er da eben erfahren hatte. Wenn Tom recht hatte, ging es für die Firma *HES* auf Helgoland offenbar um Milliarden. Der Geschäftszweig des Hafenbaus und der Plan der Inselerweiterung waren dagegen ein Fliegenschiss. Und Gernot Reymers hatte Kontakt zu der Firma gehabt und sie am Ende offensichtlich ausgebootet. Was war da vorgefallen zwischen dem Reeder und seinem alten Studienfreund Herwig Olsen? Hatte Reymers von den CCS-Plänen der Firma erfahren? Und wer war der Whistleblower, der über Interna der Firma verfügte? Die Antworten auf diese Fragen konnten der Schlüssel zu dem Mord an Reymers sein. Leander blieb jedoch nichts anderes übrig, als auf seinen Freund Lemmy und dessen Recherche-Ergebnisse zu warten. Allein kam er in der Sache so nicht weiter.

20

Eiken wartete bereits vor der blauen Hummerbude, in der die *Bunte Kuh* ›maritime Gastronomie direkt am Hafen‹ anbot, als Leander pünktlich um achtzehn Uhr dort aufkreuzte. Eigentlich handelte es sich bei dem blau angestrichenen Gebäude um drei miteinander verbundene Hummerbuden. Neben Eiken stand wieder ihre Sporttasche, die sie nun aufhob, als Leander vor ihr stand.

»Haben wir überhaupt eine Chance, einen Platz zu bekommen?«, zweifelte der angesichts der vollständig besetzten Tische draußen und der Urlaubergrüppchen, die durch die schmale Tür in das Restaurant strömten.

»Jasmin hat uns einen Tisch ganz oben reserviert«, beruhigte Eiken ihn.

»Jasmin?«

»Jasmin Ventura Tavares, die Inhaberin. Wir haben uns im Winter beim Biikebrennen kennengelernt und angefreundet.« Eiken öffnete die weiße Tür und hielt sie Leander auf, der wieder einmal feststellen musste, dass Eikens Wurzeln auf Helgoland bereits länger waren, als ihm lieb sein konnte.

Die *Bunte Kuh* war innen wie eine Seefahrerkneipe ausgestattet. Vor einem langgestreckten Tresen standen hohe, schwarze Lederhocker, die allesamt von jungen Leuten mit Biergläsern in den Händen besetzt waren. Die Gespräche setzten sich lautstark gegen einen Shanty aus den Lautsprechern durch. Rechterhand befand sich der Restaurantbereich, in dem alle Tische besetzt waren. Eiken drängte sich an Leander vorbei, griff nach seinem Arm und dirigierte ihn zu einer schmalen Treppe, die im Bogen ins Obergeschoss führte.

Hier oben war es noch enger als unten. Links stand ein großer Tisch, an dem acht Personen saßen, rechts drängten sich vier Tischchen entlang des Treppengeländers. Das Stimmengewirr der Gäste füllte die kleine Hummerbude bis in die letzte Nische. Eiken deutete auf einen freien Zweiertisch am Fenster mit einem *Reserviert*-Schildchen.

Lachend ließ sie ihre Tasche neben den Tisch und sich selbst auf einen der Stühle fallen. »So ist das immer hier. Der Laden ist eine Goldgrube.«

Leander, der enge Lokale und Geschäfte nur schwer ertragen konnte und Mühe hatte, Geräusche voneinander zu trennen, die aus verschiedenen Richtungen seine Ohren fluteten, tat sich schwer, Eikens gute Laune zu teilen. Er rempelte mit seinem Stuhl auch gleich jemanden an, der am Nebentisch saß und grimmig zu ihm herüberschaute. »Tut mir leid. Kommt nicht wieder vor«, grunzte Leander und verstärkte damit Eikens Amüsement.

»Nun mach dich mal locker. Das ist hier nicht wie auf Föhr. Alles ist viel enger, aber dadurch auch persönlicher.«

»Na, dir scheint das ja zu gefallen.«

»Ja«, stimmte Eiken nickend zu. »Ehrlich gesagt hätte ich mir das früher selbst nicht vorstellen können. Aber die Helgoländer sind eine eingeschworene Gemeinschaft. Die Winter sind verdammt lang und frostig auf diesem winzigen Felsen. Wenn man da nicht zusammenrückt und gesellig wird, hat man schnell verloren. Deshalb gibt es auch so viele Vereine auf der kleinen Insel. Jeder Helgoländer ist gleichzeitig in mehreren davon Mitglied. Sonst kommt man hier nämlich nicht aus seinen eigenen vier Wänden und begeht spätestens im Januar vor lauter Depressionen Selbstmord.«

»Ich könnte das nicht«, gestand Leander. »Ich brauche meine Ruhe und meinen Rückzugsraum. Außerdem muss nicht jeder alles über mich wissen. Und ganz so, wie du es darstellst, ist es ja dann wohl doch nicht. Ich habe nicht den Eindruck, dass hier nur Nächstenliebe und Friede – Freude – Eierkuchen herrschen. Schließlich scheint es eine Reihe von Geheimnissen und Absprachen hinter vorgehaltener Hand zu geben.«

Eiken blickte ihn fragend an, aber bevor Leander näher erklären konnte, wovon er sprach, drängte sich eine junge dunkelhaarige Frau mit südamerikanischem Touch zu ihnen durch und legte zwei Speisekarten auf den Tisch.

»Hallo, Eiken. – Das ist er also?« Sie deutete mit dem Kopf

auf Leander, als könne der sie gar nicht hören. Leicht irritiert schaute er Eiken an, die rot anlief und mit einem Seitenblick auf ihn nur zaghaft nickte.

»Darf ich vorstellen?«, rettete sie sich ins Formale. »Henning Leander. Und das ist die Inhaberin der *Bunten Kuh*: Jasmin Ventura Tavares.«

Die junge Frau grinste Leander breit an und beurteilte das, was sie sah, in Eikens Richtung: »Nett.«

Das reichte ja wohl! Leander war kurz davor, einfach aufzustehen und zu gehen. »Können wir das jetzt beenden?«, fuhr er gereizt auf.

»Und sensibel ist er auch«, stellte Jasmin wieder in Eikens Richtung fest, ohne ihr Grinsen von Leander zu lösen. »Was darf ich euch zwei Turteltäubchen denn zu trinken bringen?«

»Ein Pils«, brummte Leander und griff nach der Speisekarte, um sich den Anzüglichkeiten zu entziehen.

»Ein Viertel Weißwein, Jasmin«, bestellte Eiken. »Danke.«

Als sich die Restaurant-Besitzerin wieder entfernt hatte, beugte sie sich zu Leander vor. »Was ist denn mit dir los? So kenne ich dich ja gar nicht.«

»Ach, ich mag das nicht«, konnte der sich nur schwer beherrschen. »Ich habe das Gefühl, dass du alles über mich erzählt hast und dass ihr euch herrlich auf meine Kosten amüsiert. Jedenfalls spiele ich nicht so gerne den Deppen.«

»Dann benimm dich auch nicht so.« Eiken legte ihm eine Hand auf seine, doch er entzog sie ihr sogleich. »Tut mir leid«, sagte sie leise. »Du scheinst momentan deinen Humor verloren zu haben. Das konnte ich nicht ahnen.« Dann griff auch sie nach der Speisekarte und schlug sie auf.

Leander hatte Mühe, sich auf die Gerichte zu konzentrieren. Der Abend war nahe daran, in einer Katastrophe zu enden. Und das war wirklich das Letzte, das er wollte. In diesem Moment kam Jasmin zurück. Offenbar hatte sie aber ein Radar für nahende Unwetter. Kommentarlos stellte sie die Getränke vor ihnen ab und ging nach einem Nicken in Eikens Richtung wieder.

Leander griff nach seinem Bierglas, hielt es Eiken entgegen

und bemühte sich um einen deutlich freundlicheren Ton: »Frieden?«

Auch Eiken hob ihr Weinglas, stieß mit ihm an und nickte, dabei wichen die Schatten allerdings nicht aus ihrem Gesicht. Sie tranken einen Schluck und setzten schweigend die Gläser ab, schweigend wandten sie sich wieder den Speisekarten zu. Als die Bedienung nach einiger Zeit zurückkam, bestellte Eiken den Fischteller mit Lachs, Dorsch, Rotbarsch und Hummerkrabben. Leander wählte das gebratene Dorschfilet mit Senf-Kräuterkruste. Jasmin notierte sich das, nickte kurz und war schon wieder verschwunden.

»Du hast eben die Geheimnisse auf Helgoland angesprochen«, erinnerte Eiken Leander. »Was genau meinst du damit?«

»Ja, richtig. Also: Ich war ja heute bei der Pressekonferenz, wie du weißt, und da hatte ich den Eindruck, dass es hier auf Helgoland durchaus Kräfte gibt, die den Insulanern keinen reinen Wein einschenken und ihr eigenes Ding durchziehen.«

»Was für ›Kräfte‹?«

Leander berichtete von den Beiträgen des Bürgermeisters und den Irritationen und Aggressionen, die Leander mit seinen Fragen ausgelöst hatte. Eiken runzelte die Stirn über Jarrelt Thoms' Aufregung, hörte aber schweigend zu, bis Leander geendet hatte.

»Ein bisschen kann ich Thoms verstehen«, meinte sie dann. »Er müht sich redlich, die Insel in eine aussichtsreiche Zukunft zu führen. Als er sein Amt angetreten hat, stand Helgoland kurz vor dem Kollaps. Von den Tagestouristen konnte kaum noch jemand leben, und Langzeiturlauber kamen schon fast gar nicht mehr. Seit der Wende lockt die Ostseeküste Mecklenburg-Vorpommerns und Polens. Außerdem ist der steuerfreie Einkauf kein Magnet mehr für die meisten Menschen, die im Internet auch günstig einkaufen können. Thoms hat es in wenigen Jahren geschafft, Helgoland wieder eine Perspektive zu geben, indem er auf der Düne reizvolle Unterkünfte bauen ließ. Du wohnst gerade in einer davon. Außerdem hat er den kargen Felsen zum Service-Zentrum der Offshore-Wind-Industrie gemacht. Das stört zwar die Romantik, sichert den Helgoländern aber ein Auskommen auch in Zukunft. Und zuletzt hat er Gernot Reymers' Pläne unterstützt, die ja nicht nur Hotelbauten beinhaltet haben, sondern immerhin auch ein Energie- und Umweltkonzept, auch wenn uns von der Bürgerinitiative das nicht weit genug ging. Wenn dann Killerbegriffe wie *Fracking* und *CO_2-Verpressung* das neue Image gefährden, würde ich an seiner Stelle auch an die Decke gehen. Also, wenn du mich fragst: Jarrelt Thoms ist in Ordnung.«

»Das sagt Tom auch«, antwortete Leander und berichtete in groben Zügen von seinem Gespräch mit dem Skatbruder.

»Keine schöne Vorstellung«, kommentierte Eiken Toms Horrorszenario eines Blow-outs. »Aber noch mal: Thoms spielt kein doppeltes Spiel.«

Leander nickte unbestimmt. »Das ist die eine denkbare Variante. Die zweite ist, dass doch etwas daran ist. Warum hält Thoms sonst Kontakt zu diesem Olsen? Auf jeden Fall werde ich diese Spur weiterverfolgen.«

Eiken dachte einen Moment lang nach. Dann nickte sie, als sei sie mit sich selbst einig geworden. »Ich weiß, wie wir Klarheit bekommen, ob an deinen Vermutungen etwas ist. Henningsen hat doch behauptet, dass es Gutachten gebe, die belegen, dass Fracking bei uns unmöglich ist. Natürlich kann der für die Presse irgendwelche Gefälligkeitsgutachten aus der Schublade ziehen. Ich werde beim Alfred-Wegener-Institut nachfragen, ob Helgolands geologische Bedingungen Fracking und CO_2-Verpressung zulassen.«

»Gute Idee«, stimmte Leander zu. »Und dann sind da ja auch noch die merkwürdigen Mails, die Cohrs erhalten hat, und der Hinweis auf die *HES* in Hamburg. Ich habe einen ehemaligen Kollegen aus Kiel darauf angesetzt. Mehr kann ich von hier aus nicht machen.«

»Lena?«

»Nein, zu Lena ist vor ein paar Tagen der Kontakt abgebrochen. Endgültig.« Leander wich Eikens forschendem Blick aus. »Ich habe gestern meinen alten Freund Lemmy kontaktiert.«

Jasmin brachte das Essen, deutete auf die leeren Gläser, woraufhin Leander sagte: »Eine Flasche von dem Weißwein bitte.« Sie nickte, wünschte guten Appetit und eilte davon.

Schweigend begannen die beiden mit dem Essen, bis die Wirtin wieder vor ihnen stand. Sie tauschte Leanders Bierglas durch ein Weinglas aus, goss beiden ein und stellte die Flasche auf den Tisch. »Alles in Ordnung bei euch?«

Leander nickte mit vollem Mund nur, Eiken antwortete: »Alles bestens. Wie immer.«

»Gernot Reymers' Kontakt bei der *HES* soll genau der Herwig Olsen gewesen sein, den Thoms angerufen hat«, fuhr Leander fort, als die Wirtin wieder weg war. »Lemmy soll sich den mal besonders vornehmen. – Der Fisch ist übrigens ein Gedicht.«

»Sag ich doch. Wenn du noch länger bleibst, sollten wir für die nächsten Abende eine Dauerreservierung im Wechsel mit den *Mocca-Stuben* machen«, schlug Eiken lachend vor.

Leander war sich allerdings nicht sicher, ob das ernst gemeint war. Vorsichtshalber hakte er nicht nach, ob Eiken einen längeren Aufenthalt begrüßen würde. Er wollte die mühsam erarbeitete gute Stimmung nicht wieder gefährden.

Nach dem Essen schlug er vor, eine weitere Flasche Wein zu bestellen, aber Eiken drängte zum Aufbruch. »Wenn wir noch ins *Rote Kliff* wollen, müssen wir los. Um halb elf bin ich verabredet.«

Durch diesen Hinweis entmutigt, bezahlte Leander die Rechnung. Dann drängten sie sich durch die Gäste, die immer noch nachströmten und auf einen freien Tisch warteten.

Im *Roten Kliff* war ebenfalls reger Betrieb. An einem Tisch in der Ecke saßen Oma Klüsing und Mephisto, die mit einem dritten Mann Skat spielten. Eiken und Leander setzten sich drei Tische von ihnen entfernt. In direkter Nachbarschaft saßen ein paar Gäste, die sich in einer für Leander völlig unverständlichen Sprache unterhielten. Einer von ihnen war Oluf Heikens, der Eiken verlegen, aber freundlich zunickte.

»Was faseln die da?«, erkundigte sich Leander.

»Das ist *Halunder*«, erklärte Eiken. »Es gibt hier einen Verein, der diesen friesischen Dialekt am Leben hält, der nur auf Helgoland gesprochen wird. Wie *Fering* auf Föhr, *Ömrang* auf Amrum und *Sölring* auf Sylt. *Halunder* ist hier sogar als Amtssprache offiziell zugelassen und wird seit einiger Zeit in unserer Schule unterrichtet.«

Zwischen den Vereinsmitgliedern ging es sehr fröhlich zu. Sie schienen ausschließlich Dönekes auszutauschen, denn es wurde überwiegend gelacht.

»Wer ist der dritte Mann an Mephistos Tisch?«, fragte Leander.

»Heiko Tönnies.«

Mephisto teilte gerade die Karten aus und prahlte mit durchdringender Stimme von seinen Braukünsten. Mehrmals tönte die Bezeichnung *Mephistos Gerstengenuss* durch den Raum, als handele es sich dabei um eine erfolgreiche Marke. Leander verstand außerdem Begriffe wie: »Revolution des guten Geschmacks« und »Sensation«. In leuchtenden Farben malte der kleine Mann die Begeisterung der Gäste seines Biergartens aus und kündigte an, demnächst in großem Stil zu brauen und zu exportieren.

»Was meint er?«, erkundigte sich Eiken.

»Frag nicht«, winkte Leander ab. »Das willst du gar nicht wissen.« Eiken sah ihn jedoch so neugierig an, dass er fortfuhr: »Mephisto ist unter die Bierbrauer gegangen. Leider scheint seine Wahrnehmung durch das Gesöff nachhaltig gelitten zu haben, denn was er da erzählt, hat mit der Realität überhaupt gar nichts zu tun. Glaub mir, ich habe es probiert. Das ist reinstes Gift. Da wird ein Bierglas zum Schierlingsbecher.«

Eiken lachte. »Jetzt übertreibst du aber.«

»Im Gegenteil«, beteuerte Leander. »Was ich sage, ist pures Understatement. Das Land, das *Mephistos Gerstengenuss* in sein Waffenarsenal aufnimmt, hat das Wettrüsten endgültig gewonnen. Tom vermutet aber, dass Produktion und Export gegen die Genfer Konventionen verstoßen dürften oder zumindest gegen das Chemiewaffen-Kontroll-Gesetz. Diesmal wäre ein UN-Mandat sicher, weil selbst Russland und China zustimmen würden. Ehrlich, Eiken, und das sage ich dir als Pazifist: Die amerikanischen Bomber würden zu Recht gegen Mephistos Brauerei ausgesandt, und ich hoffe, dass sie auch treffen.«

Eiken schüttelte sich vor Lachen. In dem Moment erschien Ursula Keden an ihrem Tisch und nahm ihre Bestellung auf. Mephisto hatte die Karten inzwischen verteilt und beschwerte sich über das Schicksal, das heute eindeutig auf der Seite seiner Gegner mitspiele. Oma Klüsing sortierte lachend ihr Blatt, wobei ihre Brille so weit vorne auf ihrer Nase saß, dass sie mit leicht zurückgelegtem Kopf schräg nach unten durch die Gläser sah.

»Achtzehn!«, reizte sie schließlich mit ihrer tiefen, rauchigen Stimme.

»Habe ich«, antwortete Heiko Tönnies, der als Einziger recht ernst in sein Blatt guckte.

Leander beobachtete, wie Mephisto Oma Klüsing unbemerkt von Tönnies unter dem Tisch mit der Hand anstieß. Die alte Dame blickte erstaunt über ihre Brillengläser hinweg zu dem Freund, der ihr mit den Augen Zeichen gab, die Leander nicht zu deuten wusste. Oma Klüsing aber schien genau zu wissen, was er meinte.

»Dann bin ich weg«, erklärte sie und schob ihren Kartenfächer zusammen.

»Auch weg«, schloss sich Mephisto an.

Heiko Tönnies blickte ungläubig von einem zum anderen. »Beide bei achtzehn weg? Dann müssen ja mindestens zehn gute Karten im Skat liegen.«

Mephisto feixte wie der Teufel persönlich, als der Kaufmann die beiden Karten aufnahm, schmerzhaft das Gesicht verzog und sie gleich wieder auf den Tisch warf.

Während er sein Blatt umsortierte und gründlich die gesteckte Konstellation begutachtete, nur um gleich wieder Änderungen in der Farbenfolge vorzunehmen, wanderten unter dem Tisch zwei Karten von Oma Klüsing zu Mephisto, der sie nach kurzer Inspektion unauffällig gegen zwei seiner Karten austauschte.

»Was für Ganoven«, quetschte Leander hervor und ergänzte auf Eikens Blick hin: »Die beiden bescheißen Tönnies nach Strich und Faden.«

Die schaute ungläubig hinüber und wurde nun zusammen mit Leander Zeugin eines Spiels, bei dem der Kaufmann nicht den Hauch einer Chance hatte. Nachdem er »Kreuz« angesagt hatte, gab Oma Klüsing ihm eiskalt »Kontra« und nahm sein naives »Re« zufrieden nickend entgegen.

»Jetzt verliert einer, der weiß das noch gar nicht!«, zeigte sich Mephisto lautstark entzückt und ging dazu über, jeden Stich mit donnernd auf den Tisch schlagender Faust zu bedienen.

Oma Klüsing ging zwar weniger lautstark, aber nicht weniger angriffslustig zu Werke. Entsetzt merkte Heiko Tönnies bald, dass das Spiel direkt gegen ihn lief und alle Trümpfe auf Oma Klüsings Hand saßen. Folgerichtig verlor er sein Kreuz-Spiel im Schneider, was ihn sichtlich aus der Fassung brachte.

»Warum sagt ihr beiden denn ›weg‹?«, erregte er sich. »Ihr hattet weit bessere Spiele als ich.«

»Du hast gereizt«, erklärte Mephisto gelassen. »Wie soll ich wissen, dass du dann kein Spiel hast?«

»Also, ich hatte überhaupt nichts«, behauptete Oma Klüsing, was ja in Bezug auf den Zeitpunkt des Reizens möglicherweise nicht einmal gelogen war.

»Das habe ich gesehen!«, grollte Heiko Tönnies. »Du hattest fünf Trümpfe gegen mich. Und Mephisto hat gebuttert wie ein Weltmeister.«

»Eben, Mephisto hatte alle Vollen, ich nicht einen einzigen. Wie soll ich da denn spielen, egal wie viele Trümpfe ich habe?«, gab sich Oma Klüsing beleidigt ob der ungerechtfertigten Vorwürfe. »Das war reines Pech, lieber Heiko. Oder Glück. Kommt drauf an, aus welcher Warte man es betrachtet.«

»Außerdem trifft es ja keinen Armen«, stellte Mephisto ungerührt fest. »Du bist schließlich der einzige Kapitalist in diesem Kreis und kannst einem armen Gastwirt und einer alten Witwe ruhig mal ein bisschen unter die Arme greifen. Betrachte deine kläglichen Silberlinge einfach als Starthilfe für eine aussichtsreiche Spezialbrauerei. In diesem Sinne: Zur Kasse, lieber Heiko!«

Dem Kaufmann blieb nichts anderes übrig, als der Aufforderung Folge zu leisten, aber Leander erkannte an seinem Blick, dass er das Gefühl hatte, hinters Licht geführt worden zu sein. Hinzu kam, dass in dieser Runde nicht wie im *Kleinen Versteck* mit einem Zehntel Cent pro Punkt abgerechnet wurde, sondern mit einem ganzen. Das führte dazu, dass Heiko Tönnies für seinen einfachen Kreuz ganze zwei Euro achtundachtzig an jeden zu zahlen hatte. So etwas konnte sich über den Abend auf eine stattliche Summe addieren, wenn man immer der Verlierer war. Entsprechend brummig kam Heiko Tönnies seinen Zahlungsverpflichtungen nach.

»Sag mal, Mephisto«, setzte Oma Klüsing noch einen drauf, während sie das Geldhäufchen, das Tönnies ihr auf den Tisch gezählt hatte, zu sich herüberzog. »Schnaps und Zigaretten sind doch eigentlich Drogen, oder?«

»Fürwahr«, bestätigte Mephisto ernst nickend. »Und in unserem Kulturkreis völlig unterschätzte noch dazu.«

»Ich weiß nicht«, setzte Oma Klüsing ihren Gedanken kopfschüttelnd fort, »ob ich es überhaupt mit meinem Gewissen in Einklang bringen kann, mit einem Drogenhändler Karten zu spielen.«

»Du meinst, wir sind damit vielleicht Teil der raffinierten Geldwäsche eines Dealers?«, zeigte sich nun auch Mephisto bestürzt. »So weit habe ich noch gar nicht gedacht. Da ist es ja geradezu unsere Pflicht, dem Schurken nicht noch mehr Geld zuzuführen, sondern es im Gegenteil in Sicherheit zu bringen.«

»Guter Plan, Mephisto. Aber was ist, wenn er misslingt? Sollten wir – auch wenn das höchst unwahrscheinlich ist – einmal verlieren, finanzieren wir damit womöglich die nächsten Drogendeals dieser zweifelhaften Gestalt an unserer Seite.«

»Umso wichtiger, dass wir nicht verlieren!«, erklärte Mephisto mit erhobenem Zeigefinger. »Das ist geradezu ein gesellschaftlicher Auftrag, der sich uns hier stellt.«

»Wird hier jetzt gequatscht oder gespielt?«, wurde Heiko Tönnies allmählich ernsthaft sauer. »Ihr geht mir langsam auf den Sack, wisst ihr das?«

Oma Klüsing und Mephisto nickten grinsend. Leander konnte nicht umhin, zu bewundern, wie der ehemalige Priester sich durch fragwürdige Schlussfolgerungen immer wieder moralisch ins rechte Licht zu rücken verstand.

Heiko Tönnies hatte eine steile Zornesfalte auf der Stirn, als er nun die Karten austeilte. Dabei beobachtete er genau, wie sich seine Mitspieler verhielten. Entsprechend unschuldig guckte Mephisto, der einen untrüglichen Instinkt dafür hatte, wann er vorsichtig sein musste. Auch Oma Klüsing sortierte ihre Karten wie eine arglose alte Frau, die nur zu absolut reinen Gedanken fähig war. Derart unter Beobachtung verliefen die nächsten Runden normal und störungsfrei, bis Heiko Tönnies sich nach zwei in Folge gewonnenen Spielen in Sicherheit wiegte und seine Konzentration wieder nur auf seine eigenen Karten lenkte.

Jetzt beobachtete Leander, dass Mephisto und Oma Klüsing sich unauffällig so zueinander drehten, dass sie sich gegenseitig in die Karten schielen konnten. Er machte Eiken leise darauf aufmerksam. Die grinste breit und schüttelte belustigt den Kopf.

»Mephisto ist absolut gar nichts heilig«, stellte Leander fest.

»Oma Klüsing steht ihm da aber auch in nichts nach«, meinte Eiken lachend. »Die ist so was von abgebrüht!«

Wieder ließen die beiden den Kaufmann in die Falle laufen. Seinem Reizen nach zu urteilen, hatte er nur einen roten Buben in der Hand, denn er ging über vierundzwanzig hinaus. Das erkannten die anderen beiden sofort, und offensichtlich hatte der Informationsaustausch ergeben, dass dann ein schwarzer Bube im Skat liegen musste, da weder Mephisto noch Oma Klüsing ihn in der Hand hatten. Als sie Heiko Tönnies konsequenterweise bei siebenundzwanzig das Spiel überließen, war seinem Gesicht nach dem Aufnehmen der beiden Karten anzusehen, dass er genau dies feststellte. Er hatte sich also überreizt und musste nun einen Grand spielen oder seine Farbe im Schneider. Tönnies entschied sich für Grand. Das Kontra von Oma Klüsing traf ihn wie ein Schlag ins Gesicht. Resigniert bediente er in dem nun folgenden Spiel die Karten, die ihm von beiden Seiten um die Ohren gehauen wurden, und zählte nicht einmal nach, als Mephisto feststellte: »Da hast du aber Glück gehabt. Du bist knapp aus dem Schneider.«

Das Spiel kostete diesmal einen Euro zweiundneunzig pro Person, die die beiden Mitspieler vorsichtshalber kommentarlos, wenngleich sichtlich zufrieden, einstrichen. Leander hatte einen Moment lang den Verdacht, dass Mephisto, Tom Brodersen und Götz Hindelang ihn am Anfang genauso ausgetrickst haben könnten. Das hätte zumindest das hohe Lehrgeld erklärt, das er im ersten halben Jahr ihres gemeinsamen Skatspiels gezahlt hatte.

Heiko Tönnies erhob sich nun missgelaunt von seinem Stuhl und machte sich mit den Worten »Bin gleich wieder da!« auf den Weg in Richtung Toiletten.

»Dir ist wohl etwas auf die Blase geschlagen?«, rief Mephisto ihm feixend nach. »Oder willst du dir nur die Hände waschen?«

»So spielt man mit Studenten«, kommentierte Oma Klüsing, hob ihr Bierglas und prostete Mephisto damit grinsend und augenzwinkernd zu.

Leander blickte Tönnies nach. Der Kaufmann zog das rechte Bein stark nach. Auf Leanders Nachfrage hin erklärte Eiken, dass es sich dabei um eine alte Verletzung aus seiner Bundeswehrzeit handelte. Während einer Nato-Übung auf dem Truppenübungsplatz in Neumünster hatte ein übereifriger Zugführer angeordnet, dass diesmal keine Übungshandgranaten, sondern scharfe eingesetzt wurden. Dummerweise war eine der Handgranaten, die ein anderer Wehrpflichtiger ungeschickt geworfen hatte, in nächster Nähe zu Heiko Tönnies explodiert. Er hatte Glück gehabt, dass er sein Bein nicht ganz verloren hatte. Dafür hatte seine

Wehrpflicht dann schon nach kurzer Zeit geendet. Tönnies rege sich heute noch darüber auf, dass der verantwortliche Offizier unbeschadet aus dem Disziplinarverfahren herausgekommen war.

Hinter der Theke klirrte es laut. Offenbar war ein Tablett mit Gläsern zu Boden gegangen. Ursula Keden schimpfte wütend auf ihren Mann ein, der Urheber des Unglücks zu sein schien: »Wenn du das verdammte Saufen nicht lassen kannst, dann mach, dass du hier rauskommst. Du stehst nur im Weg und machst zusätzlich Arbeit. Ich komme ohne dich wirklich besser klar.«

Jesko Keden brachte nur noch ein paar unverständliche Worte heraus, widersetzte sich aber standhaft, als seine Frau ihn hinter der Theke wegschieben wollte. Heiko Tönnies bekam das auf dem Rückweg von der Toilette mit und brauchte keine Einladung, um hinter den Tresen zu gehen und Jesko unter die Achseln zu greifen. Er raunte seinem Freund mit grimmigem Blick etwas zu, woraufhin der schwankende Gastwirt sich von ihm durch eine Hintertür hinausmanövrieren ließ. Ursula Keden sah den beiden wütend nach und griff dann nach einem Kehrblech und einem Gummibesen, um die Scherben zu beseitigen.

Wenig später tauchte Tönnies allein wieder in der Hintertür auf, wechselte ein paar Worte mit Ursula Keden und streichelte ihr dabei beruhigend über den Arm. Die Gastwirtin lächelte ihn an und schüttelte auf eine Frage hin leicht den Kopf. Also kehrte er an seinen Tisch zurück.

Während der nächsten Spiele blickte der Kaufmann immer wieder zum Tresen hinüber und war so unkonzentriert, dass Mephisto und Oma Klüsing leichtes Spiel mit ihm hatten und sich immer offener über ihre Blätter austauschten. Dabei amüsierten sie sich köstlich. Ursula Keden war ihrerseits zu sehr mit dem Zapfen und Verteilen der Getränke beschäftigt, um zu bemerken, dass Tönnies sie fast ununterbrochen anstarrte. Schließlich warf er die Karten auf den Tisch, erklärte beiläufig »Schluss für heute« und humpelte hinter die Theke. Er schob Ursula Keden mit sanfter Gewalt zur

Seite und übernahm das Zapfen der Biere. Die Gastwirtin lächelte ihn dankbar an.

»Na«, kommentierte Leander, »wenn zwischen den beiden nichts läuft, dann glaube ich auch an lila Kühe.«

Eiken nickte. »Das ist inzwischen so offensichtlich, dass es nur eine Frage der Zeit ist, bis Jesko und Heikos Frau Meret Wind davon bekommen. Irgendeiner hier wird es ihnen schon stecken. Und dann sind die nächsten zwei Ehen im Eimer. Die Scheidungsrate auf Helgoland liegt weit über dem bundesdeutschen Durchschnitt.«

»Kein Wunder bei der Enge hier«, meinte Leander. »Dagegen ist Föhr geradezu weitläufig.«

Bei Mephisto und Oma Klüsing wurde es laut. Tamme Boysen hatte das Lokal betreten, und noch während er an der Tür stand und sich im Raum umsah, hatten die beiden Skatspieler ihn bereits entdeckt und versuchten, ihn als neuen dritten Mann zu ködern. Der Seehundjäger schien wenig begeistert, ließ sich aber schließlich doch an ihren Tisch lotsen. Im Vorbeigehen orderte er ein Bier bei Tönnies.

Oma Klüsung mischte schon wieder das Blatt, während Mephisto ihm die Zahlungsmodalitäten erklärte. Nachdem der ehemalige Priester abgehoben hatte, nahm sie den Stapel wieder schwungvoll auf. Dabei rutschten ihr ein paar Karten so aus der Hand, dass sie offen auf den Tisch fielen. Demonstrativ verlegen ob ihrer Ungeschicklichkeit sammelte sie die Karten wieder ein und steckte sie verteilt in den Stapel in ihrer Hand.

»Holla, altes Mädchen, so nicht!«, ging Boysen dazwischen, fischte die unteren drei Karten unter dem Stapel weg und warf sie offen auf den Tisch.

Es handelte sich um zwei Bauern und ein rotes Ass. Verwirrt schaute Oma Klüsing den ehemaligen Wasserschutzpolizisten an. »Na und?«, fragte sie unschuldig. »Das ist pures Glück.«

»Von wegen Glück! Du hast die Karten fallen lassen und dir dann die drei besten unter den Stapel gesteckt, weil du sie beim Austeilen bekommen wirst.«

»Unsinn«, empörte sich die alte Dame. »Mephisto, sag doch auch mal was dazu.«

Doch Tamme Boysen hob die Hand und beendete damit den Disput. »Ab jetzt wird hier sauber gespielt, ist das klar?«

Mephistos Gesicht spiegelte die personifizierte Unschuld wider, während Oma Klüsing kleinlaut erneut die Karten mischte.

Leander lachte. »Mit dem spielen die nicht Katz und Maus«, stellte er bewundernd fest.

In diesem Moment öffnete sich die Tür und Ralf Häger trat ein. Da er keinen freien Tisch mehr erblickte, setzte er sich auf einen Hocker an der Theke. Leander gab Eiken ein Zeichen, nahm sein Bierglas und ging zu dem Journalisten hinüber. Auf dem Weg dorthin zog er den Presseausweis aus der Tasche, bückte sich vor dem Hocker, als hebe er etwas vom Boden auf, und legte die Plastikkarte vor Häger auf die Theke.

»Du hast da was verloren«, sagte er beiläufig und zeigte Tönnies an, dass er dem Journalisten ein Bier zapfen sollte.

Erstaunt blickte Ralf Häger zuerst auf seinen Ausweis und dann auf den frech grinsenden Mann, der sich unaufgefordert neben ihn gesetzt hatte und ihn auch noch einfach duzte.

»Wir haben eine gemeinsame Freundin«, stellte Leander fest. »Das verbindet, oder?«

In diesem Moment begriff der Journalist offenbar, wem er die Probleme vor der Pressekonferenz zu verdanken hatte. Er rutschte angriffslustig von seinem Hocker.

Leander legte ihm beruhigend eine Hand auf den Arm. »Bleib locker. Am Ende ist ja alles gut gegangen. Außerdem war das nicht meine Idee. Und wie ich das sehe, hast du jetzt etwas gut bei mir.«

Ralf Häger nickte leicht und setzte sich wieder. »Lena hat nicht übertrieben. Du kannst ein ganz schönes Arschloch sein.«

»So hat sie das formuliert?«

»Jedenfalls sinngemäß.«

»Okay, eins zu eins.« Leander hob sein Bierglas und deutete auf das, das Tönnies gerade vor dem Journalisten abgestellt hatte. »Prost!«

Sie stießen an und tranken ihre Gläser halb leer.

»Was hattest du eigentlich bei der Pressekonferenz zu suchen?«, erkundigte sich Häger. »Oder hast du inzwischen die Branche gewechselt?«

»Ich hatte Fragen, die Thoms mir unter vier Augen nicht hinreichend beantwortet hat. Außerdem halte ich mich immer gerne auf dem Laufenden, wenn ich an einem Fall arbeite.«

»Du ermittelst also im Fall Reymers? Hat das LKA dich reaktiviert?«

Leander schüttelte den Kopf. »Rein private Gefälligkeit.«

»Malte Cohrs?«

Leander wiegte zweideutig den Kopf. Ralf Häger nickte und trank einen Schluck.

»Und wie gedenkst du, deine Schulden bei mir wieder auszugleichen?«, fragte er dann.

»Ich weiß noch nicht, wo die Sache hinführt. Aber wenn ich am Ende etwas habe, bekommst du die Exklusivstory.«

»Das ist ein Wort.« Der Journalist prostete Leander zu. »Wie viel ist eigentlich an dieser Fracking-Theorie?«

»Das kann ich noch nicht einschätzen. Momentan ist die Technologie bei uns wohl nicht durchsetzbar, aber Thoms hat dermaßen nervös auf die Verbindung zur *HES* reagiert, dass da bestimmt irgendetwas anderes läuft.«

»Und die Unterstellung mit dem Telefonat war auch nur heiße Luft?«

»Nein, ich habe persönlich gehört, dass er sich mit Olsen verbinden lassen hat. Natürlich weiß ich nicht, worum es bei dem Gespräch ging. Aber ich vermute stark, dass man in Hamburg jetzt meinen Namen kennt.«

»Dann sei mal vorsichtig. Die *HES* ist kein unbeschriebenes Blatt. Die bewegen sich in einem Metier, in dem man nicht zimperlich ist.«

Leander sah den Journalisten fragend an. »Was heißt das?«

»Die Firma ist in der Hafenbranche tätig. Molenbau, Vertiefungen, Schlickentsorgung. Die Energiesparte ist relativ jung, entwickelt sich aber rasant. Die versuchen seit Längerem, ihre Frackingclaims in Niedersachsen und Schleswig-Holstein abzustecken, aber der Widerstand ist einfach bisher zu groß. 2014 wurde Wirtschaftsminister Gabriel vorgeworfen, er wolle das Fracking während der Fußball-Weltmeisterschaft durch die Hintertür bundesweit ermöglichen. Damals hat die Online-Plattform *Campact* derart dagegen mobilisiert, dass er das Vorhaben aufgeschoben hat.«

»Von denen habe ich schon gehört«, sagte Leander. »Aber glaubst du wirklich, dass da etwas dran ist?«

Ralf Häger nickte bekräftigend. »Glaub mir, da geht es um Milliarden. Außerdem will die Bundesregierung so schnell wie möglich vom russischen Gas weg, nachdem sich Putin in der Ukraine-Krise als unsicherer Partner erwiesen hat. Man macht eben keine Geschäfte mit verkappten Diktatoren. Und wohin der IS-Terror den Nahen Osten noch führt, weiß heute auch keiner.«

»Wenn Thoms Behauptungen stimmen, kommt Helgoland aber geografisch nicht für die Schiefergasgewinnung in Frage«, stellte Leander fest. »Ich lasse das gerade überprüfen. Wenn die *HES* etwas mit Reymers' Tod zu tun hat, muss das mit einem anderen Geschäftsbereich zusammenhängen. Oder mit der Windenergie und dieser neuen Technik zur Speicherung.«

Auf Hägers fragenden Blick hin erläuterte er dem Journalisten die Energiespeicherung mittels einer Betonkugel.

»Hört sich interessant an«, urteilte der. »Wer bei der umweltfreundlichen Erzeugung und Speicherung die Nase vorne hat, macht damit weltweit Milliardengeschäfte. Und dann ist da ja noch der Hafenbau. Ein neuer Helgoländer Anleger und eine Marina sind zwar keine Mammutprojekte, aber Kleinvieh macht auch Mist. Ich glaube allerdings nicht, dass Konzerne wie EON, RWE oder WindMW da zu solchen Mitteln wie dem Mord an Reymers greifen. Die regeln sowas politisch – also mit Geld. Mit der *HES* könntest du aber auf der richtigen Spur sein.«

»Wieso meinst du, die Firma sei gefährlich?«

»Weil die momentan keine Nerven mehr dafür haben, wenn ihnen jemand in die Suppe spucken will. Aktuell hat die *HES* den Auftrag, die Elbe von Hamburg bis nach Cuxhaven zu vertiefen, damit da die Megacontainerschiffe aus Asien durchfahren können. Und den dabei anfallenden Schlick verklappen die in der Deutschen Bucht unweit von Helgoland. Die Umweltverbände setzen alle Hebel in Bewegung, um das zu verhindern. Bisher ohne Erfolg, weil Schleswig-Holstein die Erlaubnis ständig verlängert. Aber wenn die Umweltverbände lauter werden ... Glaub mir, wenn ich Geschäftsführer der *HES* wäre, könnte ich keinen Öko mehr riechen. Und in der Müllbranche kennt man Leute, die unangenehm werden können.«

Leander dachte über diese neue Richtung nach. Es würde schwer werden, über die Geschäftsbereiche und -beziehungen Genaueres zu erfahren. »Du bist aber sehr gut informiert über die *HES*«, stellte er schließlich fest.

»Ich bin denen wegen ihrer Fracking-Bemühungen schon länger auf der Spur. Schließlich muss man alles tun, um diese Sauerei zu verhindern. Deshalb weiß ich auch, wie schwer es ist, denen auf die Schliche zu kommen. Allerdings müsste das LKA in Hamburg Näheres über deren Methoden wissen. Die haben die *HES* vor zwei Jahren genau durchleuchtet, weil der Verdacht aufgekommen war, dass die illegal Giftmüll nach Russland ausgeführt haben. Vielleicht kommst du ja auf dem Weg an Informationen.«

Leander schüttelte zweifelnd den Kopf. Allerdings nahm er sich vor, Lemmy auch danach zu fragen. Die Liste wurde allmählich immer länger. Da würde sich sein alter Freund bedanken.

In diesem Moment klopfte ihm jemand auf die Schulter. Als er sich umdrehte, stand Eiken mit ihrer Tasche in der Hand hinter ihm.

»Ich muss jetzt los«, sagte sie. »Wir sehen uns dann morgen beim Frühstück.«

»Ach ja, der Naturbursche wartet, richtig?« Leander ärgerte sich sofort über seine verräterische Stimmlage.

»Richtig«, antwortete Eiken knapp und machte Anstalten, zu gehen.

»Und den kannst du heute nicht mal vergeblich warten lassen?«

»Unmöglich. Es ist nicht meine Art, jemanden vergeblich warten zu lassen. Außerdem rechnet er mit mir und ich brauche ihn heute Nacht.«

»Ich brauche dich auch«, wandte Leander ein, der den Seitenhieb sehr wohl verstanden hatte. »Außerdem haben wir immer noch nicht über uns gesprochen.«

»Vielleicht hat das ja seinen Grund«, wurde Eiken langsam ungehalten. Sie wandte sich in Richtung Tür.

»Scheiße, Eiken, lass mich jetzt hier nicht so sitzen!«

Die Vogelwartin überlegte einen Moment und deutete schließlich mit dem Kopf auffordernd zur Tür. »Komm mit.«

Leander warf Heiko Tönnies einen Geldschein auf den Tresen und deutete auf Ralf Hägers Glas: »Das Bier geht auch auf mich. Stimmt so.« Dann klopfte er vor dem Journalisten auf die Theke. »Ich melde mich. Und du kannst ja derweil auch auf der *HES*-Spur bleiben. Wo wohnst du hier?«

»*Steanaker* 213, bei Krüss. Und du?«

»In einem Bungalow auf der Düne. Bei Jörgensen.«

Leander nickte zum Abschied. Dann folgte er Eiken hinaus auf die Straße, die im letzten Dämmerlicht dalag. Die Sonne ging jenseits des Oberlandes unter und reichte hier nicht mehr hin. Die Vogelwartin schritt weit aus, so dass Leander Mühe hatte, an ihrer Seite zu bleiben. Dabei sprach sie kein Wort mehr mit ihm.

Es ging hinunter zur Kurpromenade und dann nach rechts in Richtung Gewerbegebiet. Die Hummerbuden waren geschlossen, die Auslagen in den kleinen Fenstern allerdings hell erleuchtet. Nur die *Bunte Kuh* war immer noch gut besucht. Kurz darauf schwenkte Eiken in denselben Weg ein, den Leander und Seyfried am Morgen gewählt hatten. Folgerichtig befanden sie sich schließlich vor dem Tor zu den Sicherungsanlagen am Fuße des Felsens. Erstaunt erkannte Leander, dass dort Lasse Thorgren und eine kleine Gruppe junger Leute auf sie warteten. Mehrere von ihnen waren in kurzärmelige Neoprenanzüge gekleidet.

Eiken grüßte in die Runde und sagte dann zu Thorgren, der gerade das Tor aufschloss: »Henning kommt mit. Er wird uns heute Nacht helfen.«

»Weiß er denn, was auf ihn zukommt?«, erkundigte sich der Meeresbiologe und deutete zweifelnd auf Leanders Kleidung. »Er wird nass werden.«

»Das macht nichts, er hat es so gewollt«, erwiderte Eiken gefühllos.

Leander spürte, wie das Grollen in ihm allmählich bedrohlich anwuchs. Es wurde langsam zur Gewohnheit, dass trotz seiner Anwesenheit in der dritten Person über ihn gesprochen wurde, als sei er ein kleines Kind, das nicht verstand, was gesagt wurde. Nur Eikens ohnehin schon abweisende Haltung hinderte ihn daran, sich das jetzt und hier ein für alle Mal zu verbitten.

Die Gruppe passierte das Tor und Lasse Thorgren schloss wieder hinter ihnen ab. Leander hielt sich vorsichtshalber am Ende, während es nun hinter der Flutmauer in Richtung Vogelfelsen ging.

Die Nacht war immer noch sehr warm und nahezu windstill, so dass er nur ein leises Plätschern des Wassers jenseits der Mauer vernahm. Das Restlicht erzeugte eine gespenstische Atmosphäre. Von den Vogelnestern hoch über ihnen war lediglich hin und wieder etwas zu hören. Die Tiere schienen überwiegend zu schlafen. Erst als sie unterhalb des Lummenfelsens waren, nahm das Vogelkreischen zu. Es kam jetzt von oben und von der Seite, wo Vögel auf der glatten Meeresoberfläche dümpelten. Außerdem hörte Leander in unregelmäßigen Abständen ein dumpfes Geräusch, so als pralle etwas rechts neben ihm auf den tangbewachsenen Steinen auf.

»Wir sind spät dran«, beschwerte sich Thorgren bei Eiken, setzte sich eine Stirnlampe auf und schaltete sie ein.

»Dann lass uns keine Zeit mehr verlieren«, ging die nicht auf den Vorwurf ein.

Während die jungen Leute, die ebenfalls Stirnlampen aufgesetzt hatten, in ihren Neoprenanzügen über eine

Eisentreppe hinabstiegen und im dämmerigen Halbdunkel verschwanden, öffnete Eiken ihre Tasche und zog ebenfalls einen solchen Gummianzug heraus. Schnell entkleidete sie sich bis auf BH und Slip und zwängte sich in die widerspenstige Neopren-Haut.

»Du solltest deine Schuhe ausziehen«, wies sie Leander mit einem schnellen Seitenblick an, während auch sie eine Stirnlampe überzog und einschaltete.

»Ich habe noch ein paar Füßlinge übrig, die kannst du haben«, kam Lasse Thorgren zu Hilfe und warf die Gummischuhe vor Leander auf den Boden. Zusätzlich reichte er ihm eine Lampe und folgte dann seinen anderen Helfern in die Dunkelheit, in der nun Lichtstreifen schräg von oben über den schwarz-grünen Tang glitten.

»Was wollt ihr hier eigentlich?«, erkundigte sich Leander, der sich überrumpelt fühlte, während er seine Schuhe und Strümpfe gegen die Neopren-Füßlinge tauschte.

»Lummensprung«, antwortete Eiken leichthin. »Die Jungen springen aus ihren Nestern direkt auf die Steine da unten im Felsbad und wechseln von da aus ins Meer. Es ist meine Aufgabe, die Tiere zu registrieren. Lasse und die jungen Leute, die ein Freiwilliges Soziales Jahr in der Vogelwarte und im Meeresforschungsinstitut absolvieren, helfen mir dabei. Du sammelst jetzt alle Tiere ein, die du finden kannst. Dann bringst du sie zu Lasse und mir. Wir wiegen, markieren und registrieren sie, bevor wir sie ins Meer entlassen. Aber pass auf: Der Tang ist glitschig. Du wirst hin und wieder ausrutschen, das kann auf den Steinen ziemlich schmerzhaft sein. Besonders gefährlich sind die Löcher zwischen den Felsbrocken. Und jetzt los, wir haben nicht viel Zeit.«

Eiken stieg ebenfalls die Eisentreppe hinab und entfernte sich in Richtung Meer. Leander krempelte seine Hosenbeine hoch, knipste die Stirnlampe ein und folgte ihr. Der Untergrund war halsbrecherisch uneben. Die dicken Steine, die hier draußen als Wellenbrecher aufgeschüttet waren, waren von langem, dickblättrigem Tang bewachsen, der im Licht der Lampe glänzte und die Konsistenz von Gummi zu haben schien. Leander rutschte mehr vorwärts und zur Seite, als dass er seine Schritte kontrollieren konnte. Außerdem wurden seine Fußgelenke dabei stark beansprucht, denn er fand immer erst Halt, wenn er seitlich in eine Nische zwischen den Steinen geglitten war. Unsicher bewegte er sich in die Richtung, in der bereits mehrere Lichtstreifen die Dunkelheit durchschnitten.

»Haltet mehr Abstand!«, hörte er Lasse Thorgren rufen.

Direkt neben Leander plumpste etwas zu Boden. Er richtete den Lichtstrahl darauf und entdeckte ein Lummenjunges, das tolpatschig vorwärts strauchelte. Schnell griff er danach, hatte aber mangels Erfahrung Mühe, das Tier festzuhalten. Immer wieder entwand es sich ihm flügelschlagend und machte dabei einen Höllenlärm. Schließlich griff Leander einfach fest zu und zog das Tier an seine Brust. Dann drehte er sich um und schlidderte in die Richtung, aus der er Lasse Thorgrens Stimme eben noch gehört hatte. Die junge Lumme hackte mit ihrem Schnabel nach seinen Fingern, so dass er mehrmals umgreifen musste, bis er schließlich eine Hand am Hals des Tieres hatte und es in seiner Bewegungsfreiheit eingeschränkt war.

Mühsam erreichte Leander schließlich Thorgren und Eiken, die vollauf mit den Jungvögeln beschäftigt waren, die ihnen die anderen Helfer in rascher Folge brachten. Eiken nahm die Tiere an und hielt Thorgren ein Bein so hin, dass der es mit einer Zange beringen konnte. Dann schrieb er die Nummer auf ein Blatt, während Eiken das Geschlecht des Vogels feststellte und ihm ansagte. Schließlich nahm sie das nächste Tier an und gab dem Helfer den beringten Vogel wieder mit. Das ging in schnellem Wechsel. Offensichtlich war das Team sehr gut eingespielt.

Auch Leander bekam eine beringte Lumme in die Hand gedrückt und entfernte sich unsicher wieder in Richtung Wasser, wo er sie absetzte. Sofort schlidderte der Vogel in die Freiheit. Im Schein der Stirnlampe konnte Leander beobachten, wie er die ersten Wasserausläufer nutzte, um Fahrt aufzunehmen und in der sicheren Dunkelheit der Hohen See zu verschwinden.

Als er sich nun umdrehte und den ersten Schritt in Richtung Felsen machte, rutschte Leander aus und landete hart und schmerzhaft auf seinem Steißbein. »Scheiße!«, fluchte er laut, was in seiner Umgebung zu verhaltenem Lachen mehrerer Helfer führte. Zusätzlich leckte eine leichte Welle nach seinem Hintern, so dass er jetzt auch noch durchnässt war.

Mühsam rappelte er sich wieder auf und suchte nach der nächsten jungen Trottellumme. Das hier war ein sehr mühsames Geschäft und absolut nicht ungefährlich. Das bekam er gleich darauf erneut zu spüren, als er von einem Felsen abrutschte und an dessen Seite mit dem Fuß in ein Loch glitt. Brennend schrammte sein Knöchel an dem rauen Stein entlang. Dabei konnte er noch froh sein, dass er gerade aufkam, sonst hätte er sich mit Sicherheit zumindest eine Bänderdehnung zugezogen.

Verflucht, dachte Leander. Was mache ich eigentlich hier? Wenn ich Aktivist im Vogelschutz hätte werden wollen, wäre ich Vogelwart auf Süderoog geworden und nicht Polizist. Wenn ich wenigstens wüsste, wie lange der ganze Mist hier noch dauert.

Während sich Leander im Felsenbad mit glitschigen Algen und jungen Lummen herumschlug, hatte Tamme Boysen das Skatspiel beendet und streifte nun durch die dunklen Straßen Helgolands. Allerdings war er nicht ziellos unterwegs. Er folgte Heiko Tönnies, der kurz nach Leanders und Eikens Aufbruch aus dem *Roten Kliff* seinen Platz am Zapfhahn verlassen hatte und ebenfalls nach draußen verschwunden war. Das war Tamme Boysen merkwürdig vorgekommen, und so hatte er seinen Skatbruder und seine Skatschwester erneut in spieltechnischer Unterzahl zurückgelassen und war dem Kaufmann gefolgt.

Heiko Tönnies humpelte zielstrebig durch die Gassen des Unterlandes. Dabei wollte er offensichtlich nicht nach Hause, denn er schlug den Weg zum Hafen ein. Trotz der Behinderung des Kaufmannes war es schwer für Tamme Boysen, ihm zu folgen, da er auf keinen Fall bemerkt werden wollte und deshalb immer wieder Schutz in einem der dunklen Ladeneingänge suchte, bis Tönnies um die nächste Ecke verschwunden war. Dann erst hastete er hinterher, immer darauf gefasst, dass der Kaufmann in einem Haus verschwand und er ihn aus den Augen verlor.

Aber Heiko Tönnies hatte offenbar den Nordhafen zum Ziel. Er humpelte eilig an den Hummerbuden vorbei, wich ein paar späten Urlaubern aus, die den Abend in einem der dortigen Restaurants verbracht hatten, und sah sich dabei immer wieder vorsichtig um, als wolle er auf keinen Fall von jemand Bekanntem gesehen werden. Als er den Service-Hafen erreicht hatte, blieb er dicht neben einem Container stehen und blickte den Weg zurück. Tamme Boysen konnte gerade noch im Mondschatten einer Hummerbude verschwinden, war sich aber nicht sicher, ob Tönnies ihn nicht doch bemerkt hatte.

Der trat nach einigen Minuten wieder aus seiner Deckung und huschte zu einem Büro-Container, in dem noch Licht brannte. Nach einem letzten Sicherungsblick öffnete er die Tür und schlüpfte hinein. Tamme Boysen sprang auf die Pier und rannte hinüber. An die Seitenwand des Containers gedrückt blieb er schließlich stehen und lauschte in die Dunkelheit. Der Service-Hafen lag ausgestorben da. Vorsichtig tastete sich der Robbenjäger an der Wand entlang, linste um die Ecke zur Vorderseite und duckte sich dann unter ein Fenster, das nach vorne hinaus ging. Von drinnen war kein Laut zu hören, die Gardinen waren zugezogen, so dass Tamme Boysen nicht ausmachen konnte, wen Heiko Tönnies so spät in der Nacht hier traf.

Neben dem Eingang sah er ein Firmenschild. Leise huschte er hinüber. *OLS GmbH* stand da in dicken schwarzen Buchstaben auf weißem Grund. Das sagte ihm gar nichts. Vermutlich handelte es sich um eine dieser kleinen Firmen, die sich im Umfeld der Offshore-Windparks hier im Service-Hafen angesiedelt hatten. Tamme Boysen beschloss, gleich morgen herauszufinden, wer sich dahinter verbarg. Vielleicht fand sich ja eine ganz einfache Erklärung für Tönnies' nächtlichen

Besuch hier draußen. Und doch würden es keine normalen Geschäfte sein, die man schließlich bei Tageslicht abwickelte.

»Verdammter Mist«, fluchte Boysen leise. »Was ist hier im Moment eigentlich los?«

Vorsichtshalber huschte er wieder an die Seite des Containers und lauschte noch eine Weile in die Nacht, bevor er beschloss, sich lieber zurückzuziehen. Wenn Tönnies jetzt wieder da herauskäme und ihn entdeckte, befände er sich ziemlich in Erklärungsnot. Widerwillig machte er sich an den Rückweg in Richtung Hummerbuden. Hier aber zog er sich in eine dunkle Nische zurück und wartete. Er wollte wenigstens herausfinden, wie lange sich Heiko Tönnies in dem Container aufhielt und ob er vielleicht mit jemandem zusammen wieder herauskam. Der Gedanke, dass sich nachts auf Helgoland Dinge ereigneten, von denen er keine Ahnung hatte, machte Tamme Boysen rasend.

In der letzten Stunde war es immer dunkler geworden und das Wasser drängte in Richtung Felsen zurück. Inzwischen waren die Lummenzähler ausschließlich auf das Licht ihrer Stirnlampen angewiesen. Leander hatte inzwischen mehr Sicherheit im Einsammeln und Transportieren der Jungvögel. Auch auf den glitschigen Felsen kam er immer besser zurecht. Zwar war er mehrfach ausgerutscht und völlig durchnässt, aber ernsthafte Verletzungen hatte er sich nicht zugezogen.

Schließlich ordnete Eiken an, den Einsatz für heute zu beenden. »Jetzt wird es zu gefährlich«, erklärte sie. »Außerdem springen ohnehin nur noch wenige Tiere. Wir machen morgen Abend weiter.«

Von allen Seiten strebten die Helfer dem sicheren Boden unterhalb des Lummenfelsens zu. Als Leander über die Eisentreppe hinaufstieg, brachte er seine Beine nur noch mühsam voreinander. In den letzten Stunden hatte er seine Beinmuskeln derart beansprucht, dass sie nun völlig überanstrengt und verkrampft waren. Alle Knochen taten ihm weh, nicht nur die Blessuren, die er sich bei seinen Stürzen zugezogen hatte. Zudem brannte sein lädierter Knöchel wie Feuer.

Plötzlich durchschnitt ein gellender Schrei die Dunkelheit.

»Was ist passiert?«, rief Lasse Thorgren, der sich bereits auf dem Felsenweg befand.

Als Antwort ertönte wieder nur ein Schrei.

»Das ist Sandy!«, rief jemand aus der Gruppe unterhalb des Lummenfelsens.

Während Leander sich auf der Treppe umdrehte, hetzte Thorgren an ihm vorbei und rempelte ihn dabei so stark an, dass er fast zurück ins Felsenbad stürzte. Strauchelnd fing sich Leander auf und suchte mit den Augen die Dunkelheit nach den Lichtern der Stirnlampen ab. In einiger Entfernung entdeckte er schließlich einen Schimmer ganz nah am Boden. So schnell es der glitschige Untergrund zuließ, folgte er Lasse Thorgren in die Richtung. Auch die anderen Helfer verließen den Geröllstreifen und hetzten an ihm vorbei.

»Oh, mein Gott!«, hörte Leander den Meeresbiologen rufen, und auch die anderen Helfer, die den Ort des Geschehens erreichten, stießen Entsetzensschreie aus. Ein Mädchen schluchzte laut auf und rempelte Leander an, als sie sich hastig wegdrehte.

Nun hatte der die Stelle erreicht, an der sich die Stirnlampen im Halbkreis auf etwas auf dem glitschigen, schimmernden Boden konzentrierten. Er drängte sich durch die Gruppe und schreckte zurück. Zwischen Felsblöcken und schwarz-grünem Tang lag merkwürdig verrenkt ein menschlicher Körper. Das weiße Fleisch war aufgequollen und wachsartig. Offenbar hatte dieser Mensch mehrere Tage im Wasser gelegen. Zudem war der Leichnam von klaffenden Löchern übersät – Spuren der Krebse, die sich daran gütlich getan hatten.

»Hat jemand ein Handy?«, fragte Leander, der aus professioneller Gewohnheit schnell seine Fassung wiedergefunden hatte.

»In meiner Hose«, antwortete Eiken. »In der Tasche am Felsen.«

»Gut, dann gehen jetzt alle sofort dorthin und bleiben da.

Du, Eiken, rufst die Polizei. Ich bleibe bei der Leiche, bis die Beamten da sind.«

Eiken hastete sofort in Richtung Treppe davon. Bei den anderen dauerte es einen Moment, bis sie sich aus ihrer Schockstarre gelöst hatten und der Vogelwartin folgten. Eine Helferin schluchzte hemmungslos, die anderen jungen Leute schwiegen. Lasse Thorgren blieb neben Leander und konnte seine Augen nicht von der Leiche lösen.

»Kennst du den Mann?«, erkundigte sich Leander so leise, dass niemand außer Thorgren ihn hören konnte.

»Ich bin mir nicht sicher«, antwortete der. »Das Gesicht ist so verquollen.«

»Das ist bei Wasserleichen immer so«, entgegnete Leander. »Der Körper hat mindestens zwei Tage im Salzwasser gelegen. Trotzdem, versuche, etwas Bekanntes zu erkennen. Könnte es sich um Ove Lornsen handeln?«

»Ove?« Lasse Thorgrens Stirnlampe leuchtete Leanders Gesicht an. Dann wanderte der Lichtschein wieder auf den Toten hinab. »Kann sein. Ja, ich glaube, das ist Ove Lornsen. – Sag mal, wer bist du eigentlich? Du bist doch kein Journalist.«

»Ich bin ehemaliger LKA-Beamter«, antwortete Leander. »Aber das behältst du für dich. Für die anderen bin ich weiterhin nur ein guter Freund von Eiken und schreibe eine Reportage über die Helgoländer Lummentage. Ist das klar?«

An der Bewegung des Lichtstrahls erkannte Leander, dass Lasse Thorgren nickte. Dann kam ein zögerliches »Okay« von dem Meeresforscher. Insgeheim war er sicher froh, dass jemand zur Stelle war, der genau wusste, was zu tun war, und die Verantwortung übernahm.

»Woher wusstest du, dass es Ove Lornsen sein könnte?«, erkundigte sich der Meeresforscher vorsichtig.

»Ganz einfach. In der Nacht, in der Gernot Reymers ermordet wurde, ist auch Lornsen verschwunden. Da gibt es ja nur zwei Möglichkeiten: Entweder ist er der Mörder und hat sich aus dem Staub gemacht, oder auch er ist Opfer eines Gewaltverbrechens geworden. Letzteres scheint sich ja nun zu bestätigen.«

»Du bist also wegen Reymers hier auf der Insel?«

»Wie gesagt, das bleibt unter uns«, bestätigte Leander indirekt die Vermutung und versuchte vergebens, an der Leiche einen Hinweis auf die Todesursache zu entdecken.

Von hinten näherten sich vorsichtige Schritte. Als Leander sich umwandte, erkannte er Eiken, die langsam auf sie zukam.

»Die Polizei ist unterwegs«, meldete sie und blieb neben ihm stehen. »Furchtbar. Ist das Ove?«

»Wir vermuten es.« Leander legte ihr automatisch einen Arm um die Schulter. Als er es registrierte, war er angenehm überrascht, dass Eiken es zuließ.

Die Vogelwartin verschränkte die Arme vor der Brust und fröstelte leicht, obwohl die Nacht immer noch drückend schwül-warm war. Schweigend blieben die drei so stehen, bis sich auf dem Kontrollweg unterhalb des Felsens Leute mit starken Lampen näherten.

»Kannst du die Kollegen herlotsen?«, bat Leander Lasse Thorgren.

»Geht klar.« Der Meeresforscher entfernte sich rasch.

»Glaubst du, dass Ove demselben Mörder zum Opfer gefallen ist wie Gernot Reymers?«, erkundigte sich Eiken.

»Das liegt jedenfalls nahe. Vielleicht gibt es auch mehrere Täter, die sich in der Nacht aufgeteilt haben. Theoretisch ist aber auch immer noch möglich, dass Lornsen Reymers umgebracht hat. Vielleicht ist er dann auf der Flucht verunglückt, oder er hat sich selbst das Leben genommen. Das kann nur die Untersuchung in der Gerichtsmedizin endgültig klären.«

Kurz darauf wurden sie in grelles Licht getaucht, als sich die Polizeibeamten näherten. Diederich Frantzen und Niels Duve verschafften sich einen ersten Überblick über die Auffindesituation.

»Das ist hier nicht der Tatort«, stellte der Wasserschutzpolizist fest.

»Wohl kaum«, bestätigte der Kriminalhauptkommissar. »Die Leiche war mehrere Tage im Wasser und ist hier angespült worden.«

Er kniete sich mit verschränkten Armen neben die Leiche

und nahm sie näher in Augenschein. »Scheißviecher!«, fluchte er. »Wir finden hier draußen immer nur angefressene Körper. Wenigstens die Augen könnten die Biester ja mal übrig lassen. Haben Sie eine Ahnung, Duve, ob das Ove Lornsen sein könnte?«

»Sieht so aus«, bestätigte der. »Wenigstens können wir jetzt die Fahndung einstellen.« Das hörte sich für Leander so an, als sei nach Lornsen *tot oder lebendig* gesucht worden.

»Schwacher Trost«, beschwerte sich Diederich Frantzen. »Wie sehen Sie das? Müssen wir die Leiche bergen, oder können wir auf die KTU warten?«

»Das Wasser wird innerhalb der nächsten Stunde steigen«, stellte Duve fest.

»War ja wieder klar! Also machen wir jetzt ein paar Fotos und dann lassen Sie die Leiche zum Felsen bringen. Und Sie« – dabei wandte er sich an Leander, Eiken und Thorgren – »warten oben am Weg auf uns.« Sein Blick blieb an Eiken hängen. Offensichtlich hatte er erst jetzt bemerkt, dass es schon wieder die Vogelwartin war, die bereits Reymers' Leiche entdeckt hatte.

Leander nahm seinen Arm von ihrer Schulter und deutete mit dem Kopf in Richtung Felsen. Dann folgten sie schweigend Lasse Thorgren, der die Polizisten hergeführt und sich dann im Hintergrund gehalten hatte. Am Fuße des Vogelfelsens wechselten sie ihre Kleidung, was in Leanders Fall bedeutete, dass er zwar nun trockene Strümpfe und Schuhe trug, darüber hinaus aber in seinen nassen Kleidungsstücken fröstelte. Und dann hieß es: Warten, bis die Polizeibeamten sich weiter um sie kümmern konnten.

Tamme Boysen hatte das Elektroauto der Wasserschutzpolizei an sich vorbeirasen und im Industriegebiet verschwinden sehen. Einen Moment hatte er überlegt, ob er hinterherlaufen sollte, aber dann hatte er sich vorgestellt, wie Niels Duve darauf reagieren würde, dass er schon wieder zur Stelle war. Also hatte er weiter gewartet.

Heiko Tönnies kam nach etwa zwei Stunden aus dem

Container und eilte humpelnd, aber beschwingt in Tamme Boysens Richtung. Der Seehundjäger stand immer noch im Schatten der Hummerbude und zog sich vorsichtshalber nun noch ein Stück zurück. Ohne sich weiter umzusehen, schlug der Kaufmann den Weg nach Hause ein. Dabei pfiff er leise vor sich hin und schien wirklich glänzender Laune zu sein.

Tamme Boysen überlegte, ob er ihm folgen sollte, aber dann beschloss er, den Bürocontainer im Blick zu behalten. Es war jetzt wichtiger, herauszufinden, mit wem sich Tönnies getroffen hatte. Als dort nach ein paar Minuten ebenfalls das Licht ausging, ohne dass jemand herauskam, seufzte der Robbenjäger. Da hatte er sich wohl vergeblich die Beine in den Bauch gestanden. Doch dann öffnete sich die Containertür, und eine Gestalt trat in die Nacht hinaus. Sie schloss die Tür hinter sich ab und kam nun auf die Hummerbuden zu. Im Licht einer Hafenlaterne erkannte Tamme Boysen eine bildhübsche Frau von etwa fünfunddreißig bis vierzig Jahren in einem dunklen Business-Kostüm und mit mittellangen schwarzen Haaren. Sie bewegte sich selbstbewusst und mit weit ausgreifenden Schritten und machte nicht den Eindruck, lediglich als Sekretärin zu arbeiten. Vielmehr deuteten ihr Auftreten und ihr äußeres Erscheinungsbild auf eine bedeutende Position hin. Tamme Boysen konnte sich ein Grinsen nicht verkneifen. Da hatte der Hinkefuß Heiko Tönnies auf der Jagd nach dem anderen Geschlecht offensichtlich Großwild erlegt. Merkwürdig allerdings, dass die Dame in so einem einfachen Container arbeitete und dass Tamme Boysen von einer Firma *OLS* bisher noch nie gehört hatte.

Die Frau eilte an den Hummerbuden vorbei, steuerte auf den offenen Platz zwischen Mole und *Lung Wai* zu und betrat dort das Hotel *Atoll*. Boysen folgte ihr in sicherem Abstand bis vor die Tür und wartete draußen. Als sie an der Rezeption ihren Schlüssel in Empfang genommen hatte und im Aufzug verschwunden war, betrat er das Foyer und wandte sich der Rezeptionistin zu, einer jungen Helgoländerin, die er von klein auf kannte.

»'n Abend, Berit.«

»Tamme, hallo. Was führt dich denn hierher?«

»Die Dame, die gerade ihren Zimmerschlüssel geholt hat. Kannst du mir zu der etwas erzählen?«

»Ist mit Frau Lange etwas nicht in Ordnung?«

»Doch, doch, alles bestens. Und bitte, Berit, dass ich mich nach ihr erkundigt habe, das bleibt unter uns, ja? Kein Wort zu ihr oder Niels Duve, ist das klar? Also, was weißt du über sie?«

»Nun ja, nicht viel. Frau Lange arbeitet für eine Servicefirma im Nordhafen.«

»Wie lange wohnt sie schon hier?«

»Sekunde, das kann ich dir ganz genau sagen.« Berit ging zu ihrem Computerbildschirm hinüber und tippte etwas in die Tastatur. »So, da haben wir's: Solveig Lange wohnt seit dem 17. März bei uns. Gebucht ist das Zimmer bis auf Weiteres, also ohne Abreisedatum. Das ist aber bei all unseren Gästen so, die im Service-Hafen arbeiten. Mit den neuen Leuten von den Offshore-Firmen haben wir für die nächsten zehn Jahre ausgesorgt.«

»Steht da auch, für wen sie arbeitet?«

»Nein, aber warte mal.« Berit tippte mit krauser Stirn erneut etwas ein. Dann trat ein triumphierendes Lächeln auf ihr Gesicht. »Die Rechnung wird monatlich von einer Firma *OLS* bezahlt und zwar über die Sparkasse Hamburg. Hilft dir das weiter?«

»Super, Berit. Ich danke dir. Und wie gesagt …« Tamme Boysen legte den rechten Zeigefinger auf seine Lippen.

»Geht klar, Tamme. Ich schweige wie ein Grab.«

Der Seehundjäger winkte ihr zum Abschied zu, verließ das *Atoll* und schlug gut gelaunt den Weg nach Hause ein. Da würde er Henning Leander morgen eine ganze Menge zu erzählen haben.

Für Leander und Eiken gestaltete sich der weitere Verlauf des Abends zäh. Diederich Frantzen nahm in der Polizeistation die Personalien aller Beteiligten auf und unterzog sie einer kurzen Routinebefragung. Leander beschloss, gegenüber dem Kriminalhauptkommissar so offen wie nötig zu sein. Ihm war klar, dass es ohnehin nur eine Frage von Stunden wäre, bis Diederich Frantzen ganz genau wusste, mit wem er es zu tun hatte. Der Kriminalhauptkommissar blickte ihn durchdringend an, während Leander von seiner früheren Tätigkeit beim LKA berichtete, dabei aber betonte, lediglich privat auf Helgoland und bei seiner Freundin Eiken Jörgensen zu sein. Auch die bestätigte das, weil Leander sie zuvor darum gebeten hatte. Frantzen nahm das zunächst einmal hin. Dabei blieb sein Blick so undurchdringlich, dass auch Leander nicht wusste, was in dem Kriminalbeamten vorging. Er wunderte sich, dass Frantzen ihn nicht auf die Pressekonferenz ansprach, zumal er dem Kriminalisten ja auch schon da aufgefallen war.

Da die Leiche bereits mehrere Tage im Wasser gelegen hatte und deshalb kein Teilnehmer der Lummenzählung unmittelbar unter Tatverdacht stand, wurden sie nach der Feststellung der Personalien und nach der kurzen Befragung wieder entlassen. Eiken wartete vor dem Revier auf Leander.

»Du musst aus den nassen Klamotten raus«, stellte sie fest. »Und du brauchst eine heiße Dusche.«

»Geht denn jetzt überhaupt noch eine Fähre?«

»In zehn Minuten geht die letzte.«

»Und was machst du? Kommst du mit auf die Düne, oder bleibst du wieder hier?«

Eiken grinste ihn schief an. »Bei Lasse, meinst du?«

Leander blickte sie verlegen an.

»Manchmal wird es bei unseren Einsätzen am Lummenfelsen so spät, dass ich keine Lust mehr habe, auf die Düne zu fahren«, erklärte Eiken. »Dann übernachte ich in meinem Büro in der Vogelwarte.« Und nach einer dramaturgischen Pause, die sie offenbar bewusst einschob, ergänzte sie: »So wie letzte Nacht. Ich habe nichts mit Lasse.«

Leander hatte Mühe, seine Erleichterung nicht allzu deutlich zu zeigen. Eiken kannte ihn jedoch zu gut, um nicht genau zu wissen, was in ihm vorging. »Nimm dein blödes Grinsen aus dem Gesicht«, meinte sie. Allerdings klang ihre

Stimme nicht verärgert. »Und jetzt auf zur Fähre, sonst kommen wir heute Nacht wirklich nicht mehr rüber.«

Als sie am Hotel *Laguna* vorbeigingen, öffnete sich die Eingangstür und Heinrich Seyfried lief ihnen direkt in die Arme. Der Handelsvertreter schien genauso überrascht wie sie, wobei Leander den Eindruck hatte, dass er vielleicht sogar unangenehm berührt war. Er stutzte eine Sekunde zu lang, raffte sich dann aber merklich auf und machte ein unschuldiges Gesicht.

»Sieh an, sieh an«, stichelte er breit grinsend. »Wenn das nicht unser verliebtes Pärchen ist. Na, kommt ihr von einer vögelkundlichen Exkursion?«

Während Eikens Blick sich verfinsterte, taxierte Leander Heinrich Seyfried, der nicht mehr so ganz nüchtern zu sein schien, genau. »Was machst du denn noch hier?«, erkundigte er sich lauernd.

»Du meinst im *Laguna*? Die haben ein erstklassiges Restaurant da drin. Allererste Sahne, ehrlich. Wusstest du eigentlich, dass hier die tollsten Gerichte mit Algen gekocht werden?« Letzteres war an Eiken gerichtet, die bestätigend nickte. »Ich sage euch, das ist ein Genuss. Müsst ihr unbedingt auch einmal probieren. Wir haben ja gestern schon darüber gesprochen, Henning. In der Alge liegt die Zukunft der Nouvelle Couisine. Darüber solltest du mal eine Reportage schreiben, alter Knabe.«

»Du hast also bis jetzt Algen gegessen?«, zweifelte Leander, der Mühe hatte, der Schnapsfahne des Handelsvertreters auszuweichen.

»Quatsch! Die Bar ist da drin auch nicht zu verachten. – Das merkt man, was? Ich habe vielleicht ein Gläschen zu viel gehabt heute Abend. – Sag mal, ist das ein Verhör, Herr Journalist?«

Leander antwortete nicht, sondern folgte Eiken, die schon wieder zügig in Richtung Fähre unterwegs war.

Seyfried setzte sich mühsam an seine Seite und stieß anzüglich seinen Arm an. »Läuft da wieder was?«, raunte er und fragte dann erstaunt: »Was ist das denn? Du bist ja pladdernass. Habt ihr es etwa im Wasser getrieben?« Dabei lachte er dreckig wie ein Pennäler mitten in der Pubertät.

Leander ignorierte die Anzüglichkeiten, wenngleich es ihn allmählich in der rechten Faust juckte. Nüchtern war Heinrich Seyfried schon schwer zu ertragen, angetrunken war er eine Plage. Auf der Fähre hielten sich Eiken und Leander abseits an der Reling, während der Handelsvertreter sich auf einer Bank räkelte, die Beine auf der Sitzfläche ausgestreckt, die Arme vor der Brust verschränkt, und sie hämisch grinsend beobachtete.

»Der geht mir langsam auf den Geist«, maulte Leander. »Wenn der so weitermacht, ist er der Nächste, der von der Klippe fliegt.«

»Tja, mein Lieber, da kann ich leider nichts machen. Helgoland ist eine freie Insel, hier dürfen auch Idioten Urlaub machen.«

Auf halbem Weg zu ihrem Bungalow verabschiedete sich Heinrich Seyfried mit einem »Dann wünsche ich euch noch eine besonders schöne Nacht!«, bevor er leicht schwankend zu seiner eigenen Hütte abbog.

»Arschloch!«, kommentierte Leander laut.

»Das habe ich gehört«, kam es aus der Dunkelheit zurück, gefolgt von einem dreckigen Lachen.

Im Bungalow ging Leander gleich heiß duschen, weil er in seiner durchnässten Kleidung völlig durchgefroren war. Der Luftzug auf der Fähre hatte sein Übriges getan. Als Leander wieder aus dem Bad kam und sich mit einem Handtuch um die Hüften im Wohnbereich umsah, war Eiken bereits in ihrem Schlafzimmer verschwunden, aus dem ein leises Schnarchen drang. Er seufzte und ging in sein eigenes Zimmer, um sich etwas anzuziehen. Anschließend schlich er zum Kühlschrank. Die nächtliche Lummenaktion hatte ihn wieder hungrig gemacht. Er nahm Käse heraus, holte sich Brot aus einem Schrank und öffnete eine Flasche Rotwein.

Damit und mit einem Weinglas setzte er sich hinaus auf die Veranda. Die Luft hatte sich etwas aufgefrischt, ein leichter Zug wehte durch das Dünental, in dem der Bungalow lag.

Auch vom Strand her war nun ein leises Rauschen zu hören. Offensichtlich kündigte sich ein Wetterwechsel an. Mit der drückenden Hitze würde es hoffentlich bald vorbei sein.

Während er aß, fühlte Leander eine Verspannung, die von seinen Schultern her den Nacken hinaufzog und sich auf dem Scheitel zu beginnenden Kopfschmerzen verdichtete. Das fehlte jetzt auch noch. Vorsichtshalber verschloss er die Weinflasche, die er inzwischen halb geleert hatte. Er wollte den Kopfschmerzen nicht noch zusätzlich Nahrung geben. Stattdessen raffte er seine paar Sachen zusammen, um ins Bett zu gehen.

Als er sich gerade der Tür zuwandte, glaubte er, im fahlen Mondlicht aus dem Augenwinkel eine Bewegung wahrgenommen zu haben, drüben zwischen den Sanddünen. Leander blieb stehen und starrte hinüber, aber jetzt war da nichts mehr zu entdecken. Er musste sich getäuscht haben.

Leander zuckte mit den Schultern, ging hinein, verschloss sorgfältig die Haustür hinter sich und stellte sein Glas und die Flasche auf die Küchenzeile. Als er sich umdrehte, fiel sein Blick auf den Esstisch, auf dem noch immer die Zettel mit Tamme Boysens Ausführungen lagen. Irgendetwas störte Leander an dem Anblick, auch wenn er nicht sagen konnte, was. Er ging in Gedanken noch einmal zurück auf den frühen Morgen, an dem er die Zettel auf der Veranda gelesen hatte. Anschließend hatte er sie mit ins Haus genommen und auf den Tisch gelegt. So weit war alles richtig. Aber hatte er sie tatsächlich von dieser Seite abgelegt, oder nicht eher direkt nach dem Betreten des Bungalows von der Verandaseite her? Er wusste es einfach nicht mehr, und doch hatte er ein merkwürdiges Gefühl, als sei ein Fremder hier gewesen und hätte die Zettel in der Hand gehabt.

Der Schatten gerade eben in den Dünen fiel ihm wieder ein. Konnte es sein, dass Leander unter Beobachtung stand? Heinrich Seyfried! Der Handelsvertreter machte immer wieder Bemerkungen, die auf Insiderwissen hindeuteten. Sollte er mit den Morden zu tun und nun Leander im Visier haben? Stand er vielleicht jetzt gerade da draußen in den

Dünen und beobachtete ihn durch die Fenster, wie er hier am Tisch stand und die Zettel betrachtete? Leander fasste einen Entschluss. Er umrundete den Tisch, als wolle er sich auf der gegenüberliegenden Seite hinsetzen. Dann, ohne Vorwarnung, sprintete er zur Eingangstür, riss sie auf und stürzte hinaus, über die Veranda in Richtung Dünen. Er hoffte, den Schattenmann aufzuscheuchen. Aber alles blieb ruhig. Hier draußen war niemand. Zumindest jetzt nicht mehr. Der Mond stand direkt über den Dünen und tauchte sie in ein fahles Licht.

Leander beschloss, der Sache auf den Grund zu gehen, und folgte dem Weg in die Richtung, in der Seyfried von der Fähre aus verschwunden war. Der Bohlenweg führte zwischen einer Vielzahl Bungalows hindurch, die ruhig und dunkel dalagen; die Bewohner waren längst im Bett. Aber dann stieß er auf eine Hütte, in der noch Licht brannte.

Leander schlich vorsichtig an die Seite des Holzhäuschens und drückte sich neben einem Fenster an die Wand. Dann wagte er einen schnellen Blick hinein und zog sich gleich wieder zurück. Das Bild, das er aufgefangen hatte, gab Entwarnung: Der Bungalow war genauso eingerichtet wie Eikens Behausung, und an dem Esstisch saß Heinrich Seyfried mit einer Flasche Bier in der Hand mit dem Rücken zum Fenster und den Füßen auf dem Tisch. Nichts machte den Eindruck, als sei er gerade erst nach Hause gekommen, vielleicht sogar überstürzt, weil Leander ihm auf den Fersen war. Ein zweiter Blick durch das Fenster bestätigte das Urteil.

Leander musste sich getäuscht haben, also machte er sich auf den Rückweg. Spielte ihm sein kriminalistischer Instinkt einen Streich? War er so sehr aus der Übung, dass er seinen Sinnen nicht mehr vertrauen konnte? Und wenn doch jemand tagsüber im Bungalow gewesen war und ihn vorhin beobachtet hatte? Nicht Seyfried, sondern jemand anderer? Dann war er ernsthaft in Gefahr und nicht nur er, sondern auch Eiken. Der Mörder von Gernot Reymers und Ove Lornsen war nicht zimperlich, immerhin hatte er vermutlich beide Männer in derselben Nacht getötet und sie dann den Vögeln und Krebsen zum Fraß vorgeworfen. Es wurde Zeit, dass Leander in der Sache einen Schritt weiterkam. Er musste Malte Cohrs' Verbindungsmann ausfindig machen. Dazu brauchte er einen Überblick über die Organisationsstruktur der *HES*.

Leander beschloss, gleich morgen auf die Suche zu gehen. Nach der Dünenführung würde er Tamme Boysen bitten, mit ihm gemeinsam in Eikens Bungalow die nächsten Schritte einzuleiten. Und er musste Lemmy kontaktieren.

Er schloss die Tür des Bungalows sorgfältig hinter sich ab und nahm Tamme Boysens Aufzeichnungen vom Esstisch. Dann begab er sich in sein Zimmer, um die restlichen paar Stunden zu schlafen.

21

Beim Frühstück am Morgen überlegte Leander, ob er Eiken von seinem Gefühl, beobachtet zu werden, und dem Verdacht, jemand könne den Bungalow betreten haben, erzählen sollte. Er entschied sich jedoch dagegen, weil er erstens keine Beweise hatte und Gefahr lief, sich lächerlich zu machen, und zweitens Eiken nicht unnötig beunruhigen wollte. Stattdessen berichtete er ihr von den Überlegungen, heute zusammen mit Tamme Boysen die Verbindung zwischen Gernot Reymers und der *HES* näher zu untersuchen.

Eiken sagte, dass die Gruppe nach der Dünenführung gemeinsam im *Dünenrestaurant* zu Mittag essen werde. »Dann könnt ihr heute Nachmittag hierbleiben, wenn ich zur Vogelwarte rüberfahre.«

»Musst du heute Abend wieder zur Lummenzählung raus?«, wechselte Leander das Thema.

»Ich fürchte, ich habe keine andere Wahl. Das gehört zu meiner Arbeit hier. Wenn die Lummentage vorbei sind, wird es wieder etwas ruhiger, versprochen.«

Das hörte sich so an, als ginge sie davon aus, dass Leander dann noch hier war. Vorsichtig sah er Eiken an und erntete ein freundliches Lächeln. Wenigstens etwas, dachte er. Darauf lässt sich vielleicht aufbauen.

Pünktlich um zehn Uhr standen sie am Anleger der Fähre und nahmen die anderen Teilnehmer der *Helgoländer Lummentage* und Tamme Boysen in Empfang. Eiken hielt sich von Anfang an zurück und überließ dem Seehundjäger das Feld, da er hier draußen eindeutig der Spezialist war.

Er blieb auch gleich an einer großen Informationstafel stehen und erläuterte den geologischen Aufbau der Insel. Über einer schräg aufgefalteten weißen Kreideschicht türmte sich der rote Sandstein, der auf der Hauptinsel imposant zutage trat.

»Am Strand finden Sie viele verschiedene Steine aus allen diesen Schichten«, sagte Tamme Boysen. »Übrigens gibt es hier einen ganz besonderen Schatz: den roten Helgoländer Feuerstein. Den findet man tatsächlich nur hier auf Helgoland. In einer der Hummerbuden am Hafen können Sie daraus entworfene Schmuckstücke kaufen, wenn Sie noch Mitbringsel für Ihre Ehefrauen suchen. Auch im *Café Krebs* werden wunderbare Schmuckstücke aus Feuerstein angeboten. Gehen Sie da mal ein Stück Eiergrogtorte essen und kaufen Sie für Ihre bessere Hälfte zu Hause einen Anhänger oder einen Ring. So, jetzt sehen wir uns einen ganz besonderen Platz an, bevor wir endgültig an den Strand wechseln.«

Er führte die Gruppe zum *Friedhof der Namenlosen*, der windgeschützt in einer Dünenmulde lag, und erzählte, dass hier die angespülten Toten, deren Herkunft nicht zu klären war, begraben worden waren. Einfache Holzkreuze mit den Funddaten bezeichneten die Stellen, an denen die Körper im Nordseesand vergingen.

»Früher lag der Friedhof direkt vorne beim *Dünenrestaurant*«, erzählte Tamme Boysen. »Dort kommt es aber bis heute zu Dünenwanderungen, so dass er regelmäßig mit Sand überdeckt wurde. Vor ein paar Jahren hat man ihn hierher verlegt, weil die Büsche auf den Dünen ringsum die Sandverwehungen aufhalten. – Wer kann denn die Inschrift auf der Glocke dort entziffern?« Er deutete auf eine weiße Kirchenglocke, die in ein niedriges Holzbalkenwerk gehängt worden war.

Die Fotofreunde traten näher heran und versuchten, die eingegossenen Zeichen zu lesen. »Weer drenn iip Lunn!«, stammelte Fredi Wessel zusammen. »Was soll das denn bedeuten?«

»Das ist *Halunder* und bedeutet: Wieder daheim auf Helgoland!«, übersetzte Tamme Boysen. »Die Friedensglocke wurde anlässlich der Freigabe Helgolands für die Wiederbesiedlung am 1. März 1952 gestiftet. Der Gedenkstein dort drüben ist für die Besatzung des Seenotrettungskreuzers *Adolph Bermpohl* gesetzt worden. Am 23. Februar 1967 ist er mit Mann und Maus im Orkan vor Helgoland gesunken. Und da vorne stehen Gedenksteine für die Gefallenen der verschiedenen Kriege.«

»Und dieser Stein hier«, ergänzte Eiken, »gilt Kollegen von mir, das heißt Meeresforschern, die 1968 und 1969 bei Unterwasserarbeiten am Unterwasserlabor Helgoland verunglückt sind.«

»Das ist wieder typisch«, schimpfte Kalle Bluhm. »Krieger und andere wichtige Leute bekommen Gedenksteine. Die einfachen Seeleute, die hier angespült wurden, liegen unter spärlichen Holzkreuzen.«

»Immerhin haben sie einen Platz für ihre letzte Ruhe bekommen«, beschwichtigte Tamme Boysen. »Außerdem muss sich ja auch immer einer finden, der solche Grabsteine bezahlt, und das ist bei Namenlosen, die hier angespült werden, nicht so einfach. Aber jetzt wollen wir uns den Lebenden widmen, und zwar den Seehunden und Kegelrobben.«

Er führte die Gruppe durch die Dünen zum Nordstrand und wies dort immer wieder auf kleine Vögel hin, die am Spülsaum entlangliefen und in den Tang- und Muschelhaufen nach Nahrung suchten. Neben Sandregenpfeifern und Alpenstrandläufern erkannte Leander vor allem Steinwälzer, vergleichsweise große und schlanke Tiere, die mit ihren starken Schnäbeln sogar Steine umdrehten und darunter nach Krebschen fahndeten. Auf Föhr kamen sie auch vor, aber bei weitem nicht in dieser Anzahl.

Bevor sich die Gruppe nun dem Strandabschnitt näherte, auf dem die Kegelrobben zu Hause waren, legte Tamme Boysen eine kurze Pause ein und sammelte die Männer im Halbkreis um sich.

»Wenn wir da jetzt dran vorbeigehen, werden Sie erstaunt sein, wie gering die Fluchtdistanz unserer Meeressäuger hier auf Helgoland ist. Das liegt daran, dass wir die Tiere streng schützen. Wir schreiten unnachgiebig ein, wenn jemand die Seehunde und Kegelrobben aufscheucht oder beunruhigt. Das ist eine meiner wichtigsten Aufgaben als Seehundjäger. Deshalb halten Sie folgende Regeln unbedingt ein: Nähern Sie sich den Tieren auf keinen Fall auf weniger als dreißig Meter an. Auch wenn sie momentan außerhalb der Paarungszeit relativ friedlich aussehen, sind es immer noch Europas größte

Raubtiere. Fotografieren Sie nicht in der Gruppe, sondern möglichst einzeln oder zumindest verstreut. Versperren Sie nie einem Tier den Zugang zum Meer und versuchen Sie auf keinen Fall, eine Robbe zu streicheln.«

Die Männer lachten, als könnten sie sich derartige Dinge gar nicht vorstellen.

»Ich habe schon Naturfotografen erlebt«, ging Tamme Boysen nachdrücklich dazwischen, »die mit Steinen oder Holzstücken auf die Tiere geworfen haben, damit sie sich in eine fotogenere Lage bewegten. Denken Sie immer daran: Für ein gutes Foto ist nicht jedes Mittel recht! Verzichten Sie lieber darauf, wenn Sie es nicht ohne eine Störung der Tiere bekommen können. Der Schutz der Seehunde und Robben ist wichtiger als Ihre Fotoalben.«

Spätestens jetzt war den Männern klar, dass Boysen absolut keinen Spaß verstand, wenn es um den Schutz der ihm anvertrauten Meeressäuger ging. Sie setzten sich nun wieder in Bewegung und passierten einen Strandabschnitt, auf dem sich einige hundert Kegelrobben sonnten, teilweise auf die Seite, einige sogar auf den Rücken gedreht.

»Wir haben mehrere hundert Seehunde – das sind die kleineren Tiere mit den runden Köpfen und kurzen Schnauzen, die Sie nachher sehen werden – und ungefähr siebzig Kegelrobben auf der Düne. Kegelrobben erkennen Sie an dem langgezogenen kegelförmigen Kopf. Sie werden bis zu 2,3 Meter lang und bis zu 310 Kilogramm schwer. Die ganz dunklen, fast schwarzen Tiere sind die Männchen, die helleren mit den dunklen Flecken die Weibchen. Von den fast einhundertfünfzigtausend Tieren weltweit leben nur einige hundert hier in der Nordsee.«

»Wieso sind das denn so wenige?«, erkundigte sich Dieter Kessler. »Werden sie gejagt?«

»Sie wurden gejagt, sogar so stark, dass wir viele Jahre lang keine mehr in der Nordsee hatten. Seit etwa zwanzig Jahren nimmt der Bestand wieder zu, weil wir sie rigoros schützen. Auf Helgoland sind Kegelrobben seit 1989 wieder regelmäßig zu Gast. Sie kommen im Winter hierher, um ihre Jungen zur

Welt zu bringen. Im Winter 1996/97 haben wir die erste Kegelrobbengeburt beobachten können.« Es folgten einige Daten und Informationen über das Gewicht der Neugeborenen, die Gewichtzunahme und die Schutzfunktion des Fells. »Die Entwicklung in den ersten Lebenswochen entscheidet darüber, ob ein Jungtier das erste Jahr überlebt. Wenn Sie die Tiere fotografieren wollen, zusammen mit den Jungen, dann kommen Sie doch im Winter hierher. Die Kurverwaltung bietet spezielle Arrangements zur Robbengeburt an. Ich werde Sie dann bei Ihren Fotoexkursionen begleiten.«

Zwei Männchen gaben plötzlich heftige Grunzlaute von sich, bäumten sich auf und verhakten ihre dicken Nacken ineinander. Dabei versuchten sie, sich gegenseitig die spitzen Zähne ins Fett zu rammen.

»Ich denke, die sind jetzt friedlich«, wunderte sich Dieter Kessler.

»Das sind nur die Halbstarken«, winkte Tamme Boysen ab. »Die probieren sich ein bisschen aneinander aus und balgen. Ernsthaft verletzt wird dabei keiner. Aber wenn die Männchen im Herbst um Weibchen kämpfen, kann das durchaus zu lebensgefährlichen Verletzungen führen.«

Die Fotografen schwärmten nun aus, um das zu machen, weswegen sie hier waren. Dabei achtete Tamme Boysen genau darauf, dass sie sich an seine Regeln hielten. Die Robben waren dankbare Models. Sie robbten durcheinander und kugelten sich in der Sonne. Dabei stießen sie Grunzlaute aus, mit denen sie geradezu zu kommunizieren schienen. Selbst Heinrich Seyfried machte diesmal keine Ausnahme und fotografierte begeistert die großen Meeressäuger. Überhaupt hielt er sich heute erstaunlich zurück und hatte bisher keinerlei näheren Kontakt zu Leander gesucht.

Wahrscheinlich hat er wieder einen Kater, dachte der und wandte sich Boysen zu. »Wenn du nicht hier auf der Düne bist, wer passt dann auf die Robben auf?«

»Niemand. Es kommt immer wieder vor, dass die Anordnungen, die hier auch überall auf Infotafeln nachzulesen sind, verletzt werden. Ich bin sporadisch zu wechselnden Zeiten am Strand unterwegs. Und wenn ich jemanden erwische, der die Tiere gefährdet, sorge ich dafür, dass er eine empfindliche Geldstrafe bekommt. Da gibt es bei den Behörden auch keine Probleme. Die kennen mich und unterstützen mich in jeder Hinsicht.«

»Dafür lohnt sich die Arbeit hier«, sagte Eiken. »Verstehst du nun, warum ich mich auf Helgoland so wohl fühle?«

Leander nickte. Vögel, Robben und Naturburschen wie Lasse Thorgren, dachte er.

Nachdem die Fotografen ihre Speicherkarten hinlänglich gefüllt hatten, führten Tamme Boysen und Eiken sie um die Aade zum Südstrand. Unterwegs hob der Seehundjäger immer wieder Steine auf, verteilte sie unter den Teilnehmern der Führung und deutete auf rotbraune Punkte, die ein Hinweis auf darin enthaltenen roten Feuerstein sein konnten.

Am Südstrand warteten die possierlichen Seehunde in großer Zahl am Spülsaum. Einige von ihnen schwammen auch parallel dazu in geringem Strandabstand, tauchten hin und wieder unter und zeigten dann wieder ihre kleinen Köpfe mit den großen schwarzen Knopfaugen. Nach einigen Erläuterungen und der üblichen Fotopause wechselten die Fotografen hinauf ins *Dünenrestaurant*. Das Mittagessen bildete gleichsam den offiziellen Abschluss der *Helgoländer Lummentage*. Die meisten Teilnehmer würden noch heute Abend, die anderen am nächsten Morgen abreisen. Nur Heinrich Seyfried hatte noch mehr als eine Woche vor sich und für Leander war das Ende offen.

Eiken hatte das Menü vorbestellt, so dass sie nicht lange auf das Essen zu warten brauchten. Es bestand aus typischen Spezialitäten der Felseninsel, bei denen sie ihre guten Vorsätze einmal außer Acht gelassen hatte: Helgoländer Kniepersuppe mit Cognac und Sahnehaube, eine gemischte Fischplatte mit Hummerkrabben und Scampi-Spießen. Und anschließend wurde eisgekühlter Aquavit gereicht.

Die Männer tauschten sich lautstark über die Erlebnisse der letzten Tage aus und lobten Eiken und Tamme für die informativen Führungen und Vorträge. Die Widrigkeiten durch den Leichenfund waren inzwischen vergessen und niemand sprach mehr von Schadenersatz. Am Ende verabredeten sich ein paar von ihnen gleich wieder für das nächste Jahr, als ließe sich die Spannung des Neuen einfach so wiederholen. Andere wollten im Winter wiederkommen und die Geburt der Robbenbabys fotografieren.

Leander beobachtete Eiken, die in der Gruppe ganz in ihrem Element war. Sie würde nicht mehr nach Föhr zurückkommen. Diese Erkenntnis versetze ihm einen Stich in die Herzgegend. Da begegnete er Tamme Boysens Blick, der ihn geradezu analysierte.

Der Mann musste ein verdammt guter Polizist gewesen sein. Dem entging wirklich nichts. Er war in seiner ruhigen, zurückgenommenen Art ein hervorragender Beobachter der alten Schule. Leander war sich sicher, dass Boysen zu den Menschen gehörte, die nur durch ihre konzentrierte Beobachtung einen einzelnen Delinquenten aus einer großen Gruppe herausfinden konnten. Solche Leute machten sich nämlich gerade dadurch verdächtig, dass sie völlig unverdächtig wirken wollten und sich deshalb paradoxerweise übertrieben unauffällig benahmen. Solchen Menschenkennern und guten Beobachtern wie Boysen entging so etwas nicht. Vielleicht sollte sich Leander einfach auf dessen Urteil verlassen. Wenn der Seehundjäger Malte Cohrs für unschuldig hielt und sich für seine Entlastung einsetzte, dann war Cohrs auch unschuldig. Und dann musste er, Leander, seine Kraft darauf konzentrieren, den Fischer zu entlasten.

Als die Gruppe aufbrach, nahm er Boysen beiseite und bat ihn, mit ihm gemeinsam den Nachmittag im Bungalow zu verbringen und an dem Fall zu arbeiten.

»Das trifft sich gut«, stimmte der Seehundjäger zu. »Ich habe nämlich auch ein paar Beobachtungen gemacht, die dich interessieren dürften.«

Die Verabschiedung von den anderen Fotografen fiel kurz, aber herzlich aus. Konrad Knoblich erinnerte Leander noch einmal an die E-Mail, sobald sein Artikel erschien, und der versprach allen, daran zu denken. Heinrich Seyfried schaute etwas irritiert, als Leander und der Seehundjäger nun einen anderen Weg einschlugen als der Rest der Gruppe. Einen Moment lang schien er zu überlegen, ob er auch zu seiner Hütte gehen sollte, dann folgte er Eiken und den anderen zur Fähre.

Im Bungalow bot Leander Tamme Boysen eine Flasche Bier an. Sie beschlossen, sich auf der Veranda niederzulassen. Leander holte seinen Laptop aus dem Schlafzimmer und ließ sich neben Boysen auf einen Stuhl fallen. »Gibt es etwas Neues im Fall Ove Lornsen?«

»Nein, nichts. Die Leiche ist auf dem Weg nach Itzehoe, in die Gerichtsmedizin«, berichtete der Seehundjäger. »Duve und Frantzen gehen vorerst davon aus, dass es derselbe Täter war wie im Fall Reymers. Zeitlich würde das passen, weil Ove Lornsen nach Auskunft seiner Frau ungefähr zwei Stunden vor dem Treffen von Malte und Reymers auf die Düne gefahren ist.«

»Dann kommt er als Mörder von Reymers eher nicht in Betracht«, stellte Leander fest. »Das sieht alles nicht gut aus für Malte Cohrs.«

»Falls sich in der Gerichtsmedizin bestätigen sollte, dass Ove ermordet wurde – und davon ist ja auszugehen –, dann kann Frantzen gar nicht anders, als Malte in die Untersuchungshaft nach Itzehoe zu überführen. Jedenfalls hat sein Rechtsanwalt jetzt keine guten Karten mehr, wenn er Maltes Freilassung fordert.«

Leander nickte. Dann fiel ihm Boysens Ankündigung wieder ein. »Was hast du denn nun so Spannendes herausgefunden?«

Der Seehundjäger erzählte von den Beobachtungen, die er in der vergangenen Nacht am Nordhafen gemacht hatte, und von den Informationen aus dem Hotel *Laguna*. »Es wäre zwar möglich, aber ich bezweifle, dass das nur ein Schäferstündchen war. Ich habe mich heute Morgen erkundigt: Die Firma *OLS* ist nicht nur in Hamburg ansässig, sie ist auch ein Tochterunternehmen der Firma *HES*. Interessant, oder?«

»Und ob«, sagte Leander. »Das ist der Beweis dafür, dass die Hamburger auf Helgoland doch mehr Interessen haben, als Bürgermeister Thoms behauptet. Und Heiko Tönnies ist offensichtlich die Verbindung zwischen der Bürgerinitiative und der *HES*. Die *OLS* ist möglicherweise so etwas wie der tote Briefkasten.«

»Ganz so tot sah diese Solveig Lange aber nicht aus«, entgegnete Tamme Boysen. »Abgesehen von dem unscheinbaren Bürocontainer wirkte die eher wie ein hohes Tier.«

»Welche Rolle die Dame genau spielt, werden wir jetzt als Erstes überprüfen.« Leander startete seinen Laptop und suchte bei Google nach der Firma.

So gelangte er über einen Link auf die Homepage der *Offshore Logistic-Services Hamburg*. Ein Foto von Windkraftanlagen im offenen Meer, aufgenommen aus der Vogelperspektive, empfing die Besucher der Seite. *Mit Wind in die Zukunft* war der Slogan, der rechts daneben gedruckt war. Ein Link mit der Ankündigung *Unsere Aktivitäten im Bereich der Offshore-Windenergie* führte sie zu der Darstellung der Firma als vielversprechendes und exponentiell wachsendes Unternehmen im Bereich der regenerativen Energien, wobei die Aktivitäten tatsächlich im Bereich der Dienstleistungen rund um die großen Energiekonzerne lagen. Besonders warb das Unternehmen mit dem Engagement im neuen Helgoländer Service-Hafen.

Nichts auf den Seiten wies auf eine Verbindung zur *HES* hin, und so klickte Leander auf das Impressum. Hier fanden sich die Firmenanschrift und der Name des Geschäftsführers: Holger Welling.

»Dann wollen wir doch mal sehen, ob dieser Holger Welling nicht auch im Organigramm der *HES* zu finden ist«, sagte Leander und rief die Homepage des Hamburger Hafenkonzerns auf.

Im Menü wählte er den Eintrag *Über die HES*, dann *Organisation* und dort *Generalbevollmächtigte*. So gelangte er auf eine Seite mit zwei Fotos. Eines zeigte den technischen Leiter und Geschäftsführer Herwig Olsen, eines smarten

Managers mit brauner Hornbrille, der ein geschäftsmäßiges Lächeln präsentierte. Darunter befand sich das Foto seines Stellvetreters: Holger Welling. Der Mittdreißiger mit den dunklen Locken war eher der Typ Handelsvertreter oder Versicherungsmakler – ein ›Herr Kaiser‹ aus der Werbung, dem sich Türen öffnen, weil er auf Anhieb Vertrauen erweckt.

»Na bitte«, sagte Leander erfreut, »da haben wir die Verbindung.«

»Das war ja fast schon zu leicht«, zeigte sich Tamme Boysen skeptisch. »Wenn die etwas zu verbergen hätten, würden sie die Verbindung zwischen der *HES* und der *OLS* doch nicht so einfach nachvollziehbar gestalten.«

»Was die Firmenstruktur angeht, gibt es ja auch nichts zu verbergen. Es ist völlig normal, dass Firmen Subunternehmen für bestimmte Bereiche gründen. Und bei einem Service-Unternehmen für die Energiebranche gibt es ja auch nichts zu verschleiern.«

»Worin liegt dann das Geheimnis?«

»Vermutlich in bestimmten Aktivitäten, die sie nicht auf ihrer Homepage bekanntmachen. Ein Journalist, mit dem ich gestern Abend im *Roten Kliff* gesprochen habe, hat da so etwas angedeutet.« Auf Boysens fragenden Blick hin erzählte Leander, was Ralf Häger hinsichtlich der staatsanwaltlichen Ermittlungen berichtet hatte. »Auch wenn man denen nichts nachweisen konnte, liegt der Verdacht nahe, dass die ihre Interessen mit allen Mitteln durchsetzen. Mit dem Offshore-Service hat die *HES* einen Fuß in der Tür zur Energieerzeugung. Das Investitionsvolumen für eigene Mega-Windparks in der Nordsee ist wahrscheinlich zu groß für das Unternehmen. Aber kleinere Projekte wie das Strömungskraftwerk, die Speicherkugel oder ein Bürgerwindpark könnten ein Zugang zu dem Markt sein. Dadurch sind die schon vor Ort, wenn die CCS-Rechte vergeben werden. Sie haben sozusagen den Fuß in der Tür. Ärgerlich, wenn dann ein einzelner Mann wie Gernot Reymers sie ausbootet. Wir müssen wissen, wie intensiv er mit Herwig Olsen verhandelt hat. Wie eng war der Kontakt?«

»Da könnte uns Marianne weiterhelfen«, schlug Tamme Boysen vor.

Leander nickte. Er klickte sich zurück auf die Seiten der *OLS* und ließ sich dort das *Groupmanagement* anzeigen. Fünf Fotos, vier mit Männern, eines mit einer Frau, zeigten die Leitungsebene der Firma.

»Das ist sie«, sagte Tamme Boysen. »Die Dame habe ich letzte Nacht aus dem Bürocontainer kommen gesehen.«

»Solveig Lange, *General Counsel and Head of Staff Function Legal & CEO Office*«, las Leander vor. »Holla, die Waldfee, wenn das kein Titel ist! Du hast recht: Das hört sich eher nach einer Topmanagerin an. Was macht die in einem kleinen Container im Service-Hafen von Helgoland?«

»Sag ich doch, da steckt mehr hinter der Sache, als es nach außen hin scheint. Vielleicht kann Marianne etwas mit den Namen anfangen.«

»Lange, Lange«, murmelte Leander, »da war doch was.« Er klickte wieder zurück zur *HES* und dort zu den Generalbevollmächtigten. »Bingo!« In der Bildergalerie war auch ein Foto des *Chief Financial Officers* Cornelius Lange zu finden. Leander zog einen Zettel und einen Stift heran und notierte sich alle bisher herausgefundenen Namen mitsamt den blumigen Titeln. »Da gibt es offensichtlich mehr als eine Verbindung. Sieht wie ein engerer Zirkel aus, der sich im Management von *HES* und *OLS* tummelt.«

Leander rief die Darstellung der Firmengeschichte auf und las, dass die *Harbour & Energy Services Hamburg* im Jahre 1986 gegründet und schnell von einem kleinen Unternehmen im Bereich *Harbour Waste-Management* zu einem internationalen Player für das Ausbaggern von Hafenbecken und Fahrrinnen aufgestiegen war. Seit 2004 hatte sich der Geschäftsbereich der Energiewirtschaft im Bereich der regenerativen Energien entwickelt. Heute betrieb die *HES* kleinere Windparks in Norddeutschland, war an Wasserkraftwerken und Speicherseen in Norwegen beteiligt und entwickelte innovative Strömungs- und Speichertechnik.

»Das klingt, als wäre das Unternehmen der ideale Partner

für Reymers' Pläne gewesen«, stellte Leander fest. »Angenommen, es stimmt, dass er sich letztlich doch von der Firma abgewandt hat: Was ist da vorgefallen?«

Tamme Boysen zog die Schultern hoch und ließ sie wieder fallen. Leander konnte dem Seehundjäger deutlich ansehen, dass diese Firmeninterna ihm herzlich wenig sagten.

»Hast du inzwischen etwas über Seyfried herausgefunden?«, fragte Boysen stattdessen.

Leander schlug sich vor die Stirn. »Das habe ich nach dem Leichenfund gestern Abend ganz vergessen. Aber Sekunde, das haben wir gleich.«

Er rief seinen E-Mail-Account auf und loggte sich ein. Im Posteingang gab es noch keine Nachricht von Lemmy. Er schrieb dem Freund eine neue Mail und bat ihn, den Handelsvertreter aus Bremen zu überprüfen. Dann listete er weitere Namen auf, die Lemmy ebenfalls checken sollte, versehen mit dem Hinweis, dass es da schon Ermittlungen gegeben haben müsse: die Firmen *HES* und *OLS* und die Namen Holger Welling, Herwig Olsen, Cornelius und Solveig Lange.

»Der wird sich aber bedanken«, kommentierte Tamme Boysen, was er da mitlas. »Habt ihr beim LKA so wenig zu tun, dass er das so nebenbei recherchieren kann?«

Leander lachte und schüttelte den Kopf. »Glaub mir, ich weiß, was ich da von Lemmy verlange. Und wir müssen uns darauf einstellen, dass die Antwort dauern wird. In der Zwischenzeit sollten wir sehen, was wir hier auf Hegoland herausfinden können.«

»Also, auf zu Marianne Reymers.« Tamme Boysen stand schwerfällig auf.

22

Im Hotel *Laguna* wurde Marianne Reymers auf Tammes Bitte hin von der Rezeptionistin aus ihrem Büro geholt. Die Witwe war dunkel gekleidet, aber immer noch auffallend modisch und chic. Das irritierte Leander ebenso wie die Tatsache, dass sie einen recht ausgeglichenen Eindruck machte. Die Witwen, die er in seiner beruflichen Laufbahn kennengelernt hatte, zumal so kurz nach dem Tod ihrer Männer, hatten sichtbar gelitten. Entweder war Marianne Reymers eine hervorragende Schauspielerin und Maskenbildnerin, oder die Ehe war doch nicht so innig gewesen, wie sie gemeinhin gegolten hatte.

Die Hotelmanagerin führte die beiden Männer in ihr Büro und bot ihnen Kaffee an, den sie dankend ablehnten.

»Marianne, tut mir leid, was mit Gernot passiert ist.« Boysen nahm die Frau kurz in den Arm.

»Danke, Tamme.« Sie senkte traurig den Blick.

»Das hier ist Henning Leander, ein alter Freund«, log der Seehundjäger. »Er ist gerade wegen der *Lummentage* hier, und da habe ich ihn gebeten, mich zu begleiten.«

Die Hotelmanagerin nickte Leander zu und schien sich zu seiner Verwunderung gar nicht zu fragen, warum Tamme Boysen Unterstützung brauchte, wenn er zu ihr kam. Sie lotste die Männer mit einer Handbewegung in die Sitzecke und ließ sich ihnen gegenüber nieder. »Seid mir nicht böse, aber ich habe eigentlich überhaupt keine Zeit. Ihr könnt euch nicht vorstellen, was ich um die Ohren habe. Ständig bekomme ich Anrufe aus Hamburg. Gernots Angestellte in der Reederei wollen wissen, wie es weitergeht. Und dann die anderen Reeder und die Presse.«

»Halt dich an den Sensationsfritzen nicht auf«, riet Boysen. »Verweis sie an die Pressestelle der Polizei.«

»Das sagst du so leicht!« Marianne Reymers schüttelte den Kopf. »In Hamburg kreisen die Geier. Alle Reeder warten doch nur auf die Gelegenheit, einen solventen Konkurrenten zu schlucken. Ich kann dir nicht sagen, wie ich die vergifteten Kondulenzanrufe verabscheue. Jetzt kommt es darauf an, zu zeigen, dass die Reederei Reymers uneingeschränkt geschäfts- und handlungsfähig ist, sonst suchen unsere Kunden das Weite und vergeben ihre Frachtaufträge anderweitig. Ich brauche also die Presse, um das Bild in der Öffentlichkeit steuern zu können. Wenn ich die verprelle, schreiben sie uns tot.«

»Hast du denn niemanden, der das geschäftsführend für dich übernehmen kann?«

»Doch, natürlich. Gernot hat schon vor längerer Zeit einen stellvertretenden Geschäftsführer eingesetzt, der immer dann die Reederei geleitet hat, wenn er hier auf Helgoland war. Hellmuth Brönner ist absolut zuverlässig und hat sofort das operative Geschäft übernommen. Aber zuerst rufen die Pressefritzen mich an. Und all die alten ›Freunde‹ auch. Du glaubst gar nicht, wer da plötzlich alles aus seinem Loch gekrochen kommt. Eine trauernde Witwe lässt sich leichter um den Finger wickeln als ein Geschäftsführer, der nicht zur Familie gehört.«

Boysen nickte verständnisvoll. »Wir wollen dich auch nicht lange aufhalten, Marianne. Wir haben nur ein paar Fragen, die wir dir gerne stellen würden, falls du dich dazu in der Lage fühlst.«

Marianne Reymers blickte ihn interessiert an und schlug die Beine übereinander, als richte sie sich jetzt doch auf ein längeres Gespräch ein.

Er nahm das als Zustimmung, räusperte sich und beugte sich zu ihr vor. »Du hast vielleicht schon gehört, dass Ove Lornsen tot aufgefunden worden ist?«

Sie nickte.

»Momentan sieht alles danach aus, dass auch er ermordet wurde. Jedenfalls geht die Kripo davon aus.«

»Das habe ich gehört. Aber was hat das alles mit Gernot zu tun? Und warum kommt ihr deshalb zu mir?«

»Wir sind bei unseren Recherchen auf eine Geschäftsverbindung gestoßen, die angeblich zwischen Gernot und der Firma *Harbour & Energy Services* in Hamburg bestanden hat.«

»Recherchen?« Die Witwe blickte mit hochgezogenen Brauen zwischen Tamme Boysen und Leander hin und her. »Was denn für Recherchen?«

»Den Tod Gernots betreffend«, antwortete Boysen knapp.

»Was hast du mit den Ermittlungen zu tun, Tamme? Du bist kein Polizist mehr, und soweit ich weiß, hat die Kriminalpolizei den Fall noch nicht abgeschlossen. Außerdem ist Malte Cohrs bereits verhaftet worden.«

»Das stimmt. Wir glauben aber nicht, dass Malte der Täter ist.«

»Wer ist *wir*?«

»Nun, einige Mitglieder der Bürgerinitiative, Herr Leander und ich.«

Marianne Reymers fixierte nun Leander genau. »Wer sind Sie, Herr Leander? Sind Sie von der Polizei?«

»Nein, Herr Boysen und Frau Klüsing haben mich gebeten, unabhängig von der Kriminalpolizei in dem Fall zu ermitteln.«

»Sind Sie ein Privatdetektiv?«

»Auch das nicht. Ich war bis vor ein paar Jahren LKA-Beamter und befinde mich im Vorruhestand.«

Die Hotel-Managerin nickte, als sei das eine hinreichende Erklärung. Leander hatte den Eindruck, dass niemand sie durchschauen könnte, wenn sie das nicht zuließe. Nun wanderte ihr Blick wieder zu Tamme Boysen, der das als Aufforderung verstand, endlich seine Fragen zu stellen.

»Wir haben gehört, zwischen Gernot und einem gewissen Herwig Olsen von der *HES* habe es eine engere Geschäftsbeziehung gegeben. Kannst du uns dazu etwas sagen?«

»Olsen?«, rief Marianne Reymers aus, als sei das völlig absurd. »Also, wenn ich für eines die Hand ins Feuer legen würde, dann dafür, dass Gernot keine Geschäfte mit Herwig Olsen gemacht hat.«

»Können Sie das konkretisieren?«, mischte sich Leander ein, der sich über die Gefühlsaufwallung wunderte.

»Oh ja, das kann ich. Olsen und Gernot kennen sich seit dem Studium. Schon damals musste man vor Herwig auf der Hut sein. Er hat seinen Vorteil gesucht, wo immer er ihn vermutet hat. Und sobald sich eine Chance für ihn ergeben hat, ist er über Leichen gegangen. Gernot hat einmal erzählt, dass es eine Konkurrenz zwischen Olsen und einem Kommilitonen um eine Assistentenstelle in ihrem Fachbereich gegeben hat. Olsen hat den Konkurrenten so lange in Verruf gebracht, bis seine Bahn frei war. Gernot meinte, er habe bei der Bewerbung sogar abgekupferte Forschungsergebnisse verwendet, nur um einen Vorteil zu erlangen. Aber das ist ihm nie nachgewiesen worden.«

»Herwig Olsen hat eine Zusammenarbeit auch bestritten«, bestätigte Tamme Boysen. »Allerdings soll Gernot ihn zu Beginn seiner Planungen zu Rate gezogen haben, weil er sich nicht genug mit Strömungskraftwerken ausgekannt habe. Ist das für dich vorstellbar?«

Nun nickte Marianne Reymers überraschend. »Allerdings hat sich nicht Gernot an Olsen gewandt, sondern umgekehrt. Herwig Olsen hat von den Plänen gehört und seine Mithilfe angeboten. Was das bedeutet hat, war uns von Anfang an klar: Sobald Olsen eine Chance gesehen hätte, hätte er Gernot ausgebootet und die Sache alleine zu Ende gebracht. Du weißt, Tamme, dass Gernots Pläne für alle hier auf Helgoland lukrativ waren. Mit der Inselerweiterung, dem Strömungskraftwerk und der eigenen Reederei wäre viel Geld zu verdienen gewesen. Und darauf hatte es Olsen abgesehen.«

»Haben Sie eine Vorstellung, wie Herwig Olsen von den Plänen Ihres Mannes erfahren haben könnte? Stand das damals schon in den Zeitungen?«, erkundigte sich Leander.

»Nein, das war ganz zu Beginn der Planungen. Ich weiß, dass mein Mann seinerzeit Kontakt zu ein paar früheren Schulfreunden aufgenommen hat, die Maschinenbau studiert haben und im Energiebereich tätig sind. Gernot hat nach Olsens Anruf vermutet, dass da ein Leck sein könnte.«

Leander nickte und dachte darüber nach, wie er diese Vermutung überprüfen konnte.

»In letzter Zeit soll Gernot seine Pläne überarbeitet haben«, meldete sich Tamme Boysen wieder zu Wort. »Die Energieproduktion sollte nun im Vordergrund stehen. Ist es denkbar, dass er sich letztlich doch an Herwig Olsen und die *HES* gewandt hat, weil er erkannt hat, dass das alles eine Nummer zu groß für ihn war?«

»Nein.« Marianne Reymers schüttelte energisch den Kopf. »Worauf willst du eigentlich hinaus, Tamme? Hat Olsen mit Gernots Tod zu tun?«

»Genau das wollen wir herausfinden. Malte Cohrs behauptet, er habe von jemandem bei den *HES* Informationen zugespielt bekommen, dass Olsen und vielleicht auch dein Mann ganz andere Dinge planten, als Gernot uns weismachen wollte. Diese Informationen soll er Ove Lornsen gezeigt haben. Nun ist Lornsen tot, Cohrs sitzt in Untersuchungshaft und die Beweise sind verschwunden.«

»Wenn Gernot nicht selbst ermordet worden wäre, würdet ihr jetzt also ihn verdächtigen, Ove ermordet zu haben, richtig?« Ihre Stimme klang ruhig, aber sehr sarkastisch. »Hast du schon einmal daran gedacht, dass das alles auch eine Erfindung von Cohrs sein könnte, um sich aus der Affäre zu ziehen?«

»Das habe ich, Marianne. Deshalb steht er ja auch weiterhin offiziell unter Verdacht. Aber ich traue ihm so etwas nicht zu.«

»Es bleibt also nur die Spur zu Olsen«, ignorierte Leander die grundsätzlichen Zweifel der Hotel-Managerin und fasste seine Gedanken zusammen: »Wir gehen davon aus, dass der Informant aus dem direkten Umfeld von Olsen kommt, zumindest aber Mitarbeiter der *HES* ist. Außerdem könnte einer der Schulfreunde Ihres Mannes mit Olsen in Verbindung stehen. Sagt Ihnen der Name Holger Welling etwas?«

Marianne Reymers schüttelte den Kopf.

»Cornelius oder Solveig Lange?«

»Cornelius Lange, ja. Das ist einer der Schulfreunde, zu denen Gernot Kontakt aufgenommen hat.«

Leander blickte Boysen vielsagend an, was der Hotelmanagerin nicht verborgen blieb. »Was ist mit Cornelius?«

»Er arbeitet für Olsen. Möglicherweise haben Sie da das Leck, von dem Sie eben gesprochen haben«, antwortete Leander. »Solveig Lange sagt Ihnen nichts? Oder vielleicht eine Firma namens *OLS*?«

Wieder schüttelte Marianne Reymers den Kopf.

»Gut, dann möchte ich Sie bitten, uns eine Liste der Leute aus der Energiewirtschaft zu geben, mit denen Ihr Mann in den letzten Jahren Kontakt hatte. Auch die anderen ehemaligen Kommilitonen und Schulfreunde Ihres Mannes, mit denen er noch in Verbindung stand, sind für uns von Interesse. Vielleicht führt uns das ja einen Schritt weiter.«

Marianne Reymers fixierte Leander wieder auf ihre unnachgiebige und undurchdringliche Art. Dann legte sie ihre Arme auf die Sessellehnen und fragte aufreizend abweisend: »Warum sollte ich Ihnen helfen? Sie versuchen mit Ihren Nachforschungen doch nur, den Mörder zu entlasten und den guten Ruf meines Mannes zu schädigen.«

»Letzteres liegt uns absolut fern. Und entlasten können wir Malte Cohrs nur, wenn es entlastende Dinge gibt. Falls es die aber gibt, ist er unschuldig, und Sie können doch nicht ernsthaft wollen, dass ein Unschuldiger bestraft und der wirkliche Mörder nie gefasst wird.«

Wieder dieser aufreizend lange, feindselige Blick. Plötzlich stand sie auf und Leander befürchtete schon, nun hinausgeworfen zu werden. Stattdessen sagte sie: »Wartet einen Moment. Ich sehe in Gernots Büro nach, ob es da vielleicht so eine Liste gibt.«

Sie verließ den Raum und ließ zwei ehemalige Polzeibeamte zurück, die sich ratlos ansahen, weil sie mit dem plötzlichen Aktionismus der Frau nicht gerechnet hatten. Als sie etwa zehn Minuten später zurückkam, hatte sich Marianne Reymers' Miene vollständig verändert. Statt der verschlossenen Ablehnung war da nun freundliche Offenheit zu erkennen.

»Tut mir leid, aber so eine Liste habe ich nicht gefunden. Ich werde die Namen und Adressen selbst zusammensuchen. Sie bekommen Ihre Liste, Herr Leander. Aber dafür möchte ich auf dem Laufenden gehalten werden.«

»Einverstanden«, stimmte Leander zu.

Auch Tamme Boysen lehnte sich nun sichtlich erleichtert zurück.

»Sie können die Liste heute Abend abholen. Ich brauche etwas Zeit, um die Adressbücher meines Mannes zu sichten. Und in seinem Hamburger Büro werde ich auch nachfragen. Sagen wir gegen zwanzig Uhr, geht das?«

»Natürlich«, stimmte Leander zu. »Ich werde gegen zwanzig Uhr wieder hier sein.«

Sie machte keine Anstalten, sich wieder zu setzen – für Leander und Tamme Boysen das Aufbruchzeichen.

»Alle Achtung, die Frau hat Haltung«, sagte Boysen, als sie wieder draußen auf der Promenade standen.

»Ich weiß nicht, mir ist sie zu abgebrüht«, entgegnete Leander. »Und dann der plötzliche Umschwung am Schluss. Wer sagt uns, dass sie nicht mit Olsen gemeinsame Sache macht? Trauernd wirkt sie jedenfalls nicht auf mich.«

»Marianne und Olsen? Niemals!«

»Was weißt du über die Ehe von Gernot Reymers? Immerhin war er als Reeder sicherlich die meiste Zeit in Hamburg, während seine Frau hier auf Helgoland das Hotel alleine geführt hat. Da entfernt man sich vielleicht voneinander.«

Boysen dachte einen Moment über diesen Verdacht nach, dann schüttelte er energisch den Kopf. »Nicht Marianne und Gernot.«

»Na gut, und was machen wir jetzt?«

»Ich schlage vor, wir gehen zu Oma Klüsing und sehen, ob wir nicht einen Tee bekommen können. Vielleicht hat sie ja inzwischen schon mit Mechthild Lornsen gesprochen.«

Und so wandten sie sich in Richtung *Lung Wai* und machten sich über die Treppen an den Aufstieg zur Siedlung auf dem Oberland.

Mephisto bewegte sich durch Oma Klüsings Küche, als sei er hier zu Hause. Er holte Boysen und Leander Tassen aus dem Schrank und versorgte sie mit Tee. Für Oma Klüsing schien das völlig normal zu sein. Sie saß am Küchentisch und ließ sich selbst ebenfalls bedienen.

»Also«, zeigte sich Mephisto ungeduldig, als er sich mit einer Tasse Tee Leander gegenüber niedergelassen hatte. »Was habt ihr herausgefunden?«

Tamme Boysen berichtete knapp von dem Gespräch mit Marianne Reymers. Er fasste die Informationen professionell zusammen, als habe er sie bereits für einen genauen Bericht formuliert. Leander bewunderte die zielsichere und zupackende Art seines ehemaligen Kollegen.

»Und wie geht es jetzt weiter?«, wandte sich Mephisto direkt an seinen Skatbruder. »Hast du einen Plan?«

»Wir bekommen die Liste erst heute Abend. Ich denke, ich werde die Leute darauf abtelefonieren, und hoffe auf weitere Informationen und Hinweise.«

»Aha, und wie begründest du, dass du sie einfach so anrufst? Ich würde dir durch den Hörer einen Vogel zeigen.«

»Ich gebe mich als Freund von Marianne Reymers aus und informiere die alten Freunde in ihrem Auftrag über den Tod ihres Mannes, weil sie sich dazu nicht in der Lage fühlt. Das wird jeder verstehen.«

»Und falls die sich bei Frau Reymers nach dir erkundigen?«

»Natürlich weihe ich sie vorher ein.«

Mephisto dachte einen Moment über den Plan nach und nickte dann leicht. »Könnte klappen.«

»Jetzt aber zu Lornsen«, wechselte Leander die Gesprächsrichtung. »Habt ihr etwas in Erfahrung bringen können?«

»Nicht viel«, antwortete Oma Klüsing. »Du weißt ja, wie er war, Tamme. Aus dem hat man nie viel herausbekommen. Ich habe Mechthild heute Nachmittag kondoliert. Die Arme ist völlig fertig. Ist ja auch klar. Ich habe ihr bei der Gelegenheit so beiläufig wie möglich erzählt, dass Malte behauptet, er habe Ove die geheimnisvollen Pläne und E-Mehls von diesem Pfeifheini gezeigt. Wie nennt ihr den immer?«

»Whistleblower«, half Leander aus.

»Genau, von diesem Wistelboar. Mechthild weiß aber von nichts.«

»Heißt das jetzt, dass Cohrs seinen Freund doch nicht eingeweiht hat, oder war Ove Lornsen einfach nur der große Schweiger?«, hakte Leander nach.

»Tja, wenn ich das mal wüsste«, zeigte sich Oma Klüsing zerknirscht. »Geredet hat der Ove nie viel. Jedenfalls habe ich Mechthild weiter auf den Zahn gefühlt. Mir ist ja auch aufgefallen, dass die in letzter Zeit häufig Streit hatten. Als Malte uns von Gernots neuen Plänen erzählt hat, wollte Mechthild mit der Bürgerinitiative mehr Druck machen. Aber der Ove war dagegen. Nach der Volksabstimmung ist der sowieso irgendwie komisch geworden. Ich schätze, dass Malte ihm deshalb die Pläne von dem Wisteldings gezeigt hat. Damit er wieder zu uns gehört.«

»Inwiefern war Ove komisch?«

»Na ja, der hat plötzlich bedauert, dass wir uns mit der Bürgerinitiative durchgesetzt haben. Damit hätten wir vielleicht doch eine Chance vertan, hat er gesagt. Mechthild hat das rasend gemacht. Wir wollten uns einfach nur freuen, und der hat schlechte Stimmung verbreitet. Da sind dann schon mal die Fetzen geflogen zwischen den beiden.«

»Hat sie denn eine Erklärung für das merkwürdige Verhalten?«

»Nein. Das heißt, nur so'n Larifari. Sie wollte nicht raus mit der Sprache. Ich nehme an, dass es zwischen den beiden einfach nicht mehr gestimmt hat, seit Mechthild so politisch geworden ist. Ove war einer von gestern. Der mochte das nicht, wenn Frauen sich für was anderes engagieren als für ihre Männer. Dabei hat der selbst abends nur in der Kneipe gesessen und gesoffen.«

Tamme Boysen nickte. »Habt ihr auch mit den anderen gesprochen?«

»Ich war bei Jesko Keden«, antwortete Mephisto. »Und anschließend bei Heiko Tönnies im Laden. Zuerst wollten die mit mir nicht reden, aber ich habe sie vor die Wahl gestellt: entweder ich oder die Polizei. Ich gebe es zwar ungern zu, aber die Polizei wirkt tatsächlich noch abschreckender als ich.« Mephisto lachte und fuhr, als er Leanders ungeduldigem

Blick begegnete, mit beschwichtigender Handbewegung fort: »Na ja, die beiden waren sich einig: Dass ausgerechnet Ove Lornsen der engste Vertraute von Malte Cohrs gewesen sein soll, können sie sich nicht vorstellen. Bei Tönnies hatte ich allerdings das Gefühl, dass da auch ein bisschen Neid im Spiel ist. Der hält sich selbst für eine ganz große Nummer.«

»Meine Güte«, erhitzte sich Leander. »Kann denn keiner mal eine eindeutige Information abgeben? Ich habe das Gefühl, dass alles, was ihr herausgefunden habt, stimmen kann oder eben auch nicht.«

Mephisto zuckte die Schultern, Oma Klüsing sah etwas betreten aus.

»Wenn Keden und Tönnies recht haben und Ove Lornsen nicht der Vertraute von Cohrs war, dann hat Cohrs gelogen«, fasste Leander ungeduldig zusammen. »Und dann fragt sich doch, warum, oder etwa nicht?«

»Weil er Angst hat«, erklärte Oma Klüsing wie selbstverständlich. »Ist doch auch logisch in seiner Situation.«

»Oder Ove Lornsen hat wirklich etwas gewusst, nur niemandem davon erzählt«, ergänzte Tamme Boysen.

»Den können wir aber nicht mehr fragen«, kanzelte Leander ihn ungeduldig ab.

»Nichts Genaues weiß man nicht. Jedenfalls ist der Malte unschuldig!«, erteilte Oma Klüsing allen Zweifeln eine Absage.

»Könnte es denn sein, dass einer dieser beiden Freizeiteinbrecher nicht mit offenen Karten spielt?«, versuchte Leander eine andere Richtung. »Immerhin vermuten wir in euren Reihen ja auch eine undichte Stelle.«

»Jesko und Heiko?« Allein der Tonfall, in dem Oma Klüsing das fragte, machte deutlich, wie abwegig sie es fand. »Das sind doch zwei Deppen. Denen traue ich nicht zu, dass sie irgendetwas hinter unserem Rücken mit so wichtigen Leuten von dieser *HES* aushecken.«

Leander dachte an Tamme Boysens Beobachtungen im Service-Hafen und bezweifelte, dass Tönnies wirklich nur der Depp war, für den Oma Klüsing ihn hielt. »Bleiben noch Ove Lornsen, seine Frau Mechthild und Oluf Heikens.«

»Oluf auf keinen Fall«, stellte Oma Klüsing klar. »Der ist hundertprozentig auf unserer Seite. Als Fischer hätte der durch die Inselerweiterung doch nur Nachteile. Der hätte am liebsten gehabt, wenn alles so geblieben wäre, wie es vor der Energiewende und dem ganzen Windkram war. Mechthild? Nee, glaube ich nicht. Und Ove ist ja selbst umgebracht worden.«

»Und sonst war keiner eingeweiht?«, zweifelte Leander.

Oma Klüsing schüttelte den Kopf.

»Was ist mit den Frauen von Tönnies und Keden?«, warf Mephisto ein.

»Die sind zwar keine Mitglieder der Bürgerinitiative, aber Jesko und Heiko werden zu Hause von unseren Treffen erzählt haben«, räumte Oma Klüsing ein. »Die Meret, also Heikos Frau, ist voll und ganz Kauffrau. Für die gibt es nur den Laden.«

»Und der hätte profitiert, wenn wieder mehr Gäste nach Helgoland gekommen wären«, stellte Leander fest. »Könnte sie die undichte Stelle sein?«

»Das kann ich nicht sagen, dafür kenne ich sie nicht genug«, wehrte Oma Klüsing ab und blickte Tamme Boysen an.

Der schüttelte den Kopf. »Glaube ich nicht. Meret kennt nur ihren Fuselladen. Darüber hinaus halte ich sie eher für beschränkt. Die Uschi ist da ein ganz anderes Kaliber.«

»Uschi?«, erkundigte sich Leander.

»Ursula Keden«, erklärte Tamme. »Die hat immer was am Laufen. Wenn Jesko besoffen in der Koje liegt, wird die erst lebendig. Kann schon sein, dass die im Bett auch geschwätzig wird. Und wer da alles schon so dringelegen hat, weiß ich nicht. Durchaus denkbar, dass irgendein Befürworter der Inselerweiterung auf dem Weg an Informationen gelangt ist.«

Oma Klüsing wollte etwas sagen, schloss aber dann doch den Mund wieder und lehnte sich zurück.

Leander, dem das nicht entgangen war, fixierte sie unnachgiebig. »Ja …?«

Unsicher wich Oma Klüsing seinem Blick aus, rang mit sich selbst und hob dann resignierend die Hände. »Der Bürgermeister vielleicht. Ich hab gehört, dass der gelegentlich was mit Uschi hat. Ist ja auch ein lecker Mädchen, und wie die den Jesko nehmen konnte, hat hier sowieso keiner verstanden. Aber das ist vielleicht auch nur ein Gerücht.«

Leander sah der alten Frau an, wie unbehaglich ihr zumute war, weil sie so etwas weitergegeben hatte. Er blickte Tamme an, aber der zuckte nur mit den Schultern, wobei Leander ihm ansah, dass es ihm gar nicht recht war, von einem Gerücht dieser Tragweite noch nichts gehört zu haben.

»Keine Sorge«, beruhigte Leander Oma Klüsing. »Von uns erfährt keiner, dass Sie das verraten haben. Und nachprüfen können wir es ohnehin nicht. Aber wir sollten es im Hinterkopf behalten. Ab jetzt kein Wort zu viel an Tönnies und Keden. Sonst können wir uns die Finger wund ermitteln, die Gegenseite wird uns immer einen Schritt voraus sein.«

Oma Klüsing nickte. Beruhigt schien sie allerdings immer noch nicht zu sein.

Nachdem alle Informationen ausgetauscht waren, lud Mephisto Oma Klüsing in die Kneipe ein, damit sie auf andere Gedanken kam. Leander und Tamme Boysen gingen zum Hotel *Laguna* und holten die Liste ab, die Marianne Reymers schon bereithielt. Auf Leanders Vorschlag, in ihrem Namen zu telefonieren, reagierte die Witwe zunächst vorsichtig, fast schon abwehrend. Aber dann sah sie ein, dass Leander nur so an Informationen kommen würde, die auch das Zwielicht beseitigen konnten, in das ihr Mann geraten war. Schließlich trennten sich Leander und der Seehundjäger am Fähranleger mit dem Versprechen, einander sofort zu kontaktieren, wenn es etwas Neues gab.

Auf der Düne stellte Leander fest, dass Eiken mal wieder nicht zu Hause war. Natürlich, sie zählte zusammen mit dem Naturburschen Lummen! Also machte Leander noch einen Rundgang zum Strand. Er ärgerte sich darüber, dass er noch immer keine Gelegenheit bekommen hatte, sich mit ihr gründlich auszusprechen. Das gemeinsame Essen am Vorabend hatte ihm gezeigt, wie dünn das Eis war, auf dem er sich ihr wieder zu nähern versuchte. Vielleicht gab es ja heute Nacht eine Chance, wenn sie nach Hause kam. Sofern sie kam! Leander drehte kurz vor der steinigen Aade um und schlenderte zurück zum Bungalow.

Dort holte er sich eine Flasche Bier aus dem Kühlschrank, setzte sich an den Tisch und faltete die Liste auseinander, die Marianne Reymers ihm gegeben hatte. Neben den ihm schon bekannten Namen standen dort sieben weitere, die Leander nichts sagten. Seufzend legte er die Zettel auf den Tisch. Da würde er morgen eine Menge zu telefonieren haben.

Gegen halb zwölf öffnete sich die Tür, und Eiken kam herein. Sie grüßte knapp und sah völlig übermüdet aus. Kein Wunder, dachte Leander, wenn sie sich jede Nacht für die Lummen um die Ohren schlägt. »Noch ein Gläschen Wein im Kerzenschein?«, fragte er hoffnungsvoll.

»Heute nicht mehr«, wehrte sie ab. »Ich bin hundemüde und muss ins Bett. Willst du zuerst ins Bad?«

Leander spürte, wie sich die Wut langsam wieder in ihm aufbaute. Was für ein Spiel trieb Eiken da eigentlich mit ihm? Gestern hatte sie mit ihm zu Abend gegessen und es zugelassen, dass er sie in den Arm nahm. Und heute war sie wieder so distanziert, als hätte es zwischen ihnen nie Gefühle gegeben.

»Meinst du nicht, wir sollten mal miteinander reden?«, fragte er etwas zu laut. Eiken blieb plötzlich mit dem Rücken zu ihm stehen. Leander konnte förmlich fühlen, wie die Atmosphäre um sie herum gefror. Deshalb fuhr er in gedämpfterem Tonfall fort: »Ich weiß, dass ich dir im letzten Sommer wehgetan habe, und das tut mir sehr leid. Glaub mir, ich würde es gerne ungeschehen machen, wenn ich könnte. Ich mag dich, Eiken. Sehr sogar.«

Sie drehte sich zu ihm um. Erschrocken sah Leander, wie ihr Zornestränen in die Augen schossen, während sie am ganzen Körper vibrierte. »Du verdammtes Arschloch!«, brach es plötzlich aus ihr heraus. »Was glaubst du eigentlich, wer du bist? Scheiße, Henning!«

Einen Moment stand sie da, als wolle sie ihm noch mehr

an den Kopf werfen, aber dann wandte sie sich abrupt der Eingangstür zu und rannte hinaus in die Nacht. Leander blickte ihr bestürzt nach. Das hatte er nicht gewollt. Er hatte doch nur ... Ja, was hatte er eigentlich gewollt? Hatte er tatsächlich geglaubt, wieder da anknüpfen zu können, wo ihre Beziehung im letzten Jahr geendet hatte? Hatte er geglaubt, Eiken hätte ihm sein Verhalten verziehen? Ja, wenn er ganz ehrlich war, dann hatte er genau das geglaubt, oder zumindest gehofft. So blöd war er tatsächlich. Wütend über sich selbst trat er durch die Tür auf die Veranda hinaus und zog sich klappernd einen Holzstuhl heran. Von Eiken war weit und breit nichts mehr zu sehen. Er ließ sich in den ächzenden Stuhl fallen, schloss die Augen und verschränkte die Hände hinter dem Kopf.

Hier draußen hörte man das Rauschen der Wellen, das ein leichter Luftzug vom Strand herübertrug. Erst jetzt nahm Leander wahr, wie angenehm kühl die Nachtluft nach der Hitze des Tages war. Tief durchatmend lehnte er sich in seinem Klappstuhl zurück und kämpfte gegen die innere Aufwallung an.

»Einsam hier draußen, was?«

Erschrocken öffnete Leander die Augen und sah Heinrich Seyfried vor der Veranda stehen.

»Weißt du was?«, fuhr der Handelsvertreter fort. »Das Flugplatzrestaurant hat um diese Zeit schon geschlossen, und der Kiosk auch. Aber das *Dünenrestaurant* hat noch geöffnet. Lust auf einen Absacker?«

»Heute nicht mehr. Die Hitze und die Hochseeluft haben mich geschafft. Vielleicht morgen Abend?«

»Mann, Henning, ich hab doch gehört, was bei euch los war. Das schreit doch geradezu nach Bier und Köm. Komm mit, ich lade dich ein. Der Wirt des *Dünenrestaurants* ist ganz gut sortiert. Da saufen wir uns jetzt die Getränkekarte rauf und runter. In dem Zustand lasse ich dich jedenfalls nicht alleine hier sitzen.«

Diese Fürsorge fand Leander nun wieder rührend. Er überlegte einen Moment, ob er sich dem Laberkopp den Rest des Abends aussetzen wollte. Aber was sollte er stattdessen machen? In der Hütte sitzen und grübeln? Vielleicht ging er Eiken wirklich besser aus dem Weg und kam erst zurück, wenn sie schon schlief.

»Na gut. Lass uns gehen.«

Er zog die Tür hinter sich zu und folgte Seyfried, der über einen Trampelpfad, der offensichtlich nicht von der Kurverwaltung angelegt worden war, zielsicher zwischen den Dünen hindurchsteuerte. Das Restaurant war hell erleuchtet. Durch die Fenster konnte man sehen, dass fast alle Tische besetzt waren. Kein Wunder, dass es in der Ferienhaussiedlung so still war. Alle Urlauber schienen den Abend hier im *Dünenrestaurant* zu verbringen. An der Theke saßen ein paar einzelne Gäste und mittendrin erkannte Leander Eiken. Abrupt blieb er stehen.

»Was ist?«, fragte Seyfried.

»Eiken ist da drin.«

»Na und? Das ist doch deine Chance. Wirst sehen, heute Abend rücken wir die Sache wieder gerade. Ein paar Schnäpse wirken Wunder. Ich bin dein Sekundant. Die hat bestimmt nur ihre Tage.«

»Geh alleine da rein, ich drehe um.« Leander machte sich wieder auf den Weg in Richtung Bungalow.

»Na gut, dann grabe ich deine Schnecke eben alleine an. Aber sag morgen nicht, dass ich dich nicht gewarnt habe.« Seyfried lachte schallend und verschwand durch die Tür des *Dünenrestaurants*.

Leander wurde wach, als er laute Stimmen draußen vor dem Bungalow hörte. Der Wecker zeigte zwei Uhr siebenunddreißig. Ächzend richtete sich Leander auf.

»Gute Nacht, lieber Heinrich. Lieber Heinrich, gute Nacht«, hörte er Eiken angetrunken kichernd singen.

»Die Nacht fängt gerade erst an. Komm mit zu mir, ich habe noch einen Absacker für uns im Kühlschrank.« Das war Seyfrieds Stimme. Für Absacker schien er etwas übrig zu haben.

»Nichts da, mein Lieber. Ich muss in die Federn. Morgen habe ich wieder volles Programm.«

»Also gut. Wir machen es so: Morgen zeigst du mir dein Programm, heute Nacht zeige ich dir meins. Na, was hältst du davon?«

»Weniger als nichts, mein Lieber. Weniger als nichts.« Eiken lachte ausgelassen. Sie hatte offenbar wirklich gut getankt.

»Das kannst du doch vorher gar nicht beurteilen. Komm her, ich gebe dir eine kleine Kostprobe.«

»Finger weg!«, wurde Eiken jetzt energisch. »Wenn ich *nein* sage, heißt das auch *nein*. Besser, du kapierst das jetzt.«

Leander überlegte einen Moment, ob er einschreiten sollte, aber er war sich sicher, dass Eiken das nicht gefallen würde. Er war garantiert der Letzte, den sie jetzt sehen wollte. Also schwang er nur seine Beine aus dem Bett, um wenigstens im Notfall schnell draußen zu sein. Zum Glück schien sich Eiken aber selber helfen zu können, denn Seyfried gab jetzt ein paar enttäuschte Laute von sich.

»Also gut, dann wird das heute eben noch nichts mit uns beiden. Aber ich gebe nicht auf. Der Heinrich ist hartnäckig und am Ende immer erfolgreich. Schlaf schön, hübsche Eiken.«

»Du auch«, kam es weniger freundlich von ihr zurück.

»Und grüß deinen Freund von mir.« Leander hörte das anzügliche und schmutzige Lachen noch, als es sich schon ein ganzes Stück von der Hütte entfernt hatte.

»Arschloch«, schimpfte Eiken, während sie geräuschvoll die Tür aufschloss, hinter sich wieder zuwarf und durch die Hütte in Richtung Bad wankte. »Sind doch alle gleich. Alles Arschlöcher!«

Das Zähneputzen fiel äußerst knapp aus, die Toilettenspülung rauschte, dann hörte Leander Eiken leise fluchend in ihr Zimmer poltern. Also legte auch er sich wieder in sein Bett und horchte und starrte in die Dunkelheit. Kurz darauf erklang von nebenan ein durchdringendes alkoholisches Schnarchen.

23

Am nächsten Morgen wartete Leander, bis Eiken das Haus verlassen hatte. Erst dann verließ er sein Zimmer, begab sich unter die Dusche, holte am Flughafenkiosk Brötchen und setzte sich zum Frühstück auf die Veranda. Um ihn herum tobten Kinder über die Holzbohlenwege und spielten zwischen den Hütten Fangen, bis ihre Eltern sie nach und nach einsammelten und mit Sandspielzeug bepackt zum Strand aufbrachen.

Leanders Stimmung war am Tiefpunkt, also genau da, wo er auch seine Beziehung zu Eiken verortete. Er suhlte sich in Selbstmitleid und verspürte auch keinerlei Antrieb, daran etwas zu ändern. So war er schließlich nahe daran, seine Sachen zu packen und Hansman anzurufen, damit der ihn abholte und nach Hause brachte. Dummerweise war sich Leander aber nicht sicher, ob Eiken das wirklich treffen würde oder ob sie am Ende nicht geradezu erleichtert wäre, wenn sie ihren Bungalow verlassen vorfände. Ein klassisches Dilemma also.

Und dann meldete sich endlich auch noch Leanders Pflichtgefühl und erinnerte ihn daran, dass er die Verantwortung für Malte Cohrs übernommen hatte und seinen Freunden gegenüber im Wort stand. Außerdem konnte Ablenkung gerade jetzt nicht schaden. So räumte Leander seufzend sein Frühstücksgeschirr in die Spüle und holte die Liste von Marianne Reymers, um die guten alten Freunde ihres Mannes abzutelefonieren.

Um diese Zeit waren die Männer natürlich nicht zu Hause erreichbar, sondern an ihren Arbeitsplätzen. Aber auch daran hatte Marianne Reymers gedacht und zumindest die Firmennamen, in Einzelfällen auch die Durchwahlen notiert.

Leander war erstaunt, wie schnell sich die Nachricht von Gernot Reymers' Tod herumgesprochen hatte. Die meisten waren bereits informiert und gaben auf Nachfrage an, sie seien von Freunden angerufen worden – allesamt Namen, die Leander auf seiner Liste fand. Dennoch waren ein paar von ihnen offensichtlich froh, noch einmal darüber sprechen zu können. Leander merkte, wie entlastend das für sie war, obwohl sie ihn doch gar nicht kannten. So gelangte er an Informationen über Studienkontakte und spätere Geschäftspartner, die er notierte, um später zu überprüfen, wie hilfreich sie für ihn waren.

Als er Holger Welling anrief, wäre er fast an dessen Sekretärin gescheitert, die auch auf Nachfrage bei ihrem Chef betonte, er sei in einer Besprechung. Leander blieb nichts anderes übrig, als ein wenig aus der Deckung zu kommen, wenn er nicht aufgeben wollte.

»Frau Reymers hat im Büro ihres Mannes Unterlagen gefunden, die im Zusammenhang mit Herrn Welling stehen«, behauptete er deshalb. »Und sie hat mich gebeten, anzufragen, wie aktuell die gemeinsamen Pläne noch sind.«

»Einen Moment bitte«, kam es unwillig und ruppig zurück.

Nach einer kurzen Wartezeit meldete sich eine andere Stimme: »Welling!«

»Leander. Guten Morgen, Herr Welling. Ich bin ein Freund von Gernot und Marianne Reymers und …«

»Jaja, ich weiß. Das haben Sie meiner Sekretärin ja schon lang und breit erklärt. Und die hat Ihnen gesagt, dass ich keine Zeit habe.«

»Dann lassen Sie uns direkt zur Sache kommen. Unterlagen zufolge, die Frau Reymers im Büro Ihres Mannes gefunden hat, stand Gernot aktuell in Kontakt zu Ihnen. Sie vermutet, dass es möglicherweise geschäftliche Verpflichtungen von Seiten ihres Mannes gibt, die sie nun beachten muss.«

»Die gibt es nicht.«

»Verzeihen Sie, aber weshalb standen Sie beide dann in so intensivem Kontakt zueinander?«, bluffte Leander.

»Der war rein privater Natur.«

»Tut mir leid, aber das verstehe ich nicht. Von einem privaten Kontakt hätte Marianne doch gewusst.«

Leander hörte, wie sein Gegenüber heftig ein- und wieder ausatmete, als habe er einem besonders begriffsstutzigen Kind etwas Selbstverständliches zu erklären.

»Also gut, Herr …«

»Leander.«

»... Herr Leander. Aber dann lassen Sie mich bitte in Ruhe weiterarbeiten. Gernot und ich hatten vor ein paar Jahren Kontakt wegen seiner Pläne zur Inselerweiterung. Er wollte ein Strömungskraftwerk projektieren und hat mich um fachlichen Rat gebeten. Den habe ich ihm gegeben.«

»Haben Sie eine Vorstellung, warum er dabei an Sie herangetreten ist?«

»Weil ich in leitender Position für die *HES* arbeite, die derartige Projekte umsetzt, Fachmann auf dem Gebiet von Offshore-Energien bin und wir uns aus dem Studium kennen. Zumindest nehme ich das an. Thematisiert haben wir das nie. Wozu auch? Danach habe ich lange Zeit nichts mehr von ihm gehört. Ich habe angenommen, dass er sich anderweitig um einen Experten für das Projekt umgetan hat. Als ich dann für die *HES* auf Helgoland unser Tochterunternehmen *OLS* aufgebaut habe, sind wir uns wiederbegegnet und haben von da an rein privaten Kontakt zueinander gepflegt. Die Inselerweiterung ist ja ohnehin am Widerstand der Sturköpfe auf der Insel gescheitert – und damit auch die Pläne für das Strömungskraftwerk.«

»Sie sind der Geschäftsführer der *Offshore-Logistic-Services* hier auf Helgoland?«, tat Leander erstaunt.

»So ist es.«

»Ich dachte, Frau Solveig Lange sei hier zuständig.«

»Frau Lange ist unsere Repräsentantin auf Helgoland, das ist richtig. Ich bin der Geschäftsführer der *OLS*, sie ist meine Stellvertreterin und vor Ort zuständig – mit Procura, versteht sich.«

»Gernot hat zuletzt daran gedacht, ebenfalls in das Geschäft mit Windenergie und vor allem mit moderner Speichertechnik einzusteigen. Marianne hat Pläne für eine versenkbare Betonkugel gefunden. Wenn Sie beide so eng befreundet waren, wird er Sie doch bestimmt mit ins Boot geholt oder zumindest wieder um Rat gefragt haben. Könnte es sein, dass Marianne aus dieser Richtung noch offene Rechnungen zu erwarten hat?«

»Ich sagte Ihnen bereits, dass es keinerlei Verbindlichkeiten von Gernots Seite mir gegenüber gibt«, wurde Holger Welling jetzt wieder schroffer. »Und von solchen Plänen weiß ich auch nichts. Verzeihen Sie mir, aber ich halte das für Hirngespinste. Offshore-Windenergie ist ein zu kostspieliges Feld für einen Reeder, selbst für einen vom Format eines Gernot Reymers. Da geht es um Milliarden-Investitionen. Und die Speichertechnik ist überhaupt noch nicht einsatzbereit. Die Forschung wird noch Jahre, wenn nicht Jahrzehnte dauern. Von den Kosten will ich gar nicht erst reden.«

»Deshalb denken wir, dass es ohne einen Partner wie die *HES* nicht geht«, versuchte Leander es erneut.

»Herr Leander, ich denke, ich habe Ihnen nun alles gesagt, was Sie und Marianne wissen müssen. Bestellen Sie ihr mein aufrichtiges Mitgefühl und sagen Sie ihr, dass sie alle Unterlagen, die mich, die *OLS* oder auch die *HES* betreffen, getrost beiseitelegen kann. Wenn es sie beruhigt, darf sie auch alles zusammenpacken und Frau Lange auf Helgoland übergeben. Ich bin gerne bereit, die Unterlagen für sie zu sichten. Und jetzt entschuldigen Sie mich bitte, ich bin wirklich sehr beschäftigt.«

Ein Klicken in der Leitung signalisierte das abrupte Ende des Gesprächs. Nachdenklich drückte Leander auf die rote Hörertaste seines Telefons. Irgendetwas hatte Holger Welling gesagt, das seinen kriminalistischen Sensus zum Schwingen gebracht hatte. Aber was?

Leander ließ das Gespräch noch einmal in Gedanken Revue passieren, und da wusste er, was es war. Natürlich: Welling hatte Leanders Andeutung, es gebe eine Verbindung zwischen Reymers und der *HES,* einfach so geschluckt und am Ende sogar selbst übernommen, als er unterstellt hatte, Marianne Reymers' Unterlagen könnten auch die *HES* betreffen. Nach einem persönlichen Kontakt allein zu Holger Welling oder gar nach einem rein privaten hörte sich das nicht an. Nun konnte sich Leander vorstellen, dass der *HES*-Manager die Unterlagen gerne selbst in Händen hätte. Deshalb am Schluss das großzügige Angebot. Leander lachte. Ganz schön ausgefuchst, der Knabe!

Leander nahm sich vor, nach Abschluss der Telefonate das Büro der *OLS* im Hafen aufzusuchen. Vielleicht kam er bei der Dame mit Procura ja weiter. Jetzt stand noch ein Name auf seiner Liste, von Marianne Reymers dick unterstrichen: Cornelius Lange. In Klammern hatte sie *Conny* dahintergeschrieben, was darauf hinwies, dass er ein engerer Freund ihres Mannes gewesen war. Die Durchwahl war wieder eine, die mit der Zentralnummer der *HES* begann.

»Lange.«

Leander war überrascht, den *Chief Financial Officer* direkt am Telefon zu haben und nicht zuerst seine Sekretärin, deshalb stutzte er einen Moment.

»Hallo?«, wurde Cornelius Lange ungeduldig. »Wer ist denn da?«

»Leander. Guten Tag, Herr Lange. Entschuldigen Sie bitte, ich war einen Moment abgelenkt. Ich rufe an, weil Marianne Reymers mich gebeten hat, Kontakt zu Ihnen aufzunehmen.«

Cornelius Lange schwieg.

»Ich muss Ihnen leider mitteilen, dass Ihr Freund Gernot Reymers auf Helgoland tödlich verunglückt ist.«

Wieder nur Schweigen am anderen Ende.

»Herr Lange? Sind Sie noch dran?«

»Ich habe gehört, dass es kein Unfall war«, entgegnete Lange.

»Darf ich fragen, wer Sie darüber informiert hat?«

»Und wer sind Sie?«

»Henning Leander. Ich bin ein Freund von Marianne Reymers. Deshalb hat sie mich auch gebeten ...«

»Verstehen Sie bitte, dass ich vorsichtig bin, wenn ich von jemandem angerufen werde, von dem ich noch nie etwas gehört habe. Schließlich ist Gernot ermordet worden. Kann ich Sie zurückrufen?«

»Natürlich.« Leander las die Telefonnummer von der Station vor. »Wann kann ich mit Ihrem Rückruf rechnen?«

»In fünf Minuten.« Lange legte auf.

Leander war klar, dass der Manager sich jetzt zunächst bei Marianne Reymers nach ihm erkundigen würde. Jetzt wunderte er sich darüber, dass die anderen, mit denen er heute telefoniert hatte, ihm seine Geschichte so einfach ohne Rückversicherung abgenommen hatten. Wahrscheinlich hatten sie schlicht keinen Grund zur Vorsicht, weil sie nichts zu verbergen hatten – was dann ja auch wohl für Holger Welling gelten durfte.

Das Telefon klingelte nach knapp zehn Minuten wieder und zeigte auf dem Display eine Nummer an, die nicht auf dem Zettel der Hotelmanagerin verzeichnet war.

»Leander.«

»Lange. Ich habe mich bei Marianne nach Ihnen erkundigt.«

»Dann wissen Sie ja jetzt, dass ich wirklich in ihrem Namen angerufen habe. Haben Sie Ihr Büro verlassen?«

»Wegen der anderen Telefonnummer, was? Nicht schlecht, Herr Leander. Ja, ich rufe aus einem Café in der Nähe meines Büros an. Was wollen Sie wirklich von mir?«

Leander überlegte einen Moment, was er darauf antworten sollte. Cornelius Lange musste einen guten Grund haben, nicht aus seinem Büro zurückzurufen. »Wovor haben Sie Angst, Herr Lange? Denken Sie, dass Ihr Büroanschluss überwacht wird?«

»Ich hatte Lust auf einen Espresso und meine Sekretärin hat momentan Urlaub«, kam es knapp zurück, so dass Leander klar war, dass er keine Antwort auf seine Frage bekommen würde. »Was wollen Sie also von mir? Ich habe wenig Zeit.«

»Zunächst einmal wollte ich Ihnen mitteilen, dass Gernot tot ist. Ich wusste ja nicht, dass Sie bereits informiert wurden.« Leander wartete einen Moment und lauerte auf Signale einer Reaktion. Er hörte nur ein paar schwere Atemzüge, sonst nichts.

»Weiß man schon, was genau passiert ist?«, fragte Lange dann.

»Nein, aber die Polizei ist sich sicher, dass es Mord war. Anschließend wurde Gernot von den Vogelklippen geworfen.

Im Moment steht ein Fischer namens Malte Cohrs unter Verdacht. Sagt Ihnen der Name etwas?«

»Nie gehört.« Das kam etwas zu schnell, wie Leander fand.

»Cohrs behauptet, es gebe Beweise für seine Unschuld und dafür, dass Gernot aktuell wieder ein großes Projekt zusammen mit Ihrer Firma, der *HES*, auf Helgoland in Planung hatte. Dabei soll es sich um Offshore-Windenergie-Anlagen und eine neuartige Speichertechnologie handeln. Cohrs spricht von Seekarten, auf denen diese Projekte eingezeichnet seien.«

»Von solchen Plänen weiß ich nichts«, kam es mit rauer Stimme zurück. »Aber Sie werden die Karten ja untersuchen lassen können.«

»Leider nicht. Sie befanden sich auf Malte Cohrs' Laptop, und der wurde aus seiner Wohnung entwendet.«

Kurze Pause. »Tja, dann weiß ich wirklich nicht, wie ich Ihnen weiterhelfen könnte.«

»Wann hatten Sie zuletzt Kontakt zu Gernot Reymers?«

»Das ist schon eine ganze Weile her. Da stand die Sache mit der Inselerweiterung noch im Raum.«

»Seitdem haben Sie nichts mehr von ihm gehört?«

»Nein. War es das jetzt? Ich kann nicht so lange aus dem Büro wegbleiben. Termine, Sie verstehen?«

»Eine Frage noch. Sie als Finanzmanager eines Konzerns, der mit der Energiebranche zu tun hat …«

»Wir sind eher im Hafen-Logistikbereich tätig. Shuttle-Service und *Harbour Waste Management*, wenn Ihnen das etwas sagt. Windkraftanlagen betreiben wir nur an Land, nicht Offshore.«

»Trotzdem überblicken Sie die Finanzierbarkeit solch außergewöhnlicher Pläne, von denen ich Ihnen eben erzählt habe, eher als Marianne und ich. Halten Sie es für denkbar, dass Gernot einen Offshore-Windpark und eine neue Speichertechnik mit Hilfe der Insulaner hätte finanzieren können?«

»Nein«, war die eindeutige Antwort, und nach einem Moment des Schweigens fügte Cornelius Lange hinzu: »Es sei denn, es gab noch andere Pläne, die zur Finanzierung hätten herangezogen werden können.«

»Was meinen Sie damit?«

»Gar nichts meine ich.«

»Halten Sie es für denkbar, dass Gernot mit der *HES* zusammengearbeitet hat, um die Finanzierung zu sichern?«

»Davon wüsste ich.«

»Sagen Sie, sind Sie mit Frau Solveig Lange verwandt? Könnte es sein, dass die etwas Genaueres sagen kann?«

Cornelius Lange lachte hämisch auf. »Meine geschiedene Frau weiß eine Menge, aber glauben Sie mir, wenn in der Firma etwas läuft, geht das nicht an meinem Schreibtisch vorbei. Immerhin bin ich der Finanzchef.«

»Halten Sie es für möglich, dass Gernot vielleicht dennoch Kontakt zu Holger Welling oder Ihrer Frau hatte, von dem Sie nichts wissen, weil es sich um kein zu finanzierendes Projekt gehandelt hat?«

»Möglich ist vieles. Fragen Sie meine Ex-Frau das besser persönlich. Wenn sie nicht gerade auf Helgoland ist, erreichen Sie sie unter Wellings Privatnummer. Hören Sie: Ich muss jetzt wirklich …«

»Darf ich Sie wieder anrufen, wenn ich noch Fragen habe?«

»Ich kann Ihnen ohnehin nicht helfen. – Und wenn Sie wirklich nur Mariannes Überbringer schlechter Nachrichten sind, kann ich mir auch nicht vorstellen, was für Fragen das sein könnten. Einen schönen Tag noch.«

Langsam ließ Leander den Telefonhörer sinken. Das war doch alles sehr merkwürdig. Wenn Lange nichts wusste, warum hatte er sich dann von einem neutralen Ort aus so ausführlich mit ihm unterhalten? Auch die letzte Bemerkung über seine geschiedene Frau ließ Leander nicht los. Lange hatte angedeutet, dass die *OLS*-Repräsentantin Wellings Geliebte war. Das bedeutete, dass ein Gespräch mit ihr sich erübrigte, denn Welling hatte garantiert schon mit ihr telefoniert und sich abgesprochen, wenn es etwas zu verbergen gab.

In diesem Moment klingelte Leanders Handy. Er griff

danach, las auf dem Display *unbekannt* und nahm das Gespräch an.

»Kannst du reden?«, hörte er Klaus Lehmanns Stimme.

»Lemmy! Ja, klar kann ich reden. Hast du etwas herausgefunden?«

»Und ob. Also: Die Wegwerf-Mail-Adressen konnte ich bis zu einem Internetcafé in Hamburg nachverfolgen. Genaue Anschrift folgt per SMS. Dort wurden sie eingerichtet. Von wem, kann ich natürlich nicht mehr feststellen. Dazu brauchte ich Aufzeichnungen aus der Überwachungskamera. Die gibt es in dem Café zwar, weil da schon mehrfach eingebrochen wurde, aber die Aufzeichnungen werden nach einem Tag wieder automatisch überspielt, wenn nichts vorgefallen ist. Sonst könnte ich die Uhrzeiten abgleichen, an denen die Adressen eingerichtet wurden, und hätte bei Übereinstimmungen zumindest ein Gesicht deines Whistleblowers.«

»Mist«, fluchte Leander. »Aber das wäre ja auch zu leicht gewesen.«

»Eine Chance haben wir noch, den Knaben zu erwischen, allerdings nur, wenn er sich noch einmal meldet. Ich habe mir bei Google mal Bilder von dem Internet-Café angesehen und durch die Außenwerbung festgestellt, dass die dort *Amstel*-Bier ausschenken. Also habe ich dem Café eine Mail geschickt, Absender *Amstel*-Brauerei, und auf ein besonders günstiges Aktions-Angebot im Anhang hingewiesen. Als der Café-Betreiber diesen Anhang geöffnet hat, wurde in seinem ganzen System ein Trojaner installiert. Der wird in dem Moment, in dem auf einem der Rechner im Café eine E-Mail mit dem Absender *Helgolandspy* verschickt wird, sowohl Aufnahmen der Überwachungskameras als auch der Webcam des jeweiligen Rechners an mich verschicken. Dann haben wir Fotos von deinem Whistleblower. Na, was sagst du?«

»Super, Lemmy. Genau wegen solcher Ideen habe ich gerade dich um Hilfe gebeten. Jetzt müssen wir nur noch warten, bis sich *Helgolandspy* wieder meldet.«

Lemmy schwieg, aber Leander konnte förmlich spüren,

wie stolz er sich am Ende der Leitung in seinem Stuhl zurücklehnte.

»Hast du auch etwas über die Dropbox herausgefunden?«

»Nun, auch da habe ich nicht wirklich etwas für dich. Die Mails, die du mir zugeschickt hast, enthalten nur Andeutungen über irgendwelche Machenschaften, die Gernot Reymers zusammen mit einem Holger Welling von der Firma *HES* geplant habe. Belegen soll das eine eingescannte Karte, die inzwischen aus der Box gelöscht worden ist. Ich kann sie leider von hier aus auch nicht wiederherstellen.«

»Scheiße! Hast du wenigstens etwas über Heinrich Seyfried herausgefunden?«

»Oh ja! Das heißt: eigentlich nein.«

»Was jetzt?«

»Wie ich sage. Seyfried ist selbstständiger Handelsvertreter in Bremen. Macht in Dosensuppen und Fisch. Der Laden läuft als Offene Handelsgesellschaft. Mitgesellschafterin ist seine Frau. Ich glaube nicht, dass da was faul ist, sonst hätten die eine andere Gesellschaftsform gewählt.«

»Wieso?«

»Bei einer OHG haften alle Gesellschafter uneingeschränkt gegenüber ihren Gläubigern. Wenn die faule Geschäfte machten, hätten die eine Form mit beschränkter Haftung gewählt.«

»Hm.«

»Sag ich ja. Das ist nicht wirklich eine neue Info.«

»Jedenfalls weiß ich jetzt, dass er mir keinen Bären aufgebunden hat, und kann ihn von der Liste der Verdächtigen streichen. Was ist mit dem Ermittlungsverfahren gegen die *HES*?«

»Die Hamburger Kollegen haben vor zwei Jahren gegen die Firma ermittelt. Geschäftsführer und technischer Leiter ist Herwig Olsen, sein Stellvertreter ein gewisser Holger Welling. Sie standen unter Verdacht, in großem Stil Giftmüll nach Russland verkauft zu haben. Die Lieferungen damals waren als Wirtschaftsgüter deklariert, nicht als Müll. Olsen hat angegeben, es habe sich um große Mengen Baggergut aus dem Hamburger Hafen gehandelt und in einem Fall um abgefahrene Autoreifen, die in Russland wiederaufbereitet und weiter nach Osten verkauft worden wären. Nachzuweisen war da aber nichts mehr, dafür waren die Kollegen offenbar zu langsam. Und den Stempeln und Papieren aus der GUS traut bei den Kollegen der Wirtschaft ohnehin keiner über den Weg. Mir ist aber aufgefallen, dass die *HES* ein ungewöhnlich breites Spektrum an Betätigungsfeldern hat: Hafenbau, kleinere Windparks, Ausbaggerarbeiten, Anträge für Fracking-Claims und Bemühungen, sich Seegebiete zu sichern, in denen CO_2-Verpressung möglich ist. Was Entsorgung angeht, scheinen die absolut skrupellos zu sein. Der Energiebereich ist noch relativ jung. Die sprunghaften Investitionen der letzten Zeit zeigen aber, dass die voll auf den Zug aufgesprungen sind. Zuletzt haben die noch ein Tochterunternehmen mit Hauptsitz in Hamburg und einem Büro auf Helgoland gegründet, die *OLS*, die ich ja auch für dich überprüfen sollte. Geschäftsführer ist diesmal Holger Welling, Prokuristin auf Helgoland ist Solveig Lange. Gegen die liegt nichts vor, auch nicht gegen ihren geschiedenen Mann Cornelius, der als kaufmännischer Direktor für die HES tätig ist. Die haben da einen engen Führungszirkel und so was macht die Kollegen von der Wirtschaft immer besonders skeptisch, vor allem wenn damit verschiedene Geschäftsfelder und Subunternehmen miteinander verknüpft werden.«

Leander schwieg einen Moment enttäuscht, obwohl er gar nicht hätte sagen können, was er eigentlich für brisante Erkenntnisse erwartet hatte.

»Tja, mein Lieber«, fuhr Lemmy fort, der Leanders Schweigen offenbar richtig deutete, »mehr war auf die Schnelle nicht zu erfahren. Wenn ich da tiefer einsteige und Ahrenstorff mitkriegt, dass ich für dich Nachforschungen anstelle, kannst du mir schon mal so eine Pensionärskate auf Föhr neben deiner reservieren. Der Alte ist nämlich immer noch nicht gut auf dich zu sprechen. Was ist da damals eigentlich gelaufen zwischen euch?«

»Das erzähle ich dir bei Gelegenheit. Jetzt erst mal danke, Lemmy. Du hast eine Menge gut bei mir.«

»Da nicht für. Melde dich, wenn du mal in Kiel bist.«

»Ich melde mich eher, das verspreche ich dir. Mach's gut, Lemmy.«

»Du auch.«

Leander legte sich in die Lehne seines Stuhles zurück und ließ das Gehörte nachklingen. Das war alles nichts Halbes und nichts Ganzes. Es gab die Spuren, von denen Malte Cohrs berichtet hatte, aber sie waren kalt und nutzlos. Wenigstens musste sich Leander keine weiteren Gedanken über Heinrich Seyfried machen. Der Typ war eben einfach nur ein lästiger Idiot. Leander stand auf und holte sich Mineralwasser aus dem Kühlschrank. Er trank vor der offenen Tür direkt aus der Flasche und blickte geradeaus, ohne etwas um sich herum wahrzunehmen. Wie sollte er jetzt weitermachen?

Da klingelte erneut sein Handy. Sollte Lemmy etwas vergessen haben?

»Leander.«

»Henning?« Eikens Stimme klang geradezu panisch. »Du musst sofort kommen. Es ist etwas passiert.«

»Wohin?«

»In die Biologische Anstalt. In Lasses Büro.«

»Gut. Ich nehme die nächste Fähre.«

Leander legte auf und zog seine Stirn in Falten. Eiken ging es offenbar gut. Jedenfalls konnte sie telefonieren. Wenn also jemandem etwas passiert war, dann bestimmt dem Naturburschen Lasse Thorgren. Eigentlich kein Grund zur Eile also. Leander musste grinsen, als er sich seines Gedankenganges bewusst wurde. Und dann kam der Profi in ihm durch, dem es egal sein musste, wer sich in Gefahr befand. Schnell griff er seine Laptoptasche und seinen Schlüssel und wollte gerade die Hütte verlassen, als erneut sein Handy klingelte.

Verdammt, was war denn heute eigentlich los? »Leander!«

»Oha, habe ich dich auf dem falschen Fuß erwischt?«

»Lemmy, entschuldige, ich habe es gerade sehr eilig.«

»Na gut, dann auf die Schnelle. Ich habe etwas für dich, das dich sehr freuen wird: Unser Freund mit dem Namen *Helgolandspy* hat sich tatsächlich eben noch einmal gemeldet. Wieder eine Wegwerf-Mail, diesmal aber zwölf Stunden haltbar. Da geht einer ein ziemliches Risiko ein, um uns das Material, das wir suchen, noch einmal zur Verfügung zu stellen. Ich habe die *Dropbox* sofort überprüft und eine Bilddatei mit einer Karte dort gefunden. Wenn du mir deine Mail-Adresse gibst, schicke ich sie dir zu.«

Leander nannte Lemmy die gewünschte Adresse.

»Gut. Fünf Minuten nach diesem Gespräch findest du die Dokumente in deinem Postfach. Ich hoffe, du kannst etwas damit anfangen.«

»Das hoffe ich auch. Jedenfalls belegt das alles schon, dass Malte Cohrs nicht gelogen hat. Diesen Informanten gibt es also wirklich. Im schlimmsten Fall ist Cohrs nur einem Fake auf den Leim gegangen.« Da fiel Leander etwas ein. »Sag mal, Lemmy, wenn die Mail wieder aus demselben Internet-Café gekommen ist, müsstest du doch jetzt deine Videoaufzeichnung bekommen. Vielleicht erkennt man darauf ja zur fraglichen Zeit einen Mitarbeiter der *HES*.«

»Die Videodateien sind da, aber ich hatte noch keine Zeit, sie zu überprüfen. Das mache ich in der Mittagspause. Aber du kannst beruhigt sein, ich fange natürlich bei der *HES* an. Und Henning, pass auf dich auf. Ich habe kein gutes Gefühl bei der Sache.«

»Danke, Lemmy. Bis bald.« Leander griff nach seinem Computer und steckte ihn in die Laptoptasche. Dann verließ er die Hütte und lief zur Fähre.

Zehn Minuten später setzte er zur Hauptinsel über. Während sich die *Witte Kliff* langsam dem roten Felsen näherte, steckte er seinen Funk-Stick in den Laptop und loggte sich in sein elektronisches Postfach ein. Neben einer Masse Spam fand er auch die gerade eben eingegangene Mail von Lemmy.

Er öffnete sie, las *Viel Erfolg! Lemmy* und ließ sich die angehängte Bilddatei anzeigen, eine Seekarte der Deutschen Bucht. Wie Malte Cohrs gesagt hatte, waren einige Flächen rund um Helgoland rot schraffiert. Das war zwar eine Bestätigung der Aussage des Fischers, aber was es damit auf sich hatte, erschloss sich Leander nicht. Vielleicht konnte Tamme

Boysen ihm da weiterhelfen. Als ehemaliger Oberkommissar der Wasserschutzpolizei kannte er sich mit nautischen Karten schließlich aus. Leander beschloss, noch heute mit dem Seehundjäger zu reden.

Während die Fähre in den Hafen einlief, dachte er darüber nach, warum der Informant noch einmal diese Unterlagen geschickt hatte. Er musste erfahren haben, dass sie verschwunden waren. Cornelius Lange, dachte Leander und verließ das Schiff. Er hatte schon während des Telefonats das Gefühl gehabt, dass Lange der Schlüssel sein könnte – und vielleicht sogar der Informant mit dem Namen *Helgolandspy*. Er tippte schnell eine SMS an Klaus Lehmann: *Überprüf bitte als erstes Cornelius Lange. Könnte der Informant sein. Henning.*

24

In Lasse Thorgrens Büro in der Biologischen Anstalt saß Eiken halb auf der Fensterbank und beobachtete besorgt eine junge Frau mit kurzen, schwarzen Haaren, die mit gesenktem Kopf auf einem Stuhl vor dem Schreibtisch saß und Leander den Rücken zukehrte, als er eintrat. Davor hockte Thorgren, blickte unter heruntergezogenen Augenbrauen hinweg von unten zu ihr auf und streichelte ihre Hand.

Eiken sprang auf und kam sichtlich erleichtert auf ihn zu. Was Leander jedoch besonders irritierte, war die junge Frau auf dem Stuhl. Er fühlte, dass er sie schon einmal gesehen hatte. Natürlich: aus den Augenwinkeln in der Hummeraufzuchtstation. Sie musste die Mitarbeiterin gewesen sein, die sofort wieder den Raum verlassen hatte; die junge Meeresbiologin, von der Eiken ihm erzählt hatte.

»Gut, dass du da bist, Henning«, sagte Eiken. »Ich glaube, wir müssen dir einiges erklären.«

Jetzt hob die junge Frau den Kopf und drehte sich zu ihm um. »Hallo, Vater.«

»Pia!« Leander fuhr ein Stich in den Magen. »Was … *Du* bist …? Eiken!«

»Ich wollte nicht, dass sie dir etwas sagt«, ging Pia schnell dazwischen. »Eiken kann nichts dafür.«

Leander brauchte einen Moment, um sich zu fangen. Dann zog er sich einen Stuhl heran und setzte sich neben seine Tochter. Lasse Thorgren ließ ihre Hand los, erhob sich und forderte Eiken mit einer Kopfbewegung auf, mit ihm den Raum zu verlassen. Verunsichert blickte Leander den beiden nach.

»Seit wann arbeitest du hier?«, fragte er, als sich die Tür hinter ihnen geschlossen hatte.

»Seit einem knappen Jahr, seit Eiken in die Vogelwarte gewechselt ist. Lasse hat mir den Job besorgt.«

»Wieso Lasse?« Leander wurde schmerzhaft vor Augen geführt, dass er durch den vor Jahren abgebrochenen Kontakt überhaupt nichts mehr von seinen Kindern wusste.

»Wir sind zusammen. Seit dem Studium in Kiel. Lasse hat da ein Kolloquium geleitet, als ich in der Prüfungsvorbereitung war. So haben wir uns kennengelernt. Dann ist er zum *AWI* gegangen und so nach Helgoland gekommen.«

»Du und dieser Naturbursche … ihr seid ein Paar?«

»Seit fast drei Jahren, ja.« Pia lächelte über Leanders Formulierung.

Leander hatte einen Moment lang Mühe, sich seine Erleichterung nicht allzu deutlich anmerken zu lassen. Doch die wich schnell wieder dem Bewusstsein seiner familiären Katastrophe. »Du wusstest, dass ich hier bin. Warum wolltest du mich nicht sehen?«

»Du weißt, warum. Und fang jetzt nicht an, mir Vorwürfe zu machen. Schließlich bist du derjenige, der uns damals sitzen gelassen hat.« Pias Stimme wurde von Satz zu Satz fester. Offensichtlich war ihre Wut groß genug, um den Vorfall zu überwiegen, der Eiken bewogen hatte, Leander hierherzurufen.

»Gut, lassen wir das. Du hast sicher später noch genug Zeit, mir Vorwürfe zu machen. – Was ist passiert?«

Pia hatte sichtlich Mühe, sich zu konzentrieren. »Lasse und ich waren mit unserem Kutter draußen im Feld der *Amrumbank West*«, begann sie dann ihren Bericht. »Wir haben im letzten Jahr junge Hummer dort ausgesiedelt und jetzt gibt es Probleme. Die Sterblichkeit ist überproportional hoch. Wir müssen rauskriegen, woran das liegt, bevor wir die nächsten Tiere möglicherweise in den sicheren Tod schicken. Heute Morgen lag ein Schiff zwischen den Windrädern. Wir haben uns nichts dabei gedacht, schließlich konnte es sich um Wartungsarbeiten handeln. Als wir in Sichtweite kamen, ist es weggefahren. Das war zwar merkwürdig, konnte aber auch immer noch nur ein Zufall sein.«

»Konntet ihr erkennen, wie das Schiff hieß?«

»Nein. Dafür waren wir noch zu weit weg. Außerdem gab es ja auch für uns keinen Grund, misstrauisch zu sein. Wir haben dann außerhalb des Windparks geankert. Lasse ist an Bord geblieben, und ich bin getaucht, um ein paar tote

Tiere, Bodenproben und Wasserproben hochzuholen. Unten erschienen plötzlich zwei Taucher zwischen den Stahlstützen. Sie haben ebenfalls Proben genommen, deshalb habe ich sie für Kollegen gehalten oder für Taucher des Anlagenbetreibers. Ich bin auf sie zugeschwommen. Als einer von beiden mich entdeckt hat, hat er total hektisch reagiert und seinem Kollegen Zeichen gegeben. Beide haben ihre Tauchermesser gezogen und dann haben sie mich in die Zange genommen. Das war so bedrohlich, dass ich meine Arbeit abgebrochen habe und sofort aufgetaucht bin.«

»Haben sie dich verfolgt?«

»Keine Ahnung. Ich habe mir nicht die Zeit genommen, darauf zu achten. Schließlich war ich froh, als ich heile wieder an Deck war und Lasse alles erzählen konnte.«

»Und das andere Schiff? War das zu dem Zeitpunkt noch zu sehen?«

»Nein. Lasse meinte, wir sollten lieber abhauen und die Polizei verständigen. Aber Eiken wollte zuerst dich informieren.«

Leander nickte und dachte einen Moment nach. »Gibt es Leute, die mit eurer Hummeraufzucht nicht einverstanden sind? Irgendwelche wirtschaftlichen Interessen, denen ihr damit im Wege steht?«

»Nein. Da draußen wird Energie erzeugt. Die Hummer sind dabei keine Behinderung. Und uns stört das schon gar nicht, im Gegenteil: Wir müssen fast schon dankbar dafür sein, dass auf die Art neue Lebensräume für die Tiere geschaffen werden.«

»Also gibt es keinen Grund, eure Arbeit zu sabotieren. Dann waren die Taucher aus einem anderen Grund da unten, und du bist ihnen nur in die Quere gekommen. Reguläre Arbeiter werden das nicht gewesen sein.«

Pia nickte und schüttelte sich leicht, als würde sie frösteln.

Es klopfte leise, und Eiken steckte den Kopf zur Tür herein. »Hört sich nicht so an, als würden hier die Stühle fliegen. Können wir wieder reinkommen?« Sie wartete gar nicht erst auf eine Antwort, sondern betrat, gefolgt von Lasse Thorgren, den Raum. Der Meeresbiologe stellte sich an Pias Seite und legte ihr eine Hand auf die Schulter.

»Hast du eine Erklärung für das, was da heute passiert ist?«, fragte Leander ihn.

»Nein. Ich weiß auch nicht, wer da außer uns noch Proben ziehen sollte.«

»Und ihr seid nur durch die toten Hummer auf den Verdacht gekommen, dass da etwas nicht stimmt?«

»Eigentlich sogar erst durch Gernot«, antwortete Pia.

»Reymers?«

Pia nickte. »Wir haben zusammen an einem Projekt gearbeitet, das immer wieder zu Fehlversuchen geführt hat. Es geht um Algen.«

Leander schüttelte verständnislos den Kopf und wandte sich an Lasse Thorgren: »Ich dachte, da arbeiten nur noch zwei Wissenschaftler in Bremerhaven dran. Das hast du uns doch bei der Führung neulich erzählt.«

»Das stimmt auch. Das Algenprojekt ist ... war Gernots Privatsache. Pia hat sich nur dafür interessiert, weil sie dazu auch etwas im Studium gemacht hat. – Wir sind über die wirtschaftliche Bedeutung von Algen nicht einer Meinung.«

Pia blickte ihn an, als wäre er einer der ewig Gestrigen, die sich dem unaufhaltsamen Fortschritt in den Weg stellten. »Das ist so: Algen sind in vielerlei Hinsicht für uns von großer Bedeutung. Sie sind Indikatoren für Wasserqualität, Strömungswechsel und Klimawandel. Deshalb hat die Biologische Anstalt großes Interesse an Gernots Projekt; nicht zuletzt weil er alle Kosten übernommen hat. Meinungsunterschiede bestehen allerdings im Hinblick auf die wirtschaftliche Nutzung. Gernot wollte auf längere Sicht mit dem Algenprojekt viel Geld verdienen. Überall auf der Welt gibt es Algenfarmen. Die Forscher und Betreiber wollen damit das Welthungerproblem lösen und alternative Wege der Energieerzeugung erproben. Gernot hatte die Idee, die hervorragende Wasserqualität vor Helgoland zu nutzen und ebenfalls Algenfarmen anzulegen. Er – und ich auch! – war der Meinung, dass das AWI einen großen

Fehler macht, wenn es nicht wenigstens offensiv in diese Richtungen forscht.«

Leander wandte sich wieder an Lasse Thorgren: »Und warum erzählst du davon nichts bei deinen Führungen? Stattdessen hast du das so dargestellt, als sei die Algenforschung tot.«

»Solange das in der Vorerprobung ist, wollte Gernot es geheim halten. Erst wenn es spruchreif ist und Erfolg verspricht, wollte er damit an die Öffentlichkeit«, antwortete der Meeresbiologe.

»Bei der Inselerweiterung haben wir ja gesehen, wie schnell sich Gegner formieren, die von der ganzen Sache überhaupt keine Ahnung haben«, ergänzte Pia. »Gernot wollte nicht schon zu Anfang wieder Schwierigkeiten und Störfeuer riskieren. Bis wir bewiesen haben, dass Algenproduktion in großem Stil wirtschaftlich sein kann, läuft das Ganze offiziell als Forschungsprojekt des AWI. Das ist unauffällig. Nur das Geld dafür kommt schon die ganze Zeit über von Gernot. Er hat in verschiedenen Seegebieten rund um Helgoland vorhandene Algen abgesammelt und Testzuchten in Reaktoren hier in der Biologischen Anstalt angelegt. In letzter Zeit haben einige Algen aus dem Bereich östlich von Helgoland aber extrem hohe Werte an Schwermetallen aufgewiesen und sind nicht für den Verzehr geeignet.«

»Tut mir leid«, sagte Leander, »aber so richtig einordnen kann ich das noch nicht. Ist das wirklich so lukrativ, dass sich Gernot Reymers damit beschäftigt hat?«

»Und ob! Algen sind absolute Multitalente«, antwortete Pia. »Sie sind so robust, dass sie sogar gegen Bakterien resistent sind. Sie reinigen das Wasser, in dem sie wachsen, binden CO_2 und sind zudem reich an Eiweiß und Vitaminen. Das macht sie für die Nahrungsmittelindustrie interessant, aber nicht nur für die: Pharma-Unternehmen forschen an Krebsmitteln auf Algenbasis, Chemiekonzerne tüfteln an einem Algen-Biodiesel.«

»Und das soll sich lohnen?«, zweifelte Leander.

»Noch nicht, aber bald schon kann dieser Biodiesel ein

günstiger Ersatz für Erdöl sein oder für russisches Erdgas, und das sogar, ohne in Konkurrenz mit anderen Nahrungsmittelpflanzen zu treten. Biodiesel aus Algen könnte sogar Kerosin ersetzen. Stell dir vor, wir hätten eine solche Energieform, während die Amerikaner noch ihr Grundwasser durch Fracking vergiften! Falls die uns nicht wieder zuvorkommen, denn selbst die NASA forscht inzwischen auf dem Gebiet. Algen sind der Wirtschaftsfaktor der Zukunft, und zwar in allen Wirtschaftsbereichen. Aus ihnen wird Jod gewonnen, sie liefern einen Rohstoff für die Dynamitherstellung, Bestandteile von Algen kommen in Kosmetika und in Zahnpasta vor, in der Lebensmittelindustrie werden Verdickungsmittel auf Algenbasis schon bald die Gelatine ablösen. Und wir hier draußen in der Deutschen Bucht haben optimale Lebens- und Wachstumsbedingungen für diese Pflanzen. Gernot hat das enorme Potential erkannt und war Pionier genug, um sich da zu engagieren.«

»Na gut, Reymers' wirtschaftliches Interesse kann ich ja nachvollziehen, aber was habt ihr denn mit Biodiesel zu tun?«

»Das ist so«, fuhr Pia fort. »Wir Meeresbiologen erforschen zum Beispiel das Zusammenspiel von Braunalgen und Muscheln. Die Abfallstoffe des einen sind Nährstoffe für den anderen. Man kann nun das Zuchtergebnis sowohl bei Muscheln als auch bei Algen fördern, wenn man sie zusammen züchtet. *Polykultur* nennt man das. Wir erforschen auch, wie sich Algen gegen ihre Fressfeinde verteidigen, indem sie chemische Stoffe in hoher Konzentration ins Wasser entlassen. Diese Gifte können nämlich die Basis für neue Medikamente sein. Wir haben nachgewiesen, dass die Stoffe der Algen den übrigen Bewuchs in ihrem Lebensraum zurückdrängen. Deshalb geht man davon aus, dass sie sich auch für die Eindämmung von Zellwachstum beim Menschen nutzen lassen. Entsprechend wird momentan erprobt, ob sie sich im Kampf gegen Krebszellen einsetzen lassen. Bisher wurden etwa vierzigtausend Algenarten entdeckt; in einem Wassertropfen kommen bis zu zweihundert Arten vor, auf Baumrinden zwanzig bis dreißig. Insgesamt schätzt man aber die tatsächliche Zahl der Algenarten auf hunderttausende. Wir konzentrieren uns hier auf die Arten, die eine hohe Wirkstoffkonzentration aufweisen. In Norwegen züchtet man vor allem ölhaltige Algenarten und solche, die durch ihr schnelles Wachstum interessant für die Produktion von Bio-Ethanol sind. Die Algenblüte in jedem Sommer, die an Badestränden zu Problemen führt, zeigt dir, was für eine enorme Menge an maritimer Biomasse man so produzieren kann. Und dann ist da noch die regionale Küche. Gernot hat inzwischen einige Gerichte mit Algen auf die Speisekarte des *Laguna* gebracht: Algensalat mit Austern zum Beispiel, oder Lammzunge mit Algen. Die Nachfrage bei den Gästen steigt von Saison zu Saison.«

»Und ihr habt nun Schwermetalle in den Algen gefunden, die von ihnen nicht abgebaut werden können«, erinnerte sich Leander an den Ausgangspunkt ihres Gespräches. »Können die natürlichen Ursprungs sein, aufgewühlt durch die Bauarbeiten am Meeresgrund? Oder vermutet ihr irgendeine Umweltsauerei dahinter?«

»Natürlichen Ursprungs sind die Schwermetalle in diesem Seegebiet nicht«, antwortete Lasse Thorgren. »So viel ist sicher.«

»Könnten illegale Bohrungen und Tests für CCS dahinter stecken?« Leander dachte an die Geschäftsfelder und Interessen der Firma *HES*. »Ich habe mir sagen lassen, dass dadurch Schwermetalle freigesetzt werden können.«

»Nein, die Konzentration ist einfach zu hoch. Die Giftstoffe müssen illegal eingebracht worden sein und zwar im Umfeld der Windkraftanlagen, weil nur die Algen östlich von Helgoland eine derart hohe Schadstoffkonzentration aufweisen. Nur beweisen können wir das bislang noch nicht.«

»Und um Proben zu nehmen und die Sache selbst zu überprüfen, seid ihr heute rausgefahren?«, schlussfolgerte Leander.

»Genau.«

»Gut.« Leander stand auf. »Wenn ihr so dringend Laborergebnisse braucht, dann nehmen wir die Proben jetzt.«

»Wie bitte?«, fragte Pia.

»Ihr braucht Beweise, und die holen wir uns jetzt. Ich möchte außerdem gerne einmal so einen Windpark aus der Nähe sehen, und getaucht habe ich auch schon lange nicht mehr.«

»Du willst mit da runter?«

»Sag ich doch. Ich habe in den ersten Jahren meines Polizeidienstes getaucht. Mal sehen, was ich alles noch so weiß.«

»Na dann los!« Lasse Thorgren nickte Pia auffordernd zu. »Mir ist ohnehin lieber, wenn du nicht noch einmal alleine da runtergehst. Ich würde ja mit dir tauchen, aber dann müssten wir das Boot alleine lassen. Und solange ich nicht weiß, was da gespielt wird, will ich das nicht.«

Leander blickte Eiken herausfordernd an. »Kommst du mit?«

Sie überlegte einen Moment mit skeptischem Blick, dann nickte sie. »Warum nicht? Meine nächste Gruppe kommt erst übermorgen. Also habe ich Zeit.«

»Kann ich meinen Laptop hierlassen?«

»Klar, leg die Tasche in mein Büro«, antwortete Lasse Thorgren und ging auch schon voraus.

Sie verließen das Institut und schlugen den Weg zum Hafen ein. Als sie sich dem Hotel *Laguna* näherten, verließ gerade Heinrich Seyfried das Foyer und wandte sich in Richtung Dünentaxi. Der Handelsvertreter hatte sie offensichtlich nicht bemerkt und machte einen nachdenklichen Eindruck, der so gar nicht zu seiner sonst üblichen hämischen Art passte.

Leander stieß Eiken leicht an und deutete mit dem Kopf hinüber. »Erinnerst du dich an den Abend, als wir Seyfried am Hotel begegnet sind? Da hat er uns doch von dem Essen vorgschwärmt und erzählt, im *Laguna* würde mit Algen gekocht. Algen seien die Lösung, hat er gesagt. Lukrativer als Windparks. Das kommt mir schon sehr merkwürdig vor.«

»Du glaubst doch nicht, dass er etwas mit Gernot Reymers' Tod zu tun hat«, zweifelte Eiken.

»Jedenfalls kommt er mir ein bisschen zu oft aus dem *Laguna*.«

»Das ist bestimmt Zufall«, entgegnete Eiken kopfschüttelnd.

Sie erreichten den Kutter des Meeresforschungsinstituts, und während Lasse Thorgren den anderen an Bord half, machte Pia schon die Leinen los. Eine Minute später verließen sie die Mole. Heinrich Seyfried stand am Anleger des Dünentaxis. Als er sie entdeckte, winkte er ihnen grinsend zu, bevor er sich wieder der *Witte Kliff* zuwandte, die jetzt ins Hafenbecken einlief. Leander dachte an die zahlreichen Frotzeleien des Handelsvertreters, die nicht selten wie gezielt gesetzte Anstöße wirkten. *Algen sind die Lösung*, hörte er ihn sagen. Und dann sein Hinweis auf die Leiche am Vogelfelsen, und deren tölpelhafte Bergung ... Sicherlich konnten das alles Zufälle sein, aber nach Mephistos Theorie geschah im Leben nichts zufällig. Konnte es sein, dass dieser Seyfried auf Helgoland gar nicht der war, der er zu sein behauptete?

Leander zog sein Handy aus der Tasche und machte unauffällig ein Zoomfoto von dem Mann am Anleger. Dann unterdrückte er in den Einstellungen seine Rufnummer, suchte im Internet nach der Telefonnumer von Seyfrieds Firma in Bremen und wählte sie an. »Aldi Nord, Becker, guten Tag. Ich möchte gern Herrn Seyfried sprechen.«

Eiken sah Leander aus zusammengekniffenen Augen an.

Der nickte ihr grinsend zu. »Ich kann mich doch nicht als Tante Emma aus Buxtehude melden. Wetten, dass ich ihn so ans Telefon kriege?«

»Seyfried«, meldete sich am anderen Ende eine tiefe, ruhige Stimme.

»Herr Seyfried? Heinrich Seyfried persönlich?«, fragte Leander nach und zwinkerte Eiken zu, die erstaunt die Augenbrauen hochzog.

»Am Apparat. Was kann ich denn für Aldi tun, Herr Becker?«

Leander drückte das Gespräch weg und blickte Eiken triumphierend an. »Dachte ich mir's doch. Ich weiß zwar nicht, wer der Typ da drüben am Kai ist, der Handelsvertreter Heinrich Seyfried aus Bremen ist er jedenfalls nicht. Aber das haben wir gleich.« Er wählte das Mailprogramm aus und schickte Lemmy das Foto als Anhang an dessen GMX-Adresse, versehen mit dem Vermerk: *Gibt sich als Heinrich Seyfried aus, ist es aber nicht. Wer ist das?*

»Was hat das alles zu bedeuten, Henning?«, fragte Eiken.

»Vielleicht kann ich dir die Frage beantworten, wenn Lemmy den angeblichen Seyfried überprüft hat. Jetzt sollten wir uns auf das konzentrieren, was wir sofort lösen können.« Dabei deutete er mit dem Kopf auf Pia, die die Tauchausrüstungen klarmachte, während Lasse Thorgren den Kutter aus dem Hafenbecken steuerte.

Als sie in das Fahrwasser zwischen Felsen und Düne kamen, verstärkte sich der Seegang. Von Westen näherten sich dicke, weiße Wolken.

»Sieht nach einem Wetterwechsel aus«, stellte Eiken fest. »Wenigstens hört dann diese drückende Hitze endlich auf.«

Je weiter sie in die Deutsche Bucht hinausfuhren, desto bewegter wurde die See. Der Wind hatte aufgefrischt und rief auf den Wellenkämmen kleine weiße Kronen hervor. Am Horizont tauchten die ersten Windräder auf, die sich bald schon perspektivisch zu einem Wald aus weißen Masten verdichteten und in die Höhe wuchsen, je mehr sich das Boot ihnen näherte.

Achtzig riesige Windräder türmten sich schließlich vor ihnen auf. Auf Leander wirkten sie schon alleine wegen der drei gelben Beine, auf denen jedes im Meer stand, geradezu futuristisch. So nah dran kam Leander das Projekt gigantisch vor. Er war erstaunt, welche Ausmaße der Windpark hatte und wie weit die einzelnen Anlagen auseinanderstanden, um sich nicht gegenseitig den Wind zu nehmen. Die Räder drehten sich langsam und gleichmäßig.

»Erstaunlich ruhig hier draußen«, wandte er sich an Lasse Thorgren. »Ich hatte damit gerechnet, dass hier gearbeitet wird.«

»In diesem Windpark nicht mehr. Der ist komplett fertiggestellt. Sogar die Trafostation ist anschlussbereit, aber es gibt noch kein Netz, an die sie angeschlossen werden könnte.«

»Ich bin dann so weit«, sagte Pia. Sie hatte bereits ihren Neoprenanzug angezogen und reichte Leander Lasse Thorgrens Ausrüstung. »Ich bezweifele allerdings, dass du da reinpasst.« Sie deutete lachend auf Leanders Bauchansatz.

Der zog ein, was möglich war, und quetschte sich in den engen Gummistrampler. Von der Länge her passte er, nur mit dem Reißverschluss gab es Probleme. Eiken griff beherzt zu, forderte auf Leanders Jaulen hin in strengem Ton: »Stell dich nicht so an!« und zog den Reißverschluss mit einer unnachgiebigen Bewegung in einem Rutsch hoch.

»Pfffff«, ließ Leander zischend die Luft entweichen. »Verflucht, Eiken. Willst du mich umbringen?«

»Schön atmen, Vater«, stichelte Pia lachend. »Ein und aus, ein und aus. – Tut mir leid, aber irgendwie erinnerst du mich an einen Heißluftballon. Fehlt nur noch der Werbeaufdruck. *Jever* fänd ich passend.«

Sie reichte ihm Taucherbrille und Flossen. Lasse Thorgren legte ihm den Bleigurt um und wuchtete ihm dann die Pressluftflaschen auf den Rücken. Anschließend half er Pia bei der schwergewichtigen Ausrüstung.

Leander kontrollierte am Barometer den Flaschendruck, griff nach dem Lungenautomaten und ließ probeweise etwas Luft entweichen. Dann steckte er das Mundstück zwischen die Zähne, watschelte vorsichtig rückwärts zum Bootsrand und setzte sich unbeholfen darauf. Es war halt doch schon einige Zeit her, dass er zum letzten Mal Pressluftflaschen auf einem Bootsrand ausbalanciert hatte. Pia saß Sekunden später neben ihm, drückte ihm eine dicke Stabtaschenlampe in die Hand, nickte ihm zu und zählte mit den Fingern von drei abwärts. Bei Null ließen sich beide gleichzeitig rückwärts ins Wasser fallen. Die eiskalte Nordsee sickerte durch das Neopren und nahm Leander für einen Moment den Atem. Er rief sich ins Bewusstsein, dass sich die hauchdünne Wasserschicht zwischen Anzug und Haut binnen weniger Minuten erwärmen würde, und gleich ging sein Atem ruhiger.

Pia gab das Okay-Zeichen mit Daumen und Zeigefinger. Leander antwortete auf dieselbe Art. Dann tauchte Pia kopfüber voran und glitt mit schnellen Flossenschlägen gleichmäßig in die Tiefe. Leander folgte ihr in kurzem Abstand. Das Gewicht des Bleigurts und der Flaschen zog ihn hinab, so dass er sich kaum anstrengen musste, um seiner Tochter zu folgen. Das zischende Geräusch seines Atems, das laut in seinen Ohren nachhallte, und das der gluckernd aufsteigenden Luftblasen beim Ausatmen durch den Lungenautomaten schienen Leanders Kopf vollständig auszufüllen. Der Druck in den Ohren nahm zu, ließ sich aber durch Schlucken ausgleichen.

Nun konnte er sich auf die Atmosphäre unter Wasser konzentrieren und war auf Anhieb in seinem Element. Es war schon früher so gewesen, dass er sich in dem Moment sicher und gut aufgehoben fühlte, in dem er die Wasseroberfläche hinter sich gelassen hatte. Das musste tief in ihm angelegt sein. Andere Menschen bekamen Panik, sobald sie sich in unergründlichem Wasser befanden, er fühlte sich dort geborgen. Leander freute sich, dass er offensichtlich nach der langen Zeit noch nichts verlernt hatte und die Bewegungen automatisch und gleichmäßig ausführte. Die Kälte ließ am Körper schnell nach, nur am Kopf strömte das Wasser eisig vorbei. Leander gab sich Mühe, das zu ignorieren und sich auf Pia vor sich zu konzentrieren.

Hatten eben noch Lichtbahnen das Wasser zerschnitten, nahm die Stärke des Sonnenlichts mit zunehmender Tauchtiefe überproportional schnell ab. Hinzu kam, dass das Wasser durch Schwebstoffe weitaus trüber war, als es vom Bootsdeck aus gewirkt hatte. Als Pia vor ihm ihre Taschenlampe einschaltete, folgte Leander ihrem Beispiel. Der Druck auf den Ohren nahm nun rapide zu und ließ sich auch nicht mehr durch bloßes Schlucken ausgleichen. Als Leander seine Nase zuhielt und Luft hineinpresste, fühlte er ein heftiges Stechen im Ohr. Er befürchtete schon, den Tauchgang abbrechen zu müssen, weil er sonst riskierte, dass seine Trommelfelle platzten. Probleme mit dem Druckausgleich hatten vor vielen Jahren dazu geführt, dass Leander schließlich auch das Hobbytauchen aufgegeben hatte.

Aber dann knackte es und Druck und Schmerz ließen nach. Der Tiefenmesser zeigte knapp fünfundzwanzig Meter an, als vor ihnen das Geröllfeld auftauchte, das sich um die Fundamente der Windkraftanlagen erstreckte.

Pia hockte sich vorsichtig auf den Grund und wandte sich zu ihrem Vater um. Als der ihr Okay-Zeichen bestätigt hatte, begann sie damit, die Steine vor sich abzuleuchten. Hin und wieder griff sie in eine Nische und holte Reste toter Hummer hervor, die sie in einem engmaschigen Netz an ihrem Gürtel verstaute. Leander kniete sich neben sie und sah ihr zu. Sie zog ein paar schmale Plastikflaschen aus dem Netz, gab Leander drei davon und deutete auf verschiedene Stellen weit vor sich. Dann öffnete sie selbst eine Flasche, drückte die Luft heraus und ließ Wasser einströmen.

Leander verstand und bestätigte das mit Daumen und Zeigefinger. Dann schwamm er mit ein paar kräftigen Flossenschlägen in das Geröllfeld zwischen den Stützen der Windräder. Hier fühlte er sich wie in einem unheimlichen Wald, in dem hinter jedem Baum etwas Unerwartetes lauern konnte. Dieses Gefühl kannte er nur zu gut. Es hatte ihn früher immer beschlichen, wenn er in Binnenseen in der Nähe von Brückenpfeilern getaucht hatte. Seinerzeit war für ihn klar gewesen, dass eine Karriere als Polizeitaucher niemals in Frage kam. Die Kollegen mussten regelmäßig in trüben Gewässern zwischen mitunter gefährlichen Gegenständen tauchen.

Leander nahm an verschiedenen Stellen Wasserproben und kehrte dann zu Pia zurück. Die hatte das Geröllfeld inzwischen verlassen und hockte auf dem sandigen Meeresgrund, wo sie Sedimentproben nahm. Das wiederholte sie an mehreren Stellen in größeren Abständen, während Leander an ihrer Seite blieb. Als sie damit fertig war, stieß Leander sie an, deutete in Richtung Windpark und zeigte dann nach links und rechts. Pia verstand offensichtlich, dass er von ihr wissen wollte, wo sie am Morgen die fremden Taucher gesehen hatte. Sie forderte ihn mit dem Kopf auf, ihr zu folgen, und schwamm ruhig und gleichmäßig voran. Am Rande des

Geröllfeldes deutete sie nach links und rechts und zog mit den Händen einen Bogen bis in ihren Rücken. So hatten die Kerle sie eingekreist. Pia zog ihr Tauchermesser aus der Scheide an ihrem Unterschenkel und hielt es vor Leander hoch. Dem war die Bedrohung hier unten angesichts der trüben Umgebung sofort klar. Er nickte seiner Tochter zu und deutete mit dem Daumen nach oben. Nun tauchten sie langsam nebeneinander wieder auf, machten alle paar Meter eine Pause, um dem CO_2 in ihrem Körper die nötige Zeit zum Abbau zu geben, und orientierten sich auf dem Weg nach oben an dem Bootsrumpf, an dem vorbei das Sonnenlicht in Streifen zu ihnen hinunterdrang.

Als sie kurz darauf dicht neben dem Boot die wellige Wasseroberfläche durchstießen, spuckte Pia das Mundstück aus und lachte ihrem Vater zu. In diesem Moment hatte auch er ein Glücksgefühl, als wäre zwischen ihnen nie etwas vorgefallen.

Eiken half ihnen zurück an Bord und Lasse befreite sie von den schweren Flaschen, die er gleich wieder in ihre Halterungen am Bootsaufbau verfrachtete und sicher festzurrte. Pia bibberte und hatte blaue Lippen und auch Leander genoss, als er sich aus der Neoprenhaut pellte, die Wärme der Sonnenstrahlen auf seiner Haut. Eiken reichte ihnen Handtücher, die sie sich umlegten, um sich mit ihnen am Bootsrand in die Sonne zu setzen.

»Respekt.« Pia lächelte ihren Vater an. »Das hätte ich dir gar nicht zugetraut.«

»Ich fürchte, wir wissen beide nicht sehr viel voneinander«, gestand der. Pias Miene verfinsterte sich, aber sie sagte nichts darauf.

Lasse Thorgren öffnete eine Thermosflasche und füllte zwei Becher, die Eiken in den Händen hielt. »Tee«, sagte er. »Zum Auftauen.« Dann sichtete er die Netztaschen, die die beiden Taucher mit Krustentieren und Probenflaschen gefüllt hatten. »Da bin ich ja mal gespannt, was wir im Labor herausfinden.«

Pias Gesicht verfärbte sich vor Zorn, als sie die Hummerreste betrachtete. »Wenn man bedenkt, wie viel Zeit und Geld wir investieren, um die Tiere aufzuziehen ... Und dann bleibt kaum eines am Leben.«

Erst jetzt fiel Leander auf, dass er tatsächlich nicht einen lebenden Hummer am Fuße der Windräder gesichtet hatte. Er legte seiner Tochter beruhigend eine Hand auf den Arm, aber die entzog sich ihm sofort wieder.

»Lass uns zurückfahren«, forderte sie Lasse Thorgren auf. »Ich möchte gleich ins Labor und die Tests ansetzen.«

Der Meeresbiologe nickte und warf Leander einen fragenden Blick zu. Der zuckte nur die Schultern. Für Erklärungen war jetzt nicht der richtige Moment.

»Sagt mal«, begann er stattdessen, »das Schiff, das ihr heute gesehen habt: Fällt euch dazu noch etwas ein?«

»Es sah ganz normal aus«, antwortete Thorgren.

»Was heißt normal? Wie ein Krabbenkutter?«

»Wie eines der Versorgungsboote, die Arbeiter zu den Windparks bringen.«

Leander horchte auf. Das war doch schon einmal ein Anhaltspunkt. »Könnte es ein *OLS*-Katamaran gewesen sein? So ein Crew-Tender?«

Lasse Thorgren zuckte mit den Schultern, Pia antwortete vorsichtig: »Keine Ahnung, diese kleinen Katamarane sehen doch alle gleich aus. Aber durchaus möglich, ja.«

»Und ihr seid sicher, dass es nicht nur für Wartungsarbeiten hier war?«

»Dann hätte es an einem der Windräder festgemacht«, antwortete Thorgren. »Und es wären Arbeiter da gewesen. Das Boot ist aber weggefahren, als wir gekommen sind. Und die Taucher müssen ja auch irgendwo hergekommen sein. Da bleibt nur das Boot.«

»Und das wäre nicht davongefahren, wenn die Taucher unten nur ihre Arbeit für den Windkraftbetreiber erledigt hätten«, stimmte Leander nachdenklich zu. »Als ihr zurück auf Helgoland wart, lag das Versorgungsboot der *OLS* da im Hafen?«

»Da habe ich, ehrlich gesagt, nicht drauf geachtet«, antwortete Thorgren. »Du, Pia?«

»Nein.«

»Dann kommen wir an der Stelle nicht weiter«, meinte Leander. »Aber die Polizei muss darüber informiert werden. Ihr solltet nachher gleich zur Wasserschutzpolizei gehen und Anzeige gegen Unbekannt erstatten.«

Lasse Thorgren nickte ihm zu und ging in das Führerhaus. Er warf den Diesel an und gab langsam Gas. Dicht vor dem ersten Windrad drehte er ab und steuerte zurück in Richtung Helgoland. Pia erhob sich ebenfalls und folgte ihrem Freund.

Leander blickte ihr traurig nach.

»Lass ihr Zeit«, sagte Eiken und setzte sich neben ihn.

Im Führerhaus redete Thorgren auf Pia ein, aber die schüttelte immer nur den Kopf und lehnte sich schließlich an ihn.

»Warum hast du mir nicht gesagt, dass Pia auf Helgoland ist?«, fragte er vorwurfsvoll.

»Sie wollte es nicht. Und das habe ich respektiert.«

Leander sah Eiken von der Seite an, aber die wich seinem Blick verlegen aus. »Dann ist der Naturbursche also wirklich nicht dein Freund«, stellte Leander fest und stieß sie mit dem Ellenbogen sanft an.

Eiken grinste. »Für uns ändert sich dadurch aber nichts«, sagte sie. Leander nahm zufrieden wahr, dass der Tonfall nicht so ruppig war, wie er hätte sein können.

Als sie im Hafen festgemacht hatten, sprang Pia von Bord und nahm von Lasse Thorgren das Netz mit den Proben an. »Lass uns gleich ins Labor gehen«, forderte sie ihn auf. »Um die Ausrüstung und die Flaschen kümmern wir uns später.«

Leander und Eiken begleiteten sie, da der Laptop sich noch in Thorgrens Büro befand.

»Und denkt an die Anzeige wegen der Taucher-Attacke«, erinnerte Leander sie. »Nur von mir erzählt ihr da besser nichts. Die müssen nicht wissen, dass ich im Fall Reymers recherchiere.«

»Gleich nach den Tests«, versprach Thorgren.

Pia war schon halb abgewandt und wollte sich auf den Weg

ins Labor machen. Leander hielt sie am Arm fest. »Sehen wir uns heute zum Abendessen?«

Sie schüttelte mit gesenktem Blick den Kopf, aber Thorgren stieß sie leicht an und sagte: »Pia, bitte.«

»Ich muss doch erfahren, was ihr herausgefunden habt«, insistierte Leander.

»Na gut«, gab sie schließlich nach.

»Um acht im *Laguna*?«, schlug Leander vor. »Mal sehen, wie euer Algenzeug so schmeckt?«

Nun lachte Pia. »Um acht im *Laguna*. Aber du bezahlst!« Dann zog sie mit Lasse Thorgren davon.

»Und was machen wir beiden mit dem angebrochenen Nachmittag?«, fragte Leander Eiken.

Die zuckte die Schultern. Ihrem Gesicht war anzusehen, dass sie überlegte, ob sie ihm nicht einfach wieder einen Korb geben sollte.

Leander erinnerte sich an die Karte, die Lemmy ihm zugemailt hatte. »Was hältst du davon, wenn wir zu Tamme Boysen gehen und ihm die Karte zeigen, die ich bekommen habe. Vielleicht kann er etwas damit anfangen.«

»Falls er jetzt zu Hause ist«, wandte sie ein. »Warte, ich rufe ihn an.«

Sie zog ihr Handy aus der Tasche und bahnte sich über den Touchscreen den Weg in ihre Kontaktliste. Kaum hatte sie Tamme Boysens Nummer angewählt, war der Seehundjäger auch schon am Telefon. »Wo bist du gerade, Tamme? … Bei Oma Klüsing, das trifft sich gut. Henning hat Informationen für dich. … Wir sind in ein paar Minuten da.«

Sie verließen die Biologische Anstalt, dann stiegen sie über den *Invasorenpfad* und die anschließende Treppe zum Oberland auf und folgten den schmalen Gassen bis zu Oma Klüsings Haus.

Die alte Dame führte sie in die Küche, wo Boysen und Mephisto am Tisch saßen. Leander setzte sie kurz über die Vorkommnisse dieses Tages in Kenntnis.

»Das wird ja immer doller«, kommentierte Tamme Boysen die Geschichte. »Könnten die da nicht auch einen Anschlag auf die Windkraftanlagen vorbereitet haben? Vielleicht haben die Taucher Sprengladungen angebracht.«

»Kaum«, meinte Leander. »Pia hatte eher den Eindruck, als seien die auch da unten gewesen, um Wasser- und Bodenproben zu nehmen. Inzwischen glaube ich, dass das alles gar nichts mit den Energieplänen von Gernot Reymers zu tun hat, sondern eher mit der geplanten Algenzucht.«

»Algenzucht?« Boysen verzog ungläubig das Gesicht. »Wie kommst du denn auf so'n Quatsch?«

Leander nickte Eiken auffordernd zu, die die Frage ausführlich beantwortete, indem sie die Informationen zusammenfasste, die sie heute in der Biologischen Anstalt bekommen hatten. Doch auch danach schien Boysen nicht überzeugt und auch Oma Klüsing schüttelte langsam den Kopf, ohne allerdings ihre Zweifel konkret zu äußern.

»Warten wir die Laborergebnisse ab«, sagte Leander. »Für die Algentheorie spricht aber noch ein weiterer Punkt. Die *HES* ist sehr stark im Bereich Fracking engagiert. Wir alle wissen doch, wie umstritten diese Technologie ist. Wenn es in naher Zukunft eine ökologisch unbedenkliche Alternative durch Bioethanol aus Algen geben könnte, wird sich die Öffentlichkeit durch nichts bewegen lassen, dem Fracking zuzustimmen. Dadurch würde der *HES* ein Milliardengeschäft entgehen. Also, für mich ist das Grund genug dafür, Gernot Reymers aus dem Weg zu räumen.«

»Ich weiß nicht«, wandte Mephisto ein. »Das ist doch alles noch Zukunftsmusik. Außerdem ist überhaupt nicht klar, ob das mit den Algen klappt.«

Leander blickte Eiken genervt an, weil alle Ansätze, die er lieferte, immer nur mit Bedenken aufgenommen wurden. Auch die Vogelwartin runzelte die Stirn.

»Vielleicht hilft uns ja die Karte weiter, die dieser Informant Malte zugemailt hat«, versuchte Leander einen neuen Anlauf, zog den Laptop aus der Tasche und startete ihn. Er rief Lemmys Mail auf, öffnete die Bilddatei im Anhang und drehte den Bildschirm so, dass alle freie Sicht auf die Seekarte hatten, die das Gebiet rund um Helgoland zeigte. Im Osten der Insel erstreckte sich eine Vielzahl von roten Flächen, teils vollständig ausgefüllt, teils schraffiert.

»*Amrumbank West.*« Tamme Boysen umkreiste mit dem Zeigefinger eine Gruppe von Rechtecken. »Die komplett roten Flächen sind die fertigen Windparks. Die schraffierten sind zwar in Planung, aber noch nicht gebaut.«

»Und die anderen Gruppen?«, erkundigte sich Mephisto.

»*Nordsee Ost*, *Meerwind Süd*, *Meerwind Ost*«, zählte Tamme auf und zeigte die entsprechenden Flächen dabei. »Die anderen geplanten Parks kenne ich nicht. Die liegen ja auch weiter weg vor den Küsten Niedersachsens und Schleswig-Holsteins.«

»Das heißt also, all diese Windparks sind schon projektiert?«, hakte Leander nach, woraufhin Tamme Boysen nickte. »Dann ist für einen so kleinen Newcomer wie die *HES* wirklich kein Platz mehr zwischen den Branchen-Riesen. Ein Argument mehr dafür, dass es wahrscheinlich um etwas ganz anderes geht.«

»Was ist das denn da für eine Fläche?«, Oma Klüsing deutete auf das einzige markierte Gebiet, das nicht durch gerade Linien eingerahmt war, sondern wie ein roter Fettfleck aussah.

Tamme Boysen überlegte einen Moment mit krauser Stirn. Dann tippte er auf die Eintragung, die mitten in dem Gebiet stand: »*Tonne E3*«, las er vor. »In dem Gebiet gibt es auf dem Meeresboden eine riesige Mulde, etwa 25 Kilometer nordwestlich von Scharhörn. Da wird der Hamburger Hafenschlick verklappt. Deshalb wird da wohl auch kein Windpark gebaut, weil das Meer zu tief und der Meeresboden zu uneben ist.«

»Moment mal: Verklappung von Hafenschlick? Wie muss ich mir das vorstellen?«, fragte Leander.

»Ganz einfach: Durch die Elbe versandet der Hamburger Hafen ständig und muss immer wieder ausgebaggert werden. Auch die Elbe selbst wird seit ein paar Jahren von Hamburg bis zu ihrer Mündung bei Cuxhaven vertieft, weil die großen asiatischen Containerschiffe inzwischen zu viel Tiefgang haben. Der Schlick wird dann raus in die offene

See gefahren und rund um *Tonne E3* abgekippt. Dafür gibt es eine Sondergenehmigung, die in Abständen immer wieder verlängert werden muss. Irgendwann wird natürlich auch die Mulde voll sein, dann muss sich die Hafenverwaltung was Neues einfallen lassen.«

»Sag mal«, meldete sich nun Mephisto, »man liest doch immer, dass das Wasser der Elbe mit Schwermetallen von der Industrie belastet ist, und in so einem Überseehafen geht doch sicher auch mal was über Bord, Öl oder Chemikalien und so. Dann ist das aber nicht nur einfacher Sand, der sich da absetzt, oder?«

»Natürlich ist der nicht sauber. Aber der wirklich stark belastete Schlick darf nicht im Meer verklappt werden. Der wird an Land verbracht und in der Nähe von Finkenwerder aufbereitet. Die haben da eine riesige Deponie mit aufwändiger Entwässerung, damit nichts von dem Gift ins Grundwasser und in die Nordsee gelangt.«

»Das ist doch sicher teuer!« Oma Klüsing blickte Leander mit blitzenden Augen an.

Der ergänzte: »Da könnte die Versuchung groß sein, sich einen Teil der Kosten zu sparen und das Zeug doch illegal zur *Tonne E3* zu bringen. In der Firmendarstellung der *HES* stand als ein Aufgabenbereich *Harbour Waste Management*. Und auch Cornelius Lange hat gesagt, die *HES* sei im Hafen-Logistikbereich tätig, Shuttle-Service und Waste-Management. Was wäre, wenn die von Helgoland aus nicht nur den Shuttle-Service für die Windanlagenbetreiber organisieren, sondern auch etwas von ihrem giftigen Hafenschlick entsorgen, anstatt ihn ordnungsgemäß und kostspielig an Land aufbereiten zu lassen? Immerhin stand die Firma schon einmal unter Verdacht, illegal Giftmüll auszuführen.«

»Nee, nee.« Tamme Boysen winkte mit dem Zeigefinger ab. »Die *Hamburg Port Authority HPA* und das Umweltministerium in Kiel lassen regelmäßig Wasserproben entnehmen. Die Schadstoffbelastung der Nordsee nimmt zwar immer weiter zu, aber das liegt an einer ganzen Menge legaler Einleitungen und an der Belastung der großen Flüsse. Ich habe häufig auf

Fahrten in dem Seegebiet die Forschungsschiffe gesehen, die das Gebiet kontrollieren. Und von *E 3* aus gelangt auch nichts zu uns, das geht durch die Meeresströmung schon gar nicht.«

»Wo kontrollieren die denn genau? Ich meine, nur rund um *Tonne E 3*? Die können doch unmöglich die ganze Deutsche Bucht im Blick behalten.«

»Das stimmt natürlich«, antwortete der Seehundjäger.

»Und bei den Aufschüttarbeiten in den Windparkgebieten ließ sich doch sicher die eine oder andere Ladung Schlick mit entsorgen, ohne dass das jemandem aufgefallen ist.«

»Sofern die *HES* die Schüttungen überhaupt vorgenommen hat«, wandte Tamme Boysen ein. »Aber das kriege ich raus.«

Er griff zum Telefon und rief Dieter Herbst im Katasteramt an, der versprach, die geforderte Information sofort einzuholen. »Dieter ist ein Neffe zweiten Grades aus der Familie meiner Frau«, erklärte Tamme Boysen den anderen. »Mitunter ist es ganz nützlich, dass unsere Insel so überschaubar ist.«

Nach wenigen Minuten rief Herbst zurück. Boysen hörte gespannt zu und bedankte sich knapp. Leander stellte fest, dass man seinem Gesicht während des Gespräches absolut nichts entnehmen konnte. Mit dem Pokerface könnte der Mann als Spieler reich werden, dachte er.

»Bingo«, berichtete Tamme Boysen nach dem Telefonat. »Der Auftrag für die Vorbereitung des Meeresbodens für die Windparks ist an die *OLS* gegangen. Und wir wissen ja, dass das ein Tochterunternehmen der *HES* ist. Die hätten ein unschlagbar günstiges Angebot abgegeben.«

»Kunststück!«, kommentierte Mephisto. »Schließlich haben die die Einsparungen bei der Müllentsorgung gegenrechnen können. Auch beim Müll geht es um Millionen, nicht nur beim Strom.«

»Vorsicht, Freunde«, wandte Leander ein. »Bislang ist das alles reine Spekulation. Aber Holger Welling soll alles zuzutrauen sein, wenn ich Frau Reymers richtig verstanden habe. Selbst Cornelius Lange hat entsprechende Andeutungen gemacht. Hinzu kommt, dass die Dame, die die Geschäfte von Helgoland aus koordiniert, Langes Ex und Wellings

Geliebte ist. Und dann ist da ja auch noch die zunehmende Hummersterblichkeit in dem Seegebiet als Hinweis auf eine Schwermetallbelastung.«

Oma Klüsing pfiff durch die Zähne, als sei damit der letzte Beweis erbracht. Tamme Boysen schien intensiv über etwas nachzugrübeln. Leander sah ihn fragend an.

»Moment«, sagte Boysen, als er den Blick bemerkte, griff zum Telefon und tippte eine Nummer ein. »Tim? Ich bin's, Tamme. Du musst etwas für mich überprüfen. Vor vier oder fünf Jahren hat Mechthild Lornsen Anzeige gegen einen Pensionsgast erstattet, der abgereist ist, ohne seine Rechnung zu bezahlen. Such die Anzeige mal raus.«

Während Tamme wartete, machte Oma Klüsing hektische Zeichen mit den Händen. Als der Seehundjäger nicht reagierte, griff sie ungeduldig an ihm vorbei und betätigte eine Taste an der Station des Telefons. Sofort ertönte aus dem Lautsprecher das Tippen flinker Finger auf einer Computertastatur. Zufrieden grinsend lehnte sich Oma Klüsing in ihren Stuhl zurück und nickte den anderen zu, als habe sie gerade ein ganz besonderes technisches Wunder vollbracht.

»So, da habe ich es«, meldete sich Tim Baring aus dem Lautsprecher. »Die Anzeige wurde tatsächlich vor ziemlich genau fünf Jahren erstattet. Ein Gedächtnis hast du! Der Zechpreller konnte nicht ermittelt werden, weil seine Personenangaben auf dem Meldezettel falsch waren. Der ist wohl auf die Tour gereist.«

»Darum geht es mir nicht. Ich muss die personenbezogenen Angaben von Mechthild haben. Welchen Mädchennamen hat sie angegeben?«

»Sekunde. Da steht's. Welling. Mechthild Lornsen, geborene Welling, Geburtsort Esens. Was brauchst du noch?«

Tamme Boysen blickte triumphierend in die Runde. »Jetzt geh mal ins Melderegister von Esens und sieh nach, ob es in Mechthilds Familie einen Holger Welling gibt.«

Diesmal dauerte das Warten etwas länger. Die Tippgeräusche wurden mehrfach unterbrochen, bis sich Tim Baring wieder hören ließ: »So, Mechthild Welling, geboren am

27.3.1961; Holger Welling, geboren am 19.7.1959. Er ist ihr Bruder.«

»Mechthild?« Oma Klüsing schüttelte fassungslos den Kopf. »Mechthild soll die undichte Stelle sein?«

»Brauchst du auch die Daten der Eltern?«, fragte Tim Baring.

»Nein, das war's schon. Danke, Tim. Hast was gut bei mir.«

»Sekunde, Tamme. Ich hätte dich heute auch noch angerufen, allerdings erst nach Dienstschluss. Aber was soll's ... Niels und Frantzen sind unterwegs, da kann ich es dir auch gleich sagen. Heute ist Nachricht aus der Gerichtsmedizin gekommen. Ove Lornsen ist ertrunken.«

»Au Scheiße!«, kommentierte Boysen. »Erschlagen zu werden ist ja schon nicht schön, aber halbtot ins Meer geworfen zu werden und zu ertrinken, ist noch schlimmer.«

»Das ist aber noch nicht alles: Lornsen ist nicht vor Helgoland ertrunken. In seiner Lunge wurde Brackwasser gefunden, genauer gesagt: Wasser aus einem Hamburger Fleet. Frantzen geht davon aus, dass er dann mit einem Boot zurück nach Helgoland gebracht und über Bord geworfen wurde, damit es so aussieht, als sei das hier passiert. Die sind wohl nicht davon ausgegangen, dass bei einer Obduktion auch das Wasser in der Lunge genau untersucht wird.«

»Das ist ja ein Ding«, murmelte Tamme Boysen.

»Ich dachte mir, dass dich das interessieren würde. Wenigstens ist Malte jetzt im Fall Lornsen aus dem Schneider, denn als Ove in Hamburg ertrunken ist, saß Malte schon hier bei uns in der Zelle. Mach's gut, Tamme. Und pass auf dich auf. Selbst Frantzen glaubt inzwischen, dass da eine größere Sache hintersteckt.«

»Ertrunken in Hamburg«, murmelte Boysen, als er den Hörer weglegte, und schüttelte den Kopf. »Was wollte Ove denn in Hamburg?«

»Vielleicht seinen Schwager aufsuchen«, überlegte Leander. »Er könnte tatsächlich Reymers' Mörder sein und versucht haben, in Hamburg unterzutauchen. Möglicherweise steckte er aber auch nur mit in Wellings Machenschaften und wollte die Reißleine ziehen, weil hier auf Helgoland alles aus dem Ruder läuft. Dann hat Welling ihn umbringen lassen. Oder glaubt hier ernsthaft jemand an einen unglücklichen Zufall?«

»Wenigstens wäre Mechthild dann aus dem Schneider«, sagte Oma Klüsing. »Und Ove muss auch nicht der Mörder sein. Vielleicht hat er geahnt, dass sein Schwager mit Gernots Tod zu tun hat, und wollte ihn zur Rede stellen.«

»Und um diese Verbindung zu vertuschen, hat Welling ihn nach Helgoland zurückbringen lassen«, ergänzte Tamme Boysen. »Könnte sein, dass es so war. Wenn wir nur wüssten, welche Rolle Ove wirklich gespielt hat.«

»Das musst du rauskriegen.« Mephisto nickte Leander zu. »Aber nicht alleine, das ist zu gefährlich. Ruf Lena an. Sie soll dir helfen.«

»Lena? Spinnst du? Das LKA in Kiel ist gar nicht zuständig für Hamburg.«

»Quatsch, zuständig …! Sie wird ja wohl jemanden bei den Bullen in Hamburg kennen, der ihr helfen kann. Du hast nur Schiss, Verbindung mit ihr aufzunehmen, das ist alles!«

Leander schnaufte verächtlich auf und warf einen Seitenblick auf Eiken, die ihn verlegen ansah. »Ich fahre selbst nach Hamburg«, sagte er gereizt und ärgerte sich im nächsten Moment über diese Kurzschlussreaktion.

»Das würde ich nicht machen«, wandte Boysen ein. »Überlass das deinen Kollegen, die haben ganz andere Möglichkeiten. Wenn du bei Welling auftauchst, schmeißt der dich glatt raus. Du hast doch überhaupt keine dienstliche Handhabe.«

»Ich gehe nicht zu Welling«, widersprach Leander, der nicht sah, wie er aus der Nummer ohne Gesichtsverlust wieder herauskommen sollte. »Ich suche den Informanten auf.«

»Weißt du denn, wer das ist?«, fragte Eiken.

»Ich habe zumindest eine Vermutung. Die Zentrale der *HES* ist in Hamburg und das Café, aus dem die Mails gekommen sind, ebenfalls. Und Ove Lornsen ist in einem Hamburger Fleet ertrunken. Ergo läuft alles in Hamburg zusammen. Lemmy hat inzwischen ein Foto des Whistleblowers. Da dürfte es kein Problem sein, die Identität herauszufinden. Außerdem nehme ich das Ganze langsam persönlich, nachdem Pia fast Opfer dieser Verbrecher geworden ist.«

»Noch ein Grund, die Polizei in Hamburg oder Frantzen einzuschalten«, insistierte Tamme Boysen. »Du steckst emotional viel zu tief in dem Fall. Da macht man leicht Fehler und überschätzt sich. Und mit denen ist ja wohl offensichtlich nicht zu spaßen.«

Doch Leander schüttelte entschieden den Kopf. »Lass Cohrs' Anwalt diese Karte zukommen. Der müsste damit etwas anfangen können. Und ich fahre morgen nach Hamburg!«

»Basta!«, schimpfte Eiken. »Das sieht dir mal wieder ähnlich: mit dem Kopf durch die Wand. Langsam kann ich Lena verstehen.«

Nur Mephisto lächelte zufrieden und nickte seinem Freund zu.

25

Leander betrachtete Pia so unauffällig wie möglich von der Seite. Sie machte einen ungewöhnlich schwermütigen Eindruck für eine junge Frau und hatte, seit sie im *Laguna* nebeneinander saßen, noch kein Wort gesagt. Eiken hatte Leanders Blick bemerkt und schüttelte nun leicht den Kopf, als wollte sie sagen: ›Nicht jetzt. Lass ihr Zeit.‹

Leander atmete tief durch und fragte Lasse Thorgren: »Was haben die Labortests denn nun ergeben?«

»Stark erhöhte Schwermetallwerte im Schlamm. Vor allem Cadmium und Quecksilber konnten wir in hoher Konzentration nachweisen. Der Richtwert für Quecksilber, der sogenannte *Klokewert*, ist dreizehnfach überschritten. Aber auch Blei mit zehnfacher Überschreitung, Zink mit fast zwanzigfacher Überschreitung, Kupfer mit nahezu fünffacher Überschreitung und sogar Reste von Mineralöl haben wir gefunden. Wie gesagt, das sind die reinen konzentrierten Schlammproben. Im Wasser haben wir allerdings ebenfalls Richtwertüberschreitungen feststellen können.«

»Das Erschreckende ist, dass genau diese Werte schon einmal nachgewiesen wurden«, ergänzte Pia. »Ich habe im Internet recherchiert und herausgefunden, dass es in den siebziger Jahren vergleichbare Werte im Hamburger Hafenschlick gab. Damals hat man den Schlamm vorsichtshalber nicht ins Meer gekippt, sondern auf den Feldern rund um Hamburg als Dünger eingesetzt. Das Ergebnis war, dass die gesamte Getreideernte belastet war und für den Verkauf gesperrt wurde. Man hat das Getreide dann sinnigerweise an Mastvieh verfüttert und die Schwermetalle so letztlich wieder in den Nahrungsmittelkreislauf der Menschen eingebracht. Später wurden Auflagen für eine ordnungsgemäße Wiederaufbereitung an Land erlassen.«

»Wenn die Meeresströmung verhindert, dass das Gift von *Tonne E 3* hierhertransportiert wird, können wir also davon ausgehen, dass bei der Vorbereitung des Meeresbodens für die Windparks giftiger Hamburger Hafenschlick entsorgt wurde«, schlussfolgerte Leander.

Lasse Thorgren hob beide Hände zum Zeichen, dass daran eigentlich kein Zweifel mehr bestehen konnte, und auch Pia nickte.

»Kein Wunder, dass unsere Hummer da draußen krepieren«, erregte sich Eiken. »Und die Seevögel nehmen die Schwermetalle über den Fisch auf. Dagegen muss man doch etwas unternehmen. Wir müssen die *HES* verklagen.«

»Das Problem ist nur, dass du denen nachweisen musst, dass sie das Zeug dort draußen verklappt haben«, wandte Thorgren ein. »Der belastete Schlamm liegt weit entfernt von dem Gebiet um die *Tonne E3*. Und dass die *HES* außerhalb des erlaubten Bereichs Schlamm entsorgt hat, können wir nicht beweisen.«

»Es liegt doch auf der Hand, dass die Firma ihre Chance genutzt und nicht nur Schotter im Windparkgebiet abgekippt hat«, widersprach Leander. »Wie sonst sollte der Schlamm da hingekommen sein?«

»Wenn Steine und Schlick miteinander vermengt wären, würde ich dir zustimmen«, antwortete Thorgren. »Aber die Schlickfläche liegt unter der Aufschüttung. Dass wir an deren Rand Giftschlamm gefunden haben, ist reines Glück. Das war bestimmt nicht geplant.«

»Deshalb waren also die Taucher da unten«, schlussfolgerte Eiken. »Die haben Wind davon bekommen, dass wir Proben ziehen würden, und wollten selbst überprüfen, ob da etwas zu finden ist.«

»Ich kann mir vorstellen, dass der Schlick mitten im Feld versteckt werden sollte«, stimmte Lasse Thorgren zu. »Auch wenn das natürlich nicht hermetisch abzuriegeln ist, hätten wir außen herum lange suchen können. Aufgewirbelte Sedimente hätten sich im Wasser verteilt und stark verdünnt. Irgendetwas muss da außerplanmäßig gelaufen sein.«

»Und Gernot Reymers ist durch seine Algenzucht-Experimente darauf gestoßen, weil Algen das Wasser reinigen und Schwermetalle einlagern«, setzte Leander den Gedankengang fort. »Deshalb musste er weg, bevor er es an die große Glocke hängen konnte. Fragt sich nur, wie Holger Welling davon erfahren hat.«

»Na, ist doch klar«, meinte Thorgren. »Durch seinen Schwager. Der wird ihn gewarnt haben.«

»Woher soll Ove denn davon gewusst haben?«, zweifelte Eiken. »Außer uns kannte niemand Gernots Pläne.«

Leander dachte über den Einwand nach und nickte dann. »Möglicherweise hat Reymers selbst bei seinen alten Studienkollegen nachgefragt. Schließlich kennt er sich als Reeder in der Branche aus und weiß sicherlich, wer den Großauftrag für das sogenannte *Waste Management* im Hamburger Hafen hat.«

»Und den Beweis könnte uns nur Gernot Reymers liefern, aber der ist leider tot«, fasste Thorgren die Sachlage deprimiert zusammen.

»Ich denke, es gibt vielleicht noch einen anderen Weg«, widersprach Leander. »Wir müssen Kontakt zu dem Informanten aufnehmen, der Malte Cohrs auf die Sache gestoßen hat. Schließlich hat er ein Interesse daran, dass Welling nicht ungeschoren davonkommt, sonst hätte er Cohrs nicht die Karte zugespielt.«

»Tja, super Idee«, spottete Lasse Thorgren. »Oder kannst du uns auch noch sagen, wie wir den Kontakt herstellen sollen?«

Eiken verzog grimmig das Gesicht und öffnete den Mund, aber Leander wehrte ihren Einwand mit der Hand ab. »Lass mich nur machen. Ich glaube, ich weiß, an wen ich mich zu wenden habe. Morgen früh fahre ich nach Hamburg, dann sehen wir weiter.«

Der Meeresbiologe wollte nachhaken, aber der Kellner kam mit dem bestellten Essen. Außerdem sah man an Leanders verschlossenem Gesichtsausdruck, dass er nicht bereit war, seine Pläne weiter aufzudecken. Auch Eiken schüttelte nur grimmig den Kopf, als Lasse Thorgren zu ihr hinüberblickte.

Leander wandte sich skeptisch seiner Fischplatte zu und deutete auf den Algensalat, der ihm plötzlich nicht einfach nur grün, sondern giftgrün vorkam. »Kann man das Zeug denn jetzt überhaupt essen?«

Pia lachte über den ängstlichen Blick ihres Vaters. »Keine Angst. Gernot hat die Algen bisher zugekauft. Sie stammen aus einer Algenfarm vor Sylt, wo sie in Symbiose mit Pazifischen Austern gezüchtet werden, den sogenannten *Sylter Royal*. Wir konnten bislang keine Schwermetalle in ihnen nachweisen. Allerdings ist die Nachfrage groß und folglich ist das Meeresgemüse teuer. Deshalb hat Gernot unsere Forschungsarbeit ja so vorangetrieben.« Sie nahm einen ihrer frittierten Algenchips in die Hand und knusperte genüsslich daran herum.

Eiken hatte Jakobsmuscheln mit einer Braunalgen-Variation bestellt, Lasse Thorgren einen Sommersalat mit frischen Algen. Den Thunfisch hatten sie einhellig wegen der Überfischung und der Fangmethoden verworfen. Passend zu den Fischgerichten tranken alle einen trockenen Weißwein.

»Also wenn ihr mich fragt«, meinte Leander schließlich, »ich kann gut auf Algen verzichten. Das Zeug schmeckt doch nach nichts. Dagegen ist ja selbst Kopfsalat schmackhaft.«

»Der hat aber nicht so viel Jod«, entgegnete Eiken.

»Wenn ich aus Hamburg zurück bin, lade ich euch in die *Mocca-Stuben* ein«, versprach Leander. »Da gibt es wenigstens handfeste Steaks. Nur weil ich am Meer lebe, muss ich ja nicht ständig Fisch essen. Und dieses Unkraut hier schon gar nicht.«

»Oh ja«, stimmte Lasse Thorgren zu. »So ein schönes Rinderfilet ist auch eher meine Welt.«

»Männer«, sagte Eiken lachend. »Ihr haltet euch immer noch für Jäger, was?«

Pia schien während des Essens wieder in ihre Gedanken abgetaucht und beteiligte sich nicht an dem Geplänkel. Leander sah sie besorgt an und als Thorgren sich erhob, um zur Toilette zu gehen, gab er Eiken mit den Augen ein Zeichen. Er konnte ihr zwar ansehen, dass sie es für keine gute Idee hielt, aber dennoch stand auch sie auf und folgte ihrem Kollegen.

»Wie ist es dir die ganzen Jahre ergangen, Pia?«, fragte Leander, als sie alleine waren.

Sie zuckte zunächst nur mit den Schultern. Dann antwortete sie: »Was interessiert dich das jetzt? Du hast dich seit deiner Trennung von Mutter nicht um Hanno und mich gekümmert.« Dabei klang ihre Stimme weniger vorwurfsvoll als gleichgültig, was Leander irritierte.

»Mein Beruf«, rechtfertigte er sich reflexartig und hatte sofort ein schlechtes Gefühl deswegen. »Ich weiß, ich habe mir auch vorher schon nicht genug Zeit für meine Familie genommen. Deshalb ist es ja mit Ilka und mir so weit gekommen. Und nach der Trennung habe ich mich erst recht in die Arbeit geflüchtet. Außerdem hatte eure Mutter ja auch schnell jemand anderen, ihren Kollegen, diesen Guntram, richtig? Der ist ja dann gleich bei euch eingezogen. Als ich meine letzten Sachen abgeholt habe, hat sie mich wissen lassen, dass ihr einen Vater braucht und keinen gelegentlichen Gast. Und jetzt hättet ihr Guntram.«

»Guntram!«, stieß Pia hasserfüllt aus. »Weißt du eigentlich, was das für ein Arschloch ist?«

»Wie sollte ich?«

»Richtig, wie solltest du? Es hat dich ja gar nicht interessiert. Hanno ist auch mit ihm klargekommen, aber ich hatte seit deinem Auszug die Hölle zu Hause.«

»Hat er dich etwa …?«, fragte Leander vorsichtig.

»Quatsch. Der hat doch nur Augen für Mutter. Aber als er bei uns eingezogen ist, war ich mitten in der Pubertät und er wollte mich erziehen. Ich habe das nicht akzeptiert, schließlich ist er nicht mein Vater. Dabei hätte ich damals wirklich einen gebraucht, der mir sagt, wo es langgeht. Guntram hat immer nur geschimpft, was du für ein Versager wärst, und deshalb sei ich auch so verzogen und wüsste nicht, wie ich mich zu benehmen hätte. Jeden Tag sind bei uns die Fetzen geflogen, bis wir uns gegenseitig regelrecht gehasst haben. Irgendwann bin ich ihm nur noch aus dem Weg gegangen. Ich war froh, als ich das Abi hatte und zu Hause ausziehen konnte.«

»Es tut mir leid, Pia«, sagte Leander leise und legte ihr die Hand auf den Arm. »Ich hatte so viel mit mir selbst zu tun. Natürlich ist das keine Entschuldigung, aber vielleicht kannst du es wenigstens als Erklärung akzeptieren. Als Vater habe ich wahrscheinlich einfach nicht getaugt. Und als ich dann noch meine Ehe in den Sand gesetzt hatte …«

»Lass gut sein. Es ist nicht mehr zu ändern.« So abrupt Pias Zorn aufgeflammt war, so schnell war er auch wieder verflogen und machte nun einer tiefen Resignation Platz.

Ihre depressive Stimmung machte Leander Sorgen. »Meinst du nicht, wir könnten vielleicht ein bisschen von dem nachholen, was wir in den letzten Jahren versäumt haben?«

Pia zuckte nur mit den Schultern, als sei ihr das ganz egal.

Leander wurde trotz seiner Schuldgefühle langsam wütend. »Du kannst mir natürlich auch bis ans Ende meiner Tage böse sein. Ob das allerdings zielführend ist, wage ich zu bezweifeln. Ich sehe ja ein, dass der Zustand unserer Beziehung allein meine Schuld ist. Ich würde es auch liebend gerne ungeschehen machen, aber das kann ich nun einmal nicht. Du musst mir schon auch eine Chance geben. Es sei denn, du willst dich weiterhin nur selbst bemitleiden.«

Pia blickte ihm nun direkt in die Augen und Leander hatte einen Moment lang den Eindruck, ein zorniges Aufblitzen darin wahrzunehmen. Aber sofort legte sich wieder dieser Schleier darüber, der ihm den Zugang zu seiner Tochter unmöglich machte.

In dem Moment kehrte Eiken an den Tisch zurück und kurz darauf folgte Lasse Thorgren. Während der Meeresbiologe sich lässig auf seinen Stuhl fallen ließ, warf Eiken Pia einen vorsichtigen Blick zu. Da der keinerlei Erkenntnis zu bringen schien, wandte sie sich Leander zu, der nur mit den Schultern zuckte.

»Was haltet ihr davon, wenn wir den Standort wechseln und irgendwo ein ehrliches Bierchen trinken?«, schlug Lasse Thorgren vor.

»Aber nicht im *Roten Kliff*«, antwortete Leander. »Auf Mephisto habe ich heute Abend ehrlich gesagt keine Lust mehr.«

»Im Südhafen gibt es ein paar Bistros«, meinte Eiken. »Da kann man sehr schön draußen sitzen. Der Abend ist ohnehin viel zu schön, um nur drinnen zu bleiben.«

»Gut, dann lasst uns zahlen und auf zum Südhafen«, stimmte Leander zu.

Als Eiken und Leander ein paar Stunden später mit dem Dünentaxi ablegten, winkte Lasse Thorgren ihnen leicht angetrunken nach, während Pia sich schon abgewandt hatte und langsam in Richtung *Lung Wai* schlenderte.

Leander sah ihr traurig nach, und Eiken, die das offenbar bemerkt hatte, legte ihm einen Arm um die Hüften. Erstaunt und erfreut wandte er sich ihr zu. Als er aber das warnende Aufblitzen in ihren Augen sah, unterließ er es lieber, heute Abend noch einen zweiten Kriegsschauplatz zu eröffnen.

26

Leander nahm den *Halunder Jet* direkt nach Hamburg um 16.30 Uhr. Früher am Tag gab es keine Verbindung zum Festland, es sei denn, er wäre geflogen. Aber das erschien Leander zu auffällig und zudem wäre er am Flugplatz auf der Düne registriert worden. Er wollte vermeiden, dass sich seine Abfahrt auf Helgoland herumsprach, solange nicht klar war, woher die Leute von der *HES* ihre Informationen hatten und welche Rolle der angebliche Heinrich Seyfried spielte. Lediglich Eiken, Tamme, Mephisto, Pia und Lasse waren informiert.

Den Vormittag hatte er damit verbracht, seine bisherigen Informationen zu ordnen, um sicherzugehen, dass er nichts übersah, wenn er auf die Suche nach dem Whistleblower ging. Gegen Mittag hatte ihn dann eine Mail von Lemmy erreicht: *Lieber Freund, ich habe das Foto aus dem Internet-Café mit den Daten auf der HES-Homepage abgeglichen: Der Informant ist tatsächlich Cornelius Lange. Ich weiß nicht, worauf du dich da eingelassen hast, und muss dich warnen. Der angebliche Heinrich Seyfried ist ein ehemaliger Kollege namens Henry Götze. Er hat den Dienst bei der Hamburger Polizei vor sieben Jahren freiwillig quittiert, weil die Internen ihm bei seinen krummen Geschäften im Rotlicht-Milieu dicht auf den Fersen waren. Du kennst die Truppe: Wenn einer freiwillig geht, werden alle Untersuchungen gegen ihn eingestellt, um den eigenen Laden nicht zu beschädigen. Götze hat gleich nach seiner Kündigung eine Detektei eröffnet und arbeitet seitdem für jeden, der bereit ist, seine gepfefferten Preise zu bezahlen. Verbindungen ins Milieu hat er ja hinreichend aufgebaut, als er noch im aktiven Dienst war. Pass also auf dich auf, Kumpel! Sich mit Götze anzulegen, ist ein heißes Eisen. Und du weißt nie, wer als Auftraggeber dahintersteckt.*

Sieh an, dachte Leander, da habe ich dich aber gewaltig unterschätzt, lieber Heinrich.

Als er am Nachmittag den *Halunder Jet* betrat, achtete er

genau auf die Umgebung. Er wollte möglichst von niemand Bekanntem gesehen werden. Als der Katamaran die Insel weit hinter sich gelassen hatte, suchte er sich einen Platz in der ersten Reihe vor den großen Panoramascheiben. Die See war bewegt, der Wind hatte seit gestern deutlich zugenommen und auch die Wolken hatten sich nun locker über den gesamten Himmel ausgebreitet. Allerdings war der Wetterwechsel bislang ausgeblieben und schien auch nicht unmittelbar bevorzustehen.

Auf der fast vierstündigen Fahrt dachte er über Henry Götze und Ove Lornsen nach. Konnte es sein, dass Holger Welling gleichzeitig einen skrupellosen Ganoven wie Götze und einen Niemand wie Lornsen für sich arbeiten ließ? Vermutlich war Letzterer nur im Boot gewesen, weil er Wellings Schwager gewesen war. Wahrscheinlich hatte er nicht einmal durchschaut, wofür er eingespannt wurde. Ein nützlicher Idiot: Der *HES*-Manager hatte einen Insider auf der Insel gebraucht, der ihn über die Entwicklungen in der Bürgerinitiative auf dem Laufenden hielt. Und wer war da unverdächtiger als so ein kleines Licht wie Lornsen? Hinzu kam, dass Malte Cohrs ihm offenbar vertraut hatte. Nun musste Cohrs für seine Dummheit bezahlen und Lornsen hatte das große Spiel sogar das Leben gekostet. Und Götze? War er der Killer, auf den Reymers ja offensichtlich hereingefallen war? Vielleicht konnte Cornelius Lange diese Fragen beantworten.

Der Katamaran legte um 20.15 Uhr an den *Landungsbrücken* an, so dass Leander keine langen Wege in die Innenstadt zurückzulegen hatte. Er suchte sich gleich in St. Georg ein bezahlbares Hotelzimmer, achtete aber darauf, dass er nicht in ein Stundenhotel geriet. Es hätte gerade noch gefehlt, die ganze Nacht durch Geräusche aus den Nebenzimmern wachgehalten zu werden. Wenn er Lemmys Warnung ernst nahm und bei dem, was er vorhatte, brauchte er am nächsten Tag volle Konzentration und musste jederzeit reaktionsbereit sein.

Nach einem kurzen Telefonat mit Eiken, die, wie er erfreut

zur Kenntnis nahm, ebenfalls um seine Sicherheit besorgt war, wanderte er über den *Ballindamm* an der Binnenalster entlang zum *Jungfernstieg* und von da in die Altstadt. In einer Tapas-Bar aß er zu Abend und schlug dann den Weg in Richtung St. Pauli ein, um noch ein oder zwei Gläser Bier zu trinken. Die Luft hing stickig zwischen den dicht stehenden Häuserfronten, aus der *Ritze* drang laute Musik. Die angetrunkenen Männergruppen, die sich hier auf einen fröhlichen Abend auf der *Reeperbahn* einstimmten, waren Leander zuwider. Er kannte die einschlägigen Etablissements aus einem früheren Besuch mit Kieler Kollegen. Damals hatten sie die *Davidswache* besichtigt und sich anschließend von den berühmten Hamburger Kollegen über den Kiez führen lassen. Das Bier und die funkelnden Lichter hatten die Illusion einer reizvollen Vergnügungsmeile erzeugt. Erst am nächsten Tag und ohne die bunte Beleuchtung hatte er gesehen, wie dreckig und heruntergekommen hier alles war.

Lange hielt Leander es inmitten der besoffenen Horden nicht aus. Ungefähr so schlimm stellte er sich den Ballermann vor und wenn er eines in seinem Leben nicht brauchte, dann ein derartiges Ambiente. Er sah zu, dass er möglichst schnell wieder in Richtung Binnenalster kam. Hier schlenderte er über die breiten Stufen an den Anlegern der Ausflugsschiffe vorbei und hielt sich nach links in Richtung *Neuer Jungfernstieg*. Mitten auf der Binnenalster spien Düsen Wasserfontänen in den Himmel, der sich bedrohlich in dicke, dunkle Wolken gekleidet hatte. Leander folgte dem Uferweg nach links, unterquerte dann die *Lombard*- und die *Kennedy-Brücke* und setzte seinen Weg entlang der Außenalster fort. Der Abend war zu schön, die Luft zu gut, um jetzt schon ins Hotel zurückzukehren. Außerdem war Leander zu aufgedreht, um schlafen zu können.

Vom gegenüberliegenden Ufer warf das *Kempinski-Hotel Atlantic* mit der Weltkugel auf dem Dach sein Spiegelbild auf die Wasserfläche. Dort drüben saß vielleicht gerade der berühmteste Dauergast des Hotels, Udo Lindenberg, an der Bar, und erging sich nach fortgeschrittenem Likörgenuss in tiefgründigem Unsinn. Vor den Seeterrassen eines italienischen Restaurants drehte Leander um und machte sich auf den Rückweg. Erst weit nach Mitternacht war er wieder im Hotel. Vom Fenster aus sah er Blitze weit entfernt den Nachthimmel erleuchten, aber Donner war nicht zu hören.

Leander schickte Lemmy noch eine Mail, bevor er ins Bett ging: *Bin in Hamburg. Kannst du mir das Foto aus der Überwachungskamera, auf dem Lange zu sehen ist, aufs Handy schicken? Und schick mir bitte die Adressen der HES-Firmenzentrale und die des Internetcafés, von dem die Mails ausgegangen sind, per SMS. Danke! Henning.*

Nach einem unruhigen Schlaf und einem spartanischen Frühstück mit welliger Wurst und angetrocknetem Käse checkte Leander am nächsten Morgen in seinem Zimmer seine SMS und fand eine Antwort von Lemmy vor. Die Adressen der *HES*-Zentrale und des Internet-Cafés wiesen darauf hin, dass beide Lokalitäten in direkter Nähe zueinander waren. Das Foto aus der Videoüberwachung zeigte einen Mann von Mitte vierzig in einem teuer wirkenden Maßanzug. Er trug eine kreisrunde Brille mit dünnem Drahtgestell, wie Leander sie von den Ökos in den achtziger Jahren in Erinnerung hatte, und machte auf ihn den Eindruck eines selbstbewussten und erfolgreichen Managers. Dass so ein Mann zu konspirativen Maßnahmen im Verborgenen griff, hätte Leander nicht vermutet. Allerdings war es ein Indiz dafür, dass der Gegner in einer hohen Liga spielte und somit enorm gefährlich war.

Entsprechend ernst nahm Leander auch Lemmys Ankündigung: *Du meldest dich ab sofort jeden Abend bis 21 Uhr bei mir, damit ich weiß, dass alles in Ordnung ist. Sonst informiere ich die Hamburger Kollegen!*

Leander verließ das Hotel und machte sich mit dem Taxi auf den Weg zur Adresse des Internet-Cafés im Industriegebiet am Moorburger Elbdeich. In der Nacht war das Gewitter über Hamburg hinweggezogen und hatte einen klaren Himmel zurückgelassen, aus dem die Sonne schon wieder unnachgiebig schien. Die Straßen dampften, als der Wagen durch die Hafencity mit dem imposanten Skandalprotzbau der *Elbphilharmonie* fuhr. Weiter ging es am Spreehafen vorbei und über die *Köhlbrandbrücke*, von der aus Leander einen faszinierenden Ausblick über die weitflächigen Hafenanlagen hatte. Schließlich hielt das Taxi direkt vor einem Café mit dem Namen *Elbdeich-Lounge*.

Leander stieg aus und schaute sich erst einmal um. Direkt gegenüber lag die Firmenzentrale der *HES*. Das Café lockte mit großzügigen schwarzen Möbeln im Leder-Look. Klebestreifen in den Fenstern warben mit Internetanschlüssen und *Coffee to go*. Leander betrat den Laden, von dem aus der Informant seine E-Mails verschickt hatte.

Obwohl es mitten am Vormittag war, einer Zeit also, zu der man alle berufstätigen Menschen an ihren Arbeitsplätzen vermutete, war das Café gut besucht. Am Fenster war noch ein Tisch mit Blick auf den Haupteingang der *HES*-Zentrale frei. Dorthin setzte sich Leander und bestellte bei der Bedienung einen Cappuccino und ein Mineralwasser.

Die Firma residierte in einem gewaltigen Kasten aus Stahl und Glas. Das Gebäude wirkte modern und kalt zugleich und erinnerte an die Renommé-Bauten international agierender Großbanken und Versicherungskonzerne. Leander wusste, dass solche Fassaden wunderbar dafür geeignet waren, den Anschein von Seriosität zu erzeugen, um dahinter ungehindert jede Art von Schweinerei abziehen zu können. Nicht zuletzt die Bankenkrise, die auf fragwürdige bis verbrecherische Anlageformen zurückzuführen war und zu einer internationalen Finanzkrise geführt hatte, und der Libor-Skandal hatten bewiesen, dass das keine Paranoia war.

Leander zog einen Zettel aus der Tasche, auf dem er sich die Telefonnummern der *HES*-Mitarbeiter notiert hatte, die er im angeblichen Auftrag Marianne Reymers' angerufen hatte. Dann wählte er mit seinem Handy die Durchwahl von Cornelius Lange an.

»Lange!«

»Leander, guten Morgen, Herr Lange.«

Schweigen am anderen Ende der Verbindung.

»Ich bin in Hamburg, Herr Lange, und möchte Sie treffen.«

»Tut mir leid, Herr Leander, aber ich habe keine Zeit. Außerdem habe ich Ihnen alles gesagt, was ich weiß. Sie verschwenden nur unnötig Ihre und meine Zeit.«

»Das glaube ich nicht. Allerdings möchte ich Ihnen aus Gründen, die Sie sicher leicht nachvollziehen werden, nicht am Telefon erläutern, warum ich dieser Ansicht bin. Und ich möchte Sie auch ungern in Ihrem Büro aufsuchen. Aber wenn es nicht anders geht …«

Wieder schwieg Cornelius Lange. »Wo sind Sie jetzt?«, fragte er dann.

»An dem Ort, von dem die E-Mails an Malte Cohrs verschickt wurden.«

»Ich weiß nicht, wovon Sie sprechen!«

»Das dachte ich mir. Ich warte, sagen wir, noch eine halbe Stunde auf Sie. Wenn Sie nicht kommen, setze ich meine Ermittlungen in Ihrer Firma fort.«

Leander drückte das Gespräch weg und lehnte sich in seinem bequemen hochlehnigen Stuhl zurück. Er behielt den Eingang des *HES*-Gebäudes im Blick und wartete auf den Mann, den das Foto aus der Überwachungskamera zeigte. Nach etwa zwanzig Minuten trat Cornelius Lange auf den Bordstein hinaus, verharrte einen Moment, zündete sich eine Zigarette an und schlenderte dann lässig über die Straße auf das Café zu. Vor dem Eingang blieb er erneut stehen, rauchte seine Zigarette in Ruhe zu Ende und blickte dabei über die Straße auf den Haupteingang seines Arbeitsplatzes. Dann ließ er die Zigarettenkippe auf den Bordstein fallen und zermalmte den qualmenden Rest mit der Sohle seiner handgefertigten Budapester Lederschuhe.

Als er das Café betrat, wandte er sich der Theke zu, bestellte eine Latte macchiato und lehnte sich mit dem Glas in der Hand mit dem Rücken an den Tresen. Während er langsam trank, ließ er seine Augen so unauffällig wie möglich durch den Raum schweifen. Als er in Leanders Richtung blickte, hob der leicht die Hand und deutete mit dem Kopf auf den freien Stuhl gegenüber. Von einem Tisch mitten im Raum erhoben sich zwei Anzugträger, warfen jeder einen Fünf-Euro-Schein auf den Tisch und gingen auf den Ausgang zu. Als sie am Tresen vorbeikamen, winkten sie Lange leicht mit der Hand. Der nickte gleichgültig zurück und blieb da stehen, wo er war.

Leander verfolgte den Weg der beiden Männer über die Straße und hinüber in die Zentrale der *HES*. Als er sich wieder der Theke zuwandte, war Cornelius Lange verschwunden. Die Bedienung räumte gerade das Latte-macchiato-Glas vom Tresen und griff nach dem danebenliegenden zusammengefalteten Geldschein. Verunsichert blickte sich Leander im Raum um und sah gerade noch, wie Lange durch eine Tür mit der Aufschrift *Zu den Toiletten* verschwand.

Leander trank seinen Cappuccino und sein Wasser aus, winkte der Bedienung, bezahlte und folgte Lange. Der Vorraum der Toiletten war leer. Fußboden, Wände und Waschtische glänzten in poliertem schwarz-silbrigen Granit. Dann ertönte eine Spülung und die Tür zu einer der Kabinen öffnete sich. Lange trat heraus, ohne Leander eines Blickes zu würdigen, und ging auf einen Waschtisch zu. Im Vorbeigehen drückte er Leander einen zusammengefalteten Zettel in die Hand. Erneut rauschte eine Toilettenspülung. Leander beeilte sich, in eine der Kabinen zu kommen und die Tür zu schließen, bevor er und Lange zusammen gesehen werden konnten. Als sich der Klang glatter Ledersohlen auf dem Granitboden entfernte, entfaltete er den Zettel. *Planten un Blomen, 17.30 Uhr, Apotheker-Garten* stand in schnell hingeworfenen Druckbuchstaben darauf. Na bitte, Lange hatte sich auf Leanders Spiel eingelassen und wollte offenbar unbedingt verhindern, dass er in seinem Büro auftauchte.

Als Leander wenige Minuten später das Café verließ, war von dem Manager nichts mehr zu sehen. Stattdessen erblickte Leander gerade noch den Rücken eines Mannes in einem langen, hellen Sommermantel, der das rechte Bein nachzog und in der Drehtür der *HES*-Zentrale verschwand. Er hatte nur den Mantel und das Humpeln ganz kurz wahrgenommen, quasi ohne den Mann wirklich zu sehen, und doch kam ihm irgendetwas bekannt vor. Durch die verspiegelte

Fassade war es unmöglich, den weiteren Weg des Mannes zu verfolgen und zu erkennen, um wen es sich handelte. Noch einmal rief er sich den Augenblick in Erinnerung und versuchte zu ergründen, was er gesehen hatte. Natürlich, die Bewegungen waren es, das Hinken. Heiko Tönnies! Konnte das sein? Und falls ja: Was, zum Teufel, hatte der Fuselhändler hier verloren?

Einen Moment lang überlegte Leander, ob er ihm folgen sollte, aber den Gedanken verwarf er gleich wieder. Er wollte so kurz vor dem Treffen mit dem Informanten keine unnötige Aufmerksamkeit auf sich lenken. Tönnies konnte er sich später vorknöpfen, auf Helgoland, wenn er erst einmal eine genaue Vorstellung davon besaß, was hier eigentlich gespielt wurde. Leander hoffte, dass der Kaufmann nicht auch vorher in einen Hamburger Fleet fiel und erst vor dem Vogelfelsen wieder auftauchte; aber das musste er riskieren. Also griff er zum Handy und rief die Taxizentrale an. Zehn Minuten später saß er in einem Wagen zurück in die Innenstadt. Bis zu dem vereinbarten Termin hatte er noch reichlich Zeit, und so beschloss er, sich nach einem Geschenk für Pia umzusehen und nach einem Dankeschön für Eiken, die ihn immerhin seit Tagen in ihrem Bungalow ertrug.

Am frühen Nachmittag brach Leander seinen Einkaufsbummel erfolglos ab. Die drückende Schwüle und der Trubel in der City hatten ihn geschafft und die Auswahl an unnützem Zeug war einfach zu groß. Zwar war Leander in Hamburg aufgewachsen – sein Vater hatte an der Universität Geschichte gelehrt –, aber dieses Großstadtgewimmel war er nicht mehr gewohnt und hatte schon nach kurzer Zeit die Nase davon voll. Du entwickelst dich zum Landei, lieber Henning, dachte er und war gar nicht so sicher, ob er das negativ finden sollte.

Er ging zur nächsten U-Bahn-Station und fuhr direkt bis zum Stephansplatz. Hier am Congress-Center betrat er *Planten un Blomen*. Es war lange vor der vereinbarten Zeit, aber heute war es so unerträglich heiß, dass Leander sich nach dem Schatten und den Bächen des berühmten

Innenstadtparks sehnte. Er schlenderte eine Weile durch die Mittelmeer-Terrassen und den japanischen Landschaftsgarten. In der Luft hing ein schweres Duftgemisch aus Jasmin und Lavendel, das sich in der Hitze wie in einem Glaskolben konzentrierte. Schließlich suchte sich Leander abseits der Wege an einem Bach im Schatten einen großen Stein, zog seine Schuhe aus und ließ die Füße ins Wasser baumeln. Fast alle großen Findlinge im Bachlauf waren auf diese Weise mit jungen Leuten besetzt. Kleine Kinder spielten im flachen Wasser, während ihre Eltern mit Büchern in den Händen das kühlende Nass an ihren Füßen vorbeifließen ließen. *Planten un Blomen* war Leander schon in seiner Kindheit und Jugend wie das Paradies auf Erden vorgekommen.

Mit der Erfrischung erwachten auch seine Lebensgeister wieder. Während er im klaren Wasser winzige hin- und herhuschende Krebstierchen und Köcherfliegenlarven mit ihren Steinchenpanzern zwischen den Kieseln beobachtete, dachte er über Heiko Tönnies nach. Der Kaufmann hatte offensichtlich weit mehr mit der *HES* zu tun als nur eine Liebschaft im Büro-Container des Tochterunternehmens. Alles deutete darauf hin, dass er der Verräter innerhalb der Bürgerinitiative war. Schließlich ging er nicht nur bei Langes Exfrau ein und aus, sondern offenbar auch in der *HES*-Zentrale. Das sprach auch dafür, dass Ove Lornsen möglicherweise nur ein Werkzeug in dem Spiel gewesen war, was auch besser zu der doch eher gescheiterten Existenz passte. In der Konsequenz trug also Tönnies eine Mitschuld an dessen Tod. Leander hoffte, dass Cornelius Lange die Zusammenhänge eindeutig klären und die nötigen Beweise liefern konnte.

Um Viertel nach fünf machte er sich auf den Weg zum Apotheker-Garten. Die Kräuter-Anpflanzungen befanden sich hinter weiß verputzten Mauern mit einem schwarzen schmiedeeisernen Tor. Den Treffpunkt hatte Lange gut gewählt, denn hier würden sie neugierigen Blicken entzogen sein. Leander setzte sich auf eine schattige Bank, von der aus er die Zuwege im Blick hatte. Junge Mütter schoben Kinderwagen vorbei, zum Teil in Zweier- oder Dreiergruppen, und befanden sich ihrem zügigen Tempo nach offensichtlich auf dem Weg nach Hause. Jogger drehten trotz der immer noch hohen Temperaturen ihre Runden. Ein altes Ehepaar schlich vorüber, er krumm auf einen Stock gestützt, sie auf einen Rollator. Nur von Cornelius Lange war weit und breit nichts zu sehen.

Leander hoffte zunächst, dass der Manager nur im Büro aufgehalten worden war oder irgendwo im Stadtverkehr im Stau steckte, und richtete sich auf eine längere Wartezeit ein. Als er aber auch um 18.30 Uhr noch nicht aufgetaucht war, wurde Leander wirklich unruhig. Er zog das Handy aus der Tasche, wählte Langes Büronummer und ließ durchklingeln, bis das Besetztzeichen ertönte. Mit schlechten Ahnungen steckte er das Handy wieder weg. Lange würde nicht mehr kommen, das hatte Leander nun im Gefühl. Der Manager hatte ihn versetzt.

Um neunzehn Uhr beschloss Leander, nicht länger zu warten. Er verließ den Apotheker-Garten und wandte sich wieder nach links in Richtung Congress-Center. Von hier aus lief er zum S-Bahnhof Dammtor und nahm die Bahn zum Jungfernstieg. Auf dem Weg dorthin überlegte er, wie er nun weiter vorgehen sollte. Wenn Lange einen Rückzieher gemacht hatte, musste er seine Drohung wahr machen und die Firmenzentrale der *HES* aufsuchen. Andernfalls hatte er keine Chance, an weitere Informationen zu kommen. Natürlich brachte das Lange in Gefahr, aber der hatte die bessere Möglichkeit des Informationsaustausches ja verstreichen lassen. Sofern ihm nicht ohnehin schon etwas zugestoßen war oder er sich abgesetzt hatte.

Leander wählte von der U-Bahnstation Jungfernstieg denselben Weg, den er am letzten Abend schon gegangen war, vorbei an der Binnenalster, unter den beiden Brücken hindurch und hinaus zum *Ristorante Portonovo* am Alsterufer. Obwohl die Terrasse zur Außenalster größer war als so manches italienische Restaurant im Ganzen, musste er eine Weile warten, bis ein Tisch frei wurde. Dafür wurde er dann aber auch mit einer besonders ausgefeilten Speisekarte belohnt. Als Vorspeise bestellte er Rucola-Salat mit Parmesan-Spänen und gerösteten

Pinienkernen, anschließend Pappardelle mit toskanischer Salsiccia und Pfifferlingen in Butter-Trüffelsauce und als Dessert Amaretto-Mascarpone-Creme mit Erdbeeren. Der Kellner empfahl dazu einen leichten Rosé. Leander bestellte eine Flasche und vermied es, vorab nach dem Preis zu fragen. Ohnehin hätte er für den Gegenwert seines Menüs in der Innenstadt eine vierköpfige Familie satt bekommen. Andererseits hatte er zum Glück schon lange keine vierköpfige Familie mehr zu versorgen und zudem seit dem mickrigen Frühstück nichts gegessen. Also konnte er sich auch ruhig einmal etwas gönnen.

Während er auf das Essen wartete und schon einmal großzügig den Rosé verkostete, meldete er Lemmy per SMS, dass alles in Ordnung sei. Der brachte es fertig und schickte ihm die Hamburger LKA-Kavallerie auf den Hals, wenn er nicht regelmäßig die geforderte Nachricht bekam. Dann lehnte Leander sich zurück und betrachtete die Segelboote, die im allmählich gelb werdenden Licht über das Wasser zu schweben schienen. Er schoss ein Foto von dem Idyll und schickte es an Eikens Handynummer. Statt dummen Lummen beim Springen zuzusehen, könnte die jetzt ihm gegenübersitzen und diesen hervorragenden Wein mit ihm genießen, fand er. Grimmig nahm Leander einen Schluck. Und das nächste Treffen mit Cornelius Lange würde er auch hier verabreden. Der konnte das bestimmt als Spesen absetzen. Wenn Leander dann sitzengelassen würde, hätte das wenigstens den angenehmen Nebeneffekt, dass er immer hinreichend mit Wein versorgt wurde.

Überhaupt: Was fiel dem Kerl eigentlich ein? Der konnte doch nicht zuerst mit anonymen E-Mails eine ganze Insel in Bewegung versetzen und sich dann einfach aus dem Staub machen. Immerhin hatte es infolge der Irritationen, die er ausgelöst hatte, inzwischen zwei Tote gegeben. Irgendwann zwischen Pappardelle und Mascarpone-Creme bestellte Leander noch eine Flasche Wein nach und fasste den Entschluss, gleich am nächsten Vormittag die *HES* aufzusuchen und Cornelius Lange auf die Füße zu treten. Der würde ihn kennenlernen!

27

Im Foyer der *HES*-Zentrale taten zwei junge Frauen in dunkelblauen Kostümen Dienst hinter einem etwa fünf Meter langen Informations-Tresen. Unterscheiden konnte man sie am besten an ihren Haarfarben: Die eine war strohblond, die andere schwarzhaarig. In bunten Sommerkleidern würdet ihr auch besser aussehen, dachte Leander und ging direkt auf sie zu.

»Guten Morgen. Mein Name ist Leander. Ich möchte zu Herrn Lange, Cornelius Lange.«

»Haben Sie einen Termin?«, erkundigte sich die Blonde verbindlich lächelnd.

»Herr Lange erwartet meinen Besuch«, wich Leander aus.

Die Schwarzhaarige flüsterte der Blonden etwas ins Ohr, woraufhin sich deren Gesicht verfinsterte. Ungläubig blickte sie ihre Kollegin an, die bestätigend nickte.

»Einen Moment, bitte.« Sie griff zum Telefon. »Ein Herr Leander ist hier und möchte zu Herrn Lange. – Ja, natürlich.« Sie legte auf und versuchte ihn anzulächeln, was aber deutlich missglückte. »Einen Moment, Herr Leander. Sie werden abgeholt. Wenn Sie bitte da drüben warten möchten?« Sie deutete auf eine Gruppe schwarzer Ledersessel vor niedrigen Glastischen, auf denen Firmenprospekte auslagen.

Leander ging hinüber und setzte sich. Er nahm einen der Hochglanzprospekte auf und blätterte ihn durch, ohne den Inhalt wahrzunehmen. Dabei fragte er sich, welche Information ihrer Kollegin die Blondine wohl so außer Fassung gebracht hatte. Noch bevor er die Möglichkeiten durchspielen konnte, öffnete sich eine Aufzugtür am Ende des Foyers und ein mittelgroßer Mann in einem dunkelblauen Anzug trat heraus. Das war nicht Cornelius Lange. Der Mann warf den Damen am Empfang im Vorbeigehen einen fragenden Blick zu, der mit einem Kopfnicken in Leanders Richtung beantwortet wurde. Dann kam er schnellen Schrittes auf ihn zu. Im Näherkommen erkannte Leander ein Schild mit der Aufschrift *Security* an seiner Brust.

»Herr Leander? Mein Name ist Krause. Ich bin der Chef des Sicherheitsdienstes hier.«

Leander nickte und erhob sich. »Ich wollte eigentlich zu Herrn Lange.«

»Deshalb bin ich hier«, sagte Krause zweideutig und reichte Leander zur Begrüßung die Hand. »Kommen Sie bitte? Ich begleite Sie hinauf.« Der Security-Chef wandte sich den Aufzügen zu und schien selbstverständlich davon auszugehen, dass der Besucher ihm folgen würde. Während sie hinauffuhren, blickte Krause starr geradeaus.

Im zwölften Stock stiegen sie schließlich aus. Leander folgte ihm durch einen langen Flur, der mit dickem, hellgrauem Teppichboden ausgelegt war und an dessen weißen Wänden großformatige Poster mit Ansichten von Windparks und Hafenanlagen die Aktivitäten der Firma bezeugten. Anders als in der Marmorhalle unten verschluckte der Bodenbelag jedes Schrittgeräusch. Vor einer Bürotür blieb Krause schließlich stehen, klopfte kurz und öffnete, ohne auf ein weiteres Zeichen zu warten. Dann machte er einen Schritt zur Seite und forderte den Besucher mit einer Handbewegung auf, einzutreten. *Herwig Olsen. Techn. Leiter* las Leander auf dem Edelstahlschild neben der Tür. Da war er also sofort ganz oben angekommen. Krause schloss die Tür hinter sich.

Olsen war etwa fünfundfünfzig Jahre alt und grauhaarig. Als er sich nun hinter dem Schreibtisch erhob und sein Jackett zuknöpfte, fiel Leander als Erstes die enorme Körpergröße auf. Olsen maß sicherlich annähernd zwei Meter und war dabei von sehr sportlicher Statur. Tennis, tippte Leander spontan.

»Herr Leander?« Der Manager umrundete den Schreibtisch und reichte dem Besucher lächelnd die Hand.

»Wir haben vorgestern miteinander telefoniert«, kam Leander ihm zuvor. »Allerdings wollte ich eigentlich zu Herrn Lange, wie ich Herrn Krause bereits gesagt habe.«

Die Tür öffnete sich und ein Mann mit noch graueren Haaren kam herein. Er war deutlich kleiner als Olsen, dem er kurz zunickte.

»Mein Stellvertreter, Herr Welling«, stellte der Leander den Neuankömmling vor.

Welling reichte Leander die Hand. »Wir haben in den letzten Tagen schon einmal miteinander telefoniert, wenn ich mich nicht irre.«

Leander nickte.

»Vier Cappuccini«, orderte Olsen in Richtung Tür zum Nebenraum, wo lautlos eine Sekretärin erschienen war. Dann deutete er auf die obligatorische Sitzecke, die in diesem Büro sehr luxuriös ausfiel. »Büffelleder«, erklärte er, als er Leanders Blick richtig entschlüsselte. »1A-Qualität aus den USA. So etwas bekommt man heute nur noch mit Beziehungen.« Er rieb Daumen und Zeigefinger aneinander. »Aber bitte, nehmen Sie doch Platz und erklären Sie uns, was Sie zu Herrn Lange führt.«

Irritiert blickte Leander ihn an, während er der Aufforderung folgte und sich auf das weiche Leder niederließ. »Das würde ich schon gerne mit Herrn Lange selbst besprechen.«

Olsen und Welling ließen sich betont lässig in Sessel ihm gegenüber fallen und legten wie eintrainiert gleichzeitig die Hände auf die Armlehnen. Krause setzte sich neben Leander auf das Sofa, hielt allerdings dabei den größtmöglichen Abstand und schlug die Beine in seine Richtung übereinander, was im Allgemeinen wohlwollende Zuwendung ausdrückt. Trotzdem fühlte sich Leander unwohl dabei.

»Ist Ihr Besuch privater Natur?«, erkundigte sich Olsen.

Leander beschloss, sich noch nicht in die Karten sehen zu lassen, und sah den *HES*-Geschäftsführer nur herausfordernd an.

»Verstehen Sie mich bitte nicht falsch. Privatangelegenheiten meiner Mitarbeiter gehen mich natürlich überhaupt nichts an. Wenn es sich allerdings nicht um eine solche handeln sollte, bin ich der richtige Gesprächspartner für Sie. Immerhin bin ich der Geschäftsführer und der Technische Leiter dieses Unternehmens.«

»Herr Olsen, ist das bei Ihnen so üblich, dass alle Besucher, die einen Ihrer Angestellten sprechen möchten, von Ihrem Sicherheitschef direkt in Ihr Büro geführt werden?«

Nun lächelte der Manager, als wäre er bei einer besonders ausgeklügelten Trickserei ertappt worden, und genauso schnell verschwand das Lächeln auch wieder. »Natürlich nicht. In diesem Fall aber ...« Er hob die rechte Hand und ließ sie auf halber Höhe mit nach oben gerichteter Handfläche im Raum hängen.

Wenn du Spielchen willst, dann kriegst du Spielchen, dachte Leander. »Ich verstehe nicht. Von was für einem Fall reden Sie?«

Olsen blickte Welling an und zog die Augenbrauen hoch. Dann seufzte er leicht und wandte sich wieder Leander zu. »Nun gut. Wie würden Sie sich denn verhalten, Herr Leander, wenn jemand angeblich im Auftrag der Witwe eines unserer Geschäftspartner, der noch dazu ermordet wurde, die führenden Mitarbeiter unseres Unternehmens abtelefoniert? Wenn Herr Krause dann bei seinen Nachforschungen herausfindet, dass dieser Mann ein ehemaliger Polizeibeamter ist – LKA Schleswig-Holstein, richtig? Wenn dieser Mann offensichtlich inzwischen auf eigene Rechnung arbeitet. Und wenn derselbe Mann plötzlich in Hamburg auftaucht und aus einem Café heraus Kontakt zu einem meiner engsten und vertrautesten Mitarbeiter aufnimmt. Und wenn es sich bei diesem Mitarbeiter um jemanden handelt, dem wir gerade erst nachgewiesen haben, dass er sich der Betriebsspionage schuldig gemacht hat!« Er nickte seinem Sicherheitschef lächelnd zu und machte eine kurze Kunstpause, um das Folgende angemessen vorzubereiten. »Würden Sie dann nicht auch auf die Idee kommen, dass die beiden Männer gemeinsame Sache gemacht haben?«

Die Sekretärin betrat den Raum mit einem Tablett und stellte lächelnd eine Tasse Cappuccino und ein Glas Wasser vor jeden der vier Männer. Das gab Leander einen Moment Zeit, um sich zu vergegenwärtigen, welcher Verdacht da gegen ihn und Lange im Raum hing. Wie, zum Teufel, war Krause Lange auf die Schliche gekommen? Hatte er nur ihn kontrolliert, oder stand hier jeder führende Mitarbeiter unter Dauerbeobachtung? Offensichtlich verfügte die Security dieses

Unternehmens über einen Sicherheitsapparat, der jeden, auch ihn, konsequent durchleuchten konnte. Was hatten die zu verbergen, wovor mussten sie sich derart aufwändig schützen?

»Betriebsspionage?«, fragte er betont ungläubig, als sie wieder unter sich waren. »Davon weiß ich nichts.«

Olsens ironisch hochgezogene Mundwinkel deuteten an, dass er Leander für einen schlechten Schauspieler hielt. Er wechselte mit Krause belustigte Blicke, während Wellings Miene undurchdringlich blieb. »Also, was wollten Sie dann von Herrn Lange?«

»Informationen über Ihr Engagement auf Helgoland und darüber, in welcher Geschäftsverbindung Sie zu Gernot Reymers gestanden haben.«

»In gar keiner Geschäftsbeziehung. Das haben Herr Welling und ich ihnen aber auch schon am Telefon versichert.«

»Das steht nur leider im Widerspruch dazu, dass Sie eben noch selbst von Herrn Reymers als Geschäftspartner gesprochen haben. Deshalb sollten wir auch nicht länger drumherum reden: Sie lassen sich doch ein Projekt wie das, das Reymers geplant hat, nicht entgehen. Das können Sie Ihrer Großmutter erzählen.«

»Unterschätzen Sie meine Großmutter nicht. Sie war eine Frau von hoher praktischer Intelligenz und darüber hinaus mit einem einflussreichen Hamburger Pfeffersack verheiratet. Mein Großvater war im Ost-Indien-Handel tätig. Aber Spaß beiseite: Falls Herr Lange Ihnen irgendwelche Informationen diesbezüglich versprochen hat, muss ich Sie enttäuschen. Man soll ja über Tote nichts Schlechtes sagen, aber Gernot Reymers war ein Träumer. Oder wenn Sie meine genaue Einschätzung interessiert: Er war ein gefährlicher Spinner. Mit seinen sogenannten *Projekten* hat er den wahren Förderern der Energiewende keinen Gefallen getan. Im Gegenteil: Er hat die Bewohner Helgolands gegen sich aufgebracht und damit letztlich gegen alle Veränderungen, egal wie notwendig sie sind. Mir ist nur noch nicht ganz klar, welche Rolle Sie dabei spielen. Hat Cornelius Lange Ihnen unsere geheimen Firmenunterlagen zugespielt?«

»Ich sagte bereits: Ich weiß nicht, wovon Sie reden.«

»Herr Leander, wir sind ein Unternehmen, das in die Zukunft investiert und bald schon eine bedeutende Rolle in der Entwicklung der Energieversorgung Deutschlands spielen wird. Unsere Umsätze wachsen jährlich im hohen zweistelligen Prozent-Bereich. Da können wir es uns nicht erlauben, einen Spion in unseren Reihen zu haben, der die Konkurrenz mit Firmeninterna versorgt. Für welches Unternehmen arbeiten Sie wirklich? Wem hat Lange die Informationen verkauft?«

»Ich ermittle im Auftrag von Marianne Reymers«, log Leander. »Mir geht es einzig und alleine darum, den Mord an ihrem Mann aufzuklären. Und der hatte nun einmal Kontakt zu mehreren Führungspersonen Ihres Unternehmens. Herr Lange war einer davon und noch dazu wohl der einzige Mann hier, dem er einigermaßen vertraut hat.« Diesen Anwurf ließ er einen Moment wirken, bevor er fortfuhr: »Nur deshalb bin ich hier. Von irgendeiner Industriespionage weiß ich nichts. Und jetzt möchte ich bitte endlich Herrn Lange sprechen.«

»Tut mir leid«, entgegnete Olsen mit einem bedauernden Achselzucken. »Das geht nicht. Herr Lange hat sich gestern Abend das Leben genommen.« Auf Leanders erschrockenen Blick hin ergänzte er: »Herr Krause und ich haben ihn gestern Nachmittag mit unseren internen Ermittlungsergebnissen konfrontiert. Cornelius Lange hat nicht geleugnet, Dokumente aus unserem Hause entwendet und an einen Helgoländer Mittelsmann weitergeleitet zu haben. Ich habe ihn fristlos entlassen und er hat das hingenommen, als hätte er insgeheim damit gerechnet. Wir haben gegenseitiges Stillschweigen vereinbart, aber das ist nach Herrn Langes Suizid ja nun hinfällig. Deshalb kann ich auch so offen mit Ihnen darüber reden.«

Na besten Dank auch, dachte Leander. Wenn das kein Vertrauensbeweis ist.

»Es konnte wirklich keiner ahnen, dass er anschließend in die Hamburger Innenstadt fährt und von einem Hochhaus springt«, ließ sich nun Sicherheitsmann Krause vernehmen.

»Aber vielleicht hat er es ja nur seinem Freund Reymers nachgemacht. Soweit ich informiert bin, konnte bislang ein Mord nicht zweifelsfrei nachgewiesen werden.«

»Es war Mord«, beschied Leander. »Und auch der Helgoländer Ove Lornsen ist ermordet worden. Ihr Schwager, Herr Welling. Allerdings nicht auf Helgoland, sondern hier in Hamburg. Die Polizei konnte Fleetwasser in seiner Lunge nachweisen.«

»Na, dann ist doch alles klar«, entgegnete Olsen erfreut, während Welling seine Fingerspitzen fixierte. »Dieser Lornsen war Langes Mittelsmann. Er hat Lange erpresst und der hat ihn hier in Hamburg getötet. Das entlastet uns moralisch sehr. Lange hat sich offensichtlich selbst das Leben genommen, nachdem Sie hier gestern aufgetaucht sind. Haben Sie ihn auch erpresst? Oder was sollte dieses lächerliche Treffen in der Lounge gegenüber? Haben Sie ernsthaft geglaubt, wir bekommen das nicht mit, wenn ein Mitarbeiter, den wir längst auf dem Schirm haben, konspirative Treffen auf Herrentoiletten veranstaltet? Herr Leander!« Letzteres klang beinahe mitleidig und wurde durch ein langsames Kopfschütteln begleitet, während Krause leise, aber vernehmlich lachte.

Die spielten Katz und Maus mit ihm. Wenn Leander hier noch irgendetwas herausbekommen wollte, musste er nun in die Offensive gehen, das war ihm klar.

»Da wir ja nun schon so nett hier beisammensitzen und Cappuccino trinken«, ließ sich Leander auf Olsens Tonfall ein und nahm einen Schluck, bevor er fortfuhr, »können Sie mir ja vielleicht doch noch ein wenig weiterhelfen.«

Der Geschäftsführer machte mit den Händen ein Zeichen, dass er für alles offen sei, und lehnte sich leicht belustigt zurück. Der hatte sichtlich Spaß an der Sache und fühlte sich absolut unantastbar.

»Einer Ihrer Geschäftsbereiche ist doch die Hafenvertiefung?«

»Wir sorgen im Auftrag der *Hamburg Port Authority* dafür, dass die großen Containerschiffe unseren Hafen anlaufen können, ja.«

»Und Sie verbringen den ausgebaggerten Schlamm hinaus in die Nordsee.«

»Den Teil, der dafür freigegeben wird, richtig. Worauf wollen Sie eigentlich hinaus?«

»Darauf, dass vor zwei Jahren gegen Sie ermittelt worden ist, weil Sie illegal belasteten Schlamm nach Russland exportiert haben.«

»Erstens haben wir das nicht getan und zweitens wurde das Verfahren eingestellt, weil wir alle erforderlichen Papiere und Nachweise beibringen konnten, dass alles mit rechten Dingen zugegangen ist. Sagen Sie, Herr Leander, das sind doch Interna der Ermittlungsbehörden, über die Sie da verfügen. Ist das nicht unrechtmäßig? Ich denke, wir sollten unsere Rechtsabteilung das mal überprüfen lassen, Holger.«

»Unbedingt«, stimmte Welling mit betroffener Miene zu. »Wo kommen wir denn da hin, wenn in einem Rechtsstaat jeder dahergelaufene Privatschnüffler Einblick in Ermittlungsakten bekommt?«

Na bitte, dachte Leander, so langsam zeigen sie Nerven. »Kann es sein«, fuhr er unbeeindruckt fort, »dass Sie auch stark mit Schwermetallen belasteten Schlamm in der Nordsee verklappen? Wissenschaftler des Alfred-Wegener-Instituts haben solche Giftstoffe nämlich gerade erst in Algen und Sedimentproben vor Helgoland nachgewiesen.«

»Unmöglich!« Olsen legte seine Stirn in Falten. »Wir werden ständig von der *HPA* kontrolliert. Die haben ein sehr differenziertes Monitoring entwickelt, mit dem sie die Sedimente untersuchen, die wir zur *Tonne E 3* verbringen.«

»Ich spreche nicht von der Tonne E 3. Ich spreche von den Windparks. Dort haben Sie den Meeresboden vorbereitet ...«

»Die *OLS*, ja, das stimmt.«

»Ihr Tochterunternehmen, dessen Geschäftsführer Sie sind, Herr Welling, genau. Von dort stammen die belasteten Proben. Aber das wissen Sie ja längst. Schließlich haben Sie selbst dort von Tauchern Proben nehmen lassen. Ziemlich rüde Kerle übrigens, die eine junge Wissenschaftlerin angegriffen und bedroht haben. Ich habe ihr geraten, Anzeige zu erstatten.«

»Herr Leander, jetzt fantasieren Sie aber«, reagierte Holger Welling mit einem aufgesetzten Lachen. »Die fertigen Windparks beschicken wir nur noch mit unseren Crewtendern, wenn die Betreiber uns anfordern, sonst haben wir damit nichts mehr zu tun. Wir setzen dort keine eigenen Taucher ein und einen Auftrag zur Entnahme von Proben haben wir auch nicht erhalten. Dafür ist allein die *HPA* zuständig. Wenn da draußen also tatsächlich Taucher waren, dann werden die wohl von der *Port Authority* gewesen sein.«

»Ich sage ja: Die überprüfen uns ständig. Sie selbst bestätigen das gerade«, ergänzte Olsen. »Und wenn da irgendetwas nicht in Ordnung wäre, dann wären die uns längst auf die Bude gerückt, das sage ich Ihnen. Da verstehen die nämlich überhaupt keinen Spaß. Stark belastetes Baggergut wird an Land aufbereitet, bei Finkenwerder, und dann, wenn es nicht mehr gefährlich ist, bei Neßsand in die Elbe umgelagert. So sehen es die Vereinbarungen mit der Landesregierung vor und genau so wird das auch gemacht. Entsprechende Gutachten können Sie von der *HPA* bekommen. Sie können sich da gern auf uns berufen. Sehen Sie sich also vor mit derartigen Anschuldigungen.«

Leander sah ein, dass er hier nichts mehr erreichen konnte. Die beiden Ganoven in Nadelstreifen würden ihn keinen Millimeter Einblick in ihre Machenschaften nehmen lassen, dafür waren sie zu ausgebufft. »Nun gut, dann war es das erst mal für mich«, sagte er, stand auf und wandte sich zur Tür.

»Warten Sie, Herr Krause begleitet Sie nach unten«, sagte Holger Welling, der seinem Gesichtsausdruck nach nicht mit so einem plötzlichen Ende des Gespräches gerechnet hatte. »Sonst verlaufen Sie sich am Ende noch in Büros, in denen Sie nichts zu suchen haben. Wäre doch unangenehm, wenn unsere Security Sie an die Polizei übergeben müsste.«

Wieder lachte Security-Chef Krause, während er sich an Leander vorbeischob und die Tür öffnete.

Fühlt euch nicht so sicher, dachte Leander. Noch ist das Spiel nicht gelaufen. Wenn Lange Unterlagen beiseitegeschafft hat, werde ich sie finden. Schon in der Tür, drehte er sich noch einmal zu Olsen um, der bereits wieder hinter seinem Schreibtisch Platz nahm und sich den Jackettknopf öffnete. »War Heiko Tönnies eigentlich gestern auch bei Ihnen, oder konnte er noch mit Herrn Lange sprechen?«

Olsen hielt nicht einmal in seiner Bewegung inne, als er ohne Blickkontakt wie beiläufig und völlig desinteressiert antwortete: »Ich kenne keinen Heiko Tönnies. Und wenn er bei Lange gewesen wäre, wüsste ich das. Guten Tag, Herr Leander!«

Leander hatte eigentlich keine ehrliche Antwort erwartet und nur die Reaktion der Manager sehen wollen. Dieses offensichtliche Desinteresse an dem Namen irritierte ihn aber nun doch. Auch Holger Welling hatte keine Miene verzogen. Offenbar konnte auch er mit dem Namen nichts anfangen und ahnte nichts von dem Verhältnis seiner Lebensgefährtin mit dem Kaufmann. Ohne sich zu verabschieden, verließ Leander gefolgt von Krause und Welling das Büro des Geschäftsführers.

»Sagen Sie, Herr Welling, Frau Solveig Lange ist doch Ihre Geliebte, wenn ich richtig informiert bin. Wie hat sie denn auf den Tod ihres geschiedenen Mannes reagiert?«, fragte Leander Welling unvermittelt, als sie nebeneinander im Flur standen. »Oder weiß sie noch gar nichts davon?«

Welling grinste arrogant, antwortete aber nicht. Der Reaktion nach stand für ihn nicht zu befürchten, dass sich Solveig Lange post mortem zu ihrem Ehemann bekennen würde. Wahrscheinlich war die Dame genauso skrupellos wie ihr Liebhaber und ihr gemeinsamer Chef. Welling nickte Leander knapp zu und entfernte sich dann ohne weiteren Gruß durch den langen Gang.

Krause war sofort wieder an Leanders Seite und begleitete ihn in entgegengesetzter Richtung zu den Aufzügen. Schweigend fuhren sie hinunter in die Empfangshalle.

»Ich an Ihrer Stelle würde Hamburg auf dem schnellsten Wege verlassen«, riet der Sicherheitsmann noch, als er Leander bis zur Eingangstür gebracht hatte. »So eine Weltstadt ist ein gefährliches Pflaster. Da treiben sich viele dunkle

Gestalten herum und selbst die Mafia ist nicht mehr so übersichtlich wie früher.«

»Darf ich das als Drohung verstehen?«

»Unsinn, Herr Leander. Sie sind mir sympathisch. Ich würde es ehrlich bedauern, wenn Ihnen etwas zustieße. Selbst Helgoland ist ja offensichtlich kein sicherer Ort mehr. Fahren Sie zurück nach Föhr und genießen Sie Ihren Ruhestand. Haben Sie da nicht ein nettes kleines Häuschen? In der Wilhelmstraße, nicht wahr?«

Leander ließ sich nicht anmerken, dass diese dreiste Drohung ihre Wirkung tatsächlich nicht gänzlich verfehlte. Angst zu zeigen ist ein Signal dafür, dass der Gegner gewonnen hat, und diesen Gefallen würde er Krause nicht tun. »Stimmt ja«, konterte er stattdessen in gleichmütigem Tonfall, »Sie pflegen Kontakte in die Kreise der russischen Mafia, wenn ich richtig informiert bin.«

Security-Chef Krause nickte ihm zweideutig grinsend zu und schlenderte mit in den Hosentaschen versenkten Händen zu den Aufzügen.

Noch im Taxi in die Innenstadt schickte Leander Lemmy eine SMS: *Lange ist tot, brauche nähere Infos und Privatadresse.*

Als er eine Viertelstunde später in einem Café am Jungfernstieg vor einem Pott Kaffee saß, signalisierte sein Handy einen SMS-Empfang. Er rief die Nachricht auf und stöhnte enttäuscht. *Noch keine Infos zu Langes Tod.* Aber immerhin gab Lemmy die Privatadresse des Managers an: *Hamburg-Bergedorf, Chrysanderstraße 137. Sei vorsichtig!*

Offensichtlich hatte noch niemand einen Bericht über den Todesfall am gestrigen Abend in das System eingespeist. Aber vielleicht schrieben ja die Zeitungen schon darüber?

An einem Ständer neben dem Eingang hingen mehrere Tageszeitungen in Holzleisten, die das Halten und Umblättern der großformatigen Seiten erleichtern sollten. Leander suchte mehrere verschiedene Hamburger Blätter heraus, setzte sich wieder und orderte bei der Bedienung noch einen Pott Kaffee.

Die *Hamburger Allgemeine Rundschau* griff das Thema auf

Seite 7 auf: *Tragischer Todesfall in der Hafen-City*. Im Text wurde knapp über den Sturz vom Dach eines Hochhauses der Speicherstadt berichtet. Am Ende hieß es: *Näheres zur Person des Toten und zu den Umständen, die zu dem Sturz geführt haben, wollte die Polizei noch nicht mitteilen. Ersten Erkenntnissen zufolge liegen aber keine Hinweise auf Fremdverschulden vor.*

Auch die *HH-Zeitung*, eine rein regional ausgerichtete Stadtteilzeitung, berichtete in ähnlich knapper und unverbindlicher Weise ohne weitere Neuigkeiten. Nur die *Hamburger Morgenpost* stellte die Vermutung an, dass es sich mit großer Wahrscheinlichkeit um Selbstmord handele. Der ›Todesspringer‹ sei vertrauenswürdigen Quellen zufolge ein Manager aus der Energiewirtschaft, der zuerst von seiner Frau verlassen worden sei und dann auch noch seinen Job verloren habe. Mit diesen Schicksalsschlägen sei er offenbar nicht fertig geworden. Na bitte, da hatte Krause Olsens Version ja bereits an ausgewählte Presseorgane durchgestochen.

Leander hängte die Zeitungen zurück und überlegte, wie er weiter vorgehen sollte. Zunächst einmal würde er Tamme Boysen informieren und ihn bitten, Heiko Tönnies direkt bei seiner Rückkehr an der Fähre abzufangen und über seinen Aufenthalt in Hamburg zu befragen. Der Kaufmann konnte sich kaum herausreden, wenn Boysen ihn mit Leanders Beobachtung am Firmensitz der *HES* konfrontieren würde.

Der Seehundjäger nahm das Gespräch nach dem dritten Klingelzeichen an. Im Hintergrund hörte Leander das laute Grunzen der Kegelrobben. »Habe ich dich auf der Düne erwischt?«

»Jo, das hört man, was? Die halbstarken Bullen sind wie angestochen heute. Wahrscheinlich fühlen die den Wetterwechsel. Da treiben ganz schöne Gewittertürme auf uns zu. Sollte mich nicht wundern, wenn das heute Nacht Sturm gibt.«

»Hast du einen Moment Zeit für mich?«

»Klar. Warte, ich suche mir einen Stein abseits von den Robben.«

Leander hörte das gleichmäßige Rauschen der Wellen und das Abschwellen der Robbenlaute, während Tamme Boysen offenbar den Strand entlang in Richtung Aade wanderte. Dann meldete sich der Seehundjäger wieder: »So, jetzt müsste es gehen. Was gibt's denn Neues aus Hamburg? Hast du schon etwas herausgefunden?«

Leander berichtete, was sich inzwischen ereignet hatte. Als er Langes Tod erwähnte, atmete Boysen lautstark aus: »Puh, das hört sich ja gar nicht gut an. Komm zurück und lass das die Kollegen aus Hamburg machen. Die werden dafür bezahlt, sich mit Verbrechern anzulegen.«

»Noch nicht. Zuerst will ich in Langes Wohnung nach den Unterlagen suchen. Immerhin hat Olsen zugegeben, dass es welche geben muss. Aber in der Zwischenzeit kannst du auf Helgoland etwas für uns tun.« Er schilderte, wie er Heiko Tönnies in das Firmengebäude der *HES* gehen gesehen hatte, und bat Boysen, sich den Kaufmann sofort bei seiner Rückkehr zur Brust zu nehmen.

»Heiko?«, entgegnete der Seehundjäger und Leander hörte deutlich heraus, dass er das für unmöglich hielt. »Bist du dir sicher?«

»Für mich besteht da kein Zweifel, Tamme.«

»Verflucht. Hört das denn nie auf? Sind die jetzt alle verrückt hier? Den knöpfe ich mir vor, da kannst du Gift drauf nehmen!«

»Und noch etwas: Behalt Solveig Lange im Auge. Die steckt da voll mit drin, das sagt mir mein Gefühl. Ihr Ex-Mann muss einen Grund gehabt haben, Cohrs mit Informationen zu versorgen. Eine Stellung als Finanzchef riskiert man nicht einfach so.«

»Ich tippe auf eines der stärksten Motive, die ich kenne: Rache an seiner Frau und seinem Chef, die ihn gehörnt haben.« Tamme Boysen lachte. »In der Richtung ist hier auf Helgoland auch immer einiges los.«

»Da könnte was dran sein. Ich melde mich, wenn ich etwas Neues habe. Wahrscheinlich bin ich morgen oder spätestens übermorgen sowieso wieder zurück. Falls du Tönnies vorher erwischst und etwas rauskriegst, das ich hier wissen muss, ruf mich an. Mach's gut, Tamme.«

»Du auch. Und halt dich von Hochhausdächern und Fleeten fern.«

Leander legte das Handy auf den Tisch und griff nach seinem Kaffeepott. Dieser Tamme Boysen war ein heller Kopf, der die Dinge ganz pragmatisch anging. Und mit der Kraft, die er aus seiner inneren Ruhe bezog, hatte er Leander einiges voraus.

Jetzt galt es, hier in Hamburg umsichtig vorzugehen und die weiteren Schritte sorgfältig zu planen. Leander überlegte, ob er sofort nach Bergedorf fahren und Langes Wohnung durchsuchen sollte, aber den Gedanken verwarf er gleich wieder. Vermutlich waren die Kollegen heute Vormittag in der Wohnung und der Kripo wollte Leander auf gar keinen Fall in die Arme laufen. Er wartete besser bis zum Abend, in der Hoffnung, dass die Spurensicherung bis dahin durch war und die Firmenunterlagen der *HES* nicht gefunden oder nicht für wichtig erachtet hatte. Ihr zuvorzukommen, war ohnehin nicht mehr möglich.

In der Zwischenzeit würde er Olsens Rat folgen und sich bei der *HPA* einen Überblick darüber verschaffen, wie groß das Geschäft mit dem Hafenschlick eigentlich war. Immerhin schien das die erfolgversprechendste Spur auf der Suche nach dem Motiv im Fall Reymers zu sein. Denn dass die *HES* da ihre Finger im Spiel hatte, stand für ihn nach Holger Wellings und seines Security-Chefs unverblümter Drohung inzwischen fest.

Die Zentrale der *Hamburg Port Authority* lag in einer Seitenstraße der *Brandstwiete* am *Zollkanal* gleich hinter der Speicherstadt. Vom Jungfernstieg aus war das ein Spaziergang durch die Fußgängerzone.

Leander betrat den ehemaligen Speicher aus dem auch für die Speicherstadt typischen roten Backstein und fragte am Empfang nach Informationen zu den Baggerarbeiten im Hafen. Er wurde an die Pressestelle verwiesen, bekam dort aber nur die frei zugänglichen aktuellen Pressemitteilungen und Gutachten ausgehändigt, weil er sich lediglich als interessierter Tourist ausgeben konnte. Den Presseausweis hatte er ja dummerweise an Ralf Häger zurückgegeben und über einen Dienstausweis der Polizei verfügte er nicht mehr. Und Wellings Angebot, sich auf die *HES* zu berufen, nahm er nicht ernst. Er ging zurück zur Binnenalster und suchte sich eine Bank im Schatten. Hier am Wasser war die Hitze einigermaßen zu ertragen, während sie heute besonders schwer auf der Stadt lastete. Grauweiße Wolkentürme schoben sich langsam von der Nordsee aus auf Hamburg zu und spiegelten sich in der Wasserfläche.

Die *HPA* informierte in einer Pressemitteilung vom 10. Juli 2014 darüber, dass das Land Schleswig-Holstein am 31. Mai 2013 *unter strengen Umweltauflagen* die Genehmigung zur *Verbringung von Baggergut in die Nordsee* verlängert habe. Dabei wurde das Verklappungsgebiet bei der Tonne E3 als *Schlickfallgebiet* bezeichnet. Das klang doch angesichts der Tatsache, dass das Wattenmeer ohnehin aus riesigen Schlickflächen bestand, absolut harmlos. Zudem hatte sich die *HPA* im Gegenzug verpflichtet, für jede Tonne Schlick zwei Euro in eine Stiftung zum Schutz des Wattenmeeres einzuzahlen.

Wenn man nun bedachte, dass das Baggergut andernfalls an Land hätte wiederaufbereitet werden müssen, stand sich das Unternehmen sicher sehr gut bei diesem Deal und hatte zudem noch etwas für sein Image getan. Immerhin beteiligte es sich nun direkt am Schutz des Nationalparks Wattenmeer. Da konnte die *HPA* es sicher gar nicht gebrauchen, wenn eines der Unternehmen, dem sie Aufträge zur Entsorgung des mit Schwermetallen belasteten Teils des Baggergutes erteilt hatte, dieses ebenfalls einfach in die Nordsee kippte. Dass die *HPA* also von den Machenschaften der *HES* wusste, war für Leander ausgeschlossen. Es stand einfach zu viel auf dem Spiel für ein Unternehmen, das mit seinen verschiedenen Geschäftsfeldern insgesamt in einem Milliardenmarkt tätig und auf den Hamburger Hafen als Arbeitsbereich angewiesen war.

Einem *Bericht über die Verbringung von Baggergut zur Tonne E3* – leider stammte der jüngste, der den Unterlagen beigefügt war, aus dem Jahr 2011 – entnahm Leander, dass bis 2010 insgesamt 6,5 Millionen Kubikmeter Schlick zur Tonne E3 verbracht worden waren. Dabei seien die Richtwerte für Arsen, Cadmium, Quecksilber, Chrom, Nickel, Kupfer, Zink und Blei stets eingehalten worden. Für die nachfolgende Genehmigung sei mit dem Land Schleswig-Holstein der Mittelwert der bisherigen Belastung vereinbart worden. Die ökotoxikologische Wirkung dieser Schwermetalle werde ständig durch ein Monitoring kontrolliert. Dabei seien Algentests die empfindlichsten Verfahren. Zusätzlich würden Schlickkrebse direkt den Sedimenten ausgesetzt, weil sie besonders empfindlich auf Giftstoffe reagierten.

Leander schüttelte es gelegentlich bei dem Beamtendeutsch, das hier bestimmt nicht eingesetzt wurde, um für absolute Klarheit bei jedermann zu sorgen. Hinzu kamen zahlreiche Daten, die nachweisen sollten, dass die Beeinträchtigung der Meeresorganismen vertretbar war. Im Klartext hieß das: Das Land Schleswig-Holstein hatte tatsächlich die Genehmigung erteilt, mit giftigen Schwermetallen belasteten Schlick, der die Organismen der Nordsee nachweisbar schädigte, bei der Tonne E3 ins Meer zu schütten. Die wirtschaftlichen Belange zählten mal wieder mehr als die ökologischen.

Wenn in den freigegebenen Sedimenten also schon ein derartiger Giftcocktail enthalten war, was musste dann erst in den stark belasteten nachzuweisen sein, die eigentlich gar nicht hätten in die Nordsee verbracht werden dürfen? Die Brisanz der Vermutung, dass die *HES* aber genau dies tat, wurde Leander nach der Lektüre des Gutachtens erst so richtig bewusst. Gernot Reymers war durch seine Versuche zur Algenzucht auf ein Umweltverbrechen gestoßen, dessen Veröffentlichung die verantwortlichen Firmen wirtschaftlich und politisch nicht überleben würden. Welling, Olsen und Solveig Lange würden als Geschäftsführer der *HES* und der *OLS* dafür sicherlich für lange Zeit ins Gefängnis gehen. Und die beiden Männer hatten auf Leander den Eindruck gemacht, dass sie dies mit allen Mitteln verhindern würden. Deshalb hatten Reymers, Lornsen und Lange sterben müssen. Und genau das musste Leander nun beweisen!

28

Nachdem er in einer Pizzeria, die malerisch auf einem Ponton in einem der Fleete untergebracht war, etwas gegessen hatte, nahm Leander gegen 19 Uhr die U 1 vom U-Bahnhof Jungfernstieg bis zum Stephansplatz und stieg dort in die S 21 nach Bergedorf um. Um diese Zeit war der stickige Zug überfüllt. Die Menschen stanken nach Schweiß und hockten müde und schweigend nebeneinander auf ihren Bänken. Während die einen mit leerem Blick vor sich hin stierten, starrten die anderen ausdruckslos auf die vorbeirasenden Industriebauten vor den Fenstern. Dazwischen hockten Jugendliche, die intensiv mit ihren Smartphones beschäftigt waren. Es war geradezu paradox, dass diese jungen Leute in ihrer stillen Beschäftigung mit den technischen Gesprächskillern die kommunikativsten Menschen in der S-Bahn waren.

Leander war froh, als er nach einer halben Stunde wieder an der vergleichsweise frischen Luft war. Am S-Bahnhof Bergedorf nahm er ein Taxi zur Chrysanderstraße. Das Haus, in dem Cornelius Lange gewohnt hatte, befand sich in verkehrsberuhigter Lage direkt an einem Park, der an die Bille grenzte. Hier standen Villen und wenige Mehrfamilienhäuser der gehobenen Klasse mit tadellos restaurierten Fassaden aus der Gründerzeit. Leander wunderte sich, dass ein Manager, der sich sicherlich in einer sehr hohen Jahresgehaltsstufe befunden hatte, in einem Mehrfamilienhaus gewohnt hatte. Aber vielleicht hatte er sich ja nach der Trennung von seiner Frau hierher zurückgezogen. Falls er alleine gelebt hatte, war eine Wohnung sicherlich die praktischste Lösung gewesen.

Leanders Instinkt warnte ihn davor, das Haus sofort zu betreten, und so zog er sich zunächst in einen Eingang auf der anderen Straßenseite zurück und beobachtete es. Von hier ließen sich sechs Wohnungen ausmachen, die auf drei Etagen verteilt waren. Obwohl es um diese Tageszeit noch sehr hell war, waren die Erdgeschossfenster links und rechts der Eingangstür erleuchtet. Hinter einer Gardine der linken

Wohnung erkannte Leander den Umriss einer jungen Frau, die ihren Bewegungen nach an einer Arbeitsplatte oder einem Herd Essen zubereitete. Das mittlere und das obere Stockwerk waren dunkel, oben rechts stand ein Fenster weit offen.

Er vergewisserte sich, dass die Straße leer war und niemand ihn beobachtete, und wechselte auf die andere Seite, um auf dem Klingelbrett nach Cornelius Langes Namen zu suchen. Die Wohnung des Managers lag im ersten Stock links. Leander beschloss, vorsichtshalber noch zu warten, bis sich eine Gelegenheit ergab, mit einem heimkehrenden Bewohner in das Haus zu gelangen, und zog sich wieder in den Eingang auf der anderen Straßenseite zurück. Irgendetwas hielt ihn davon ab, unter einem Vorwand bei der Frau unten links zu klingeln, um so ins Haus zu gelangen. Als er darüber nachdachte, musste er zugeben, dass Langes Tod und Wellings unverhohlene Drohungen ihn doch stärker beeindruckt hatten, als er sich bislang hatte zugestehen wollen. Er durfte auf keinen Fall übereilt handeln und so möglicherweise in eine Falle tappen.

Nach einiger Zeit bremste ein junger Mann mit einem Fahrrad vor dem Eingang, schloss die Tür auf und schob sein Gefährt in den Flur. Leander blieb, wo er war. Wenige Minuten später wurde im ersten Stock in der rechten Wohnung das Licht eingeschaltet. Anschließend öffnete der junge Mann sämtliche Fenster, obwohl die drückende Schwüle zwischen den Häuserfronten eingeklemmt zu sein schien. Kurz darauf klingelte eine Mikrowelle, dann flackerte im Zimmer ganz rechts das blaue Licht eines Fernsehers auf. Leander dachte an die Zeit nach der Trennung von seiner Frau zurück, als er in einer Zweizimmerwohnung in Kiel gelebt hatte. Er war jedes Mal froh gewesen, wenn der Dienst ihn abends länger im LKA gehalten und er nicht in die Einsamkeit dieses Wohnkartons zurückgemusst hatte. Nur Observationen und stundenlanges Warten in Hauseingängen oder im Dienstfahrzeug hatte er immer schon gehasst.

Über den Häuserdächern zog sich der Himmel immer mehr zu, die Wolken verdichteten sich nach und nach und färbten sich dunkel ein. Gewitterwürmchen juckten auf der Haut von Armen und Gesicht und bald schon vernahm Leander ein dumpfes Grollen in der Ferne. Er wechselte auf das andere Bein und lehnte sich an die Türbrüstung. Spätestens wenn das Gewitter da wäre, würde er Langes Haus betreten und konnte im Schutze des Donners die Wohnung durchsuchen, ohne dass ein Nachbar bei den Geräuschen aufmerksam würde.

Die Haustür in seinem Rücken öffnete sich und eine alte Frau mit einem Langhaardackel an der Leine versuchte, sich an ihm vorbeizuschieben. Sie blickte ihn misstrauisch an, was angesichts der Tatsache, dass da ein fremder Mann in ihrem Hauseingang herumlungerte, nicht verwunderlich war. Leander trat auf den Bürgersteig, um sie vorbeizulassen, nickte ihr zu und lächelte sie betont freundlich an. Wortlos und mit zusammengezogenen Brauen fixierte sie den Fremden, zog demonstrativ die Haustür ins Schloss und entfernte sich dann mit ihrem Hund in Richtung Schillerufer und Bille.

Als Leander sich wieder dem Haus gegenüber zuwandte, sah er gerade noch, wie ein Mann durch die Tür verschwand. Wieder hatte er nur den wehenden Sommermantel gesehen und die Tatsache registriert, dass der Mann das rechte Bein nachzog. Er hatte sich in der kurzen Zeit von der Hauptstraße genähert, in der Leander mit der alten Frau beschäftigt gewesen war. Wenn er Leander seinerseits entdeckt und erkannt hatte, hatte er gezielt diese wenigen Sekunden der Ablenkung genutzt, um das Haus zu betreten.

Heiko Tönnies, dachte Leander. Verflucht, was treibst du denn hier?

Dabei lag der Verdacht nahe, dass Tönnies etwas mit Langes Tod zu tun hatte, denn offensichtlich besaß er einen Schlüssel zu Langes Haustür.

Kurz entschlossen sprang Leander aus der Türnische und sprintete hinüber, um die zufallende Tür aufzuhalten. Leise schlüpfte er in das düstere Treppenhaus. Eine schmale Bleiverglasung über dem Eingang ließ gerade so viel Licht durch, dass Leander keine zusätzliche Beleuchtung benötigte, um am Ende eines langen schmalen Flures eine breite Holztreppe zu erkennen. Links und rechts befanden sich zwei Wohnungstüren. Dahinter war an der rechten Wand das Fahrrad des jungen Mannes angelehnt, direkt vor einem Kinderwagen. An der linken Wand stand ein Schrank. Von Tönnies war nichts mehr zu sehen.

Leander huschte zu der Treppe und machte sich vorsichtig an den Aufstieg. Glücklicherweise gaben die mit einem Sisalteppich beschlagenen Holzstufen keinen Laut von sich. Stufe für Stufe schob er sich hinauf, hielt sich dabei eng am dunkelbraun lackierten Holzgeländer, verharrte auf halber Höhe und warf einen vorsichtigen Blick um die 180-Grad-Kehre. Nun lag der erste Stock gut eineinhalb Meter über ihm. Das Fenster auf halber Treppe beleuchtete den Flur hinreichend, um zu sehen, dass der Bereich vor Langes Wohnung leer war. Also stieg er die letzten Meter hinauf und stellte erstaunt fest, dass die Tür nur angelehnt und das Polizeisiegel aufgebrochen war. Vorsichtig schob er die Tür etwas weiter auf und huschte leise durch den Spalt.

In dem schmalen Flur, in dem er sich nun befand, war niemand zu entdecken. Auch im Rest der Wohnung war nichts zu hören. Aus einem Zimmer, das zur Straße hin liegen musste, fiel ein schwacher Lichtstreifen auf den Dielenboden, auf dem Leander nun vorsichtig einen Fuß vor den anderen setzte. Als er die Zimmertür erreicht hatte, sicherte er schnell hinein und zog den Kopf wieder zurück. Der Raum, bei dem es sich offenbar um ein sehr unordentliches Arbeitszimmer handelte, war leer. Möglicherweise war das vorhin gar nicht Tönnies gewesen, sondern ein anderer Hausbewohner, der auch nicht in diese Wohnung, sondern in seine eigene gegangen war. Vielleicht waren Leanders Nerven einfach nur überreizt und er sah überall Heiko Tönnies. Leander verfluchte sich dafür, dass er nicht doch gewartet hatte. Dann hätte er gesehen, ob in einer der anderen Wohnungen Licht eingeschaltet worden war.

Daran war nun nichts mehr zu ändern. Er schob sich vorsichtig weiter an der Wand entlang. Dabei kam er an einem Zimmer auf der anderen Flurseite vorbei, in das er ebenfalls einen schnellen Blick warf: Langes Schlafzimmer, in dem sich auch niemand befand. Es folgten das Bad, ein Wohnzimmer, dann die Küche am Ende des Flures. Die Wohnung war leer.

Leander atmete auf und huschte schnell zurück zum Arbeitszimmer. Wenn irgendwo Unterlagen der *HES* aufbewahrt waren, dann am ehesten dort. Als er nun den Raum betrat, erkannte er, dass die Unordnung nicht auf Cornelius Lange zurückzuführen war. Ordner waren aus den Regalen gerissen worden, lose Zettel lagen verstreut auf dem Boden. Schranktüren standen offen, die Fächer waren leer. Die Schreibtischutensilien waren einfach in hohem Bogen weggefegt worden und im ganzen Raum verstreut.

Hier im Büro hatte offensichtlich jemand etwas gesucht. Dass das die Spurensicherung gewesen sein könnte, schloss Leander aus. Die Kollegen waren zwar mitunter nicht zimperlich, wenn sie die Wohnung eines Verdächtigen durchsuchten, aber bei ihrem Angriff nach einem Todesfall hinterließen sie niemals ein solches Chaos. Das hier sah nach großer Eile oder noch größerer Wut aus. In diesem Durcheinander bestimmte Unterlagen finden zu wollen, die Leander weiterhelfen konnten, war aussichtslos.

Plötzlich nahm er aus den Augenwinkeln eine Bewegung in seinem Rücken wahr, doch bevor er sich umdrehen und die Arme zum Schutz hochreißen konnte, bekam er einen heftigen Schlag seitlich auf den Kopf. Das Dröhnen schien seinen Schädel explodieren zu lassen, der Raum zerstob vor Leanders Augen, dann war alles schwarz.

Wie lange er bewusstlos gewesen war, wusste er nicht. Jedenfalls fand er sich bei seinem Aufwachen nicht mehr in der Wohnung wieder, sondern draußen im Treppenhaus. Laute Schritte dröhnten in seinen Ohren und fanden Widerhall in seinem Kopf. Sie donnerten direkt neben seinem Gesicht auf die Dielen, die unter der Wucht vibrierten. Brandgeruch lag in der Luft und als Leander vorsichtig den Kopf hob, sah er dicke Rauchschwaden aus Langes Wohnung wallen und an der Treppenhausdecke entlangwabern, um dann am Treppendurchbruch ins Stockwerk darüber abzufließen. Das alles schien wie in Zeitlupe vor sich zu gehen und Leander begann daran zu zweifeln, ob das tatsächlich stattfand oder vielleicht doch nur ein Traum oder gar eine komatöse Einbildung war.

Unten im Haus wurde eine Tür aufgerissen. Jemand kam die Treppe heraufgerannt. Auch hinter der Tür in Leanders Rücken wurden Schritte laut. Dort wohnte der junge Mann, der vorhin mit dem Fahrrad gekommen war.

Eine Frauenstimme rief: »Was ist denn passiert? – Oh, mein Gott!«

»Rufen Sie die Feuerwehr!«, brüllte der junge Mann hinunter. »Und den Notarzt.« Dann rannte er in seine Wohnung zurück.

Die Frau schluchzte laut auf, schien aber der Aufforderung zu folgen, denn ihr Schluchzen entfernte sich in Richtung ihrer Wohnung. Der junge Mann kam zurück in den Flur und sprang über den immer noch am Boden liegenden Leander hinweg. Er hatte einen Feuerlöscher in der Hand, mit dem er nun in Langes Wohnung vorstieß.

Leander schob sich zur Wand und setzte sich auf. Sein Schädel dröhnte und Übelkeit überflutete ihn wie eine Welle. Nun tauchte auch die junge Frau von unten in seinem Sichtfeld auf und schreckte mit aufgerissenen Augen zurück, als sie ihn da sitzen sah.

Bevor sie erneut aufschreien und Leander einen klaren Gedanken fassen konnte, rief er ihr zu: »Keine Angst. Ich bin von der Polizei.«

Die junge Frau nickte unsicher und versuchte, einen Blick in Langes Wohnung zu erhaschen, aus der immer noch dicker schwarzer Rauch quoll, der ätzend in der Luft hing. Unten wurde die Haustür aufgerissen, Befehle erklangen, schwere Stiefel polterten die Treppe herauf. Aber wieso kam die Feuerwehr erst jetzt? Hatten da nicht eben schon schwere Stiefel direkt neben Leanders Kopf getreten? Oder war das doch alles nur Einbildung gewesen? Und wer drosch da ununterbrochen mit einem Presslufthammer auf seinen Schädel ein? Das Letzte, was er sah, bevor er erneut das Bewusstsein verlor, waren Feuerwehrleute in ihren schweren Uniformen, die mit Schaumlöschern in den Händen Cornelius Langes Wohnung stürmten. Dann senkte sich erbarmungsvoll fließendes Weiß über die Szenerie.

»Schwere Gehirnerschütterung«, sagte eine Stimme irgendwo im Nebel.

»Quatsch, der ist gleich wieder okay«, widersprach eine befehlsgewohnte Stimme.

Leander versuchte, seine Augen gegen den Schmerz und das Dröhnen in seinem Kopf zu öffnen, aber der Widerstand war zu groß. Aus schmalen Schlitzen erkannte er einigermaßen deutlich einen Mann in orangener Kleidung mit weißen Leuchtstreifen, der sich über ihn beugte, während sich der Nebel langsam lichtete und als Benommenheit entlarvte. Das war vermutlich der Notarzt.

Irgendwo darüber schwammen zwei dunkle Konturen, die Leander nicht scharfkriegen konnte. Das mussten seiner Berufserfahrung und den unnachgiebigen Stimmen zufolge Kriminalbeamte sein: »Geben Sie ihm irgendwas, damit wir ihn mitnehmen können. Der Kerl ist möglicherweise ein Mörder.«

»Den nehmen Sie erst mal nirgendwo mit hin.« Der Arzt zog Leanders Augenlider auseinander und leuchtete mit einer Taschenlampe hinein. »Na also, da sind Sie ja wieder. Können Sie mich verstehen?«

»Kann ich«, antwortete Leander. Da er aber mit seiner schwachen Stimme das Dröhnen in seinem Schädel nicht übertönen konnte, wiederholte er noch einmal laut: »Ich kann Sie verstehen!«

»Ist ja schon gut«, entgegnete der Arzt lachend. »Mir müssen Sie alles nur einmal sagen. Ich habe nämlich nichts über den Schädel bekommen.« Dann wandte er sich den beiden Männern zu, die hinter ihm standen. »Na, wenigstens geht's dem besser als dem armen Schwein da drin.« Dann fragte er Leander: »Wie heißen Sie?«

»Leander. Henning Leander.«

»Wie viele Finger halte ich hier hoch?«

Leander zählte drei, überlegte aber, ob es nicht besser war, eine andere Zahl zu nennen und ins Krankenhaus zu kommen statt direkt zum Verhör ins Polizeipräsidium. Allerdings würden die Kollegen ihn sowieso nicht mehr vom Haken lassen. Bestenfalls konnte er ihnen ein bis zwei Tage entgehen, und dann würde sich das alles nur unnötig in die Länge ziehen. Cornelius Lange war tot, seine Wohnung verwüstet. Und er, Leander, war für die Kripo ein Mörder. Aber wieso eigentlich ein Mörder? Der Mörder von wem? Von Lange? Und was meinte der Notarzt mit ›dem armen Schwein da drin‹?

»Hallo, nicht wieder einschlafen! Wie viele Finger?«

»Drei«, antwortete er.

Der Notarzt nickte zufrieden. »Scheint noch alles einigermaßen zu funktionieren bei Ihnen. Sie gehen aber trotzdem für eine Nacht zur Beobachtung ins Krankenhaus.«

»Das ist nicht nötig«, widersprach Leander. »Mir geht es gut.«

»Na, gut ist was anderes. Aber Sie müssen es ja wissen. Sind ja alt genug. Ich gebe Ihnen ein paar Tabletten mit. Aber wenn Ihnen schwindelig und schlecht wird, bestehen Sie darauf, ins Krankenhaus verlegt zu werden. Mit einer Gehirnerschütterung ist nicht zu spaßen.«

Leander nickte und wusste sofort, dass das eine schlechte Idee gewesen war. In seinem Kopf schienen Schottersteine zwischen Schädeldecke und Gehirn durcheinanderzuwirbeln. Schottersteine mit Spitzen und scharfen Kanten, die die Gehirnhaut löcherten. Stöhnend stützte er sich mit den Händen auf und drückte sich langsam hoch.

Der Notarzt zog ein Päckchen Tabletten aus seinem silberfarbenen Koffer und steckte es Leander in die Hemdtasche. »Nehmen Sie die aber auch, sonst werden Sie keine gute Nacht haben, das verspreche ich Ihnen.«

»So, Doktor, genug der Fürsorge«, ging einer der Kripobeamten dazwischen. »Jetzt lassen Sie uns mal ran.« Er fasste Leander rabiat am Arm und zog ihn hoch.

Sofort überfielen seinen Kopf wieder ganze Geröllberge

und ließen das Treppenhaus um ihn herum schwanken. Er stöhnte laut auf und stützte sich an der Wand ab. Dabei presste er die Augenlider zusammen, bis die Schmerzaufwallung in seinem Schädel wieder einigermaßen abklang. Als er dann vorsichtig hochsah, fiel sein Blick in Langes Wohnungsflur mit seinen rußgeschwärzten Wänden. Auf dem Boden lag ein Körper, abgedeckt von einer silberfarbenen Plane. Sofort ergriff Schwindel von Leander Besitz. Der Raum drehte sich und stürzte zugleich vor ihm in die Tiefe, aber der Beamte hielt Leander fest und befahl seinen Kollegen: »Auf jeder Seite einer, und dann ab mit ihm ins Präsidium.«

Plötzlich stand die junge Frau wieder im Flur. »Der Kerl hat behauptet, dass er von der Polizei ist«, informierte sie die Beamten.

»Polizei, soso«, kommentierte einer der Männer spöttisch. »Na, dann kommen Sie mal mit, Kollege!« Er riss Leander so unbarmherzig vorwärts, dass dem sofort wieder schwindelig wurde und er sich ächzend direkt vor die Füße des Mannes erbrach.

»Scheiße, Mann! Du Sau!«, fuhr der ihn an.

»Ich sage doch: Der hat eine Gehirnerschütterung!«, ging nun der Notarzt wieder dazwischen. »Jetzt ist Schluss, meine Herren. Der Mann kommt ins Krankenhaus. Alles andere kann ich nicht mehr verantworten.«

Auf sein Zeichen hin halfen zwei Sanitäter Leander die Treppe hinunter zum Rettungswagen. Als er auf der Liege lag, sprang einer der Kriminalbeamten in das Fahrzeug und setzte sich an seine Seite. Ein Sanitäter folgte, dann wurde die Tür geschlossen. Was zwischen den beiden Männern gesprochen wurde, konnte Leander nicht verstehen; das Dröhnen in seinem Kopf schwoll ohrenbetäubend an. Der Sanitäter zog Leanders Augenlider auseinander, blickte besorgt hinein und begann sofort damit, ihm einen Zugang für einen Tropf zu legen. Noch während er damit beschäftigt war, sackte Leander wieder in die Bewusstlosigkeit zurück.

29

Die beiden Kriminalbeamten ließen Leander kaum Zeit, zur Besinnung zu kommen. Natürlich war ihm klar gewesen, dass sie ihn auch im Krankenhaus unter Bewachung stellen würden, aber dass sie sich nicht einmal von den Bedenken der Ärzte davon abhalten ließen, ihn zu verhören, wies auf eine Hartnäckigkeit hin, die er selbst fast bewunderte.

»Der Mann steht im Verdacht, zwei Männer ermordet zu haben«, schimpfte der Beamte, den Leander anhand seines Auftretens unschwer als den Vorgesetzten des anderen ausmachen konnte, auf den jungen Assistenzarzt ein. Begleitet wurde das Szenario von Blitzen und Donnerschlägen, weil sich draußen ein heftiges Gewitter über Hamburg entlud. »Und er soll einen Komplizen gehabt haben, der flüchtig ist. Die ersten Stunden sind entscheidend. Sie wollen doch wohl nicht dafür verantwortlich sein, dass uns ein flüchtiger Mörder ins Ausland entwischt.«

»Natürlich nicht«, erwiderte der junge Mann kleinlaut. »Aber ich trage immerhin die Verantwortung dafür, dass meinem Patienten nichts passiert. Er hat eine schwere Gehirnerschütterung. Damit ist nicht zu spaßen.«

Leander, der den Disput aus dem Krankenbett heraus verfolgte und dabei die Augen geschlossen hielt, um nicht unnötig ansprechbar zu wirken, bezweifelte, dass der Beamte überhaupt dazu in der Lage war, jemanden sanft zu behandeln. Gleichzeitig fragte er sich, wo die Kopfschmerzen geblieben waren, die ihn doch vor Kurzem noch derart malträtiert hatten. Wahrscheinlich war da etwas in seinem Tropf, das Wunder bewirkte und obendrein so ein herrliches Gefühl von Schwerelosigkeit.

»Also gut.« Die Stimme des Kriminalbeamten nahm einen einsichtigen Ton an. »Vorschlag zur Güte: Sie lassen uns den Mann vernehmen und ich verspreche Ihnen, dass wir dabei so sanft wie möglich vorgehen.«

»Ich weiß nicht.« Der Arzt schien immer noch nicht überzeugt.

»Falls er schwächelt, rufe ich Sie sofort. Versprochen!«

»Na gut, aber nicht länger als fünfzehn Minuten.« Der junge Mann verließ den Raum, und die beiden Beamten atemeten vernehmlich auf.

»So, mein Freund, und du machst jetzt mal die Klüsen auf und spielst nicht länger Toter Mann«, forderte der Beamte Leander auf und boxte ihm dabei auf den Oberarm.

»Verstehen Sie das unter *sanft*?«, beschwerte sich der.

»Ich bin Hauptkommissar Hansen, das ist Oberkommissar Brandt. Und Sie sind Henning Leander?« Er hielt Leanders Ausweis hoch und zeigte ihn seinem Kollegen.

»Steht da doch.« Leander fand die Situation irgendwie komisch. Er musste sich bei seiner Entlassung unbedingt den Namen dieses Zaubertropfes geben lassen. »Sie sollten keine Zeit mit unnötigen Fragen verschwenden. Denken Sie daran, dass Sie nur fünfzehn Minuten haben.«

»Der will mich verarschen«, sagte Hansen zu seinem Kollegen.

»Sollte er nicht tun«, antwortete der gleichmütig und schüttelte leicht den Kopf.

»So sehe ich das auch. Also, Herr Leander, was haben Sie in der Wohnung von Cornelius Lange gesucht?«

»Unterlagen, die Lange mir versprochen hatte. Da er ja nun dummerweise gestern vom Dach gefallen ist, konnte er sie mir nicht mehr geben. Und da habe ich mir gedacht: Dann hole ich sie mir eben selber.«

»Und da brechen Sie einfach ein Polizeisiegel auf?«, beschwerte sich Hansen, als müsse jedem Verbrecher klar sein, dass das zu weit ging.

»Das war schon aufgebrochen, als ich kam.«

»Ja, klar. Und wer soll das Ihrer Meinung nach aufgebrochen haben?«

»Derjenige, der mich niedergeschlagen hat.« Blöde Frage, dachte Leander. Überhaupt war das eigentlich eine saublöde Situation hier, aber auch wieder irgendwie lustig.

»Haben Sie ihn gesehen? Können Sie ihn beschreiben?«

»Tut mir leid. Der kam von hinten.« Leander hörte sich selbst leise kichern.

»Gut, dann werde ich Ihnen mal sagen, was wirklich passiert ist. Sie haben gestern Abend Cornelius Lange von einem Dach in der Hafen-City geschubst. Dann haben Sie heute mit Ihrem Komplizen bei ihm eingebrochen, etwas gesucht und als Sie es nicht gefunden haben, die Wohnung in Brand gesteckt. Dabei ist Ihnen Jens Krause von der Firma, bei der Herr Lange gearbeitet hat, dazwischengekommen. Er hat Sie niedergeschlagen und Ihr Komplize hat ihn dann erschossen und ist geflohen. Sie hat er einfach da liegen lassen. Kein netter Zug von Ihrem Kumpel, wenn Sie mich fragen. Ich an Ihrer Stelle würde nicht alleine für zwei Morde geradestehen.«

Selbst in seinem Zustand war Leander klar, dass das schwere Anschuldigungen waren. Er musste jetzt die Kontrolle behalten, sonst war er verloren. Also dachte er angestrengt über das nach, was er da eben gehört hatte. Es hatte also tatsächlich einen Toten in Langes Wohnung gegeben, den Sicherheitsmann Krause. Vermutlich hatte der Leander beschattet. Und die Polizei wollte nun ihm den Mord an Lange und zumindest die Mittäterschaft im Fall des Mordes an Krause anhängen. Aber wer war der vierte Mann, von dem die Beamten da sprachen, sein angeblicher Komplize? Die Schritte, dachte er. Die Schuhe neben meinem Gesicht, bevor die Feuerwehr kam.

»Sie wollen sich also nicht dazu äußern?«, drängte Hansen ungeduldig.

Leander musste sehen, dass er so schnell wie möglich außer Verdacht war. Da nützte es ihm gar nichts, mit den Beamten Katz und Maus zu spielen. »Also gut«, begann er und konzentrierte sich. »Ich erzähle Ihnen jetzt alles, was ich weiß. Und in der Zwischenzeit kann der Kollege Brandt ja meine Identität überprüfen. Rufen Sie Kriminalhauptkommissar Lehmann beim LKA in Kiel an. Der wird Ihnen bestätigen, dass ich ein ehemaliger Kollege von Ihnen bin und kein

Mörder. Ich arbeite quasi als eine Art Sonderermittler und stehe dabei in ständigem Kontakt mit KHK Lehmann.«

Leander hoffte inständig, dass Lemmy mitspielte und ihn hier rauspaukte. Brandt sah seinen Vorgesetzten fragend an. Als der nickte, verließ er mit Leanders Ausweis das Zimmer. Der junge Arzt kam herein, um sich vom Zustand seines Patienten zu überzeugen.

»Alles in Ordnung, Herr Doktor«, sagte der. »Mir geht es gut. Ich stimme dem weiteren Verhör auf eigene Verantwortung zu.«

Der Arzt zuckte mit den Schultern und ging wieder. Dann berichtete Leander in groben Zügen von den Vorkommnissen auf Helgoland und der Spur, die nach Hamburg führte. Als er angab, dass Cornelius Lange der Whistleblower gewesen sei und deshalb habe sterben müssen, runzelte Hansen zweifelnd die Stirn, sagte aber nichts dazu. Leander endete mit der Darstellung der Vorkommnisse in Langes Wohnung und seinem Erwachen draußen im Treppenhaus.

Kriminalhauptkommissar Hansen wiegte seinen Kopf. »Wir haben die Aussage eines Hausbewohners, der zuerst das Gepolter in Langes Wohnung gehört hat und einige Zeit später, dass jemand weggerannt sei. Wer kann das Ihrer Ansicht nach gewesen sein?« Sein Tonfall war nun nicht mehr so angriffslustig. Er schien zumindest in Erwägung zu ziehen, dass der angeschlagene Mann im Krankenbett ein Kollege sein könnte.

»Gesehen habe ich niemanden. Ich wurde niedergeschlagen und bin erst im Treppenhaus wieder wach geworden, als Sie schon da waren. Aber das kann eigentlich nur Heiko Tönnies gewesen sein. Ich habe ja eben erzählt, dass der vor mir das Haus betreten hat. Vermutlich war er in der Wohnung, als ich das Arbeitszimmer durchsuchen wollte. Ich habe offensichtlich vorher nicht gründlich genug nachgesehen.«

Hansen notierte sich den Namen auf einen Zettel. Dann sah er Leander direkt an. »Ich glaube Ihnen kein Wort, aber natürlich lasse ich diesen Tönnies überprüfen und auch die Story, die Sie mir über den Mord auf Helgoland erzählt haben. So lange sind Sie mein Hauptverdächtiger und vorläufig festgenommen. Sobald Sie transportfähig sind, lasse ich Sie in die JVA verlegen.«

»Was ist mit dem Schuss?«, hakte Leander nach. »Den muss doch jemand gehört haben? Warum hat denn dann keiner gesehen, wer da geflüchtet ist? Immerhin hat der Täter sich die Zeit gelassen, zuerst die Wohnung in Brand zu stecken.«

»Vermutlich Schalldämpfer«, nahm Hansen ihm auch diese Hoffnung.

Brandt kam wieder herein und reichte seinem Vorgesetzten Leanders Ausweis und einen Zettel. Hansen las mit gerunzelter Stirn und blickte Brandt dann skeptisch an. Der hob und senkte die Schultern in Zeitlupe.

»Ruf mal auf Helgoland an und lass von den Kollegen dort diesen Heiko Tönnies überprüfen.« Hansen gab dem Oberkommissar den Zettel mit dem Namen. »Leander hat ausgesagt, ihn gestern bei der *HES* und heute in Langes Haus gesehen zu haben.«

Brandt ging wortlos wieder hinaus. Hansen betrachtete Leander mit zusammengekniffenen Augen und zog sich einen Stuhl heran, auf den er sich falsch herum setzte. Die Arme stützte er auf die Lehne, dabei beugte er sich leicht vor. »Tja, Herr Leander, Hauptkommissar Lehmann hat Ihre Angaben bestätigt. Und trotzdem ist das schon ein bisschen merkwürdig, wenn Sie mich fragen. Sonderermittler. So was gibt's doch nur im Fernsehen. Schimanski, was?«

»Offensichtlich nicht. Glauben Sie mir jetzt, dass ich nichts mit Langes Tod zu tun habe?«

»Das ist noch nicht bewiesen. Ein Alibi wäre hilfreich. Wo waren Sie denn gestern zwischen 18 und 22 Uhr?«

»Zuerst alleine in *Planten un Blomen*, wie ich Ihnen ja schon berichtet habe. Dann habe ich an der Außenalster gegessen, im *Ristorante Portonovo*. Der Kellner könnte sich eventuell erinnern. Ich habe großzügig Trinkgeld gegeben.«

»Na gut, wir werden das überprüfen. So lange stehen Sie unter Bewachung. Aber wenn sich Ihr Alibi nicht bestätigt ...«

Leander nickte, wodurch sich seine Gehirnerschütterung

in Erinnerung brachte. Was sollte der Kriminalbeamte auch sonst machen? So eine Story hätte Leander in seiner aktiven Zeit auch niemandem ohne Weiteres abgenommen. »Sagen Sie, der Tote aus der Wohnung war der Security-Chef der *HES*?«

»Jens Krause, ja. Wieso?«

»Was hatte der denn da zu suchen?«

»Vermutlich dieselben Unterlagen wie Sie. Im Gegensatz zu Ihnen hat er dazu aber auch eine gewisse Berechtigung.«

»Dann könnte er es doch auch gewesen sein, der vor mir in der Wohnung war und da diese Unordnung angerichtet hat.«

»Sie sagten doch eben, das sei dieser Tönnies gewesen.«

»Keine Ahnung.« Leanders Kopfschmerzen nahmen wieder nahezu unerträgliche Ausmaße an. Ein Blick auf den Tropf verriet, dass die Infusionsflasche leer war. »Ich weiß auch nicht, wie das alles zusammenhängt. Auf jeden Fall muss Tönnies Krause erschossen haben. Bisher hatte ich angenommen, dass beide für die *HES* arbeiten. Aber vielleicht hat Tönnies mit Ove Lornsen gemeinsame Sache gemacht und Olsen oder Welling erpresst. Nach Langes Tod wollte er sich die Beweisunterlagen aus der Wohnung holen. Und Krause war im Auftrag seines Chefs aus demselben Grund da. Ich bin denen dummerweise in die Quere gekommen, anders geht die Sache nicht auf.«

Hansen blickte Leander skeptisch an. Oberkommissar Brandt kam zurück und schüttelte den Kopf. Hansen ermunterte ihn per Handzeichen, in Leanders Gegenwart offen zu sprechen.

Der Oberkommissar zog die Augenbrauen hoch, begann aber dann doch seinen Bericht: »Heiko Tönnies hat Helgoland seit Tagen nicht verlassen. Gestern hat er den ganzen Tag in seinem Laden gestanden, am Abend war er dann in der Gaststätte *Zum Roten Kliff*. Für beides gibt es Zeugen. Und heute steht er wieder hinter dem Verkaufstresen. Die Kollegen der Wasserschutzpolizei haben das sofort überprüft.« Als sich auch Hansens Augen nun fragend auf Leander richteten, schlussfolgerte Brandt: »Der lügt, Chef.«

Leander überlegte fieberhaft. Wie konnte er die Kollegen von seiner Unschuld überzeugen? Welche Spur konnte er ihnen anbieten? Wenn Tönnies den Felsen nicht verlassen hatte, wer war dann der hinkende Mann im Sommermantel? »Der Name Henry Götze dürfte Ihnen ein Begriff sein«, griff er schließlich nach dem letzten Strohhalm, der ihm einfiel.

Hansen und Brandt sahen sich an, wobei der Oberkommissar das Gesicht verzog, als hätte er in eine Zitrone gebissen.

»Was ist mit dem?«, erkundigte sich Hansen.

»Der hat mit dem Mord auf Helgoland zu tun. Jedenfalls gibt es einige Anhaltspunkte dafür.« Leander berichtete von Tamme Boysens Beobachtungen und der Tatsache, dass sich Götze auf Helgoland als Heinrich Seyfried ausgegeben hatte.

»Wenn Götze seine Finger im Spiel hat, halte ich alles für möglich«, kommentierte Brandt in Hansens Richtung. Leander fiel auf, dass der Oberkommissar immer nur mit seinem Vorgesetzten sprach. »Auch seine Theorie von dem Giftmüll und der Russenmafia.« Dabei deutete er mit dem Kopf auf Leander.

Hansen nickte nachdenklich. »Tut mir leid, Detlev, aber du musst noch mal mit den Kollegen auf Helgoland telefonieren.«

Oberkommissar Brandt nickte ergeben und verließ das Zimmer.

»Detlev?«, hakte Leander nach und wurde sofort durch einen Stich in den Kopf bestraft, weil er dem Oberkommissar mit demselben hinterhergedeutet hatte.

Hansen grinste breit. »Da kann er ja auch nichts für. Und er trägt es tapfer.«

Kurz darauf kehrte der Beamte zurück. »Die melden sich, wenn sie Genaueres wissen. Kann was dauern, weil erst ein Kollege rüber zur Düne muss.«

Eine Schwester betrat den Raum und ignorierte die Kriminalbeamten, als sie den Tröpfler überprüfte und das leergelaufene Behältnis wechselte. Die drei Männer beobachteten sie dabei schweigend und grinsten, als sie das Zimmer wieder verlassen hatte.

»Die redet auch nicht mit jedem«, stellte Hansen fest.

»Nö«, bestätigte Brandt. »Nur wir müssen uns mit Mördern unterhalten. Aber dafür werden wir ja auch fürstlich bezahlt.«

Leanders Kopfschmerz verschwand. Auch in diesem Tropf war offensichtlich nicht nur Kochsalzlösung.

Da klingelte Brandts Handy. »Ja? … Ihr seid aber schnell da drüben. … Ach so. … Alles klar. Tschüß dann!« Er schaltete es aus und steckte es sorgfältig weg, bevor er mit Blick auf Hansen berichtete: »Die haben den Seehundjäger angerufen. Der war gerade drüben auf der Düne. Also, der Götze ist verschwunden. Seine Hütte ist verrammelt und die Nachbarn haben ihn seit vorgestern nicht mehr gesehen. Die Kollegen haben auch in der Vogelwarte nachgefragt, weil er da die Lummentage gebucht hatte. Aber da war er seitdem auch nicht mehr. Will aber nichts heißen, sein Kurs ist bereits beendet. – Fahndung?«

»Fahndung«, stimmte Hansen zu. »Mach es dringend. Immerhin könnte er mit drei Morden zu tun haben.«

Sein Handy klingelte. »Wir sind aber gefragt heute«, staunte Hansen. Sekunden später zog er seine Augenbrauen missbilligend zusammen, als er hörte, wer sich da meldete. Minutenlang hörte er schweigend zu, dann sagte er: »Alles klar, Herr Kriminaldirektor«, und drückte das Gespräch weg. Er warf seinem Kollegen einen Blick zu, den Leander nicht deuten konnte. Dann wandte er sich wieder ihm zu. »Das war Ihr Chef.«

Chef? Leander hatte keinen Chef. Oder doch: Als Sonderermittler des LKA hatte er natürlich einen: Kriminaldirektor Ahrenstorff. Scheiße! Leander versuchte, so selbstverständlich wie möglich zu gucken, und sagte nichts dazu. Dabei schoss eine Gedankenkette durch seinen Kopf, die Lemmy und Lena und die Folgen, die das alles für sie haben konnte, mit einschloss. Aber vielleicht hatte sich ja auch Lemmy unter falschem Namen gemeldet, um ihn hier rauszupauken? Nein, so weit würde der nicht gehen. Das konnte ihn seinen Job kosten.

»Er hat offiziell um Amtshilfe gebeten und schickt morgen

jemanden, um Sie abzuholen«, fuhr Hansen fort. Dass ihm das alles gar nicht passte, war ihm deutlich anzusehen.

Leander schwirrte der Schädel. Er verachtete Ahrenstorff, und der hasste Leander nicht zuletzt genau deswegen. Wenn der Kriminaldirektor persönlich ihn mit einem Amtshilfeersuchen aus der Bredouille holte, dann tat er das nicht aus Nächstenliebe. Der musste sich selbst etwas davon versprechen, sonst hätte er die Story von dem ›Sonderermittler‹ kalt abgeschmettert. Leander spürte einen inneren Widerstand bei dem Gedanken, von der Gunst dieses inkompetenten Egozentrikers abhängig zu sein.

»Tja, dann …« Der Kriminaloberkommissar zuckte gleichgültig mit den Schultern, als wollte er sagen: Ist doch gut. Ein Fall weniger.

»Nee nee, so leicht lasse ich mich nicht ins Bockshorn jagen. ›Amtshilfe‹ hat er gesagt. Die kann er kriegen, aber das ist immer noch unser Fall hier. Also los, Detlev, Fahndung nach Götze. Und Sie ruhen sich jetzt erst mal aus, Leander. Mal sehen, was der nächste Tag bringt. Aber kommen Sie nicht auf dumme Gedanken. Ich lassen Ihnen einen Mann vor der Tür zurück, klar?«

Leander nickte. Ihm fielen langsam die Augen zu. Es war sicher inzwischen weit nach Mitternacht und der Tag war nicht gerade leicht gewesen. Er sah gerade noch, wie Hansen den Kollegen Brandt aus dem Zimmer schob, sich kurz noch einmal umdrehte und ihm zunickte. Dann driftete er in einen schweren, dunklen Schlaf davon.

30

»Lena!« Leander richtete sich mühsam auf, als seine ehemalige Lebensgefährtin zusammen mit KHK Hansen das Zimmer betrat.

»Du kannst nicht anders, was?«, fauchte Kriminalhauptkommissarin Lena Gesthuisen ihn statt einer Begrüßung an.

Hansen schob der Kollegin aus Kiel einen Stuhl vor Leanders Bett und zog sich dann selber auch einen heran. »Das wäre fast sein letzter Fall gewesen«, sagte er. »Aber irgendjemand hat ihm den Arsch gerettet.«

»Entschuldigen Sie, Kollege Hansen, könnten Sie den Arzt suchen und fragen, ob wir Herrn Leander gleich mitnehmen können?«

Der Hauptkommissar, der gerade im Begriff war, sich zu setzen, fing die Bewegung ab, nickte ergeben und verließ das Zimmer.

»Was machst du hier?« Leander versuchte ein Lächeln.

»Kannst du dir das nicht denken?«, kam es kalt zurück. »Der Alte ist auf hundertachtzig. Der will deinen Kopf auf seinem Schreibtisch haben.«

»Wieso weiß er überhaupt von der Sache?«

Lena schnaufte unwillig auf. »Als die Anfrage aus Hamburg kam, hat Lemmy mich angerufen und mir alles erzählt. Uns war klar, dass wir Ahrenstorff unterrichten mussten, wenn wir dich irgendwie hier raushauen wollen, ohne dabei selbst über die Klinge zu springen.«

»Das war ja sehr selbstlos von euch«, kommentierte Leander ätzend und ärgerte sich sofort darüber, weil er wusste, wie unfair das war.

»Dabei hast du noch Glück, dass der Alte dich selber köpfen will und das nicht den Kollegen hier überlässt. Einbruch, Verletzung eines Dienstsiegels, Brandstiftung, Verdacht auf Totschlag, Amtsanmaßung und was weiß ich noch alles. Da kommen dann schon ein paar Jahre zusammen.«

»Nichts davon habe ich getan«, verteidigte sich Leander.

»Das klären wir nachher im Präsidium. Anschließend werden der Kollege Hansen und ich beraten, was hier in Hamburg zu tun ist, um in den Mordfällen voranzukommen. Und dann schleife ich dich nach Kiel, darauf kannst du dich verlassen.« Lena stand auf, nickte dem Kriminalhauptkommissar zu, der gerade zusammen mit dem Arzt hereinkam, und verließ den Raum.

Die Entlassungsuntersuchung war reine Formsache gewesen. Leander hatte den Eindruck, dass der Arzt froh war, die Polizeibeamten und den mutmaßlichen Mörder von der Station zu haben.

Nun saßen Lena, Hansen und Brandt im Büro der beiden Hamburger Kollegen Leander gegenüber und ließen sich den ganzen Fall noch einmal sortieren. Der Kriminaloberkommissar tippte alle Vorfälle und Ermittlungsergebnisse in den Computer, während sich Hansen und Lena nur hin und wieder handschriftliche Notizen machten.

»Wenn ich all das zusammen nehme und auch noch die Ermittlungen eures LKA vor zwei Jahren, deutet tatsächlich alles auf die *HES* hin«, schlussfolgerte Lena. »Wir sollten bei der Staatsanwaltschaft eine Durchsuchung der Firmenzentrale beantragen, bevor die alles verschwinden lassen.«

»Wenn das mal nicht zu spät ist«, wandte Hansen ein. »Jens Krauses Tod dürfte Olsen und Welling gewarnt haben.«

»Wir können nur hoffen, dass wir rechtzeitig kommen«, entgegnete Lena achselzuckend.

»Den Büro-Container der *OLS* solltet ihr euch auch vornehmen«, warf Leander ein. »Immerhin werden die Helgolandgeschäfte von da aus gesteuert.«

»Und dann müssen wir die *HPA* bitten, im Umfeld der Windkraftanlagen in der Deutschen Bucht Proben zu nehmen, um den Verdacht zu untermauern«, ignorierte Lena scheinbar Leander.

Der hatte jedoch mitbekommen, dass sie nach seinem Vorschlag Hansen leicht zugenickt hatte. Psychokrieg, dachte er. Lena lässt mich spüren, dass sie jetzt ganz allein das Sagen hat. Allmählich kochte in Leander so etwas wie Wut auf seine frühere Lebensgefährtin hoch.

»Wir sollten das alles gut koordinieren und so schnell wie möglich zuschlagen«, stimmte Hansen zu. »Ich fordere auch noch die Akten von unserem LKA an, auch auf die Gefahr hin, dass die dann alles übernehmen und die Lorbeeren einstreichen.«

»Keine Angst.« Lena winkte ab. »Kriminaldirektor Ahrenstorff hat im Vorfeld abgeklärt, dass die Federführung in Kiel liegt und Hamburg nur von Seiten der Kripo Amtshilfe leistet.«

Klar, dachte Leander, wenn einer Weltmeister im Einheimsen von Lorbeeren ist, dann Ahrenstorff. Der Drops war dank Leanders und Tamme Boysens Vorarbeit so gut wie gelutscht. Jetzt brauchte der Abstauber Ahrenstorff nur noch die Arme aufzuhalten und die Ernte hineinfallen zu lassen. Am Ende saß er garantiert wieder als strahlender Sieger auf dem Podium einer Pressekonferenz. Aber vielleicht ließ sich daraus ja auch ein Vorteil ziehen. Immerhin trug der Alte die Ausrede mit dem ›Sonderermittler‹ momentan mit.

Nachdem sie Leanders Sachen aus dem Hotel geholt hatten, fuhren Lena und Leander am Nachmittag zusammen über die A 7 und ab Dreieck Bordesholm weiter über die A 215 in Richtung Kiel. Lena konzentrierte sich scheinbar übermäßig auf den Verkehr und schwieg. Leander saß daneben und warf hin und wieder einen vorsichtigen Blick auf seine frühere Lebensgefährtin, bis sie darauf aufmerksam wurde und ihn wütend anfunkelte, ohne jedoch ihr eisiges Schweigen aufzugeben.

»Du hast einen netten Freund«, versuchte er schließlich, das Eis zu brechen, indem er die Situation betont akzeptierte. »Ich glaube, auf den kann man sich verlassen.«

»Du kennst Ralf?«

»Wir sind uns auf Helgoland begegnet.« Leander war froh, dass der Journalist Lena offensichtlich nicht auch noch von dem Diebstahl des Presseausweises berichtet hatte.

»So klein ist der Felsen also«, stellte die fest und machte durch ihr folgendes Schweigen deutlich, dass sie von sich aus kein Gespräch in Gang halten würde.

»Warum bist du denn so sauer auf mich?«, versuchte Leander einen neuen Anlauf. »Ich habe zu dir gehalten, als es dir schlecht ging. Und Schluss gemacht hast schließlich du.«

Lena blickte kurz herüber und konzentrierte sich dann wieder auf einen LKW, der direkt vor ihr auf die linke Spur ausscherte, so dass sie scharf bremsen musste. Ihr Gesicht wurde von Sekunde zu Sekunde weicher.

»Im Übrigen habe ich dich noch nie so abblitzen lassen wie du mich vorhin bei Hansen. Also, was habe ich dir getan?«, stieß Leander nach.

»Du hast es wieder gemacht.« Lenas Gesichtsausdruck hatte sich schlagartig wieder verhärtet. »Wir haben uns im letzten Sommer zerstritten, weil du mir in meine Ermittlungen gepfuscht hast. Dabei war dir vollkommen egal, dass ich das nicht wollte und du meine Anweisungen selbstherrlich missachtet hast. Und jetzt ermittelst du wieder in einem Fall und gibst dich als LKA-Beamter aus. Du ziehst Lemmy mit rein und am Ende muss ich dir den Hintern retten. Was uns jetzt durch Ahrenstorff droht, ist dir dabei scheißegal. Du bist und bleibst ein rücksichtsloses Arschloch!« Sie war von Satz zu Satz lauter geworden. Letzteres hatte sie geradezu herausgeschrien. Als der LKW nun wieder einscherte, drängte sie ihn förmlich auf die rechte Spur und trat das Gaspedal dann voll durch.

»Ein rücksichtsloses Arschloch, ja?«, sagte Leander. »Das höre ich in letzter Zeit ein bisschen zu oft.« Dabei musste er seine Zerknirschung nicht vorspielen.

»Eiken?«

»Mhm.«

»Na bitte.«

»Lena, ich verspreche dir, das bei Ahrenstorff geradezurücken. Dir wird nichts passieren. Und Lemmy auch nicht.«

»Du machst gar nichts!«, fuhr Lena ihn an. »Du hast schon genug angerichtet. Diesmal überlässt du es mir, die Sache zu regeln, ist das klar?«

Leander schwieg.

»Ob das klar ist?«

»Ja, ist klar. – Pass auf, da zieht schon wieder einer raus.«

Lena betätigte die Lichthupe. Der LKW-Fahrer brach sein Manöver ab und lenkte schwankend nach rechts zurück. Sie rauschte an ihm vorbei. Der Fahrer blendete nun seinerseits mehrfach auf, was Lena aber ignorierte.

»So wie du fährst, haben wir eigentlich ganz gut zusammengepasst«, kommentierte Leander. »Zwei rücksichtslose Arschlöcher.«

Jetzt grinste Lena doch und wechselte zum ersten Mal, seit sie auf der A 215 waren, auf die rechte Spur.

»Welcher Idiot hat Sie aus der brennenden Wohnung gerettet?«, begrüßte Ahrenstorff seinen früheren Abteilungsleiter. Sein Tonfall ließ Zweifel aufkommen, ob das wirklich ironisch gemeint war.

»Keine Ahnung, die Kollegen aus Hamburg suchen noch nach ihm. Aber ich habe darum gebeten, dass er Ihnen sofort ausgeliefert wird.« Leander wartete nicht auf eine Einladung, sondern setzte sich direkt auf einen der beiden Stühle vor Ahrenstorffs Schreibtisch.

Der Kriminaldirektor legte die Stirn in Falten und forderte Lena mit einem widerwilligen Kopfnicken auf, sich ebenfalls zu setzen. »Was ist das für cine unglaubliche Unverschämtheit, die Sie sich da schon wieder herausgenommen haben, Leander?«

»*Herr* Lcander! Sie sind nicht mehr mein Vorgesetzter, *Herr* Ahrenstorff«, stellte Leander klar.

»Also? Was war da los in Hamburg?« Diesmal richtete sich die Frage an Lena, die umgehend Bericht erstattete.

»Nicht schlecht«, kommentierte der Kriminaldirektor dann. »Das rechtfertigt natürlich weder Ihr Vorgehen, *Herr* Leander, noch die Dienstverletzungen, die sich meine Beamten haben zuschulden kommen lassen.«

»Frau Gesthuisen hat sich gar nichts zuschulden kommen gelassen«, stellte Leander klar. »Soweit ich weiß, ist sie direkt zu Ihnen gegangen, als sie von alldem gehört hat.« Letzteres hatte er nicht als Vorwurf gemeint, aber er nahm Lenas Betroffenheit wahr.

»Die Bewertung überlassen Sie mal getrost mir.« Ahrenstorff verschränkte seine Finger, legte die Unterarme auf dem Schreibtisch ab und beugte sich vor. »Ihnen dürfte klar sein, dass sich KHK Lehmann einem Disziplinarverfahren stellen muss? Und Sie haben sich als Beamter des Landeskriminalamtes ausgegeben. Als Sonderermittler, wie man mir sagte.«

»Jaja, Frau Gesthuisen hat mir die Tatbestände schon aufgezählt, die man mir vorwerfen kann. Ich werde mich alldem stellen.«

Ahrenstorffs Miene verriet, dass er mit so viel Einsicht nicht gerechnet hatte. »Vielleicht ist das ja gar nicht nötig«, ruderte er zurück.

»Wie meinen Sie das?«

»Nun, ich meine, wenn Sie wirklich als Sonderermittler für das Landeskriminalamt Schleswig-Holstein im Einsatz waren, haben Sie sich doch gar nichts zuschulden kommen lassen.«

Leander glaubte, nicht richtig zu hören. Was für ein Spiel trieb Ahrenstorff da mit ihm? Sollte er ihm tatsächlich einen Schritt voraus sein und seine Strategie vorwegnehmen? Respekt, Alter, das habe ich dir gar nicht zugetraut.

»Und Frau Gesthuisen und Herrn Lehmann kann man dann ja auch nichts mehr vorwerfen, nicht wahr?«, schloss der Kriminaldirektor.

»Wenn ich nur wüsste, was mich das kostet«, wandte Leander ein. »Jemand wie Sie macht nichts umsonst, das wissen wir ja wohl beide.«

»Sie sollten nicht unverschämt werden«, entgegnete Ahrenstorff mit erhobenem Zeigefinger. »Ich mache Ihnen gerade ein Angebot, das sehr großzügig ist und das Sie, wenn Sie einmal darüber nachdenken, nicht wirklich ablehnen können. Beleidigungen vor Zeugen sind da nicht sehr hilfreich.« Er blickte Lena an, die jedoch die Augenbrauen erstaunt hochzog und abwehrend beide Hände hob, als wollte sie sagen: Was für Beleidigungen? Ich habe nichts gehört.

»Also gut.« Ahrenstorff lehnte sich in seinem Sessel zurück.

»Machen wir es kurz: Sie waren für uns im Einsatz. Dafür decke ich alles, was Sie getan haben, und ziehe Ihre Kollegen für ihre Versäumnisse nicht zur Rechenschaft. Einzige Bedingung: Sie stehen uns auch in Zukunft bei Bedarf hin und wieder zur Verfügung. Na, was sagen Sie?«

»Ich komme nicht zurück!«

»Gott bewahre! Ich würde Sie auch gar nicht wieder nehmen«, wehrte Kriminaldirektor Ahrenstorff ab. »Ich bin ja froh, dass ich Sie und Ihre Renitenz los bin. Nein, ich spreche nur von gelegentlichen Aufträgen – als Sonderermittler, um Ihre Formulierung zu verwenden. Immer wenn es in einem unserer Fälle auf den Inseln etwas zu recherchieren gibt oder wenn wir Informationen brauchen, für die ich meine Leute nicht extra auf Reisen schicken muss, sind Sie an der Reihe. Sie sind dann natürlich Frau Gesthuisen unterstellt, die volle Weisungsbefugnis hat, und erstatten ihr Bericht, das ist ja klar.«

Jetzt verstand Leander. Er war Ahrenstorffs bester Mann gewesen, auch wenn er sich nicht immer an die Regeln gehalten hatte. Jetzt bot sich dem Chef des Landeskriminalamtes die Chance, von seinen Fähigkeiten zu profitieren, ohne dafür zahlen zu müssen. Als erstes Bonbon bekam er den ausstehenden Ermittlungserfolg im Fall Gernot Reymers in die Hände gespielt. Und angesichts der Bedeutung des Reeders ergab das einen nicht zu unterschätzenden Renommee-Gewinn für den LKA-Chef. Zudem konnte der noch die Spannungen zwischen Lena und Leander, die sein Radar garantiert schon geortet hatte, für sein eigenes kleines Vergnügen nutzen. Leander betrachtete ausgiebig seine Hände und tat, als müsse er genau darüber nachdenken.

»Einverstanden«, sagte er schließlich.

»Henning!«, warf Lena ein.

»Sie halten sich da raus!«, befahl Ahrenstorff.

»Schon gut, Lena. Ich weiß, was ich mache.« Leander legte beruhigend die Hand auf ihren Arm, aber sie zog ihn sofort weg. Ahrenstorff kommentierte das mit einem zufriedenen Lächeln. Leander konnte sich nicht dagegen wehren, dass sofort die Wut wieder in ihm hochkochte.

»Lena, lässt du uns mal einen Moment allein?«, fragte er.
»Sie bleiben hier!«, befahl Ahrenstorff seiner Abteilungsleiterin.
»Tut mir leid, Herr Kriminaldirektor.« Sie erhob sich. »Imperativer Harndrang.« Sie nickte Leander zu und verließ das Büro.
»So«, sagte Leander, als die Tür wieder geschlossen war, erhob sich, stützte die Hände auf Ahrenstorffs Schreibtisch und schob sich weit zu ihm hinüber. »Jetzt sind wir unter uns.«
Der Kriminaldirektor wusste offensichtlich nicht, wie er mit der Situation umgehen sollte. Er schob seinen Sessel zurück und blickte unsicher auf die Gegensprechanlage, mit der er seine Sekretärin hereinrufen konnte.
»Ich nehme Ihr Angebot an, Ahrenstorff.« Leanders Stimme wurde jetzt so leise, dass der Kriminaldirektor ihn gerade noch verstehen konnte. »Aber ich sage Ihnen eins: Wenn ich im Nachhinein bemerken sollte, dass Frau Gesthuisen oder Herr Lehmann irgendwelche Schwierigkeiten bekommen, werden Sie von mir hören. Glauben Sie mir, ich weiß genug über Sie und Ihre Amtsführung. Es wird mir ein Vergnügen sein, meine Pressekontakte zu nutzen und Sie über die Klinge springen zu lassen.«
Ahrenstorffs Augen flackerten. Er wusste offenbar nicht, ob Leander bluffte oder wirklich etwas gegen ihn in der Hand hatte. Damit hatte Leander gerechnet. Dienststellenleiter beim LKA waren häufig politische Beamte, die weniger wegen ihrer Leistungen als aufgrund ihrer Parteibücher auf diesem Stuhl gelandet waren. Entsprechend bedacht waren sie auf positive Berichterstattung in den Medien, eine negative Presse konnte sie den politischen Rückhalt kosten.
Lena betrat wieder das Büro, so dass Leander sich auf seinen Stuhl zurücksinken ließ. Sie blickte zwischen den beiden Männern hin und her und hatte sichtlich Vergnügen an dem desolaten Zustand des Kriminaldirektors. Der hatte ihr im letzten Sommer im Beförderungswettkampf mit einem Kollegen derart übel mitgespielt, dass er auf ewig bei ihr verspielt hatte.

»Ich benötige in dem Fall natürlich einen Dienstausweis«, sagte Leander, als sei zwischen ihnen nichts vorgefallen.

Ahrenstorff räusperte sich und beugte sich wieder zu seinem Schreibtisch vor. »Also, einverstanden«, täuschte er einen positiven Gesprächsverlauf vor. »Ich lasse Ihnen dann die notwendigen Unterlagen zukommen und Sie schicken sie unterschrieben zurück. Auf eine gute Zusammenarbeit, Herr Leander.«

Der erhob sich grinsend und gab Lena ein Zeichen. Zusammen verließen sie den LKA-Chef, der bereits wieder so tat, als sei er mit wichtigen Dokumenten beschäftigt. Im Vorzimmer nickten sie seiner Sekretärin zu und gingen dann durch den Flur zu den Aufzügen.

Erst als sich die Stahltür hinter ihnen geschlossen hatte, fragte Lena: »Was war da los zwischen euch?«

»Gar nichts. Wie Ahrenstorff gesagt hat: Wir sind uns einig geworden. Ich arbeite gelegentlich für euch – beziehungsweise für dich.« Leander grinste. »Wird eine ganz neue Erfahrung für mich sein.«

»Warum hast du dich darauf eingelassen? Ich dachte, du bist froh, den ganzen Mist hier hinter dir gelassen zu haben.«

»Ach, weißt du, das Leben als Privatier ist mitunter ziemlich langweilig. Ich habe schon länger mit dem Gedanken gespielt, eine Privatdetektei zu eröffnen oder etwas in der Art. Die Ermittlungen auf Helgoland haben mich darin bestärkt. Es hat Spaß gemacht, ohne den Druck einer Dienststelle im Nacken, dafür aber mit ihrer logistischen Unterstützung ermitteln zu können. Ohne Lemmy wäre ich nicht weit gekommen. Da kommt Ahrenstorffs Vorschlag doch genau zur rechten Zeit. Außerdem gehe ich straffrei aus. Und Lemmy und dich lässt er in Ruhe.«

Lena blickte ihn zweifelnd an. »Ich traue dem Mistkerl keinen Millimeter weit.«

»Keine Angst, ich habe dafür gesorgt, dass er nichts gegen euch unternimmt.«

Jetzt schien Lena zu begreifen, was da in Ahrenstorffs Büro passiert war, während sie draußen war. Grimmig funkelte sie

Leander an. »Ich brauche deine Hilfe nicht! Mit Ahrenstorff werde ich alleine fertig.«

»Natürlich!« Leander hob abwehrend die Hände, konnte sich aber ein selbstzufriedenes Grinsen nicht verkneifen. »Gehen wir heute Abend zusammen essen? Dein Freund ist ja ohnehin nicht in Kiel.«

»Vergiss es, Henning. Du fliegst heute noch zurück nach Helgoland. Lemmy fährt dich zum Flugplatz nach Heide-Büsum. Sobald du auf der Insel bist, meldest du dich bei Hauptkommissar Frantzen. Der weiß schon Bescheid.«

»Schade. Deine aufbrausende Art wird mir fehlen, Chefin.«

Lemmy war im Gegensatz zu Lena sehr erleichtert, als Leander ihm von dem Deal mit Ahrenstorff berichtete. »Ich hatte schon befürchtet, dass mich das den Job kostet«, gestand er, während er den Dienstwagen über die Bundesstraße 203 auf Büsum zusteuerte.

»Das hätte auch leicht passieren können«, gab Leander zu. »Glaub mir, Lemmy: Als die Kripo mich in Bergedorf einkassiert hat, wusste ich mir nicht anders zu helfen. Natürlich hätte mir in dem Moment klar sein müssen, dass ich damit deine Zukunft aufs Spiel setze. Es tut mir leid. Ich bin zu weit gegangen. Vielleicht kannst du es dem Umstand zuschreiben, dass ich vorher was auf den Kopf bekommen habe.«

Lemmy sah ihn an und schwieg.

»Ich weiß gar nicht, wie ich das wiedergutmachen kann«, fuhr Leander fort.

»Musst du nicht. Wofür hat man schließlich Freunde?« Vor ihnen tauchte der Wegweiser zum Flugplatz Heide-Büsum auf. »Wir sind gleich da. Werden jetzt wieder Jahre vergehen, bis wir uns wiedersehen?«

»Auf keinen Fall. Sobald du ein paar Wochen Urlaub bekommen kannst, erwarte ich dich auf Föhr.«

»Abgemacht.« Lemmy lächelte Leander zu und lenkte den Wagen auf den Parkplatz neben dem flachen weißen Gebäude mit dem aufgesetzten roten Tower.

Leander checkte in der kleinen Abfertigungshalle ein und

ließ sich von Lemmy bis zu einem Flieger der *OLT* begleiten, der am Rande des Rollfeldes mit den Gepäckstücken der übrigen Fluggäste beladen wurde. Dabei handelte es sich wieder um Monteure der Firma *Siemens*, die zu ihrem Arbeitsplatz auf Helgoland unterwegs waren.

»Halt mich über die Ermittlungen auf dem Laufenden«, ermahnte Leander seinen Freund. »Ich muss wissen, was bei den Durchsuchungen herausgekommen ist. Wir haben immerhin noch den Mord an Reymers aufzuklären und Malte Cohrs freizubekommen. Sonst brauche ich meinen Freunden auf Helgoland nicht mehr unter die Augen zu treten. Und noch etwas: Versuch doch mal, über die *HPA* an die Testergebnisse des Baggerguts heranzukommen, das nicht zur *Tonne E 3* verbracht werden darf, sondern in Finkenwerder entsorgt werden muss. Könnte sein, dass uns das bei der Auswertung der Tests in der Biologischen Anstalt weiterhilft.«

»Ich werd's versuchen«, versprach Lemmy. »Sobald ich etwas weiß, maile ich es dir. Bis bald, Henning. Und zeig's den bösen Buben auf dem Felsen!«

Leander winkte seinem Freund zu, während die kleine Maschine den Bereich vor dem Abfertigungsgebäude verließ und langsam in Startposition rollte. Auch als sie am Ende der Betonpiste wendete und mit starker Beschleunigung über das Rollfeld zurückhoppelte, stand Klaus Lehmann noch neben der Abfertigungshalle und winkte ihm nach.

31

Kriminalhauptkommissar Frantzen nahm Leander direkt an der Abfertigungshalle auf der Düne in Empfang. Sein grimmiger Gesichtsausdruck ließ keinen Zweifel daran, dass er mit den Parallel-Ermittlungen des ehemaligen Kollegen nicht einverstanden war. Entsprechend frostig war dann auch die Stimmung zwischen ihnen. Immerhin ließ er Leander noch schnell in Eikens Bungalow duschen, bevor sie zusammen zum Felsen übersetzten.

In der Station der Wasserschutzpolizei wartete Niels Duve auf die beiden Männer. »Eben ist eine Weisung des LKA Hamburg gekommen: Gegen 18 Uhr landet ein Einsatzteam mit dem Heli bei uns. Wir sollen sie am Hubschrauberlandeplatz erwarten und bei einem Einsatz im Service-Hafen unterstützen.«

Hauptkommissar Frantzen schnaufte wütend. Er hatte sichtlich den Eindruck, dass die Ermittlungen inzwischen vollkommen an ihm vorbeiliefen. »Können Sie mir das erklären?«, fragte er Leander.

Der nickte grinsend, woraufhin sich die drei Männer in Duves Büro zurückzogen.

»Also?«, forderte Frantzen Leander noch einmal auf.

»Ich nehme an, dass das LKA den Bürocontainer der Firma *OLS* durchsuchen und die stellvertretende Geschäftsführerin Solveig Lange festnehmen will. Zeitgleich wird wohl eine Durchsuchung der Firmenzentrale in Hamburg vorgenommen.« Leander erstattete ausführlich Bericht über alle bisherigen Ermittlungsergebnisse und die Vorkommnisse in Hamburg.

»Alles hat also mit der illegalen Verklappung des Hamburger Hafenschlicks zu tun?«, fasste Frantzen zusammen.

»So sieht es jedenfalls aus. Die Laborergebnisse des *AWI* deuten darauf hin und so, wie ich das sehe, werden die Untersuchungen der *HPA* das bestätigen. Gernot Reymers musste sterben, weil seine Algenzucht das zutage gefördert hätte.«

»Oha«, kam es von Niels Duve. »Da hätten wir uns hier auf Helgoland einen Wolf ermitteln können. Darauf wären wir nie gestoßen.«

»Schon gar nicht, wenn uns von ehemaligen Kollegen die entscheidenden Hinweise vorenthalten werden«, schimpfte Frantzen in Leanders Richtung.

»Jedenfalls dürfte Malte Cohrs damit aus dem Schneider sein«, ignorierte der die Attacke. »Seine Darstellung der Zusammenhänge hat sich bestätigt. Cornelius Lange war der Informant, der ihm die Karten zugespielt hat. Cohrs hatte keinen Grund, Reymers zu töten. Und Ove Lornsens Mörder kann er nachweislich ebenfalls nicht sein.«

»Wir warten ab, was die Durchsuchung der Büros ergibt«, beschloss Frantzen. »Freilassen können wir Cohrs anschließend immer noch. Nachher geht der uns auch noch verloren und ich habe keine Lust, erst nach ihm fahnden zu müssen, wenn sich Ihre Theorie nicht bestätigen sollte.«

Der Hangar der Marineflieger befand sich in der Nähe des Südhafens hinter dem kleinen Industriegebiet, das Leander auf dem Weg zur Schutzmauer unterhalb des Vogelfelsens kennengelernt hatte. Auf der riesigen Landefläche standen bereits zwei Helikopter vom Typ *Sea King MK 41*, die hier dauerhaft stationiert waren, als ein weiterer Hubschrauber mit den Beamten des Landeskriminalamtes landete.

Duve, Frantzen und Leander waren mit dem weiß-blauen Elektro-Kleintransporter der Wasserschutzpolizei hergefahren und halfen den Kollegen aus Hamburg, ihre Kisten zu verladen, mit denen sie das beschlagnahmte Material abtransportieren wollten. Während Niels Duve das Fahrzeug anschließend direkt in den Südhafen fuhr, legten die anderen Beamten den kurzen Weg dorthin zu Fuß zurück.

Der Einsatzleiter betrat als Erster den Bürocontainer der Firma *OLS* und legte der erschrockenen Solveig Lange den Durchsuchungsbeschluss vor. Sie wollte gleich zum Telefonhörer greifen, aber das wurde ihr verboten.

»Sie erreichen momentan in Ihrer Firmenzentrale ohnehin

niemanden, weil unsere Leute zeitgleich dort eine Durchsuchung durchführen«, erklärte der Einsatzleiter. »Frau Lange, ich nehme Sie vorläufig fest. Sie werden umgehend nach Hamburg verbracht. Dort dürfen Sie selbstverständlich Kontakt zu einem Rechtsanwalt aufnehmen.«

Er gab einem seiner Männer ein Zeichen, die Managerin aus dem Container zu führen. Gleich darauf begannen die übrigen Beamten routiniert damit, sämtliche Akten aus den Regalen zu räumen und in Kisten zu verpacken und die Computeranlage abzubauen. Leander, der den Container nicht betreten durfte, beobachtete die Aktion zusammen mit Diederich Frantzen durch die offene Tür. Der Kriminalhauptkommissar zog missmutig die Stirn kraus, weil er sich offenbar auf dem Abstellgleis fühlte.

Zwei Stunden später war der ganze Spuk vorbei. Die LKA-Beamten hatten mit Niels Duves Hilfe alles in ihren Hubschrauber transportiert und befanden sich nun mit Solveig Lange wieder auf dem Rückflug nach Hamburg. Der *OLS*-Container war versiegelt und Hauptkommissar Frantzen, Oberkommissar Duve und Leander saßen wieder im Büro der Wasserschutzpolizei.

»Da haben Sie aber verdammt viel Staub aufgewirbelt«, sagte Frantzen zu Leander, der durchaus auch ein bisschen Respekt herauszuhören glaubte. »So, wie ich das sehe, kann ich die Ermittlungen hier jetzt einstellen und nach Itzehoe zurückfahren. Den restlichen Kleckerkram kriegt ihr auch ohne mich hin, was, Duve?«

Der Oberkommissar nickte grinsend. »Die Fahndung nach Henry Götze läuft über Interpol und die Anzeige der beiden Meeresbiologen gegen Unbekannt wird sowieso im Sande verlaufen.«

»Ihr habt Götze also immer noch nicht gefunden«, stellte Leander fest. »Gibt es keinerlei Anhaltspunkte, wohin er sich abgesetzt haben könnte?«

»Nein, der ist wie vom Erdboden verschluckt. Wenn Sie uns eher informiert hätten, hätten wir verhindern können, dass er die Insel verlässt. Na, ist ja jetzt auch egal. Sein Büro in Hamburg wird überwacht und die Reederei Reymers ebenfalls«, berichtete Diederich Frantzen. »Alle Flughäfen sind informiert. Mehr können wir momentan nicht machen.«

»Wieso überwacht ihr die Reederei Reymers?«, hakte Leander verständnislos nach.

»Na, für die hat er doch im letzten Jahr ausschließlich gearbeitet. Wussten Sie das nicht?«

»Götze hat nur für Reymers gearbeitet? Warum das denn?«

»Das konnte man uns in Hamburg auch nicht beantworten. Der stellvertretende Geschäftsführer dort, ein gewisser Hellmuth Brönner, hat ausgesagt, Götze sei von Gernot Reymers persönlich beauftragt worden. Mit der Reederei direkt habe das nichts zu tun gehabt. Er selbst will Götze nicht einmal gekannt haben. Brönner hat angenommen, dass er in Reymers' Hotel auf Helgoland gewohnt hat. Und Reymers' Witwe will von alldem nichts gewusst haben. Sie bestreitet, Götze zu kennen, geschweige denn, dass er ihr Gast gewesen sei. Wir können ihr nicht das Gegenteil beweisen.«

Verdammt, dachte Leander, da hat Lemmy aber nicht gründlich gearbeitet. »Und was ist mit Heiko Tönnies? Hatte er nur ein Verhältnis mit Solveig Lange, oder steckt er mit in der Sache?«

Die beiden Polizeibeamten sahen sich fragend an, wobei Frantzens Gesichtsausdruck allmählich etwas Verzweifeltes annahm. Seufzend berichtete Leander von Tamme Boysens nächtlichen Beobachtungen im Service-Hafen.

»Tamme, verflucht noch mal«, presste Niels Duve heraus. »Komm du mir unter die Augen!« Er sprang auf. »Den Tönnies kaufe ich mir jetzt. Wenn der mit der Sache zu tun hat, kann er gleich im Wechsel mit Cohrs in die Zelle einziehen.«

»Warten Sie, ich komme mit«, rief Diederich Frantzen. In der Tür drehte er sich noch einmal zu Leander um. »Sagen Sie, hat Tönnies vielleicht auch etwas mit dem Einbruch ins Hotel *Laguna* zu tun?«

»Tut mir leid«, antwortete der. »Davon weiß ich nichts.«

Den Abend verbrachte Leander auf der Düne. Er hatte zuerst überlegt, ob er Oma Klüsing und Mephisto aufsuchen sollte, um ihnen von seinem Ausflug nach Hamburg zu berichten, aber die letzten Tage waren zu ereignisreich gewesen, der heutige zu anstrengend, nachdem er bis zum Morgen noch verletzt im Krankenhaus gelegen hatte. Manchmal überschlugen sich die Ereignisse. Danach, stellte Leander fest, musste er erst einmal wieder zur Ruhe kommen. Früher war er da stressresistenter gewesen.

Nachdem er von Eva, die wieder am Steuer der Dünenfähre saß, wie ein alter Bekannter begrüßt worden war, hatte er mit der *Witte Kliff* übergesetzt und war dann direkt zum Essen ins *Dünenrestaurant* gegangen. Nun schlenderte er den Südstrand entlang und scheuchte dabei ein paar Seehunde auf. Er umrundete die Aade, ließ sich schließlich auf der Höhe des Zeltplatzes auf einem Findling im Sand des Nordstrandes nieder und beobachtete die Kegelrobben, die überwiegend träge nebeneinander lagen. Nur hin und wieder walkte sich ein Tier durch die Menge in Richtung Wasser und beantwortete das Grunzen und die Kopfhiebe mit angedeuteten Bissen in alle Richtungen.

War es heute wieder heiß gewesen, so zogen nun von Westen her dicke Wolken auf. Das stabile Azorenhoch, das den Sommer in diesem Jahr eingeleitet und über Wochen angehalten hatte, schien vorbei zu sein. Jetzt musste man sich wieder auf einen Wechsel zwischen heißen Tagen und abendlichen Gewittern einstellen. Der sanfte Luftzug war ein unangenehm schwüler Hauch. Nur gelegentlich tauchten Urlauber am Strand auf und waren genauso schnell wieder verschwunden, weil sie auch hier keine Abkühlung fanden. Leanders Kopfschmerzen meldeten sich zurück und nahmen stetig zu.

Von der Aade näherte sich die bullige Gestalt Tamme Boysens. Der Seehundjäger hielt die Hände auf dem Rücken verschränkt, links und rechts ragte die merkwürdige Stange mit der Robbenschlinge über seinen Körper hinaus. Obwohl er Leander längst gesehen haben musste, ließ er sich Zeit und schlenderte erst im letzten Moment vom Spülsaum zu ihm herauf.

»Verdammt heiß heute«, brummte er und ließ sich neben Leander in den Sand fallen. Er nahm seine Schirmmütze ab und wischte sich mit einem großen Stofftaschentuch den Schweiß von der Stirn. Nachdem er es wieder weggesteckt und die Mütze auf seinen großen Schädel zurückgeschoben hatte, zog er Pfeife und Tabaksbeutel hervor. In aller Seelenruhe stopfte er den Pfeifenkopf, entzündete schmauchend mit einem Streichholz den Tabak und paffte mehrfach schnell hintereinander, bis der Kennerblick keinen Zweifel daran ließ, dass die Glut nun nicht mehr erlöschen würde. Er stützte die Unterarme mit der Pfeife in der rechten Hand auf seinen Knien ab und blickte schweigend hinunter auf die Kegelrobben. »Und? Erfolgreich gewesen?«

»Wie man's nimmt«, antwortete Leander und berichtete nun doch ausführlich.

»Schöner Schiet«, kommentierte Tamme Boysen den Zwischenfall in Langes Wohnung. »Wir hätten schon ein paar Beweise gebrauchen können.«

»Sorry, Tamme. Nächstes Mal sicher ich erst die Unterlagen, bevor ich mich niederschlagen lasse.«

»Besser ist das«, meinte Tamme leichthin. »Blöd, dass das nicht der Heiko gewesen sein kann, der dich überfallen hat. Aber der scheint ja nun mit der Sache gar nichts zu tun zu haben, wie Niels Duve sagt.«

»Wieso? Weißt du schon Näheres?«

»Jo. Die haben den ganz schön in die Zange genommen, Duve und Frantzen.« Tamme Boysen lachte trocken, zog dann mehrmals an seiner Pfeife und stützte die Unterarme wieder auf die Knie. »Hat ganz schön Schiss gehabt, als die ihm eine Zusammenarbeit mit Solveig Lange unterstellt haben. Am Ende war dann Merets Wut die geringere Gefahr, also hat er im Beisein seiner Frau das Verhältnis zugegeben. Die hat auch gleich kapiert, dass die Lange ihn nur rangelassen hat, um über die Entwicklungen in der Bürgerinitiative auf dem Laufenden zu bleiben. Mann, hat Meret Heiko den Marsch geblasen. Und das im Beisein von Duve und Frantzen.« Wieder lachte Boysen vor sich hin. »Da haben wir Jeskos Uschi zu Unrecht unterstellt, die undichte Stelle zu sein.«

»Ich weiß nicht, Tamme. Ich denke, dass es noch eine andere undichte Stelle in der Bürgerinitiative gibt. Tönnies ist nicht dumm genug, um alles auszuplaudern. Und außerdem muss ja noch jemand Olsen und Welling zugearbeitet haben.«

»Du denkst an Mechthild?«

»Mhm.«

»Dazu wird uns Oma Klüsing Genaueres sagen können. Die war mit deinem Freund Mephisto vorhin schon auf dem Weg zum Dünentaxi, um dich hier zu überfallen. Unverschämtheit, hat er gemeint, dass du dich nicht längst bei ihnen gemeldet hast. Ich habe sie davon überzeugt, dass du dich bestimmt erst mal ausschlafen musst. Wir sollen dann morgen Vormittag zu Oma Klüsing kommen. Ich hoffe, das war in deinem Sinne.«

»Oh, danke, Tamme«, antwortete Leander erleichtert. »Die beiden hätte ich heute wirklich nicht mehr ertragen.«

»Sagen wir um zehn am Anleger drüben im Hafen?« Der Seehundjäger drückte sich mit der freien Hand aus dem Sand hoch. »Leg dich erst mal 'ne Runde weg. Du siehst wie eine Leiche auf Urlaub aus.« Er tippte sich an den Mützenschirm und stapfte wieder in Richtung Spülsaum. »Da kommt noch was runter, heute Nacht«, rief er über die Schulter zurück und deutete auf die Gewitterwolken, bevor er mit hinter dem Rücken verschränkten Armen in Richtung Fähranleger davonschlenderte.

32

Tamme Boysen sollte recht behalten: In der Nacht entlud sich ein heftiges Gewitter über Helgoland. Leander wurde mehrmals von Donnerschlägen geweckt. Durch die zugezogenen Vorhänge zuckte das grelle Licht der Blitze, die den ganzen Himmel zu spalten schienen. Regen prasselte lautstark vor die Scheiben der Holzhütte und fegte in starken Böen über das Dach. Leander bekam einen Eindruck davon, wie elementar das Erlebnis der Herbst- und Winterstürme hier auf der Düne sein musste.

Irgendwann tauchte er kurz aus dem Dämmerschlaf auf, als Eiken nach Hause kam und die Fenster im Wohnzimmer kontrollierte, aber er war zu erledigt, um aufzustehen. Stattdessen wechselten sich von nun an tiefe Schlafphasen mit schweren Träumen ab, von denen er am Morgen keinen mehr inhaltlich zu fassen bekam. Sein Schädel dröhnte, als er gegen sieben Uhr ins Bad hinüberschlurfte, und das Erste, das er an diesem Morgen zu sich nahm, war eine Kopfschmerztablette.

Nach einer kühlen Dusche fühlte er sich schon deutlich lebendiger. Als er das Bad verließ, klapperte Eiken mit Geschirr in der Essecke. Speck- und Kaffeeduft zogen durch den Raum.

»Ich habe Rührei gemacht«, begrüßte Eiken ihn. »Und so, wie du aussiehst, kannst du einen starken Kaffee gebrauchen.« Sie strich vorsichtig über seine blau unterlaufene Schläfe und verzog dabei den Mund, als könne sie selbst den Schmerz spüren. »War das nötig, da in Hamburg?«

Leander seufzte und setzte sich an den Frühstückstisch, ohne zu antworten. Sie hätte es ohnehin nicht verstanden, wenn er gesagt hätte: Oh ja, das war nötig. Allerdings war es schön, dass Eiken sich Sorgen machte. Er schnitt sich eines der frischen Körnerbrötchen auf, die sie vom Flughafen-Kiosk geholt hatte, und belegte es dick mit Rührei, während Eiken ihm Kaffee eingoss.

»Was hast du heute vor?«, erkundigte sie sich.

Er berichtete von dem bevorstehenden Treffen mit Tamme, Mephisto und Oma Klüsing. »Und du? Kannst du mitkommen?«

Eiken schüttelte den Kopf. »Ich werde in der Vogelwarte gebraucht und muss jetzt los. Du solltest dich schonen, siehst verdammt übel aus. Mal sehen, vielleicht komme ich heute etwas früher nach Hause, dann können wir eine Runde schwimmen gehen.«

»Das wäre wunderbar«, antwortete Leander und sah zu, wie sie ihre Sachen zusammensuchte und mit einem kurzen Gruß die Hütte verließ.

Die Überfahrt zum Felsen glich einem Rodeo, da das kleine Boot in schneller Fahrt über die bewegte See sprang. Die Luft war klar heute Morgen und wirkte wie frisch gewaschen. Lose Wolkenhaufen trieben über den Himmel. Jetzt erst wurde Leander im Vergleich bewusst, wie belastend die drückende Hitze der vergangenen Wochen gewesen war. Als die *Witte Kliff* in den Hafen einlief, kam ihr ein Kutter entgegen, an dessen Steuer Malte Cohrs stand. Der Fischer starrte stur geradeaus und beschleunigte sein Boot, sobald er die Hafenmauern hinter sich gelassen hatte.

Tamme Boysen wartete schon am Anleger. Seine gebogene Pfeife hing über sein bärtiges Kinn herab und gab kleine Rauchwolken von sich wie eine Dampflok.

»Cohrs ist also wieder frei.« Leander deutete mit dem Daumen über die Schulter in Richtung Hafenausfahrt.

»Frantzen hat ja nun nichts mehr gegen ihn in der Hand«, erklärte Boysen. »Malte hatte kein Motiv für den Mord an Reymers und seine Geschichte von dem Whistleblower hat sich bestätigt. Sein Anwalt hat so viel Druck gemacht, dass Frantzen ihn gehen lassen musste. Allerdings verstößt der Sturkopf gerade gegen die Auflage, die Insel nicht zu verlassen.« Boysen schüttelte lachend den Kopf.

Sie überquerten den Platz vor dem Hotel *Atoll* und bogen in den *Lungwai* ein. Da noch kein Bäderschiff auf der Reede lag und auch die Fähre und der *Halunderjet* noch nicht angekommen waren, herrschte in der Geschäftsstraße wenig Betrieb. Meret und Heiko Tönnies schoben gerade Regale mit Zeitungen und Kaffeepaketen aus ihrem Fuselladen. Beide schwiegen verkniffen und beachteten auch Tamme und Leander nicht. Nur wenige Touristen waren um diese Zeit unterwegs, so dass die beiden Männer zügig in Richtung Treppe vorankamen.

Oma Klüsing und Mephisto warteten bereits auf sie. Letzterer saß brummig am Küchentisch und blieb stur sitzen, als seine alte Freundin Leander und Tamme hereinführte.

»Oha«, sagte die alte Dame und begutachtete Leanders Bluterguss an der Schläfe. »Daran wirst du aber noch ein paar Tage Spaß haben.«

»Er wird es überleben«, grunzte Mephisto. Offensichtlich nahm er es Leander immer noch übel, dass der am Vortag nicht gleich zu ihnen gekommen war.

»Dir auch einen schönen guten Morgen«, reagierte Leander belustigt, woraufhin Mephistos Miene noch eine Spur finsterer wurde.

Oma Klüsing versorgte sie mit Wasser, setzte sich dann ebenfalls an den Küchentisch und blickte Leander herausfordernd an, während Mephisto die Struktur der Tischplatte intensiv zu analysieren schien. Leander beschloss, sich durch seinen alten Freund nicht beeindrucken zu lassen, und berichtete ruhig und ausführlich von den Ereignissen in Hamburg.

»Jetzt liegt der Ball im Feld des LKA«, schloss er. »Man kann nur hoffen, dass die Durchsuchungen in Hamburg und hier im Service-Hafen die nötigen Beweise liefern und Henry Götze bald gefasst wird. Sonst kommen Welling und Olsen davon. Ich glaube nicht, dass die toughe Dame Solveig Lange gegen sie aussagen wird, nachdem schon ihr Ex-Mann das nicht überlebt hat. Außerdem weiß man nicht, wie tief sie selber mit drinsteckt.«

»Dann wird es schwer werden, Gernots Mörder zu finden«, bestätigte Tamme Boysen seine Einschätzung. »Ich kann mir nicht vorstellen, dass Götze noch in Europa ist. Der ist bestimmt mit falschem Pass irgendwo in Südamerika oder Asien untergetaucht.«

»Das wäre zwar höchst unbefriedigend, aber am Ende doch eigentlich egal«, befand Mephisto. »Malte Cohrs ist frei und unschuldig. Das zu beweisen, war schließlich unser Ziel.«

»So leicht können wir es uns nicht machen«, warf Boysen ein. »Immerhin hat es hier ja nicht nur zwei Morde gegeben. Wir haben offensichtlich einen Verräter unter uns, der mit den Mistkerlen gemeinsame Sache gemacht hat. Solange der nicht gefunden ist, werden sich die Helgoländer gegenseitig nicht mehr vertrauen. Und wenn wir auf eines bisher stolz sein konnten, dann auf unseren Zusammenhalt, auch wenn wir im Einzelfall mal unterschiedlicher Meinung sind.«

»Da kann ich für Aufklärung sorgen«, sagte Oma Klüsing. »Ich habe mir Mechthild zur Brust genommen.« Sie senkte automatisch ihre Stimme, als müsse sie nun von einer ganz besonders geheimnisvollen Verschwörung berichten, und beugte sich vor. »Ove war zwar kein Ehemann, wie man ihn sich wünscht, aber sein Tod hat die Arme doch ganz schön mitgenommen. Bei unserem Gespräch hatte ich den Eindruck, dass sie um jeden Preis reinen Tisch machen will. Also: Sie hat zugegeben, dass Ove seit einiger Zeit Kontakt zu ihrem Bruder Holger Welling hatte. Der hat vor ein paar Monaten plötzlich unangemeldet vor der Tür gestanden. Angeblich hatte er geschäftlich hier zu tun und wollte bei der Gelegenheit einfach mal seine Verwandtschaft besuchen. Als er erfahren hat, dass Ove arbeitslos war, hat er ihm sogar einen Job angeboten.«

»Bei seiner Firma *OLS*«, warf Boysen ein.

»Genau. Offiziell hat Ove bei der Wartung dieser Katamarane geholfen. Wie heißen die noch gleich?«

»Crewtender«, antwortete Leander.

»Diese Dinger, richtig.« Oma Klüsing schüttelte den Kopf, als wollte sie sagen: Wo sind eigentlich unsere guten deutschen Wörter hin?

»Was heißt ›offiziell‹?«, hakte Tamme Boysen nach. »Hat Mechthild gesagt, welche Aufgabe er wirklich für Welling übernommen hat?«

»Ja und nein. Ove hat nie etwas Genaues erzählt, aber

sie hat inzwischen so eine Ahnung. Welling hat versucht, Mechthild und Ove davon zu überzeugen, dass Gernots Pläne mit der Inselerweiterung und den Windrädern viel zu groß für ihn waren. Von einer Pleite hätte am Ende keiner etwas. Aber ein Partner wie die *HES* könnte dafür sorgen, dass die Sache auch umgesetzt wird und die Helgoländer wirklich davon profitieren. Mechthild sagt, er habe ihnen sogar eine Stange Geld geboten, wenn sie in der Bürgerinitiative dafür sorgten, dass der Widerstand aufgegeben würde – unter der Bedingung, dass Reymers die *HES* ins Boot holt. Dafür würde die Insel auch nur im Hafenbereich erweitert, nicht zur Düne rüber. Ove war dafür, das Geld anzunehmen, aber Mechthild wollte das nicht. Es muss da heftigen Streit zwischen den beiden gegeben haben. Mechthild glaubt, dass Ove schließlich alleine für Welling gearbeitet hat. Jedenfalls ist die Stimmung zwischen ihm und Mechthild immer schlechter geworden. Ove hat am Ende gar nicht mehr mit ihr geredet. Tagsüber hat er gearbeitet und abends in den *Mocca-Stuben* gesessen und sich volllaufen lassen. Von ihrem Bruder hat sie in letzter Zeit auch nichts mehr gehört.«

»Ove wird tatsächlich auf eigene Faust gehandelt haben«, vermutete Tamme Boysen. »Schließlich hat er sich an Malte herangemacht. Und das mit Erfolg. Malte hat ihm von dem Informanten erzählt und ihm die Pläne gezeigt. Das hat er gleich an seinen Schwager weitergegeben.«

»Und von Lornsen wusste Welling auch, dass Cohrs sich an Reymers gewandt hat«, fuhr Leander fort. »Das muss ihm mächtig gestunken haben, denn jetzt bestand ja die Gefahr, dass Reymers und die Bürgerinitiative sich alleine einigen würden. Dann wären Welling und Olsen endgültig aus dem Rennen gewesen.«

»So muss es gewesen sein«, stimmte Boysen zu.

»Und dann waren da noch die Pläne mit der Algenzucht«, ergänzte Leander. »Durch Reymers wäre aufgedeckt worden, dass die Verbrecher ihre Tochterfirma hier auf Helgoland genutzt haben, um illegal Giftschlamm ins Meer zu kippen. Das wäre das Ende der Firma nicht nur hier, sondern auch auf dem Festland gewesen. Die Aufträge im Hamburger Hafen wären weg gewesen. Außerdem kann ich mir nicht vorstellen, dass ein Unternehmen, das nachweislich für seinen Profit bereit ist, unser Meer zu vergiften, in Zukunft auch nur eine einzige Fracking-Lizenz bekommen würde.«

»An Gernots Algenprojekt hing also die Existenz des gesamten Konzerns«, schloss Mephisto. »Kein Wunder, dass Welling diesen Götze engagiert hat. Der hat sich in Reymers' Vertrauen geschlichen und ihn am Ende auf dem Oberland umgebracht.«

»Dabei muss dann etwas schiefgegangen sein«, sponn Leander den Gedanken weiter. »Als er die Leiche zum Vogelfelsen geschleift und hinuntergeworfen hat, hat sie sich im Draht verfangen. Das hat er am nächsten Morgen festgestellt, als wir zusammen beim Lummenfelsen waren. Und dann hat er dafür gesorgt, dass Reymers' Körper endgültig abgestürzt ist und man anhand der vielen Knochenbrüche nur schwer eine Todesursache feststellen konnte.«

»Schade, dass wir all das nur beweisen können, wenn Götze gefasst wird und gesteht«, wandte Tamme Boysen düster ein. »Und das dürfte wohl sehr unwahrscheinlich sein. Mir wäre wohler, wenn der Mörder am Ende im Gefängnis säße.«

»Aber warum hat Mechthild sich nicht an dich gewandt?«, fragte Mephisto Oma Klüsing. »Du bist doch ihre Freundin. Wenn ihr eher über alles Bescheid gewusst hättet, hättet ihr den Mord an Reymers verhindern können – und Ove Lornsens Tod auch.«

»Na, das ist doch wohl verständlich«, antwortete Oma Klüsing. »Wie hätte sie denn dagestanden, wenn sie uns erzählt hätte, dass ihr Bruder Manager bei der *HES* ist und Gernots Projekt unterstützt und dass Ove für ihn arbeitet? Keiner von uns hätte ihr noch über den Weg getraut. Nee, nee, da kann ich sie schon verstehen.«

»Und warum wurde Ove Lornsen dann auch umgebracht?«, fragte Mephisto. »Weil sein Einsatz erfolglos war?«

»Tja, das ist nun etwas verzwickt«, versuchte Oma Klüsing eine Antwort. »Mechthild sagt, als Ove von Gernots Tod erfahren habe und davon, dass Malte ihn angeblich umgebracht hat, sei er ins Grübeln gekommen. ›Der Malte tut sowas nicht‹, hätte er immer wieder gesagt. Am Ende müsse er sich zusammengereimt haben, dass sein Schwager mit der Sache zu tun hatte. Vielleicht hat er auch Angst bekommen, dass er ebenfalls umgebracht werden könnte, weil er ein gefährlicher Mitwisser war. Wie gesagt, der Ove hat nicht mehr viel geredet. Jedenfalls sei er nach Hamburg gefahren, um mit seinem Schwager über die Vorfälle zu reden. Das Ergebnis kennen wir: Ove wurde in Hamburg ertränkt.«

»Hat Mechthild Beweise dafür?«, hakte Boysen nach.

Oma Klüsing schüttelte den Kopf. »Alles reine Vermutungen. Mechthild weiß nicht, wie weit Ove in all das verstrickt war. Deshalb hat sie ja auch die ganze Zeit geschwiegen. Einerseits wollte sie ihren Bruder nicht verraten, andererseits hatte sie Angst, dass er sich aus der Affäre ziehen und Ove den Mord an Gernot anhängen würde.«

»Verzwickte Situation für Mechthild Lornsen«, gab Leander zu. »So wie ich die Helgoländer inzwischen einschätze, hätte sie unmöglich weiter hier leben können, wenn sie all das erzählt hätte. Sie musste hoffen, dass es nie herauskommt.«

»Aber Oves Tod hat am Ende doch alles verändert«, stimmte Oma Klüsing zu. »Die beiden haben enger zusammengehört, als es nach außen den Anschein hatte. Mechthild will, dass der Mörder zur Rechenschaft gezogen wird, auch wenn es ihr Bruder ist. Ich habe ihr geraten, heute zur Polizei zu gehen und alles zu erzählen.«

Leander nickte. »Welling wird einiges zu erklären haben. Und Solveig Lange auch.«

»Arme Mechthild«, sagte Oma Klüsing. »Ehefrau eines Verräters und Schwester eines Mannes, der die Nordsee vergiftet und Mörder beauftragt. Ich glaube nicht, dass man damit fertig wird. Sie wird ihre Pension wohl aufgeben und Helgoland verlassen müssen.«

»Wenn sie nichts damit zu tun hat, setze ich mich für sie ein«, versprach Tamme Boysen. »Und ihr solltet euch auch auf ihre Seite stellen. Sie kann schließlich für all das nichts.«

»Mir geht etwas anderes nicht aus dem Kopf«, sagte Leander. »Nämlich die Rolle von Marianne Reymers. Henry Götze ist der Killer, den Welling ausgeschickt hat. Außerdem hat er offiziell für Gernot gearbeitet und ist im *Laguna* ein und aus gegangen. Zumindest das Letzte kann doch nicht an Marianne Reymers vorbeigegangen sein.«

Tamme Boysen nickte. »Ich kann mir das zwar nicht vorstellen, aber es sieht doch verdammt danach aus, als hätte sie mit Welling gemeinsame Sache gemacht.«

»Marianne?«, zweifelte Oma Klüsing. »Ich weiß nicht. – Nee, nicht die Marianne!«

»Zumindest wird sie uns erklären müssen, wie es sein kann, dass sie einen engen Mitarbeiter ihres Mannes, der noch dazu bei ihr Stammgast ist, nicht gekannt haben will«, sagte Leander. »Ich habe mich von Anfang an gewundert, wie sie mit dem Tod ihres Mannes fertig geworden ist. Verzweiflung sieht für mich anders aus.« Dann wandte er sich an Mephisto, der ihm immer noch kein freundliches Wort gegönnt hatte: »Und was ist mit dir? Willst du nicht auch allmählich aus deiner Schmollecke kommen? Der Fall ist gelöst, soweit das in unserer Macht stand. Mehr konnte ich für Malte Cohrs und deine Freunde nicht tun. Ich finde, du bist mir schon etwas Dankbarkeit schuldig. Immerhin habe ich mein Leben für euch riskiert.«

»Ich sage doch gar nichts«, grunzte der unwillig. »Auch wenn ich allen Grund dazu hätte. Aber: Schwamm drüber. Ganz so dusselig hast du dich ja wirklich am Ende nicht angestellt.«

Leander lachte. Er wusste, wie schwer seinem Freund dieses Zugeständnis fiel. Vorwürfe machen konnte er gut, sich entschuldigen oder Dankbarkeit ausdrücken nicht.

»Ich weiß gar nicht«, sagte Leander und grinste Oma Klüsing an, »warum ich an diesem miesepetrigen Giftzwerg so einen Narren gefressen habe. Seine Geschwätzigkeit geht mir unheimlich auf die Nerven, er ist grenzenlos überheblich und egozentrisch. Und wenn man ihm einen Gefallen tut und sogar seinen Hintern dabei riskiert, kann er sich nicht einmal angemessen bedanken.«

Die alte Dame winkte ab. »So war der schon immer. Ich fürchte, den müssen wir nehmen, wie er ist.«

In diesem Moment klingelte Leanders Handy. Als er Lenas Nummer erkannte, stand er auf und verließ die Küche. »Hallo, Lena? Warte bitte einen Moment, ich suche mir eine ruhige Ecke, dann rufe ich zurück.«

Er drückte das Gespräch weg, bevor Lena antworten konnte. Dann verließ er das Haus und schlug den Weg in Richtung Kirche ein. Auf dem kleinen Friedhof herrschte absolute Ruhe. Leander entdeckte weit und breit keine Menschenseele, genau der richtige Ort, um mit Lena zu telefonieren. Direkt an der Kirchenwand stand eine Bank in der Sonne. Darauf ließ er sich nieder und wählte Lenas Nummer.

»So«, begrüßte er sie. »Jetzt kann ich sprechen. Muss ja nicht sein, dass Mephisto und die anderen jedes Wort mithören.«

»Wieso? Wir haben doch keine Geheimnisse«, wandte Lena geschäftsmäßig ein. »Ich habe nur angerufen, um dich über die Ergebnisse unserer Durchsuchungen zu informieren. Wir haben in Wellings Computer und bei seinem Service-Provider eindeutige Beweise für regelmäßige Kontakte zu Ove Lornsen gefunden und dafür, dass er sein Unternehmen *OLS* für die illegale Versenkung von Giftschlamm missbraucht hat. Die Lieferpapiere für die Verbringung des Schlamms nach Finkenwerder hat Olsen unterschrieben, die Aufträge mit den Energiekonzernen zur Vorbereitung des Meeresbodens Welling. Alle Aufträge, die das Schüttgut betreffen, sind von seiner Stellvertreterin Solveig Lange unterschrieben worden. Der werden wir damit allerdings kaum etwas nachweisen können, weil sie ja nicht gewusst haben muss, dass sie Gift geliefert bekommt. Damit kommt Welling aus der Nummer nicht mehr heraus. Wir warten jetzt nur noch auf die Laborergebnisse der *HPA*, um den Giftschlamm, der an Land entsorgt werden sollte, und das Zeug am Meeresgrund miteinander vergleichen zu können. Wenn die Werte und die Mengen übereinstimmen, können wir den Sack zumachen.«

»Zur Not kann dir Pia die Daten der Untersuchungen aus

der *Biologischen Anstalt* hier auf Helgoland zufaxen«, schlug Leander vor. »Das geht vielleicht schneller.«

»Gute Idee. Ich kümmere mich gleich darum. Was mich wundert, ist, dass uns alles, was wir brauchen, in der *HES*-Zentrale und auch im Büro-Container auf Helgoland geradezu auf dem Silbertablett serviert worden ist. Erstaunlicherweise hat Olsen keine Beweise verschwinden lassen. Dabei musste er nach deinem Besuch und Krauses Tod doch damit rechnen, dass wir irgendwann in seinem Büro stehen würden.«

»Mich wundert das gar nicht«, widersprach Leander. »Die Verbrechen der *HES* lassen sich nicht mehr verheimlichen. Dazu sind die Beweise zu erdrückend. Wenn er dir nun Welling als Schuldigen liefert, ist er selbst aus dem Schneider. Seine Anwälte werden zu seiner Entlastung anführen, dass er keinerlei Beweise vernichtet hat, weil er unschuldig ist. Mehr kann Olsen für sich im Moment nicht erreichen. Und so, wie Cornelius Lange reagiert hat, als ich ihn auf seine Ex-Frau angesprochen habe, sollte es mich überhaupt nicht wundern, wenn die Dame mit Olsen gemeinsame Sache macht und auch auf Helgoland dafür gesorgt hat, dass Welling als einziger Schuldiger dasteht. Die war sich ja auch nicht zu schade dazu, mit Tönnies ins Bett zu gehen, um an Informationen zu kommen.«

»Vermutlich hast du recht. Der Dame können wir bisher noch nichts. Sie ist schon wieder auf freiem Fuß. Auch Olsen zeigt sich absolut kooperativ. Und zu seinem Glück können wir Holger Welling nicht befragen. Der ist spurlos verschwunden. Die Fahndung über Interpol läuft.«

»Habt ihr inzwischen etwas über Götze erfahren?«

»Negativ. Ebenfalls wie vom Erdboden verschluckt.«

»Vielleicht erfahren Tamme Boysen und ich etwas von Frau Reymers. Wir werden ihr nachher auf den Zahn fühlen.«

Einen Moment schwieg Lena. Leander konnte sich vorstellen, dass sie noch Probleme damit hatte, ihn einfach so ermitteln zu lassen. Zu lange hatte sie sich darauf berufen können, dass er nicht mehr im Dienst war, aber das sah in diesem Fall ja dank Kriminaldirektor Ahrenstorff etwas anders aus. »Ich gehe davon aus, dass du mich sofort informierst, wenn du etwas erfährst?«

»Selbstverständlich. Schließlich bist du ja jetzt so etwas wie meine Vorgesetzte.« Leander grinste, weil er sich vorstellen konnte, wie zwiespältig das bei Lena ankommen musste.

»Na gut, dann hören wir voneinander«, beendete die das Gespräch.

»Unbedingt. Bis dann.« Leander blieb noch ein paar Minuten auf der Bank sitzen und dachte über die Informationen nach. Es stank ihm gewaltig, dass dieser aalglatte Herwig Olsen ungeschoren aus dem Fall herauskommen sollte. Der Kerl war ihm von der ersten Sekunde ihrer Begegnung an zuwider gewesen. Da musste ihm noch etwas einfallen.

33

Marianne Reymers reagierte zunächst etwas ruppig, als sie schon wieder von Tamme Boysen und Leander bei ihrer Arbeit gestört wurde. Doch dann führte sie die beiden Männer in ihr Büro und bot ihnen Kaffee oder etwas anderes zu trinken an.

»Danke«, lehnte Boysen ab. »Wir sind nicht zum Plaudern hier, Marianne. Es gibt da neue Fragen, die dich betreffen.«

Der ernste Tonfall ließ die Hotelmanagerin aufhorchen. Sie deutete auf die Sitzecke und blickte den Seehundjäger herausfordernd an, als alle drei Platz genommen hatten.

»Du hast uns angelogen, Marianne«, ging der gleich zum Angriff über. »Du kennst Henry Götze nicht nur, er hat für Gernot gearbeitet und eine Zeit lang hier im Hotel gewohnt.«

»Nicht hier«, widersprach Marianne Reymers. »Er hat die ganze Zeit über in einem unserer Ferienhäuser auf der Düne gewohnt. Aber ihr habt recht: Ich kenne ihn und wusste natürlich, dass er für Gernot gearbeitet hat.«

»Wo ist er jetzt?« Tamme Boysens Tonfall ließ keinen Zweifel daran, dass er die Hotelmanagerin nicht mehr mit Ausreden davonkommen lassen würde.

Aber Marianne Reymers schwieg und blickte ihn aus zusammengekniffenen Augen an. Leander hatte den Eindruck, dass sie sich ihrer starken Persönlichkeit und Ausstrahlung bewusst war und es sehr wohl mit Boysen aufnehmen konnte.

»Marianne!«, fuhr der Seehundjäger sie an. »Götze wird als Tatverdächtiger in einem Doppelmord gesucht. Du machst dich in höchstem Maße verdächtig, ebenfalls daran beteiligt gewesen zu sein, wenn du ihn deckst. Außerdem ist das strafbar.«

Wieder schwieg Marianne Reymers nur, blickte aber diesmal von Tamme Boysen zu Leander hinüber. Der nickte, als wolle er Boysens Verdacht bestätigen. Plötzlich stand sie auf, sagte: »Wartet einen Moment!« und verließ das Büro.

Boysen sprang auf, aber Leander hielt ihn zurück. »Lass

sie. Sie wird nicht versuchen zu fliehen. Wo soll sie auch hin? Sie kommt doch nicht von der Insel.«

Zwei Minuten später war die Hotelmanagerin wieder da, gefolgt von zwei Männern. Wie elektrisiert sprang jetzt auch Leander auf. Einer der Männer war Henry Götze.

Der grinste ihn an und ließ sich lässig in einen Sessel fallen. »Das hättest du nicht vermutet, was, alter Knabe?«

Der zweite Mann machte lässig ein paar Schritte auf Leander zu und reichte ihm die Hand. »Gernot Reymers. Meine Frau und mein Freund Henry hier haben mir von Ihnen berichtet.«

Irritiert blickte Leander Tamme Boysen an, aber der war noch zu keiner Reaktion in der Lage.

»Danke für Ihren Einsatz, Herr Leander«, fuhr Reymers fort. »Das war eine stramme Leistung da in Hamburg, wenn es auch ohne Henry beinahe schiefgegangen wäre.« Dann klopfte er Boysen auf die Schulter. »Mund zu, Tamme. Ich lebe und du wirst gleich erfahren, warum.« Er nickte seiner Frau lächelnd zu, warf sich ebenfalls in einen Sessel und forderte Leander und Tamme mit einem Handzeichen auf, sich wieder auf das Sofa zu setzen.

Leander hatte den Eindruck, dass Tamme Boysen Mühe hatte, die nötige Ruhe aufzubringen, als die beiden Männer der Aufforderung folgten. Marianne Reymers stützte sich mit dem Hintern an ihrem Schreibtisch ab und betrachtete die Szene mit vor der Brust verschränkten Armen. Dabei machte sie einen völlig gelösten Eindruck und wirkte fast belustigt.

»Verdammt, Gernot!«, explodierte Boysen schließlich. »Was ist hier eigentlich los?«

»Ich verstehe, dass du irritiert bist, Tamme. Selbst du hast die Leiche schließlich für mich gehalten, nicht wahr?« Er lachte über den gelungenen Coup. »Nichts für ungut, ich musste euch alle täuschen, weil die Situation für mich zu undurchsichtig war und ich Angst hatte, dass sonst ein weiterer Anschlag auf mich verübt würde.«

»Jetzt berichten Sie mal der Reihe nach«, forderte Leander

den Reeder auf. »Was sollte das ganze Theater? Und wer ist der Tote?«

»Dass Malte und ich auf dem Oberland miteinander verabredet waren, wisst ihr ja«, begann Gernot Reymers. »Du, Tamme, hast, wie ich gehört habe, auch schon in der Nacht zuvor unser Treffen belauscht. Das haben wir gar nicht mitbekommen, was, Henry? Respekt, Tamme.«

»Lass den Scheiß, Gernot«, reagierte der Seehundjäger gereizt. Von seiner üblichen Ausgeglichenheit war nichts mehr übrig.

»In der Mordnacht bin ich mit einer SMS, die angeblich von Malte kam, noch einmal zum Leuchtturm bestellt worden. Malte hat auch eine SMS bekommen, angeblich von mir. Dort oben wurde ich dann von einem Mann erwartet, der mich umbringen sollte und aus dem Hinterhalt angefallen hat. Zum Glück haben wir alle Treffen immer so organisiert, dass Henry eine Stunde vor mir da war und sich im Leuchtturm versteckt hat. Deshalb hat er auch mitbekommen, als der Killer sich auf die Lauer gelegt hat. Kurz und gut: Henry hat den Scheißkerl mit einer Eisenstange niedergeschlagen, bevor der mich erwischen konnte. Dabei hat er etwas zu heftig zugeschlagen, so dass der Kerl sofort tot war – aber besser er als ich, was? Kurz darauf kam Malte dazu. Er ist wohl so zum Leuchtturm bestellt worden, dass er mich finden sollte und als Mörder in Betracht kam. Henry und ich haben ihm erzählt, was passiert war. Zum Glück hat Malte uns geglaubt. Bei allen Meinungsverschiedenheiten respektieren wir einander. Es war sofort klar, dass wir uns nun gemeinsam eine Lösung einfallen lassen mussten.«

»Ihr hättet einfach die Polizei rufen können«, warf Tamme Boysen verständnislos ein. »Wenn ich dir direkt gefolgt wäre, hättet ihr auch keine andere Wahl gehabt.«

»Bist du aber nicht«, entgegnete Reymers grinsend. »Und das war ein Glücksfall für uns. Henry und ich wussten, dass Olsen und Welling hinter der ganzen Sache stecken mussten. Spätestens nach meiner Anfrage bei Cornelius Lange war denen klar, dass ich ihnen auf die Spur gekommen war. Was

Cornelius passiert ist, tut mir übrigens sehr leid. Ich wollte ihn nicht in Gefahr bringen und konnte ja auch nicht wissen, dass Welling und Olsen ihre Topleute ständig von ihrer Security überwachen ließen. Conny war der einzige Mann bei der *HES*, dem ich vertrauen konnte. Deshalb habe ich ihn von meinen Testergebnissen bei der Algenzucht unterrichtet und eine Antwort verlangt. Er hat versprochen, der Sache nachzugehen. Das ist ihm ja dann auch zum Verhängnis geworden. Olsen und Welling konnten nicht riskieren, dass ihre Schweinereien aufflogen, also haben sie mir einen Killer auf den Hals geschickt und auch Conny umbringen lassen. Sie wussten, dass das Algenprojekt ohne mich erledigt sein würde, weil das *AWI* nicht wirklich daran glaubt. Mit Ausnahme Ihrer Tochter, Herr Leander, einer bemerkenswerten jungen Wissenschaftlerin mit Weitblick.«

»Malte soll also von Anfang an Bescheid gewusst haben, dass du noch lebst?«, zweifelte Tamme Boysen.

»So ist es. Wir konnten ihn überzeugen, dass der Mordanschlag ein Beweis dafür war, dass ich keine gemeinsame Sache mit der *HES* mache. Außerdem hat er schnell kapiert, welche Rolle Welling ihm zugedacht hatte: Wenn er meine Leiche gefunden und die Polizei gerufen hätte, hätte ihm niemand geglaubt, dass er nicht der Täter war. Jeder auf Helgoland wusste, dass wir erbitterte Gegner waren. Henry hatte dann die wunderbare Idee, dem Toten meine Sachen anzuziehen, ihm meinen Ehering anzustecken und ihn so in Szene zu setzen, dass alle glauben mussten, ich sei das Opfer. Das war schon verdammt kniffelig, weil die Leiche ja nicht einfach verschwinden durfte und euch quasi vor die Füße fallen musste. Henry hat das sehr geschickt angestellt. Den Rest haben die Möwen erledigt. Tja, auf die Art konnte ich inzwischen untertauchen, während Henry und nicht zuletzt ihr beide die wahren Hintergründe ans Licht gebracht habt.«

»Und Sie wussten ebenfalls von Anfang an, dass der Tote nicht Ihr Mann war?«, fragte Leander Marianne Reymers.

»Nein, nicht von Anfang an.« Sie warf ihrem Mann einen grimmigen Blick zu. »Ich wusste von alldem nichts, als

Frantzen und Niels mich über Gernots Tod unterrichtet haben. Erst als die Identifizierung anstand, haben mich Henry und Gernot eingeweiht. Schließlich durfte ich keine Zweifel an der Identität des Toten äußern und ich hätte natürlich sofort bemerkt, dass das nicht mein Mann war.«

»Sie sagten, ohne Götze wäre die Sache in Hamburg schiefgegangen«, wandte sich Leander wieder an Gernot Reymers.

»So ist es. Er hat Ihnen genauso den Hintern gerettet, wie er mich vor dem Killer bewahrt hat.«

»Ich wusste natürlich, dass du im Café gesessen hast, als ich in die *HES*-Zentrale spaziert bin«, übernahm nun Henry Götze den Bericht. »Zum Glück konnte ich einen Moment abpassen, in dem du unaufmerksam warst. Ich habe mir meinen Mantel übergeworfen und gehumpelt, in der Hoffnung, dass du mich nicht erkennst. Tja, hat geklappt.«

»Ich habe dich für Heiko Tönnies gehalten«, gestand Leander.

»Was? Für diesen Idioten?« Henry Götze lachte lauthals. »Wusstest du, dass der Langes Ex auf den Leim gegangen ist und sich von ihr hat aushorchen lassen?«

Leander nickte. »Was wolltest du in der *HES*-Zentrale?«

»Ich wollte zu Lange. Er hat Cohrs zwar Informationen zugespielt, aber mit diesem bescheuerten Spionage-Mail-Quatsch. Und darauf konnten wir nicht mehr zugreifen, weil Cohrs im Gefängnis saß und Lange den Kopf eingezogen hat. Schließlich konnten wir nicht einfach bei der Polizei auftauchen und uns von Cohrs die Zugangsdaten geben lassen. Also blieb mir nur der Weg nach Hamburg. Lange war nicht in seinem Büro. Als ich wieder runter in die Halle kam, ist er mir dann entgegengekommen. Glücklicherweise habe ich Krause rechtzeitig gesehen. Er kam auch aus dem Café gegenüber und ist Lange gefolgt. Da habe ich kapiert, dass der überwacht wurde, und ihn lieber nicht angesprochen. Deshalb bin ich am nächsten Abend zu seiner Wohnung gegangen. Und wer war schon wieder vor mir da?« Er grinste Leander an. »Zum Glück kam mir die Alte mit ihrem Köter zu Hilfe. Wenn die gewusst hätte, dass sie mit ihrem Misstrauen dir gegenüber einem Einbrecher auf der anderen Straßenseite in die Karten gespielt hat!«

Götze lachte und hatte sichtlich Spaß an der ganzen Sache. »Ich bin mit einem Dietrich ins Haus gekommen und habe mich hinter einem Schrank unten im Treppenhaus versteckt. Du kamst ja dann auch sofort hinterher. Als du oben in Langes Wohnung verschwunden warst, bin ich die Treppe hochgelaufen und habe gerade noch gesehen, wie jemand von einer Etage drüber dir gefolgt ist. Dass er dich niedergeschlug, konnte ich nicht verhindern, dafür war ich zu spät dran. Er hat Feuer gelegt und wollte gerade die Wohnung verlassen, als ich oben ankam. Es war Krause. Der war wahrscheinlich da, um zu verhindern, dass doch noch jemand Unterlagen findet, die der *HES* gefährlich werden konnten. Wir sind ihm in die Quere gekommen. Tja, da hieß es: er oder ich.«

»Dann hast du Krause erschossen.«

»Wie gesagt: Es war Notwehr. Außerdem solltest du mir dankbar sein. Ich konnte dich noch rechtzeitig ins Treppenhaus ziehen, sonst wärst du in Langes Wohnung verbrannt. Und dann bin ich natürlich abgehauen, ist ja klar. Die Wohnung brannte lichterloh, da war nichts mehr zu retten.«

Gernot Reymers räkelte sich in seinem Sessel und grinste wie jemand, der sich die ganze Zeit über köstlich amüsiert hatte. »Tja, Herr Leander, jetzt kennen Sie die ganze Geschichte. Dank Ihres Einsatzes hat sich das LKA eingeschaltet und konnte auch gleich die richtige Spur verfolgen. Wie ich höre, haben inzwischen Durchsuchungen stattgefunden und Beweise wurden gesichert. Krause ist tot, Solveig Lange verhaftet, Welling auf der Flucht und Olsen wird sich hüten, mir weiterhin Killer auf den Hals zu schicken. Zum einen bringt das nichts mehr, weil seine Schweinereien nicht mehr zu vertuschen sind, zum anderen steht er unter Aufsicht durch das LKA. Der hat in nächster Zeit genug damit zu tun, seine Haut und das Unternehmen zu retten.«

»In einem muss ich Sie enttäuschen«, sagte Leander. »Solveig Lange ist schon wieder auf freiem Fuß. Ihr ist wohl nichts nachzuweisen.« Dann wandte er sich an Henry Götze: »Eine Frage habe ich aber noch: Was sollte dein Versteckspiel als Heinrich Seyfried bei den Lummentagen?«

»Das war einfach eine perfekte Tarnung. So konnte ich mich auf der Insel frei bewegen und die Entwicklung im Blick behalten. Jeder Ermittler konnte bei deiner Eiken Erkundigungen über mich einziehen und hätte meine Legende als Antwort bestätigt bekommen. Nach dem Zwischenfall in der Nacht am Leuchtturm hat es sich dann ja auch als Glücksfall erwiesen. Ich konnte unauffällig dafür sorgen, dass die Leiche entdeckt wurde und dann auch noch abgestürzt und bis zur Unkenntlichkeit entstellt worden ist. Und obendrein hatte ich dich die ganze Zeit über wunderbar im Blick.«

»Und in meinen Bungalow bist du auch eingestiegen und hast dich über den Ermittlungsstand auf dem Laufenden gehalten.«

»Das hast du gemerkt? Nicht schlecht. Allerdings solltest du deinen Laptop mit einem Passwort schützen.«

Henry Götze und Gernot Reymers lachten, als sie Leanders zerknirschtes Gesicht sahen.

»Du hast uns alle benutzt, Gernot.« Tamme Boysens Tonfall machte deutlich, dass er darüber mindestens so enttäuscht wie wütend war. »Wäre es denn zu viel verlangt gewesen, wenn du mich eingeweiht hättest?«

»Tamme, alter Freund, du hättest da doch gar nicht mitgespielt«, erwiderte der Reeder lachend. »Für derart linke Tricks bist du nicht zu haben. Nein, mein Guter, da habe ich mich lieber auf Henry und Malte verlassen. Die haben geradezu Spaß daran, die Polizei auszutricksen.«

»Und auf mich«, warf seine Frau ein. »Wenn ich dir nicht so ein nettes kleines Rosen-Tattoo angedichtet hätte, wäre sofort aufgeflogen, dass du nicht die Leiche bist.«

»Das hätte aber auch schiefgehen können«, warf Leander ein. »Stellen Sie sich vor, der Pathologe hätte einen DNA-Abgleich vorgenommen.«

»Warum hätte er das tun sollen?«, tat Gernot Reymers verwundert. »Es war ja nicht nur meine Frau, die mich identifiziert hat. Selbst der ehemalige Helgoländer Polizeichef hat die Identität der Leiche bestätigt. Und der ist ja wohl über jeden Zweifel erhaben.« Reymers lachte herzhaft, während Tamme Boysen rot anlief.

»Das ist Irreführung der Polizei«, presste er hervor. »Da kommt noch was auf dich zu.«

»Ach was.« Reymers winkte ab. »Im schlimmsten Fall gibt das eine Geldstrafe oder ein paar Monate auf Bewährung. Mein Justitiar in Hamburg hat das überprüft. Ich bin sogar davon überzeugt, dass der Staatsanwalt die Sache auf ganz kleiner Flamme kochen und ganz schnell einstellen wird. Die haben doch gar kein Interesse daran, dass einer den Fall hochkocht. Im Gegenteil: Die haben in Hamburg jetzt alle Hände voll damit zu tun, Herwig Olsen aus der Schusslinie zu ziehen und den großen Skandal zu verhindern. Da hängen schließlich einige politische Karrieren dran.«

»Wo man hinguckt, Korruption«, brummte Boysen verkniffen.

Gernot Reymers lachte. »Jetzt sei nicht so, Tamme. Wir haben doch im Grunde wunderbar zusammengearbeitet. Du hast es deinen aktiven Kollegen gezeigt!«

»Apropos Polizei: Hauptkommissar Frantzen muss informiert werden«, zeigte sich der derart Gefoppte unversöhnlich.

»Natürlich«, stimmte Gernot Reymers zu. »Bist du so lieb und rufst ihn an, Marianne?«

Die Hotelmanagerin nickte ihrem Mann lächelnd zu und griff nach dem Telefonhörer.

34

Pia und Tamme Boysen winkten dem kleinen Flugzeug nach, als es über die Betonpiste schnell Fahrt aufnahm und kurz vor deren Ende abhob. Mephisto wedelte mit beiden Armen heftig zurück, während Leander nur die Hand hob und mit einem Kloß im Hals kämpfte. Eiken war nicht zu ihrem Abschied gekommen, sie hatte schon wieder die nächste Gruppe zum Lummenfelsen zu führen.

Hansman drehte eine Abschiedsrunde über die Düne und wedelte leicht mit den Tragflächen, bevor er Kurs auf die offene See und die Nordfriesischen Inseln nahm. Leander hatte sich diesmal nach hinten gesetzt und Mephisto den Platz neben dem Piloten überlassen. Er hatte keine Lust auf Gespräche, während der kleine Mann Hansman sofort ausführlich und in grellen Farben schilderte, wie gefährlich ihr Einsatz auf dem roten Felsen gewesen sei. Dass Mephisto dabei eine maßgebliche, wenn nicht sogar entscheidende Rolle zufiel, störte Leander nicht. Immerhin gab ihm die Geschwätzigkeit seines Freundes Gelegenheit, sich zurückzuziehen und die letzten Tage noch einmal Revue passieren zu lassen.

Hauptkommissar Frantzen war gleich nach der Erkenntnis, dass Gernot Reymers gar nicht tot war, wieder auf das Festland zurückgekehrt und hatte den Fall dem LKA überlassen. In den ersten drei Tagen hatte eine Flut von Journalisten den Felsen heimgesucht. Gernot Reymers und Bürgermeister Thoms hatten eine Pressekonferenz abgehalten, auf der sie zwar unter Hinweis auf die laufenden Ermittlungen kaum etwas über die Hintergründe der Mordfälle preisgegeben hatten. Aber sie hatten die Chance genutzt, ihre gemeinsamen Großprojekte vorzustellen: die Inselerweiterung am Helgoländer Hauptbahnhof und im Bereich des Südhafens, sowie den Bürgerwindpark. Zudem hatte Reymers eine Forschungszusammenarbeit mit dem Alfred-Wegener-Institut angekündigt, bei der es um die wirtschaftlichen Chancen von Algenzucht gehen sollte.

Ralf Häger, mit dem Leander einen Abend in den *Mocca-Stuben* verbracht hatte, hatte Reymers Auftritt kommentiert: »Dem legt hier jetzt keiner mehr einen Stein in den Weg. Schließlich war er im Kampf gegen die *HES* der Gute. Und die Helgoländer rücken zusammen, wenn der Feind von außen kommt.«

Das Algenprojekt sollte unter Pias Leitung mit Hochdruck vorangetrieben werden. Reymers hatte versprochen, seine Kontakte zum Hamburger Senat zu aktivieren, damit die giftigen Schlämme so weit wie möglich aus dem Feld der Windkraftanlagen abgesaugt würden. Er war überzeugt davon, dass die *HES* die Kosten übernehmen und damit ihr Image wieder aufpolieren würden.

Henry Götze alias Heinrich Seyfried war Leander nicht mehr begegnet.

Für Leander waren die letzten Tage sehr geruhsam verlaufen. Er hatte viel Zeit mit Eiken und auch mit seiner Tochter verbracht und versucht, mit beiden eine Basis für die Zukunft zu schaffen. Soweit er es einschätzen konnte, war ihm das auch gelungen. Das Verhältnis zu Pia hatte sich deutlich entspannt. Sie schien nun ehrlich bemüht zu sein, ihrem Vater eine neue Chance zu geben, und hatte versprochen, ihn demnächst zusammen mit Lasse Thorgren auf Föhr zu besuchen. Leander hoffte, dass sie dann vielleicht auch zwischen ihm und seinem Sohn Hanno vermitteln würde, mit dem er ebenfalls seit Jahren keinen Kontakt mehr hatte.

Das Verhältnis zu Eiken hatte sich dahin gehend stabilisiert, dass Leander einsehen musste, dass für eine gemeinsame Zukunft keine Chance mehr bestand. Damit wurde aber auch der Weg für eine gute Freundschaft frei, was er schließlich schweren Herzens akzeptiert hatte. Entsprechend entspannt waren die letzten Tage auf der Düne gewesen, die sie mit Baden, Spaziergängen zwischen Seehunden und Kegelrobben entlang des Spülsaums und langen Gesprächen verbracht hatten. Am Ende hatten sie einander versprochen, in Kontakt zu bleiben. Mehr war nicht mehr drin.

Hansman deutete nach links, wo jetzt Amrum hinter breiten Sandbänken auftauchte. Rechts von ihnen kam schon die Hallig Langeness in Sicht und gleich dahinter die Insel Föhr.

35

Als Leander sein Fischerhäuschen in der Wilhelmstraße betrat, empfing ihn stille Einsamkeit. Er stellte seine Tasche im Flur ab, sammelte die Briefe vom Boden auf, die die Postbotin durch den Türschlitz geworfen hatte, und setzte sich damit an den kleinen Tisch in der Küche.

Ein großformatiger Umschlag mit dem Absenderstempel der *Kieler Nachrichten* erregte seine Aufmerksamkeit. Darin befanden sich eine Ausgabe der Zeitung und eine handschriftliche Notiz von Ralf Häger: *Tut mir leid, mehr war nicht drin. Olsen ist einfach nichts nachzuweisen.*

Leander las Hägers Artikel, der alle Ermittlungsergebnisse wiedergab und sich bemühte, die verbrecherischen Aktivitäten der *HES* und ihres Tochterunternehmens *OLS* anzuprangern, soweit sie erwiesen waren. Die Schuldzuweisung lag allein auf dem flüchtigen Holger Welling, der dem Stand der Ermittlungen zufolge seine verantwortliche Position über die Köpfe seines Chefs Herwig Olsen und seiner Stellvertreterin Solveig Lange hinweg ausgenutzt habe, um sich persönlich zu bereichern. Welling sei sogar wortwörtlich über Leichen gegangen und habe Cornelius Lange umbringen lassen, als der ihm auf die Spur gekommen sei. Auch den Mordauftrag an den Helgoländern Gernot Reymers und Ove Lornsen habe er erteilt. Bei alldem habe ihn der Sicherheitschef des Unternehmens, Jens Krause, unterstützt, der aber bei einem Brandanschlag auf Langes Wohnung selbst ums Leben gekommen sei. Die Ermittlungen ständen Informationen des LKA Hamburg zufolge kurz vor dem Abschluss.

Wütend warf Leander die Zeitung auf den Tisch, ging zur Spüle und goss sich ein Glas Wasser ein. Es konnte doch nicht angehen, dass der Hauptverantwortliche, dieser aalglatte Herwig Olsen, zusammen mit der Schnepfe Solveig Lange ungeschoren davonkam. Am Ende würde er für seinen Einsatz bei der Beseitigung des Giftschlamms womöglich noch eine Umweltplakette oder sogar das Bundesverdienstkreuz verliehen bekommen und in ein paar Jahren mit Fracking das Grundwasser auf dem Festland vergiften oder gar CO_2 in den Meeresboden verpressen.

Leander rief Lena in Kiel an und machte seinem Unmut Luft.

»Glaubst du etwa, mir stinkt das nicht?«, fauchte die Kriminalhauptkommissarin ihn an. »In Hamburg ist man verständlicherweise nicht an einer Veröffentlichung der Ergebnisse der Sedimentproben vor Helgoland interessiert. Man will um jeden Preis einen Umweltskandal verhindern, weil das die Verbringung des Baggergutes zur *Tonne E 3* ebenfalls gefährden würde. Und Kiel ist nun einmal nicht zuständig. Für uns ist der Fall abgeschlossen. Welling gilt als Haupttäter und ist flüchtig. Solange er verschwunden bleibt, hat Olsen nichts zu befürchten.«

»Scheiße!«, fluchte Leander. »Der liegt doch längst irgendwo in der Karibik unter Palmen am Strand und lässt sich die Sonne auf den Bauch scheinen. Oder er vergammelt zusammen mit seinem Giftmüll auf irgendeiner russischen Müllkippe.«

»Ich tippe auf Letzteres«, gestand Lena ein.

»Das heißt also, die *HES* bleibt weiter im Geschäft. Verflucht, Lena, das kann doch nicht dein Ernst sein! Du musst wenigstens deinem Freund Häger Zugang zu den Ermittlungsakten verschaffen, damit er gegen Olsen weiter recherchieren kann.«

»Du weißt ganz genau, dass ich das nicht machen kann. Und Ralf weiß das auch; er verlangt das auch gar nicht. Mir sind die Hände gebunden. Ahrenstorff hat angeordnet, dass ich alles zusammentrage, was Lemmy und du herausgefunden habt, und an die Kollegen in Hamburg weiterleite. Damit ist der Fall für uns abgeschlossen. Ich war gerade dabei, als du angerufen hast, und ich kann unmöglich gegen die Anordnung verstoßen. Du kennst Ahrenstorff, der hat Weisung von oben und legt sich nicht mit der Staatskanzlei an.«

»Eigentlich kannst du die Akte gar nicht ohne mich schließen«, überlegte Leander. »Immerhin war ich der dir unterstellte

Sonderermittler, oder? Ahrenstorff hat das offiziell bestätigt. Und ich war auch alleine in Hamburg. Da liegt es doch nahe, dass du mir die Akten schickst, damit ich sie auf Vollständigkeit überprüfe, bevor du sie an die Kollegen in Hamburg überstellst. Wäre doch peinlich, wenn es da Lücken gäbe.«

»Was hast du vor, Henning?«

»Frag nicht. Lass mich einfach machen. Meine E-Mail-Adresse hast du ja.«

Lena schwieg einen Moment, dann sagte sie: »Na gut. Allerdings muss ich dich offiziell zur Geheimhaltung verpflichten.«

»Selbstverständlich.«

»Der Alte steinigt mich, wenn er uns etwas nachweisen kann, das ist dir doch wohl klar, oder?«

»Unsinn, der wird dir kein Haar krümmen, da kannst du dich ganz auf mich verlassen.«

»Hoffentlich hast du recht. – So, die Akte ist per Mail unterwegs zu dir. Schick mir pro forma sobald wie möglich deine Freigabe zu. Leb wohl, Henning. Ich wünsche dir alles Gute.«

Bevor Leander antworten konnte, hatte sie das Gespräch schon beendet. Zurück blieb bei ihm der Eindruck, beim Abschied wenigstens ein bisschen Traurigkeit herausgehört zu haben, aber das konnte auch reines Wunschdenken sein.

Leander seufzte und wählte Lemmys Nummer. Der Freund war auch sofort am Apparat.

»Hast du schon gehört, dass die Untersuchungen gegen die *HES* und Olsen eingestellt werden sollen?«, fragte Leander.

»Schweinereien sprechen sich auch in unserer Behörde schnell herum. Das ist mal wieder typisch für die Herren Senatoren und Staatssekretäre: Denen reicht ein Bauernopfer, um ›politischen Schaden vom Land abzuwenden‹, wie die das in solchen Fällen nennen. Das stinkt mir gewaltig, das kannst du mir glauben.«

»Genau deshalb rufe ich dich an. Ich soll für Lena die Akten überprüfen, bevor sie die nach Hamburg weiterleitet. Dazu fehlen mir noch ein paar Daten.«

Lemmy schwieg einen Moment. Dann antwortete er: »Henning, Henning. – Na gut, was brauchst du?«

»Die Untersuchungsergebnisse der *HPA*, die den schwermetallhaltigen Hafenschlick betreffen, der nach Finkenwerder verbracht werden muss. Sagen wir, alle Laborergebnisse seit Beginn der Arbeiten an den Offshore-Plattformen. Kommst du da ran?«

»Ist der Papst katholisch? Du kannst Fragen stellen!« Leander hörte Tastaturgeräusche am Ende der Leitung. »So«, meldete sich Lemmy dann wieder. »Da haben wir die Daten, die du brauchst. Ich kopiere sie für Lena und die Akten. Ausdrücklich nicht für dich! Hoffentlich passiert mir dabei nicht wieder ein Fehler. Du glaubst ja gar nicht, was mir letztens passiert ist: Ich wollte einen Ordner löschen und der ist dann doch glatt bei einem Kollegen im Postfach gelandet, der gar keinen Zugriff darauf haben durfte. Frag mich nicht, wie das passieren konnte.«

»Fehler sind menschlich, Lemmy. Und danke! Wir hören bald voneinander.«

»Versprochen?«

»Versprochen.«

Leander beendete das Gespräch, kontrollierte seine E-Mails, suchte sich aus der Redaktionsliste der *Kieler Nachrichten* Ralf Hägers E-Mail-Kontakt heraus und leitete die Akten von Lena und die Unterlagen von Lemmy an ihn weiter. *Damit solltest du etwas anfangen können!*, schrieb er dazu. *Die Abteilung* Harbour Waste Management *gehört in Olsens Geschäftsbereich. Wenn du terminliche und mengenmäßige Übereinstimmungen zwischen den Lieferungen, die nach Anordnung der HPA in Finkenwerder landen sollten, und Lieferungen von Schlamm in die Windparks findest, kannst du zumindest öffentlich Fragen stellen. Die Vergleichsdaten aus den Labors werden beweisen, dass es sich bei dem Giftschlamm vor Helgoland um Hamburger Hafenschlick handelt. Olsen wird sehr schnell die politische Rückendeckung verlieren, wenn die Öffentlichkeit sich gegen ihn wendet. Und bei einer Vergiftung der Nordsee reagiert die*

Bevölkerung sehr empfindlich. Ein Erster Bürgermeister, der sich dann nicht gegen den Verschmutzer stellt, hat die längste Zeit auf seinem Stuhl gesessen. Falls du noch Informationen brauchst, um die Treibjagd gegen Olsen zu eröffnen, lass es mich wissen. Ich bin dir schließlich noch etwas schuldig. Waidmanns Heil! Henning.

Zuletzt schrieb er noch eine Mail an Pia und bat sie, ihre Laborergebnisse ebenfalls direkt an den Journalisten zu mailen. Jetzt hieß es abwarten und Häger seinen Job machen lassen. Mehr war im Moment nicht zu erreichen.

Leander füllte noch einmal sein Wasserglas und ging in den Garten hinaus. Die Wiese unter den Apfelbäumen musste dringend geschnitten werden. Das würde er gleich morgen angehen. Es würde ihm helfen, wieder in seinem Zuhause anzukommen.

Als er auf den Gartentisch zuging, erblickte er Gitane. Die schwarze Katze lag zwischen den Stühlen auf der Seite und rührte sich nicht. Erst als Leander sie fast erreicht hatte, hob sie den Kopf, und er konnte sehen, dass sie verletzt war. Sie musste in einem Kampf mit irgendeinem Artgenossen unterlegen sein, oder ein Auto hatte sie angefahren. Aus einer Wunde am Hals sickerte Blut, sie konnte sich nur mühsam erheben und humpelte stark, als sie sich von Leander zurückzog. Dabei zischte und fauchte sie ihn an, als sei er ihr größter Feind.

Leander machte ein paar Schritte zurück und überlegte, wie er ihr helfen könnte. Das beruhigte Gitane. Sie humpelte mühsam in Richtung Gartenschuppen, blieb dabei mehrfach stehen und versuchte, Blickkontakt zu ihm zu halten. Vor einem Holzstapel verharrte sie schließlich und miaute Leander an. Da entdeckte er vier schwarze Katzenbabys im dichten Gras und erst jetzt fiel ihm auf, dass Gitane nicht mehr trächtig war.

Die Katzenmutter leckte über das Fell ihrer Jungen, blickte Leander tief in die Augen und entfernte sich dann in Richtung Hecke im rückwärtigen Teil des Gartens. Vor dem

Durchschlupf blieb sie noch einmal stehen und beobachtete, wie Leander zu den Katzenjungen ging und sich zu ihnen hinabbeugte.

»Mach dir keine Sorgen«, sagte Leander. »Ich kümmere mich um deine Kleinen.«

Er nahm die Jungen auf, die gleich an seinen Fingern saugten, und brachte sie zum Haus, um ihnen Wasser zu holen. Als er sich in der Tür noch einmal umdrehte, sah er gerade noch, wie Gitane durch die Hecke schlüpfte. In diesem Moment wurde ihm schmerzhaft bewusst, dass er sie nicht wiedersehen würde.

ENDE

Zum Verhältnis von Fiktion und Wirklichkeit

Die Namen der Firmen *HES* und *OLS* sind frei erfunden. Allerdings sind alle Hintergründe bezüglich der Verbringung des Hamburger Hafenschlicks zur *Tonne E3* und zur Aufbereitung besonders belasteten Baggergutes in Finkenwerder gründlich recherchiert. Alle Informationen über die giftige und schwermetallhaltige Zusammensetzung der Sedimente entstammen offiziellen und im Internet frei zugänglichen Gutachten der *Hamburg Port Authority*. Die im Roman dargestellten verbrecherischen Machenschaften in diesem Zusammenhang sind allerdings reine Fiktion.

Weitere Bereiche, die im Roman behandelt werden, sind das im Zusammenhang mit unserer Energieerzeugung und -nutzung kontrovers diskutierte Fracking und die Technologie des CCS (Carbon Dioxide Capture and Storage), allgemein unter dem Begriff der CO_2-Verpressung bekannt. Die verwendeten Informationen und Daten entstammen diversen Quellen, die mir seriös erscheinen. Darunter befinden sich der Sonderdruck 3-11 des Online-Magazins *Waterkant* (www.waterkant.info) sowie das Positionspapier der *Insel- und Halligkonferenz* vom 6. Dezember 2012 (www.inselundhalligkonferenz.de).

Die Modelle zur Inselerweiterung sind zum Teil in der Zeitschrift *Der Helgoländer* veröffentlicht worden und können zudem im Rathaus der Gemeinde Helgoland eingesehen werden. Die Unterstellung, dass weiterhin eine Inselerweiterung geplant sei, ist Fiktion und dient allein der Dramaturgie des Romans. In diesem Zusammenhang ist auch Gernot Reymers erfunden. Er und sein Hotel *Laguna* sind ausdrücklich nicht identisch mit Arne Weber und dem Hotel *Atoll*.

Alle Informationen über die wissenschaftlichen Erkenntnisse zur Algenzucht wurden umfassend recherchiert und entsprechen dem Wissensstand des Autors, ohne dass dieser Anspruch auf Vollständigkeit erhebt. Auch die informativen Führungen der Biologischen Anstalt und der Helgoländer

Vogelwarte sind so authentisch wie möglich wiedergegeben.

Die Hauptfiguren des Romans sind frei erfunden. Dabei werden Helgoland-Liebhaber jedoch feststellen, dass real existierende Helgoländer Originale durchaus ihren Beitrag zur Fantasie des Autors geleistet haben, ohne dass diese jedoch tatsächlich persönlich gemeint sind.

Danksagung

Ich bedanke mich zu allererst bei den gastfreundlichen und auskunftsfreudigen Bewohnern der Insel Helgoland, die mich im April 2014 mit allem versorgt haben, was ich für diesen Roman benötigt habe. Der Felsen ist dadurch zu einer meiner und Leanders Lieblingsinseln geworden und wir werden auf jeden Fall beide dorthin zurückkehren. Schließlich wollen wir Tamme Boysen und Oma Klüsing nicht ganz aus den Augen verlieren.

Großer Dank gebührt den vielen jungen Leuten, die auf Helgoland mit großem Einsatz im Naturschutz und in der Wissenschaft arbeiten. Nie zuvor habe ich eine spannendere Führung mitgemacht als im Fanggarten der Vogelwarte, die noch dazu von einer jungen Praktikantin aus der Schweiz durchgeführt worden ist, die das nicht hauptamtlich betreibt.

Ich bedanke mich bei meiner Verlegerin Heike Gerdes, meiner Lektorin Maeve Carels und dem Grafiker Carsten Thiemessen, die dieses Projekt wie immer mit viel Vertrauen und Feingefühl begleitet haben.

Der größte Dank aber gebührt mal wieder meiner Frau Susanne für ihre ungebrochene Unterstützung meiner Arbeit.

Büren im Februar 2015

Thomas Breuer,
geboren 1962 in Hamm/Westf., hat in Münster Germanistik und Sozialwissenschaften studiert und arbeitet seit 1993 als Lehrer für Deutsch, Sozialwissenschaften und Zeitgeschichte an einem privaten Gymnasium im Kreis Paderborn. Seit 1994 lebt er mit seiner Frau Susanne, seinen Kindern Patrick und Sina, Streifenhörnchen Fridolin und Katze Lisa im ostwestfälischen Büren.

Er liebt die Fotografie, die Nordseeinseln und den Darß. Seine zweite Heimat ist Föhr, wo er regelmäßig im Auftrag seiner Hauptfigur Henning Leander neue Kriminalfälle recherchiert, in denen dieser dann ermitteln darf.

Mit *Leander und der tiefe Frieden* legte er 2012 seinen Debüt-Roman im Leda-Verlag vor, 2013 folgte *Leander und die Stille der Koje,* 2014 *Leander und die alten Meister.* Weitere Projekte sind in Arbeit und in Planung.

Thomas Breuer
Leander und der tiefe Frieden
Inselkrimi Föhr
978-3-86412-006-0

Thomas Breuer
Leander und die Stille der Koje
Inselkrimi Föhr
978-3-939689-82-9

Thomas Breuer
Leander und die alten Meister
Inselkrimi Föhr
978-3-86412-071-8

Hanna Dunkel
Mordsache Ulsnis
Kriminalroman
978-3-939689-30-0

Dietrich Petersen
Strandraub
Inselkrimi Fehmarn
978-3-934927-96-4

Dietrich Petersen
Todesbelt
Inselkrimi Fehmarn
978-3-86412-069-5

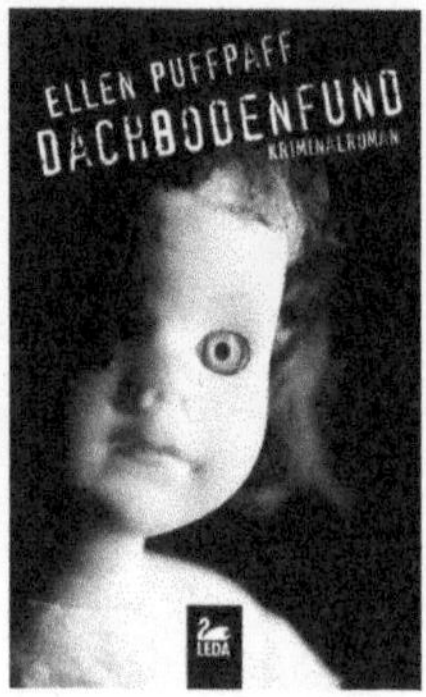

Andreas Schmidt
Tod mit Meerblick
Kriminalroman
Schleswig-Holstein
978-3-939689-67-6

H. & P. Gerdes (Hrsg):
Mordkompott
Meerumschlungen
SchleswigHolstein
978-3-939689-68-3

Ellen Puffpaff
Dachbodenfund
Kriminalroman
Schleswig-Holstein
978-3-86412-009-13

Peter Gerdes
Fürchte die Dunkelheit
Kriminalroman
Leer
978-3-934927-60-5

Peter Gerdes
Zorn und Zärtlichkeit
Kriminalroman
Leer
978-3-939689-64-5

Peter Gerdes
Ostfriesische
Verhältnisse
Kriminalroman
978-3-86412-077-0

Anette Hinrichs
Die fünfte Jahreszeit
Kriminalroman
Hamburg
978-3-86412-005-3

Anette Hinrichs
Das siebte Symbol
Kriminalroman
Hamburg
978-3-86412-005-3

Anette Hinrichs
Das Sandmann-Projekt
Kriminalroman
Hamburg
978-3-86412-

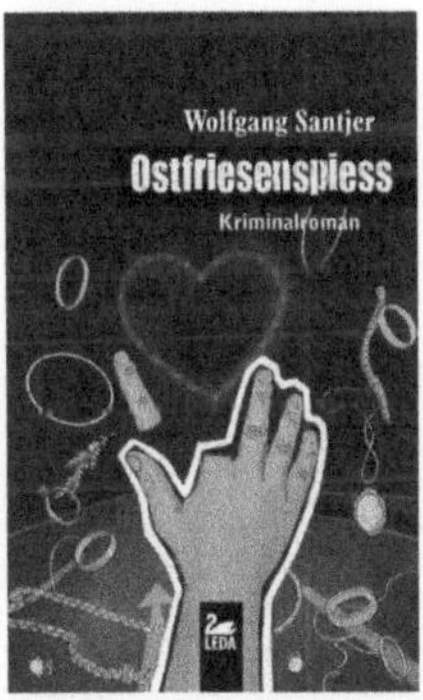

Wolfgang Santjer
Ostfriesenspieß

Kriminalroman
978-3-86412-075-6

Wolfgang Santjer
Emsgrab
Kriminalroman
Leer
978-3-86412-064-0

Erik Wikki
Papenburger
Puppenspieler
Kriminalroman
978-3-896412-079-4

Ulrike Barow
Baltrumer Kaninchenkrieg
Inselkrimi
978-3-86412-083-1

Sonja Zimmer
Jana und das Geheimnis der Evenburg
978-3-86412-085-5

Edmund Ballhaus
Die Ostfriesenbühne

978-3-86412-062-6

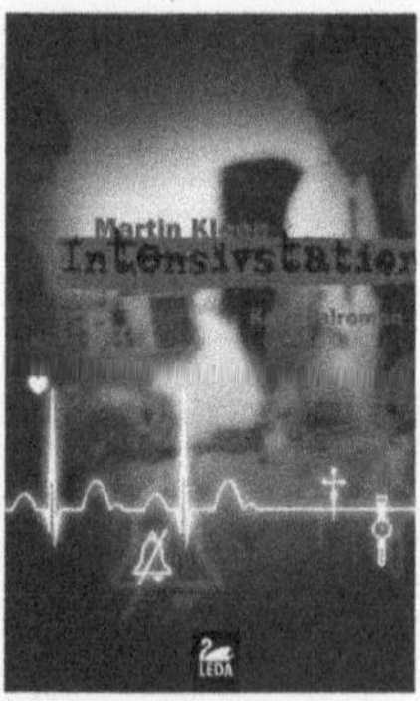

Martin Kleen:
Intensivstation
Kriminalroman
Leer
978-3-939689-57-7

Soko Taraxacum
Wenn der Weinhändler kommt ...
978-3-86412-068-8

Gerdes/Lüpkes
Flossen hoch 3.0
Kriminelles zwischen Angel und Haken
978-3-86412-068-8